Marcel Mellor

Das Register

Marcel Mellor

Das Register

THRILLER

Marcel Mellor
c/o AutorenServices.de
Birkenallee 24
36037 Fulda

Lektorat: Lisa Kuppler

Korrektorat: Susanne Zeyse

Umschlaggestaltung: Guter Punkt, München

Covermotiv: © Guter Punkt, München unter Verwendung von Motiven von Getty Images und iStockphoto

3D-Design: James Jones, j3dj.co.uk

Zitatnachweis:
»Zufälligkeit ist ein einfaches Wort«: aus James Gleick, Die Information, übersetzt von Almuth Braun © Redline Verlag München 2011

Bestellung und Vertrieb: Nova MD GmbH, Vachendorf

Druck: Sowa Sp. z o.o., Polen

ISBN: 978-3-96698-674-8

Montag, 19. November

Thank you for the tragedy. I need it for my art.

KURT COBAIN

Der Kongress erklärt hiermit, dass der Zweck der OmniTemp-Technologie darin besteht, jedem einzelnen Bürger unserer Nation ein größeres Maß an Sicherheit, Glück und Erfüllung zu ermöglichen.

TIME REVERSAL ACT, ART. 1

05:08 – 07:13

»Gleich wirst du das Wasserglas hinunterwerfen.«

Es klang wie eine Warnung, war aber eine exakte Vorhersage – das begriff David sogar, obwohl er noch nicht ganz wach war. Leah war keine besonders pfiffige Software-Assistentin, aber sie konnte in die Zukunft schauen.

Sachte schob David das Glas beiseite und tastete nach seinem Notizbuch. Draußen fuhr ein Auto vorbei, das Licht der Scheinwerfer glitt über den Nachttisch. Eine leere Oberfläche, das Notizbuch war verschwunden.

David seufzte. Anscheinend war es wirklich zu viel verlangt, eine Wohnung zu reinigen und dabei *nichts* von seinem Platz zu bewegen. Zumindest Kai, Davids Putzhilfe, war mit dieser simplen Grundregel überfordert. Nächste Woche würde er ihm die Kündigung überreichen. Wegen notorischer Schlampigkeit und dem Geruch von Käseflips, der nach Kais Besuchen im Haus hing. Außerdem war David für die nächsten drei Monate gar nicht zu Hause.

Mit einem Ruck setzte er sich auf. Immer schön positiv bleiben. Wenigstens war er nun dem Albtraum entkommen, der ihn schon wieder heimgesucht hatte, diesem verfluchten, immer gleichen Traum von Susan und der U-Bahn-Station.

Bis vor Kurzem hatte David geglaubt, dass er den Kampf gegen die Schlaflosigkeit endlich gewonnen hätte. Er focht diesen Kampf seit seinen Teenagertagen, mit einem immer wilderen Mix aus Tabletten und Einschlafritualen – inzwischen meditierte er zwei Stunden täglich, hörte am Abend ausschließlich Drei-Ton-Musik, und kurz vor dem Zubettgehen rannte er noch einmal um den Bungalow. Eine aufwändige Prozedur, aber bis letzte Woche hatte sie funktioniert.

Und nun das: Albträume, seit sieben Nächten in Folge. Eine Tortur aus Traum und Halbschlaf, an deren Ende David aufgekratzt im Bett saß und darüber grübelte, warum Susan plötzlich zurückgekehrt war. Nacht für Nacht stand sie am Bahnsteig der Hayfield Station und wartete. Sie wartete auf David und darauf, dass er sie dieses eine Mal retten würde.

»Nächste Woche Neustart«, murmelte er. Das war sein neues Mantra für alle Probleme. Fünf Tage noch, dann war Schluss mit zwei Jahrzehnten Alltag – David würde sein Leben herunterfahren wie einen altmodischen Computer, und dann würde er ganz neu beginnen.

Fünf Tage noch. Eine Woche wie jede andere.

Er öffnete die Schublade und, natürlich, dort lag das Notizbuch. David schlug es auf der letzten Seite auf und notierte seinen Vorsatz für den Tag:

19. November – Eine Karte für das Cobain-Konzert besorgen.

Die Idee zu dem Konzert war ihm mitten im Traum gekommen. Cobain spielte diesen Samstag in der Stadt, Karten bekam man sicher nur noch auf dem Schwarzmarkt. Trotzdem, ein echtes Nirvana-Konzert, das erste seit Cobains Zusammenbruch – wenn das nicht der perfekte Start in ein neues Leben war.

Zwei Tage später dann, am Montag, die Reise nach Neuseeland. Einmal um den Lake Pukaki, danach immer weiter in die Berge, bis zu einem einsamen Hotel, in dem David sich für mehrere Monate langweilen konnte. Ohne Projekte, ohne Vorsätze, und irgendwann hoffentlich auch ohne Albträume.

David klappte das Buch zu und griff nach seinen Maxolon-Tabletten. In diesem Moment schrillte es so laut über seinem Kopf, dass er vor Schreck mit der Hand gegen das Wasserglas stieß. Das

Glas zerbarst auf dem Boden, mit einem perfekten Klirren wie in einem Hörspiel.

Einen Moment später schrillte wieder der Deckenlautsprecher und es klang ein wenig so, als würde Leah dieses Geräusch abspielen, um David zu ärgern: *Ich hatte dich gewarnt, erinnerst du dich?* David beugte sich über die Bettkante. Auf dem Boden verteilten sich die Scherben in silbern glänzenden Rinnsalen.

»Es ist Gregory Smith«, sagte Leah. *»Er wird es noch sechs Mal versuchen.«*

Auch das noch. Ein Anruf von Smith um diese Uhrzeit – das konnte nur Probleme bedeuten.

»Annehmen.« David räusperte sich und über ihm knackte der Lautsprecher. »Morgen, Gregory.«

Erst war es ein, zwei Sekunden lang still, dann sagte Smith: »Habe ich Sie wenigstens aus dem Bett geschmissen?«

»Würden Sie dann wieder auflegen?«

»Natürlich nicht. Ich würde Ihnen fünf Minuten Smalltalk gönnen. Zum Wachwerden.«

»Nicht nötig. Ich bin hellwach.«

Smith lachte. »Genau wie ich Sie brauche.«

Seine Stimme klang durch die Lautsprecher noch weicher als sonst. Absurd, dass hinter dieser jugendlichen Stimme ein Mittfünfziger mit weißem Bart und einer Vorliebe für honduranische Zigarren steckte. Gregory Smith war der CEO des größten Register-Unternehmens in Washington.

Mit einem unguten Gefühl richtete sich David auf. »Ich wollte erst heute Nachmittag ins Büro kommen. Und Sie, wollten Sie nicht längst in Cape May den Eiswind genießen?«

»Zum Teufel mit Cape May. Vor meiner Tür stapeln sich ein Dutzend Katastrophen. Und bei der obersten müssen Sie mir helfen.«

»Nächste Woche beginnt mein Sabbatical. Ich muss noch eine ganze Menge Projekte übergeben und …«

»David?«

»Ja.«

»Ich brauche Sie jetzt. Und damit meine ich, jetzt sofort.«

Na prima. Davids Tagesvorsatz, die geplante Schwarzmarkt-Safari, löste sich auf wie eine Brausetablette.

»Um was geht es denn?«, fragte er. Mit etwas Glück musste Smith nur eine neue Regelung der NOBA erfüllen. Für gewöhnlich ignorierte er die Registerbehörde, das war eine Art Sport für ihn, und kurz vor Ablauf der Fristen bekam er dann Panik.

»Ich erkläre Ihnen alles, wenn Sie hier sind«, sagte Smith. »Die Sache ist kompliziert und undurchsichtig. Genau Ihr Fall.«

David wartete, ob Smith noch etwas hinzufügen würde, aber am anderen Ende der Leitung blieb es still.

»Also dann«, sagte David schließlich, »wir sehen uns in …«

»Es geht um eine Frau.«

David stutzte. »Und weiter?«

»Ich habe ziemliche Angst vor ihr.«

»Okay. Ich bezweifle wirklich, dass ich Ihnen helfen kann.«

»Natürlich können Sie das. Sie sind doch mein Feuerwehrmann.« Und damit legte Smith auf.

David ließ sich zurück auf das Kopfkissen sinken. Über die Jahre hatte er alles dafür getan, Gregory Smith mit seiner Arbeit zu beeindrucken, funktional und zuverlässig wie ein Staubsauger – und nun vertraute ihm Smith mehr als David je gewollt hatte. Zu allem Überfluss stand David in seiner Schuld, denn Smith persönlich hatte es ermöglicht, dass David ein monatelanges Sabbatical einlegen durfte. Inklusive einer dreiundneunzigprozentigen Gehaltsfortzahlung.

»Ich starte die gewünschte Musik«, sagte Leah. Im nächsten Moment dröhnte der wilde Anfang eines Nirvana-Songs durch das Schlafzimmer. David hob seinen Daumen in die Höhe, eine stumme Gratulation an sein zukünftiges Ich.

Seit drei Wochen war Leah, eine virtuelle Assistentin mit Registerzugriff, in Davids Haus installiert – sie gehörte zu den experimentellen Produkten, die er als Benzon-Mitarbeiter testen konnte. Das Backtiming betrug nur dreißig Sekunden, aber dadurch wusste Leah immer, was David als Nächstes tun würde. Er hatte sich sehr an sie gewöhnt. Zwischen den bilderlosen Wänden und kiesgrauen Türen war Leah seine erste und einzige Mitbewohnerin.

Er schlurfte ins Badezimmer. Cobains Gitarre übertönte den Haarschneider, mit dem David seine Stoppelfrisur in Form brachte, und sie vertrieb auch die Bilder der Hayfield Station aus seinem Kopf. Vorerst.

Im Laufe des Tages würde der Albtraum ein hässliches Anhängsel mit sich bringen, unvermeidlich wie die Blechdosen hinter einem Hochzeitsauto: die Panikattacke. Eine Minute Todesangst mit allem, was dazugehörte. Manchmal gab es Vorzeichen für die Attacke, dann konnte sich David irgendwo einschließen und abwarten. Doch meistens polterten die Blechdosen einfach los.

David stieg in die Dusche. Der Ein-Minuten-Horror war unangenehm, aber David würde ihn überleben. Zumindest darauf war Verlass.

Bevor er das Haus verließ, legte David noch einen Zettel auf das Bett – *Bitte neu beziehen,* der letzte Auftrag für Kai – und griff nach seinem Notizbuch.

19. NOVEMBER, NEU – EIN LETZTES MAL GREGORY SMITH RETTEN.

Draußen hatte der Toyota die Garage schon verlassen, aus der offenen Fahrertür strömten Wärme und Licht. David wollte einsteigen, aber sein Blick blieb an der gegenüberliegenden Auffahrt hängen. Die Gartenlaternen warfen einen grauen Lichtkegel über die Straße bis zum Nachbargrundstück. Und dort stand es schon wieder. Das schwarze Auto.

David gab der Wagentür einen leichten Stoß, sodass sie sich lautlos schloss.

Wie lange waren die Bilewskis jetzt schon auf Kreuzfahrt? Mindestens seit drei Wochen. Es konnte natürlich sein, dass der Besitzer des schwarzen Wagens ein Freund war, der das Haus übergangsweise nutzte. Aber seit die Bilewskis mit der *Royal Caribbean* unterwegs waren, hatte David nie einen Menschen in ihrem Haus gesehen.

Er ging zwei Schritte Richtung Straße. Eigentlich war nur eines an diesem Auto wirklich mysteriös: die Uhrzeit, zu der es hier geparkt wurde. Das war jetzt der vierte Morgen, an dem David den schwarzen Wagen bemerkte, und nie hatte er ihn am Vorabend heranfahren hören. Das Auto musste also immer während der Nacht kommen.

David rieb sich die kalten Arme und verharrte am Straßenrand.

Du bist krank, dachte er. Es gab keine Hauseinbrüche mehr. Auch keine Raubüberfälle. Würde er irgendwo seine Sorgen über das unerklärliche Auto äußern, man würde ihn auslachen.

David machte kehrt, so abrupt, dass er fast über die Bordsteinkante stolperte.

Es lag an diesen verflixten Träumen. Normalerweise ging es in seinem Kopf zu wie in einer Sortiermaschine. Immer schön ein Gedanke nach dem anderen, klick-klack-klick, und alles wurde sofort etikettiert: *Wichtig* oder *Archiv* oder *Sofort wieder vergessen*. Aber wenn er mit der Hayfield Station im Kopf aufwachte, war da nur noch die Angst vor den polternden Blechdosen.

David atmete die kalte Morgenluft ein. Eine Woche noch. Dann würde er endlich für sich selbst leben. Und er würde wieder gesund werden.

Während Leah im vorgeheizten Auto ein paar nette Worte herunterspulte, musste David an seinen Großvater denken. Der war bis zu seiner Beerdigung vor drei Monaten täglich durch seine

Siedlung patrouilliert, immer auf der Suche nach verdächtigen Spaziergängern und Teens mit Spraydosen. Dass inzwischen immer alles seine Ordnung hatte, rückwirkend und lückenlos, das hatte Judd Manoah Senior niemals glauben können.

Im Grunde war es ja auch unglaublich.

Der Capital Beltway war wie immer verstopft. David hasste den Anblick – tausende Pendler, die sich auf einer absurden Zahl von Spuren aneinanderreihten wie sorgsam platzierte Dominosteine. Davids Frontscheibe projizierte unerbittlich die Uhrzeit über den Verkehr, halb sieben war es jetzt.

Auf der Abfahrt Richtung Tysons Corner kam der Verkehr vollends zum Stillstand. Der Motor verstummte.

»Schlechte Nachrichten«, sagte Leah aus den Lautsprechern. *»Deine Weiterfahrt verzögert sich um 33 Minuten.«*

David starrte aus dem Fenster. Vor ihm erhoben sich die Bürokolosse von Tysons Corner, in deren Turmspitze Smith ungeduldig auf ihn wartete. Wahrscheinlich würde er gleich anrufen und fragen, ob David sich verfahren habe.

»Ich lese dir die aktuellen Nachrichten vor«, sagte Leah.

David schloss die Augen. Er mochte Leahs Stimme inzwischen recht gern. Selbst Meldungen darüber, dass nun das x-te Gefängnis in ein Hotel verwandelt worden sei, bekamen bei Leah eine süffisante Note.

Heute aber stockte sie bereits nach dem ersten Satz. *»David, dein Vater ruft gerade an. Er sagt, es wäre wichtig.«*

»Von mir aus«, murmelte David.

Auf dem Displayfeld im Armaturenbrett erschienen Judds verknitterter Pyjama und ein Teil seines Halses. Immerhin war es ihm überhaupt gelungen, einen Anruf zu starten. Davids Vater hatte sein Leben lang an Holzverkleidungen geschraubt und er mied moderne Technik wie die Pest.

»Hi Dad«, sagte David. »Wie geht's dir?«

Judd schnaufte. »Was für eine Blechbüchse wollte mich da denn gerade abwimmeln?«

»Meine virtuelle Assistentin. Sie heißt Leah.«

»Leah? Also ehrlich, David. Wie wär's, wenn du mal mit einer echten Frau nach Hause fährst? Eine Couch hast du doch inzwischen.«

David massierte seine Schläfen. »Für diesen wertvollen Tipp bist du so früh aufgestanden?«

»Konnte nicht schlafen. Mein Magen macht wieder Rabatz.« Judd zog die Nase hoch. »Aber keine Sorge, wir zwei machen uns heute einen schönen Abend. Bis dahin bin ich wieder fit.«

»Ach ja.« Insgeheim hatte David gehofft, Judd würde ihre halbjährliche Verabredung vergessen. Fertigfrikadellen und Football standen nicht besonders weit oben auf seiner Neustart-Liste.

»Was ist los?«, fragte Judd. »Sag nicht, dass es heute schlecht ist.«

»Es ist heute schlecht. Ich muss länger arbeiten.«

Judd hustete. »Bis zum allerletzten Tag rackerst du dich ab für die Firma? Ich dachte, mit Benzon ist Schluss.«

»Mit Benzon ist Pause, Dad.«

»Die haben dich kaputt gemacht. Ich hab das immer gesagt. Sind deine Haare noch kürzer geworden?«

Die blauroten Schlangenlinien von Judds Pyjama brannten inzwischen in Davids Augen. Er dunkelte den Bildschirm ab. Immerhin setzte sich der Wagen gerade wieder in Bewegung.

»Du musst mir jedenfalls was erklären«, sagte Judd. »Ich hab so 'nen komischen Brief bekommen. Von der NOBA.«

Schon allein, wie er das Wort *NOBA* betonte. Judd hatte ein wahres Talent dafür, in nur ein Wort die ganze große Enttäuschung über seinen Sohn zu legen.

Seit Großvaters Tod war es schlimmer geworden. Judd Manoah

Senior war seinerzeit als Orchestrator aus Europa geflüchtet und Judd hatte immer behauptet, er wäre in seine Fußstapfen getreten. Als Schreiner an der Washington Opera! Grandpa hatte das gerade noch als Fortführung der Künstlertradition durchgehen lassen.

Nicht so bei David. Entgegen aller Erwartungen war er Analyst bei einer Softwarefirma geworden, und dann noch bei einer, die das größte Ärgernis der beiden Judds verwaltete: das Register.

»Der Brief steckt in einem knallroten Umschlag«, sagte Judd. »Kam per Einschreiben. Du kannst mir doch bestimmt sagen, was mir eure Jungs da geschickt haben, oder?«

David stutzte. Seit wann verschickte die NOBA Briefe auf Papier? Und dann auch noch per Einschreiben?

Er zuckte mit den Schultern. »Schau doch einfach rein.«

»Guter Witz. Ich lass mir doch nichts über meine Zukunft erzählen. Und wenn sie noch so rot verpackt ist. Soll ich den Brief ignorieren?«

David wollte gerade antworten, als der Wagen abrupt zum Stillstand kam. David japste, etwas presste sich an sein Brustbein. Erst nach einem Moment begriff er, dass es der sonst so schlaffe Sicherheitsgurt war.

»Leider verzögert sich deine Weiterfahrt um weitere vierzehn Minuten«, sagte Leah. *»Der Grund ist ein außerplanmäßiges Verkehrsereignis. Mehr weiß ich auch nicht.«*

Davids Wagen stand direkt an einer Kreuzung, die Ampel war grün. Trotzdem waren alle Autos in den Spuren links und rechts von ihm wie festgeklebt – als wollten geheime Kräfte verhindern, dass David heute ins Büro kam. Im Wagen nebenan schimpfte der Fahrer mit federnden Gesten.

»Alles okay bei dir?«, fragte Judd.

In diesem Moment kam ein Pickup aus der Querstraße herausgeschossen – wie selbstverständlich fuhr er einfach über die rote Ampel. Mitten auf der Kreuzung bremste er scharf. Das Wasser in der Straßenmitte spritzte hoch, der Pickup drehte sich um die eigene Achse.

Ein paar Sekunden lang verharrte er auf der Kreuzung, dann fuhr er wieder los – dieses Mal genau in Davids Richtung. Aus der Ferne war Sirenengeheul zu hören.

»Hier passiert gerade was Seltsames«, murmelte David. Durch die nasse Windschutzscheibe des Pickups sah er das Gesicht des Fahrers. Der Mann lachte. Ohne abzubremsen drängte er seinen Wagen zwischen David und die Nachbarspur und raste mitten durch den Gegenverkehr in Richtung Interstate.

Kein Zweifel, der Kerl fuhr manuell. Aber die eigentliche Frage war, warum er überhaupt fuhr. Wieso saß er nicht in Präventionshaft, statt hier den Verkehr lahmzulegen?

Das Sirenengeheul wurde lauter. Links und rechts von David schauten die Fahrer von ihren Displays auf.

»Läuft da bei dir *Starsky and Hutch?«,* fragte Judd. »Das sind doch keine Polizeisirenen?« Er klang, als glaube er seinen eigenen Ohren nicht.

Zwei Wagen mit Blaulicht schossen jetzt in die Kreuzung, bogen ab und rasten, genau wie der Pickup, an David vorbei.

Davids Wagen erwachte zum Leben und Leah meldete sich. *»Die Weiterfahrt wird nun fortgesetzt. Bis zum Ziel wird es keine Verzögerungen mehr geben.«*

»Du hast was verpasst«, sagte David. »Hier gab es eine Verfolgungsjagd.«

»Die machen das bei Wiederholungstätern wieder öfter. Ich hab da was in der *Newsweek* gelesen. Leute immer nur in diese Präventionshaft zu schicken, ist auf Dauer nichts für einen echten Cop.«

»Es gibt keine echten Cops mehr.«

»Denk mal drüber nach.« Judd stöhnte auf. »Hörst du, wie das in meinem Bauch blubbert? Ich muss Schluss machen.«

Na endlich, dachte David.

»Überlegst du es dir noch mal wegen heute Abend? Die Oakland Riders spielen.«

»Ein andermal, Dad.«

David legte auf und Leah fuhrt fort, die Nachrichten zu verlesen. Irgendwas über den Register-Zugang in der Mongolei.

David sah auf den Asphalt, der unter seinen Füßen davonrauschte und dachte über den Briefumschlag nach. Die Geschichte beunruhigte ihn. Eine unangenehme Assoziation schwirrte in seinem Kopf herum, wie eine Mücke, die sich nicht verscheuchen ließ.

Am besten erkundigte er sich gleich heute, warum das Register plötzlich Briefe verschickte. Und bald, nach ein paar Monaten Auszeit, würde er sich auch mehr um Judd kümmern. Ganz sicher. Aber erst einmal war David selbst an der Reihe.

Der Wagen erreichte die Tiefgarage von Benzon. Zum Glück konnte Leah den Wagen allein zum Parkplatz fahren. David stieg aus und rannte das kurze Stück zum Aufzug, der direkt hoch in die Chefetage fuhr.

Die gläserne Aufzugkabine schwebte langsam in das kreisrunde Atrium, das Zentrum des Gebäudes. Offene Galerien zogen sich spiralförmig um den gewaltigen Schacht, immer eine Etage pro Umrundung – genau wie Davids Karriere in diesem Konzern mit seinen militärischen Strukturen, die ihn immer weiter nach oben gesogen hatten.

Auf der Ostseite verschwanden die Gänge hinter einer verchromten Wand, dem optischen Highlight des Atriums. Meterhohe Ziffern schienen in das Metall eingraviert, in Wahrheit waren sie nur eine raffinierte Projektion.

Gerade eben war David noch halb mit dem rasenden Pickup, halb mit den Andeutungen seines Vaters beschäftigt gewesen. Nun, als er die Ziffern auf der Wand sah, wurde ihm schlagartig klar, dass er soeben einen verheerend dummen Fehler gemacht hatte.

Es geht um eine Frau …

Die Türen des Aufzugs glitten zur Seite.

Oh Gott. David wankte aus der Kabine. Er hielt sich an dem gläsernen Geländer fest, die Luft war plötzlich zäh und bitter. Die Blechdosen waren im Anflug.

Er konnte den Blick nicht von der verchromten Front lösen. Seit der Einweihung des Gebäudes symbolisierten sie das kostbare Gut, das Benzon sein Arbeitsgebiet nannte: die Zeit.

In epischer Größe prangten das heutige Datum und die Uhrzeit an der Wand, eine im Sekundentakt wechselnde Wahrheit, die David gerade wieder in den Aufzug zurückdrängen wollte.

Heute war der 19. November. Nur noch sechs Tage. Sechs Tage blieben dieser Frau, um in Davids Leben zu treten, es auf den Kopf zu stellen und am Ende zu ruinieren. Sechs Tage, um sein Untergang zu sein.

Er musste hier weg. Smith konnte sich einen anderen Retter suchen. David musste fliehen, jetzt sofort.

7:13 – 09:01

Ein meckerndes Lachen, das David nur zu gut kannte, unterbrach das Gemurmel im Atrium. »Du möchtest wohl die letzten Tage besonders ausführlich genießen.«

Er drehte sich um und blickte in einen Laptop mit Hosenanzug. Melinda Grant aus dem Controlling. Ausgerechnet.

David räusperte sich. »Mir wird der Abschied mit einem Spezialauftrag versüßt.« Er wies zum Vorzimmer von Gregory Smith.

»Wirklich?« Sie schob ihre Brille zurück. »Das ist gemein.«

David versuchte zu lächeln, während sein Blick wieder zu dem Datum auf der anderen Seite des Atriums wanderte. Die Mechanik seiner Gedankenmaschine war verklemmt, es ging nichts mehr vor oder zurück.

Ganz ruhig. Bis jetzt war überhaupt nichts passiert.

Er hatte eine Warnung von seinem zukünftigen Ich erhalten, vor fast genau einem Jahr. Das passierte jeden Tag auf der Welt, schließlich waren die Privatnachrichten des Registers genau dafür erfunden worden. Obendrein war seine Nachricht so gut wie verfallen, denn sie stammte inzwischen nur noch sechs Tage aus der Zukunft. Nichts in diesem Jahr hatte auf ihre Erfüllung hingedeutet.

Das einzige Problem der Nachricht war ihr Inhalt. Davids zukünftiges Ich hatte ihn vor einer Frau gewarnt, die ihn vollkommen und unwiderruflich zerstören würde – und das obwohl er sie gar nicht kannte. Eine Frau namens Lois.

David spürte Melindas Hand auf seinem Ellbogen.

»Ich habe eine Idee«, sagte sie. »Wollen wir heute Abend was essen gehen? Um deinen Abschied zu begießen. Vielleicht muss ich dabei auch ein oder zwei Tränen verdrücken, aber das stört dich hoffentlich nicht.«

»Wirklich nett, aber ich muss passen. Ich habe keine Ahnung, was Smith mit mir vorhat. Es wird sicher spät.«

Das war schon Melindas dritte Einladung, aber er hatte jetzt keine Zeit, darüber nachzudenken. Er musste eine Entscheidung treffen. Und eigentlich blieben ihm nur zwei Möglichkeiten.

Erstens: Einfach nach Hause gehen. Er konnte sich für die restlichen Tage krankmelden und das Haus nicht verlassen. Danach wäre die Frist abgelaufen und er außer Gefahr. Zumindest in der Theorie – er wusste ja immer noch nicht, was diese Lois überhaupt *tun* würde.

Die andere Möglichkeit war, die Warnung seines zukünftigen Ichs einfach zu ignorieren. Das klang allerdings nach einer noch dümmeren Idee.

»Nun übertreib mal nicht«, sagte Melinda. »Irgendwann machst selbst du Feierabend.« Sie lächelte breit, damit David ihre perfekt gerichteten Zahnreihen bewundern konnte. »Noch was anderes. Bevor du für Ewigkeiten weg bist und alles im Chaos versinkt, müsstest du mir noch ein paar Sachen zum Roster Projekt erklären.«

»Da habe ich mich schon rausgezogen.« David holte tief Luft. Sollte er wirklich einfach davonrennen? Smith wäre empört und ihre gute Beziehung, die Arbeit von vielen Jahren, bekäme einen bösen Knacks. Vielleicht würde er sogar Davids Auszeit wieder streichen. Obwohl, das konnte er nicht einfach machen.

Sehr witzig. Natürlich kann er das einfach machen.

»Wer hat das Projekt übernommen?«, fragte Melinda.

»Mr Keenan«, sagte David. »Wahrscheinlich hat er es an einen neuen Kollegen delegiert. Harwood vielleicht.«

Melinda starrte ihn über ihre Brille hinweg an. »Organisiert und allwissend wie immer. Ich ruf dich nachher noch mal an.«

Mit einem letzten Lächeln machte sie sich davon.

David zog seine Krawatte zurecht. Melinda einen Korb zu geben, war inzwischen eine seiner leichtesten Übungen. Wenn sein zukünftiges Ich allerdings recht hatte, war seit Monaten eine ganz andere Frau hinter ihm her. Sie wollte nicht sein Herz erobern oder ihn ins Bett bekommen. Sie wollte ihn zerstören.

David ging einen Schritt auf das Vorzimmer von Gregory Smith zu. Er musste jetzt eine Entscheidung treffen. Noch immer war nicht klar, ob es diese Frau wirklich gab – und wenn ja, wie sie ihm gefährlich werden sollte. Ihm, dem langweiligsten Mann in ganz Washington.

Er hatte sich gewarnt, damit er rechtzeitig weglaufen konnte. Und Lois hatte sich bis jetzt nicht einmal zu erkennen gegeben. Es war also viel zu früh, um sich Sorgen zu machen. Oder? Machte er einen Denkfehler?

Audrey Ohlman, die ruppige Assistentin von Smith, öffnete die Tür, bevor David klopfen konnte. Sie prallte beinahe mit David zusammen und musterte ihn von oben bis unten.

»Da sind Sie ja.« Ihr kantiges Gesicht war wie immer völlig ausdruckslos. »Mr Smith erwartet Sie schon.«

David nickte. Er hatte Angst, trotz aller Logik. Kein Wunder, bei solch einer Warnung. Er räusperte sich und folgte Ohlman ins Büro.

Gregory Smith saß auf seinem Schreibtisch, hielt das Telefon dicht an seinen weißen Bart und schimpfte in den Hörer hinein. Als er David sah, nickte er ihm zu, sprach aber weiter.

»Dann sagen Sie Ihren Projektleitern eben, dass wir den Plan geändert haben. Erwarten Sie, dass wir hier die Welt am Reißbrett planen? Wir sind nicht General Motors!«

David schloss die Tür hinter sich und lehnte sich an ein Mahagoniregal, das zwischen zwei wandhohen Ölbildern eingepfercht war. Er hatte die moosgrünen, in dicken Ölklumpen aufgebrachten

Formen auf den Leinwänden schon oft und ausgiebig angesehen. Sie erinnerten ihn an fette Vögel mit Schrumpfköpfen, Hühner vielleicht. Der gesamte Bürokomplex war mit solch zeitgenössischer Kunst vollgehängt und Smith gab offen zu, dass er die teuren Werke weder begriff noch schätzte. Das einzige Bild im Raum, das ihm offenbar gefiel, stand direkt neben David auf dem Regal: Der CEO in einem hautengen Neoprenanzug, unter ihm eine graue Wasseroberfläche. Kitesurfen war das Einzige auf der Welt, das Smith wirklich Spaß machte.

Einen Moment lang hielt sich Smith noch den Hörer ans Ohr, dann legte er wortlos auf und schaute David an. »Diese bürokratischen Oompa-Loompas von der NOBA. Ich hasse sie von ganzem Herzen.«

David lächelte. »Sie meinen die Behörde, mit der wir so *gern* und *partnerschaftlich* zusammenarbeiten?«

»Sie sind heute aber hässlich zu mir.« Smith griff wieder zum Hörer. »Audrey, zwei Männer in Lebensgefahr. Wir brauchen Kaffee, Croissants und Aspirin.«

Der Gedanke an buttrig triefende Croissants ließ David würgen. Die Angst vor Lois hatte ihm auf den Magen geschlagen. »Also, was gibt es so Dringendes?«

Smith fuhr sich durch den Bart. »Ach, es ist ein widerwärtiger Tag. Wissen Sie, mit was ich mich heute schon herumschlagen musste?« Er wies mit dem Daumen über seine Schulter. »Unter anderem mit diesen blöden Bäumen da draußen.«

Durch die Fensterfront hinter Smiths Schreibtisch konnte David die Spitze einer Birke sehen. Mehrere Dutzend dieser Bäume umringten das Gebäude, allesamt so hochgewachsen, als hätten sie schon vor dem Bau hier gestanden.

David glitt in den Ledersessel vor Smiths Schreibtisch. »Verschmutzen die Birken unsere hübsch-sterilen Wände?«

»Das wäre mir ja noch egal. Schlimmer ist, dass ein Drittel der

Mitarbeiter allergisch auf die Pollen reagiert. Ich könnte ausrasten.«

Smith sprang mit Schwung vom Schreibtisch. Es war immer wieder erstaunlich, wie wenig bei diesem Mann zusammenpasste. Der jugendliche Körper, der weiße Bart, die Lackschuhe – Smith wirkte wie eine geschmacklose Patchworkdecke.

»Zuerst müssen wir über Ihre Auszeit sprechen«, sagte Smith. »David Manoahs große Ferien.«

David sah an ihm vorbei und sagte nichts. Die kahle Baumkrone vor der Fensterscheibe bog sich im Wind. Smith konnte ihm gern den gesamten Urlaub streichen, solange er ihn nur vor Lois bewahrte.

»Keine Sorge.« Smith lachte leise. »Es wird nur besser. Ab morgen haben Sie frei. Wie finden Sie das?«

David starrte in sein grinsendes Gesicht. »Das Angebot kann ich leider nicht annehmen. Drei Teams zählen darauf, dass ich noch diese Woche da bin. Wenn ich mich einfach verdrücke, werden viele Leute sehr schlechte Laune haben.«

»Die können sich dann bei mir beschweren. Sehen Sie's als Abschiedsgeschenk.«

David zögerte. »Und was verlangen Sie dafür von mir?«

Smith setzte sich auf seinen Schreibtischstuhl. »Gar nicht so viel.«

»Ich nehme an, es hat mit der geheimnisvollen Frau zu tun.«

»Es ist eine Journalistin. Oder richtiger, eine Bloggerin. Eine von der gefährlichen Sorte.«

Jetzt würde er den Namen sagen. Er lag ihm schon auf der Zunge. Die Hühner an den Wänden wirkten plötzlich noch eine Spur grüner und fetter, so als könnten sie jeden Moment von der Leinwand hüpfen. Hinter dem Bild, im Nebenraum, saß Lois schon. David wusste es. Gleich ging die Tür auf, und sie kam hereinstolziert.

»Wahrscheinlich haben Sie schon mal von ihr gehört«, sagte Smith. »Rachel Anderson.«

»Rachel«, sagte David leise.

Irgendeine Journalistin namens Rachel. Nicht Lois. Niemand, vor dem er Angst haben musste. Allenfalls Respekt.

»Was ist los?«, fragte Smith. »Sie kennen sie doch nicht etwa persönlich?«

»Rachel Anderson? Nein, von der habe ich noch nie gehört.«

»Sie arbeitet bei NewsHub-Online. Hauptsächlich politische Themen, immer auf der Suche nach dem nächsten Skandal. Zuletzt ist sie damit voll auf die Nase gefallen. Den Fall um Arun Tagore haben Sie mitbekommen?«

David schüttelte den Kopf. »Ich verfolge die Nachrichten nur sporadisch.«

»Arun Tagore war ein Kongressabgeordneter. Er hat sich für den Bestand der Luftwerft in Piedmont eingesetzt. Bis es auf einmal hieß, er hätte eine Affäre mit der Geschäftsführerin. Das wurde ihm aber nur angedichtet, und zwar von Rachel Anderson. Die Geschichte hat NewsHub viel Kritik eingebracht, ihr natürlich auch. Tagore konnte seine politische Karriere trotzdem ins Klo werfen.«

»Und Anderson arbeitet immer noch bei NewsHub?«

Audrey marschierte, natürlich ohne anzuklopfen, mit einem Tablett in den Raum und stellte es auf den Schreibtisch.

»Sie muss NewsHub geködert haben. Mit einer Story, die auf deren Wunschliste ganz oben steht.«

»Aber diese Story sind doch nicht etwa wir.«

Smith wies zum Fußboden. »Sie sitzt seit einer halben Stunde unten und wartet.«

David war einen Moment lang sprachlos. Smith schien keinen Witz zu machen. »Und jetzt?«

»Na, jetzt haben wir ein saftiges Problem. Ich hoffe nur, sie hat uns nicht schon seit Monaten im Visier. Angefragt hatte sie jedenfalls erst letzte Woche.«

»Zum Glück haben Sie einen Haufen PR-Profis«, sagte David. Es war mehr eine Frage als eine Feststellung. Smith wollte ihn doch nicht ernsthaft zu einem Interview mit dieser Journalistin zwingen, noch dazu völlig unvorbereitet.

Smith schaufelte Zucker in seinen Kaffee. »Sie wollte auf keinen Fall einen Pressesprecher vorgesetzt bekommen, sondern einen normalen Mitarbeiter. Ich habe Rob Nicholson gebrieft, schon vor einer Woche, aber er ist krank geworden. Magen-Darm. Und deshalb sind Sie jetzt am Zug.«

David bekam seinen Mund kaum geschlossen. Bis gerade eben hatte er noch auf eine letzte, plötzliche Wendung in diesem Gespräch gehofft. Doch Smith meinte es tatsächlich ernst. »Aber … ich weiß ja nicht einmal, was sie von uns will.«

»Ich vielleicht? Nie hat sich irgendjemand da draußen für Benzon interessiert. Und warum? Weil wir eine gottverdammte Softwarebude sind. Wir sind so spannend wie die Aquarelle meiner Frau.« Smith griff nach einem Croissant, biss hinein und redete mit vollem Mund weiter. »Klar, wir arbeiten für die NOBA. Und manche finden die NOBA ein bisschen unheimlich, weil sie ständig auf ‚rückgängig machen' klickt und wir nicht viel davon mitbekommen. Aber selbst die NOBA, die größte Behörde der westlichen Welt, hat noch nie ernsthafte Publicity-Schwierigkeiten gehabt.«

Das stimmte. Jetzt, wo er darüber nachdachte, kam es David beinahe seltsam vor.

»Ist Anderson eine Registergegnerin?«, fragte er.

»Ich würde sagen, ja. Zumindest gibt es ein paar kritische Artikel von ihr.«

»Was kritisiert sie denn so?«

»Das Übliche. Dass uns das Register jährlich Millionen von

Menschenleben kostet wegen angeblicher Schmetterlingseffekte. Meinetwegen, aber was will sie dann bei uns? Ich kapier's nicht.«

»Sie sollten sich jemand besseres suchen, um sie im Zaum zu halten.«

»Wieso denn? Plaudern Sie ein bisschen mit ihr. Führen Sie sie herum. Und schon sind Sie fertig.«

Herumführen? Schon der Gedanke war absurd. Benzon war nicht die Nationale Kunstgalerie.

»Unsere Spezialexperten sollen ihr etwas über die tägliche Arbeit erzählen«, sagte Smith. »Oder ein paar Zeitmaschinengeschichten zum Besten geben. Audrey hat schon alle per Mail vorgewarnt.«

»Gregory, die meisten Leute hier sind Entwickler. Wenn man sie erzählen lässt, was sie den ganzen Tag machen, versteht Anderson kein Wort.«

»Das ist doch perfekt.« Smith strahlte. »Machen Sie der Dame verständlich, dass wir offen sind, sympathisch, ziemlich technisch und vor allen Dingen eines: unfassbar langweilig.«

David blinzelte. Das also war der Grund, warum Smith ausgerechnet ihn ausgewählt hatte: David war langweilig. So langweilig von Kopf bis Fuß, dass die gefährliche Rachel Anderson angeödet nach Hause fahren würde.

»Diese Frau ist ratz-fatz nach oben gekommen«, sagte Smith. »Und dabei hat sie eine Schneise der Verwüstung hinter sich gelassen. Irgendetwas hat sie jetzt zu uns gezogen. Gott weiß, was genau.«

David räusperte sich. »Unsere Firma ist vollgestopft mit Registerspielereien. Vielleicht hat sich das rumgesprochen.«

»Na und? Die sind alle erlaubt.«

»Ich bin mir sicher, dass wir ab und zu mehr als ein paar Minuten backtimen. Und das ist nicht erlaubt.«

Smith verzog keine Miene. »Wenn Anderson nach einem Registermissbrauch suchen will, umso besser. Sie wird drei Jahre lang recherchieren, nichts finden und in dieser Zeit keinem auf die Nerven gehen. Schließlich verraten wir der Vergangenheit keine zukünftigen Aktienkurse.«

»Sondern?«

Smith seufzte. »Zum Beispiel, was wir mit diesen blöden Bäumen da draußen machen.«

David legte den Kopf schief. Natürlich. Warum war ihm das nicht viel früher aufgefallen? Die ausgewachsenen Birken dort draußen schienen nicht nur älter zu sein als das Gebäude. Sie *waren* es.

»Sie haben gar nicht vor, die Bäume zu fällen«, sagte er.

»Natürlich nicht. Sobald wir eine vielversprechende Idee haben, backtimen wir sie.« Smith erhob sich und wischte die Krümel von seiner Hose. »Irgendwann werden Sie zur Arbeit kommen, und dann begrüßen Sie Bäume aus Plastik, die schon immer hier gestanden haben.«

»Die Birken sind nicht der erste Versuch, oder? Was stand vorher da? Dattelpalmen?«

Smith kaute ausführlich zu Ende. »Sie müssen sich jetzt entscheiden. Sprechen Sie mit Anderson oder nicht?«

David stand auf und steckte die Hände in die Taschen. Das war kein Problem nach seinem Geschmack. Es enthielt ausschließlich unbekannte Variablen, ausgerechnet heute, wo er sich ohnehin schon fühlte wie eine einzige ungelöste Gleichung.

»Machen Sie es uns nicht so schwer«, sagte Smith. »Ab morgen sind Sie weg und meine PR-Bubis übernehmen. Muss ich im Ernst die CEO-Karte ziehen?«

»Nein. Aber es gäbe da einen CEO-Gefallen, um den ich Sie gern bitten möchte. Im Gegenzug sozusagen.«

Smith schaute ihn an und wirkte verblüfft. Dann lachte er polternd. »Mensch, Sie werden mir richtig sympathisch. Soll ich

Ihnen vielleicht eine Abendbegleitung buchen? Sie wären schon der zweite heute.«

»Es geht nicht um mich, sondern um einen Freund. Er hat einen roten Brief von der NOBA bekommen, per Einschreiben, und fragt sich, was drinsteht. Können Sie mir sagen, warum die NOBA solche Briefe verschickt?«

»Nee. Soll Ihr Freund halt in den Brief reinschauen.«

»Genau das geht nicht. Er will auf keinen Fall etwas über seine Zukunft erfahren.«

Smith hob die Augenbrauen. »Einen interessanten Freundeskreis haben Sie. Ich kriege das für Sie raus. Es gibt ein paar NOBA-Idioten, mit denen ich sowieso telefonieren muss.«

»Vielen Dank.«

Smith kam auf David zu und klopfte ihm auf die Schulter. »Ich zähle auf Sie. Machen Sie diese Frau fertig. Das hat sie wirklich verdient.«

»Ich gebe mein Bestes.«

Als David das Büro verließ, hatte er das Gefühl, dass er die grünen Hühner zum ersten Mal besiegt hatte. Ein Sieg, der allerdings von zwei äußerst wackeligen Faktoren abhing. Erstens, dass David bei dem Deal mit Smith nichts zu verlieren hatte. Zweitens, dass Lois nicht doch noch in letzter Minute auftauchte.

Nächste Woche Neustart.

Sein bewährtes Mantra beruhigte David auch jetzt. Was konnte in den paar Tagen noch passieren?

09:02 – 10:39

Die einzigen Sitzgelegenheiten im Atrium waren ein paar hölzerne Kugelsessel, die verstreut in der Mitte standen, als hätte sie dort jemand vergessen. David hatte erwartet, dass er Anderson hier finden würde, doch alle Sitzschalen waren leer.

Er hörte ein kehliges Lachen vom Empfang her. Am Tresen sah er den Rücken einer Frau, die mit den beiden Pförtnern sprach.

David kam näher und als sich die Frau umdrehte, wusste er sofort, dass es Anderson war – obwohl alles an ihr seinen Erwartungen widersprach. Sie war jung, vielleicht Mitte zwanzig, und sah aus wie eine Studentin auf der Suche nach einem Ferienjob.

»Mr Nicholson?«, fragte sie lächelnd. Ihre Stimme klang rauchig, beinahe hart.

»Leider nicht. Ich bin David Manoah. Meine Magen-Darm-Resistenz hat mich auf Platz Eins geschoben.«

»Ihr Glückstag«, sagte sie und gab ihm die linke Hand, während sie mit der anderen durch ihre blonden Haare fuhr.

David fragte sich, wie sie bereits eine Karriere mit Höhen und Tiefen hinter sich haben konnte. Entweder sie hatte schon erfolgreich gebloggt, als ihre Schulkameraden gerade von den *Simpsons* zu *South Park* gewechselt waren. Oder sie hatte sich hochgeschlafen.

»Wir gehen am besten zu mir ins Büro.« Er wies zu dem gläsernen Geländer über ihren Köpfen. »Ich wohne direkt im ersten Stockwerk.«

»Kommen wir an einem Kaffeeautomaten vorbei? Diese Herren haben behauptet, hier unten gäbe es keinen.«

Treffer. Der Kaffeeautomat bei Benzon war genau eines der Geräte, die David ihr nicht hatte zeigen wollen. »Natürlich«, sagte er trotzdem. »Sehr gern.«

Während Anderson sich das Umhängeband mit dem Besucherausweis überzog, versuchte David, sie einzuordnen. Vor ihm stand ganz offensichtlich eine Inszenierung: von dem lässig-perfekten Dutt tief im Nacken bis zu der lockeren Strickjacke, die gekonnt die Konturen der Frau betonte. Alles an Anderson säuselte ihm zu, dass sie nur eine Studentin von irgendeinem dilettantischen Online-Magazin war – viel zu jung und hübsch, um eine Gefahr zu sein.

Der Kollege am Empfang, den David noch nie eine Miene hatte verziehen sehen, hatte einen knallroten Kopf und winkte ihr zum Abschied. »Die Geschichte mit dem Papagei war echt witzig.«

Sie machten sich auf den Weg zum Aufzug. Ihre Schritte hallten durch das Atrium. David bemerkte, wie Anderson sich in alle Richtungen umsah und tat es ihr unwillkürlich nach.

Bis heute wirkte das Atrium, als wäre es gestern erst eingeweiht worden. Das gläserne Geländer der offenen Gänge wurde jeden Morgen geputzt, selbst kleinste Kratzer in den Holzwänden machte das Register sofort ungeschehen.

Und es war immer angenehm hell hier. Geschickt versteckte Leuchtquellen gaukelten ein Tageslicht vor, das an diesem Novembermorgen gar nicht existierte.

»Lassen Sie sich nicht von dieser Halle beeindrucken«, sagte David. »Dahinter gibt es auch nur langweilige Büros.«

Anderson zeigte auf die verchromte Datumswand über ihren Köpfen. »Sie haben jedenfalls die Umsätze der Sicherheitsindustrie geerbt.«

Wohl eher der Angstindustrie, wollte David sagen, aber er verkniff es sich. »Vielleicht. Allerdings verkaufen wir echte Sicherheit. Nicht nur ein Gefühl davon.«

»Sagen Sie das mal den dreißig Millionen Arbeitslosen.« Sie grinste, während sie diese Anschuldigung von sich gab.

David drückte den Aufzugknopf. Er hatte nicht damit gerechnet, dass sie schon in der ersten Minute angreifen würde. Natürlich, überall wo das Register eingeführt wurde, war eine Rezession quasi vorprogrammiert – einfach, weil ganze Berufsbilder von heute auf morgen wegfielen. Gleich zwei dieser sogenannten Registerkrisen hatte es in ihrem Land gegeben, eine pro Jahrzehnt. Beide waren bis heute zu spüren.

»Um die Chirurgen und Leibwächter dieser Welt machen wir uns ehrlich gesagt keine Sorgen«, sagte er. »Wie Sie schon sagten, stampfen wir hier eine neue Branche aus dem Boden. Zeit ist Geld, Zeitmanipulation erst recht.«

»Da hab ich ja schon eine Headline für meinen Artikel.«

Herrgott, wollte die wirklich von Anfang an rumzicken? David bemühte sich um ein Lächeln. »Darum geht es? Um unser florierendes Geschäft? Oder ist es geheim, was Sie bei uns finden wollen?«

Die Aufzugtüren glitten zur Seite und gaben den Blick auf eine Meute von Spätaufstehern frei, die aus der Tiefgarage zu ihren Büros fuhren. David wollte den nächsten Aufzug nehmen, aber Anderson quetschte sich schon in die Kabine. Er folgte ihr notgedrungen.

»Es ist nicht geheim«, sagte sie in das Schweigen der Menge hinein. »Das Register ruht zu großen Teilen auf den Schultern von Privatunternehmen. Niemand hat sich je gefragt, ob das eine gute Idee ist. Wenn ich hier ein wenig rumstochere, werde ich schon auf was Nettes stoßen. Kommunikationspannen, unnötige Bürokratie, Verschwendung von Steuergeldern. So was eben.«

Eine füllige Kollegin neben David starrte mit rotem Kopf zur Decke. David war sich ziemlich sicher, dass Anderson nicht die Wahrheit sagte. Oder war diese Offenheit Taktik?

»Ehrlich gesagt, das kommt mir ein wenig langweilig vor«, sagte er schließlich. Er klang leider nicht ganz so spitz wie er wollte. »Die Behörden werden seit Jahrzehnten von Unternehmen wie uns unterstützt. Gerade im technischen Bereich. Software-Entwicklung, IT-Sicherheit …«

»Der Artikel war nicht meine Idee.«

»Ach so.« Die gefährliche Rachel Anderson bekam also auch nur befohlen, was sie zu tun hatte. Vielleicht war sie deswegen so angefressen.

Sie stiegen aus und David führte sie zum nächstgelegenen *Kaffee-Orakel*. So wurden die Kaffeeautomaten bei Benzon genannt. Auf dem Display der Maschine stand *Rachel Anderson*, darunter dampfte es aus einem schwarzen Pappbecher. Anderson starrte den Becher für ein paar Sekunden an, dann nahm sie ihn aus dem Automaten und hielt ihn David vor die Nase. »Latte Macchiato mit Nuss-Nougat?«

»Super, oder? Man muss gar nicht mehr überlegen, was man nehmen wird. Unser Automat weiß das schon.«

Rachel wendete den Becher wie einen Talisman hin und her. »Ich habe ernsthaft in der Zukunft gerade diesen lächerlichen Kaffee bestellt? Und mein Name …«

»Den haben Sie auch eingegeben. Man gewöhnt sich an diese Gadgets. Es gibt die hier an jeder Ecke.«

»Abgefahren.« Sie klang zum Glück eher erstaunt als verärgert. »Und das ist eine offizielle Registerfunktion?«

»Quasi. Wir arbeiten an einer Schnittstelle für die kommerzielle Nutzung des Registers, zum Beispiel für die Hersteller von Haushaltsgeräten. Bis jetzt geht es nur um dreißig Sekunden. Unsere Firma ist sozusagen das Versuchslabor.«

Anderson ging vor dem Kaffee-Orakel in die Hocke, die Hände auf die Knie gestützt, und sah zu, wie Davids Becher gefüllt wurde. »Da wissen Sie wohl auch, welche Fragen ich gleich stelle.«

David lächelte. »Ja, und die dritte finde ich gemein.«

In Wahrheit hatte er sich selten so schlecht vorbereitet gefühlt. Anderson machte nicht den Eindruck, als ob sie sich mit einer langweiligen Präsentation zufriedengeben würde. Aber genau das war Davids Auftrag.

Als er die Tür zu seinem Büro öffnete, wurde ihm zum ersten Mal bewusst, dass dieser Raum ein Spiegelbild seiner Wohnung war: weiß, kahl und sauber. Und genau wie bei ihm daheim gab es nur einen einzigen Stuhl.

David rollte den Stuhl zu Rachel hinüber und lehnte sich an seinen Schreibtisch. »Sie wollen also wirklich Geschichten über unnötige Bürokratie hören? Oder Projekte, die mehr Zeit und Geld verschlungen haben als geplant? Ich kann Sie Stunden damit langweilen. Solche Probleme sind das Fundament meiner Arbeit.«

»Ihr Job ist es, Geld zu verschwenden?«

»Nein, ich betreibe Schadensbegrenzung.«

Zögernd nippte Anderson an ihrem Latte. Ganz schien sie dem Kaffee aus der Zukunft noch nicht zu trauen. »Was ist Ihr aktuelles Projekt?«

»Die Entwicklung einer Dienstplan-Software. Die NOBA beschäftigt inzwischen vierzigtausend Mitarbeiter, viele von ihnen arbeiten in Schichten. Gerade die Registerbüros brauchen dringend eine bessere Software, und sie warten jetzt schon seit fünf Jahren darauf.«

»Fünf Jahre. Wussten Sie, dass der Eiffelturm nach zwei Jahren fertig war?«

»Die meisten Softwareprogramme sind hochkomplex. Zum Ende hin landen Sie in einem Fast-fertig-Zustand, der sich dann ewig hinzieht. Immer wenn man denkt, es wäre geschafft, taucht ein neuer, grundlegender Fehler auf.«

»Und dann kommen Sie und retten das sinkende Schiff?«

»Ich analysiere das sinkende Schiff. Ich suche nach den wichtigen, entscheidenden Details, ohne den Blick fürs Ganze zu verlieren. Viele können nur das eine oder das andere.«

»Gut, dass Benzon Sie hat.« Sie kramte beim Sprechen in ihrer Tasche, was ihre Aussage etwas verächtlich wirken ließ.

David setzte sich auf den Papierkorb. Die meisten seiner Kollegen, allen voran die Entwickler, hatten wenig Wertschätzung für seine Rolle. Ein Business Analyst war für sie eine reine Hilfsfunktion, die sie von ihrer Arbeit abhielt. David hatte dafür volles Verständnis. Der Job ödete ihn ja selbst an.

»Meine Fähigkeiten sind hier gut eingesetzt«, sagte er. »Ich bin so etwas wie der Feuerwehrmann.« Er wiederholte damit Smiths Worte von heute Morgen, aber in seinem Mund klangen sie schmierig und anbiedernd.

Anderson hörte auf in ihrer Tasche zu wühlen. »Klingt ja fast, als würden Sie mit Ihren analytischen Fähigkeiten Leben retten.«

David machte den Mund auf, aber dann tauchte plötzlich Susans Gesicht vor ihm auf. Nur für einen Moment, ein Blitzlicht, aber er wusste genau, was das hieß. Er musste sich zusammenreißen. Dieses Gespräch war ein sehr schlechter Moment für eine Blechdosen-Attacke.

»So eine Art von Held werden Sie hier nicht finden«, sagte er, um das Thema zu beenden.

Anderson legte ein schwarzes Notizbuch vor sich auf den Schoß. Es war das exakte Ebenbild von Davids Tagebuch. Sie bemerkte seinen erstaunten Blick, eher er ihn verstecken konnte.

»Von meiner Mutter«, erklärte sie. »Sie schenkt mir jedes Jahr zu Weihnachten ein neues, mit Namensgravur und allem.«

»Gefällt mir.«

»Mir auch. Gut, dass sich wenigstens unsere Mütter noch an Traditionen halten.«

David antwortete nicht. Seine Mutter hatte auf Grandpas Beerdigung das erste Mal seit fünfzehn Jahren mit ihm gesprochen.

Eine einzige Bemerkung hatte sie ihm zugemurmelt. *Du hast dich gar nicht verändert.* Ein Kompliment war das nicht gewesen.

»Das hier hat jetzt nichts mit meinem Artikel zu tun«, sagte Anderson. »Aber warum machen Sie Ihren Job so schlecht? Ich glaube, Ihre Arbeit ist viel spannender, als Sie zugeben wollen.«

»Sie ist genauso spannend, wie sie sich anhört.«

»Was ist mit dem magischen Teil? Der mit dem Register.«

Sie schlug das Buch bei einer Seite auf, die von einem Durcheinander aus Wörtern und Pfeilen überquoll. Davids Exemplar hatte im Vergleich den Charme einer Steuererklärung.

»Wir haben hier nicht viel mit dem Register zu tun«, erklärte er. »Und wenn, dann ist es nicht sehr aufregend.«

Anderson hielt ihren Kaffee hoch. »David, *natürlich* ist das aufregend. Sie haben sich nur daran gewöhnt. Beeindrucken Sie mich doch mit einer spannenden Register-Geschichte. So was lesen die Leute ohnehin viel lieber.« Sie sah David an, mit Augen, die so grün leuchteten wie Smiths Bürobilder. Etwas an ihrem Blick machte David nervös. Es war ein abruptes Anstarren, so als hätte sie einen Fleck auf seiner Nase entdeckt.

Er schüttelte den Kopf. »Dieser magische Teil, wie Sie ihn nennen, der existiert nicht.«

»Machen Sie Witze? Sie haben eine Zeitmaschine im Keller stehen!«

»Falsch. Das Register ist eine simple Datenbank. Es ist kein Tor zu einer anderen Dimension und es ist auch *keine* Zeitmaschine. Die meisten haben eine völlig falsche Vorstellung davon, was wir hier tun.«

»Das ist genau das Problem.«

»Ach ja? Die Leute wollen unsere Technologie doch gar nicht verstehen, sondern nur benutzen. Das ist ein Paradoxon unserer Zeit. Suchen Sie mal jemanden, der das Internet versteht.«

»Sie kommen ja richtig in Fahrt.«

David verschränkte die Arme. »Das Register ist keine Zeitmaschine.«

»Also gut.« Anderson lehnte sich zurück und wies auf ihr Notizbuch. »Mein Arbeitsheft ist aufgeschlagen. Schießen Sie los.«

»Wie bitte?«

»Sie haben mir doch gerade eine Schulstunde angeboten. Oder nicht?«

David stand langsam auf und schob den Papierkorb unter den Schreibtisch. Eine Schulstunde? Mit ihm als steifem Lehrer? Smiths Worte klangen ihm in den Ohren wider: *Langweilen Sie sie. Langweilen Sie sie.*

Er lief zu dem großen Whiteboard an der Wand – seinem wichtigsten Werkzeug bei Benzon. Wann immer er zu einem Projekt dazustieß, griff er zuallererst zum Stift und setzte alle Bestandteile und die Menschen dahinter in Beziehung. Denn es waren die Beziehungen, die ein Projekt kompliziert oder erfolgreich machten.

Er nahm einen Marker und zeichnete ein Viereck über die komplette Breite der Tafel. »Also gut. Was ist das Register? Antwort: ein Datensilo. Nicht mehr. Alles Wissen, das wir irgendwann einmal gebrauchen können, wird abgespeichert, und zwar in Form von Einträgen. Sie können sich diese Einträge wie Karteikarten vorstellen.«

»Karteikarten.« Anderson klang amüsiert.

»Jede Karte hat die gleiche Struktur. Es gibt ein Erstelldatum, dann den eigentlichen Eintrag – wir nennen das Message – und schließlich ein Datum, für das die Message bestimmt ist.« Er zeichnete einige Karteikarten mit Eselsohren nebeneinander in das Viereck und notierte auf jeder die Worte *Creation Date, Message* und *Target Date.*

»Liegt das Datum in der Vergangenheit, ist die Nachricht für unsere früheren Ichs bestimmt. Diesen Vorgang nennen wir *backtimen.*«

»Werden wir mal konkret«, sagte Anderson. »Wenn ich beispielsweise unglücklich verliebt bin, dann …«

»Augenblick, Sie können sich gleich verlieben. Erst mal noch ein paar Worte dazu, was alles im Register gespeichert wird. Und warum die NOBA Unternehmen wie uns braucht.«

Er malte ein bauchiges Männchen auf das Board. Anderson hatte eine Schulstunde verlangt, also bekam sie die auch. »Zunächst die Personenortsdaten. Wir beide erzeugen alle fünf Sekunden unseres Lebens einen Eintrag. Er enthält unsere genaue Position als Längen- und Breitengrad.«

»Ermittelt anhand der Tokens in unserem Fuß.«

David nickte. Das sogenannte Token, ein reiskorngroßer Chip in der Ferse, war der umstrittenste Teil des Registers. Die Implantation war verpflichtend und erfolgte direkt im Kreißsaal – das erste Gesetz, das ein amerikanisches Baby erfüllte. Bürgerrechtler liefen seit zwanzig Jahren Sturm gegen dieses Gesetz. Sie behaupteten, es habe die Gründerväter verraten und einen Überwachungsstaat geschaffen.

David fand diese Diskussion müßig, vor allem weil er noch nie einen sinnvollen Gegenvorschlag gehört hatte. Das System der Tokens funktionierte glänzend und niemals war einer der Chips gehackt worden.

»Zusätzlich haben wir die Verkehrsdaten«, fuhr er fort, als sei zu den Tokens alles gesagt. »Positionen von Autos, Flugzeugen, Bahnen, Fahrrädern, kurz von allem, was sich von A nach B bewegt.« Er malte ein Auto unter das Männchen. »Auch pro Sekunde. Hinzu kommen sogenannte Eventmessages. Zwei Autos knallen zusammen oder ein Dieb stiehlt Ihnen die Geldbörse. Solche Nachrichten werden von der Polizei, den Kommunen, auch vom Militär und so weiter auf Knopfdruck erstellt.«

David sprach inzwischen mit jedem Satz ein wenig langsamer – eine Technik, die er sich spontan von seinem alten Englischlehrer,

Mr Madding, geborgt hatte. Mit etwas Glück würde Anderson noch vor dem Mittagessen das Handtuch werfen.

»Was ist mit den Privatnachrichten?«, fragte sie jetzt.

»Letzter Punkt.« Er zeichnete einen Brief und schrieb links daneben eine große Drei. »In vielen Staaten haben Bürger die Möglichkeit, eine private Nachricht zu speichern. Drei Mal im gesamten Leben. Das Empfangsdatum ist automatisch das Erstelldatum minus ein Jahr. Auch das sind noch mal Milliarden von Einträgen.«

»Beeindruckend.« Anderson balancierte ihren Kugelschreiber wie einen altmodischen Zigarettenhalter. »Die Regierung muss eine ganze Stadt von Servern betreiben.«

Damit hatte sie nur zur Hälfte recht. In Wahrheit waren viele Mega-Cities von Servern nötig. Und sie wurden nicht von der Regierung betrieben. Schon lange nicht mehr.

»Die reine Datenmenge hält sich in Grenzen«, sagte David. »Es werden schließlich keine Fotos oder Videos gespeichert. Aber es gibt sehr viele Schreiboperationen pro Sekunde. Die Struktur ist vergleichbar mit einer sehr, sehr großen Website.«

»Nur, dass man mit AOL nicht in die Zukunft schauen kann.«

»Stimmt. Noch nicht.« In blauer Farbe malte David unter das große Rechteck ein weiteres, etwas kleineres. Ihm gab er die Beschriftung *OmniTemp.*

»Das Herzstück. Das OmniTemp ist eine Schnittstelle, die uns Zugriff auf alle relativen Zustände ermöglicht, rückwirkend und in der Zukunft.«

»Der interessante Teil also.«

»Richtig. Und nun muss ich Sie enttäuschen. Bei Benzon haben wir fast nichts damit zu tun, das überlassen wir der NOBA. Der *National OmniTemp and Backtiming Administration.«* David zeichnete einen Pfeil vom OmniTemp zum Register und einen in entgegengesetzter Richtung. »Wir speichern nur im Register, was wir wissen. Natürlich wissen wir nicht, was in der Zukunft passieren wird. Wir werden es erst wissen, wenn es soweit ist. Und dann werden wir es abspeichern. Nun kommt das OmniTemp ins Spiel. Mit ihm ist es möglich, auf alles zuzugreifen, *was je im Register gespeichert werden wird.*«

Er machte eine Pause, als hätte er etwas grundlegend Neues gesagt. Ein weiterer Kniff vom guten alten Mr Madding.

»Was jemals gespeichert wird«, wiederholte Anderson langsam. »Und das ist möglich durch ...«

»Ein paar Tricks mit relativen Zuständen. Manche reden von Multiversen, aber das trifft es nicht ganz.«

»Und was haben Sie bei Benzon damit zu tun?«

»Wie schon gesagt.« Er zuckte mit den Schultern. »Nichts.«

»Interessant. Gerade noch sagten Sie *fast* nichts.« Sie lächelte und knipste erneut ihren durchdringenden Blick an. Als hätte sie, irgendwo unter ihrem Dutt, einen Schalter dafür.

David lächelte zurück. Er wusste jetzt, woran sie ihn erinnerte. An eine Frau, von der er mal in einem Roman gelesen hatte, eine Femme Fatale, die *die Männer auszog mit ihrem Blick.* Anderson tat genau das, nicht auf eine anzügliche, sondern hinterlistige Art. Als ob sie seinen Kopf auseinanderfalten und jeden geheimen Gedanken bergen konnte.

Er zeigte mit einer lässigen Geste auf seine Füße. »Tief unter diesem Gebäude gibt es ein Backup-Center, in dem alles, was bis jetzt im Register gespeichert wurde, noch einmal gespiegelt wird. Keine große Sache.«

»Moment. Sie wollen mir sagen, dass Sie all diese Datenmengen gleich zweimal speichern?«

»Ja. Es gibt sogar noch einige andere Backup-Center.« Genau genommen waren es über sechzig, verteilt über das ganze Land.

»Und wer betreibt sie? Die Regierung?«

»Ein paar davon. Die meisten sind in privater Hand.«

»Wie bitte?”

»Noch mal, es geht hier nur um Sicherheitskopien.«

David mochte das Thema nicht, in das sie da hineinrutschten. Bisher waren die Backup-Center dem Radar der Presse entgangen. Niemand interessierte sich für Sicherheitskopien. Und er wollte nicht derjenige sein, der das geändert hatte.

»Es sind aber doch Kopien des kompletten Registers«, sagte Anderson. »Das heißt, Dutzende von Unternehmen haben Zugriff auf das Wissen der Zukunft.«

Das lief ja großartig. Anderson war gewitzt, das musste David ihr lassen, und sie hörte sehr genau zu.

Er wies auf das blaue Quadrat mit dem Wort OmniTemp. »Unser Problem ist, dass diese Daten aus der Vergangenheit abgefragt werden und zwar im Sekundentakt. Es ist wichtig, dass wir die Anfragen unserer vergangenen Ichs sofort und ohne Widerrede beantworten. Denen ist schließlich egal, ob gerade mal ein Server klemmt oder wir schludrig bei der Wartung waren. Sie brauchen die Information sofort. Deswegen der große Aufwand rund um die Verfügbarkeit.«

Anderson stützte den Kopf in die Hände. »Na schön. Wie wäre es, wenn wir endlich ein Praxisbeispiel durchspielen?«

David zögerte. Auf der einen Seite war ihm sehr daran gelegen, das Gespräch von Benzon wegzulenken. Andererseits zeigten sich die kleinen Schwächen des Registers genau dann, wenn man es in Aktion sah – wie bei jeder Software.

»Soll ich lieber doch ein Porträt über Sie schreiben?«, fragte Anderson.

»Schon gut, Sie haben gewonnen. Ich schlage einen Klassiker vor. Sie versuchen, mich umzubringen.«

Sie strahlte. »Sehr schön. Mit dem Messer, das ich in meinem Notizblock versteckt habe.«

»Okay. Sie stechen mich ab und verstecken mich hinter dieser

Tafel. Danach hauen Sie ab. Keiner hat gesehen, wie Sie gegangen sind. Und dass wir zusammen in einem Raum waren.«

»Sehr gut.« Sie sah sich im Büro um, als würde sie einen geeigneten Platz für Davids Leichnam suchen.

»Was wird nun passieren? Zunächst einmal wird mein Token das Notsignal senden und automatisch einen Eintrag im Register erzeugen. Das Empfangsdatum ist in diesem Fall standardmäßig der Todeszeitpunkt minus eine Stunde. Die Behörden haben alle eigene Anwendungsprogramme, die auf das Register zugreifen. Sie können sich solche Anwendungen wie eine Sekretärin vorstellen. Die Sekretärin schaut jede Sekunde nach, ob im Register eine Nachricht vorhanden ist, die als Empfangsdatum die aktuelle Uhrzeit trägt. Die Polizeistation um die Ecke erhält also die Nachricht, dass ich in genau einer Stunde sterben werde. Und es ist klar, dass Sie zu diesem Zeitpunkt mit mir im gleichen Raum sind.«

»Scheiße. Mein Token.«

»Ja, das haben Sie im Blutrausch vergessen. Die Cops kommen also hierher und werden Sie freundlich bitten, mitzukommen. Dann werden Sie für eine gute Stunde in Präventionshaft sitzen und anschließend freigelassen.«

»Weil ich nichts verbrochen habe.«

»Korrekt. Niemand wird für etwas bestraft, was er nicht getan hat.«

»Und Sie leben munter weiter?«

David hob die Schultern. »Enttäuschend, oder? Deswegen versucht sich wohl auch niemand mehr an einem Mord. Es ist buchstäblich Zeitverschwendung.«

»Und wie funktionieren die privaten Nachrichten? Die interessieren mich am meisten.«

»In Ordnung. Zweites Beispiel.« Seltsam, dass Anderson ausgerechnet die Privatnachrichten spannend fand – technologisch gesehen waren sie der langweiligste Teil des Registers. »Diesmal fangen wir zwei was miteinander an.«

»Vor oder nach dem verhinderten Mord?«

»Das ist egal. Ein Jahr später bemerken Sie, dass ich der größte Fehler Ihres Lebens bin. Also gehen Sie zur nächsten Annahmestelle und schicken sich eine Nachricht. Sie befehlen sich, David Manoah in den Wind zu schießen.«

»Alles klar.« Sie schaute angestrengt auf ihren Notizblock, als müsste sie dort die Nachricht notieren. »Oh Mann, und ich habe dafür nur hundert Zeichen.«

»Das stimmt.«

»Man muss wohl recht drastisch mit seinem vergangenen Ich reden, das habe ich zumindest gehört. Sonst glaubt man sich nicht.«

David presste die Lippen aufeinander. Sein eigenes Ich war auf jeden Fall *sehr* überzeugend gewesen. Die Worte, mit denen es ihn vor der ominösen Lois gewarnt hatte, waren eindeutig gewesen.

»Wie auch immer«, sagte er. »Die Nachricht wird automatisiert überprüft, genehmigt und abgeschickt. Exakt ein Jahr in die Vergangenheit. Und ab diesem Moment ist alles anders. Sie sind nicht mehr in der Annahmestelle, sondern zu Hause in der Badewanne.«

»Mit Mr Right, hoffe ich doch.«

»Gut möglich. Sie wissen jedenfalls, dass Sie vor einem Jahr eine Botschaft von Ihrem zukünftigen Ich bekommen haben. Die Botschaft sagte Ihnen unmissverständlich, dass ich ein Idiot bin. Es ist so, als hätte das Jahr mit mir niemals stattgefunden.«

»Ich erfahre also niemals, was ich verpasst habe. Und ob die Alternative wirklich schlechter war als die jetzige Version.«

»So ist es.«

»Warum haben Sie sich nicht per Register aufgefordert, netter zu mir zu sein und das Desaster verhindert? Sie lieben mich wohl nicht genug.«

David schüttelte den Kopf. »Ihre Nachricht wäre trotzdem angekommen. Gegen die hätte ich keine Chance gehabt.«

»Aber in der optimierten Zeitlinie werde ich mir die Nachricht doch gar nicht mehr schicken. Wieso kommt sie dann trotzdem noch an? Ist das nicht ein …«

»Paradoxon, richtig. Das ist der eigentliche Clou des Registers. Was einmal drin steht, bleibt drin. Egal, wie sehr die Welt in der Zwischenzeit auf den Kopf gestellt wurde.«

»Clou nennen Sie das? Es führt immerhin dazu, dass die meisten Nachrichten des Registers keinen Sinn mehr ergeben. Weil sich zu viele Dinge da draußen geändert haben.«

»Das kommt vor. Vereinzelt.«

»Nicht vereinzelt. Die Hälfte der Leute hält ihre Briefe aus der Zukunft für Quatsch. Da funktionieren Horoskope besser.«

David räusperte sich. »Horoskope sagen uns, was wir hören wollen. Aber sich selbst zu glauben, kann unglaublich schwer sein.«

Vor einem Jahr hätte er überzeugter geklungen. Inzwischen war er ein Experte darin, die Warnungen aus der Zukunft konsequent zu ignorieren.

Anderson stand auf und stellte sich neben David vor das Whiteboard. Wortlos starrte sie sein Kunstwerk an.

»Auf die Nachrichten der letzten Stunde ist Verlass«, sagte David. »Und das sind die wichtigen. Danach kann es natürlich zu Blindgängern kommen. Deswegen verbietet das Prager Abkommen ja auch, Nachrichten mehr als ein Jahr zurückzuschicken.«

Gregory Smith nannte das Abkommen den Böhmischen Bremsklotz und fluchte beinahe täglich darüber.

Anderson schaute noch immer auf das Whiteboard, wahrscheinlich hörte sie David gar nicht zu. Schließlich sagte sie: »Das Problem ist, dass ich keinen Latte trinke. Erst recht nicht in so einer albernen Nuss-Schoko-Variante. Vorhin aber, als ich den Kaffee vor mir gesehen habe, da habe ich kapiert, dass ich heute etwas Neues ausprobieren wollte. In der Zukunft hatte ich mich ja angeblich längst entschieden.«

David runzelte die Stirn. Er verstand nicht, worauf Anderson jetzt schon wieder hinauswollte.

»Nehmen wir doch mal an«, sagte sie, »dass ich den Kaffee nie bestellt habe. Oder dass die private Nachricht, die mir rät, Sie in den Wind zu schießen, gar nicht von mir ist.« Sie trank den letzten Schluck Kaffee und drückte David den Becher in die Hand. »Vielleicht sitzt der Zauberer von Oz im Keller und verarscht uns von früh bis spät.«

»Das Register soll ein einziger Fake sein?«

»Natürlich nicht. Aber wenn es nur ein Stück Software ist, wie Sie die ganze Zeit betonen, dann kann man es auch hacken und manipulieren. Den Nachrichten sieht man es ja nicht an. Und Einbruchsmöglichkeiten gibt es genügend, denken Sie nur an Ihren Keller.«

David schluckte seine spontane Antwort hinunter. Inzwischen hatte er das eindeutige Gefühl, dass Anderson nicht hier war, um einer Verschwendung von Steuergeldern auf die Spur zu kommen.

»Sie haben recht«, sagte er. »Man kann das Register hacken. Da bin ich mir ziemlich sicher.«

Sie starrte ihn an. Da war er wieder, der Auszieh-Blick in voller Blüte.

»Das Register wurde von Menschen gebaut«, sagte David. »Also gibt es auch Fehler im Code. Lücken im Sicherheitsnetz. Aber das ändert nichts daran, dass das Register von unseren Vorfahren *und* von unseren Urenkeln überwacht wird. Es ist das mit Abstand einbruchsicherste System der Welt, und zwar weil ein Einbruch nichts bringt. Nur Sie allein können Ihre Nachrichten lesen, dafür sorgt eine Software namens HEIMDALL. Und nur Sie können sich selbst Nachrichten schicken. Glauben Sie mir, durch dieses Bollwerk kommt niemand hindurch.«

»Sie haben es also schon mal probiert.«

David stutzte. »Was meinen Sie damit?«

»Na ja, es klingt so, als hätten Sie sich schon mal an einem kleinen Registerbetrug versucht.« Ihr Ton verriet nicht, ob sie einen Scherz machte. Eher nicht.

»Sie verstehen das nicht«, sagte David. Niemand verstand es so gut wie er. Ein Registerbetrug war nicht möglich. Das wusste er nach zwanzig verschwendeten Jahren. Ihm wurde heiß.

»Wirklich?«, fragte Anderson. »Oder haben Sie jetzt doch eine spannende Geschichte auf Lager?«

David schüttelte den Kopf und wollte ihr antworten, aber dann war es plötzlich soweit: Der gelbe Mantel vor einer U-Bahn-Front. Traniger Dunst. Susans Blick zum Abschied.

Nein, bitte nicht jetzt!

Davids Gesicht kribbelte, das Whiteboard verschwamm vor seinen Augen. Todesangst in den Adern. Jeden Moment war es zu Ende, hier und jetzt. Er sah seinen Körper auf dem Teppichboden liegen, in einem letzten Zucken.

David streckte die Hand nach der Schreibtischplatte aus, aber er griff ins Leere. Dabei wankte er so sehr, dass es Anderson unweigerlich auffiel.

»Hey, es war nur ein Witz«, sagte sie. Sie machte einen Schritt auf ihn zu.

David holte tief Luft. Er kniff sich in den Ellbogen. Das war alles nicht echt. Nur sein Kopf. Nur die Blechdosen. Er hätte zu Hause bleiben sollen. Immer weiter polterten die Bilder durch seinen Kopf und ließen sich nicht verscheuchen.

»Alles okay?«, fragte Anderson.

Er schaffte es zum Schreibtisch und lehnte sich an die Platte. Das Kribbeln kroch langsam in die Hände. »Klar. Alles okay.«

Worüber hatten sie gesprochen? David musste die Erinnerung zurückholen, als läge sie Wochen zurück.

Das Register. Lücken im Register. Absolute Sicherheit.

Er fuhr sich mit der Zunge über die Lippen. »Ich verstehe Ihre Bedenken. Weil ich sie selbst einmal hatte. Aber Sie können unbesorgt schlafen. Es gibt keine Lücken.«

Er spürte etwas Warmes auf seiner Hand und bemerkte, dass er Andersons Kaffeebecher zusammengepresst hatte. Einige Tropfen Nougatsoße waren auf seine Hand gerollt.

»Drei Jahre«, sagte er leise. »Seit drei Jahren bekomme ich jeden Tag um elf Uhr schwarzen Kaffee geliefert. Wenn das Orakel lügt, hat es einen seltsamen Humor.« Er warf den Becher in den Papierkorb.

Hinter ihm sagte Anderson: »Wirklich jeden Tag? Vielleicht sind *Sie* ja die Maschine.«

»Na, warten Sie nur die Kollegen ab, die Sie gleich kennen lernen. Wir haben die höchste Autisten-Quote der Branche.«

Anderson wollte sich gerade wieder setzen, nun verharrte sie mitten in der Bewegung. »Wie jetzt? Sie führen mich herum?«

»Das war der Plan. Oder haben Sie haben schon genug Material für Ihren investigativen Artikel?«

»Der Artikel wird eine Katastrophe, so oder so. Bekomme ich auf Ihrer Führung was zu essen?«

»Selbstverständlich. Wir haben ein Restaurant mit besonderen Spezialtricks.« Kaum hatte David den Satz gesagt, hätte er sich am liebsten auf die Zunge gebissen. Das, was die Benzon-Kantine mithilfe des Registers anstellte, war definitiv *nicht* erlaubt.

Aber Anderson packte schon das schwarze Notizbuch und ihren Kugelschreiber ein. »Also schön, was wäre eine Schulstunde ohne Exkursion. Aber ich warne Sie. In der Middle-School war ich ein Jahr lang von allen Ausflügen ausgeschlossen.«

»Warum das denn?«

»Bei der Projektwoche im Pflegeheim hatte ich die Leiterin gefragt, wer laut Register als Nächstes stirbt. Ich brauchte noch ein emotionales Interview für die Schülerzeitung.«

David musste grinsen. Er mochte Rachel Anderson, sehr sogar. Dabei sollte er doch eher Angst vor ihr haben.

Wahrscheinlich hatte sich Smith einfach den Falschen ausgesucht.

13:27 – 13:39

Tina Adams ärgerte sich tierisch über ihr Lampenfieber.

Seit vier Jahren arbeitete sie bei Benzon, und die ersten drei davon war sie eine brave Programmiererin gewesen. Erst seit gut zehn Monaten riskierte sie Aktionen, mit denen sie mindestens die Kündigung riskierte, eher noch ein paar Jahre Knast. Falls irgendwo noch ein Knast herumstand.

Tina zog es immer am helllichten Tag durch, so routiniert und beiläufig, dass die Idioten links und rechts von ihr nicht im Traum darauf kamen, Tina könnte etwas Verbotenes machen.

Mit zittrigen Fingern sortierte sie jetzt die Konsolenfenster auf ihrem Bildschirm. Zwischen den Logzeilen reflektierte ihr Spiegelbild. Ihr dunkles Gesicht sah ängstlich aus. Kein Wunder. Heute ging es nicht mehr darum, dass sie sich auf Servern außerhalb ihrer Berechtigungen bewegte oder ihren Register-Zugang nach außen tunnelte.

Was sie in wenigen Minuten tun wollte, war so riskant, dass Tina sich vor Angst fast in die Hose pisste. Aber genau für solche Aktionen hatte Ondrej sie an Bord geholt. Ondrej, die Legende. Ondrej, der arrogante Stinkstiefel.

In einem der Fenster rauschte das Protokoll der Telefongespräche bei Benzon vorbei. Die Verzögerung betrug nur Millisekunden, aber es war natürlich die Vergangenheit, die das Log zeigte. Für das, was Tina vorhatte, genau die falsche Richtung.

Sie griff zu einem kleinen Gerät, das auf ihrem weißen Designer-Schreibtisch wie ein Relikt aus der Steinzeit wirkte. Tina hatte es vor einer Woche aus Teilen eines elektronischen Organizers gebaut, inklusive einer kleinen Tastatur. Sie tippte den grauen Bildschirm an und öffnete den Chat-Client.

13:29 Tina – wie sieht es aus?

13:49 Ondrej – gut. smith fängt in zwei minuten an zu plaudern

13:49 Ondrej – die andere seite riecht nach NOBA!

Tina atmete tief durch. Eigentlich war das eine gute Nachricht. Sie bedeutete aber auch, dass es jetzt ernst wurde. In zwei Minuten musste sie ihr Script im genau richtigen Moment abfeuern. Nicht zu spät, nicht zu früh.

13:29 Tina – wann genau?

13:49 Ondrej – 13:31:15

Tina tippte den Zeitstempel ein und wartete. In den eigenen Wänden hätte sie zumindest das Gefühl gehabt, dass sie sich rechtzeitig verstecken könnte. Aber es war schon gefährlich genug, dass Ondrej sich von außen in das Protokoll einhackte. Wenn irgendwas schiefging, waren sie ohnehin im Arsch. Und zwar augenblicklich.

Noch zehn Sekunden.

Das hier war nur der Auftakt. Sie planten eine ganze Serie von Lauschangriffen auf die Typen, die Tina so verachtete, weil sie ihre Befugnisse jeden Tag missbrauchten. Der Haken war, dass genau diese Typen auch die Macht hatten, ihre Gegner mit einem Klick stillzulegen.

Und jetzt: Showtime. Sie startete das Script und hielt die Luft an.

Das Script begann stotternd mit seiner Arbeit. Wie auch bei den Tests brauchte es einige Zeit, um die Trojaner zu aktivieren, die Tina vor drei Wochen auf Smiths Rechner platziert hatte. Voraussetzung für den Erfolg war, dass das Zeitfenster von nur zwei Sekunden nach Gesprächsbeginn reichte, um sich in die Videotelefonie zu hacken.

Einige Sekunden verstrichen, dann erschien Smiths Gesicht in einem weiteren Fenster auf ihrem Bildschirm. Es hatte funktioniert.

Tina warf einen Blick über ihre Schulter. Die meisten Schreibtische waren verwaist, auf den Monitoren liefen Bildschirmschoner. Ihre Kollegen waren noch in der Mittagspause. Sie drehte die Lautstärke hoch, damit sie über die Kopfhörer jedes Wort verstand.

Gerade sprach Smith nicht, sondern hörte, wenn auch sichtbar widerwillig, einem Kerl am anderen Ende zu.

»Wir wollten Sie über den aktuellen Stand der Operation unterrichten.«

Tina kannte die Stimme nicht und sie konnte nur Smith sehen. Er sah mit zusammengekniffenen Augen in die Kamera und wippte mit dem Oberkörper hin und her, als wollte er jeden Moment aufstehen.

»Lassen Sie mich mit diesem KGB-Scheiß in Ruhe. Ich will Klartext hören. Haben wir ein Problem oder nicht?«

»Vielleicht.«

»Mann, *das* ist Klartext! Sie haben also nach wie vor keinen Schimmer, was morgen passieren wird.«

»Nein. Wir wissen nur, dass ab dem Abend plötzlich Funkstille herrscht. Unsere Nachrichten hören einfach auf. Aber Homochronos sagt: kein Grund zur Sorge.«

»Sagt er das? Ich werde langsam nervös, Sean. Und das ist für uns alle nicht gesund.«

»Uns ist klar, dass es gerade nicht optimal läuft. Aber es gibt auch gute Nachrichten. Wir kommen mit Feingold voran.«

»Wenigstens das. Ich bereite David nachher mal ein wenig vor und …«

»Wie bitte?«

Tina zuckte zusammen, dabei war die Stimme des NOBA-Mitarbeiters nur ein wenig lauter geworden.

»Das ist nicht Teil der Anweisung.«

»Ihr seid mir ein paar Spinner! Das Problem ist doch, dass ich keine Anweisungen bekomme! Stattdessen behauptet ihr seit

Monaten, David könnte ein Problem sein. Und wisst noch nicht mal warum. Ich sage Ihnen, er weiß nichts. Er ahnt noch nicht mal was. Der Mann ist nichts anderes als ein treuer grauer Aktenkoffer.«

War es möglich, dass sie gleich beim ersten Versuch so einen Volltreffer gelandet hatten? Tina konnte ihr Glück kaum fassen. Smith hatte, wie von Ondrej vermutet, eine Telko mit einem NOBA-Mitarbeiter. Anscheinend sogar mit einem Agenten von RegSec, dem Sicherheits-Department der NOBA. Diese Agenten waren die schlimmsten Typen in der ganzen Organisation.

»Gregory, Ihre Menschenkenntnis in allen Ehren …«

»Was ist das Problem mit ihm? Ich will's wissen.«

»Homochronos war eindeutig: David ist nicht unser Problem, sondern unsere Lösung. Aber wir dürfen in keiner Weise intervenieren. Das haben wir uns geschworen.«

Tina drückte sich in ihren Schreibtischstuhl. David? Von welchem David sprachen sie denn da?

»Wir dürfen uns ihm gegenüber niemals, ich betone, niemals auffällig verhalten. Sonst gefährden wir die ganze Operation. Nur so kann er uns helfen.«

»Schon gut, hab's ja begriffen. Ich wollte gleich mit David sprechen. Ein Freund von ihm hat einen roten Umschlag bekommen, und wir wissen beide, was das heißt. Soll ich das Treffen absagen?«

»Auf gar keinen Fall. Lassen Sie alles wie geplant laufen. Unbedingt. Sind Sie in irgendeinem anderen Aspekt von Ihrem normalen Verhalten abgewichen?«

»Natürlich nicht«, brummte Smith.

Aus dem Augenwinkel sah Tina, wie Mike, ihr Teamchef, aus der Pause zurückkam. Wie gewöhnlich steuerte er erst mal die Snackbar an, aber danach würde er garantiert bei ihr vorbeischauen.

»Na ja«, sagte Smith. »Ich hab ihm ein paar Tage Urlaub geschenkt. Ich dachte, dann ist er zumindest nicht hier und …«

»Streichen Sie ihm den Urlaub wieder.«

»Ach, Sie können mich mal.«

»Ich meine es ernst. Wenn Sie ihm den Urlaub normalerweise nicht gegeben hätten, dürfen Sie es auch jetzt nicht tun.«

Smith beugte sich vor. »Und jetzt sage ich *Ihnen* mal, was Sie tun werden. Sie spielen bis Freitag weiter CIA, aber dieses Mal sind Sie zur Abwechslung erfolgreich. Kümmern Sie sich darum, dieses Chaos zu beseitigen, mir egal wie, nur nicht vor meiner Haustür. Und danach soll sich Mister Homochronos bei mir melden und zwar täglich. Denn so läuft das. Die Leute kommen zu Gregory Smith, nicht andersherum. Ist die Nachricht angekommen?«

»Ich werde es ausrichten. Vielleicht geht er darauf ein.«

Irgendetwas an dem Klang der Stimme machte Tina echt nervös. Sie klang scharf und kalt, wie das Skalpell, mit dem Ondrej ihr das Token aus dem Fuß geschnitten hatte.

»Das hoffe ich doch. Und wenn in der Zwischenzeit etwas schiefläuft, zähle ich auf Ihre Hilfe. Dafür habe ich Sie schließlich engagiert.«

»Selbstverständlich.«

Smith stieß einen Seufzer aus. »Ihr habt euch echt den perfekten Zeitpunkt ausgesucht. Die Presse fängt an zu begreifen, was wir im Serverkeller treiben. Unten sitzt schon die erste Vorhut. Und Freitagabend kommt die Aufsichtsbehörde und dreht den ganzen Laden auf links.«

»Wenn alles nach Plan läuft, ist bis Freitagabend alles vorbei. Wahrscheinlich kennen wir uns dann nicht einmal mehr.«

»Da haben Sie sich die beste Nachricht zum Schluss aufgehoben.«

Tina erstarrte. *Wir kennen uns nicht einmal mehr?* Das hörte sich nicht gut an. Diese beiden Irren wollten am Register herumdoktern. Und zwar mit der Axt.

Sie hatte diese Erkenntnis noch nicht verdaut, als Smith den

Anruf abrupt beendete, ohne jede Vorankündigung. Hastig brach Tina das Script ab und schloss sofort alle Fenster, die nichts mit ihrer Arbeit als Mitarbeiterin des Security Departments, Team Systemadministration, zu tun hatten.

Dann riss sie sich die Kopfhörer aus ihren Korkenzieherlocken und sackte zusammen. Smith und seine Freunde hatten eine riesengroße Schweinerei vor und irgendjemand namens David behinderte ihre Pläne. Oder auch nicht, da war sich die NOBA offensichtlich nicht sicher.

Tina öffnete ein zweites Konsolenfenster. Sie musste sich in den Kalender von Audrey Ohlmann hacken und irgendwie an Smiths Termine kommen. Auf dem Minicomputer blinkte eine neue Nachricht auf.

14:59 Ondrej – wtf?! wer ist dieser david???

Gute Frage. Wer immer er auch war, Tina würde ihn wohl kaum retten können. Denn egal was der Typ tat, er rannte genau in die Richtung, in der die NOBA ihn haben wollte.

13:40 – 16:30

»Eine letzte Frage«, sagte Rachel Anderson. »Und die müssen Sie mir auf jeden Fall beantworten. Das sind Sie mir nach dieser schrecklichen Tour schuldig.«

David klopfte sich im Geiste auf die Schulter. *Mission erfolgreich abgeschlossen.* »Ich hatte den Eindruck, das Essen hat Sie gnädig gestimmt.«

»Fast«, sagte Anderson. »Diese Crème brûlée ist der Hammer. Schmeckt absurd gut.«

David würde ihr nicht verraten, woher die Rezepte kamen. Nicht nach der dritten Dessertrunde. Während Rachel mit geschlossenen Augen den letzten Löffel genoss, ließ er seinen Blick durch das Restaurant schweifen. Es zog sich über drei Etagen, in denen alles aus Glas war – die Treppen, die Wände, selbst die Böden. David empfand es als architektonisches Angebertum mit einer einzigen guten Idee: Knapp unter der gläsernen Decke verlief eine Empore, von der man am Abend einen klaren Blick auf den Sternenhimmel hatte.

»Es ist eine persönliche Frage«, sagte Anderson. »Und sie hat nichts mit dem Thema meines Artikels zu tun.«

»Ich bin bereit.«

»Also gut.« Sie legte ihre Dessertschale, die wie frisch gespült aussah, zur Seite. »Haben Sie sich je eine Nachricht über das Register geschickt?«

David brauchte einen Moment, bis die Frage bei ihm ankam. Dann war er beeindruckt. Anderson hatte einfach das Programm umgeschaltet – vom gemütlichen Essen zurück auf den Kanal mit dem Kreuzverhör.

Er lehnte sich zurück. »Das ist die Frage?«

»Genau.«

»Die ist wirklich sehr persönlich.«

»Das heißt also, ja.«

David lächelte. Ganz sicher würde er sich nicht mit einer Bloggerin über seine bislang einzige Registernachricht unterhalten. »Nein. Ich habe noch nie das Bedürfnis gehabt. Warum wollen Sie das wissen?«

»Neugierde. Es ist immer ein schlechtes Zeichen, wenn man sein eigenes Produkt nicht nutzt, von Bestattern und Drogendealern mal abgesehen. Vielleicht haben Sie ja moralische Bedenken?«

»Moralische Bedenken?« David schüttelte den Kopf. »Es ist allenfalls eine Frage des Vertrauens. Ich muss darauf vertrauen, dass mein vergangenes Ich meine Nachricht ernst nimmt. Und mein zukünftiges Ich muss daran glauben, dass die Nachricht wirklich zu meinem Besten ist. Also ist es eine Sache zwischen mir … und mir.«

Anderson sah David von der Seite an, als wäre sie fasziniert von seiner Naivität. »Moment mal. Mein Leben wird in jeder Minute durch das Register beeinflusst, selbst wenn ich mir niemals eine Nachricht schicke.«

Das alte Argument der Registergegner. David kannte das Szenario, das jetzt kam. Er ließ Anderson erzählen, denn in der Zeit konnte sie ihm keine Fragen stellen.

»Stellen Sie sich folgendes vor«, sagte Anderson. »Ihr Nachbar schickt sich eine Registernachricht. Die hält ihn davon ab, umzuziehen. Dadurch lernen Sie die neue Mieterin von nebenan nie kennen, werden nie mit ihr zusammenziehen und sie wird nie von Ihnen schwanger werden.«

»Sehen Sie, deswegen lebe ich schon immer allein.« David

grinste schnell, damit diese tragische Wahrheit wie ein Witz daherkam. Doch Anderson hörte gar nicht zu.

»Haben Sie mitbekommen, was hier gerade passiert ist? Ihr Kind wurde aus der Menschheitsgeschichte entfernt. Wegen Ihres sturen Nachbarn.« Sie zeigte mit dem Löffel auf Davids Nase.

»Das passiert täglich.«

»Und das Register trifft keine Schuld.«

»Wie bitte? Das meinen Sie doch nicht ernst.«

»Jede unserer Entscheidungen, ob nobel oder egoistisch, hat ihre Verlierer. Das Register überschreibt lediglich die aktuelle Wahrheit mit einer genauso wahren Alternative. In den meisten Fällen mit einer besseren. Und da niemand die vorherige Version kennt, vermissen wir auch nichts.«

»Mit Verlaub, aber so kann nur jemand argumentieren, der nichts zu verlieren hat.«

David war einen Moment lang sprachlos. Die tragische Wahrheit, Anderson hatte sie natürlich doch aufgespürt. In Davids Leben gab es nur ihn. Ihn und eine leere Wohnung.

»Was wollen Sie eigentlich andeuten?«, brachte er schließlich heraus.

»Dass Sie mir immer noch nicht verraten haben, ob Sie das Register nutzen würden.«

»Das würde ich.«

»Ohne Angst oder Gewissensbisse?«

»Natürlich!«

Sie zog ihre Strickjacke aus und hing sie hinter sich auf die Stuhllehne. David hielt weiter Augenkontakt, aber es entging ihm nicht, wie deutlich das weiße Top Andersons Oberweite betonte. Sie wollte ihn doch nicht ernsthaft mit solchen Tricks aus der Fassung bringen.

»Ich glaube Ihnen nicht«, sagte sie. »Sie müssen doch auch das Problem sehen. Es braucht nur einen Augenblick«, Anderson schnipste mit den Fingern, »und Ihr Leben, mein Leben, das Leben der ganzen Menschheit hat sich geändert. Niemand bemerkt etwas. Weil niemand, wie Sie so schön sagten, die vorherige Version vermisst.«

Worauf wollte sie nur hinaus? Seit heute Morgen warf sie David einzelne Brotkrumen hin und während er ihnen folgte, überrumpelte sie ihn mit der nächsten Frage. Ein mieses Spiel, auf das David keine Lust mehr hatte.

Er beugte sich näher zu ihr. »Rachel, warum sind Sie hier? Das ist etwas, das *mich* interessieren würde.«

Sie zögerte kurz und David rechnete schon damit, dass sie nun aufstand und ihn einfach sitzenließ. Aber dann rückte sie ebenfalls näher heran. David roch ihr Parfum. Vanille, aber mit einer rauchigen Note, wie Tabak. Als ob jemand das tiefe Hauchen ihrer Stimme destilliert und abgefüllt hätte.

»Ich bin noch kein alter Hase im investigativen Journalismus«, sagte sie. »Aber eines habe ich schon gelernt: Die Menschen an der Macht leben *für* ihre Macht. Sonst haben sie keine Überzeugungen. Was wird also passieren, wenn diese Menschen das Register für ihre eigene Agenda entdecken?«

David zuckte mit den Schultern. Schon wieder nur ein Krümel Information, mit dem er nichts anfangen konnte. »Geht es um das Gerücht, die Regierung würde jede einzelne Privatnachricht auslesen? Ich sagte doch, die Verschlüsselung …«

»Darum geht es nicht.«

»Sondern?«

Anderson sagte nichts, sie sah David nur an und wickelte eine blonde Haarsträhne um ihren Zeigefinger. Die Geste erinnerte David an seine Mutter. Die hatte auch nie stillhalten können, hatte immerzu an Kragen und Ohrringen genestelt oder sich mit dem Zeigefinger auf die Nase getippt wie ein Morsetaster. Am schlimmsten war es zum Schluss gewesen, kurz bevor sie abgehauen war.

Immer wenn David sie angeschaut hatte, waren die Bewegungen schneller geworden. Als hätte David seine Mutter elektrisch aufgeladen.

»Lassen wir das«, sagte Anderson. »Es bringt nichts, mit einem Fanboy des Registers darüber zu sprechen.«

»Nein? Vielleicht sollten Sie ja auch aufhören, immer nur nach Fehlern und Nachteilen des Registers zu suchen. Nur weil ...« Er seufzte und sah zum gläsernen Dach mit der Empore hinauf. Das dort oben war der einzige Ort, den er vermissen würde. Er war kein Teil von Benzon. Niemals gewesen. Warum verteidigte er diese Firma also? Regte sich auf? Das war unnötig.

Er begann die Teller zusammenzuräumen. »Sie sind doch Journalistin. Müssten Sie da nicht versuchen, objektiv zu bleiben?«

»Nein. Dass Journalisten keine Meinung haben dürften, ist eine neue Erfindung. Und zwar von den Kerlen, über die ich gerade gesprochen habe. Ich sehe alles, was die Regierung hervorbringt, kritisch. Das ist mein Job.«

»Es ist trotzdem ziemlich sinnlos, dass ausgerechnet wir zwei darüber streiten.«

Sie winkte ab. »Stimmt. Dafür bin ich auch zu vollgefressen.«

David wollte aufstehen, aber dann räusperte er sich und zeigte auf den Tellerstapel. »Die Rezepte kommen übrigens aus der Zukunft.«

Anderson reagierte zunächst nicht – als würde sie in Gedanken noch weiter mit David diskutieren. Dann richtete sie sich auf und starrte ungläubig ihren Teller an. Nur noch ein ausgedrückter Zitronenschnitz lag am Rand. »Was haben Sie gesagt?«

»Ich weiß nicht, wie es um die Menschen in ein paar hundert Jahren bestellt ist, aber kochen können sie.«

»Sie haben Nachrichten ein *paar hundert Jahre* durch das Register geschickt?«

»Es sind nur Kochrezepte.«

»Sie nehmen mich auf den Arm. Das ist gegen das Prager Abkommen.«

»So eine Crème brûlée werden Sie nirgendwo anders bekommen.«

»Mein Gott. Wissen Sie, das ist …« Sie stand auf und lachte plötzlich. »Sie finden mich bei der Dessertauslage, Sie Scheusal.«

David sah ihrem schwingenden Dutt hinterher, hinter dem so düstere Gedanken lauerten. Anderson war eine Frau, die für ihre Überzeugung kämpfte, und sie tat es mit Feuer und guten Argumenten. Wahrscheinlich war das der Grund, warum er sie so mochte.

»Mr Manoah?«

David wandte sich um. Hinter ihm stand eine Kollegin aus der Sysadmin, an deren Namen er sich nicht erinnerte. Sie sah sich verstohlen um. »Darf ich kurz stören?«

Sie trug gestreifte Shorts über einer Strumpfhose und ein übergroßes Hemd, das im gleichen Rosa wie ihr Nasenpiercing leuchtete. David war so irritiert über ihr Outfit, dass er keine Antwort zusammenbrachte. Wahrscheinlich war sie eine extrem fähige Entwicklerin, sonst hätte Benzon diese Garderobe nicht akzeptiert.

»Tina Adams«, sagte sie und setzte sich auf Andersons Platz. »Heute Morgen hatten Sie einen Termin bei Mr Smith, stimmt das?«

Das war die letzte Frage, die David von ihr erwartet hatte. »Ihm ist doch nichts zugestoßen?«

»Nein, es geht um Sie. Ich will etwas mit Ihnen besprechen, am besten noch heute.«

»Aha. Und was wollen Sie besprechen?«

Von der Dessertauslage näherte sich Anderson, mit einer bereits halb aufgegessenen Mousse au Chocolat in der Hand. Sie sah fragend über Adams' Schulter.

»Es geht um Sie«, sagte Adams noch einmal. Aus ihrer Hand schaute ein klobiges Gerät hervor, das an einen alten Taschenrechner erinnerte. Das Gerät leuchtete gelb.

»Ts, ts«, sagte Anderson. »So schnell ersetzen Sie mich? Sie sind doch wohl nicht beleidigt wegen meiner Fragerei.«

David stand auf. »Mrs Adams, bitte schreiben Sie mir einfach eine Mail.«

»Sie verstehen das nicht«, sagte Adams. »Wir müssen uns unterhalten. Nur wir beide.«

»Gerne, in drei Monaten. Dann bin ich wieder da.«

»Nein, heute noch. In Ihrem Büro. Ich bestehe darauf.«

Diese Tina Adams schien genau das zu sein, wonach sie aussah: eine überhebliche Frau, die glaubte, anderen Befehle erteilen zu können, nur weil sie sich kleidete wie eine Vogelscheuche. Und warum wusste sie von seinem Termin mit Smith?

Anderson nahm ihre Strickjacke von Stuhl. »Wie wäre es mit einem Verdauungsspaziergang? Ist tolles Wetter draußen.«

David nickte und erhob sich ebenfalls. »Wie Sie sehen, habe ich Mittagspause«, sagte er zu Adams, die stumm vor den leeren Tellern sitzenblieb. Er verließ mit Anderson das Restaurant, ohne sich noch einmal umzudrehen.

Draußen übergoss die Novembersonne die Wege mit glitzerndem Licht. Der schmale Grünstreifen, der das Hauptgebäude überall umrandete, verwandelte sich auf der Hinterseite in einen weitläufigen Park. David vertrat sich hier nur selten die Beine, weil er von den vielen Register-Gadgets genervt war, die den Park inzwischen bevölkerten.

Während er mit Anderson durch den Park spazierte, erklärte er ihr die verschiedenen Apparate. Direkt am Parkeingang stand seit kurzem eine alte Telefonzelle, in der jeder mit seinem Ich aus der Zukunft telefonieren konnte – zwar nur für zwanzig Sekunden und bloß drei Minuten in die Zukunft, aber das schmälerte nicht die Beliebtheit. Eine meterlange Schlange wartete vor der verkratzten Glastür auf das sonderbare Selbstgespräch.

Nicht weit von der Telefonzelle entfernt stand die nächste Attraktion: ein blauer, mannshoher Würfel, in dessen Innern man eine 3D-Aufnahme von sich machen konnte. Das Bild wurde als Hologramm auf eine Parkbank projiziert und zehn Minuten gebacktimed. Zusätzlich erschien das Bild im Intranet von Benzon – der Hauptgrund, warum David keine Lust hatte, den Fotokasten auszuprobieren.

Das einzige Gerät, das er Anderson schließlich demonstrierte, war ein modifiziertes Aussichtsfernrohr. Es zeigte dem Hineinsehenden ein Foto der Umgebung in genau dreißig Jahren. Anderson schaute hindurch und behauptete, alles sehe genauso aus wie in der Gegenwart. David fragte nicht danach, welche Baumart sie auf dem Foto gesehen hatte.

Unter einer der Birken, die schon bald nie existiert hatten, setzten sie sich schließlich auf eine freie Bank.

»Ein Park voller Spielzeug und Rezepte aus der Zukunft«, sagte Anderson und hielt ihre Nase in die Sonne. »Abgesehen davon, dass dies alles für einen verantwortungslosen Umgang mit dem Register steht, ist Ihre Welt ganz schön glattgebügelt.«

David warf einen schuldbewussten Blick zu der Birke über ihnen. »Das scheint Ihnen nur so.«

»Wissen Sie, was ich mir überlegt habe? Ich werde Sie mal in die mexikanische Fast-Food-Bude einladen, in der ich seit Jahren Stammgast bin. Da wird garantiert ohne Register gekocht. Und der Salat kommt nicht aus der Zukunft, sondern aus der tiefsten Vergangenheit.«

»Das klingt nett.«

David sah auf die Uhr. Schon kurz vor vier. Die letzten Stunden vor seiner großen Auszeit waren angebrochen, und er musste sich dringend seinem Email-Postfach widmen.

»Manchmal will ich am liebsten aus diesem Glücksspiel ausbrechen«, sagte Anderson. »Jeder da draußen kann mir wegnehmen, was ich über Jahre aufgebaut habe. Alternative Wahrheit? Na, besten Dank. Nennen Sie mir einen Grund, warum ich mich darüber freuen sollte.«

David überlegte. Natürlich schmeckte es nicht jedem, dass das Register das Gemeinwohl über alles andere stellte. Aber er hatte auch noch nie jemanden getroffen, der sich darüber laut beschwerte. Eine schöne Gelegenheit, um Anderson aus dem Konzept zu bringen.

»Fünftausendeinhundert«, sagte er schließlich.

»Fünftausend was?«

»Das habe ich gestern gelesen. So viele amerikanische Kinder sind früher aus dem Fenster gefallen. Pro Jahr.«

Anderson öffnete ihre Augen einen Spalt, aber sie sagte nichts.

»Und heute?«, fragte David. »Eine Eventmessage geht an die nächste Polizeistation. Die Cops kommen vorbei, sagen den Eltern, sie sollen die nächste Stunde über aufpassen, und gehen wieder.«

»Das beantwortet nicht meine Frage.«

»Doch. Das Register macht die Welt minütlich zu einem besseren Ort. Zyniker wie wir sollten das einfach akzeptieren.«

Anderson drehte langsam ihr Gesicht zu ihm. »Das Register hat Ihnen etwas geschenkt. Etwas von großem Wert. Ist es nicht so?«

Davids schluckte. Konnte das möglich sein? Dass ihm nun doch jemand auf die Schliche gekommen war, noch dazu in Rekordzeit?

»Eines Tages wird es andersherum sein«, sagte Anderson. »Da werden Sie etwas in Händen halten, das Sie für nichts in der Welt mehr hergeben möchten. Sie werden lernen, dass das Register es Ihnen auch entreißen kann. Hoffentlich nicht auf die harte Tour.«

»Sie täuschen sich«, sagte David leise. »Das Register hat mir nie das gegeben, was ich wirklich wollte.«

Anderson setzte schon an, um zu antworten, doch dann richtete sie sich plötzlich auf. Sie deutete mit dem Zeigefinger nach vorn. »Was ist das denn bitte? Auf der Bank?«

David kniff die Augen zusammen, um im Sonnenlicht etwas zu erkennen. Auf der Bank gegenüber saßen ein David Manoah und eine Rachel Anderson. Echt und in voller Lebensgröße. »Ah. Mir scheint, wir zwei haben den Fotokasten ausprobiert. Ganz sicher war das nicht meine Idee.«

Anderson sprang auf und lief zu der Parkbank, David ging hinterher.

»Wie habt ihr das gemacht?« Sie bohrte einen Finger in die Nase ihrer Doppelgängerin und verschwand mit der ganzen Hand darin. »Ups, jetzt habe ich mir das Gehirn zermatscht.«

»Die Projektion ist ziemlich gut, oder?«

»Und wie. Aber woher kommt das Bild?« Anderson trat einen Schritt zurück. »Wir sehen aus wie ein verliebtes Pärchen.«

Im Hologramm hatte David den Arm um Andersons Schulter gelegt und schenkte der Kamera ein breites Lächeln. Er konnte sich an kein Foto erinnern, auf dem er je so gestrahlt hätte. Die virtuelle Rachel Anderson streckte die Zunge heraus und hielt ihr Notizbuch wie eine Urkunde vor sich.

»Das Foto haben wir in der Zukunft gemacht«, sagte David. »In zehn Minuten. Dort hinten.« Er zeigte auf den blauen Fotokasten ein paar Meter weiter.

Auf einer Seite war der Kasten offen und ließ den Blick auf eine Bank frei, die im exakt gleichen Blauton gestrichen war. Anderson trat näher und las vor, was in verschnörkelten Buchstaben auf dem Würfel stand: *»Mach ein Foto, an das du dich nie erinnern wirst.* Ist das euer Ernst?«

»Wie gesagt, das Foto muss Ihre Idee gewesen sein.«

Anderson schaute wieder zu dem Hologramm. »Sieht nett aus, finden Sie nicht? Ich will unbedingt die Datei haben.«

»Ich schick Ihnen gern einen Abzug.« David gefiel die Vorstellung nicht, dass gerade Hunderte von Benzon-Mitarbeitern auf sein Gesicht klickten. Seltsam, dass er sich überhaupt darauf eingelassen hatte.

Er holte eine Visitenkarte aus seinem Sakko. »Bestimmt fallen Ihnen heute Abend noch ein Dutzend Fragen ein. Ich habe zwar ab morgen Urlaub, aber unsere PR-Mannschaft steht für Sie parat.«

Sie sah ihn stirnrunzelnd an. »Verabschieden Sie sich etwa gerade?«

David hob die Schultern. Natürlich verabschiedete er sich. Es gab doch nichts mehr zu besprechen.

»Und dann wollen Sie mich ab jetzt auch noch mit einem geleckten Pressesprecher abspeisen? Das da vorn ist wohl ein Abschiedsfoto.« Sie holte in einer ruckartigen Bewegung ihr Notizbuch aus der Tasche. Der goldene Namenszug blitzte im Sonnenlicht.

Alles läuft wie geplant, ermahnte David sich. Ein Tag mit Rachel Anderson, danach übernahmen wieder die Profis. Er würde sie niemals wiedersehen.

»Komisch«, sagte Anderson und blätterte in dem Notizbuch. »Warum habe ich das Buch in die Kamera gehalten?«

David wusste, dass seine Gedanken längst den Rückweg zu Benzon antreten sollten, zu den Gesprächen, die er an diesem letzten Tag noch zu führen hatte, zu Smiths großzügigem Geschenk.

»Haben Sie was gesagt?«, fragte Anderson.

»Sie arbeiten doch ganz in der Nähe, oder?«

David hörte sich plötzlich selbst reden – als wäre sein Hologramm zum Leben erwacht.

»Wenn ich in der Redaktion bin«, sagte Anderson. »Aber natürlich bin ich die meiste Zeit unterwegs.« Sie drückte ihre Stimme eine Oktave nach unten. »Wenn die Welt untergeht, bin ich für Sie vor Ort. Live.«

»Wirklich?«

»Nein, das war natürlich ein Scherz. Es gibt keine Katastrophen mehr, die mich vom Schreibtisch weglocken. Oder von der Couch.«

»Ach so. Haha.« David steckte seine Visitenkarte von der einen in die andere Hand. »Ich dachte, man könnte sich ja mal auf einen Kaffee treffen. Irgendwann.«

»Haben Sie nicht für Ewigkeiten Urlaub?« Anderson wischte sich eine Strähne hinters Ohr.

»Deswegen ja.«

Anderson antwortete nicht, aber sie lächelte, und David wusste, dass er sich an dieses Bild, diesen Moment noch in Jahrzehnten erinnern würde. Der Moment, als er sich zum allerersten Mal auf die Gegenwart eingelassen hatte. Vielleicht war das in Wirklichkeit der Neustart, dem er die ganze Zeit auf der Spur war. Kurt Cobain kam ihm plötzlich ziemlich langweilig vor.

»Ich lehne ab«, sagte Anderson.

David hob hastig die Hände. »Kein Problem.«

»Augenblick. Ich meine nur, dass ich Kaffeetrinken lahm finde. Wir werden essen gehen. Und zwar in einem Restaurant meiner Wahl.«

David versuchte, seine Überraschung mit einem Lachen zu kaschieren. »Ich werde also vor Ihren Augen an verdorbenem Rindfleisch verenden.«

»Guerrero's Burger Bar«, sagte sie zufrieden. »Jetzt wissen wir auch, warum ich meinen Terminkalender so stolz ins Bild gehalten habe.« Sie blätterte in ihrem Buch ein paar Seiten weiter und nickte. »Morgen? Um acht?«

»Wow. Morgen schon.« Mit erheblicher Verspätung begann die Sortiermaschine in Davids Kopf zu protestieren. *Systemfehler! Keine Beziehung. Keine Freundschaft. Nichts, was mich mit dieser Welt verbindet.*

Vor ein paar Sekunden schien es ihm die beste Idee aller Zeiten gewesen zu sein, diese Regel für eine Frau zu brechen, die er überhaupt nicht kannte.

Ihre Absichten sind völlig unklar. Sie hat doch nicht ja gesagt, weil Sie dich mag. Du Langweiler.

Anderson klappte ihr Buch zu. »Ich werte das als ein Ja, Sie Charmeur. Und jetzt will ich wissen, ob uns da hinten eine eifersüchtige Büroaffäre verfolgt.«

David folgte ihrem Blick und sah gerade noch einen schwarzen Lockenkopf hinter einem Baum hervorlugen. Tina Adams. Sie war wirklich nicht mehr ganz richtig im Kopf.

»Sie müssen sich nicht schämen«, sagte Anderson. »Unsere Redaktion ist eine einzige Dating-Plattform. Mein Ressortleiter hat sich zum Valentinstag eine Clark-Kent-Brille aufgesetzt. Er wäre gern mein Superman, hat er gesagt. Und war todernst dabei.«

»Um das mal klarzustellen, diese Kollegin …«

Anderson lachte. »Ist schon gut. Hauen wir ab, bevor sich hier noch Dramen abspielen.«

Sie ließen die Aussichtsrohre und Telefonzellen hinter sich und spazierten zum Parkausgang. David erwischte sich dabei, wie er auf den letzten Metern immer langsamer wurde. Die klare Novembersonne und Andersons gute Laune waren wie eine wohltemperierte Badewanne, die er einfach nicht verlassen wollte. Er blickte zurück zu dem Fotokasten, in den sich gerade einige Anzugträger hineinquetschten.

»Nur aus Interesse«, sagte er. »Was haben Sie zu Superman gesagt?«

»Dass er mein persönliches Kryptonit ist.«

David lachte. »Nicht schlecht.«

Er hatte bei dieser Anekdote das gleiche Gefühl wie heute Morgen – ein Gedanke spielte in seinem Hirn Ping-Pong und ließ sich einfach nicht greifen.

Wahrscheinlich waren das alles nur winzige Fragmente der Hayfield Station. Die immerhin hatte sich in den letzten Stunden auffällig ruhig verhalten.

Die Verabschiedung im Atrium geriet ziemlich holprig und schnell. Anderson sagte, sie hätte noch dringende Termine und dann war sie auch schon durch die hohe Drehtür verschwunden.

Auf dem Rückweg ins Büro checkte David sein Email-Postfach. Viel war nicht passiert, allerdings hatte er eine neue Nachricht von Gregory Smith: *Sind Sie fertig mit Anderson? Kommen Sie bitte noch mal hoch zu mir. Dringend!*

Wahrscheinlich wollte er ihm noch ein paar warme Abschiedsworte mitgeben. David musste sie sich wohl oder übel anhören, aber direkt danach würde er nach Hause rasen.

Bevor er in den zwölften Stock fuhr, machte er einen Abstecher ins Restaurant. Noch nie hatte er sich für die Desserts aus der Zukunft interessiert, aber Rachels Begeisterung hatte ihn neugierig gemacht. Und sie hatte recht. Die Crème brûlée schmeckte wirklich außergewöhnlich gut.

Die ganze Welt schmeckte gerade außergewöhnlich gut.

16:31 – 22:14

Als David in Smiths Büro trat, roch es nach Knoblauch und Fisch. Wahrscheinlich hatte Smith das Mittagessen an seinem Schreibtisch verschlungen. Er stand am Fenster und empfing David mit einem merkwürdig verschämten Blick. »Haben Sie die Frau fertiggemacht?«

»Sie hat sich zu Tode gelangweilt.« David blieb im Türrahmen stehen. »Wie gewünscht.«

»Hervorragend«, sagte Smith. »Wirklich großartig.« Er sah wieder aus dem Fenster. »Ich hatte gerade eine kolossale Idee. Wir nehmen Plastikbäume. Das machen sie im Disneyland schon seit Jahrzehnten. Mit Blättern aus Vinyl.« Er tippte mit seinen braungebrannten Fingern an die Scheibe wie an ein Terrarium. »Diese verdammten Birken. Wie ich sie hasse.«

»Plastik könnte gehen«, sagte David und lehnte sich an den Türrahmen. Er war um diese Zeit noch nie in Smiths Büro gewesen. Die dicken Ölklumpen des Hühnerbildes wurden im Abendlicht zu spitzen Gebirgen und Schluchten. Von den Hühnern hingegen war nichts mehr zu sehen. Als wären sie in eine der Schluchten hineingefallen.

Smith riss sich vom Fenster los. »Also. Es geht um diesen Brief, von dem Sie mir erzählt haben.«

David brauchte einen Moment, bis er begriff, wovon Smith sprach. Das Schreiben an seinen Vater, er hatte es völlig verdrängt. »Danke für Ihre Hilfe«, sagte er und rührte sich nicht. Dieses

Herumgedruckse von Smith ging ihm auf die Nerven – er sollte einfach sagen, was los war, dann konnte David wieder gehen. »Was steht drin?«

Smith setzte sich auf seinen Schreibtischstuhl und nahm einen Schnellhefter in die Hand. »Er wird selten verschickt«, sagte er langsam. »Weil die NOBA diese Information eigentlich niemandem hinterherschicken muss.«

»Hm. Da klingelt es nicht bei mir.«

Smith rollte den Hefter ein. »Es geht um das eine Datum. Den Zeitpunkt, den jeder normale Mensch im Schlaf aufsagen kann. Das Datum, das wir alle schon unzählige Male nach hinten geschoben haben, dadurch, dass wir eine Darmspiegelung machen oder auf unseren Blutzucker achten.«

Er rollte den Hefter wieder auseinander, strich ihn glatt und sah David an. Nur das Rascheln von Ohlmann, die im Vorraum die Nachmittagspost sortierte, war zu hören.

David wich Smiths Blick aus, er sah zu dem grünen Gemälde, das jetzt ausschließlich aus tödlichen schwarzen Abgründen bestand. Er hatte begriffen. Sein Vater würde jeden Moment sterben und es gäbe keine Möglichkeit, das rückgängig zu machen.

Verdammt, verdammt, verdammt!

»Sie müssen jetzt schnell handeln.« Smith fuhr sich über den weißen Bart. »Um wen geht es überhaupt? Jemand, den Sie gern haben?«

»Mein Vater«, sagte David leise. »Er ist der Empfänger.«

Er sah deutliche Überraschung in Smiths Augen. »Okay. Keine Panik. Sie müssen mit ihm reden, heute noch. Einen natürlichen Tod können wir nicht rückgängig machen. Wegen dieser blöden Selbstbestimmungskacke.«

David nickte. Vor ein paar Jahren war eine Frau gegen ihren Willen von ihrem Mann »zurückgeholt« worden. Die Presse hatte das Thema ausgeschlachtet, und seither war der Tod aus freien Stücken ein geschütztes Gut. In den 90ern hatte das Register dutzende von Selbstmorden rückgängig gemacht, sogar von berühmten Künstlern wie Henri Goetz. Angeblich auch Kurt Cobain. Damit war es inzwischen vorbei.

»Niemand kann es rückgängig machen«, betonte Smith. »Wenn Ihr Vater informiert wurde und er seinen Todeszeitpunkt hinnimmt, ist das nicht mehr zu ändern. Sollten Sie versuchen, seinen Tod über das Register zu reversieren …«

»Er ist ja noch am Leben.«

»Die Frage ist, wann genau er den Brief bekommen hat. Jetzt setzen Sie sich doch mal.«

David sank in den Sessel, in dem er sich heute Morgen noch so federleicht gefühlt hatte. Hatte sein Vater irgendein Wort darüber verloren, wie alt der Brief war? Das Gespräch hatte ja nur ein paar Minuten gedauert, und David war mit seinen Gedanken ganz woanders gewesen.

Er schüttelte langsam den Kopf. »Ich habe keine Ahnung.«

»Dann bekommen Sie das schnellstmöglich heraus.«

David fuhr sich mit der Zunge über die Zähne. Die Zuckerschicht der Crème brûlée hing dort immer noch fest.

Wie sollte er nur mit seinem Vater darüber sprechen? Sie sahen sich zweimal im Jahr und umschifften bei diesen Treffen jedes sensible Thema. Judd hatte eine sehr spezielle Meinung zum Register. Er würde jede Vorhersage ignorieren wie ein trotziges Kind.

Smith erhob sich aus seinem Stuhl. »Was auch passiert, Sie können jederzeit zu mir kommen. Ich sitze an ein paar Hebeln, die die anderen nicht mal kennen.«

Genau. Nur hatte Smith diese Hebel noch nie für David benutzt.

Smith dachte anscheinend das gleiche. »Vor ein paar Monaten, das war eben eine unglückliche Konstellation. Bei Sandra.«

»Susan.«

»Richtig. Da hätte ich Ihnen gern geholfen. Aber es ging nicht, verstehen Sie? Es ging einfach nicht.«

»Das Kapitel ist abgeschlossen.«

Smith kam nahe an ihn heran und stieß feuchte Knoblauchschwaden aus. David drückte sich in den Sessel.

»Ich will Ihnen etwas versprechen«, sagte Smith. »Wenn Sie mich das nächste Mal um Hilfe bitten, dann bin ich für Sie da. Egal was es ist, kommen Sie zu mir. Ich helfe Ihnen.«

»Danke«, sagte David.

»Ich helfe Ihnen. Feierliches Versprechen.« Er hob die rechte Hand, als wolle er schwören, ließ sie aber wieder sinken.

»Ich sollte jetzt wirklich zu meinem Vater fahren.«

»Unbedingt. Und bestellen Sie ihm, dass ich Respekt vor Leuten wie ihm habe. Absichtlich wegschauen, wenn man vor dem eigenen Tod gewarnt wird, das hat doch etwas Heroisches.«

»Sie brauchen nicht höflich zu sein. Sich unnötig in Gefahr zu begeben, ist nicht mutig, sondern dumm.«

Smith zwirbelte seinen weißen Schnauzer. »Da ist noch was. Etwas wirklich Blödes. Wegen des vorzeitigen Urlaubs, den ich versprochen hatte.«

Auch das noch. »Sie haben mit Harrison gesprochen«, sagte David müde. »Oder Thomson. Oder jemand anderem aus dem Roster-Projekt.«

»Ich wollte da unten nicht noch mehr schlechte Laune verbreiten. Tut mir leid, wirklich.« Smith schlurfte zum Fenster. »Wir reden uns inzwischen ziemlich gut ein, die Dinge im Griff zu haben. Aber das da draußen ist eben doch kein Disneyland. Das Unglück sucht sich seinen Weg, ist es nicht so?«

David rechnete mit weiteren philosophischen Betrachtungen zu den Birken und stand schnell auf. Er hatte fast die Tür erreicht, da sagte Smith: »Wie ist denn diese Rachel Anderson nun wirklich?«

David blieb stehen. »Ich weiß nicht. Weniger bissig als befürchtet.«

»Und was wollte sie von uns?«

»Nun ja.« David dämmerte, dass er darauf am Ende nicht mehr geachtet hatte. »Offiziell ging es ihr um die Zusammenarbeit von NOBA und Privatunternehmen. Aber darüber haben wir nur am Rande gesprochen.«

»So, nur am Rande. Sie haben sich aber nicht in sie verliebt, oder?«

David lachte humorlos. »Sie kennen mich wirklich schlecht.«

»Allerdings«, sagte Smith. Er blickte wieder durch seine frisch geputzten Scheiben. »Sie schaffen das. Gibt es einen besseren Start in eine Selbstfindungsreise, als den eigenen Vater zu retten?«

Dafür muss ich es erst mal schaffen, dachte David. Smith hatte ja keine Ahnung, wie schwierig das werden würde.

Die Fahrt zu Judd war viel zu kurz, um sich eine geeignete Strategie zu überlegen. Als David die Stufen des schmalen Treppenhauses hinaufging, wusste er nur, dass er auf keinen Fall mit der Tür ins Haus fallen konnte.

Judd machte ein Gesicht, als hätte er mit jemand anderem gerechnet. »Noch nicht mal sieben. Du kommst sogar pünktlich zum Essen.«

»Hallo, Dad.« David atmete noch einmal die kalte Luft im Treppenhaus ein. Zwar war sein Vater kein Kettenraucher mehr, aber er hielt immer noch nicht viel davon, einen Raum regelmäßig zu belüften.

»Toll, dass du es dir noch überlegt hast«, sagte Judd. »Bin richtig glücklich, weißt du das?« Er ging in die Küche.

Aus einem Topf schaute ein Berg aus Makkaroni und Dosenfleisch. David lehnte sich angewidert gegen die Kommode im Flur.

Seine Mutter war eine ausgezeichnete Köchin gewesen. Das war keine Verklärung – einige Nachbarskinder hatten David jahrelang bei den Hausaufgaben geholfen, nur damit sie beim abendlichen Festessen dabei sein konnten. Aber an dem Tag, als Davids Mutter die Stadt verlassen hatte, war der Dosenfraß im Hause Manoah eingekehrt und hatte sich niemals wieder vom Thron stoßen lassen. Immerhin war dieser Abend ein gutes Training für das Date morgen mit Rachel.

»Direkt ein Bier?«, fragte Judd aus der Küche.

»Klar.« David sah auf den Haufen von Briefen und Zeitschriften, in dem seine Hand gelandet war. Von einem roten Umschlag war nichts zu sehen.

Er musste es schlau angehen. Wenn er Judd rundheraus erklärte, dass ihm die NOBA allein durch die Umschlagfarbe etwas über seine Zukunft verraten hatte, würde ihn das nur wütend machen. David sah Judd schon schmollend in seinem Sessel kauern und auf den Tod warten.

»Sag mal, hörst du mir überhaupt zu?« Judd kam mit zwei Bierflaschen aus der Küche. »Dich interessiert wohl gar nicht, was ich Spannendes rausgekriegt habe.«

»Ähm, doch. Schieß los. Mit wem willst du mich heute verkuppeln?«

»Ärger mich nicht.« Judd schnürte seine Pyjamahose enger. Es war der gleiche Schlafanzug, den er heute Morgen schon angehabt hatte, natürlich, und er sah im Original noch verheerender aus. »Da draußen gibt es jede Menge Frauen, die auf dich warten. Müsstest nur mal die Gitarre wieder rausholen.«

David nahm schweigend das Bier entgegen. Die Geschichte mit Rachel würde Judd gefallen.

»Warum sagst du nichts?«, fragte Judd. »Wenn es Neuigkeiten gibt, bring sie mir schonend bei. Meine Pumpe ist nicht mehr die jüngste.«

Er tippte sich an die Brust und Davids Blick folgte seinem Finger, zu der Stelle, hinter der Judds Herz seit sechs Jahrzehnten schlug. Verflucht, das konnte es sein. Herzinfarkte kündigten sich so gut wie gar nicht an, war es nicht so?

»Also, ich weiß jetzt Bescheid«, sagte Judd. »Wegen dem, was du heute Morgen gesehen hast.« Er hielt eine verknitterte *Newsweek* hoch, die wahrscheinlich bis vor kurzem noch neben dem Klo gelegen hatte. Die Ausgabe trug den Titel: *Backtiming – Wenn die Zukunft nicht mehr existiert.*

»Lass mich raten«, sagte David. »Das Register wird bald ein schwarzes Loch erzeugen. Das habe ich neulich schon gelesen.«

»Ich auch. Aber das hier ist viel besser. Hast du schon mal von den Streetdivern gehört?«

»Mit aktueller Musik kenn ich mich nicht aus.«

»Du kennst dich generell nicht aus. Ich erklär's dir. Stell dir vor, du rast mit einem unfassbaren Tempo durch die Stadt. Nimmst jede rote Ampel. Ignorierst jeden Fußgänger. Fährst einfach mal eiskalt in den Gegenverkehr hinein. Was passiert?«

David dachte an das lachende Gesicht des Pick-Up-Fahrers. Er zuckte mit den Schultern. »Nichts passiert.«

»Hundert Punkte. Alle bleiben rechtzeitig stehen oder gehen dir aus dem Weg. Du kannst machen, was du willst, es wird keinen Unfall geben. Ist das nicht pervers?« Judd wedelte wütend mit der eingerollten Zeitschrift, als wollte er eine Fliege töten. »Nichts ist heutzutage mehr endgültig, alles kann retuschiert werden. Aber ist die Welt dadurch besser geworden? Nein. Glatt und poliert, aber nicht besser.« Sie stießen ihre Bierflaschen aneinander.

Judd nahm einen tiefen Schluck. »Jedenfalls hat die NOBA angefangen, sich diese Streetdiver auf frischer Tat zu schnappen. So was zählt wohl als Registermissbrauch, und dafür haben die eine eigene Polizei.« Er schüttelte den Kopf. »Zum Schreien. Das ganze Gerät ist doch ein einziger Missbrauch.«

David sagte nichts. Judd war ja in bester Stimmung. Es würde mehr als gute Worte brauchen, damit er sich vom Register das Leben retten ließ.

Vom Herd aus zischte es bedrohlich. Judd fluchte und hastete in die Küche. Mit etwas Glück war das Essen unbrauchbar geworden und sie konnten etwas bestellen.

David ließ sich auf der ausgeleierten Couch nieder und las den Abspann von *Days of Our Lives.* Bevor er Klartext mit seinem Vater reden könnte, müsste er die weitaus größere Herausforderung des Abends bestehen: Monday Night Football. Drei Stunden voll eintöniger Sequenzen, die David nicht interessierten, und schlauer Kommentare von Judd, die er nicht verstand. Er hatte das im letzten Jahr schon einmal aushalten müssen.

Pfeifend kam Judd mit dem dampfenden Essen angelaufen. Sie aßen auf der Couch, direkt aus dem Topf. Judd machte es nie anders.

Das Spiel begann und David rutschte in einen wohligen Dämmerschlaf. Seine Gedanken bevölkerten das Wohnzimmer mit den Gestalten dieses langen Tages und David konnte sie betrachten wie die Wachsfiguren bei Madame Tussauds. Smith war da, mit seinem Kapitänsgesicht und den buschigen Augenbrauen, neben ihm stand Tina Adams, die sich ständig misstrauisch umschaute. Und natürlich Rachel.

Interessanterweise fiel es David schwer, sich an Rachels exaktes Aussehen zu erinnern. Die Details, die er sonst für alles und jeden ablegte, waren verwischt. Aber er konnte ihre Stimme hören. Dieses tiefe Hauchen, schnurrend wie das einer Straßenkatze.

Ächzend richtete David sich auf, um wieder wach zu werden. »Noch ein Bier?«

Judd grunzte zustimmend. »Und bring mir die Kippenschachtel mit.«

Eine nette Steilvorlage. »Ganz schön dumm«, sagte David.

Genau das hatte Susan immer zu Judd gesagt, bestimmt und leicht schnippisch, wie sie nun mal gewesen war. »Ganz schön dumm«, und dann hatte sie Judd umarmt. Damals, vor zwanzig Jahren, hatte Judd ein Dutzend Mal mit dem Rauchen aufgehört. Seitdem Susan nicht mehr da war, fehlte ihm dafür jede Motivation.

Und auch jetzt gab es keine Reaktion. David wagte einen weiteren Vorstoß. »Apropos, hast du dir endlich mal dein Datum geben lassen?«

Judd löste sich vom Fernseher und schaute ihn über die Brille an. »Nein, Junge, ich habe mir nicht mein verdammtes Datum geben lassen. Glaubst du, ich will wie Grandpa enden? Die letzten Tage in einem Zimmer mit Terrakottawänden liegen und pünktlich auf die Minute abkratzen? Er hat sich natürlich gefühlt wie Sokrates.«

»Grandpa ist vierundneunzig geworden.«

»Na bravo. Was ist nur los mit euch? Selbst deine Mutter ist mir neulich damit auf die Nerven gegangen.«

David horchte auf. »Du hast mit Mom gesprochen?«

»Sie hat angerufen. Und zwar genau deswegen. Ich sag dir, die hatte den Terminkalender schon neben dem Hörer liegen.«

David stützte sich auf die Rückenlehne der Couch. »Sie macht sich anscheinend Sorgen, genau wie ich. Was wenn es nun etwas ist, das du spielend verhindern könntest? Vielleicht verschenkst du dreißig Jahre, nur weil du ...«

»Ich geh zur Krebsvorsorge.«

»Wie schön. Willkommen in den Achtzigern.« So kam David nicht weiter.

Zum Glück hatte er sich überlegt, was zu tun war, es lag ja auf der Hand. Der Brief musste irgendwo auf dem Stapel im Flur liegen. David würde ihn einstecken und zu Hause lesen. Ganz egal, was Judd davon hielt, in die Zukunft zu schauen.

Er machte sich auf den Weg zur Küche und rutschte dabei fast auf einer der Schallplattenhüllen aus, die verstreut auf dem Boden lagen. »Vielleicht schafft Mom es irgendwann, auch ihren Sohn anzurufen. Das kannst du ihr gern beim nächsten Mal bestellen.«

»Du bekommst immer zu Weihnachten eine Karte, hat sie gesagt.«

David blieb stehen. Immer zu Weihnachten ... An was erinnerte ihn das schon wieder? Heute war anscheinend der Tag der Déjà-vus.

»Ihr beide werdet das niemals verstehen«, sagte Judd. »Aber ich will nicht wissen, wann es wirklich soweit ist. Ich lebe jeden Tag so, als ob's der letzte ist.« Er stellte den Fernseher lauter, was diesen Satz ein wenig ins Lächerliche zog.

Und da passierte es. David ging ein Licht auf, so plötzlich, als hätte jemand tief in seinen Eingeweiden einen Schalter gedrückt, der auch Davids letzte Haarspitze elektrifizierte. Das durfte nicht wahr sein. Konnte nicht wahr sein.

David hastete in den Flur, wo seine Tasche neben der Flurkommode stand. Er holte den Laptop heraus und setzte sich auf den Boden. Vielleicht hatte er sich ja getäuscht. Diese schreckliche Befürchtung war nur ein Trick seiner Ängste, die um Aufmerksamkeit buhlten. So musste es sein.

Judd erschien im Türrahmen. »Willst du etwa arbeiten? Wo wir gerade mal etwas Zeit zusammen verbringen?«

David klickte auf das Icon, das zum Intranet von Benzon führte. Zum Glück hatte er auch von außen Zugriff auf die meisten Admin-Oberflächen. Ein weiterer Vorteil der guten Beziehungen, die er zu Leuten wie Smith unterhielt.

Judd setzte sich neben ihn und unterdrückte nur halbherzig einen Rülpser. »Du bist jetzt aber nicht beleidigt, oder? Wegen deiner Mutter?«

David klickte sich zur Kategorie »Play & Fun« vor und fand dort, was er gesucht hatte: die Galerie des blauen Fotokastens.

Insgesamt hatte der Automat heute neunzehn Bilder hochgeladen. Das von Rachel und David hatte die mit Abstand meisten Likes bekommen und stand deswegen an oberster Position.

David öffnete das Bild, auf dem er und Rachel in einer Art luftleeren Raum saßen. Er konnte ihre Körper wie Modelle drehen und wenden.

»Mein lieber Mann, was ist denn das für ein Geschoss?« Judd schob sein faltiges Gesicht vor den Monitor. »Von der hast du mir aber noch nie erzählt.«

David zoomte in das Bild hinein. Damit das Hologramm im Park lebensecht wirkte, mussten die Kameras extrem hochauflösende Bilder erstellen. Es dauerte einige Sekunden, bis sich die Pixel auf dem Bildschirm aufgelöst hatten.

»David, was wird das?«, fragte Judd. »Der solltest du lieber in Natura näherkommen. Ich kann dir Freikarten für die Oper besorgen, was meinst du? Nach zwei Stunden Tosca sind die Frauen quasi willenlos.«

David schob das Bild etwas nach links, seine Hände zitterten. Nur kurz beweisen, dass er sich geirrt hatte. Nur das dumme Gefühl löschen, das er seit dem Nachmittag mit sich herumtrug. Das Notizbuch füllte nun das Bild, so sehr vergrößert, dass man das raue Leder beinahe ertasten konnte. David scrollte noch ein Stück nach unten.

In schlichten goldenen Buchstaben waren zwei Worte in das Leder des Notizbuchs eingraviert. Die alte Mrs Anderson hatte auch im letzten Jahr wieder den wahren Namen ihrer Tochter ins Leder prägen lassen.

LOIS ANDERSON

Judd sah zwischen der Namensgravur und David hin und her. »Ist alles okay?«

David klappte den Laptop zu und stand langsam auf. *Lassen Sie mich Ihr Superman sein.*

Natürlich. Die Comicfigur. Lois Lane, Reporterin und Freundin von Clark Kent. Deswegen hatte David bei dieser Anekdote aufgehorcht.

Eine ätzende Übelkeit kroch in seinen Hals. Er war unverzeihlich dumm gewesen, dumm und blind. Aber warum war Rachel unter falschem Namen aufgetaucht? Oder war das ihr Tarnname? Warum hatte er selbst sich dann nicht vor einer Rachel, sondern vor einer Lois gewarnt? Es ergab alles keinen Sinn.

David holte tief Luft, er versuchte, die Übelkeit wegzuatmen. Aber es funktionierte nicht. Unter dem misstrauischen Blick von Judd schwankte David zum Badezimmer und schaffte es gerade noch rechtzeitig zur Kloschüssel. Sein Magen verabschiedete sich in einer Explosion von den Kochkünsten der Zukunft und Judds Dosenmakkaroni. Die Lüge eines ganzen Jahres suchte sich ihren Weg nach draußen und landete mit Wasser und Galle im Klo. Lois war in sein Leben getreten. Allen Unwahrscheinlichkeiten zum Trotz.

David zog sich am Waschbecken hoch und spritzte sich Wasser ins Gesicht. Er sah das heruntergekommene Register-Büro genau vor sich. Die unfreundlich dreinschauende Beamtin mit ihren Unmengen von klimpernden Armreifen. Hinter ihr, im rechten Flügel des Büros, die türkisgrüne Teppichwand. Vier weiße Türen, die zu den Kabinen führten. Am deutlichsten erinnerte er sich an den schwarzen Bildschirm mit den roten Lettern, die im Dunkel der Kabine geleuchtet hatten.

Lois wird dein Untergang sein.

Es ist soweit, dachte David. Als er die Badezimmertür öffnete, prallte er gegen Judd, dessen Gesicht noch ein paar Falten mehr bekommen hatte.

»Ich weiß nicht, was mit der Frau los ist, aber zum Kotzen ist sie ja nun wirklich nicht.«

»Ich muss nach Hause, Dad.«

»Moment mal. Du kannst mir's doch erzählen.«

David schlüpfte in seine Schuhe. Ihm wurde schon wieder schlecht. »Ich muss an die frische Luft.«

»Wenn du mit mir über was reden willst ...«

»Ja, will ich und ich werde es jetzt kurz und schmerzlos sagen. Du gehst direkt morgen früh zum Arzt. Oder du liest endlich diesen verdammten roten Brief. Eines von beiden.«

Judd starrte ihn an. »Was?«

David erhob sich, ihm war schwindelig wie bei einem Grippeanfall und das unverschämte Muster von Judds Pyjamas widerte ihn an. Wut, unbändige Wut kochte in ihm hoch, Wut auf die ganze Welt, die gerade aus den Fugen geriet, Wut auf sein zukünftiges Ich, das ihm kryptische, unnütze Warnungen hinterlassen hatte, und Wut auf Judd, für den alles so einfach sein könnte, wenn er nicht ein verstaubter, alter Sturkopf wäre.

»Ich mach den Brief nicht auf«, sagte Judd.

David baute sich auf, die Übelkeit wie eine Schlinge um den Hals gelegt. »Du musst ihn aufmachen. Es geht um dein Datum.«

Judd steckte seine Hände in die Achselhöhlen. »Na und? Das Leben besteht nicht darin, dem Tod davonzulaufen. Kapierst du das nicht?«

Dein Leben kann jede Sekunde zu Ende sein!, brüllte David.
Dann ist es eben so, sagte Judd.

Aus dem Wohnzimmer drang lauter Jubel, das Spiel war zu Ende. David begriff, dass er sich die letzten Sätze nur eingebildet hatte. Sie standen sich regungslos gegenüber.

Starrten. Schwiegen.

David brach den Bann und durchwühlte mit einer schnellen Bewegung den Stapel auf der Kommode. Keine Spur von dem roten Brief.

»Na schön«, schnaufte er. »Mach, was du willst.«

Er stieß die Haustür auf und rannte die Treppe hinunter. Judd sagte kein Wort, er stand einfach in der Tür. David hörte das Geräusch des Feuerzeugs. Eine weitere Zigarette nach einer weiteren Episode mit seinem verschrobenen Sohn, mehr war dieser Abend für Judd nicht. David war es egal. Morgen würde er zurückkommen und Judds Leben retten, notfalls mit Gewalt.

Aber heute musste er erst einmal Lois Anderson entkommen. Der Frau, die sein Untergang sein würde.

22:55 – 23:15

Lois Anderson hatte den Eindruck, der alte *Reagan National Airport* habe sich schlafen gelegt. Alles im Flughafen gab sich Mühe, niemanden zu wecken, angefangen von dem Burschen, der übervorsichtig die Pappbecher vom Nachbartisch räumte, bis zu den untersetzten Flugzeugschleppern auf der Piste. Vom Fenster des Cafés aus wirkten sie wie kantige Schnecken, die über den Asphalt krochen.

»Zu den NOBA-Protokollen, die ich Ihnen letzte Woche geschickt habe«, murmelte Gary und rührte mit einem Löffel in seiner Teetasse. Das Klimpern übertönte fast seine leisen Worte. »Das sind erst mal die letzten gewesen. Ich muss vorsichtig sein.«

»Und wenn schon«, sagte Lois. »Diese Protokolle enthalten nicht das, was wir suchen. Riskieren Sie nichts, um noch mehr davon zu besorgen.«

Gary sah stirnrunzelnd hinter seiner Tasse hervor. Lois wusste genau, dass er ihre Worte nun mühsam im Kopf zerteilte. Gary war fünfzig, sah aber zehn Jahre jünger aus, und in seinen sportlichen Anzügen wirkte er wie jemand, der von früh bis spät wichtige Entscheidungen traf. In Wahrheit war Gary ein chronischer Bedenkenträger. Alles ängstigte ihn, jede Kleinigkeit brachte ihn aus dem Konzept.

»Also sind Sie schon durch mit der Analyse?«, fragte er.

»Natürlich nicht. Sie haben mir da zwei Monate Abhörgeschichte gegeben. Ich bin noch ganz am Anfang.«

»Und trotzdem sagen Sie, dass wir nicht genug Beweise in der Hand haben?«

Lois blickte an Gary vorbei. Ihnen gegenüber saß ein junges Pärchen, das zusammen in einem Fitness-Magazin las. Noch vor zwei Minuten hatte Lois dort gesessen, aber Gary hatte darauf bestanden, dass sie vor dem Gespräch zweimal den Tisch wechselten. Seine Paranoia konnte sie ja noch ertragen – aber nicht seine Begriffsstutzigkeit. Dafür hatte sie einfach keine Zeit mehr.

»Beweise wofür«, sagte sie. »Dass die Regierung Mitarbeiterdaten von diversen Unternehmen bekommt? Das ist kein Geheimnis. Firmen wie Benzon haben zugegeben, dass es regelmäßige Anfragen gibt. Legale Anfragen.«

»Wir sprechen hier von einer täglichen Überwachung. Von einer …«

»Ja, Gary. Haken dran. Aber das ist der harmlose Teil der Geschichte, der Teil, der mich *nicht* interessiert.« Lois massierte ihre Stirn mit den Handballen. Dieser Tag hatte sie völlig erledigt. »Die Leute haben keine Ahnung, wofür das Register in Wahrheit benutzt wird. So langsam glaube ich, dass die meisten es sich nicht mal vorstellen können. Und ohne Beweise wird sich das auch nicht ändern. Ich bezweifle ja nicht, dass die Protokolle noch ein paar Indizien liefern können, aber wir brauchen viel mehr als nur Indizien. Gary, wir müssen einen Schritt weiter gehen. Jetzt!«

Gary schob die Ärmel seines Hemds ein Stück nach oben, so zaghaft, dass sie sofort zurückrutschten, und begann dann wieder in seinem Tee herumzurühren. »Ich weiß.«

Eine Übersprunghandlung nach der anderen. In solchen Momenten meldete sich bei Lois das abgebrochene Psychologiestudium. Und auch ohne einen Abschluss wusste sie ganz genau, was jetzt kam.

»Ihnen ist nicht klar«, sagte Gary, »in was für eine Gefahr ich mich begebe.«

Bingo. Lois hätte fast losgelacht. Selbstverständlich wusste sie besser als Gary, auf was sie beide sich eingelassen hatten.

»Wir beide gehen ein großes Risiko ein«, sagte Gary. »Jetzt, in diesem Moment.« Er beugte sich über sein Tablett und sprach noch leiser. »Und zwar dadurch, dass wir uns treffen. Jeder, der an den richtigen Schaltern sitzt, weiß bereits den exakten Ort und den genauen Zeitpunkt unseres *nächsten* Treffens.«

»Sie haben selbst gesagt, es wäre weniger gefährlich, sich zu treffen als ständig zu telefonieren.«

»Es geht mir darum, dass Sie die Sache zu hastig angehen. Zu impulsiv.«

Lois setzte sich aufrecht, damit er mit dem albernen Getuschel aufhörte. »Ich will nicht undankbar klingen. Ohne Sie wäre ich nicht so weit gekommen, nicht mal ansatzweise. Aber ich muss wissen, ob Sie an echte Beweise kommen. Innerhalb dieser Woche.«

»Und wenn nicht?«

»Dann such ich mir einen neuen Informanten. Die gibt's ja an jeder Ecke.«

Garys Augen flackerten, er hatte den Scherz nicht begriffen. »Sie dürfen nicht noch jemanden von der NOBA kontaktieren. Niemanden. Auch nicht, wenn er Ihnen von irgendeiner Seite empfohlen wird.«

»Keine Sorge, Gary. Sie sind meine Nummer Eins.«

»Ich meine es ernst. Wenn Sie Pech haben, wird man Ihr Leben von vorn bis hinten aufarbeiten und dann feststellen, dass wir beide in Kontakt stehen. Im nächsten Moment wird es so sein, als wären wir uns nie begegnet. Die werden mit uns genau das machen, was sie schon Tausenden von anderen angetan haben.« Er verschluckte sich an der letzten Silbe. »Das ist schlimmer als der Tod.«

»Ich hab's verstanden.«

»Hoffentlich.«

Lois wusste, dass sie nicht fair gegenüber Gary war. Er riskierte einiges und sie dankte es ihm damit, dass sie von seiner bloßen Anwesenheit genervt war. Aber warum musste er die Dinge absichtlich hinauszögern? Ihr lief die Zeit davon.

»Was ist mit Ihrem Ablenkungsmanöver bei Benzon?«, fragte Gary. »Hat wenigstens das funktioniert?«

»Wie man's sieht. Bei den Verantwortlichen ist jedenfalls hängengeblieben, dass ich einem Bürokratieskandal auf der Spur bin. Die waren so nervös, dass sie mir in letzter Minute einen anderen Interviewpartner gegeben haben. Etwas wirklich Neues wollte der mir auch nicht sagen, natürlich nicht. Keine Ahnung, wie ich den Artikel bis Ende der Woche liefern soll. Mein Chefredakteur freut sich schon darauf, mich endlich zu feuern.«

Gary schüttelte den Kopf. »Für ein Ablenkungsmanöver ziemlich riskant. Und die NOBA werden Sie damit auch nicht lange hinters Licht führen.«

»Deswegen beeilen wir uns ja. Was glauben Sie, warum ich unsere Geschichte nicht mit NewsHub mache? Es hätte geklappt, aber erst nach Monaten voller Anwaltsgespräche, Rücksprache mit Regierungsvertretern, Verzögerungstaktik auf beiden Seiten. Ich möchte dahin treten, wo es wehtut. Und das funktioniert nicht in Zeitlupe. Können Sie mir helfen oder nicht?«

Gary rieb sich die Stirn, schließlich seufzte er gequält. »Es gibt vielleicht einen Weg. Aber dazu muss ich erst ein paar Dinge herausfinden. Ich sage Ihnen in einer Woche mehr.«

Missmutig starrte Lois in ihren Kaffee. Eine Woche, das hieß nach Samstag. Das war zu spät, viel zu spät. Aber sie durfte ihr letztes Kapital nicht weiter vergraulen.

Sie klappte ihren Laptop auf und öffnete das Dossier zu Gregory Smith. Gary deutete das als Signal, dass ihr Treffen beendet war und stand auf, aber sie winkte ihn wieder herunter. »Eine letzte Sache noch. Ich habe mich als Vorbereitung auf Benzon ein wenig mit Gregory Smith beschäftigt.«

Die Wahrheit war, dass sie sich die letzten Tage mehr mit Smiths Dossier beschäftigt hatte als mit allen Abhörprotokollen zusammen. Aber das würde sie Gary nicht auf die Nase binden.

»Was ist mit ihm?«

»Ich frage mich, wie die NOBA zu ihm steht.«

»Kommt drauf an, wen Sie fragen. Er ist der wichtigste Partner der NOBA und mit jedem befreundet, der in der Branche was zu sagen hat. Selbst seine Gegner geben zu, dass er ein gutes Gespür für unwahrscheinliche Entwicklungen hat. Deswegen hat er es überhaupt geschafft, beim Register mitzuspielen. Damals, als das Ganze nur die wirre Idee einer Handvoll Studenten war.«

»Das klingt ja, als würden Sie Smith persönlich kennen.«

»Er ist ein regelmäßiges Thema bei uns. Benzon hat so viel Knowhow angehäuft, dass wir die Partnerschaft nicht mehr beenden könnten, selbst wenn wir wollten. Zumindest nicht in den nächsten Jahrzehnten.«

»Ich hab da ein seltsames Gefühl. Schauen Sie sich mal diese Auflistung an.« Sie drehte ihren Bildschirm zu Gary.

SELEKTOREN

QUERY: NAME IS »Gregory Smith« AND EVENT IS »TOKEN-MASHUP« AND TOKEN IS LIKE »100%«

DATUM: 12 Monate

QUELLE: STRATINT // REGSEC1700

ERGEBNISSE

2003-10-14T19:20:30-04:00 | Lebanese Taverna, 2006 P St NW, Washington, DC 20036 | Sullivan-10038109920 | Human Resource Management

2003-10-16T19:52:41-04:00 | La Cuchara, 1246 T St NW, Washington, DC 20009 | Surkalo-1004710417 | Facilities Management

2003-10-17T20:11:21-04:00 | The Capital Grille, 1075 7th St

NW, Washington, DC 20001 | Steinberg-10095802513 | Human Resource Management

»Was soll das heißen?«, fragte Gary.

»Dass Smith sich beinahe täglich mit NOBA-Mitarbeitern trifft, und zwar außerhalb des Büros.«

»Wie ich schon sagte, er vernetzt sich gern.«

»Mit solch einfachen Mitarbeitern? Das sind Leute aus der Personalabteilung, sogar einer aus der Haustechnik. Das ist doch schräg. Und das Seltsamste wissen Sie ja noch nicht. Diese Treffen haben vor ein paar Wochen ziemlich plötzlich aufgehört. Entweder weil nun alles besprochen war. Oder weil jemand die Protokolle frisiert hat. Ich hab das Gefühl, Smith und Teile der NOBA planen da etwas unter dem Radar.«

Gary rückte seine Brille zurecht. »Jeder in dieser Organisation plant irgendetwas. Aber wir können uns nicht auf alles gleichzeitig konzentrieren. Smith ist gefährlich. Und wir sollten jede zusätzliche Gefahrenquelle meiden.«

Lois nickte. Sie konnte es nicht leiden, wenn sie von Gary belehrt wurde, aber was Smith betraf, hatte er wahrscheinlich recht. »Also gut. Danke für alles.«

Er stand wortlos auf und verschwand hinter einem der goldenen Rundbögen, die das Terminal säumten. Lois wandte ihren Blick dem Rollfeld zu. Im kühlen Licht der Schweinwerfer konnte sie die Baukräne ausmachen, die notwendig waren, um einen neuen Hangar und drei neue Gates zu errichten, darunter ein Gate 13.

Wie die anderen Flughäfen des Landes hatte auch der *Reagan* sein Gesicht verändert. Keine Schlangen mehr vor dem Security Check, keine Schwimmwestenvideos. Der Flugangst war es ergangen wie Pocken und Typhus: Sie war eine ausgerottete Krankheit. Und anscheinend hatten viel mehr Leute an ihr gelitten als angenommen. Generationen von Familienvätern hatten sich eingeredet, zwanzig Autostunden ans Meer seien eine ausgezeichnete Idee, in Wirklichkeit aber nur Schiss gehabt, mit einem Urlaubsflieger abzustürzen.

Lois fischte das Handy aus ihrem Dufflecoat und zuckte beim Anblick der Datumsanzeige zusammen. Das Finale ihres Kampfes gegen Goliath war nahe. Im Nachhinein wäre der Ausgang dieses Kampfes logisch und vorhersehbar, genauso wie der steigende Flugverkehr.

Doch in Wahrheit war nichts vorhersehbar. Lois hatte das Gefühl, dass ihr die Dinge aus der Hand glitten. Zwischen all den Intrigen, Ablenkungsmanövern und Tricks fiel es ihr immer schwerer, den Überblick zu behalten. Doch sie würde weitermachen.

David Manoah, dachte sie. David würde entscheiden, wer diesen Kampf gewann.

1:50 – 3:32

Der Geruch frisch gewaschener Bettwäsche hatte sich längst verflüchtigt. David wälzte sich von einer Seite auf die andere, presste die Augen zusammen und fühlte eine Schwere auf seinem Körper, als läge er auf dem Grund eines schwarzen Sees.

Er hatte die Welt immer in verzehrbare Fakten unterteilt. In Formeln, Zahlen, Regeln. Jeden Tag stellte er unter ein Motto, das er ordentlich notierte. Er schlief sieben Stunden, arbeitete neun Stunden, machte hundert Liegestützen am Abend und aß eine Grapefruit am Morgen. Alle drei Tage wechselte David das Bettzeug, weil er wie jeder Mensch einen halben Liter Schweiß pro Nacht in den Laken hinterließ. Zwanzig Jahre, drei Monate und vierzehn Tage, seit Susan weg war.

So hatte es immer funktioniert. Aber dieses Mal nicht. Egal wie er die Sache auch drehte und wendete – nichts ging richtig auf.

David setzte sich auf. Wenigstens hatte er die Übelkeit mit zwei Maxolon-Tabletten in ihre Schranken gewiesen. Er nahm zum x-ten Mal die ausgedruckte Email vom Nachttisch und hielt sie sich vor die geschwollenen Augen.

Sehr geehrter Herr Manoah,

Sie haben für sich eine Privatnachricht im Register hinterlegt. Diese steht ab dem 24. November für Sie bereit. Die für Sie günstig gelegenen Register-Büros und deren Öffnungszeiten können Sie unter omnitemp.org abrufen. Bitte beachten Sie, dass Ihre Nachricht nur bis zum 13. Januar abrufbar ist und danach aus dem System entfernt wird. Ihre Nachricht ist mit einem Passwort geschützt, das

Ihr zukünftiges Ich gewählt hat. Das System kann dieses Passwort nicht zur Verfügung stellen oder zurücksetzen.

Die Annahme der Nachricht schließt Sie von jeder Art von Glücksspiel und registrierten Prüfungen aus. Eine vollständige Liste der Einschränkungen ist unter omnitemp.org/receive abrufbar.

David faltete das Papier wieder zusammen. Wie ein schwaches Echo spürte er die Wut, die die Mail in ihm ausgelöst hatte. Sein Registerpasswort, das er sich schon vor Jahren überlegt hatte, lautete neustart. David hatte sich geschworen, das Register nicht zu nutzen, bis Susan nicht zurückgekehrt wäre. Vorher gab es im Hier und Jetzt nichts zu verbessern.

Warum also hatte er es doch getan?

David stand auf und schlurfte zum Badezimmer. Er fischte eine weitere Maxolon aus dem Arzneischrank und spülte sie mit einer seiner roten Schlaftabletten hinunter. Erst als er beides im Magen hatte, kam ihm der Gedanke, dass die Kombination ungeahnte Seiteneffekte haben könnte. Unschlüssig sah er auf die Restoril-Packung und dann in sein Spiegelbild. Inzwischen sah er nicht mehr bloß übermüdet aus, sondern alt. Älter als achtunddreißig. Vielleicht hatte er aber auch lange nicht mehr richtig in den Spiegel geschaut und die Augenringe waren schon seit einer ganzen Weile da.

»Sie sind nicht der Erste«, hatte die Frau mit den klimpernden Armreifen gesagt. »Gestandene Männer und Frauen sind in diesem Büro zusammengebrochen.«

Zuvor hatte David sie darauf hingewiesen, dass er eine falsch zugestellte Nachricht erhalten habe, der Inhalt könne keinesfalls für ihn bestimmt sein. Die Frau lächelte nur. David verlangte, ihren Vorgesetzten zu sprechen.

Darauf hatte die Frau sich von ihrem Stuhl erhoben, mahnend wie eine Unheilsprophetin, und die Worte gesagt, die sich in Davids Hirn einbrannten: »Mr Manoah, machen Sie sich nicht lächerlich.

Sie haben eine Nachricht erhalten, deren vollen Sinn Sie erst in einiger Zeit verstehen werden. Das ist *normal*. Irgendwann im Laufe dieses Jahres wird Ihnen klar werden, was Sie sich sagen wollten. Dann müssen Sie nur noch darauf hören. Oder Ihre eigene Nachricht bewusst ignorieren. Bei dieser Entscheidung kann Ihnen niemand helfen.«

Doch so einfach war das nicht. Lois war zwar in letzter Minute aufgetaucht, aber David war kein bisschen schlauer geworden. Diese Warnung passte immer noch nicht zu ihm. Warum zum Beispiel hatte er diese gefährliche Frau nur beim Vornamen genannt? Nachname, Adresse, Token-ID – das hätte der David, den er kannte, in der Nachricht erwähnt. Und dann noch diese nebulöse Aussage vom »Untergang«. Das war doch nichts, womit man arbeiten konnte!

David sah in sein käsiges Gesicht und blinzelte. Zu allem Überfluss gab es nun ein weiteres Rätsel. Warum war in der Warnung von *Lois* und nicht von Rachel Anderson die Rede? Hieß das, David war erst jetzt, wo er Lois identifiziert hatte, wirklich in Gefahr?

Er spielte eine Weile mit diesem Gedanken, bis er den Logikfehler erkannte. Auf Lois' echten Namen war David nur gekommen, weil er die Nachricht kannte. Sonst hätte er nie im Leben die Idee mit dem Notizbuch gehabt.

Egal, von welcher Richtung er sich der Nachricht näherte, sie strotzte voller Ungereimtheiten.

»Warum nur?«, fragte David sein Spiegelbild vorwurfsvoll. »Warum machst du das mit mir?«

Frag nicht so blöd, sagte der David der Zukunft. *Ich habe dir den Befehl gegeben wegzulaufen, und zwar ohne weitere Fragen zu stellen. Das kann doch nicht so schwer sein.*

»Es kann nur einen Grund geben«, murmelte David. »Du warst verzweifelt.« Er konnte diese Verzweiflung förmlich greifen, obwohl sie zusammengepresst auf wenige Zeichen durch die Zeit gereist war. Nur so ließen sich seine Worte erklären.

Lois war gefährlich, genau wie Smith befürchtet hatte. Alles, was David an ihr gemocht hatte, war nur Theater gewesen – mit ihm als einzigem Zuschauer.

Durch das offene Fenster drang das dumpfe Brummen eines starken Motors. Ein Lichtkegel wanderte durch das Badezimmer. David ließ die Tablettenpackung sinken. Der schwarze Wagen war wieder da. Nachts um halb drei.

War Lois vielleicht schon vor langer Zeit in sein Leben getreten? Dieses Auto könnte einem ihrer Komplizen gehören, irgendeinem Privatdetektiv, der ihn schon seit Wochen beschattete. Oder sie saß selbst dort drüben auf dem Fahrersitz, sprach in ein Funkgerät und beobachtete ihn. Mit ihrem Lois-Anderson-Auszieh-Blick.

Der Motor verstummte. David schaltete das Badezimmerlicht aus. Eigentlich sollte er jetzt ins Bett gehen. Er brauchte den Schlaf dringender denn je. Und wenn dort draußen wirklich Lois war …

Seine Pantoffeln waren im Schlafzimmer, aber es ging auch ohne sie. David lief zur Haustür und öffnete sie einen Spalt. Schwere Graupelflocken wirbelten über die Straße und behinderten die Sicht zum Nachbargrundstück. Doch der schwarze Wagen war deutlich zu erkennen.

Auf nackten Füßen trippelte David über den Asphalt. Schluss mit dem Unsinn. Er würde nicht weiter wie ein krankes Tier in der Ecke liegen und nur zum Erbrechen aufstehen. Hatte er sich nicht einen Neuanfang geschworen? Den bekam er jetzt auch, verdammt noch mal.

David lief schneller, rannte über die mit wässrigem Schnee bedeckte Straße. Erst kurz vor der Einfahrt der Bilewskis wurde er langsamer. Der schwarze Wagen war ein alter Mercedes. David erkannte das genaue Modell nicht. Es musste mehrere Jahrzehnte alt sein und sah merkwürdig offiziell und wichtig aus.

Die Windschutzscheibe war nicht einmal angefroren, der Wagen hatte also wirklich erst vor kurzem geparkt.

David lief bis vor das Auto und beugte sich leicht über die Motorhaube. Er zuckte zusammen. Hinter den Klumpen aus Schneeregen, die über die Scheibe rutschten, konnte David den vorderen Teil des Innenraums erkennen.

Unbeeindruckt von den winterlichen Temperaturen saß da jemand auf dem Fahrersitz und schien zu schlafen. David konnte das Gesicht nicht erkennen, nur eine dicke, gepolsterte Jacke und einen großen Kopf. Das war nicht Lois ...

David wischte sich Schneeflocken von der Nase. Er ging in Seitwärtsschritten um das Auto herum und schaute durch die Fahrertür. Die Gestalt war ein Mann. Unter seinem Mantel hob und senkte sich ein fülliger Bauch, und bei jedem dritten Atemzug zog er die Nase kraus. In seinem langen Ziegenbart steckten Brötchenkrümel. Wahrscheinlich hatte er auf der Fahrt hierher gefrühstückt.

David wollte gerade an die nasse Scheibe klopfen, als er etwas Helles auf dem Armaturenbrett aufblitzen sah. David hielt inne und trippelte wieder zurück. Der Asphalt versetzte seinen Füßen eisige Stiche.

Hinter dem Lenkrad lag ein Zettel mit Notizen. Uhrzeiten, um genau zu sein.

05:59

03:12

13:05

David konnte sich gerade noch ein paar von ihnen einprägen, da erwachte die vermummte Gestalt plötzlich aus dem Schlaf. Der Mann öffnete die Augen, sein Kopf schnellte hoch.

David hielt die Luft an, hob seine Hand zum Gruß und murmelte: »Guten Abend.«

Der Mann reagierte nicht, er war wie erstarrt. Hinter der hohen

Stirn schien sein Verstand auf Höchstleistung umzuschalten. Genau wie Davids eigener. Die Hand des Mannes glitt langsam aus der übergroßen Jacke. Er fuhr sich über Mund und Bart, bürstete die Krümel heraus. Und steckte die Hand wieder in die Jacke.

Davids nackte Füße froren fast am Boden fest. Er gab sich einen Ruck, machte kehrt und rannte davon. Gleich würde der Mercedes anspringen. David hörte förmlich schon das Knattern des Motors hinter sich, sah den Wagen die breite Straße überqueren und, den Lichtkegel wie ein Lasso ausgeworfen, direkt auf David zurasen.

Er rannte durch seinen Vorgarten, erreichte die offene Haustür und knallte sie hinter sich zu. Mit dem Zeh schlug er an eine Fußleiste, stöhnte vor Schmerz auf. Humpelnd erreichte er sein Schlafzimmer und warf sich ins Bett.

Kein einziges Geräusch von draußen.

Davids Füße brannten, aber schmerzhafter war die Beschämung, die mit jedem Japser in ihm hochkroch. Wahrscheinlich war der Mann da draußen nur ein Außendienstler, der hier in Ruhe eine Pause einlegte. Oder er gehörte zu einer Fahrgemeinschaft und wartete auf seine Kollegen.

David atmete tief ein und aus. Er würde Lois einfach nie wiedersehen, genau wie befohlen. Was verlor er schon dadurch? Gar nichts. Er musste nicht alles auf dieser Welt verstehen. Falls er sich wirklich eine Frau in seinem Leben wünschte, gab es weiß Gott einfachere Möglichkeiten. Zwanzig Jahre Einsamkeit sollte man schön langsam beerdigen. Nicht mit einer Frau wie Lois.

David spürte, wie seine Füße langsam auftauten und die Schlaftabletten seinen Kopf schwer machten.

Richtige Entscheidung, lobte ihn sein zukünftiges Ich. Es gab so vieles, auf das er sich nun freuen konnte. Cobain. Neuseeland. Jede Menge Träume würden in Erfüllung gehen, Träume, die zur Abwechslung einmal seine eigenen waren.

David hob den Daumen in die Höhe. Ein stummes *Habe verstanden* für sein zukünftiges Ich.

Danke, dass du mich gerettet hast.

Dienstag, 20. November

Die sich des Vergangenen nicht erinnern, sind dazu verurteilt, es noch einmal zu erleben.

GEORGE SANTAYANA

Um den Zweck dieses Gesetzes zu erfüllen, wird die National OmniTemp- und Backtiming Administration (1) alle Unternehmen und Organisationen regulieren, die auf das Register zugreifen; (2) jedes unerlaubte Eindringen in das Register unterbinden; (3) die korrekte Zustellung der Privatnachrichten sicherstellen.

COORDINATED REGISTRY ESTABLISHMENT ACT

12:32 – 19:20

David lehnte seine Stirn an die kalte Scheibe. Susan stand mit dem Rücken zum Gleis, ihm zugewandt und schaute direkt nach oben. Statt den Kopf in den Nacken zu legen, schob sie ihre Pupillen nach oben, so weit, als würde sie gleich in Ohnmacht fallen. Irgendetwas an den Rasterlampen der Decke musste sehr interessant sein.

Um Susan herum standen an die dreihundert Männer und Frauen. Niemand von ihnen war wirklich anwesend, in Gedanken hatten sie sich längst in die nächste U-Bahn gebeamt. Die Hayfield Station war wie ein Geräusch, das man täglich zur gleichen Uhrzeit hörte, aber nie beachtete. Das würde sich natürlich gleich ändern.

David erlaubte sich einen Blick zur Seite und hoffte, dass sein jüngeres Ich endlich in der Menschenmenge auftauchen würde. Aber bis jetzt gab es nur ein einziges bekanntes Gesicht: das von dem Mann mit dem Ohrring.

Er stand in direkter Nähe zu dem gläsernen Kasten, in dem sich David jede Nacht wiederfand, auch heute wieder. Der Mann lehnte steif wie ein Brett an einem Wahlplakat.

WÄHLEN SIE ROBERTSON – FÜR EIN NEUES GLEICHGEWICHT

Er sah auf seine Uhr.

David begriff nicht, warum ihm der Mann immer wieder auffiel. Alles an ihm war Dutzendware, vom hellen Trenchcoat bis zu seinem mechanischen Blick auf die Uhr. Er verhielt sich wie ein perfekt ausgestatteter Komparse. Nur dass David ihm seine Rolle nicht abkaufte.

Gerade wollte David sich Zeit nehmen, darüber nachzudenken,

als Susans Regenjacke, ein gelber Fleck in seinen Augenwinkeln, plötzlich flackerte.

Er fuhr herum. Susans Körper flog hoch in die Luft und fiel dann wieder nach unten. David blieb die Luft weg. Susan sprang direkt noch einmal. Ein gut gelaunter Hüpfer, ganz als wolle sie ihrem eigenen Blick hinterherfliegen. Die Umstehenden beobachteten das springende Bündel aus knallrotem Rucksack und gelber Jacke mit schiefen Gesichtern.

Sie hatte so einen fröhlichen Eindruck gemacht.

Die Türen der U-Bahn knallten zu.

»Es tut mir leid«, flüsterte David.

Wie als Antwort darauf spürte er einen frostigen Luftzug auf seiner Haut. Die eiserne Luke zu seinen Füßen hatte sich geöffnet und offenbarte einen schwarzen Schacht. Endlich.

David schloss die Augen und machte, ohne sich noch einmal nach Susan umzusehen, einen Schritt nach vorn.

Wie ein Stein schoss er hinab ins Bodenlose, tiefer und tiefer, und selbst als er das nasse Bettlaken unter sich spürte, schien er immer noch zu fallen.

Mit einem Ruck setzte David sich auf. Atmete durch. Im milchigen Tageslicht erkannte er die eckigen Ziffern, die Leah an die Decke projizierte, und einige Sekunden lang war er überzeugt, dass er die Zahlen im Kopf falsch zusammengesetzt haben musste. Erst allmählich begriff er, dass es wirklich schon 12:32 war.

Er griff nach seinem Notizbuch und schlug die letzte Seite auf:
20. November – Vor meinem Untergang davonlaufen

Sollte sich der Ton seiner Vorsätze nicht schleunigst ändern, würde sein Tagebuch sehr verstörend enden. Vor zwanzig Jahren schien es genug Kapazität für die Ewigkeit gehabt zu haben: 176 Seiten mit jeweils 42 Zeilen, eine Zeile pro Tag. Doch nun war Seite 176 angebrochen.

Die letzte Zeile war außerdem schon beschrieben. Der junge

David hatte dort den Satz notiert: *Diana hat sich alles gemerkt.* David wusste nicht, was er damit gemeint hatte. Aber seine Erinnerung an diesen Sommer vor zwanzig Jahren war ohnehin mehr als unzuverlässig.

Er legte den Bitte-neu-beziehen-Zettel vom gestrigen Tag kurzerhand noch einmal auf das Laken. Dann stolperte er ins Badezimmer und drehte den Badewannenhahn auf.

»Neue Email«, sagte Leah. *»Betreff: Ihre Ticket-Anfrage.«*

David öffnete die Mail auf seinem Handy. 7000 Dollar für eine Konzertkarte, eine Frechheit, aber er kaufte sie trotzdem. Die kalkulierte Vorfreude wollte sich nicht so richtig einstellen.

David nahm ein heißes Bad, überlegte sich währenddessen einen genauen Stundenplan für den Tag und zog sich danach in Windeseile an. Als er die Haustür hinter sich schloss, galt sein erster Blick dem Nachbargrundstück. Die Einfahrt versteckte sich im Regen, aber der Mercedes war definitiv verschwunden. David hatte genau das erwartet. Wahrscheinlich würde der Mann nie wieder zurückkehren.

»Wollen wir losfahren?«, fragte Leah. *»Es ist ganz schön spät.«*

David stieg ein. »Keine Eile. Heute passiert nicht mehr viel.«

»Ab dem Nachmittag soll es Sturmböen und schwere Regenschauer geben«, widersprach Leah.

Als David in seinem Büro ankam, zeigte das Tischtelefon drei entgangene Anrufe an. Sie waren alle von Tina Adams.

David stellte seinen Anschluss auf »Nicht stören«, setzte sich vor seinen Laptop und öffnete den Browser. Eine Sache musste er noch hinter sich bringen: Lois absagen. Nur wie? Auf diesen neuen sozialen Netzwerken hatte er kein Profil. Er verließ sich meistens auf die gute, alte Telefonnummer, da war er so altmodisch wie sein Vater. Aber im Zweifel konnte er ja einfach bei NewsHub nach dem Kontakt fragen.

Automatisch öffnete David das Intranet. Wie wäre es, wenn er Lois einfach versetzte? David sah sie vor sich, wie sie in ihrem lächerlichen Fast-Food-Restaurant wartete, mit engem Top und dunklen Absichten. Ziemlich schnell würde der erste Kerl mit Basecap sie unbeholfen anbaggern.

David musste grinsen, so sehr gefiel ihm diese Vorstellung. Er öffnete die Galerie das Fotokastens, die sich noch immer zu den Gesichtern von Lois und ihm öffnete. Lois sah ihm in die Augen und streckte die Zunge heraus.

Mach's gut, du Miststück. David wollte das Bild gerade schließen, als es an der Tür klopfte. *Adams*, schoss es ihm durch den Kopf. Nun stand diese Verrückte an seiner Bürotür.

Bevor er etwas sagen konnte, ging die Tür auf. Melinda Grant steckte ihren Kopf ins Büro. »Hi David, hast du einen Moment? Es geht um die Roster-Zahlen.«

Noch auf dem Weg zu Davids Schreibtisch klappte sie ihren weißen Laptop auf. David stand überrascht auf. Normalerweise kam Melinda erst nach einem ausführlichen Plausch zur Sache und schaute auch nicht so frostig drein.

»Also, dieser Mr Harwood hat natürlich keine Ahnung«, begann sie. »Und ehrlich gesagt …« Sie hielt inne. »Was ist denn mit dir passiert? Hast du gestern gesoffen?«

»Schlecht geschlafen«, sagte David. »Ich bin froh, wenn mich dieser Laden bald in Ruhe lässt.«

Melindas verkniffene Züge glätteten sich ein wenig. »Du machst mich neidisch. Endlich mal einer, der für das Hier und Jetzt lebt.«

David schluckte seine erste Antwort hinunter. »Da kommt mir eine Idee. Wollen wir im Hier und Jetzt zusammen essen gehen?«

Sie runzelte die Stirn. »Was ist denn das für ein Sinneswandel?«

»Gar keiner«, sagte David und versuchte, entrüstet zu klingen. »Das waren immer nur Zeitprobleme. Wirklich.«

»Wow. Ich weiß gar nicht, was ich sagen soll. Wann denn überhaupt?«

David hob die Schultern. Der Klang ihrer Stimme war heute wirklich ganz anders als sonst. »Wie wäre es mit heute Abend?«

»Du bist ja richtig spontan.« Jetzt zog sie definitiv ein skeptisches Gesicht.

»Klar. Und du?«

»Ich muss ablehnen. Wir zimmern gerade den Quartalsbericht zusammen.«

»Ach.« Mehr fiel David nicht ein. In Gedanken war er schon drei Schritte weiter gewesen: Melinda, die begeistert davondüste und ihm wenig später eine ausgedruckte Liste ihrer Lieblingsrestaurants präsentierte. Inklusive Wegbeschreibung.

»Ein andermal«, sagte Melinda. »Ganz entspannt dann.«

»Okay. Klar. Sag mal, kennst du zufällig eine Tina Adams?«

»Tina Adams?« Melinda wies auf Davids Bildschirm. »Ist wohl das Püppchen, mit dem du gestern unterwegs warst?«

Irritiert folgte David ihrem Blick. »Was? Ach so, nein. Adams arbeitet hier.«

»Die ist mir nie übern Weg gelaufen.«

»Pass auf, dass das so bleibt, wenn ich dir einen Tipp geben darf.«

Melinda sah immer noch auf das Bild aus dem Fotokasten. »Ihr saht nett zusammen aus. Wer auch immer das ist.«

»Ach, das ist nur … eine Journalistin. Du erinnerst dich an den Spezialauftrag von Smith? Das steckte dahinter. Rachel Anderson heißt sie.« Eine nasse Windböe klatschte so laut gegen das Fenster, dass David zusammenzuckte.

»Soll stürmisch werden«, sagte Melinda. »Wahrscheinlich ist es sowieso besser, wenn wir alle früh nach Hause kommen.« Sie stellte ihren Laptop auf Davids Schreibtisch. »Also, ich sag dir jetzt kurz, welche Zahlen ich brauche. Dann bist du mich los.«

»Ist gut.«

Sie wühlten sich gemeinsam durch die Unterlagen, es dauerte über eine halbe Stunde. Direkt danach stolzierte Melinda aus dem Büro. David wurde das Gefühl nicht los, dass er mit einem Mal all seine Reize für Melinda verloren hatte. Welche auch immer das gewesen sein mochten.

Wieder fiel sein Blick auf den Monitor. Er vergrößerte die Ansicht, genau wie gestern Abend, und schaute Lois in die Augen. Sie starrte herausfordernd zurück.

Für den restlichen Tag war David völlig neben der Spur. Mehrmals entging ihm, dass in der Diskussion alle Augen auf ihn gerichtet waren und lieferte dann fahrige Monologe ab. Gegen Nachmittag begann er, die Entwickler zu verwechseln – seinen Kollegen passierte das ständig, aber er selbst war immer stolz auf sein Personengedächtnis gewesen.

Bei dem wichtigsten Termin des Tages, der Übergabe des unseligen Roster-Projektes, war auch Gregory Smith anwesend. David verlor mitten im Satz den Faden und fand ihn bis zum Ende des Meetings nicht wieder.

Smith nahm David im Anschluss beiseite. »Es ist wegen Ihres Vaters, stimmt's? Himmel, gehen Sie nach Hause.«

David versicherte ihm, dass alles in Ordnung wäre und erntete dafür einen beinahe väterlichen Blick von Smith.

Viele Stunden später konnte David sich endlich die erste Pause leisten. Verschwitzt marschierte er in sein Büro und versank in seinem Schreibtischstuhl. Dann öffnete er die oberste Schublade und holte einen seiner vielen Notizblöcke heraus. Er strich das oberste Blatt glatt und notierte die Gleichung, auf die sich dieser Irrsinn herunterbrechen ließ: *X = UNTERGANG*

Von all den Formeln, mit denen David sein Leben kalkulierbar gemacht hatte, war dies mit Abstand die unheilvollste. Und David wusste jetzt, dass er sie auflösen musste. Allein bei der Vorstellung, die nächsten Jahrzehnte, ein ganzes Leben lang, nicht zu wissen, wovor er heute Abend davongelaufen war …

Er konnte das nicht. Er konnte sich nicht blind gehorchen.

David ergänzte eine zweite Zeile: *X = Y + LOIS*

Er legte den Kugelschreiber quer unter die Formel, als wolle er sie unterstreichen. Lois war die einzige Größe, die er kannte. Aber was hatte sie vor? Was konnte sie überhaupt vorhaben in einer Welt, die sich ständig selbst reparierte?

David schlurfte zum Fenster. Es war finster geworden. Ein wild entschlossenes Gemisch aus Schneeregen und Sturm hing am Horizont, aber es trübte nicht den Eindruck der perfekten Welt, die vor David lag. Eine Welt, die in Ordnung war. Sie wurde choreographiert von dem Register und von seinen Helfern behütet und geschützt. Alles war gut.

Und doch lauerte er dort draußen, der Untergang. Und David hatte ihn ein Jahr lang übersehen.

Er drehte sich zu seinem Computer um. »Leah, nenne mir die drei häufigsten Verbrechen, die nicht durch das Register reversiert werden.«

»Gern«, sagte Leah. Das Programm, über das Leah auf seinem Computer lief, zeigte Davids Frage an, eine Sekunde später auch die Antwort. Leah las sie vor: *»Laut dem CIUS-Report des FBI konnten Fälle von Korruption, Wirtschaftskriminalität und Rufmord nur in wenigen Fällen rückgängig gemacht werden. Die zu korrigierenden Auslöser sind kleinteilig und verteilen sich über einen zu langen Zeitraum.«*

Was Leah sagte, ergab absolut Sinn. Trotzdem hatte David das Gefühl, dass in den letzten Jahren wenig die Rede gewesen war von Geldwäsche und Schmiergeldern. Und wenn das nicht am Register lag, woran dann?

Wie auch immer, das waren keine Verbrechen, mit denen man

ihm schaden konnte. Allenfalls konnte er selbst zum Kriminellen werden. War das vielleicht der Plan?

David setzte sich wieder an den Schreibtisch und schrieb *Y = Anstiftung zum Verbrechen Z* in sein Heft. Er hatte sich am Freitag der Zukunft die Warnung geschickt. Also blieben ihm nur noch vier Tage, eher weniger. Nicht gerade viel Zeit, um zum Verbrecher zu werden.

»Leah, eine andere Frage: Was ist die einfachste Möglichkeit, jemanden umzubringen?«

Leah zögerte, sie schien für einen Moment ernsthaft erschüttert. *»Aufgrund des Time Reversal Act ist es in keinem Staat, der dem Register angeschlossen ist, möglich, einen Mord zu verüben.«*

Klar. Was hatte er auch erwartet? Ausgerechnet mit Lois hatte er hier, in diesem Raum, über den vergeblichen Mord an ihm selbst philosophiert. Wahrscheinlich hatte sie da schon mit ihm gespielt.

»Leah, wann wurde das letzte Mal jemand in diesem Land ermordet?«

»Der letzte, nicht ungeschehen gemachte Mord in den Vereinigten Staaten von Amerika ereignete sich am 28.02.1985.«

Natürlich. Der Tag, bevor das Register offiziell live ging. David konnte das Datum im Schlaf aufsagen, sooft hatte er es in Gedanken verflucht.

»Wie viele Menschen sind 2002 in diesem Land gestorben?«

»Neunhundertneunundzwanzig Männer und Frauen.«

»Häufigste Ursache?«

»Die häufigste Ursache waren Herzerkrankungen.«

»Wie viele waren zum Zeitpunkt ihres Todes unter dreißig?«

»Dreiundzwanzig.«

Dreiundzwanzig. Dreiundzwanzig Tode. Das war ganz schön viel. »Warum, Leah?«

»Das habe ich leider nicht verstanden.«

»Warum sie gestorben sind, verdammt!«

»Die häufigste Ursache war Leukämie.«

»Und die zweihäufigste?«

Wieder ein Zögern. *»Die zweithäufigste Todesursache war Selbstmord.«*

Natürlich. Die trendigste Art zu sterben.

»Wie ist der Status zu den Verhandlungen?«, fragte David.

»Das habe ich leider nicht verstanden.«

»Die Verhandlungen, ob Selbstmorde in den Reversionsprozess aufgenommen werden.«

Das Ladesymbol auf dem Bildschirm rotierte und rotierte, als ob Leah die Antwort mit Mühe heraufkurbeln musste.

»Ein Gerichtsurteil wird nicht vor Ende dieses Jahres erwartet«, sagte sie schließlich. *»Die aktuelle Regelung im US-Bundesstaat Washington versteht die Rückgängigmachung eines Selbstmords als Beschneidung des Selbstbestimmungsrechts. Selbstmorde dürfen deswegen genau wie natürliche Tode niemals von Dritten reversiert werden.«*

David starrte die Schreibtischplatte an. Er griff mit zitternder Hand nach dem Stift und notierte: *Y = TIEFE DEPRESSION, SELBSTMORD.*

Okay. Ganz ruhig. Ein toter David stand nicht auf und berichtete dem früheren Ich von seinem Suizid. Außerdem hatte das Register noch vor zwei Wochen behauptet, dass ihm mindestens fünf weitere Jahrzehnte blieben. David strich das Wort *Selbstmord* wieder.

Vielleicht war diese Formel schlichtweg nicht lösbar. Nicht ohne einen Berg von Hypothesen und Annahmen. Die unbekannteste Variable von allen war Lois selbst. Nicht einmal ihren Namen wusste er mit Sicherheit.

Er brauchte mehr Wissen und weniger Variablen.

Davids Blick fiel auf das Whiteboard und blieb bei dem gemalten Brief mit der großen Drei hängen. Bis jetzt hatte er nur eine seiner drei Privatnachrichten verbraucht. Theoretisch könnte er das Unheil einfach auf sich zukommen lassen – ganz in Ruhe abwarten und sich dann eine neue, eine bessere Warnung in die Vergangenheit schicken.

Nur, dass ihm das vielleicht gar nicht mehr möglich wäre. Irgendeinen Grund hatte es schließlich, dass die Nachricht wie in Panik formuliert schien.

Wäre es vielleicht besser, wenn dieses Mal jemand anders David warnte? Aber wie sollte das gehen?

David starrte das Whiteboard an und mit einem Mal begann sich ein Plan vor seinem inneren Auge abzuzeichnen. Es war ein machbarer Plan. Er war stimmig und logisch. Und er war absolut verrückt.

19:21 – 19:59

David hatte an diesem Abend noch drei weitere Meetings durchzustehen. Den Anfang bildete eine Omnibus-Runde mit dreißig Teilnehmern. Sogar ein Typ der NOBA war dabei. Es ging um die Frage, wer temporären Zugriff auf die Stammdaten aller NOBA-Mitarbeiter haben durfte – das war für das Testen einer Dienstplan-Software unerlässlich. David hatte die Daten schon immer auf seinem Rechner gehabt und interessierte sich wenig dafür, ob man sie ihm jetzt wieder wegnahm.

Er stahl sich für einige Minuten davon und rief in *Guerrero's Burger Bar* an. Es meldete sich ein Junge, den David aufgrund seines Stimmbruchs kaum verstand. Zusätzlich schmatzte er unverfroren an einem Kaugummi herum.

»Ich habe ein Angebot für Sie«, sagte David. »Heute Abend werde ich bei Ihnen essen, gegen zwanzig Uhr. Ich habe kurze Haare, trage ein weißes Hemd und eine dunkelgraue Jacke. Die Jacke ziehe ich erst aus, wenn Sie mir zugenickt haben. Ich möchte, dass Sie mich die ganze Zeit beobachten. Wenn ich mir mit beiden Zeigefingern an die Ohren fasse, rufen Sie die Polizei. Sofort.«

»Was stimmt bei dir denn nicht?«, krächzte der Junge.

»Ein einfacher Standard-Notfall soll es sein. So, dass die Polizei fünf Minuten zuvor vorbeikommt.«

»Alter.«

»Sie machen es nicht umsonst. Wenn Sie mir Ihre Token-ID geben, überweise ich Ihnen jetzt sofort fünfzig Dollar.«

Das Schmatzen verstummte. »Und was soll ich der Polizei sagen?«

»Dass Sie nicht wissen, warum Sie den Knopf gedrückt haben. Woher auch? Schließlich ist es ja in der Zukunft passiert.«

Es herrschte einige Sekunden lang Stille. Die meisten Leute mussten über diese Zeitgeschichten immer eine Weile nachdenken.

»Siebzig Dollar«, sagte der Junge schließlich. Zum Geldverdienen war er offensichtlich nicht zu dumm.

»Von mir aus. Noch etwas: Wenn ich reinkomme, schauen Sie mich an und fassen sich ebenfalls an die Ohren. Damit ich weiß, dass Sie da sind und aufpassen.«

Der Junge kicherte. »Ist ja alles nicht wahr.«

»Siebzig Dollar.«

Der Junge sprach mit jemand anderem, wahrscheinlich einem Kunden. David war nicht wohl bei dem Gedanken, dass sein Vorhaben von einem mäßig gewitzten Teenager abhing. Aber es war nicht zu ändern.

»Okay«, sagte der Junge wieder zu ihm. »Wenn das illegal ist oder so, dann sag ich, dass ich gezwungen wurde.«

»Natürlich.«

Damit war der Handel abgeschlossen. Sollte David irgendwas von Lois hören, das ihn in tiefe Depressionen stürzte, würde er in sein eigenes Sicherheitsnetz fallen. So weit, so gut. Jetzt fehlte noch ein Abwehrmechanismus für die anderen Varianten des Untergangs.

Direkt nach Ende des Terminmarathons eilte David zurück in sein Büro, setzte sich an den Computer und öffnete sein Textverarbeitungsprogramm. In Gedanken hatte er in den letzten Stunden bereits an jedem Satz gefeilt. Nun hackte er die Buchstaben ins Dokument, ohne ein einziges Mal die Korrekturtaste zu betätigen.

Als er fertig war, griff er zum Hörer und wählte Melindas Durchwahl. Sie nahm mit einem gekünstelten Lachen ab. »Mein lieber David. Du bist ja noch hartnäckiger als ich.«

»Nicht noch eine Einladung zum Essen, versprochen. Ich möchte dich nur um einen Gefallen bitten. Kannst du etwas für mich aufbewahren?«

»Du sagst das, als ginge es um Rauschgift.«

»Keine Sorge, es ist nichts Gefährliches. Ich bringe es dir gleich vorbei.«

»Hat das nicht Zeit bis morgen? Ich bin jetzt gleich …«

»Nein, es muss heute sein.«

Sie seufzte. »Ich bin in zehn Minuten wieder am Platz. Mal sehen, was du mir bringst.«

Erst als David aufgelegt hatte, wurde ihm bewusst, dass Melinda wahrscheinlich an seinem Verstand zweifeln würde. Aber das konnte ihm egal sein. Und sie war die einzige Person in der Firma, der er ansatzweise vertraute.

Er ging den Text noch einmal Zeile für Zeile durch.

Liebe Melinda,

wenn du dieses Dokument liest, ist mir höchstwahrscheinlich etwas zugestoßen.

Du kannst mir allerdings helfen, indem du meinem früheren Ich eine Registernachricht zukommen lässt. Dazu musst du einen Boten nutzen. Der Text soll lauten: »Lois Anderson, bekannt als Rachel Anderson, Journalistin bei NewsHub, will dir schaden. Meide jeden Kontakt mit ihr!«

Dein vergangenes Ich soll von mir verlangen, für die Kosten der Nachricht aufzukommen und dich für deine Mühe zu entschädigen.

David las den Text ein zweites Mal und suchte nach Schwachstellen in seinem Plan. Es gab keine, allenfalls eine kleine Schwierigkeit: Melinda musste einen Boten nutzen. Andernfalls würde sie ihren eigenen Vorrat an Registernachrichten schmälern. Das Konzept von Boten war illegal, aber auch sehr einfach. Viele Mitbürger verdienten sich ein kleines Vermögen, indem sie ihre drei Registernachrichten nicht für sich selbst benutzten, sondern für andere.

Eine solche Nachricht lautete dann zum Beispiel: »Übermittle Mr Miller folgende Nachricht seines zukünftigen Ichs und kassiere dafür zehntausend Dollar von ihm.« Wer Geld hatte, dem standen also deutlich mehr als drei Nachrichten für die Verbesserung seines Lebens zur Verfügung.

David hatte keinen Schimmer, wie der Schwarzmarkt der Registernachrichten organisiert war, aber Melinda würde es schon herausbekommen. Vielleicht hatte sie sogar schon mal einen Boten benutzt.

Er ließ die Datei geöffnet, sodass sie für jeden unübersehbar war, der sich an seinem Computer anmeldete. Dann klappte er den Laptop zu. Aus dem Büroschrank holte er eines der frischen Hemden, die er dort für Notfälle gelagert hatte. Es war blütenweiß, wie alle seine Hemden, und der Kragen sah ohne Krawatte ziemlich dämlich aus. David beschloss, vor dem Abstecher zu Melinda noch in eine der Etagen-Duschen zu springen und marschierte pfeifend zur Tür. Erst da bemerkte er, dass jemand ein kleines Blatt durch den Schlitz unter der Tür geschoben hatte.

David hob den Zettel auf und wusste sofort, wer ihn geschrieben hatte.

Wollen Sie leben oder wollen Sie sterben? Rufen Sie mich zurück. Ansonsten: Viel Glück. TA

Er steckte den Zettel kopfschüttelnd in die Hosentasche. Er mochte sich vielleicht Sorgen um seine Zukunft machen, aber immerhin war er noch bei Trost – was Mrs Adams bewiesenermaßen nicht mehr war. Nach seinem Sabbatical würde er sich darum kümmern, dass sie zukünftig in einer anderen Firma für Unruhe sorgte.

Normalerweise war das Atrium zu dieser Zeit still wie ein Museum. Die emsige Geschäftigkeit verlagerte sich in die Einzelbüros, wo die Leute den Abend für konzentrierte Stunden am Schreibtisch nutzten. Heute aber knallten Regentropfen wie Platzpatronen gegen die Fensterfronten und ein heulender Wind raste um das Gebäude.

David klopfte an die offene Tür von Melindas Büro. Links und rechts von ihrem Stuhl stapelten sich Aktenordner und Schnellhefter wie die zwei Lehnen eines Thrones. Der ganze Schreibtisch versank in losen Blättern und Notizzetteln.

David trat ein. »Du hast mir nie gesagt, dass du so chaotisch bist.«

Melinda sah nicht auf. »Bei mir ist noch nie was weggekommen.«

»Das trifft sich.« David öffnete seine Tasche und holte seinen Laptop heraus. Wortlos drückte er ihn Melinda in die Hand.

Sie zögerte, bevor sie ihn annahm. »Soll ich den für dich aufbewahren?«

»Genau. Es gibt einen Benutzer mit deinem Namen. Das Passwort ist *quartalsbericht*.«

»Moment mal …«

»Und nun meine Bitte. Schließ den Laptop weg, am besten bei dir zu Hause. Hol ihn erst in einem Monat wieder hervor. Und dann melde dich bitte mit deinem Namen und dem Passwort an.«

Sie sah ein paar Mal stumm zwischen dem Laptop und David hin und her, bevor sie ihre Sprache wiederfand. »Hast du gar nicht vor, morgen wiederzukommen?«

»Morgen beginnt meine Auszeit«, log David. Falls heute Abend nichts geschah, würde er sich den Computer eben zurückholen müssen.

»Morgen schon«, murmelte Melinda. »Bist bestimmt aufgeregt.«

David nickte. So viele Monate hatte er sich nun darauf gefreut. Auf den Lake Pukaki, das Hotel in den Bergen. Im Moment konnte er sich nicht vorstellen, dass er jemals dort ankam.

»Warum schließt du den Computer nicht in deinen Schrank?«, fragte Melinda. »Und warum soll ich ihn einschalten?«

»Es ist nur für den Fall.«

»Für den Fall was?«

»Das würde jetzt zu weit führen. Du darfst mit keinem darüber sprechen. Das musst du versprechen.«

Sie schob den Laptop zur Seite und machte ein Gesicht, als sollte sie auf eine Kiste giftiger Spinnen aufpassen. »Kurz bevor du uns verlässt, machst du mich zu deinem Schließfach. Wofür hältst du mich eigentlich?«

»Für jemanden, dem ich vertraue.«

Sie nahm ihre Brille ab. »Okay. Jetzt machst du mir Angst. Ich hoffe, du hast nichts Dummes vor.«

»Natürlich nicht.«

Sie seufzte. »Na schön. Ich schließ das Ding weg. Und jetzt habe ich wirklich zu tun.«

»Danke.« David schüttelte ihr die Hand, weil ihm nichts Besseres einfiel. Dann verließ er wortlos das Büro.

Draußen blickte er auf die Uhrzeit an der verchromten Wand gegenüber: 19:37

Er hatte viel Zeit für die Vorbereitungen dieses Abends gebraucht. Inzwischen hatten sich die Straßen draußen in eine Rutschbahn verwandelt und Leah würde riesige Umwege wählen. Besser er fuhr mit der U-Bahn in die Innenstadt.

David fiel eine Abkürzung ein, die er schon lange hatte ausprobieren wollen: die alten Benzon-Büros im Gebäude nebenan. Sie waren mit dem Neubau über einen Skyway im elften Stock verbunden, der nur für die wenigen Monate gebaut worden war, in denen beide Häuser besetzt gewesen waren. Die Metro-Station lag direkt vor dem Eingang des alten Bürogebäudes und die Brücke dorthin war noch nicht abgerissen worden. David würde nicht einmal einen Tropfen abgekommen. Er gratulierte sich zu dem Einfall.

Rasch lief er durch das endlose Großraumbüro der Sysadmins und öffnete die Tür mit der Aufschrift »Zugang zu 2.1 – 2.9 | Kein Notausgang«. Dahinter stieg er das kleine Provisorium von Treppe hinunter und als er endlich in der röhrenförmigen Brücke stand – da empfing ihn völlige Dunkelheit.

Der Skyway wurde nicht mehr beleuchtet. Und das Hundewetter draußen sorgte dafür, dass selbst das Licht der umliegenden Bürofenster nicht ins Innere der Röhre gelangte.

David holte sein Telefon hervor und aktivierte die Lampe. Er konnte zwar nur die nächsten drei Meter erkennen, aber das sollte reichen.

Er stapfte los und hatte schon die Hälfte geschafft, als der Wind so heftig gegen die Fenster schlug, dass die Röhre merklich zu schwanken begann. David war, als wolle die Brücke ihm genüsslich ihre wahre Natur offenbaren – eine hängende Konstruktion, unter der es vierzig Meter in die Tiefe ging.

Er zwang sich zur Ruhe. Tausende seiner Kollegen waren täglich hier entlangspaziert, schwatzend und mit einem Kaffee in der Hand. Schritt für Schritt ging er vorwärts, immer tiefer in das Dunkel der Röhre hinein.

Endlich tauchte die graue Außenwand des alten Gebäudes vor ihm auf. Ursprünglich war an dieser Stelle der Zugang zur Feuerleiter gewesen, der Skyway hatte daraus den Haupteingang gemacht. Eine abgegriffene Flügeltür lag vor David. Sie trug die Aufschrift »Department 2.8«. Diese Abteilung gab es längst nicht mehr. Die ganze Etage, in der früher Hunderte von Kollegen gearbeitet hatten, war verlassen und dunkel.

Zumindest hatte David das erwartet. Als er jedoch in das Dunkel des Großraumbüros trat, bemerkte er einen blassen Lichtschein am Ende des Raums. Jemand musste in einem der Einzelbüros das Licht angelassen haben, sodass es nun Tag und Nacht brannte. Immerhin hieß das, dass der Strom noch eingeschaltet war.

David suchte die Wand links neben ihm ab. Seine Idee, hier entlangzugehen, kam ihm inzwischen völlig idiotisch vor. Und das alles nur wegen einiger Regentropfen. Er hauchte in seine eiskalte Hand und wechselte zum linken Türrahmen.

Mit einem Mal war ihm, als habe er Stimmen gehört. Kurz hielt er inne, doch alles war still. Wahrscheinlich spielte ihm seine Wahrnehmung erste Streiche.

Er wollte schon weiter nach dem verflixten Schalter suchen, aber dann ließ er noch einmal seinen Blick durch das Büro schweifen. Und erst jetzt, als sich seine Augen an das Dunkel gewöhnt hatten, sah er ihn.

Da saß ein Mann auf einem Stuhl, mitten im Gang. Sein Kopf ruhte auf der Brust, er schien zu schlafen.

»Hallo«, flüsterte David. Keine Reaktion. »Hallo, wer sind Sie?«

Der Mann hob den Kopf. Er fuhr sich durch den Scheitel. Irgendetwas an dieser Bewegung kam David bekannt vor.

»Wer ist da?« Seine Stimme war kaum mehr als ein Röcheln.

»David Manoah«, sagte David.

Der Mann ließ die Hand sinken. Er sah hinter sich, so schwerfällig, als würde es ihn große Kraft kosten. »Sie müssen hier weg«, sagte er leise.

Und dann stand er auf. Einen langen Moment blieb er gekrümmt stehen, dann kam er auf David zu. Schon nach wenigen Schritten schwankte er und prallte gegen einen der Schreibtische, verlor völlig das Gleichgewicht und stürzte zu Boden.

David wich zurück. Der Mann war krank, ein Herzinfarkt vielleicht. Zitternd richtete David die Lampe seines Telefons auf ihn. Gerade zog er sich wieder nach oben. Sein Gesicht war durch ein geschwollenes Auge völlig deformiert. Trockenes Blut klebte an seiner Wange. Er wandte seinen Kopf und jetzt erkannte David ihn. Es war Jerry Feingold, ein Kollege, mit dem er alle paar Wochen zu tun hatte. Heute Morgen hatte David ihn noch auf dem Gang gesehen. Frisch und munter, mit einem Käsebaguette in der Hand. Irgendwann danach musste er einen Unfall gehabt haben. Sein weißes Hemd war unterhalb des Halses blutverschmiert. Das Blut glänzte im Licht der Taschenlampe. Wieder fiel er zu Boden und kroch das letzte Stück bis zu David.

»Ich rufe einen Arzt«, sagte David. »Machen Sie sich keine Sorgen.«

Doch Feingold zerrte an Davids Hose. »David«, stöhnte er. Der vorhin noch perfekte Scheitel war ebenfalls mit Blut verkrustet. »David, Sie müssen ...« Nur noch ein Flüstern.

David kniete sich nieder und Feingold zog ihn noch näher zu sich heran. David konnte seinen schlechten Atem riechen.

»Nur Sie können es aufhalten, Sie müssen ...« Feingold hustete und ein Schwall Blut landete auf Davids Jacke.

David rutschte zurück. »Aufhalten, was denn?«

»Weinard wird sterben! Sie müssen verhindern ...« Er verdrehte das eine Auge, das er noch öffnen konnte. »Die ganze Welt wird Kopf stehen. Weinard darf nicht sterben ... darf nicht sterben. Versprechen Sie es mir!«

»Was? Wer ist Weinard?«

Feingold hechelte nur noch. »Summerton ... ist der Schlüssel.«

»Summerton? Weinard?«

»Summerton, ja ... Summerton. Damit kommen Sie durch.«

Feingolds Körper sank zu Boden. Auf seinem Rücken war das Hemd mit feinem rotem Staub übersät. »Halten Sie ihn auf ... Schnell ... Wenn er Sie bemerkt ...«

Eine Tür sprang auf. Es war die Tür des beleuchteten Einzelbüros. David presste die Lippen aufeinander. Feingold hatte keinen Unfall gehabt. Irgendwer musste ihn so zugerichtet haben.

Ein großer Mann stand in der Tür. Er blieb stehen, aber in dem dämmrigen Licht kam es David so vor, als hebe er seine Hand.

Er blinzelte, zögerte für einige Sekunden. Scheiße. Der Mann richtete eine Waffe auf ihn.

David sprang rückwärts, riss die Glastür auf und landete mit einem Satz auf der Brücke. Mit dem Rücken drückte er die Tür hinter sich zu. Donnernder Regen und Dunkelheit umhüllte ihn. Immer noch schwankte der Boden hier draußen wie bei einem Erdbeben.

David rannte los. Seine Schritte wurden größer und größer. Das einsame Knallen seiner Ledersohlen auf dem Linoleum übertönte das Geheul des Sturms.

Im anderen Gebäude konnte ihm nichts passieren, er musste es nur zurück schaffen. Er konnte die schmale Tür sehen, hell erleuchtet, noch viel zu weit weg.

David rannte schneller. Er hörte nur noch sein eigenes Keuchen, sonst nichts. Keine Stimmen von hinten. Kein knallender Schuss. Er erreichte den Lichtschein der Tür, war nun auf dem Präsentierteller, das perfekte Ziel für den Mann hinter ihm. Er stürmte die kleine Metalltreppe hinauf, riss die Tür auf und warf sich ins Innere.

Um die zehn, zwanzig Kollegen waren noch an ihren Plätzen. Einige Köpfe lugten aus der Bürolandschaft hervor wie Erdmännchen, aber nur für einen Moment, dann widmeten sie sich wieder ihren Bildschirmen. Dass David zerzaust aussah und nach Luft japste, störte hier niemanden.

Er ging durch den Mittelgang und konzentrierte sich darauf, seinen Herzschlag und Atem wieder unter Kontrolle zu bekommen. Er musste jemandem Bescheid sagen. Das, was er gerade gesehen hatte, konnte nicht passiert sein. Aber mit wem sollte er darüber sprechen?

Ich bin für Sie da. Kommen Sie zu mir, egal, was es ist.

David zerrte sein Telefon aus der Jacke, durchsuchte mit zitternden Fingern seine Kontakte und startete den Anruf. Um ihn herum war alles still, niemand unterhielt sich. Das leise Tippen der

Programmierer, ihre gebeugten Köpfe, die sie mit teuren Kopfhörern abschirmten – all das war so angenehm vertraut, dass David sich fragte, ob er gerade nur halluziniert hatte.

»Hi David«, meldete sich Smith.

»Äh ... Gregory ... ich ...« David stützte sich auf einen leeren Schreibtisch. Innerhalb von Sekunden war seine Befürchtung, er könnte sich alles nur eingebildet haben, schrecklich einleuchtend geworden.

»Ist alles in Ordnung?«, fragte Smith.

»Ich fürchte nein. Ich habe gerade Jerry Feingold getroffen ... und ...« David stockte. Wie konnte er beschreiben, was soeben passiert war?

»Jerry Feingold«, sagte Smith langsam. »Und weiter?«

»Ich glaube, er lebt nicht mehr lange. Ich zweifle gerade an meinem ...«

»Hat er Ihnen etwas gesagt?«

»Wie? Äh, ja. Dass ... Weinard sterben wird. Ich kenne keinen Weinard, aber ...«

»Noch was?«, fragte Smith schnell.

»Wie bitte?«

»Hat er noch was gesagt?«

»Ich ... nein, ich habe nur ein paar Sekunden mit ihm gesprochen.«

»Okay, David. Es ist alles in Ordnung, verstehen Sie?«

David biss sich in die Wange. Smiths Stimme war beim letzten Satz krampfhaft beruhigend geworden. Er würde David in das psychiatrische Institut gleich um die Ecke einweisen.

»Gar nichts ist in Ordnung!«, schrie David ins Telefon. Hinter ihm hüstelte ein Entwickler.

»Doch«, sagte Smith. »Wir sind da anscheinend gerade in einem sehr kruden Zeitstrom gelandet. Wahrscheinlich ist der Spuk in wenigen Sekunden vorbei.«

»Ja. Natürlich, das Register. Aber selbst wenn ... wie kann ...«

»Das Unglück sucht sich seinen Weg, erinnern Sie sich? Ich schicke Leute, die Ihnen helfen. Bleiben Sie, wo Sie sind. Es wird alles gut.«

David rieb sich die Schläfe. »Alles klar. Ich warte.«

»Sehr gut. Es war richtig, dass Sie mir Bescheid gegeben haben. Bis später.« Smith legte auf.

David sah zurück zu der Tür, durch die er vor wenigen Minuten auf die Brücke und in das Chaos hineingegangen war. Obwohl er durch die gleiche Tür wieder herausgekommen war, hatte er nicht das Gefühl, als wäre es vorbei.

Bleiben Sie, wo Sie sind.

Woher wollte Smith überhaupt wissen, wo David gerade war? Und was genau hatte er jetzt vor?

David marschierte weiter durch das Großraumbüro und stieg in einen der kleineren Fahrstühle. Er fuhr drei Etagen nach unten. Irgendwo musste er verschnaufen und über alles nachdenken. Der Sicherheitsdienst, oder wen auch immer Smith schickte, würde ihn schon finden.

Die Kabine stoppte sanft und die Türen öffneten sich. Vor David lag ein weiteres Großraumbüro. Das hier war das Security Department, eine der größten Abteilungen bei Benzon. Nicht weit vom Fahrstuhl entfernt war ein freier Schreibtisch, auf dem ein Computermonitor sowie ein Telefon standen. Während David auf den Tisch zuging, fiel sein Blick auf eine der Glaswände, die diese Etage aufteilten. An den beiden Enden der Wand lag jeweils eine Aufzugkabine, dazwischen bildeten mehrere Türen einen Durchgang vom einen Büro in das andere.

Vor einer dieser gläsernen Türen stand ein Mann. Er trug einen schwarzen Anzug und eine lächerlich breite Sonnenbrille, wie ein Cop aus einem Achtzigerjahre-Film. Der Mann setzte sich ruckartig in Bewegung, doch überraschenderweise lief er nicht auf

David zu. Stattdessen steuerte er genau den Platz an, den David sich ausgesucht hatte.

Als David den Tisch erreichte, versperrte der Mann ihm den Weg zum Computer. Er fuhr sich durch das gegelte Haar. »Mr Manoah?«

David starrte in die schwarzen Gläser. Das war keine normale Sonnenbrille. Ein kleines Gehäuse am linken Bügel entlarvte die Elektronik, die dem Mann irgendwelche Informationen ins Sichtfeld projizierte.

»Sie sind doch Mr Manoah, oder?« Die Stimme war kalt wie ein Eisfach.

David schwieg beharrlich.

»Ich muss Sie bitten, mit mir zu kommen.« Der Mann machte einen Schritt auf David zu. »Jetzt sofort.«

»Hat Mr Smith Sie geschickt?«, brachte David hervor. Sein Gaumen war so trocken, dass es schmerzte.

»Richtig.«

»Und darf ich fragen, wer Sie sind?«

»Das sage ich Ihnen, wenn Sie mit mir kommen.«

David machte einen Schritt nach hinten. Hier stimmte etwas nicht. Dieser Mann war nicht hier, um ihn zu beschützen, so sehr David sich das auch wünschte.

Er schüttelte den Kopf. »Nein.«

Der Mann hob die Augenbrauen. »Wie bitte?«

David machte auf dem Absatz kehrt und ging mit schnellen Schritten auf die Glaswand am anderen Ende zu. Er würde einen der beiden Aufzüge nehmen, die dort lagen. Den rechten, nein, besser den linken. Der kam gerade auf dieser Etage an, perfektes Timing.

David hatte seine Laufrichtung noch nicht nach links gelenkt, als sich die Aufzugstüren öffneten. Ein Mann im schwarzen Anzug trat heraus. Keine Sonnenbrille, dafür hingen ihm lange Haare ins Gesicht. Irgendetwas an ihm kam David bekannt vor. Diese maschinelle, zielstrebige Gelassenheit, mit er auf David zuging.

David bremste ab und stolperte über seine eigenen Füße. Diese Kerle ahnten nicht nur seinen nächsten Schritt. Sie *wussten*, wohin er gehen würde.

Keuchend drehte David sich um. Der Mann mit der Sonnenbrille hatte sich ihm auf wenige Meter genähert. David spürte, wie die Blechdosen angeflogen kamen. Diesmal konnte er sie sogar hören. Ein dumpfes Dröhnen ließ den Boden vibrieren, so als ob direkt hinter der Glasscheibe eine Maschine ratterte.

20:00 – 20:13

Tina wusste, dass Manoah niemals hier rauskommen würde. Nicht, wenn wirklich die NOBA hinter ihm her war.

Mit zitternden Fingern öffnete sie den Chat-Client ihres Mantis – des umgebauten Mini-Computers, der bis jetzt immer nur Spielerei gewesen war. Verdient hatte Manoah es nicht, dass sie ihm half. Und sie hatte auch keine Idee, wie sie ihm überhaupt helfen könnte. Vielleicht hatte Ondrej einen seiner berüchtigten Geistesblitze.

20:01 Tina – wir haben ein Problem.

19:41 Ondrej – falls mich jmd fragt, ich kenn dich nicht

20:01 Tina – ein agent hat david im visier.

19:41 Ondrej – im büro??!

20:01 Tina – ja

19:41 Ondrej – schwierig. achte etage … glaub da können wir nix machen

20:22 – Ondrej klopft an –

Kacke, dachte Tina. Da kam eine Unterhaltung aus der anderen Richtung rein. Wahrscheinlich nicht weniger dringend. Wie oft sollte sie Ondrej noch sagen, dass sie dringend Multithreads brauchten?

20:02 Tina – muss dich abwürgen, kommst gerade aus der anderen richtung.

19:42 Ondrej – k

Tina navigierte sich in den Thread aus der Zukunft und fluchte über die umständliche Bedienung. Während sich die Verbindung aufbaute, blickte sie hastig zu Manoah hinüber. Er lief gerade in

Richtung Büromitte, genau wie sein Verfolger. Wahrscheinlich würden die Agenten erst einmal versuchen, ihn ohne Aufsehen aus dem Gebäude zu führen. Wenn David schlauer war, als er aussah, würde er sich weigern. Und damit etwas Zeit herausholen.

Das Mantis blinkte auf. Die Verbindung zu Ondrej aus der Zukunft stand.

20:02 Tina – bin da.

20:22 Ondrej – steuerung dachfenster restaurant!!!

20:02 Tina – ??!

20:22 Ondrej – 3. von nord, 10. von west. das fenster muss auf!

20:02 Tina – jetzt?

20:23 Ondrej – minus 1 minute

Und wieder zurück. Immerhin, Ondrej schien in zwanzig Minuten voll bei der Sache zu sein. Was auch immer er mit den Dachfenstern im Sinn hatte. Wie zum Teufel sollte Tina sich bis dahin in die Steuerung irgendwelcher Fenster gehackt haben?

20:03 Tina – ok, wieder da. fahr schon mal los und schau auf dein mantis.

19:43 Ondrej – aus neugierde, hast du einen plan?

20:03 Tina – nein aber du!

Tina atmete tief durch. Waren die Fenster des Restaurants überhaupt computergesteuert? Woher wollte das Ondrej so genau wissen?

Sie hastete zurück zur Treppe. Das Treppenhaus lag auf der anderen Seite des Büros und kein Schwein benutzte es. Gerade deswegen war es der unauffälligste Weg für Tina, um wieder in ihr Büro im vierten Stock zu gelangen. Mit ihrem allgemeinen Zugriff für die Hausverwaltung würde sie nicht weit kommen. Sie musste irgendjemanden aus dem Büro um Hilfe bitten. Dumm nur, dass sie ihren Kollegen gerade eben einen schönen Feierabend gewünscht hatte und dann Davids Token gefolgt war. Weil es plötzlich an Geschwindigkeit zugenommen hatte.

Sie erreichte die Tür zum Treppenhaus. Durch die Glaswand zum Nachbarbüro war ein tiefes, lauter werdendes Knattern zu hören. Sie drückte sich an die Tür und holte wieder ihr Mantis hervor.

20:04 Tina – sei nicht dumm.

19:44 Ondrej – hihi

Tina hörte schnelle Schritte hinter sich und fuhr herum. David Manoah, den sie gerade retten wollte, rannte mit irrem Blick an ihr vorbei, in Richtung der Aufzüge, wo schon ein zweiter Agent auf ihn wartete.

Klasse, der Typ hatte wirklich nicht mehr alle Latten im Zaun. Tinas Finger flogen über die Tastatur ihres Mantis.

20:05 Tina – sie haben ihn, regsec vor und hinter ihm.

19:45 Ondrej – wann soll ich da sein?

Tina blickte auf. Es gab keine Möglichkeit, wie sie Manoah jetzt noch hier rausholen könnte. Er war von beiden Seiten eingekesselt. Einer der Agenten drehte sich um und lauschte. Natürlich hatte er das Dröhnen auch gehört.

19:45 Ondrej – jetzt nach deiner zeit??

Tina öffnete die Tür zum Treppenhaus, schob sich rückwärts hinein und schaute mit dem Kopf um die Ecke. Die beiden würden sich David Manoah schnappen, das stand fest. Das Metallgeländer, das sie mit einer Hand umklammerte, vibrierte bedrohlich. Na schön, sollte Ondrej halt seinen großen Auftritt bekommen.

20:05 Tina – jetzt.

Donnernd löste sich die Glastür in Tausende von feinen Scherben auf. Die wenigen Kollegen im Raum schrien auf, einige fielen vom Stuhl. Die zwei NOBA-Agenten warfen sich ebenfalls zur Seite.

Tina steckte das Mantis in ihre Jeans und sauste die Treppen hinab. Ihr blieb gerade mal eine Viertelstunde, um ein Wunder zu vollbringen. Und daran war einzig und allein Manoah schuld. Alles hatte sie seit gestern getan, um ihn zu warnen. Und nun durfte sie spontan seinen Arsch retten. Was für ein Idiot!

In ihrer Abteilung, vier Etagen weiter unten, waren die Lampen an den meisten Tischgruppen erloschen und die Stühle leer. In der Mitte des Büros thronte Mike einsam hinter seinem Schreibtisch.

Er sah verwundert auf, als die Bürotür hinter Tina ins Schloss fiel. »Was ist los? Hast du was vergessen?«

»Es gibt ein Problem mit den Fenstern.« Tina bahnte sich einen Weg zu ihm. Nicht zu schnell. Mike durfte man nicht erschrecken.

Er hievte seinen massigen Körper aus dem Stuhl. »Mit den Fenstern.«

»Ich hab gerade Alison auf dem Flur getroffen.« Tina setze sich neben ihn. »Das Restaurant hat sich bei ihr beschwert, weil ein paar Dachfenster aufgegangen sind. Es zieht da wie bescheuert.«

»Echt Tina, komm zum Punkt.«

»Alison meinte, sie kommt plötzlich nicht mehr auf Willie drauf." Tina hatte Willie, das Programm für die Hausverwaltung, noch nie von innen gesehen. Sie wusste nur, dass man von dort aus die Fenster des Gebäudes steuern konnte. »Alison hat das Gefühl, dass die Firewall zugemacht hat. Habt ihr was an der Konfiguration geändert?«

»Nicht, dass ich wüsste. Aber um Willie kümmere ich mich ja auch nicht. Das macht Dean. Und der ist längst im Feierabend.« Er sah zu der Uhr an der Wand. Schon fast Viertel nach acht. »Da will ich übrigens auch hin«, brummte Mike.

»Na schön«, sagte Tina. »Ich packe meine Sachen wieder aus und repariere das. Hab sowieso nichts vor heute. Kannst du mir schnell Rechte für Willi geben?«

Mike zog die Nase kraus und setzte sich wieder vor seinen Computer. »Ist schon gut. Ich schau mal nach diesen blöden Fenstern.«

Verdammt, dieser Fettsack tat auch nie das, was er sollte. Mike öffnete die Oberfläche zu Willie und war sofort eingeloggt. Jetzt konnte Tina nicht einmal versuchen, sein Passwort auszuspähen.

Was immer Ondrejs Plan gewesen war, um David hier rauszuholen, er würde nicht funktionieren.

20:04 – 20:11

Wie ein Ballon über einer Kerze zerplatzte alles vor Davids Augen. Splitterndes Glas, aufwirbelnde Papierseiten, zwei Männer, die durch die Luft flogen. Das tiefe Blubbern eines Motors war zu hören. David fiel rückwärts zu Boden, feine Glasscherben regneten auf ihn herab. Die Luft roch nach Benzin.

Irgendwo war der Ausgang aus diesem Albtraum, ganz bestimmt. Gleich ging die schwarze Luke auf und führte David zurück in die Realität. Er krallte sich in die vibrierenden Teppichfasern.

Tatsächlich, da war etwas Dunkles, direkt vor ihm. Aber es sah aus wie die Haut eines Drachen, mit fingerdicken, quadratischen Erhebungen.

David sah nach oben und zwinkerte. Dies war kein Drache. Davids Gesicht lag neben einem Reifen. Dem Reifen eines Motorrads. Es war über und über mit schneefeinen Scherben übersät, darunter leuchtete orangefarbener Lack hindurch. Ein schwarzer Helm neigte sich zu ihm hinunter.

David rührte sich nicht. Auch nicht, als der Fahrer seine Hand ausstreckte.

Die Etiketten seiner Gedankenmaschine stapelten sich zu einem sinnlosen Haufen.

Ein Verbrennungsmotor. Ein Motorrad. In der achten Etage. Männer, die ihm hinterherjagten. David wollte, dass sich alles zurückspulte, dass das Register diesen Nonsens reparierte, jetzt sofort, wie Smith es ihm versprochen hatte. Doch es geschah nicht.

Wie in Trance ergriff David die Hand und flog im nächsten Moment hinter den Fahrer auf den Sitz. Er grub seine Hände in die Lederjacke, spürte dabei die Glasscherben in seine Haut schneiden.

Gerade noch rechtzeitig, denn schon gab der Fahrer Gas. Mit heulendem Motor flog das Motorrad durch einen Dunst aus Lärm und Gestank. David verlor jedes Raumgefühl. Müssten sie nicht schon längst an der nächsten Glastür sein?

Oh Gott. Auch diese Tür war geschlossen.

»Runter!«, schrie eine tiefe Stimme aus dem Helm.

Das Klirren der Scheibe klingelte in Davids Ohren. Überall spürte er Wespenstiche, die ihn in Wangen und Hals bissen. Er brachte es irgendwie fertig, nicht vom Sitz zu fallen.

Das Motorrad machte eine scharfe Linkskurve und bremste vor einem meterhohen Gemälde, das einen feuerroten Mann in Achselshirt zeigte. Sie waren im dritten Büro der Etage gelandet. Von den über hundert Plätzen waren noch einige besetzt. Die jungen Leute starrten mit offenen Mündern auf das Motorrad und rührten sich nicht. Am anderen Ende des Raums führte eine Tür Richtung Hauptgebäude. Aber da war kein Korridor durch das Büro. Nur ein Zick-Zack-Kurs zwischen den Schreibtischen hindurch.

»Festhalten«, kam es von vorn.

David klammerte sich wieder am Rücken des Fahrers fest und sah von der Seite, wie ein Mann durch das Loch in der Tür stieg. David drehte sich um, ihre Blicke trafen sich. Der Mann fuhr sich über die Wange, sie war voller roter Linien. Dann zog er eine Waffe und richtete sie auf David.

Im selben Moment fuhr das Höllengefährt los. David hörte einen Knall, der Rahmen des Bildes zersplitterte.

Wir werden gejagt, dachte David. Mitten im Büro.

Schreibtische und Computer sausten an ihnen vorbei. Mit dem Fuß streifte David eine Tasche, die in den Durchgang ragte. Sofort presste er seine Beine noch enger an das Motorrad.

Hinter ihnen feuerte der Killer ohne Pause. Pflanzen und Trennwände um sie herum fielen zur Seite, Monitore zischten und sprühten Funken.

Da war die Tür. Vielleicht noch zwanzig Meter. In der Türöffnung tauchte ein Mann im schwarzen Anzug auf – Nummer Zwei, der Langhaarige mit dem Gesicht, das David vage bekannt vorkam.

Es gab nur eine Möglichkeit für solch eine perfekte Koordination: Diese Männer konnten in die Zukunft schauen.

Vollkommen ruhig und gelassen, als habe er nur darauf gewartet, stellte sich Nummer Zwei an den rechten Türflügel und richtete seine Waffe auf das Motorrad.

Der Fahrer lenkte so weit nach links, dass er kaum noch durch die Tür kommen würde. Und er hatte plötzlich eine Stehlampe in der Hand. Sie erreichten die Tür, der Blechschirm der Lampe gab eine Art Gong von sich, und der Mann im Anzug ging zu Boden.

Das Lampenkabel zog sich stramm, und Davids Vordermann wurde beinahe vom Sitz gerissen. Sie bremsten, schwankten und kippten schließlich um. David stürzte unter das Motorrad, sein Schienbein und Knöchel wurden von der Karosserie erwischt. Der Fahrer war schneller. Schon nach einer Sekunde stand er wieder auf den Füßen und riss sich den Helm vom Kopf.

Mit hellblauen Augen blickte er David an. »Hi. Ich bin Ondrej.«

»David«, stöhnte David und versuchte, seinen Fuß von den Stollen des Hinterreifens zu befreien. »David Manoah.«

Sein Retter stand da wie ein Jagdhund – tief geduckt, seine schwarzen Locken waren schweißnass. »Ich weiß, wer du bist.«

Eine taumelnde Gestalt näherte sich Ondrej von hinten. Der Schlag mit dem Lampenschirm hatte nicht genügt.

»Vorsicht!«, schrie David.

Ondrej wandte sich um und schlug dem Agenten mit seinem Helm auf die Stirn. Einmal, zweimal. Der Mann brach stöhnend zusammen.

»Wir unterhalten uns später.« Ondrej beugte sich hinunter zu dem Motorrad. »Spring auf, schnell.«

»Moment. Stopp. Du willst weiterfahren?«

Ondrej richtete die Maschine auf und klopfte auf den Sitz. »Was dachtest du denn? Wir müssen hier raus.«

David sah durch die geöffnete Tür in das Großraumbüro. Nummer Eins kämpfte sich langsam durch den Korridor. Trotz der perfekt sitzenden Sonnenbrille wirkte er benommen. Ohne Zweifel hatte längst jemand den Sicherheitsdienst alarmiert – David sollte einfach auf ihn warten, statt weiter durch das Gebäude zu rasen.

Mit zitternden Beinen trat er zu der Maschine und blickte auf den Lenker. Neben den üblichen Armaturen war ein kleines Gerät installiert, das David noch nie gesehen hatte. Es bestand aus abgewetztem Plastik, hatte die Form und Größe eines ovalen Handspiegels und war mit einigen bunten Lämpchen besetzt. Mehrere Kabel aus dem Gerät führten zu einem Bildschirm in der Mitte des Lenkers.

»Dein Motorrad lässt sich autosteuern?«, fragte David.

»Autosteuern? Wir fliegen unter dem Radar. Die hätten uns sonst längst weggepustet.« Ondrejs Finger tippten auf dem bunten Gerät herum wie auf einer Klaviatur.

»Und wer sind die?«

»Agenten. Von der NOBA. 2002-443 und so weiter, das bist du, richtig?«

David stutzte. Das waren die ersten Ziffern seiner Token-ID. »Stimmt, aber woher …«

»Du bist erst mal unsichtbar. Aber nicht lange.« Ondrej zog sich den Helm wieder auf.

David packte ihn an der Schulter. »Ich glaube, dass diese Männer mich nicht umbringen wollen. Die wollen mich einfach nur, ich weiß nicht … verhaften.«

»Ach wirklich? Ich würd's ja nicht drauf ankommen lassen.« Ondrej schwang sich auf den Sitz und ließ den Motor aufheulen.

David sah zurück ins Büro. Der Sonnenbrillenmann war verschwunden. Bestimmt nicht, weil er aufgegeben hatte. Gleich würde er wieder hinter einer Tür stehen und seelenruhig auf David warten. David hatte keine Chance gegen diese Männer, wer auch immer sie wirklich waren. Nicht allein.

Unbeholfen kletterte er auf das Motorrad. Der Sitz schien über dem Hinterrad zu schweben und gab unter Davids Gewicht bedenklich nach.

»Wir nehmen die Eingangshalle!«, schrie Ondrej. »Hat auf dem Hinweg ganz gut funktioniert.«

An das Atrium hatte David nicht gedacht. Die Serpentinen würden sie immerhin Etage für Etage nach unten führen. Allerdings mussten sie auf dem Hinweg ein paar kleinere Treppen überwinden. Wie um alles in der Welt wollte Ondrej das hinbekommen?

Durch den Lärm des Motors hindurch hörte er noch, wie Ondrej brüllte: »*Mich* wollen die übrigens auf jeden Fall abknallen. Schon länger.« Dann gab er dermaßen Gas, dass David beinahe vom Sitz fiel.

Ich bin so dumm, dachte David. Dieses eine Mal hätte Smith ihm wirklich helfen können. Doch David rannte vor ihm davon.

20:14 – 20:22

Während Mike sich fluchend durch die Oberfläche der Hausverwaltung klickte, ging Tina ihre Optionen durch. Mike mit Gewalt dazu zwingen, ihr zu helfen? Verlockend, aber nicht durchführbar. Ihn dazu zu überreden, ihr zu helfen? Keine Erfolgschance.

Sie sah an seinen breiten Oberschenkeln hinunter, die an beiden Seiten über den Stuhl quollen. Ein blaues Licht neben seinen Turnschuhen verriet, dass dort unten ein Token-Scanner lag. Und er war am Rechner angeschlossen.

Jackpot! Dass sie daran nicht eher gedacht hatte.

»Diese Schiebefenster«, schnaufte Mike. »Allein dafür, dass sie nach innen aufgehen, gehört der Architekt gesteinigt. Dauernd regnet's da rein.«

Tina holte ihr Mantis hervor und öffnete die Liste aller Tokens in der Nähe. Es waren nur zwei, das von Mike und ihr eigenes. Sie tippte neben der Token-ID auf einen Button, den sie selbst programmiert hatte. Er trug ein unscheinbares U-Boot-Symbol.

Im nächsten Moment kam ein wütendes Gurgeln aus Mikes Kehle. »Ist jetzt nicht wahr!«

Der Bildschirm zeigte statt des Dashboards nur noch ein kleines Login-Fenster. Hinter dem Fenster schaute der Hausmeister der *Simpsons* hervor und wackelte mit dem Kopf.

»Warst du nicht gerade noch eingeloggt?«, fragte Tina.

»Natürlich. Der Token-Scanner ist anscheinend in Feierabend gegangen.«

Dann tat Mike zur Abwechslung mal das, was Tina von ihm

wollte – er gab sein Passwort von Hand ein. Demonstrativ drehte Tina den Kopf in die andere Richtung, linste aber in Wirklichkeit weiter auf Mikes Finger. Mike benutzte natürlich nicht das übliche Zehnfinger-System. Das war sie schon von anderen Kollegen gewohnt, bei denen sie das Ausspähen geübt hatte.

Wenn sie in der Anspannung richtig aufgepasst hatte, war Mikes Passwort *realitydoesntimpressme*. Direkt clever für seine Verhältnisse, wenn auch ziemlich unsicher.

»Also, hier sieht alles in Ordnung aus«, sagte Mike. »Alle Fenster sind zu.«

»Echt?«

Mike wandte sich zu ihr um und seine Wangen bebten. »Ich würde die GUI nicht gerade als komplex bezeichnen. Du siehst hier doch 28 Fenster. 28 *geschlossene* Fenster. Also, wenn du mich fragst ...« Er stockte. »Was ist das denn für ein Krach? Klingt, als ob 'n Motorrad durch den Flur fährt.«

»Mike, du brauchst wirklich Feierabend.«

»Sag ich doch.«

Tina tippte auf den Bildschirm. »Von diesem Interface aus können die Fenster auch geöffnet werden?«

»Eigentlich läuft das regelbasiert, aber es geht auch manuell. Ich klicke hier auf ein Fenster und schon zieht's im Restaurant. Aber was die da unten gerade für ein Problem haben – keine Ahnung.«

»Wahrscheinlich was mit der Elektronik. Nicht unser Bier.«

Mike meldete sich vom Computer ab. »Dann darf ich jetzt endlich zu meinen Kindern nach Hause.«

In Tinas Kopf drängte sich das Bild von drei Mikes im Kleinformat, die sich über einen Berg von Cheeseburgern hermachten. Sie verscheuchte die Vorstellung und ging zu ihrem Computer. Es war jetzt 20.20 Uhr. In drei Minuten brauchte Ondrej sein offenes Fenster.

Mike war endlich im Fahrstuhl. Er tippte sich zum Abschied an die Stirn, die Aufzugtüren schlossen sich. Tina hastete zu ihrem Platz und öffnete Willi. Sie holte einmal kurz Luft, dann gab sie Mikes Benutzerkennung und sein Passwort ein. Drückte auf die Eingabetaste. Die Rückmeldung kam sofort:

Falsche Kombination von Benutzernamen und Passwort.

Tina fluchte leise. Sie hatte nicht richtig hingeschaut. Mindestens ein Zeichen war ihr durch die Lappen gegangen. Aber an welcher Stelle? Alle Wörter ergaben Sinn und waren korrekt geschrieben.

realitydoesntimpressme – Die Realität beeindruckt mich nicht. Das Passwort erinnerte sie an Scott, ihren beknackten Schwager. Er war vor Jahren in eine dieser Wald-Communities geflohen, um sich dem Register zu entziehen. Seine Familie hatte er einfach zurückgelassen, Tinas Schwester unternahm seitdem regelmäßig Selbstmordversuche. *Das* war die Realität.

Noch zwei Minuten. Tina zwang sich zur Konzentration. Hatte Mike vielleicht absichtlich Rechtschreibfehler oder Zahlen eingefügt? Besonders sicher war das Passwort wirklich nicht. Keine Zahl, keine Sonderzeichen, keine …

Tina stutzte. Vielleicht hatte Mike Großbuchstaben benutzt. Normalerweise neigte sich die gesamte Hand etwas nach links, wenn die Shift-Taste gedrückt wurde, aber bei Mikes Wurstfingern war das vielleicht anders.

Langsam tippte Tina ein neues Passwort ein, im sogenannten Camel Case. Die Anfangsbuchstaben der Worte wurden groß geschrieben, *realityDoesntImpressMe* also.

Sie drückte auf *Enter* und hielt die Luft an.

Falsche Kombination von Benutzernamen und Passwort.

Jetzt hatte sie ein echtes Problem. Die meisten Benzon-Applikationen machten nach drei falschen Eingabeversuchen dicht. Wenn sie noch mal danebentippte, bekam Mike eine warnende E-Mail.

20 Uhr 22.

Wo gab es noch Spielraum? Hatte Mike vielleicht auch den ersten Buchstaben groß geschrieben? Das wäre kein korrektes Camel Case, aber bei halbgaren Programmierern wie ihm nicht ungewöhnlich. Sorgsam gab sie die Buchstaben ein und bestätigte.

Falsche Kombination von Benutzernamen und Passwort. Ihr Konto wurde vorübergehend gesperrt.

Tina starrte das Browserfenster an. Ondrej konnte lange darauf warten, dass sein verdammtes Fenster aufging. Was immer David Manoah vorgehabt hatte, er würde diese Nacht wohl kaum überleben. Und sie selbst musste sich jetzt ebenfalls aus der Schusslinie bringen.

In diesem Moment blinkte ihr Mantis auf.

20:13 – 20:21

Das Motorrad ratterte über stoffbezogene Stufen aus dem Flur hinaus und landete auf der offenen Galerie, die sich um das Atrium zog. Kurz vor dem Geländer bremste Ondrej. Dahinter ging es sieben Etagen nach unten.

Ondrej zeigte nach links. Vor dem nächsten Eingang zu den Fluren stand ein alter Bekannter. Er blickte zu ihnen herüber und dachte immer noch nicht daran, die Sonnenbrille abzusetzen. Seine bessere Hälfte hatte sich wohl noch nicht von Lampe und Helm erholt, zumindest war der Kerl nirgends zu sehen.

Ondrej wendete und gab Gas. Der Nachteil an diesem Weg nach unten war, dass Ondrej und David ein perfektes Ziel boten. Das gesamte Atrium war hell beleuchtet und die Brüstung der offenen Gänge bestand ausschließlich aus Glas.

Sie hatten die halbe Strecke zurückgelegt, als der Agent von der gegenüberliegenden Seite her das Feuer eröffnete. Meter um Meter verwandelte sich die Brüstung in ein Scherbenmeer und krachte in die Tiefe.

Ondrej fuhr einfach weiter. Nach ewigen Sekunden führte der Gang endlich hinter die Metallwand, meterhoch tickte auf ihr die Uhr. 20:14.

Ondrej legte sich noch weiter in die Kurve und fuhr eng an der Wand entlang. Bilder, Türen und nochmals Türen sausten an David vorbei, wie eine nie enden wollende Filmrolle. Der Sitz rutschte unter ihm weg, lange konnte er sich nicht mehr halten. Und immer wieder hallten Schüsse durch den Schacht, klirrendes Glas überall.

Endlich verlangsamte Ondrej die Fahrt. Er zeigte auf einen abgehenden Flur. »Wo geht's hier lang? Kommen wir da auch raus?«

David richtete sich mühsam auf. Er blickte durch das Glasgeländer auf die andere Seite und zählte die Gänge, die noch vor ihnen lagen. Zwei noch, sie waren also in der dritten Etage. »In dieser Richtung ist nur das Restaurant. Nein falsch, das Dach des Restaurants.«

»Klingt super.«

»Ondrej, hier unten … die Hauptpforte …«

Davids Worte verloren sich im Aufheulen des Motorrads und schon rasten sie durch den Seitenflur. Die Bewegungssensoren aktivierten die Wandstrahler, an den Wänden glänzten Glasrahmen mit Zeitungsausschnitten und Urkunden.

Ondrej drehte sich nach hinten, er grinste David an. »Die haben gerade gemerkt, dass wir nicht mitspielen.«

David wandte sich, allem Schwindel zum Trotz, nach hinten und erspähte einen ganzen Schwung blauer Uniformen. Der Sicherheitsdienst. Sie hatten unten an der Hauptpforte auf sie gewartet. Jetzt stoben die Männer durch das Atrium wie ein verschreckter Fischschwarm.

Irgendetwas sagte David, dass der Sicherheitsdienst nicht hier war, um die Killer zu stoppen. Die beiden Gruppen arbeiteten zusammen. Aber warum hatten sie es auf ihn abgesehen? Das ergab alles keinen Sinn. Nichts von dem, was David seit dem Gang über die Brücke erlebt hatte, ergab irgendeinen Sinn.

Ein lang gezogenes »Kikerikiii« übertönte mit einem Mal das Knattern des Motors – als hätte sich unter dem Lenker ein Hahn versteckt. Ondrej fluchte.

»Was ist los?«, fragte David.

»Nichts.«

Besorgt sah David nach vorn und hinten. Außer der Tatsache, dass sie gleich das Ende des Gebäudes erreicht hatten und David nicht wusste, wie es dann weitergehen sollte, konnte er nichts entdecken: Keine einzige Tür war geöffnet, der Flur war nach wie vor leer.

Erst als er sich wieder an Ondrejs Rücken lehnte, fiel ihm das rote Licht auf. Eine Lampe an dem Gameboy-artigen Gerät war angesprungen.

Er zog Ondrej am Ärmel. »Da, die Lampe leuchtet. Was heißt das?«

Statt zu antworten, schaltete Ondrej den Motor aus. Sie rollten noch ein paar Meter und kamen dann vor einer Hebeltür zum Stillstand. Ondrej sprang vom Sitz und riss die Tür auf. Seine Bewegungen waren hektisch geworden.

David wollte ihn gerade noch einmal nach der Lampe fragen, da saß Ondrej schon wieder vor ihm und gab Gas. Sie rasten durch die geöffnete Tür.

Dunkelheit, Eiseskälte – und ein unerwarteter Sturz in die Tiefe. Das Dach über dem Restaurant und der Boden dieser Etage waren auf unterschiedlicher Höhe.

Das Motorrad setzte krachend auf der Glasfläche auf und kam augenblicklich ins Schlingern. David klammerte sich an Ondrejs Jacke fest, er spürte seine vor Anstrengung zitternden Muskeln darunter. Dann stieß Ondrej sich vom Motorrad ab. David saß allein auf dem Sitz. Vor Angst kniff er einfach nur die Augen zu.

Es dauerte, bis er sich traute, sie wieder zu öffnen. Was er sah, konnte eigentlich nicht real sein: Ondrej hockte neben ihm und hatte die Pistole des Agenten in der Hand. Er richtete sie auf den Boden. Nein, er würde doch nicht …

Eine ganze Salve von Schüssen hallte durch die Nacht.

»Spinnst du?«, schrie David. »Das geht hier ein paar Meter nach unten!«

»Ist Sicherheitsglas«, sagte Ondrej. Er schien David kaum wahrzunehmen. »Aber die Fenster gehen nach innen auf. Interessant.«

David erstarrte. Er hatte sich in die Hände eines Irren begeben. Und jetzt war der Sicherheitsdienst von Benzon hinter ihm her.

Feingold, schoss es David durch den Kopf. Feingold war der Mann, den die NOBA hatte stellen wollen. Ein Krimineller wahrscheinlich. Und David galt jetzt als sein Verbündeter. Aber das erklärte immer noch nicht alles, was in den letzten Minuten geschehen war.

»Lassen sich die Fenster öffnen?«, fragte Ondrej.

David dachte an Feingolds fahles Gesicht, seine dünnen Lippen, mit denen er um Luft gerungen hatte. Wie hatte ihn jemand so zurichten können? In einer Welt, in der alles sofort repariert wurde?

Ondrej rüttelte an seinen Schultern. »Sind die Fenster computergesteuert?«

»Die Fenster? Ja, sind sie.«

»Na also.« Ondrej tippte hastig auf seinem Plastikgerät herum. »Halt dich gut fest.«

David blinzelte. »Was?«

Er sah, wie das Ondrejs Gerät auf gelbes Licht wechselte. Einige Meter vor ihnen bildete sich ein Quadrat im vereisten Boden. Eines der meterlangen Fenster, es neigte sich nach innen. Aus dem sich weitenden Spalt schimmerte die Sparbeleuchtung des Restaurants nach draußen.

»Hände hinter den Kopf!« Eine verzerrte Stimme dröhnte durch die Nacht. *»Wir eröffnen sonst das Feuer!«*

»Tina, du Miststück. Fabelhaft.« Ondrej lachte und sprang auf den Sitz. David klammerte sich instinktiv an ihn.

Der Motor heulte auf und im nächsten Moment rasten sie genau auf das geöffnete Fenster zu.

Alles wird gut, dachte David. Es konnte nichts passieren. Das Register kümmerte sich um alles. Nichts konnte passieren. Alles war perfekt, perfekt, perfekt …

Ein Schuss knallte über das Dach und Ondrej schrie auf. Das

Fenster in Schräglage leuchtete direkt vor ihnen, aber die Öffnung war noch viel zu niedrig, um hindurchzufahren. Das Motorrad würde sie beide vor die Kante schmettern. Wieder knallten Schüsse und schlugen ins Glas ein.

Alles wird gut. Alles wird gut.

Plötzlich war der Boden nicht mehr da. Eine Hand aus kalter Luft zog David in die Tiefe. Er presste den Kopf auf die Brust. So sehr erwartete er den Schmerz, dass er ihn noch vor dem Aufprall spürte.

Die Welt versank in milchigen Schlieren. David nahm nichts mehr wahr außer dem Hämmern in seinem Steißbein. Ihm war, als ob sie immer noch fuhren, über eine gerade Fläche hinweg. Jemand schrie. War das Ondrej? Durch den Schleier sah David etwas auf sich zurasen. Etwas Großes. Das Fenster.

Der Strahlrahmen sauste an seinem Kopf vorbei und zertrümmerte den Tisch, auf dem sie fuhren. Einen Moment blieb der Rahmen hochkant stehen, dann kippte er zur Seite und grub sich in den Teppich. Der Boden erzitterte.

Das Motorrad wurde langsamer, mit einem letzten Stottern kam es schließlich zum Stehen. Ondrej hing über dem Lenker und rührte sich nicht.

David keuchte nur noch. Irgendetwas war in seine Luftröhre geraten und dehnte sich gerade aus. Und Ondrej, war er getroffen worden?

»Zu schwer«, sagte eine tiefe Stimme. Ondrej richtete sich auf, sein Finger zeigte zur Decke. Er lächelte lausbübisch. »Tja. Wir waren zu schwer für das Scharnier. Ist einfach weggeknickt. Ich wusste natürlich, dass es so kommt.«

David japste immer heftiger. »Ich … ich bin fast erschlagen worden.«

»Hat doch alles funktioniert.« Ondrej zog die Nase hoch und sah sich um. »Wo fahren wir am besten lang?«

David stieg langsam ab und hustete. Er hatte sich immer für robust gehalten, aber im Vergleich zu den letzten Minuten war sein Trainingsprogramm nur ein lahmer Witz gewesen. Ganz sicher hatte er sich etwas gebrochen.

Er drehte sich zu beiden Seiten, aber bei der Sparbeleuchtung im Restaurant hatte er Mühe, sich zu orientieren. Sie waren auf der obersten Empore direkt unter dem Dach gelandet und standen auf einer der Tischreihen. Deshalb war ihr Fall nicht sehr tief gewesen.

David wies zur gegenüberliegenden Seite, wo der Ausgang Richtung Park lag. »Da gibt es einen großen Aufzug. Bitte lass uns den nehmen. Und nicht wieder durch eine Wand fahren.«

Ondrej hievte seine Maschine vom Tisch herunter. »Abgemacht. Die müssen entweder außen herum oder über das Eisfeld da oben. Auf keinen Fall holen die uns noch ein.«

»Wurdest du nicht getroffen?«

»Schau ich mir zu Hause an.«

»Zu Hause?« David war es unmöglich, seine Gedanken zu sortieren. Er hatte nur begriffen, dass heute mit dem Register etwas nicht stimmte. Am besten, er rief die Polizei an.

Ondrej schob ihn unsanft zum Motorrad. »So viel Zeit haben wir auch wieder nicht.«

»Langsam«, brachte David hervor. »Langsam. Sollten wir nicht endlich Hilfe holen?«

Ondrej schwang sich auf das Motorrad. »Natürlich. Ich bring uns zu den einzigen Menschen, die uns jetzt noch helfen können.«

Für einen Moment fühlte sich David erleichtert. Sein Körper war ein Wrack und er fühlte sich wie betäubt, aber dieser Ondrej schien zu wissen, was er tat.

Erst als sie in die schneidende Kälte des Parks rasten, dämmerte ihm, dass Ondrej unter *Hilfe holen* etwas anderes verstand als er. Irgendetwas wusste Ondrej, das David nicht wusste. Etwas Grundlegendes.

Alles wird gut. Das Credo des Registers, es versagte heute im Sekundentakt. Weder die Misshandlung Feingolds noch die Verfolgung von David hatte das Register rückgängig gemacht. Vielmehr war David soeben aus seiner eigenen Firma geflohen und hätte sich dabei fast sämtliche Knochen gebrochen.

Und nun ließ er sich von einem Mann, der offensichtlich genauso waghalsig wie verrückt war, durch die Stadt fahren, ohne zu wissen, wohin es ging. Er sollte vom Motorrad springen und sich von der Polizei retten lassen. Jetzt sofort.

David drehte sich nach hinten und eine dumpfe Gewissheit breitete sich in seinem Kopf aus. Er hatte sich längst entschieden. Die funkelnden Stockwerke von Benzon verschwanden im Lichtermeer von Tysons Corner, ein Ort, der ihm plötzlich ganz fremd war. Nie hatte er hier das gefunden, was er gesucht hatte.

Und nun lag eine Reise vor ihm, von der er nie wieder zurückkehren würde.

20:36 – 20:53

So fühlte sich das also an. Wenn man alles auf eine Karte gesetzt hatte und diese Karte in den eigenen Fingern verkohlte. Die Sache war gelaufen.

Mit einem trotzigen Ruck zog Lois den Schlüssel aus ihrer Handtasche. Sie hatte das Treffen mit David richtig gut vorbereitet. Hatte sich genau überlegt, wie sie ihm die Geheimnisse entlocken würde, die sie für ihren Artikel dringend brauchte. Mit allen Eventualitäten hatte sie gerechnet. Nur nicht damit, dass dieser Kerl sie versetzen würde.

»Missssss Anderson«, gurgelte eine alte Stimme durch das Treppenhaus.

Lois wandte sich um und blickte auf eine riesige Hornbrille herab. Das Brillenglas vergrößerte den strengen Blick dahinter auf beängstigende Weise.

»Guten Abend, Mrs Garnaczia.« Lois warf reflexartig einen Blick auf ihre Fußmatte. Meist schimpfte ihre Nachbarin, weil sich die Schuhe vor Lois' Wohnungstür stapelten. Aber momentan gab es keinen Grund zur Beschwerde.

Sie wandte sich wieder ihrer Tür zu. »Ich hab nicht viel Zeit, tut mir leid.«

»Was ist mit Ihrem Freund los?«, fragte Garnaczia und hielt sie am Arm fest. »Leben Sie nicht mehr in Trennung?«

Sie war wirklich unheimlich. Gilbert hatte Lois erst vor zwei Wochen verlassen, ausgerechnet in ihrer schwersten Stunde. Und zusammengelebt hatten sie eh nie. Wie also hatte diese kauzige Frau mitbekommen, dass sie und Gilbert »in Trennung lebten«?

Ein kalter Zeigefinger bohrte sich in Lois' Bauch. »Sie sollten ihn nicht mehr in die Wohnung lassen. Nehmen Sie ihm den Schlüssel weg.«

»Mrs Garnaczia, mein Abend war nicht gerade berauschend und ich weiß wirklich nicht, wovon Sie sprechen.«

»Also bitte! Die mit den schlechten Ohren bin ja wohl ich! Ihr ehemaliger Freund, von dem rede ich. Er ist jetzt schon zum zweiten Mal vorbeigekommen und hat sich in die Wohnung geschlichen. Sie hätten ihm übrigens gar keinen Schlüssel geben dürfen. Laut Mietvertrag.«

Kopfschüttelnd öffnete Lois die Tür. »Mein Freund hatte nie einen Schlüssel. Und es gibt auch keinen Grund, warum er noch mal in meine Wohnung kommen sollte.«

Garnaczia atmete tief ein und wurde dadurch einige Zentimeter größer. »Sie glauben mir also nicht?«

»So ist es. Trotzdem vielen Dank, dass Sie sich um mich gesorgt haben. Gute Nacht.«

Lois huschte in ihre Wohnung und knallte die Tür hinter sich zu. Die Fetzen der abgeblätterten Farbe erzitterten. Normalerweise funktionierte dieser Trick ganz hervorragend. Lois pfefferte alles mitsamt ihrer Wohnungstür nach draußen: die Wut auf unfähige Kollegen und Chauvisprüche, den Ärger über eine vertane Chance. Aber heute klappte es nicht. Die schlechte Laune blieb an Lois hängen wie Zigarettengeruch, auch als sie sich ihr sorgsam gewähltes T-Shirt auszog.

Sie hatte gar nicht lange auf David gewartet, zehn Minuten vielleicht. Leute wie er kamen pünktlich oder überhaupt nicht, da war sich Lois sicher. David hätte außerdem abgesagt, wenn ihm etwas dazwischengekommen wäre. Das hieß also was? Dass David wirklich etwas zugestoßen war?

Lois schob eine Thaisuppe in die Mikrowelle und plumpste in den speckigen Sessel, der sie seit Kindertagen begleitete. Wenn

David wirklich etwas passiert war, hätte das Register längst alles gekittet. Aber dann wäre David auch zu ihrem Treffen erschienen. Wäre, hätte, könnte …

Lois öffnete die Schublade in dem Sideboard neben dem Sessel und holte einen abgegriffenen grauen Zettel hervor. Sie legte ihn auf ihre nackten Knie und betrachtete ihn zum hundertsten Mal. Es war fast schon ein Abendritual. Am Fuß des Papiers stand in grauen Buchstaben: *Registerbüro 28, 1172 7th St NW, Washington, DC 20001.*

In jedem Registerbüro lagen solche Zettel aus, für Leute wie Lois, die sich ihre Privatnachricht sofort notieren wollten. Weil sie Angst hatten, sie zu vergessen, zu verdrängen oder einfach zu leugnen.

Lois hatte ihre Warnung niemals geleugnet. Aber vielleicht hatte sie sie all die Monate lang missverstanden.

Lois legte den Zettel zurück in die Schublade. Sie musste jetzt mit dem Artikel beginnen. Für den sie *nichts* hatte. Sie sah Skaldings verhärtetes Gesicht vor sich, das er ihr gegenüber immer aufsetzte wie eine Maske. Lois und er hatten grundlegend unterschiedliche Ansichten darüber, was guten Journalismus ausmachte. Reporterin zu sein bedeutete für Lois, sich den Mächtigen zu widersetzen, es hieß, ein Außenseiter zu sein. Skaldings Lieblings-Redakteure hingegen waren auch die Lieblinge der Regierung – sie arbeiteten den Mächtigen zu anstatt sie notorisch zu hinterfragen.

Skalding hasste Lois. Weil sie ihm regelmäßig in der Redaktionskonferenz widersprach. Weil sie eine eigene Meinung hatte. Weil sie diesen Widerling niemals in seine Zweitwohnung begleitet hatte.

Er würde es tun, er würde sie eiskalt auf die Straße setzen. Garnaczia durfte sich schon mal auf eine neue Nachbarin freuen.

Die Mikrowelle meldete mit einem Piepsen, dass die Suppe fertig war. Im gleichen Moment klingelte das Handy, das Lois auf den Boden gelegt hatte. Nicht ihr normales Telefon, sondern das Wegwerfhandy, dessen SIM-Karte sie einmal in der Woche austauschte.

Sie ließ es klingeln. Vielleicht gab der Anrufer ja schnell wieder auf.

Aber das tat er nicht. Nach dem sechsten Klingeln gab sich Lois einen Ruck, hob das Handy vom Boden auf und ging dran.

»Wenn Sie schlechte Nachrichten haben, lege ich direkt wieder auf«, sagte sie.

Für ein paar Sekunden war die Leitung still. »Das meinen Sie nicht ernst.«

Lois klemmte den Hörer zwischen Ohr und Schulter und zog sich ihren BH aus. »Gary, was gibt es? Ich muss noch arbeiten.« Sollte Gary wieder von seinen blöden Protokollen anfangen, würde sie sofort auflegen.

»Es ist etwas sehr Ernstes passiert. Ein Mitarbeiter von Benzon ist in Gefahr.«

Lois spürte einen heißen Schauer in ihrem Nacken, wie früher, wenn ihr Mathelehrer sie unerwartet nach vorn zur Tafel geholt hatte. Unmöglich. Solche Zufälle gab es nur in schlecht konstruierten Romanen.

»Vielleicht können Sie mir helfen, ihn zu finden«, sagte Gary.

»Wie heißt der Mann?«

»Manoah. David Manoah.«

Lois ließ sich auf ihr Bett sinken und hielt die Luft an. Der Sturm klapperte rhythmisch an ihrem Fenster. Durch die Zimmerwand schallte Garnaczias überlauter Fernseher.

»Kennen Sie ihn?«, fragte Gary in die Stille hinein.

»Sie werden's nicht glauben. David Manoah hat mich gestern bei Benzon herumgeführt.«

Jetzt war es Gary, der für einige Sekunden schwieg. Lois hörte förmlich, wie er seine Brille abnahm und nervös blinzelte.

»Wissen Sie, wo David jetzt steckt?«, fragte er schließlich.

Lois überlegte einen Moment, ob sie Gary von dem verpatzten Treffen erzählen sollte, entschied sich aber dagegen. »Offensichtlich nicht im Feierabend, wenn Sie schon so fragen.«

»Nein, er ist auf der Flucht. Und wenn man ihn findet, wird man ihn töten.«

Lois' Blick blieb an der Zimmerdecke kleben. »Das heißt ... die NOBA ...«

»Genau die.«

»Gary, sind Sie sicher? David Manoah soll ein Konspirant sein?«

»Hundertprozentig.«

Lois schluckte. Immerhin eine gute Ausrede, um nicht bei einem Date zu erscheinen.

»Ist Ihnen irgendetwas an David aufgefallen?«, fragte Gary. »Gab es Andeutungen, dass er Bescheid weiß?«

»Nein, überhaupt nicht. Ich habe ihn auf die Themen HEIMDALL und Privatnachrichten abgeklopft, aber er kam mir so richtig ahnungslos vor. Das Einzige, na ja ...«

»Jede Kleinigkeit kann wichtig sein.«

»Ist nur ein Gefühl, aber ich glaube, dass das Register ihn verbittert hat. Keine Ahnung warum. Sein Glaube an das Konzept ist ungebrochen, fast schon religiös, aber er ist einsam und frustriert. Das versteckt er allerdings gut.« Sie schüttelte den Kopf. »Er versteckt eine ganze Menge, so wie's aussieht.«

»Meine Kollegen hatten ihn sicher nicht auf dem Radar, sonst wäre ihm die Flucht nie geglückt. Ich weiß nicht, ob es wirklich stimmt, aber ich habe gehört, er sei auf einem Motorrad durch das Benzon-Gebäude gerast.«

Ein Motorrad? Lois kamen Zweifel, ob sie von dem gleichen David sprachen. »Und Smith weiß Bescheid?«

»Von der Flucht natürlich schon. Er hat seinen Sicherheitsdienst alarmiert. Davon abgesehen wird er nicht wissen, warum die NOBA David jagt, genauso wenig wie wir. Es ist jedenfalls sehr unwahrscheinlich, dass David Manoah diese Nacht überlebt.«

Falsch, dachte Lois, es ist sehr wahrscheinlich. Das Bild von dem Motorrad machte einen immer größeren Eindruck auf sie. David Manoah hatte sein wahres Gesicht gezeigt.

»Falls aber doch ...« Gary räusperte sich. »Falls doch, dann müssen Sie ihn finden.«

»Ich? Wie soll ich das bitte anstellen?«

»Sie können sowas. Deswegen habe ich Sie doch vor einigen Jahren ausgewählt.«

Es war befremdlich, wie entschieden Gary mit einem Mal sprach. Wahrscheinlich hatte er sich die Sätze vorher aufgeschrieben.

»Mal ganz langsam«, sagte Lois. »Kann David *uns* helfen?«

»Davon gehe ich doch aus. Aber wir müssen ihn finden, bevor die NOBA es tut. Er ist in großer, wirklich großer Gefahr. Helfen Sie mir?«

»Keine Ahnung. Ich kann's versuchen.«

»Das ist Ihre Chance. Die Story, auf die Sie die ganze Zeit gewartet haben. Ich verstehe nicht, warum Sie zögern.«

»Weil da was nicht stimmt. Warum sollte die NOBA ihn entkommen lassen? Der NOBA unterlaufen keine Fehler. Zumindest keine, die sie nicht sofort rückgängig macht.«

»Das verstehe ich auch nicht«, gab Gary zu. »Aber manchmal rutscht eben jemand durchs Raster. Und selbst die NOBA kann die Geschichte nicht unendlich oft bereinigen. Das würde auffallen. Er hat eine Chance, Lois. Aber nur, wenn Sie ihn finden.«

»Und wie soll ich das anstellen? Ich kenne den Mann kaum. Und er wird so tief abgetaucht sein wie es nur geht. Für die NOBA ist das natürlich kein Problem. Die machen sich jetzt auf die Socken und finden ihn in zwei Stunden.«

»Dann müssen wir eben schnell sein.«

»Darin sind wir ja besonders gut.«

Gary seufzte. »Sie wollen es also noch nicht mal versuchen?«

Lois sagte nichts. Unbewusst hatte sie die Schublade geöffnet und schon war er wieder in ihrer Hand, der verdammte Zettel. Sie umschloss ihn als wäre er ein Medaillon.

»Es gibt da etwas, was ich Ihnen sagen sollte«, begann sie. »Etwas, dass ich Ihnen schon längst hätte sagen sollen.«

»Okay.« Er sprach das Wort wie eine Frage aus, ängstlich nach oben gedehnt.

»Ich mach es kurz und schmerzlos. Ich habe eine Warnung von meinem zukünftigen Ich bekommen. Vor knapp einem Jahr.«

Gary holte zitternd Luft. »Ach du meine Güte.«

»Bis jetzt habe ich diese Warnung ignoriert, weil sie mir einfach nur sinnlos vorkam, aber nun ... Es sieht so aus, als ob ich in große Schwierigkeiten gerate, wenn ich hier mitmache.«

»Eine Warnung? Was stand drin?«

»Das verrate ich natürlich nicht. Wer weiß, was ich durcheinanderbringe, wenn ich den Inhalt weitererzähle.«

»Hatten Sie sich nicht geschworen, niemals das Register zu benutzen?«

»Stimmt.«

»Also haben Sie doch sicher erwogen, dass die Nachricht gefälscht sein könnte.«

Lois schwieg. Natürlich hatte sie das. Es war die einzig logische Erklärung gewesen – bis gerade eben, als Gary ihr berichtet hatte, dass David Manoah auf der Flucht vor der NOBA war.

»Wissen Sie, was ich tun würde?«, sagte Gary. »Ich würde die Nachricht ignorieren. Denken Sie nicht an die Warnung, niemals. Nicht einmal im Schlaf. Denn schon damit kann wer immer die Nachricht fingiert hat, sein Ziel erreicht haben.«

»Und was, wenn sie doch echt ist?«

»Was sagt denn Ihr berühmtes Bauchgefühl?«

»Gar nichts. Das ist ja das Problem.« Lois stand auf und ging zur Mikrowelle. »Was soll ich überhaupt mit David machen, falls ich ihn wirklich finde?«

»Ihm helfen. Woran auch immer er gerade arbeitet.«

»Ach, damit ich auch gejagt werde?« Sie schnaufte. »Egal. Das können wir uns überlegen, wenn es soweit ist.«

»Aber Sie versuchen es? Und halten mich auf dem Laufenden?«

»Ja. Ich ruf Sie an.«

»Nein, ich rufe Sie an. Und bitte löschen Sie diese Nummer aus Ihrem Handy. Alles andere wird zu gefährlich.«

Lois verdrehte die Augen. »Gute Nacht, Gary.«

Sie legte auf, holte die Suppe aus der Mikrowelle und setzte sich an den Esstisch, ihren Lieblingsplatz für Nachtschichten am Laptop. Manchmal hatte sich Gilbert dazugesetzt und spätestens nach der ersten Flasche Wein war Lois ihm ins Bett gefolgt. Aber nur, um später wieder aufzustehen und weiterzuarbeiten.

Gilberts Filmstargesicht mit den kitschigen Grübchen tauchte vor Lois auf, und zum ersten Mal seit Langem musste sie beim Gedanken an ihn lächeln. Ausgerechnet ihn hatte Garnaczia zum Stalker machen wollen. Lächerlich.

Gilbert hätte ihr geraten, endlich wieder zu Verstand zu kommen. Einen Artikel zu schreiben, der nicht ihr Leben bedrohte, sondern die Miete bezahlte.

Gilbert würde nie mehr zurückkehren.

Lois starrte durch das Fliegengitter nach draußen. Der Sturm hatte sich gelegt. Draußen war nur das Rauschen der Straße zu hören, das die Wachgebliebenen in den Schlaf sang.

Sie fragte sich, wo David wohl in diesem Moment steckte. Wo auch immer, es würde eine lange Nacht werden für ihn. Und für sie auch.

20:59 – 21:17

Im Nachhinein konnte David nicht mehr sagen, ob sie zwanzig Minuten oder zwei Stunden unterwegs gewesen waren. Die vereisten Straßen hatten für endlose Autokolonnen gesorgt, aber Ondrej steuerte das Motorrad mit ungetrübtem Übermut durch die Straßen. Wo genau sie waren, wusste David schon lange nicht mehr – die Umgebung war ein gleichförmiger Strom aus bunten Lichtern, Kälte und nochmals Kälte. Als das Motorrad endlich zum Stehen kam, fühlte David nur noch das Eis an seinen Fingern und Ohren.

»Es ist nicht gerade Georgetown«, sagte Ondrej. »Aber ich hab ein warmes Zimmer da oben.«

Sie standen in der Mitte eines großen Parkplatzes und blickten auf zehn Etagen hässlicher Klinker und verrosteter Balkons. Das musste einer der sozialen Wohnungsbauten sein, die die Stadt vor Jahrzehnten hochgezogen hatte und nun einfach leugnete. Angesichts der vielen zerbrochenen Scheiben zweifelte David ernsthaft, dass das Gebäude noch bewohnbar war.

Er wankte Ondrej hinterher, der vor einem überdachten Eingang auf ihn wartete. Einst hatte der Vorbau wohl das Entree eines eleganten Hotels imitieren sollen. Nun war er mit Dreck und Schimmel überzogen. Zu den Füßen der endlosen Kolonnen von Briefkästen lag ein gewaltiger, gefrorener Hundehaufen.

»Müssen wir da hinein?«, fragte David. »Wir könnten doch erst mal zur nächsten Polizeiwache fahren und uns aufwärmen.«

Ondrej lachte leise. »Ich mag deinen Humor, genau meine Kragenweite. Ist ja fast ärgerlich, dass wir uns jetzt erst treffen.« Als

David ihm einen fragenden Blick zuwarf, fügte er hinzu: »Treiben sich ja nicht gerade viele Widerstandskämpfer in der Gegend herum.«

David hatte schon auf der Fahrt begriffen, dass Ondrej irgendetwas gründlich missverstand. Aber die Aussicht auf ein warmes Zimmer war zu verlockend, um die Sache gleich hier draußen klarzustellen.

Sie kämpften sich durch ein schmales Treppenhaus, das mit Möbeln vollgestopft war, sechs Etagen nach oben. Als Ondrej die Wohnungstür öffnete, bestätigten sich Davids schlimmste Befürchtungen. Die Luft in dem kleinen Raum war so warm und abgestanden, als hätte man altes Blumenwasser verkocht. David atmete nur zaghaft durch den Mund.

Eine einzelne Glühlampe tauchte das Zimmer in fleckiges Licht. Viel gab es nicht zu sehen: ein Bett, daneben ein Gebirge aus T-Shirts, Zeitschriften und losen CDs. Das Fundament des Gebirges bildete wahrscheinlich ein Sofa.

Und Computer standen herum, jede Menge Computer und Monitore. Sie türmten sich in der Mitte des Raums zu einer Art Pyramide auf. Es waren große schwarze Computergehäuse, wie David sie vorher nur auf dem Flohmarkt am Capitol Hill gesehen hatte. Sie schnurrten eifrig vor sich hin. Kein Wunder, dass es hier drin so mollig warm war. Zu allem Überfluss ließ Ondrej hastig die Rollladen herunter, als sollte selbst durch die Fensterritzen kein Molekül Sauerstoff hereinkommen. Danach fuhr er sich durch seine nassen Locken. »Alles klar. Zieh dich schon mal aus.«

»Wie bitte?«

»Du sollst dich ausziehen. Ich muss wissen, ob du dir was gebrochen hast.«

David knöpfte zögerlich seine Jacke auf. Die fransigen Blutflecken, die Feingold hinterlassen hatten, sahen inzwischen wie aufgedruckte Rosen aus.

»Und wenn ich mir wirklich was gebrochen habe?«

»Tja«, sagte Ondrej nur.

David schlüpfte langsam aus der Hose, zog das Hemd über den Kopf und sah an sich hinunter. Blaue Flecken und aufgescheuerte Stellen zierten seine weiße Haut. Der rechte Arm kam ihm doppelt so dick vor wie der linke.

Ondrej pfiff durch die Zähne. »Willkommen auf der dunklen Seite der Macht. Kriegst du noch gut Luft?«

»Luft?« David verzog den Mund. »Davon habe ich in diesem Raum noch nichts bemerkt.«

Ondrej lachte auf und begann David zu betasten. David musste sich zusammenreißen, nicht laut aufzuschreien, besonders als Ondrej beim rechten Arm ankam. Ein dumpfer Schmerz strahlte vom Ellenbogen aus bis unter sein Herz.

David kannte diesen Schmerz. In der Highschool hatte er sich bei einem Treppensturz den Ellenbogen gebrochen – eine persönliche Katastrophe, viel schlimmer als die ebenfalls angebrochene Nase oder die Lippe, die mit sieben Stichen genäht werden musste. Solche Sachen waren kein Problem für den jungen David. Doch mit einem Gips konnte man nicht Gitarre spielen.

»Leider keine offene Wunde«, bemerkte Ondrej. »Sonst könnte man Knochensplitter oder so was sehen. Beweg ihn doch mal, dann sehen wir, ob er gebrochen ist.«

David biss die Zähne zusammen und schwenkte den Arm leicht von links nach rechts. Ondrej lauschte konzentriert, wie ein Automechaniker auf der Suche nach einem verdächtigen Geräusch. Er kratzte sich am Hinterkopf und überlegte.

Trotz der aufgeheizten Luft wurde David langsam kalt. Er griff nach seinem Hemd.

»Ich hab's«, sagte Ondrej und seine Miene hellte sich auf. »Unter uns wohnt ein Arzt.«

»Oh.«

Niemand, der hier wohnte, konnte ein echter Arzt sein. Hier lebten die Patienten. Und zwar solche, die im Wartezimmer einen beißenden Geruch verströmten.

Ondrej ging zur anderen Ecke des Zimmers und holte drei Flaschen Budweiser aus dem Kühlschrank. »Mit etwas Glück ist er da.«

Noch in Unterhose und gestützt von Ondrej, schleppte David sich wieder eine Etage nach unten. Normalerweise marschierte er mit jedem Schnupfen sofort zu Dr. Collide, seinem dürren und sachlichen Hausarzt. Jetzt hoffte er inständig, dass niemand aufmachen würde.

Doch schon wenige Sekunden nach dem Klingeln riss ein Mann die Tür auf. Er war ein exaktes Abbild von Davids Befürchtungen. Über einem fleckigen Unterhemd schwebten ein zerrupfter Bart und glänzende Augenringe.

Der Mann starrte sie eine Weile an als überlege er, in welchem Film er gelandet war. Dann boxte er Ondrej auf die Brust. »Ondrej, du Freak! Was führt dich in die erste Klasse?«

Ondrej hielt die drei Bierflaschen in die Höhe. »Können wir auf die alten Zeiten anstoßen und dabei einen Arm röntgen?«

»Von dir? Oder ...« Der Mann zeigte auf David. »Oder von dem Häufchen Elend?«

»David Manoah ist mein Name«, sagte David. »Und ich lasse mich garantiert *nicht* von Ihnen röntgen.«

Ondrej war schon in der Wohnung und zog David hinterher. »Nur kurz durchleuchten, Ricky. Du kennst das ja.«

In David kochte der Zorn hoch. »Ich mach das nicht. Der hat das Wort Strahlenschutz doch das letzte Mal im Fernstudium gehört.«

Ricky, offenbar der Name dieses angeblichen Doktors, stieß ein gärendes Lachen aus. »Mensch Ondrej, hast *du* ihn verprügelt?«

»Wir sind da in was reingeraten.«

»Und was zahlt ihr?«

»Gar nichts. Denk dran, ich hab dir letztens zwanzig Minuten besorgt. Sonst wärst du längst im Knast.«

Ricky brummte etwas Unverständliches und öffnete seine Bierflasche. Wieder schien er für einen Moment zu überlegen, wer er eigentlich war. Schließlich verließ er das Zimmer durch einen Vorhang neben der Kochnische. Es sah aus, als ginge er in einen Wandschrank hinein.

»Ondrej!«, zischte David. »Ich mach das nicht.«

Ondrej lehnte sich ans Fenster und spielte mit dem bunten Gerät, das er ständig mit sich trug. »Doch, machst du. Das weiß ich so sicher, dass wir eigentlich schon wieder gehen könnten. Aber ich find's spaßig hier.«

Was zum Teufel sollte das heißen? David musste raus hier, raus aus dieser Wohnung und diesem Haus. Und dann schleunigst zur nächsten Polizeiwache. Nein, noch besser, er würde einfach mit seinem Handy einen Notruf absetzen. Das Handy war noch immer in seinem Sakko und mit etwas Glück auch benutzbar. Darauf hätte er schon längst kommen können.

Ricky trat wieder ins Zimmer. »Es kann losgehen.« Er rollte ein mannshohes weißes Gerät vor sich her. »Zum Glück habe ich was Passendes in meiner Spielzeugsammlung.« Aus dem Bauch des Geräts zog er eine schwarze Platte und drückte sie David in die Hand. »Für den Strahlenschutz, du Weichei. Leg dich aufs Bett und pack sie dir unter den Arm.«

David sah zu Ondrej. »Können wir nicht …«

»Was denn?«

»Woanders hingehen?«

Ondrej schubste ihn auf das Bett. »Du stellst dich ganz schön an. Unhöflich ist das.«

Ricky schwenkte eine Art Kran, ähnlich einer großen Zahnarztlampe, aus dem Gerät und positionierte ihn über Davids rechtem

Arm. Noch bevor David widersprechen konnte, hörte er schon ein leises Brummen. Ricky hatte das Gerät eingeschaltet.

Mit einem breiten Grinsen sah er auf David hinunter und strich sich eine lange Haarsträhne hinters Ohr. Dann stellte er sich zu Ondrej hinter den Wagen. Die beiden unterhielten sich leise und lachten, zwischendurch stießen sie ihre Flaschen aneinander. Was sollte das bitte? Fanden sie seinen gebrochenen Arm etwa erheiternd?

Die Platte auf Davids Arm wurde mit jeder Minute kälter, ebenso die Matratze unter ihm. Er sehnte sich nach Ondrejs stickigem Zimmer zurück.

Endlich tauchte Ondrej hinter dem Greifarm auf. »Sieht gut aus, David. Außer ein paar blauen Flecken hast du nichts abbekommen.«

»Glück für ihn.« Ricky schaltete das Gerät aus. »Was ist mit der Fuß-OP? Willst du die direkt auch machen?«

»Wie bitte?«, fragte David. Seine Füße gehörten zu den wenigen Köperteilen, die keine Blessuren abgekommen hatten.

»Das lassen wir erst mal«, sagte Ondrej. »Aber wo wir gerade davon sprechen, kannst du dir meinen Fuß kurz anschauen? David, zieh dich ruhig wieder an.«

»Meine Sachen sind oben«, knurrte David. »Ich geh schon mal hoch.«

Ohne die beiden noch eines Blickes zu würdigen, stieg David wieder ein Stockwerk nach oben, hinein in Ondrejs stickige Höhle. Da das Licht ausgeschaltet war, sah Ondrejs Computerfestung jetzt noch merkwürdiger aus. Fast alle Bildschirme spulten weiße Zeilen auf schwarzem Grund ab – irgendwelche Programme, die die Computer im Auftrag von Ondrej abarbeiteten.

Zögernd näherte David sich den Computern. Er wehrte sich nicht länger gegen sein Unbehagen: Ja, er hatte Angst vor Ondrej. Es war völlig unklar, wie dieser Verrückte darauf reagieren würde, wenn er erfuhr, dass David nur ein harmloser Projektleiter war. Der für sein restliches Leben die Nase voll von Abenteuern hatte.

Er musste die Polizei rufen. Jetzt sofort, denn Ondrej hatte ganz sicher etwas dagegen.

David stolperte durch den Raum, zum Stuhl mit seinem Kleiderstapel. Er zog seine Jacke hervor, suchte nach dem Handy. In der linken Tasche, dort wo er das Handy eigentlich immer verstaute, war es nicht. Das konnte doch nicht wahr sein. Hatte er es etwa auf dem Höllenritt verloren? Er durchforstete die andere Tasche und bekam etwas zu fassen. Das Handy.

Die Wohnungstür schnellte auf. Ondrej kam herein und strahlte über das ganze Gesicht. »Gute Nachrichten! Auch ich bin kerngesund.«

David ließ die Jacke wieder auf den Stuhl gleiten. »Auch? Ich habe mich schon gesünder gefühlt.«

Ondrej machte eine wegwerfende Geste. »Dich flicken wir wieder zusammen, versprochen.«

Ja, und zwar im nächsten Krankenhaus, weit weg von hier.

»Ich muss noch mal kurz raus«, sagte David. »Frische Luft schnappen.«

»Das geht nicht. Ach guck mal, da will uns jemand sprechen.«

Ondrej setzte sich auf einen Ledersessel zwischen den Monitoren und drückte ein paar Tasten. David sah erst jetzt, dass einer der Bildschirme in großen Lettern den Satz *Tina ruft an* anzeigte. Die Schrift verblasste und das Gesicht einer farbigen Frau erschien. Sie schaute mit schmalem, verkniffenem Mund und gerunzelter Stirn in die Kamera. Auf ihrem Kapuzenpulli prangte ein übergroßer Totenkopf, aus dessen Augenhöhlen Sonnenblumen wuchsen.

David fragte sich, warum er nicht eher darauf gekommen war. Die Frau, offenbar Ondrejs Verbündete, war Tina Adams.

»Ich begrüße meine talentierte Praktikantin«, sagte Ondrej. »Du warst gar nicht schlecht heute.«

»Ach, halt doch die Klappe!«, schnauzte sie. »Du hättest mir zwischendurch mal ein wenig Rückmeldung geben können, statt Schwarzenegger zu spielen.«

»Tut mir wirklich leid, aber wir waren etwas in … Wie würdest du es formulieren, David?«

»Lebensgefahr«, brummte David.

»Na ja. *Ich* war in Lebensgefahr. Aber nur für drei Minuten.«

Tinas in Granit gemeißelte Miene bröckelte, ihr verkniffener Mund klappte auf. »Verarsch mich nicht.«

»Mach ich nicht. Mein Mantis hat geleuchtet wie ein Weihnachtsbaum.«

»Verdammte Scheiße, Ondrej, wenn das … Moment mal, heißt das, ich hab dir das Leben gerettet?«

Ondrej kratzte sich am Kopf. »Warum hockst du eigentlich noch im Büro?«

»Es gibt leider noch Aufräumarbeiten.« Tina beugte sich vor. »Ich habe ein paar Spuren hinterlassen.«

»Anfängerin. Zwanzig Minuten hattest du.«

»Klappe.«

»Vierzig, wenn du ein bisschen getrickst hättest.«

»Was glaubst du denn, was ich gemacht habe? Am Ende habe ich mir das Passwort in die Vergangenheit geschickt.«

»Ziemlich billig. Aber wir werden alle nicht jünger.«

»Das war völliger Blindflug!« Ihre Augenlider flatterten. »Ich hab übrigens gerade einen Gruppenchat für das Mantis gebaut. Vergangenheit und Zukunft gehen endlich gleichzeitig.«

»Stimmt, das wurde auch Zeit.«

David zweifelte daran, dass er richtig gehört hatte. In die Vergangenheit? Zukunft? Anscheinend konnten sich diese Leute nach Belieben Register-Nachrichten schicken.

Tina blickte an Ondrej vorbei und nahm David ins Visier. »Und das ist also unser Held.« Es klang wie ein Vorwurf.

Ondrej zog David näher zu sich heran. »Das ist er. Normalerweise hat er auch eine Hose an.«

»Hallo David«, sagte Tina kühl. »Ich hätte dich ja lieber gestern gerettet. Aber so war es natürlich spannender für uns alle.«

David spürte, wie sich sein Kiefer verhakte. Was redete diese Frau da?

»Ich verstehe«, sagte Tina. »Du sprichst also immer noch nicht mit mir.«

»Sei nicht so biestig«, sagte Ondrej. »Er wird mir jetzt alles erzählen. Ich melde mich später.«

Er kappte die Verbindung und drehte sich zu David um. »Keine Sorge, Tina hasst alle Menschen. Irgendwann findet man das sympathisch.«

»Was hat sie da gerade gesagt? Ihr wolltet mich gestern schon retten?«

Ondrej stand auf. »Du warst nicht allein, David. Seit Jahren gibt es Verbündete, auf allen Ebenen. Bei Benzon. Sogar bei der NOBA selbst. Du hättest nur mal richtig nach ihnen suchen sollen.«

David sagte nichts. Ondrej würde ihn ganz bestimmt nicht einfach abhauen lassen. Er strahlte David an wie einen Sohn, der einen Haufen Bestnoten nach Hause gebracht hatte.

»Ich bin so was von gespannt, was du über die NOBA herausgefunden hat.« Ondrej nippte an seinem Bier. »Die haben ja Himmel und Hölle in Bewegung gesetzt, um dich zu kriegen. Komm, du musst mir alles erzählen.«

David ließ sich auf einem der surrenden Kästen nieder. Seine beiden Retter verwechselten ihn offensichtlich mit jemand anderem. Er kam sich vor wie in einem schlechten Film.

Ondrej schlurfte zu dem Gebirge aus Wäsche und Zeitschriften. Im Vorbeigehen knuffte er David in die Schulter. »Erzähl mir alles. Ich mach dir solange deinen Schlafplatz fertig.«

David sah auf seine nackten Füße. Seine Zunge fühlte sich

pelzig an. »Das wird dich jetzt wahrscheinlich enttäuschen. Aber ich habe keine Ahnung, warum diese … Agenten mich verfolgt haben.«

Ondrej kicherte. »Ach so ist das.« Er teilte den Wäschehaufen mit ausgestreckten Armen in zwei kleinere Berge. Zum Vorschein kam tatsächlich eine Couch. »RegSec hat also einfach angefangen, dich durchs Büro zu jagen? Tu mal nicht so.«

»Genauso ist es aber! Oder eher gesagt … es gab natürlich eine Vorgeschichte.« Zum ersten Mal spulte David die letzten zwei Stunden in Gedanken zurück: die wilde Fahrt durch das Atrium, seine Flucht vor den unbekannten Männern. Die dunkle Brücke, auf die er sich besser niemals getraut hätte.

»Es hat damit angefangen, dass ich durch Zufall in einen Kollegen hineingerannt bin, den man scheinbar verprügelt hatte. Er war kaum bei Bewusstsein, voller Blut … und dann bin ich geflohen und habe Gregory Smith angerufen.«

»Ein Kollege?« Ondrej drehte sich herum. »Weißt du seinen Namen?«

»Jerry Feingold.«

»Feingold?« Ondrej schüttelte den Kopf und machte sich weiter an der Couch zu schaffen. »Nein, das kann nicht sein.«

»Wie bitte?« David zeigte auf seine Jacke. »Siehst du die Blutspuren? Die sind von ihm.«

Ondrej sah gar nicht hin. »Du musst dich täuschen. Das ist der Mann hinter HEIMDALL. Die NOBA liebt ihn. Schließlich hat er das ganze System erst erfunden.«

»Was für ein System? Ondrej, ich versteh immer noch kein Wort! Nicht ein einziges.«

Ondrej hielt inne. Langsam, als bewege er ein schwerfälliges Scharnier, drehte er den Kopf und blinzelte.

»Es tut mir leid«, sagte David schnell.

»Was für ein System?« Ondrejs Stimme war leise geworden.

»Du erzählst mir doch nicht gerade, dass du überhaupt keine Ahnung hast. Von HEIMDALL. Von dem Missbrauch der Privatnachrichten.«

David schüttelte den Kopf. »Nein, das sagt mir nichts. Ich bin nur durch Zufall in diese Geschichte geraten.«

Ondrej starrte ihn an, und für einen Moment dachte David, er wäre gar nicht sonderlich überrascht.

Dann stolperte Ondrej rückwärts in den Wäscheberg. Dabei machte er den Mund auf und zu, als versuche er vergeblich, die passenden Wörter aufzuschnappen.

»Es tut mir leid«, wiederholte David. »Du hast jemand anderes erwartet, ich weiß.«

Ondrej glotzte ihn weiter an und sagte nichts. Schließlich rappelte er sich hoch und begann, von einer Wand des Raums zur anderen zu laufen. »Feingold? Kann nicht sein. Kann gar nicht sein.« Er sprach mit sich selbst. »Und warum ... nein ... nein.« Er schnellte herum und deutete mit dem Zeigefinger auf David. »Ich hab dich gerettet! Wir sind fast draufgegangen dabei!«

David hielt sich mit beiden Händen an dem Computergehäuse fest. »Jetzt mal ganz langsam. *Du* hast mich auf dieses Motorrad geschleift. Ich habe dir von Anfang an gesagt, dass die mich nicht umbringen wollten.«

»Ach nein? Nach was sah das denn für dich aus? Nach einer Runde Räuber und Gendarm?«

»Ich habe keine Ahnung.« David sprach ruhig und besonnen, wie mit einem streunenden Hund. »Ich weiß nur, dass Smith mit drinhängt. Es war vielleicht nicht die schlauste Idee, aber ausgerechnet ihn habe ich angerufen und von Feingold erzählt.«

»Smith! Die Vorzeigemarionette der NOBA!« Ondrej atmete tief ein. »Ich fass das mal zusammen: Du bist noch am Leben. Ich bin noch am Leben. Die NOBA ist uns auf den Fersen. Und wir haben beide keine Ahnung warum.«

»Ich weiß zumindest, dass …«

»Nein«, blaffte Ondrej und legte den Kopf in den Nacken. »Du weißt gar nichts. Wenigstens das habe ich schon mal begriffen.«

David stand auf, zog seine Hose aus dem Stapel und faltete sie auseinander. Ruhig bleiben. Dieser verwahrloste Hacker war sauer und David konnte es ihm nicht mal verübeln.

Ondrej marschierte zum Kühlschrank und klimperte wütend mit den Bierflaschen. Dabei murmelte er wieder unverständliches Zeug vor sich hin.

»Na schön«, sagte David. »Dann klär mich auf. Du sprichst doch nicht wirklich von der HEIMDALL-Verschwörung? Diesem Hirngespinst, dass die NOBA angeblich jede unserer Nachrichten manuell überprüft?«

»Nicht alle«, sagte Ondrej und durchsuchte weiter den Kühlschrank. »Nur die, bei denen HEIMDALL Alarm geschlagen hat.«

David hielt inne, obwohl er erst ein Bein in der Jeans hatte. »Und wie soll das funktionieren? In dem Moment, in dem ich eine Nachricht abschicke, ändert sich die Gegenwart. Sofort. So eine Überprüfung würde doch auffallen.«

»Die NOBA hat alle Zeit der Welt. Die backtimen das Ergebnis nach der Überprüfung einfach.«

»Aha. Sehr interessant.« David biss die Zähne zusammen und hob das zweite Bein. Mit jeder Bewegung verpasste ihm sein Körper einen Denkzettel. Egal, er würde es schaffen, zur Tür hinauszurennen, wenn er erst angezogen war. Oder er schrie einfach um Hilfe.

Ondrej zog einen Pizzakarton aus dem Kühlschrank und legte ihn auf die Anrichte. »Was denkst du gerade?«

»Ich habe mich nur gefragt, ob ihr Beweise für eure krude Theorie habt.«

»Wir arbeiten daran.«

»Aha. Viel Glück dabei.« David zog sich das Hemd über. Es war immer noch feucht und kalt.

»Du hast einfach keine Ahnung.« Ondrej stieß den Kühlschrank mit dem Fuß zu. »Du kapierst ja noch nicht mal, was das wirkliche Problem ist.«

»Na ja, so langsam verstehe ich zumindest *deine* Probleme.«

»Die Privatnachrichten sind langweilig, okay? Die innersten Gedanken hinterlassen wir in Emails, Chats, Telefongesprächen. Und es kümmern sich schon genügend Leute darum, dass davon nichts verloren geht. Aber nicht die NOBA. Lauschen und abgreifen, das ist nicht ihr Stil.« Er kam auf David zu und baute sich vor ihm auf, die sehnigen Arme in die Hüften gestemmt.

David wich nicht zurück. »Und das heißt?«

»Die NOBA *verschickt* Nachrichten. Im Namen unserer zukünftigen Ichs.«

David gab ein spöttisches Lachen von sich. Er knöpfte sein Hemd zu, langsam und bedächtig. Den mittleren Knopf bekam er nicht durch die Öffnung.

»Die NOBA fälscht Privatnachrichten«, sagte Ondrej leise. »Und weißt du warum?«

David wollte ihm nicht antworten. Nicht mehr zuhören. Nur noch nach Hause. Er drückte wild an dem Knopf herum, zerrte schließlich an dem ganzen Hemd.

»Sie fälscht die Nachrichten«, sagte Ondrej, »weil sie uns schon mit einer einzigen Privatnachricht ganz nach Belieben lenken kann.«

David ließ seine Hände sinken, das Hemd blieb schief übergezogen.

Eine einzige Nachricht. Eine Privatnachricht wie die von seinem zukünftigem Ich. Eine Nachricht, die sich niemals nach ihm angehört hatte. Die niemals logisch gewesen war.

Ondrej musterte ihn wie eine Schaufensterpuppe. »Ich weiß

nicht, zu welchem Leben du zurückkehren möchtest. Aber es wird nicht funktionieren. Die NOBA wird dich in deinem eigenen Namen manipulieren und dir alles nehmen, was dir wichtig ist.« Er kam noch näher heran. »David Manoah, du kannst – nicht – fliehen.« Mit jedem Wort bohrte er seinen Zeigefinger in Davids Brust.

Sie haben mich reingelegt, dachte David. Und sie werden es wieder tun.

21:52 – 23:03

Eine halbe Stunde später hatte Ondrej die Couch freigeräumt. Die braun-gelb gestreiften Polster, die Stück für Stück zum Vorschein gekommen waren, erinnerten David an den Pyjama seines Vaters. Selbst im trüben Licht erkannte er faustgroße Fettflecken.

Ondrej kratzte sich am Kopf und blickte auf das Ergebnis seiner Arbeit. »Du kannst dich glücklich schätzen. Tina und die anderen mussten immer auf dem Boden schlafen. Wollen wir jetzt was futtern?«

David sagte nichts. Er stand noch immer vor den aufgetürmten Computern und wärmte sich an der Luft, die aus ihren Gehäusen strömte. Wortlos hatte er Ondrejs Redeschwall über sich ergehen lassen: über die technischen Details der Privatnachrichten, über die interne Struktur der NOBA und ihren Aufstieg zu einem Geheimdienst.

Nichts davon konnte stimmen.

Das Gefühl, Ondrej habe David die ultimative Erklärung geliefert, hatte nur zehn Sekunden lang angehalten. Dann war Davids Gedankenmaschine erwacht. *Willst du dir ernsthaft von einem paranoiden Programmierer die Welt erklären lassen? Hast du dich mal umgesehen?*

Nach dem ersten Schreck war ihm klar geworden, dass Ondrej nichts Neues erzählte. Sonderlinge verbreiteten solche Verschwörungstheorien seit Jahren, entweder in der Kneipe oder auf abstrusen Internetseiten. Im normalen Leben hatte David nur ein Lächeln dafür übrig.

»Was willst du essen?”, fragte Ondrej. Er stand wieder vor dem Kühlschrank. »Die Pizza ist noch gut.«

»Ich brauche nichts, danke.«

David war sich sicher, dass Ondrej die Schuld an dem Desaster dieses Abends trug. Der Sicherheitsdienst hatte einfach nur mit David sprechen wollen. Auch für die Sache mit Feingold musste es eine harmlose Erklärung geben. Doch in dem Moment, als David auf das Motorrad gesprungen war, war alles außer Kontrolle geraten.

Ondrej kam mit dem Pizzakarton und einer weiteren Bierflasche zurück. »Ist immer noch ein Schock, hm? Glaub mir, nach einer Weile fühlt es sich gut an. Zu begreifen, was da draußen eigentlich abgeht.«

David setzte sich auf den Computer, der ihm vorhin schon als Stuhl gedient hatte. »Weißt du, was mir seltsam vorkommt? Die NOBA hat überhaupt keinen Grund, irgendwelche Privatnachrichten zu fälschen.«

Ondrej lächelte, als hätte er die ganze Zeit auf dieses Argument gewartet. »Okay, du Schlaumeier. Sag mir mal, warum es so gut wie keine Verbrechen mehr gibt.«

»Ist das schon die nächste Verschwörungstheorie? Nur damit ich mitkomme.«

»Beantworte die Frage.«

»Also schön. Weil es das Register gibt.«

»Stimmt. Aber leider nicht so, wie du denkst.« Ondrej ließ sich in seinen Sessel fallen und legte die Füße über die Lehne. »Denk drüber nach. Lange nicht alle Verbrechen lassen sich durch simples Reversieren rückgängig machen. Wirtschaftskriminalität zum Beispiel. Oder politische Agitation gegen das System. Gegen die Regierung. Gegen das Register.« Er zählte die Punkte mit seinen Fingern mit. »Und natürlich Cyberterrorismus. Wenn er gut gemacht ist.«

»Das FBI gibt zu, dass es solche Verbrechen nicht rückgängig machen kann.« David sagte es, als wäre das eine Binsenweisheit – nicht wie etwas, das Leah ihm erst heute Morgen beigebracht hatte.

»Natürlich«, sagte Ondrej und zog ein schlaffes Stück Pizza aus dem Karton. »Den Job übernimmt ja auch die NOBA. Und wie macht sie das? Indem sie Menschenleben verändert. Entscheidungen manipuliert, weit im Voraus. Und zwar auf eine ganz raffinierte Art.« Er taxierte David mit seinem wölfischen Grinsen. »Warum wurden die Privatnachrichten eingeführt? Was denkst du?«

»Weil die Leute sonst das Weiße Haus gestürmt hätten. Jeder Mensch will die Chance haben, sein Leben zu verbessern.«

»Das habe ich auch lange geglaubt. Die arme NOBA, die sich dem öffentlichen Druck beugen muss. In Wahrheit war es ganz anders – die Idee kam von STRATINT, dem strategischen Geheimdienst der NOBA. Die Privatnachrichten ermöglichen nämlich etwas, das uns in tausenden Jahren staatlicher Manipulation nie geglückt ist.« Er tippte sich an die Stirn. »Wir können einem Menschen vorgaukeln, dass unsere Idee seine eigene ist.«

»Verstehe.« Immerhin war nun offensichtlich, dass Ondrej ein Spinner war. Je schneller David von hier wegkam, desto besser.

Eine heimliche Flucht würde nicht funktionieren – dafür müsste Ondrej tief und fest schlafen. Das tat er wahrscheinlich erst in vielen Stunden. Wenn jemand wie Ondrej überhaupt mal schlief.

»Nehmen wir zum Beispiel einen mutigen Journalisten«, fuhr Ondrej fort. »Er will alles öffentlich machen, was die Regierung so in ihren Hinterzimmern treibt. Hier ein Artikel, da ein geheimes Gespräch mit einem prominenten Mitglied der Opposition. Der Typ nervt. Aber zum Glück können wir ihn binnen Sekunden wieder auf Linie bringen.«

»Wie wäre es, wenn du mir das morgen erzählst?« David stand

auf. Er würde jetzt einfach durch die Tür gehen und Ondrej mit seinen Schauergeschichten alleinlassen.

»Ist ganz einfach.« Ondrej drehte mit seiner Hand einen imaginären Schalter. »Klick! Er bekommt eine Nachricht, vor zehn Jahren. Von sich selbst. Und darin heißt es dann: Du willst Journalist werden? Lass es. Es macht dich nur unglücklich.«

David lachte. »Komm schon. Nicht mal du kannst das ernsthaft glauben.«

Ondrej biss in seine Pizza und zuckte mit den Schultern. »Am Anfang hatte ich auch meine Zweifel. Klingt ja auch zu abgedreht. Aber eigentlich macht die NOBA jetzt einfach den Job eines guten Geheimdienstes. CIA und NSA haben auch nie nur Wissen angehäuft, sondern versucht, etwas mit dem Wissen anzustellen. Sie haben Informationen gestreut, Leute manipuliert. Die NOBA macht das nur so gut wie keiner zuvor.«

David kämpfte sich zu dem Stuhl mit seiner Jacke vor. Wie lang brauchte die Polizei wohl, um ihn hier rauszuholen? Eigentlich nicht mehr als ein paar Minuten. Das war gut. Jeden Moment war er hier weg.

»Scheinst ja nicht besonders beunruhigt«, sagte Ondrej hinter ihm. Er klang angesäuert.

»Es geht so.«

»Weil du mir nicht glaubst.«

»Exakt. Deine Geschichte funktioniert vorn und hinten nicht. Zum Beispiel käme die NOBA mit einer Privatnachricht nur ein Jahr zurück. Während man die Verbrechen, von denen du sprichst, viel früher aushebeln müsste.«

»Das ist der NOBA völlig egal. Die ändern zehn Jahre, fünfzehn Jahre, alles kein Problem.«

David schüttelte müde den Kopf. Ondrej redete mit einer Selbstverständlichkeit über seine wilden Theorien, als ginge es um Newtons Gesetze.

»Und was ist mit dem Prager Abkommen?«, fragte er. »Registernachrichten dürfen nur die Vergangenheit des letzten Jahres ändern.«

»Ein geheimes Bundesgericht genehmigt die Nachricht – ähnlich wie das FISA-Gericht bei klassischen Abhöraktionen. Die Richter haben bis jetzt noch jede gefälschte Nachricht durchgewinkt.«

»Sei mir nicht böse, aber hast du das auch mal zu Ende gedacht? Die NOBA müsste doch das Passwort des Opfers wissen. Gleichzeitig bläut uns die NOBA täglich ein, dass wir uns das Passwort schon als Jugendliche überlegen und für immer geheim halten sollen. Dieser angebliche Schwindel kann nicht funktionieren.«

In Ondrejs Gesicht flackerte zum ersten Mal so etwas wie Unsicherheit auf. »Schön mitgedacht. Wir wissen nicht, wie genau sie das hinkriegen, aber HEIMDALL hat schon immer eine Backdoor gehabt. Diese Backdoor schleust die Nachrichten an der Verschlüsselung vorbei und löst damit das Passwortproblem.«

»Die NOBA hat den Verschlüsselungscode von HEIMDALL veröffentlicht. Die haben den Turing Award dafür bekommen!«

»Die Hintertür muss woanders stecken, logisch.«

David nahm seine Jacke in die Hand. »Klar. Logisch.« Ondrej tat ihm inzwischen leid, denn er hatte sich durch die Aktion bei Benzon in große Schwierigkeiten gebracht. David würde der Polizei begreiflich machen, dass Ondrej kein schlechter Mensch war. Nur etwas verwirrt.

»Ich hab mir das nicht ausgedacht«, sagte Ondrej. »Wir haben einen Informanten tief in der NOBA, der aus sicherer Quelle weiß, dass eine Backdoor existiert.«

»Es ist mir egal«, sagte David und drehte sich zu ihm um. »Sollte die NOBA wirklich in diesem großen Stil manipulieren, dann nur um großes Unheil zu verhindern. Und das ist schließlich ihr Auftrag.«

Wie erhofft hatte David damit endlich Ondrejs Pausetaste erwischt. Er starrte David an, eine Salamischeibe hing schlaff zwischen seinem Mund und dem Pizzastück.

»Das war'n Scherz oder?«, sagte er schließlich.

»Eigentlich nicht.«

»Dir geht das alles am Arsch vorbei? Das kannst du mir nicht erzählen. Oder hast du einfach nichts zu verlieren?«

David zuckte zusammen. Lois hatten diesen Satz auch gesagt, bei dem Gespräch im Restaurant, als die Welt noch in Ordnung gewesen war. Und der Satz tat wieder genauso weh. »Ich sagte, *falls* die NOBA im Geheimen reversiert, dann zum Wohle der Allgemeinheit.«

Ondrej warf den Pizzakarton auf den Boden. »Was für ein Schwachsinn! Weißt du was passiert, wenn man ein paar Jahrzehnte ändert? Man bringt Leute unter die Erde. Zwangsläufig. Wie kaputt muss man sein, um das überhaupt zu erwägen?«

David presste die Lippen zusammen. Er konnte dieses Argument nicht mehr hören. Dass man zwangsläufig zum Massenmörder wurde, weil man die willkürliche Grenze von einem Jahr überschritt. Wenn er jemals die Möglichkeit gehabt hätte, Susan zu retten, er hätte es getan. Wie jeder andere auch in seiner Lage.

Er winkte ab, um die Diskussion zu beenden. »Die NOBA ist eine kaltblütige Verbrecherorganisation. Von mir aus.«

Ondrej griff kopfschüttelnd nach seiner Bierflasche. »Was stimmt nicht mit dir? Die NOBA hat dich fast umgebracht, aber für dich bleibt sie die Mutter Teresa.«

»Das vorhin war also wirklich die NOBA? Dann wird es Zeit für eine letzte Erklärung, Mr Superhacker.« David hatte gegenüber seinem Retter nicht unfreundlich werden wollen, aber dieser Mann wollte es nicht anders.

Ondrej erhob sich langsam. »Du beruhigst dich jetzt. Wenn du …«

»Nein, jetzt hörst du mir mal zu. Wir haben uns soeben alle Knochen gebrochen und ich werde nie wieder bei Benzon arbeiten können. Alles nicht sehr erfreulich. Aber wir sind entkommen. Und das ist schon komisch. Warum hat die NOBA unsere Flucht nicht längst rückgängig gemacht? Angeblich ist sie doch so wahnsinnig gut im backtimen.«

Wider Erwarten schwieg Ondrej. Er trank ausgiebig an seinem Bier und begann wieder im Zimmer herumzulaufen. »Ist wirklich komisch«, gab er schließlich zu. »Ich denk auch die ganze Zeit drüber nach. Vielleicht hast du ja eine Ahnung, was sie daran hindert?«

»Herrgott, ich habe natürlich keine Erklärung, weil ich dir kein einziges Wort glaube.«

David massierte seine Stirn, um die beginnenden Kopfschmerzen zurückzudrängen. Er sah sein Bett vor sich, frisch bezogen von Kai und gewärmt von dem perfekten Raumklima seines Bungalows. Wie sehr wünschte er sich, nicht mehr hier in diesem Loch festzusitzen.

Er strich über seine Jacke und versuchte, die Blutspritzer auf dem hellen Polyester zu übersehen. Kleine, vorwurfsvolle Punkte, die ihn an das wichtigste Detail des Abends erinnerten. Feingolds Botschaft. Sie musste der Grund sein, warum ihm wahrscheinlich die ganze Welt auf den Fersen war.

Alles hängt davon ab. Nur Sie können es verhindern.

Nein, nichts da. Er wollte zurück nach Hause und den Neustart angehen, den er zwanzig Jahre lang vor sich hergeschoben hatte.

Als er aufsah, stand Ondrej mit einer verknitterten Decke neben der Couch und sah stirnrunzelnd zu ihm hinüber. »Was treibst du da eigentlich?«

»Ich muss nach draußen. Nur fünf Minuten.«

»Das geht nicht. Hab ich doch gesagt.«

»Doch, es geht.« Es war wohl das beste, endlich mit offenen

Karten zu spielen. »Ich werde jetzt zur nächsten Polizeidienststelle gehen, mir einen heißen Kaffee servieren lassen und den Leuten erzählen, was ich heute durchgestanden habe.«

Ondrej legte langsam die Decke auf das Sofa. »David. Hast du mir gerade zugehört?«

»Habe ich. Es tut mir aufrichtig leid, dass ich nicht der bin, den du erwartet hast. Wenigstens werden wir uns nie wieder über den Weg laufen.«

»Die NOBA wird dich sofort festnehmen. Sie werden deine Vergangenheit ändern und dich zu einem anderen Menschen machen. Nein, sie werden ... sie werden dich *jetzt* abholen.« Ondrej stürzte zum Fenster und spähte durch die Ritzen im Rollo. »Du wirst ihnen alles erzählen, richtig? Dass du in diesem Moment bei mir gesteckt hast.«

»Wenn es dich glücklich macht, erwähne ich dich mit keiner Silbe.« Außer, die Polizei fragte David nach Ondrej. Was sie natürlich tun würde. »Ich bin auf deiner Seite, okay? Und ich habe ja verstanden, dass ...«

»Du hast gar nichts verstanden!« Ondrej fuhr herum. »Warum nicht? Du bist doch nicht dumm! Oder vielleicht doch?«

David zuckte mit den Schultern. »Es gibt noch eine andere Möglichkeit. Die ist fast noch einfacher. Ich gehe gleich in ein Registerbüro und warne mich ausführlich vor dem, was heute passiert ist.«

David fand diesen Einfall ziemlich gut, aber Ondrej lachte nur. »Als ob du je wieder in ein Registerbüro gehen kannst, ohne dass sie dich sofort verhaften. Das läuft nicht mehr.«

»Schön«, sagte David. »Dann mach du es meinetwegen.«

»Wie bitte?«

»Du gehst in ein Registerbüro und ziehst diesen Unsinn wieder gerade. Ist doch ganz einfach.«

»Würde ich gern! Ondrej, würde ich schreiben, rette David

Manoah nicht den Arsch. Denn der lässt ihn mit Ansage flambieren!«

David wies zur Tür. »Worauf wartest du? Hack dich wieder raus aus meinem Leben.«

»Das kann ich doch nicht!«, brüllte Ondrej. »Die Leute, die du mir auf den Hals hetzt, warten nur darauf, dass ich in einem ihrer beschissenen Büros auftauche.« Schon wieder begann er, im Raum auf und abzulaufen und stolperte dabei bei jedem zweiten Schritt.

Er war wirklich ein Raubtier. Als Kind hatte David einmal einen Panther im *National Zoo* gesehen, der stundenlang in seinem Käfig hin und her gerannt war. David hatte sich vorgestellt, wie das Tier seine Rache für die Gefangenschaft plante – eine blutige Jagd auf all die gaffenden Kinder, Hunde und Eltern auf der anderen Seite des Gitters.

Ondrej war genauso. Ein launisches Stück Natur, das man zu lange eingesperrt hatte. Und David wollte nicht länger die Zelle mit ihm teilen.

Er lief zur Tür, hatte sie schon halb geöffnet und wollte wortlos davonstürmen – als er es hinter sich klicken hörte.

Langsam drehte er sich um. Ondrej stand direkt hinter ihm. In seiner Hand war die Waffe, die er dem angeblichen Agenten gestohlen hatte. Eine kreisförmige Mündung aus Metall zeigte auf David.

Zu spät. David hätte eher merken müssen, dass dieser Mann nicht nur verwirrt, sondern auch gefährlich war.

»Bleib stehen«, sagte Ondrej leise. Als ob das noch nötig war.

David hob die Hände, aus einer Routine heraus, die ihm alte Filme anerzogen hatten. »Vor einer Stunde hast du mich noch gerettet. So schnell wendet sich das Blatt.«

»Ich will nur, dass du hier bleibst«, sagte Ondrej. »Bis morgen früh. Tina und ich müssen genau überlegen, was wir jetzt tun. Das können wir schlecht, wenn du da draußen herumrennst und uns die NOBA auf den Hals hetzt.«

»Und sonst erschießt du mich? Vielleicht ist das gar nicht mal schlecht. Dann erscheint die Polizei hier ganz von allein.«

Ondrej kniff die Augen zusammen. »Du bist mir was schuldig, Kleiner.«

David schwieg. Auf eine schräge Art und Weise stimmte das natürlich: Er war diesem Kerl etwas schuldig. Aber musste er aus Dankbarkeit ausgerechnet hier die Nacht verbringen?

»Entscheide dich«, sagte Ondrej. »Jetzt.«

»Was machen wir, wenn uns diese Typen doch gefolgt sind? Sind wir hier überhaupt sicher?«

»Sind wir. Vertrau mir einfach.«

»Ich versuch's. Die Pistole lenkt mich davon ab.«

Zunächst rührte Ondrej sich nicht, aber dann legte er die Waffe mit einem Schulterzucken auf den Wäscheberg.

David ließ seine Hände sinken.

»Wir dürfen nicht vergessen, was du erlebst hast«, sagte Ondrej. »Wir müssen also einen Weg finden, dich zurückzubringen, ohne dass dieser Abend reversiert wird.«

»Keine Ahnung, wie das gehen soll.« Ohne sich umzudrehen, schloss David die Wohnungstür.

»Mir fällt schon was ein.«

David spürte das Gewicht seines Handys in der Jackentasche. Ondrej würde es wahrscheinlich nicht bemerken, wenn er heimlich einen Notruf absetzte, ohne das Handy herauszunehmen. Das wäre seine letzte Möglichkeit, falls die Situation hier noch einmal eskalierte.

Ondrej kam einen Schritt näher. »Hör auf damit.«

»Womit?«

»Zu überlegen, wie du mich schon wieder verarschen kannst. Ich sehe, wenn sich bei dir im Kopf die Rädchen drehen.«

David zeigte auf das Sofa. »Ich will nur klarstellen, dass ich dort nicht schlafen werde.«

»Du kannst mein Bett haben. Hauptsache, du bleibst hier.«

»Bleibe ich.«

»Deine beste Entscheidung an diesem Tag.«

David hatte eher das Gefühl, heute mit jedem Schritt genau in die falsche Richtung gelaufen zu sein. Wahrscheinlich hatte ihn seine Registernachricht genau vor dieser Katastrophe gewarnt. Aber was war dann Lois' Rolle?

Noch eine halbe Stunde später, als er in Ondrejs Bett lag und versuchte, den tranigen Geruch zu ignorieren, hatte ihn diese Frage nicht losgelassen. Immer noch war ihm unklar, was der David der Zukunft mit seiner Warnung gemeint hatte. Vielleicht würde sich die Nachricht wirklich erst in letzter Minute, am Freitagabend, erfüllen. Die Gefahr war noch nicht vorüber.

»Hast du eigentlich Familie?«, fragte Ondrej in die Stille hinein. Er saß auf dem freigeräumten Sofa und knusperte an Kartoffelchips, die er noch entdeckt hatte. Das Plastikgerät, mit dem er immer herumspielte, tauchte sein Gesicht in tintenblaues Licht. »Eine Freundin oder so was?«

»Nein, habe ich nicht«, sagte David.

»Gut. Macht vieles einfacher.«

David hatte sich daran gewöhnt, dass er nur die Hälfte von Ondrejs Sprüchen ernst nehmen konnte. Er schloss die Augen und spürte eine eigenartige Zufriedenheit. Irgendwie fühlte er sich sicher hier, inmitten der stickigen Schwärze und direkt neben dem Mann, der ihm gerade noch eine Pistole vor die Nase gehalten hatte.

Er drehte den Kopf Richtung Sofa. »Wie seid ihr eigentlich darauf gekommen, dass ich ein Aktivist bin? Oder etwas gegen die NOBA haben könnte?«

»Wir haben dich verwechselt.« Ondrej schaltete das Gerät aus. Nun war es ganz dunkel im Raum. »So einfach ist das.«

So einfach war das. Genau diese Geschichte würde David morgen der Polizei erzählen. Er war einfach verwechselt worden.

Doch da war wieder diese Vorahnung. Seit David die Benzon-Büros hinter sich gelassen hatte, ließ ihn dieses Gefühl nicht los: dass er in eine Schattenwelt gefallen war, aus der die Polizei ihn nicht mehr herausholen konnte. Vielleicht gar nicht wollte.

Über dem Versuch, diese Vorahnung zu unterdrücken, schlief David schließlich ein.

Mittwoch, 21. November

Nicht die Schnellen gewinnen den Wettlauf, nicht die Tapferen den Krieg. Auch gehört den Weisen kein Brot, den Klugen kein Reichtum, den Könnern kein Beifall. Sondern jeden treffen Zufall und Zeit.

PREDIGER 9,11

Zufälligkeit ist ein einfaches Wort, und jeder kennt seine Bedeutung. Jeder, soll heißen niemand.

JAMES GLEICK, DIE INFORMATION

08:24 – 09:03

Die U-Bahn-Türen sprangen auf und spuckten einen Schwall von Menschen hinaus. Einer von ihnen drängte Susan beiseite. Sofort verschwand ihre gelbe Jacke aus Davids Sichtfeld.

»Susan?«

Er starrte in die Menge. Susan war weg. David trat an den Rand des Glaskastens, in dem er gefangen war, und durchsuchte hektisch die Station. Jedes Detail konnte er von hier aus sehen: das Regenwasser, das die Bahn über ihre beschlagenen Scheiben kullern ließ, den hässlichen Werbeschriftzug, NEUERÖFFNUNG in abblätternden Buchstaben. Alles war wie immer, unnötig detailliert, hyperrealistisch. Aber Susans Gesicht war nirgends zu entdecken.

David drückte sich an die Scheibe. Er war hier, um auf Susan aufzupassen. Es war diese Mission, die ihn immer wieder zur Hayfield Station zurückbrachte. Und jedes Mal versagte er aufs Neue.

Ein Mann am Gleis faltete seine Zeitung zusammen. Direkt neben ihm stand – Susan. Ihr Mondgesicht war nach oben gerichtet, sie hatte die Hände in die Hüften gestemmt. Jetzt begann sie wieder mit ihren fröhlichen Sprüngen.

Hier sind wir also erst, dachte David und presste die Kiefer zusammen. Er wandte sich nach rechts und entdeckte den Mann mit dem Ohrring. Gerade schaute er auf seine Uhr und strich sich die schmierigen Haare hinters Ohr. Kurz hielt er inne, dann ging sein Blick wieder zur Uhr. Er bewegte sich wie eine mechanische Puppe in einem Freizeitpark, nicht wie ein echter Mensch. Hinter ihm knallten die Türen zu, die U-Bahn fuhr an.

David machte einen Schritt auf den Ohrringmann zu, soweit es der Glaskasten erlaubte. Und da, direkt vor der Scheibe stand plötzlich sein jüngeres Ich. David erstarrte. Der Bursche sah sich kurz um, dann sprang er in die Höhe, genau wie Susan. Seine langen Haarsträhnen flogen auf und ab.

Na, mach schon, dachte David.

Seine junge Variante überlegte nur für einen winzigen Moment, dann stürzte er sich tatsächlich in die Menge. Direkt neben Davids Füßen quietschte es. Die Luke mit dem Rettungsschacht öffnete sich und blies kalte Luft in Davids Gefängnis.

Routiniert machte David sich zum Sprung bereit. Nur weg hier, bevor es zu spät war. Kurz vor dem letzten Schritt drehte er sich noch einmal in Richtung Ohrringmann. Und dieses Mal war der Anblick unerwartet.

Kein Blick auf die Uhr. Kein verschlafenes An-der-Wand-kauern mehr. Der Mann sah mit leuchtenden Augen zum Gleis und seine Mundwinkel zuckten, als unterdrücke er mit Mühe ein Lächeln.

Mit einem Mal wurde David klar, was mit diesem Mann nicht stimmte. Er war nicht in Aufbruchsstimmung. Er war nicht Teil der Masse, die in Gedanken längst weiter war.

Der Mann mit dem Ohrring wartete. Lauernd beobachtete er die Umgebung, als sähe er die Katastrophe herankommen. Genau wie David.

Der Mann hielt etwas in der Hand, einen kleinen Kasten. Nein, eine Kamera.

David schluckte. Inzwischen grinste der Mann. Als würde er vor Vorfreude gleich platzen.

In der Masse aus am Bahnsteig zusammengepferchten Menschen begann es zu brodeln. Die Leute schubsten sich, einige fielen zur Seite und hinterließen eine Lücke, die sich sofort wieder schloss.

Es ging also los.

Davids junges Ich kämpfte sich weiter nach vorn, eigentlich könnte er es noch schaffen.

David zögerte nicht länger. Er sprang in die Luke, hinab in den schwarzen Schlund. Ein warmer Wind, fast wie der eines Föns, pfiff ihm entgegen. Das »Tock-tock-tock« der herannahenden U-Bahn wurde leiser, dazu gesellte sich ein unpassendes, seltsam vertrautes Geräusch: das Krähen eines Hahns.

Das laute Kikeriki hallte noch in Davids Ohren, als er vorsichtig die Augenlider öffnete. Die staubige Luft glitzerte im Morgenlicht, der ganze Raum schien zu schwitzen. David stützte sich auf die Ellbogen und hustete.

Erst jetzt bei Tag konnte er das wahre Ausmaß des Chaos sehen, das Ondrej seine Wohnung nannte. Das Computerareal neben dem Bett war noch vergleichsweise aufgeräumt. Den Rest des Zimmers bedeckte ein Schichtsalat aus Kartons, Zetteln, Wäsche und Bierflaschen. Dazwischen lugten an etlichen Stellen die Gehäuse von alten Computern hervor.

David betrachtete diese Unordnung, während er in Gedanken noch bei dem Traum und seinem merkwürdigen Ende steckte. Deswegen fiel ihm das wichtigste Detail erst nach einer ganzen Weile auf: Ondrej lag nicht mehr auf der Couch.

David setzte sich auf die Bettkante und musste wieder husten. Dumpfer Schmerz pochte von der Brust abwärts durch seinen Körper. Er fühlte sich, als wäre er ein einziger blauer Fleck.

Und noch immer rührte sich nichts im Zimmer. Falls Ondrej sich während der Nacht für einen anderen Schlafplatz entschieden hatte, zum Beispiel hinter der Computerpyramide, dann hatte er keine Lust, sich bemerkbar zu machen. Oder er war einfach abgehauen und hatte David allein gelassen.

David stand auf. Er musste Luft in diesen Raum bekommen. Vorher konnte er nicht nachdenken. Mit vorsichtigen Schritten kämpfte er sich Richtung Fenster.

Das Fenster war verklebt und staubig, aber es ließ sich erstaunlich leicht öffnen. Frische Luft strömte herein, untermalt vom Summen einer Hauptstraße.

David atmete auf. Das war geschafft. Er sah aus dem Fenster nach unten auf den Parkplatz. Die riesige Fläche war beinahe leer, abgesehen von einer Handvoll schief geparkter Autos und einem offenen Container, der von Bauschutt und alten Möbeln überquoll. Direkt vor der Hauswand stand immer noch Ondrejs Motorrad.

David hatte keine Ahnung, in welchem Stadtteil er sich befand. Hinter dem Parkplatz rauschte eine stark befahrene Straße vorbei, dahinter versperrte eine bepflanzte Anhöhe den Blick in die Stadt. Zumindest war er sich sicher, dass er in einem der sozialen Brennpunkte gelandet war.

Er blickte zurück ins Zimmer, wo seine Jacke ordentlich auf dem Sessel lag. Die Polizei würde ihn hier rausholen, egal wo er sich befand. Aber vorher sollte er mit Ondrej sprechen. Vielleicht würde die Polizei ja wirklich den ganzen Abend reversieren – genau das, was Ondrej verhindern wollte. Allerdings war Ondrej auch einfach abgehauen. Selbst schuld.

Auf dem Rückweg zum Bett war David weniger vorsichtig und bekam prompt die Quittung. Etwas Spitzes stach ihn in den Fuß, er kippte zur Seite und landete auf der Couch.

Er fluchte und wollte direkt wieder aufstehen, da fiel ihm auf, dass das Leder der Couch und die Wolldecke, mit der sich Ondrej zugedeckt hatte, warm waren. Er musste noch vor fünf Minuten hier gelegen haben.

»Ondrej?«, fragte David. »Bist du da?«

Immer noch keine Antwort. Wahrscheinlich hatte Ondrej gerade eben erst die Wohnung verlassen und damit David geweckt. Seltsam allerdings, dass sein Motorrad noch vor der Tür stand. Ondrej war nicht der Typ, der morgens joggen ging.

David bemerkte jetzt außerdem, dass keiner der Computer mehr lief. Gestern hatten sie allesamt geschnurrt und geblinkt, fast jeder Monitor war eingeschaltet gewesen. Jetzt war da nur noch lebloses Blech.

David beschloss, auch das zu ignorieren, überwand den letzten Meter zum Sessel und fischte sein Handy aus der Jacke. Äußerlich war es unversehrt – nach den Stürzen und Sprüngen des letzten Abends ein kleines Wunder. Hoffnungsvoll holte David es aus dem Schlafmodus.

Token kann nicht gefunden werden, meldete der Screen.

Also doch. Die Hardware hatte etwas abbekommen, genauer gesagt der Token-Scanner, der jetzt mit dem Chip in Davids Ferse Kontakt aufnehmen sollte. Über der Fehlermeldung prangte ein wuchtiges Ausrufezeichen, das David förmlich anschrie. Aber Fehler hin, Schaden her, einen altmodischen Notruf konnte er trotzdem absetzen, das ging immer.

David ließ sich auf dem Bett nieder und wechselte zur Anruffunktion. Die Fehlermeldung verschwand nicht. David versuchte trotzdem zu wählen. Es funktionierte nicht. Das Gerät wusste nicht, in wessen Händen es lag, also verweigerte es jede Zusammenarbeit.

David starrte auf das rote Ausrufezeichen. Vielleicht war gar nicht das Handy defekt, sondern sein Token. Er erinnerte sich dunkel daran, dass ihn Ondrej nach seiner ID gefragt hatte, kurz bevor sie durch die Flure gerast waren. Nicht auszuschließen, dass Ondrej sein Token manipuliert hatte. Einfach weil er es konnte.

David humpelte zum Kühlschrank. Immerhin, falls Ondrej wirklich Davids Token gehackt hatte, war er kein reiner Schaumschläger. Tokens konnte man nicht hacken, so hieß es doch immer. Und dann noch diese seltsame Unterhaltung zwischen Tina und Ondrej. Es hatte beinahe so geklungen, als würden sich die beiden nach Lust und Laune Registernachrichten schicken. Wenn das wirklich stimmte, dann ...

David hielt inne. Direkt vor ihm türmten sich die schwarzen Monitore auf, die jetzt wirkten wie eine einzige, große Maschine.

Ondrej konnte in das Register eindringen. Das war die einzige Erklärung.

David holte tief Luft. Schluss damit. Er hatte sich geschworen, solche Gedanken zu vergraben. Für immer.

Er arbeitete sich weiter zum Kühlschrank vor und öffnete die Tür. Neben einem reichen Angebot an Bierflaschen fand er zwei Sandwiches in Klarsichtfolie. Das Haltbarkeitsdatum zeigte den gestrigen Tag. David packte sie aus und knabberte an einer Ecke. Was nach Käse und Corned Beef ausgesehen hatte, schmeckte im Mund geradezu unverfroren neutral. David verschlang die Sandwiches mit wenigen Bissen.

Wenn Ondrej recht hatte und die Polizei tatsächlich alles, was gestern bei Benzon passiert war, ungeschehen machte, dann würde David heute Abend in seinem Bett liegen, stolzer Besitzer eines Kurt-Cobain-Tickets, und sich an nichts mehr erinnern. Ein wirklich beruhigender Gedanke.

David schloss die Augen und augenblicklich mogelte sich Feingolds Gesicht in seinen Tagtraum.

Nur Sie können es aufhalten. Versprechen Sie es mir!

Leider nein. David war nicht der Richtige, um irgendwen da draußen zu retten. Das musste er nicht noch einmal beweisen.

09:11 – 09:31

»St. Albans High-School, Tench am Apparat!«, krähte eine Frau durch die Leitung. Lois hatte sofort den Geruch von Schulbüchern und Teenagerschweiß in der Nase.

»Rachel Anderson, vom Online-Magazin *NewsHub.* Mrs Tench, ich habe eine etwas ungewöhnliche Anfrage.«

Die Sekretärin setzte an, um etwas zu erwidern, und Lois sprach schnell weiter. Ihre Geschichte war furchtbar konstruiert und dämlich – angeblich wollte sie einen Artikel mit dem Titel »Schulalltag vor fünfzehn Jahren« schreiben – aber so etwas überprüften die Leute selten. Lois schloss mit der Frage, ob einer der alteingesessenen Lehrer für ein Interview zur Verfügung stände.

»Wohl eher nicht«, antwortete Tench unbeeindruckt.

»Wollen Sie vielleicht einmal im Lehrerzimmer nachfragen? Wäre doch schade, wenn Ihre Schule im Artikel fehlt. Mit der South River School habe ich schon ein Interview gemacht.«

Daraufhin blieb es für einige Minuten still. Gut möglich, dass Tench sie jetzt auf einer zweiten Leitung versauern ließ.

Lois seufzte. Es lief einfach beschissen. Sie hatte geglaubt, spätestens jetzt in einem Berg aus Klebezetteln, Bildern und vielversprechenden Ideen zu versinken. Stattdessen kauerte sie am Rand ihrer Bettmatratze, trank die dritte Kanne Kaffee und hatte nichts. Rein gar nichts.

Sie wollte schon auflegen, da knackte es in der Leitung und zwei Männer meldeten sich, Mr Clerk und Mr Finnan. Im Hintergrund hörte man Stimmengemurmel. Wahrscheinlich hatte die

Sekretärin die beiden Männer vor ein altes Konferenztelefon im Lehrerzimmer gesetzt.

Lois wiederholte ihre Geschichte. »Ich habe eigentlich nur eine Frage. Wenn Sie die besten Schüler von damals mit der Elite von heute vergleichen – was ist anders?«

»Dass es heute keine Elite mehr gibt«, meinte Clerk. Er klang nach einem zerknitterten Gesicht und selbstgedrehten Zigaretten.

»Ich bin da auf ein altes Jahrbuch gestoßen«, sagte Lois. »Manoah, David Manoah, war vor fünfzehn Jahren der Jahrgangsbeste. Erinnern Sie sich zufällig an ihn?«

»Vor fünfzehn Jahren«, murmelte Clerk, dann war eine Weile nichts mehr zu hören.

Lois warf einen Blick auf den Laptop, der geöffnet neben dem Bett stand. Er zeigte das einzige Ergebnis ihrer stundenlangen Recherche: ein körniges Bild aus dem Jahrbuch von Davids High-School, Abschlussjahrgang 1985. Außer der Erwähnung als Jahrgangsbester wusste das Buch nichts über David zu sagen. Stattdessen war es gefüllt mit Fotos von überheblich grinsenden Teenagern, die seltsame Nachnamen wie Heidegger oder Lopresti trugen und ganz sicher nicht geahnt hatten, was ihnen bald blühte. Es war der Sommer der ersten Registerkrise, einem globalen Kollaps, der Dutzende von Berufen für immer vernichtet hatte. *Versicherungsmakler? Game Over!*

»Manoah«, sagte Clerk. »Nein, der ist in keiner Weise aufgefallen.« Hundertprozentig hatte er keine Ahnung, um wen es ging.

»Ist schon lange her«, sagte Lois.

Sie schwiegen alle einen Moment. Dann meldete sich Finnan: »Doch, jetzt erinnere ich mich. Ziemlich gut sogar. Das war einer der Schüler, die genau wussten, was sie wollten. Zielstrebig und ernst. Ich habe ihn noch gut vor Augen.«

Lois klemmte den Hörer zwischen Schulter und Ohr, während sie ihr Notizbuch hervorholte. »Er wusste, was er wollte?«

»Eigentlich kam er eher als Problemfall an die High-School. Die ersten zwei Jahre hat er durch Abwesenheit und schlechte Leistungen geglänzt. Ich glaube, er war Sänger in so einer Art ... Rockband. Sehr beliebt bei den Mädchen.«

»Rockband«, wiederholte Lois und sah auf das Foto aus dem Jahrbuch. Offensichtlich redete Finnan über einen anderen David.

»Aber dann«, sagte Finnan. »Peng! Große Verwandlung. Plötzlich war er ein Musterschüler. David hat so was von verbissen Punkte gesammelt, das glauben Sie nicht. Die Verwandlung ist auch der Grund, warum ich mich so gut an ihn erinnere. Ach, und da war auch irgendwas in der Familie, ein Trauerfall, aber das krieg ich nicht mehr zusammen.«

»Sie sagten, er hatte konkrete Ziele. Wissen Sie noch, was das für welche waren?«

»Sicher. Er wollte eines Tages bei der NOBA arbeiten. Das war sein Traum.«

»Schöner Traum«, brummte Clerk. »Karriere beim Big Brother.«

»Ich weiß natürlich nicht, ob was draus geworden ist. Auf jeden Fall hat er alles getan, um einen guten Abschluss als Eintrittskarte zu bekommen.«

»Beste Voraussetzungen«, sagte Lois. Vielleicht sprach Finnan ja doch von David. Wenn ja, dann hatte er nur bestätigt, was sie ohnehin schon wusste: David war kein Gegner des Registers, sondern ein Fan. Und das seit seiner Jugend.

Noch während der Verabschiedung – »den Text bekommen Sie zur Absegnung zuschickt« – schrieb Lois eine Nachricht an Gary. Ob er sicher sei, dass David nicht doch einmal bei der NOBA gearbeitet habe.

Gary antwortete sofort mit *Ausgeschlossen!* Aber er versprach, die Bewerbungsarchive zu durchsuchen. Die Nachricht, die er dann hinterher schob, war eine Frechheit: *Verzetteln Sie sich gerade?*

»Geh deine Akten sortieren«, murmelte Lois und nippte an ihrem kalten Kaffee. In letzter Zeit kam es immer öfter vor, dass Gary plötzlich unverschämt wurde und sie herumdirigierte wie eine Assistentin.

Dabei war ihre Laune ohnehin schon im Keller.

Vor nun zwölf Stunden hatte sie ihre Suche nach David begonnen, mit einer simplen Internetrecherche. Gewöhnlich war das schon sehr ergiebig, besonders seit diese sozialen Netzwerke aus dem Boden schossen. Die Leute entblößten sich dort wie blöde, und Lois hatte meist innerhalb von Sekunden Zugang zu ihrem Profil. Entweder über eine offizielle Einladung – sie hatte einen zauberhaften Fake-Account mit viertausend Freunden – oder über ein kleines, nicht ganz legales Programm, das die Daten extrahierte. Zack, schon hatte man die ganze Schneise aus Partyfotos, Kommentaren und vor allem: Leuten, mit denen das Zielobjekt befreundet war.

Lois hatte ja damit gerechnet, dass David nichts von *Friendster* hielt und auch nicht von *MySpace.* Aber auch sonst sah es mau aus. Es gab kein Weblog, keine Erwähnung in lokalen Zeitungen, kein Foto auf der Benzon-Seite. Das gesamte Internet ignorierte David Manoah.

Um vier Uhr war Lois frustriert ins Bett gekrochen und kurz nach Sonnenaufgang wieder aufgestanden. Immer weiter hatte sie sich in die Vergangenheit vergraben, und nun war sie in Davids Schulzeit angelangt.

Ihr Blick fiel auf den Laptop am Boden. Der junge David aus dem Jahrbuch schaute abschätzend zu ihr herauf, mit diesem gequälten Lächeln auf den Lippen, das er auch gestern ständig aufgesetzt hatte. Lois fand, dass er sich seit 1985 kaum verändert hatte. Nur die peinliche Vokuhila-Frisur der High School hatte er inzwischen durch einen ebenso peinlichen Igelschnitt eingetauscht.

Und genau wie Mr Finnan hatte auch Lois das Gefühl, dass er

einen Plan verfolgte. David war so ein Typ. Wie er sprach, wie er lief – keine Umwege, immer die exakte Linie zwischen zwei Punkten entlang. Aber welchem Ziel rannte David hinterher?

Es musste irgendetwas mit dem Register zu tun haben. Oder der NOBA.

Lustlos öffnete Lois die Nachrichtendatenbank, die sie die ganze Nacht durchforstet hatte. Das Suchfeld enthielt noch ihre letzte Anfrage.

Susan Manoah »> Keine Treffer

Lois hatte nur eine einzige Person mit dem gleichen Nachnamen wie David gefunden. Sie war sich inzwischen recht sicher, wer Susan Manoah war: Davids Schwester. Lois hatte ihr Bild in einem zwanzig Jahre alten Zeitungsartikel entdeckt. Das Bild war verwaschen und zeigte zwei Primärstufenklassen, der dazu gehörende Artikel bestand aus einer Namensliste. Diese Liste führte auch eine gewisse »Susan Anne Manoah« auf.

Das Problem mit Susan war, dass sie sich offenbar direkt nach ihrer Einschulung in den Untergrund begeben hatte. Ihr Name tauchte nie wieder auf, in keiner einzigen Veröffentlichung.

Lois versuchte es noch einmal, dieses Mal mit flexibleren Suchaufträgen.

Susan Man »> Keine Treffer*

Susan Man* »> Keine Treffer*

Das war doch verrückt. Vielleicht hatten Davids Eltern sich scheiden lassen, und das Mädchen war weit weggezogen. Und hatte zudem einen anderen Nachnamen bekommen.

Lois ging zum Vorratsschrank, um sich ein Frühstück zusammenzusuchen. Eigentlich sollte sie Gary anrufen und ihm sagen, er könne David allein suchen. Ihm stand die komplette Klaviatur der NOBA zur Verfügung. Sie dagegen hatte nur einen Internetbrowser und ihr gutes Gespür. Und wenn Gary die Sache anscheinend so wichtig war, dann …

Lois erstarrte, die Müslipackung fiel ihr aus der Hand. Natürlich! Bei all ihren Recherchen hatte sie die wichtigste Quelle völlig außer Acht gelassen.

Sie rannte zum Bett, klappte ihren Laptop wieder auf und öffnete das Programm zum Durchsuchen der Dossiers. Die Dossiers waren monatliche Zusammenfassungen der NOBA, sie enthielten alle Informationen, die es zu einer »Entität«, also einer Person, gab. Die Daten waren gekürzt und aggregiert, trotzdem war ihre schiere Anzahl unvorstellbar.

Wie immer hatte die Software Mühe, überhaupt zu starten. Für einen Moment fror der Bildschirm ein.

»Mach schon!« Lois tippte mit den Fingern auf das Laptop-Gehäuse.

Sie hätte sich selbst ohrfeigen können, so stümperhaft war sie die Sache angegangen. Und Gary, diese Lachnummer von Whistleblower? Er hatte seine geliebten Abhörprotokolle ebenfalls vergessen. Da war sich Lois sicher.

Das Programm zeigte endlich den Startscreen. Die Software, ebenfalls ein Werk der NOBA, arbeitete mit komplexen Selektoren zum Durchsuchen der Dossiers. Doch Lois gab einfach nur »David Manoah« ins Suchfeld ein. Vor Aufregung fiel es ihr schwer, die Tasten zu treffen, sie musste dreimal Davids Nachnamen korrigieren.

Als sie die Suche endlich abgeschickt hatte, wechselte das Programm zur Ergebnisliste – und fror wieder ein.

SELEKTOREN
QUERY: David Manoah
DATUM: 12 Monate
QUELLE: STRATINT // REGSEC1700
ERGEBNISSE
[Datenbank reagiert nicht]

Lois war kurz davor, auf die Tastatur einzudreschen. Der Lüfter ihres Rechners begann zu pfeifen, doch noch immer blieb die Ergebnisliste leer. Dafür ergänzte sich die Ansicht um einen weiteren Hinweis.

SELEKTOREN
QUERY: David Manoah
DATUM: 12 Monate
QUELLE: STRATINT // REGSEC1700
ERGEBNISSE:
[Daten werden aggregiert > 10.000 Einträge]

Lois starrte auf den Bildschirm. Zehntausend Datensätze? Das konnte nicht stimmen.

Die NOBA arbeitete bei ihrem Überwachungsprogramm nach drei verschiedenen Abstufungen. Von den allermeisten Zielpersonen sammelte sie nur einige Metadaten, die Dossiers waren nicht länger als zwei, drei Seiten. Dann gab es Personen, die als »Selected« galten. Diese Menschen schrieben kein Wort, das die NOBA nicht mitlas. Gregory Smith, Davids Chef, gehörte zu dieser Gruppe.

Die dritte Abstufung hieß »High Priority Selected«. Lois war bis jetzt nur über eine Handvoll von Beispielen gestolpert: Aktivisten, Regierungsgegner, ehemalige Whistleblower. Das Leben dieser Zielpersonen war wie ein Röntgenbild, das die NOBA täglich aktualisierte und mit höchster Genauigkeit untersuchte.

Das Programm spielte einen Gong ab, die Ergebnisse waren da. Lois erkannte auf einen Blick, dass David zur Gruppe der *High Priority Selected* gehörte. Ganz sicher. Mails, Telefonanrufe, Kontoauszüge, alles war bis ins Kleinste aufgeführt. Seit drei Wochen wurden sogar Davids Gespräche mit seinem virtuellen Assistenten aufgezeichnet und abgehört.

Lois atmete tief durch und scrollte sich durch die Trefferliste. Gary hatte kolossal falsch gelegen. David war die Flucht gelungen, *obwohl* die NOBA vorbereitet gewesen war.

Die werden ihn finden, dachte Lois. Sie kehrte mit dem Laptop zurück in die Küche. Mit zitternden Händen vermengte sie die Milch- und Müslireste, die ihr Schrank hergab, und setzte sich an den Tisch. David konnte jetzt um Hilfe bitten, wen er wollte – die Polizei, die Regierung oder den Internationalen Gerichtshof – er würde der NOBA nicht entkommen.

Sie griff zum Telefon, um bei Gary Alarm zu schlagen. Er ging natürlich nicht dran, wie immer, wenn er nicht gerade in einem abhörsicheren Bunker war. Lois schrieb ihm, dass sie dringend mit ihm sprechen musste und widmete sich wieder der Ergebnisliste des NOBA-Programms.

Zuallererst wollte sie Davids Telefonate nach Mustern durchsuchen: mehrere Anrufe dicht hintereinander, Menschen, die er meist vormittags anrief oder abends, besonders kurze oder außergewöhnlich lange Telefonate. Schon beim ersten Überfliegen sprang ihr der Name *Judd Manoah* ins Auge. Er tauchte ungefähr einmal pro Monat auf und immer war Judd derjenige, der anrief. Ein Bruder vielleicht. Oder Davids Vater.

Lois wählte kurzerhand die Nummer des Anrufers. Davids Chancen, der NOBA zu entkommen, waren unterirdisch gering, aber genau das stachelte sie an. Wer die NOBA dermaßen nervös machte, musste viel zu erzählen haben. Und mit Judd Manoah hatte sie endlich jemanden an der Angel, der in engem Kontakt zu David stand.

Sie ließ es geduldig eine ganze Minute tuten, bis sich schließlich eine keuchende Stimme meldete. »Hallo, wer da?«

»Guten Tag. Mein Name ist Olivia Burns. Ich wollte …«

Judd Manoah stöhnte auf, und Lois hielt irritiert inne.

»Tschuldigung«, sagte Judd und zog die Nase hoch. »Hab

gerade Probleme mit dem Magen. Wirklich keine Freude. Wollen Sie was verkaufen?«

»Nicht doch. Ich bin eine alte Freundin von Ihrem Sohn und gerade in der Gegend.« Lois setzte ihr Telefonlächeln auf – eine Grimasse, bei der sie die Mundwinkel bis zum Hörer spreizte. So klang Sympathie. »Ich würde schrecklich gern mal wieder einen Kaffee mit ihm trinken, aber ich hab nur Ihre Nummer im Telefonbuch gefunden.«

Judd musste offenbar lange nachdenken, bevor er ihr antwortete. »Also eigentlich sollte diese Nummer gar nicht gelistet sein«, sagte er schließlich.

»Es tut mir wirklich leid, dass ich einfach so anrufe. Ich hab es schon auf seiner Arbeit versucht, aber da wusste auch keiner, wo er steckt.«

»Wird wohl zu Hause sein. Als ich ihn das letzte Mal gesehen hab, musste er plötzlich weg. Der Junge sah aus wie der wandelnde Tod.«

»Ach.« Wieder setzte Lois ihr Sympathielächeln auf. »Wann war denn das?«

»Gestern. Nein, stimmt nicht. Vorgestern.« Judd hustete. »Er hatte da plötzlich auch was mit dem Magen. Ich glaub, er hat sich bei mir angesteckt.«

»Gibt es denn irgendeinen anderen Freund, der wissen könnte, wo David ist? Ich mach mir irgendwie Sorgen.«

»Nee. Der hat keine Freunde.«

Das hatte Lois erwartet. »Wie wäre es, wenn Sie mir einfach seine Nummer geben? Wenn er krank zu Hause sitzt, freut er sich vielleicht über etwas Abwechslung.«

Judd lachte laut und klang dabei wie ein alter Auspuff. »Sie kennen David ja nicht besonders gut. Wenn einmal am Tag die Putzfrau kommt, ist ihm das schon zu viel Gesellschaft.«

»Immer noch keine Familie, der Gute?«

»Natürlich nicht. Hören Sie, ich geb' Ihnen seine Nummer.« Mit einem Mal klang Judd sehr interessiert. Er zitierte die Nummer aus dem Kopf. Es war die von Davids Visitenkarte. Auf der hatte Lois es natürlich schon etliche Male versucht.

Lois rührte in ihrer Müslischale herum und entschied zu pokern. »Sagen Sie, wie geht es eigentlich Susan?«

Judd antwortete nicht. Nach drei Sekunden völliger Stille wusste Lois, dass sie einen Fehler gemacht hatte.

»Hallo?«, fragte sie. Am anderen Ende der Leitung wurde der Hörer aufgelegt, das Tuten des Besetztzeichens war zu hören. Lois war nicht überrascht. Judd würde nicht mehr mit ihr sprechen, aber das war nicht weiter schlimm.

Sie schlug ihr Notizbuch auf, das bis jetzt nur fünf dürftige Punkte über David enthielt.

- Zielstrebig, analytisch, autistische Züge

- Einzelgänger, keine Beziehung, keine Kinder (warum?)

- Wollte als Jugendlicher (plötzlich?) für das Register arbeiten

- Eltern haben sich getrennt, als er noch ein Kind war (?)

- Hat eine Schwester, Susan Anne (?)

Das Gefühl ließ sie nicht los, dass es etwas gab, das diese Punkte zusammenführte und ihnen eine Bedeutung verlieh. Es gab einen roten Faden in Davids Leben, vielleicht schon seit der Highschool. Sie hatte nur keinen Schimmer, woraus dieser Faden gesponnen war.

Lois unterstrich das Wort *Einzelgänger* mit drei dicken Linien. Immerhin in diesem Punkt hatte sie David richtig eingeschätzt. Er war ein einsamer Ranger, an dessen Seite niemand stand, auch keine Frau. Seltsam eigentlich. David fiel nicht gerade in Lois' Beuteschema, aber er war attraktiv und hatte diesen zynischen Humor, auf den alle Welt stand.

Eine Nachricht von Gary kam herein. *Können wir uns in zehn Minuten am Plaza Hotel treffen? Habe ebenfalls Neuigkeiten.*

Lois stand auf. Gary würde Augen machen.

Sie tauschte ihre kuschelige Fleecejacke gegen einen kurzen Wintermantel. Er war eigentlich zu warm für das Wetter, aber sie sah damit hinreißend aus, ein bisschen wie Audrey Hepburn in *Charade*. Zumindest das hatte sie Gilbert zu verdanken: ein noch besseres Gespür dafür, was bei ihr funktionierte. Eher enge Jeans als Rock, besser lockere Bluse als V-Ausschnitt. Ihr Outfit war ein Werkzeug, und es funktionierte inzwischen sogar bei Gary.

Als sie den Treppenflur betrat, sprang die Tür von Mrs Garnaczia auf. »Miss Anderson, stehen geblieben! Sie *müssen* …«

»Ein andermal«, sagte Lois und rannte mit wehendem Mantel die Treppe nach unten. Die alte Dame hatte es tatsächlich geschafft, Lois punktgenau abzufangen. Was bedeutete, dass sie ewig hinter ihrer Haustür gelauscht haben musste, und *das* war unheimlich.

Als Lois unten ankam, wartete vor der Haustür bereits eines der fahrerlosen Taxis, die Gary immer für sie bestellte. Beim Einsteigen sah sie im Augenwinkel, dass ein Mann mit Ziegenbart sie beobachtete. Er lehnte an einem schwarzen Auto und rauchte. Lois lächelte ihm im Vorbeifahren entgegen, um ihn zu verunsichern, aber er starrte ungerührt zurück. Es ist der Audrey-Hepburn-Mantel, dachte Lois.

Sie zog Davids Visitenkarte aus ihrem Portemonnaie und lehnte sich auf das Lenkrad, das den Wagen automatisch auf der rechten Spur hielt. Wahrscheinlich hatte David sich längst mit seinem Schicksal abgefunden. Sie stellte ihn sich vor, wie er mit einem bitteren Lächeln in seinem Versteck saß und darauf wartete, dass die NOBA ihn fand.

Aber Lois würde ihn zuerst finden.

09:58 – 10:31

David hatte die Dinge wieder unter Kontrolle. Frisch und sauber würde er gleich ins Freie spazieren und in wenigen Minuten die nächste Polizeistation finden. Irgendwer da draußen würde ihm schon helfen.

Er stieg in die Badewanne und hielt sich dabei an einem himmelblauen Duschvorhang fest, der hier schon seit Jahrzehnten zu hängen schien. Ondrejs Bad mochte nicht sonderlich hübsch sein, aber im Vergleich zum Wohnzimmer war es eine kleine, beinahe saubere Oase.

David seufzte zufrieden und glitt in das dampfende Wasser. Er spürte jede einzelne Rippe. Das heiße Bad war wie ein Teil einer notwendigen Therapie, mit der er die erste Schicht seines Traumas ablöste.

Als er auf die spiegelglatte Oberfläche blickte, wurde ihm klar, was das Beste an dem gestrigen Tag war: Die Bedrohung durch Lois war beendet. Irgendetwas hatte Davids Biographie wie einen Kartenstapel neu gemischt und Lois' Pläne zunichte gemacht. Wenn sie überhaupt Pläne gehabt hatte.

Auf Wiedersehen, dachte David und tauchte unter. Zum Glück hatte er Ondrej nichts von seiner Registernachricht erzählt. Dieser Freak hätte sofort seinen Koffer voller Weltverschwörungen ausgepackt und behauptet, die Nachricht stamme von der NOBA.

Ein dumpfes Pochen drang durch die Wanne. David stemmte sich hoch und ließ das Wasser aus den Ohren laufen. Es rumste direkt hinter der Badezimmerwand. Jemand klopfte vehement an die Wohnungstür. Wahrscheinlich Ondrej, der zurückgekommen war.

»Wer ist da?«, fragte David. Sein Blick fiel auf das Telefon, das er am staubigen Badewannenrand abgelegt hatte. Es funktionierte wieder, das Display zeigte drei verpasste Anrufe. Die Fehlermeldung war verschwunden. Draußen wurde erneut an die Tür gepocht.

David nahm das Telefon in die Hand. Offenbar war sein Token wieder in Ordnung. Er konnte jetzt endlich die Polizei anrufen und musste dazu nicht einmal das Haus verlassen.

Das Klopfen brach für einen Moment ab, dann krachte es hinter der Wand so laut, dass David fast das Telefon ins Wasser fiel. Der Lärm vibrierte bis in die Keramik der Wanne hinein, breitete sich aus, und kam mit einem Mal auch von der Decke her.

David schaute nach oben. Tatsächlich, da war ein Loch, direkt über ihm. Styroporkügelchen rieselten herunter und legten sich auf das Wasser.

Das Haus bricht auseinander, dachte David. Gleich tat sich die Erde auf und verschluckte ihn mitsamt der Badewanne. Erst nach langen Sekunden erkannte er Ondrejs Kopf direkt über ihm. Die dunklen Locken hingen ihm verschwitzt über den Augen und waren von Gips bestäubt wie mit Puderzucker. Mit schnellen Schlägen schlug Ondrej auf die Deckenplatte ein, bis das Loch die Größe eines Autoreifens hatte.

»Komm rauf!«, brüllte Ondrej.

Sein Anblick erinnerte David an den Engel einer Kinderbibel, der durch eine Wolke hindurch zu ihm hinabschaute. Ein wütender, verschwitzter Engel, der ihn anschrie: »Du musst hier raus! Oder du bist tot!«

Ein Krachen im Wohnzimmer. Das Geräusch endete in einem splitternden Knirschen. Jemand trat die Wohnungstür ein!

»Komm endlich hoch!«, schrie Ondrej.

Davids Gelenke waren wie blockiert. Wie war Ondrej in die Wohnung über ihnen gelangt? Und warum? David würde nie im Leben auch nur in die Nähe der Decke kommen.

Er richtete sich auf. »Das ist viel zu hoch.«

Jemand bollerte an die Badezimmertür. »Manoah, sind Sie da drin?«, brüllte eine männliche Stimme. »Kommen Sie raus! Washington Police Department!«

David stand auf und sah sich blitzschnell um: Seine Klamotten auf dem Boden neben der Badewanne, das Loch über der Wanne, hinter ihm die dünne Tür.

»Antworten Sie!«

»Augenblick«, sagte David. »Ich bin noch in der Wanne.«

Er war erst mit einem Bein in der Unterhose, stolperte und fiel fast auf den Wannenrand. Dann eben ohne Klamotten. Er stieg auf den Rand der Badewanne. Das Emaille war klitschnass und David glitt sofort ab. Er konnte sich gerade noch am Duschvorhang festhalten.

»Nimm meine Hand«, flüsterte Ondrej. »Schnell!«

Mit einer Hand klammerte sich David weiter an den Vorhang, die andere hielt er Ondrej entgegen. Zwischen ihren beiden Händen lag mindestens ein Meter.

»Wir wollen Ihnen helfen!«, rief die Stimme von außen. David kam sie irgendwie bekannt vor. Dieser kalte, berechnende Klang. Nein, hinter dieser Tür wartete keine Hilfe.

David machte einen Sprung, packte die Duschstange und hielt sich daran fest. Sie sprang sofort aus ihrer Verankerung. David wankte, fiel und knallte auf den Boden. Der Duschvorhang folgte und klatschte auf ihn.

Schluss, aus. Keine Flucht mehr. Er würde jetzt mit den Leuten da draußen verhandeln. Zwei Stimmen diskutierten gerade untereinander, es mussten also mindestens zwei Polizisten sein.

In seinem nassen Ohr hörte er Feingolds Stimme: *Die ganze*

Welt wird Kopf stehen. David sah ihn vor sich, wie er Blut und Speichel hustete. Nur Sie können es aufhalten. *Versprechen Sie es mir!*

Die echten Stimmen, die von den Männern da draußen, wurden wieder lauter. »Raus da jetzt!«

David griff einen Zipfel des Duschvorhangs und warf ihn nach oben. Ondrej wollte ihn sich schnappen, doch der nasse Vorhang kam nicht einmal über Davids Kopf hinaus. David holte tief Luft und warf ihn ein zweites Mal in die Höhe. Diesmal bekam Ondrej das glitschige Ding zu fassen.

»Füße an die Wand«, raunte er.

David umschlang den Vorhang mit beiden Armen. Seine nassen Füße streckte er der Wand entgegen, sodass er wie an einer Liane durch das Badezimmer schaukelte. Ondrej zog das improvisierte Seil durch das Loch. Zug um Zug kam David ihm näher. Als zwischen seinem Kopf und der Öffnung nur noch Zentimeter lagen, ächzte Ondrej: »Deine Hand!«

Es krachte, dieses Mal von der Badezimmertür her. Die Polizisten waren dabei, auch diese Tür einzutreten.

Ondrej packte zu und zerrte David durch das Loch. Der Gips hinterließ Schrammen auf Davids nacktem Körper. Er hievte sein rechtes Knie über die Kante, dann das linke. Als er endlich oben war, sackte Ondrej zusammen.

»Kumpel, du bist schwerer als du aussiehst.«

Er hustete, dann rappelte er sich wieder hoch und schob einen hüfthohen Kasten über das Loch, wahrscheinlich eine alte Kommode.

David war völlig außer Atem. Und er hatte etliche Fragen. Was geschah dort unten? *Wer* war da unten? Falls es wirklich die Polizei war, dann schien sie nicht gekommen zu sein, um David zu retten.

Japsend tastete er nach seiner Unterhose, die immer noch an

seinem linken Fuß hing. Bevor er sie überstreifen konnte, riss ihn Ondrej schon wieder hoch. »Wir müssen hier weg.«

Er hob eine Taschenlampe vom Boden auf und leuchtete nach vorn. Sie befanden sich in einem niedrigen Raum, der mit Stühlen, Schränken und anderen Möbeln vollgestopft war. Ein großes, glänzendes Lüftungsrohr schlängelte sich zwischen den Möbeln hindurch wie ein silberner Bandwurm.

Ondrej stieg über das Rohr und trabte los in die Dunkelheit. David folgte ihm. Mit jedem Schritt trat er in weiche, mal aber auch härtere Unebenheiten. Hoffentlich nur Dreck, der sich auf den verstaubten Dielen gesammelt hatte.

Aus dem Dunkel tauchten zwei kleine runde Lichter auf, Schalter an der Wand, wie David feststellte. Ondrej drückte auf den rechten Schalter und eine Schiebetür glitt knirschend vor ihnen zur Seite. Dahinter lag ein kleiner, beleuchteter Raum. In der rechten Wand waren drei Knöpfe ohne jede Beschriftung, außerdem ein Schlüsselloch.

»Ein Fahrstuhl?«, fragte David.

»Wart's ab«, brummte Ondrej und zerrte ihn in den Aufzug. Er führte einen Schlüssel ein und drückte auf den untersten Knopf.

»Bringt der uns nach unten?«, fragte David.

»Ganz nach unten.«

David sah an sich hinunter. Er sah durch den Gips und Dreck aus wie paniert. Wenigstens konnte er sich jetzt endlich seine Unterhose anziehen. Während er es tat, tippte Ondrej auf dem bunten Plastikgerät herum, das er immer mit sich trug. Die Lampe am oberen Ende leuchtete dieses Mal in einem eitrigen Gelb.

»Ich musste dein Token gerade wieder unsichtbar machen«, sagte Ondrej. Er klang vorwurfsvoll. »Meine kleinen Tricks scheinen sie nicht sehr zu beeindrucken. Ich denke, in ein paar Minuten haben sie sich wieder Zugang zu deinem Token verschafft.«

»Ganz kurz konnte ich auch mein Handy wieder benutzen«,

sagte David. Im nächsten Moment wurde ihm klar, dass sein Telefon immer noch im Badezimmer lag. »Wer war das gerade? Was wollten die?«

»Die NOBA. Wir beide sollten jetzt eigentlich durchlöchert in unseren Betten legen. Mein Mantis hat mich deswegen vor zwanzig Minuten geweckt.« Ondrej starrte auf die geschlossene Fahrstuhltür. »Rotes Licht, zum zweiten Mal in vierundzwanzig Stunden. Seit ich dich kenne, hab ich eine richtige Glückssträhne.«

David überkam eine Gänsehaut, und das nicht nur, weil er nass und unbekleidet war. Dieses blinkende Gerät, das Mantis, wie Ondrej es genannt hatte, konnte also durch irgendeine Art der Registeranbindung in die Zukunft schauen. Und es konnte den Tod voraussagen.

»Hat dein Gerät zufällig vorhin einen Hahnenschrei gemacht?«, fragte David. »So wie gestern, als es rot geleuchtet hat? Dann bin ich nämlich davon wach geworden.«

»Dein Glück. Dadurch, dass du ein paar Minuten früher aufgewacht bist, hast du nicht mehr im Bett gelegen, als sie meine Wohnungstür aufgebrochen haben.«

»Und du? Du bist einfach abgehauen, als das Mantis geklingelt hat?«

Ondrej sah auf. »Wenn du erlaubst, das war das Beste, was mir eine Sekunde nach dem Aufwachen eingefallen ist. Vom Treppenflur aus habe ich alle Computer resettet. Und dann bin ich los, um dir das Leben zu retten. Warum weiß ich auch nicht genau.«

Die Fahrstuhltüren polterten zur Seite und ließen einen Schwall kalter Luft hinein.

»Danke«, murmelte David. Ondrej zuckte nur mit den Schultern und trat aus dem Aufzug. Im Schein seiner Taschenlampe konnte man einen Raum mit Metalltüren und grauem Estrichboden erkennen. Sie schienen im Keller zu sein.

David hätte Ondrej gern gefragt, was das gelbe Leuchten des

Mantis zu sagen hatte. Hieß das, das sie zwar nicht hundertprozentig, aber mit hoher Wahrscheinlichkeit sterben würden? Und was hatte Ondrej jetzt vor?

Er folgte Ondrej durch einen schmalen Gang, vorbei an welligem Putz und Holzgittertüren. Nach nur wenigen Schritten kniete Ondrej sich auf den Boden und legte die Taschenlampe neben sich. »Hör zu, das wird dir nicht gefallen, aber wir müssen noch weiter nach unten.«

Der verlegene Ton in Ondrejs Stimme machte David Sorgen. »Noch weiter? Was liegt denn unter dem Keller?«

Statt zu antworten, packte Ondrej zwei Griffe im Boden. Sie gehörten zu einem Gullydeckel, David erkannte jetzt die kreisrunde Metallscheibe im Staub. Mit routinierten Handbewegungen hob Ondrej den Deckel an und schob ihn über den Kellerboden.

David rieb sich die kalten Arme. »Und du hast sicher auch über Alternativen nachgedacht.«

»Du kannst dich natürlich von der NOBA schnappen lassen. Die ist nämlich in ein paar Minuten auch hier unten.« Ondrej klemmte sich die Lampe zwischen die Zähne und stieg in das Loch hinein.

»Vielleicht sollte ich mich wirklich festnehmen lassen«, sagte David. »Dann würde ich wenigstens verstehen, was sie überhaupt von mir wollen.«

»Mach was du willst. Aber glaub mal nicht, dass es zu einem netten Plausch kommt. Für sowas hat die NOBA keine Zeit.«

David kroch näher zum Rand des Gullys und blickte hinunter zu Ondrej, der die Wand entlang abwärts kletterte. Kalter Gestank stieg aus dem Abgrund herauf – ein brauner Duft aus den Eingeweiden der Stadt.

»Warum können wir überhaupt vor ihnen wegrennen?«, fragte David. »Warum haben sie nicht längst all ihre Fehler rückgängig gemacht?«

»Ich habe keine Ahnung.« Ondrejs Stimme klang, als befände er sich am Ende eines Tunnels.

»Und dein Plan?«

»*Nicht* aufhören zu rennen.«

David kniete sich neben das Loch. Gerade eben hatte er noch in einer heißen Wanne gelegen und geglaubt, alles sei überstanden. Und nun stieg er in den nächsten Albtraum hinab. Er legte sich auf seinen nackten Bauch und japste, weil der Boden so eisig war.

»An der Wand sind Steigeisen«, hallte Ondrejs Stimme herauf.

David ließ sich rückwärts in den Gully hineingleiten und tastete nach der ersten Sprosse. Die runde Metallstange drückte sich in seinen nackten Fuß. Mit jeder weiteren Sprosse wuchs der Gestank. Seit gestern Abend war David besser darin geworden, allerhand Gerüche zu ignorieren. Doch das hier, der Gestank eines ganzen Bottichs fauler Eier, war zu viel. Als er unten angekommen war, musste er sich fast übergeben.

»Ich weiß, es riecht nicht gerade nach Chanel«, sagte Ondrej. »Die schlechte Nachricht ist, dass wir hier durchmüssen.« Er ließ den Lichtkegel zum Boden wandern. Direkt vor ihren Füßen befand sich ein brauner Schlammteppich. Erst auf den zweiten Blick erkannte David, dass dieser Teppich nur die oberste Schicht einer bewegungslosen Suppe war.

»Bitte nicht«, flüsterte er.

»Keine Sorge, du bekommst Gummistiefel. Zum Glück hab ich mal zwei als Reserve besorgt.« Ondrej wandte sich um und trat in eine dunkle Ecke. Als er zurückkam, trug er in jeder Hand zwei übergroße, schwarze Stiefel. Das eine Paar zog er selbst über, das andere reichte er David.

»Ondrej, was soll das?« David rührte sich nicht. »Hast du hier unten irgendwo deine Zweitwohnung?«

»Zieh dir die Stiefel an. Du willst nicht weitergehen, ohne was an den Füßen zu haben.«

David fluchte leise. Da stand er nun und musste sich entscheiden zwischen einer durchgedrehten NOBA und der Kanalisation Washingtons. Glänzende Optionen.

Und egal was er jetzt tat, jeder Schritt würde seine Lage nur noch schlimmer machen. Am liebsten wäre er einfach hier stehen geblieben, im größtmöglichen Abstand zur Kloake. Stattdessen wollte Ondrej, dass er in sie hinabstieg, mit nichts am Leib als zwei Gummistiefeln und einer Boxershorts.

»Du kannst hier nicht stehen und abwarten«, sagte Ondrej, als hätte er Davids Gedanken erraten. »Und du kannst auch nicht mehr zurück. Die wollen dich umbringen, verstehst du das endlich? Und niemand wird dich retten, erst recht nicht die Polizei.«

»Dann ist ja alles klar. Die NOBA bekommt ohnehin das, was sie will. Hast du das nicht selbst gesagt?«

»Richtig. Deswegen müssen wir so schnell wie möglich rauskriegen, um was es der NOBA überhaupt geht.«

»Und dann? Wie geht's dann weiter, Ondrej?«

»Dann werden wir der Welt zeigen, was hier gespielt wird. Die NOBA ist sich gerade sicher, dass sie wie immer gewinnt. Das ist meine einzige Erklärung, warum sie das Register nicht nutzen. Aber wenn wir sie überlisten, wenn wir schneller sind, dann haben sie keine Chance, zu reagieren. Sie können dann nicht wieder zum Anfangspunkt zurückzugehen.«

»Das ist doch nicht logisch! Wenn die Zukunft feststeht, werden wir zwangsläufig scheitern …« Davids Stimme brach und seine letzten Worte wurden von den Gasen des Kanals verschluckt.

»Wir werden nicht scheitern«, sagte Ondrej. Er stand bereits im Wasser und leuchtete mit der Taschenlampe über die Backsteinwände. Sie befanden sich in einer Art großen, gekachelten Röhre.

»Wir hängen die Kerle jetzt ab und sorgen dafür, dass wir erst einmal gegen Reversionen immun sind. Es gibt einen Weg. Aber dafür brauche ich die Hilfe von meinen Freunden.«

David sah auf. Jetzt log Ondrej also einfach das Blaue vom Himmel herunter. Nur, damit David mitkam.

»Was ist los mit dir?«, fragte Ondrej. »Hast du niemanden, zu dem du zurückkehren willst? Kein Leben, das weitergehen soll?«

David antwortete nicht. Er hatte vorgehabt, ein echtes Leben zu beginnen. Und genau in diesem Moment war alles aus den Fugen geraten.

Mit zitternden Händen nahm er die Stiefel und schlüpfte hinein. Dann stieg er langsam zu Ondrej hinab. Die stinkende Brühe drückte gegen seine Stiefel, er spürte die Kälte des Wassers durch das Gummi hindurch.

»Die sind jeden Moment hier«, sagte Ondrej. »Beeil dich.« Er war schon einige Meter weiter, nur noch ein schwarzer Umriss, der mit plätschernden Schritten im Dunkel verschwand.

David stöhnte und hielt sich am Steinboden fest. Irgendwie schaffte er es, sich zu lösen und hinter Ondrej her zu waten. Wohin auch immer der ihn führte.

09:45 – 10:03

Das Plaza Hotel war nur drei Blöcke von Lois' Wohnung entfernt. Gary verbarg sein Gesicht im Mantelkragen und hatte damit sicherlich schon einige misstrauische Blicke auf sich gezogen. Nachdem er sich noch viermal umgesehen hatte, stieg er endlich ein.

»Zufallsroute«, sagte Lois in das Lenkrad hinein und wandte sich an Gary. »Sie zuerst.«

Er kratzte sich hinter dem Ohr. »Ihre Vermutung, wo immer sie auch herkam, war begründet. David hat sich bei der NOBA beworben. Vor zehn Jahren.«

»Also doch«, sagte Lois und lehnte sich zurück. »Und es hat nicht geklappt?«

»Richtig. Damals suchte die Organisation händeringend technische Expertise, weil die Kooperation mit Benzon erst in den Startlöchern war. Da passte David nicht rein. Er hat sich dann bei Benzon beworben, erfolgreich.«

Es war David also nie um die NOBA gegangen. Er wollte nur dem Register so nahe wie möglich sein. Als das über die NOBA nicht geklappt hatte, war er auf Benzon ausgewichen.

»Wollen Sie noch was Interessantes hören?«, fragte Gary. »David ist bei der NOBA nicht mal auf einer Warteliste gelandet. Er wurde sofort abgelehnt. Und zwar nicht aufgrund inhaltlicher oder fachlicher Mängel.«

Er zuckte mit den Schultern, als wären weitere Informationen überflüssig. Gary ließ sich seine seltenen Wissensvorsprünge gern aus der Nase ziehen.

»Weswegen dann?«, fragte Lois geduldig.

»Er ist durch den psychologischen Eignungstest gefallen.«

Sie setzte sich auf. »Bitte was?«

»Die NOBA legt Wert auf stabile Persönlichkeiten. Schließlich dreht sie an unserer Vergangenheit und Zukunft zugleich. Aus irgendeinem Grund hat David diese Anforderung nicht erfüllt.« Er wedelte mit der Hand, wie um eine Schmeißfliege zu verscheuchen, und sah dabei aus dem Fenster. »Alles Dinge, die uns nicht weiterbringen.«

»Gut, dass ich erfolgreicher war.« Lois fiel es schwer, nicht zu grinsen. »David wird von der NOBA überwacht. Und zwar schon seit vielen Jahren.«

Gary nickte, aber er schaute weiter aus dem Fenster. »Sie haben also auch in den Protokollen nachgesehen. Ich hätte natürlich noch erwähnt, dass David dort auftaucht.«

Lois war so verdattert, dass ihr keine Antwort einfiel. Vielleicht wollte Gary sie auf den Arm nehmen. Oder er trug ihr nach, dass sie selbst die Protokolle immer für unwichtig erklärt hatte. »Gary, das ist alles, was Ihnen dazu einfällt? Er wird überwacht und das seit Jahren. David hat High Priority Selected-Status, verdammt noch mal.«

»Und wenn schon. Dass die NOBA nicht David Manoahs Beschützer ist, war uns doch klar.«

»Gestern haben Sie noch gesagt, die NOBA hätte ihn überhaupt nicht auf dem Schirm.«

»Hatte sie auch nicht. Lassen Sie sich von den Protokollen nicht verwirren. Die überwachen die Hälfte aller Benzon-Mitarbeiter, einfach auf Verdacht.« Er öffnete umständlich seinen Wollmantel. »Sonst haben Sie nichts herausgefunden?«

Lois starrte auf die Hinterseite des Trucks, der vor ihnen über den Asphalt kroch und schluckte ihre Wut hinunter. Draußen regnete es schon wieder. Große, dreckige Tropfen knallten gegen die Windschutzscheibe.

»Es gibt viele Lücken«, sagte sie schließlich. Dummerweise klang es, als wolle sie sich verteidigen. »Ich habe gerade mit seinem Vater gesprochen, aber der scheint von nichts eine Ahnung zu haben. Ach ja, und David hatte mal eine kleine Schwester. Irgendwas ist mit ihr passiert, ich weiß aber noch nicht was.«

»Kleine Schwester?« Gary drehte sich ruckartig um. »Kann es sein, dass Sie das hier mit einem Ihrer Politskandale verwechseln? Davids Privatleben bringt uns doch überhaupt nicht weiter. Und wenn ich hinzufügen darf ...«

»Sie dürfen jetzt mal die Klappe halten«, sagte Lois. »Zufällig ist das hier meine Tanzfläche. Und auf der gilt: Es gibt kein Privatleben. Jeder Mensch ist ein Geflecht aus Umständen und Entscheidungen, die niemals ausschließlich privat sind. Oder geheim.«

»Sehr philosophisch«, sagte Gary und strich über seine Oberlippe wie über einen unsichtbaren Schnurrbart. Es war, als hätte ihm eine gute Fee gestern zwei Kilo Selbstbewusstsein verpasst.

»Wir müssen David so gut wie möglich kennenlernen«, sagte Lois. »Wir müssen alles über ihn herausfinden, was es herauszufinden gibt. Nur so werden wir ihn vielleicht finden.«

»Sie haben doch erst vor zwei Tagen mit ihm gesprochen. Gab es da nicht irgendetwas, das Ihnen komisch vorkam?«

»Nein, gar nichts«, sagte Lois bestimmt. In Gedanken ging sie den Tag noch einmal Stunde für Stunde durch. Die Diskussionen, die wie Szenen in einem Theaterstück aufeinandergefolgt waren. Der Spaziergang. Und schließlich dieser seltsame Moment auf der Parkbank ...

»Wirkte er irgendwie beunruhigt?«, bohrte Gary nach.

»Es gab da eine Sache, die wahrscheinlich nichts zu bedeuten hat. Eine Frau hat David beim Mittagessen angesprochen und ist uns den ganzen Nachmittag auf Schritt und Tritt gefolgt. Zumindest kam es mir so vor. Es war eine Kollegin, aber David meinte, er hätte noch nie mit ihr gesprochen.«

»Wie sah sie aus?«

»Schräges Outfit, aber attraktiv. Schwarz. Wie eine miesgelaunte, junge Variante von Whoopie Goldberg.«

Gary runzelte die Stirn. Er holte sein Handy aus der Jacke und tippte wortlos darauf herum.

»Wirklich, das war nichts Besonderes«, sagte Lois. »Wir haben sogar unsere Witzchen über sie gemacht.« Sie hätte Gary besser gar nichts von dieser Begegnung erzählen sollen.

Er drückte ihr sein Handy in die Hand. »Ist es die?«

Er hatte die Profilseite eines Karriereportals geöffnet. Ein Foto ganz oben zeigte genau die Frau, von der Lois sprach. Sie trug ein schlichtes schwarzes T-Shirt und machte ein ernstes Gesicht.

»Die ist es tatsächlich.«

»Meine Güte.« Gary nahm seine Brille ab und kaute an einem Bügel. »Ich hätte sofort draufkommen müssen. Das Motorrad. So was kann sich nur Vorisek einfallen lassen. Das ist nicht gut.«

»Wer ist diese Frau?«, fragte Lois und scrollte durch das Profil. »Tina Adams? Nie gehört.«

»Sie gehört zum Free Time Club. Anscheinend arbeitet David mit ihnen zusammen. Aber … dann wusste er doch, was mit ihm passieren würde. Wirklich seltsam.«

Er schüttelte den Kopf und murmelte in seine Fingerspitzen hinein. Der Feenzauber war offensichtlich verflogen – Gary bestand wieder nur aus flatternden Nerven.

»Free Time Club?«, fragte Lois. »Was soll das sein?«

»Eine Gruppe von Registergegnern, die für eine Dezentralisierung des Systems kämpft. Aus dem Untergrund heraus.«

»Klingt gut. Wo kann ich mich anmelden?«

»Anmelden?« Gary gab ein hohles Lachen von sich. »Die sind so irre, dass wir vor ihnen davonlaufen sollten. Ihr Anführer, ein gewisser Ondrej Vorisek, würde das Register am liebsten in die Luft sprengen. Das sind Terroristen, Lois.«

Lois runzelte die Stirn. Der Name Vorisek war ihr schon einmal begegnet, aber sie wusste nicht wo. Wahrscheinlich hatte es im Geschichtsunterricht einen Namensvetter gegeben.

»Und David gehört zu denen?«, fragte sie.

»Nein, das glaube ich nicht. Die haben ihn da rausgeholt, weil sie der NOBA gern das Leben schwer machen. Und sobald die NOBA das verstanden hat, wird sie David noch intensiver jagen. Smith wird ausrasten.«

»Aber wenn wir schneller sind ...«

»Es ist vorbei, Lois! Diese Runde geht an die NOBA. David ist verloren und das hat er sich selbst eingebrockt.«

Lois wusste nicht, was sie darauf noch sagen sollte. Schweigend starrte sie auf das Lenkrad, das sich mal nach links, mal nach rechts drehte. Der Wagen gondelte sie unbeirrt durch die Hauptstraßen, ohne Ziel und ohne Kurs. Auf einmal fand Lois, dass ihr ganzes Leben solch eine sinnlose Zufallsroute war. Sie hasste sich für diesen Gedanken.

»Tut mir leid um Ihre Story«, murmelte Gary. »Wir finden einen neuen Ansatz. Ohne David.«

Du hast ja keine Ahnung, dachte Lois. Eigentlich müsste sie jetzt ihren Vater anrufen und ihn um Geld bitten. Sie spürte Davids Visitenkarte in ihrer Hand. Ihre Finger kribbelten.

»Vielleicht ... vielleicht ist es noch nicht vorbei«, sagte sie langsam. »Es könnte sein, dass David sich bei mir meldet.«

Gary hustete überrascht. »Wie kommen Sie darauf? Haben Sie sich näher kennengelernt?«

»Unsinn. Ich kenne ihn nicht mal ansatzweise, das ist mir inzwischen klar. Aber trotzdem. Es könnte sein, dass er genauso nach mir sucht wie ich nach ihm.«

Gary verschwand noch tiefer in seinem Mantelkragen und schaute dahinter hervor, als hätte er plötzlich Angst vor ihr. Sie wich seinem Blick aus und sah wieder auf die Visitenkarte.

»Sie verkennen die Lage«, sagte Gary langsam. »Die Kerle, bei denen er jetzt steckt, sind Profis im Untertauchen. Dass er freiwillig zu uns kommt, ist äußerst unwahrscheinlich. Alles was Sie gestern gesagt haben, war richtig.« Er seufzte. »Es war witzlos, ihn überhaupt zu suchen. Aber immerhin haben wir es versucht. Und zum Glück nicht allzu viel Zeit damit vergeudet.«

Lois steckte die Karte wieder ein. »So schnell gebe ich nicht auf. Sie glauben mir das vielleicht nicht, aber irgendwie habe ich das Gefühl, dass wir kurz vor einer Entdeckung stehen.«

»Eine Entdeckung, die uns auch hilft? Nehmen Sie's mir nicht übel, aber statt in David Manoahs Schulzeit zu wühlen, könnten wir wirklich sinnvollere Sachen machen.«

»Ich werde noch einen Tag nach ihm suchen. Vierundzwanzig Stunden können wir wohl noch investieren.«

»Ihre Entscheidung«, murmelte Gary müde. »Sie werden es bereuen. Und sagen Sie dann nicht, ich hätte Sie nicht gewarnt.«

10:32 – 10:44

Anfangs machten die Gummistiefel bei jedem Schritt ein schmatzendes Geräusch, das Davids Angst schürte, gleich auszurutschen. Aber je weiter sie die Röhre entlangliefen, desto tiefer wurde das Wasser. Nicht mehr lange, und es würde in seine Gummistiefel hineinschwappen. Zu allem Überfluss stieß er mit seinen Stiefeln immer wieder an undefinierbare Dinge, die im Abwasser herumschwammen.

Nur ein einziger Grund ließ ihn immer noch weitergehen: Ondrejs Versprechen, ihn vor der NOBA zu beschützen. Jeden Moment, so sagte sich David, würde Ondrej auf eine Reihe Steigeisen zeigen, die hoch zu einem Gully führten, und mit David ins Sonnenlicht klettern. Und dann mit ihm zur Polizei laufen. Oder zu irgendeinem Fernsehsender.

Was auch immer Ondrej genau vorhatte, ihm selbst schien dieser Spaziergang Spaß zu machen. Je weiter sie gingen, desto redseliger wurde er. Als eine Portion Makkaroni an ihnen vorbeischwamm, sagte er: »Ist schon lustig, was die Leute so wegschmeißen. In den letzten Jahren hab ich hier die dollsten Sachen gesehen.«

David hatte seine Augen halb geschlossen. »Bitte rede nicht weiter«, murmelte er.

»Gabeln, Löffel.« Ondrej hatte ihn offenbar nicht gehört. »Ziemlich oft sind künstliche Zähne dabei. Richtige Goldzähne manchmal.«

»Ich will's nicht wissen, okay?«

»Ist ja gut.«

Der Geruch war bestialisch. David war ohnehin schon schlecht, doch inzwischen *roch* es auch noch nach Erbrochenem. Die Röhre beschrieb eine scharfe Kurve. Sie war nur noch halb so hoch wie zu Anfang. Von den Backsteinen war nichts mehr zu sehen. Stattdessen bedeckte eine glatte schwarze Schicht die Wände.

David hielt sich den Arm vor die Nase. »Ondrej ... was ist ... das? An der ... Wand?« Er konnte nur noch scheibchenweise sprechen, jedes Wort war ein Kampf gegen den Brechreiz.

»Na ja, Fett«, sagte Ondrej. »Hat sich hier überall abgelegt und ist steinhart. Und wenn es anfängt zu gammeln, stinkt es wie Kotze.«

Das war zu viel. Die Brote, die David erst vor einer halben Stunde gegessen hatte, kamen in einem einzigen Schwall wieder nach oben und landeten vor ihm im schwarzen Wasser. Es war grauenhaft und kein bisschen befreiend.

Ondrej sah sich nicht mal nach ihm um. »Ja, das kenn ich. Aber wenn man irgendwo mit ruhigem Gewissen reihern kann, dann wohl hier.«

David hörte nicht auf ihn. Er war zu sehr damit beschäftig, ruhig ein- und auszuatmen. Krampfhaft versuchte er sich vorzustellen, er wäre nicht hier. Er war auf einem Morgenspaziergang durch sein Viertel, einmal um den Park herum mit seinen hohen Bäumen und dem neuen Basketballfeld. Nicht auf dieser Wanderung durch die Vorhölle.

»Ich würde ja echt gern ihre Gesichter sehen«, sagte Ondrej. »Wenn dein Token wieder auf ihren Bildschirmen auftaucht und ihnen klar wird, dass sie dir durch die Kacke hinterher klettern müssen.«

»Die sehen mein Token?«, fragte David mit zusammengepressten Zähnen.

»Sobald sie meine Firewall geknackt haben. Hast du gestern diese albernen Brillen gesehen? Die zeigen ihnen, was ihr Opfer als Nächstes machen wird. In welche Richtung es laufen wird. Sie sind dir immer einen Schritt voraus, egal was du tust. Selbst wenn du deine Entscheidungen in letzter Sekunde änderst, haben sie schon die korrigierte Zukunft vor Augen. Echt eklig.«

David dachte an die unwirkliche Jagd bei Benzon. An den Mann mit der Sonnenbrille, der immer am richtigen Ort auf sie gewartet hatte. Es konnte stimmen, was Ondrej sagte. Aber dann war es noch rätselhafter, warum ihnen die Flucht überhaupt geglückt war.

»RegSec wird jedes Jahr besser«, sagte Ondrej grimmig. »Kein Wunder, bei dem Budget.«

David horchte auf. Immerhin ein Wort, das er kannte – RegSec war die Sicherheitsbehörde der NOBA. »Moment. Du glaubst ernsthaft, dass RegSec solche Typen wie die von gestern Abend beschäftigt?«

»Solche Agenten gehören zum Protective Service, einer Unterabteilung. Die NOBA hat vor Jahren einen insolventen Militärdienstleister aufgekauft und sich mit den Mitarbeitern eine eigene Geheimpolizei aufgebaut. Offiziell beschützt der Protective Service die Register-Büros. Ich frage mich, wer so eine dämliche Erklärung wirklich glaubt.«

David blieb stehen und verschnaufte. »Ondrej, ich habe dir eine wichtige Sache verschwiegen. Ich glaube, ich weiß, warum die NOBA uns verfolgt. Es ist wegen Feingold. Kurz bevor er zusammengebrochen ist, wollte er mir etwas mitteilen.«

Ondrej sah sich um. »Wollte er nur? Oder hat er es geschafft?«

»Er war recht durcheinander. Weinard wird sterben, das hat er mehrmals gesagt. Und dass Summerton der Schlüssel ist.«

»Aha«, sagte Ondrej und stapfte langsam weiter. »So wirres Zeug redet man nun mal in Todesangst.«

»Nein, so ist mir das nicht vorgekommen.« David riss seine Füße aus dem schlickrigen Boden und bemühte sich, mit Ondrej Schritt zu halten. »Nehmen wir mal an, er wollte mir sagen, dass ein Mord geplant ist. Und dass ein Mann namens Summerton der Schlüssel ist, um den Täter zu finden. Oder die Tat zu verhindern.«

»Und weiter?«

»Reicht das nicht erst mal? Ein Mord, den das Register nicht verhindert. Wie soll das überhaupt gehen?«

»Dafür wird sich die NOBA schon was überlegt haben.«

Der Kanal beschrieb jetzt eine weitere Kurve und nahm wieder an Größe zu. Minutenlang wateten Ondrej und David stumm nebeneinander her, während der Geruch langsam zu seiner alten, vergleichsweise harmlosen Ausprägung zurückkehrte.

David überlegte, wie er Ondrej dazu bringen könnte, ihm mehr als nur Bruchstücke an Informationen zu liefern. Es war ein Rätsel, woher Ondrej so viele Interna über die NOBA kannte – das meiste davon schien auch noch zu stimmen. Die Hauptfrage war natürlich, wie um alles in der Welt Ondrej es geschafft hatte, sich selbst an das Register anzudocken.

»Da sind wir«, sagte Ondrej in die plätschernde Stille hinein. Er steuerte die rechte Wand der Röhre an. David kniff die Augen zusammen: Dort war tatsächlich eine eiserne Tür eingelassen.

Er atmete auf. Diesen Abschnitt ihrer Reise hatten sie offensichtlich geschafft. Ondrej riss die Tür mit einem kräftigen Ruck auf. Gerade wollte er durch sie hindurchklettern, als ein metallenes Klingen zu ihnen vordrang. Es kam aus den Tiefen des Kanals.

Ondrej legte den Kopf schräg. »Ups. Von welcher Seite ist das gekommen?«

Hastig sah David dem Strahl seiner Taschenlampe nach. Hier in der Röhre war es schwer, die hallenden Geräusche zu orten. »Vielleicht Kanalarbeiter?«

Ondrej griff zu seinem Mantis und tippte energisch darauf herum. Nach wenigen Sekunden pfiff er durch die Zähne. »Nicht schlecht. Die haben dich.«

»Was … wer hat mich?«

»Die haben dein Token geknackt. Schon wieder. Und dieses Mal haben sie keine zehn Minuten gebraucht. Vielleicht, weil sie uns so nahe sind? Allerdings … hm, das hieße ja … « Ondrejs Worte wurden zu einem unverständlichen Gemurmel, über das er David völlig zu vergessen schien.

»Was heißt das?«, fragte David, als Ondrej überhaupt nichts mehr von sich gab. »Dass sie wissen, wo wir sind?«

Ondrej nickte. »Uns bleibt nicht mehr viel Zeit. Komm schnell hoch.« Er verschwand ohne weitere Erklärungen in der geöffneten Tür.

David kletterte aus dem Wasser und trennte sich von den Gummistiefeln. Am liebsten hätte er sie einfach im Abwasser versenkt, aber dann stellte er sie doch ordentlich an den Rand. Er hatte die böse Vorahnung, dass er sie noch einmal benötigen würde.

Als er Ondrej durch die Luke folgte, schalteten sich in dem Raum dahinter nach und nach die Deckenlichter ein. Stück für Stück baute sich vor David ein Bild auf, das ihm den Atem verschlug.

Der Raum war ungefähr sechs Meter lang. Direkt vor Davids nackten Zehen begann ein schmaler Gang mit Wänden aus Regalen, die erst knapp unter der Decke endeten. Ein Meer aus grünen und blauen Lichtern erstreckte sich zu beiden Seiten – Tausende von blinkenden Lämpchen, die die Wände zum Glühen brachten und bunte Tupfer auf den Gummiboden warfen.

Mit nur einem Schritt durch die Tür im Kanal war David in ein Paralleluniversum eingetreten. Genauer: In eine ausgewachsene, professionelle Serverfarm. Von überall her knackte und surrte es, der ganze Raum schien wie elektrisch aufgeladen.

Nicht, dass David so etwas zum ersten Mal sah. Der Keller von Benzon beherbergte etwas Ähnliches, David hatte außerdem schon zwei Rechenzentren der NOBA besucht. Doch die befanden sich nicht direkt neben der Kanalisation.

»Willkommen im Herzstück des Free Time Clubs«, sagte Ondrej. Seine Stimme kam von rechts, er befand sich irgendwo hinter dem Serverregal. »Scharf, oder? Wir haben hier in diesem Jahr jede freie Minute verbracht.«

David ging bis zum Ende des Raums und bog um die Ecke. Jetzt erkannte er, dass es insgesamt vier parallele Gänge gab, die man von hier aus erreichte. Hätte man ein Symbolbild gebraucht für eines dieser furchtbaren Business-IT-Magazine – *So bleiben Ihre Unternehmensdaten sicher* – man hätte es vor diesen blinkenden Regalen schießen können. Selbst die Luft war frisch, klinisch kühl geradezu. Eigentlich beeindruckte David das am meisten.

Er ging den Flur entlang und bog in den letzten Gang ein. Die äußere Wand bestand hier aus unverputztem Beton, an dem dicke Bündel von Kabel entlangliefen. Ondrej hockte auf einem Drehstuhl und schaute in einen Monitor, der an der Wand hing.

»Wofür braucht ihr das alles?«, brachte David hervor.

»Ach, wir müssen jede Menge Daten wegspeichern. Immerhin haben wir uns ein eigenes Register gebaut. Ein sehr kleines Register natürlich, aber es braucht seinen Platz.« Er begann, in die Tasten eines Keyboards zu hauen, das ebenfalls an der Wand angebracht war.

David lehnte sich mit dem Rücken an die brummende Wand und holte tief Luft. *Ein eigenes Register.* Seine innere Sortiermaschine hatte es längst aufgegeben, alles zu verstehen, was in den letzten Stunden passiert war. Aber das hier übertraf alles.

Ein eigenes Register! Das konnte nur gelogen sein.

»Hinter dem zweiten Rack ist ein Schrank«, sagte Ondrej. »Da müssten Hemd und Hose drin sein. Vielleicht auch Schuhe.« Er sah nicht vom Bildschirm auf, während er sprach. Davids Bekleidung war wahrscheinlich nur ein Störrauschen in seinen Gedanken, aber immerhin dachte er daran, dass David quasi unbekleidet neben ihm stand. Fast schon nett.

David humpelte um die blinkenden Kästen herum und entdeckte auf der rechten Seite einen Metallschrank. Er ähnelte einem alten Schulspind und war übersät mit Aufklebern. Die meisten bestanden aus einem Mittelfinger und dem Untertitel »FCK NOBA«. Über dem rechten Türgriff klebte ein handtellergroßer Sticker mit der Aufschrift »Runtime Convention 1997 – Hack The Registry«.

Hoffnungsvoll zog David an dem Griff, aber die Schranktür klapperte nur widerspenstig. Er wechselte zu seinem gesunden Arm und zerrte erneut an der Tür. Diesmal öffnete sie sich und mit Getöse rutschten Werkzeuge und Kabel heraus. Etwas, das wie ein Lötkolben aussah, landete auf dem Boden, knapp neben Davids nacktem Fuß. Er achtete nicht darauf. Im obersten Fach lagen eine verwaschene Jeanshose und ein Sweatshirt. David fühlte sich reich beschenkt. Das Shirt war gemustert mit Männerköpfen von alten Gemälden – garantiert ein Stück aus Tinas Sammlung.

»Schuhe und Hose bitte noch nicht anziehen«, sagte Ondrej durch die Wand hindurch.

»Warum denn?«

Keine Antwort. David humpelte mit der Jeans über der Schulter zurück zu den Computern. Ondrejs Finger flogen in einem irren Tempo über die Tasten und versorgten die vielen Terminals mit Aufträgen. Immer noch bekam David die beiden Varianten von Ondrej nicht zusammen – mal der paranoide Hacker, dann der Motorradfahrer mit Hang zum Actionhelden. Und doch saß die Symbiose direkt vor ihm.

»Alles klar«, sagte Ondrej, malträtierte aber ungebremst die Tastatur. »Das Programm lässt dein Token jetzt zufallsgesteuert durch die Kanalisation laufen. Wird natürlich nicht lange dauern, bis ihnen der Trick auffällt.« Er drückte mit dem Zeigefinger eine letzte Taste, lehnte sich zurück und besah sein Werk. »Nur ein paar Minuten, wenn wir Pech haben.«

»Warum redest du immer nur von meinem Token? Was ist mit deinem?«

»Ich hab keins.« Ondrej kratzte sich an der Nase. »Ich hab die Dinger von Anfang an für eine blöde Idee gehalten.«

»Du hast kein Token? Seit wann kann man sich das bitte aussuchen?«

»Erzähl ich dir später.« Ondrej wandte sich vom Monitor ab. »Jetzt ist es wichtig, dass du ebenfalls untertauchst. So richtig. Vorher lassen die uns nicht in Ruhe.«

Offensichtlich wollte Ondrej ihm etwas Wichtiges sagen. Eine unbequeme Wahrheit. Nur verstand David nicht, worauf er hinauswollte.

»Das heißt also«, sagte Ondrej langsam, »dass wir dein Token loswerden müssen.«

»Was meinst du mit loswerden? Man kann es doch nicht einfach entfernen.«

»Keiner bei uns im Club hat sein Token noch im Fuß«, sagte Ondrej. Auf dem Bildschirm erschien ein neues Fenster: *Tina wird verbunden.*

»Das ist doch lächerlich«, protestierte David. »Heutzutage läuft doch alles über persönliche Tokens. Ihr könntet euch nicht mal einen Lutscher kaufen.«

»Deswegen tragen wir die Dinger ja auch immer in der Tasche. Niemand checkt das. Aber wir *könnten* sie jederzeit abschalten. Und gleich ...« Er machte eine Pause. »Gleich schalten wir sie auch ab.«

Tinas Kopf erschien auf dem Monitor. »Was macht ihr denn im Serverraum?«

»Das willst du nicht wissen«, sagte Ondrej. »Ich komm direkt zur Sache. Wir brauchen deine Hilfe.«

»Ganz was Neues. Gerade hat mich schon Pat angerufen. Er war völlig aufgelöst und wollte alles über David wissen. Er meint ...«

»Tina, du musst jetzt mal die Klappe halten. Wir stecken bis zu den Nasenlöchern in der Scheiße. Und zwar wir alle.«

Tina zog die Augenbrauen hoch und schwieg.

»Also, wir fangen mit David an«, sagte Ondrej. »Ich hab dir seine Token-ID schon geschickt.« Er wollte gerade ausholen, aber da hielt er inne und wandte den Kopf der Eingangstür zu.

David hatte die Stimmen auch gehört. Sie drangen von der Kanalisation zu ihnen herein.

»Was ist los?«, fragte Tina, und Ondrej hielt sich schnell den Finger auf den Mund.

Die Stimmen draußen in der Kanalisation waren männlich. Doch sie hallten so sehr, dass David unmöglich sagen konnte, ob die Männer direkt vor der Eisentür standen oder noch dutzende Meter entfernt waren. Abrupt verstummten die Geräusche.

»Sollen wir das Licht löschen?«, raunte David.

Ondrej schüttelte den Kopf. »Die Tür ist dicht. Da kommt kein Licht raus.«

»Also gehen sie einfach an der Tür vorbei?«

»Wenn sie noch nicht gemerkt haben, dass wir sie reingelegt haben.« Ondrej hatte die Hände gefaltet und schien keineswegs beunruhigt.

David fragte sich, ob nicht schon die Tür an sich verdächtig erscheinen musste. Er hatte keine Ahnung, ob sie auf dem Weg hierhin öfters an solchen Türen vorbeigekommen waren. Auf die Röhrenwand hatte er nicht geachtet. Zu sehr hatte er damit gekämpft, sich überhaupt auf den Beinen zu halten. Auf den Beinen ... David schaute an sich hinunter zu seinen nackten, durchgefrorenen Füßen. Und da begriff er, dass ihm ein eklatanter Fehler unterlaufen war.

Die Eisentür würde wahrscheinlich bei ihren Verfolgern kein Misstrauen erregen. Mit etwas Glück würden selbst die Fußabdrücke von ihm und Ondrej in der Dunkelheit der Röhre nicht auffallen. Doch David hatte etwas zurückgelassen, dass laut und deutlich »Hier sind wir!« schrie.

»Ondrej«, flüsterte David. »Gerade eben habe ich draußen …«

Er stockte, und Ondrej sah ihn fragend an. »Ja?«

»Ich … ich habe die Stiefel draußen stehen lassen.«

Jetzt waren wieder Stimmen zu hören. Die Worte waren unverständlich, doch David konnte die Stimmen von mindestens zwei Männern ausmachen. Und diese Männer standen direkt hinter der Tür. Daran bestand kein Zweifel. Gleich würden sie die Klinke herunterdrücken.

David konnte Ondrej nicht in die Augen schauen und blickte zum Bildschirm hinauf. Was für ein peinlicher, dämlicher Fehler. Obwohl er gewusst hatte, dass sie verfolgt wurden, hatte er die Stiefel hübsch nebeneinander vor die Tür gestellt, als ob sie auf den Schuhputzer warteten. Ausgerechnet er, der sonst jede Kleinigkeit beachtete.

Wieder quoll der Klang verschiedener Stimmen durch die Tür. Aber jetzt schienen sie wieder weiter weg zu sein.

Dann herrschte Stille.

Tina sah von dem Monitor auf David herab und man sah ihr an, dass sie eine starke Meinung über das hatte, was gerade passierte. Aber sie beherrschte sich und schwieg.

Ganze Minuten vergingen, in denen niemand ein Wort sagte, weder vor der Tür noch im Serverraum. Gar nichts geschah. Niemand versuchte, die Tür zu öffnen. Niemand jagte den Raum in die Luft. Stattdessen wanderten die NOBA-Agenten offenbar weiter dem von Ondrej aufgezeichneten Kurs hinterher.

Schließlich flüsterte Ondrej: »Ist doch noch mal gut gegangen. Deine Stiefel hatte ich natürlich reingeholt.« Er zeigte neben seinen Stuhl. Da standen sie tatsächlich, zusammen mit Ondrejs eigenen Stiefeln. Ein braunes Rinnsal ging von ihnen aus und endete knapp vor Davids Füßen.

David räusperte sich mehrmals, seine Kehle war zugeschnürt. »Gut, dass du noch mal … Ich meine, warum …«

»Ich habe mich über das Mantis gewarnt, was denn sonst?« Und schon begann er wieder, mit der Tastatur zu verschmelzen. »Tina, wie sieht's aus? Bist du auf Davids Token?«

»Verdammt noch mal, du sagst mir jetzt, was eigentlich los ist! Ist euch die NOBA immer noch auf den Fersen? Seit wann? Und warum hat David eigentlich *nie* eine Hose an?«

»Ist 'ne lange Geschichte. Irgendwas ist bei der NOBA aus dem Ruder gelaufen. David hat gestern mit Feingold gesprochen. Und der sah aus, als hätten ihn ein paar Kerle von RegSec verhört.«

»Jerry Feingold?«, fragte Tina. »Das ergibt doch überhaupt keinen …«

»Ich versteh es auch noch nicht. Auf jeden Fall passt es ihnen nicht, dass David Feingold gesehen hat. Und jetzt rennen sie ihm hinterher wie der Kojote dem Road Runner.« Er kicherte. »Meep, meep!«

»Reiß dich zusammen«, keifte Tina. »Was soll ich jetzt mit David machen?«

»Lass ihn weit weglaufen. Am besten er fährt mit einem Expressbus davon.«

»Und dann?«

»Dann lässt du ihn in den Fluss hüpfen und ersaufen.«

David zuckte zusammen, obwohl er wusste, dass es hier nur um sein virtuelles Ich ging – um den David, der in seinem Token steckte. *Ganz ruhig, lass sie dein Tracking ruhig abschalten, das geht in Ordnung.*

Dann aber blickte er in Tinas Gesicht. Die abfällige Miene, die ihr bis gerade eben noch fest angewachsen war, hatte sich aufgelöst. Sie sah aus, als hätte eine Schreckensmeldung im Fernsehen sie überfallen. David fragte sich, ob er die ganze Zeit etwas gründlich missverstand.

»Moment mal«, sagte Tina. »Stopp. Du meinst nicht …«

»Doch«, sagte Ondrej. »Operation Nautilus. Für David und für euch alle. Wir tauchen ab.«

Tina sagte nichts, das Videobild schien wie eingefroren. Nur noch das Klackern von Ondrejs Tastatur war zu hören.

Die anhaltende Stille zwischen den beiden machte David Angst. Da war schon wieder dieses Wort – *abtauchen*. Es klang überhaupt nicht mehr harmlos.

»Das ist nicht notwendig«, sagte Tina schließlich. »Das kann nicht die Lösung sein.«

»Stimmt.« Ondrej verdrehte die Augen. »Wir machen es nur, weil es superwitzig ist.«

»Aber … warum denn? Ich meine, das ist … Ondrej, warum?«

»Weil wir David sonst nicht helfen können. Die werden den ganzen Free Time Club auseinandernehmen, das ist mal sicher.«

»Verflucht.« Tina fuhr sich durchs Haar. »Was sag ich Sam? Der kann auf keinen Fall mitmachen.«

»Du sagst ihm gar nichts. Dann kann er uns auch nicht verraten.«

»Nein.« Sie schüttelte heftig den Kopf. »Ondrej, das schaff ich nicht. Die stecken ihn zurück in eine Pflegefamilie.«

»So schnell geht das nicht.« Ondrej öffnete eine Schublade und kramte darin herum.

»Hat David das Token noch im Fuß?«, fragte Tina.

»Ändern wir sofort.«

Tina nickte knapp und ihr Gesicht verschwand. Der Bildschirm zeigte nur noch schwarze Fenster mit vorbeirasenden Log-Zeilen.

»Am besten du setzt dich auf den Boden« sagte Ondrej, ohne David anzusehen. »Wir müssen uns beeilen.«

»Was hast du vor?«

Ondrej fischte etwas aus der Schublade und legte es auf die

Ablage. Eine Spritze, dachte David im ersten Moment, denn der dünne Draht am Kopf des Geräts erinnerte an eine Nadel. Nur dass diese Spritze in einem dicken Kabel endete. Ondrej steckte das Kabel in einen der kleineren Computer im Regal und erklärte: »Wir hacken dein Token.«

»Tun wir das nicht schon die ganze Zeit?« David setzte sich langsam auf den Boden und beobachtete Ondrej. Routiniert flogen Ondrejs Hände zwischen der Tastatur und den Knöpfen des Geräts hin und her. Er justierte, prüfte, schüttelte den Kopf, justierte weiter. Wie ein Musiker, der ein kompliziertes Instrument vorbereitete.

Je länger David ihm zusah, desto deutlicher wurde ihm, dass das Ding in Ondrejs Hand nicht nur aussah wie eine Spritze.

Ganz ruhig. Natürlich ist das keine Spritze.

»Ondrej, was hast du da in der Hand?«

Ondrej antwortete nicht. Gerade säuberte er die kurze Nadel – nein, das Ding, das *aussah* wie eine Nadel – mit einem Tuch. Er warf einen letzten Blick auf den Bildschirm und sagte: »Okay, dann mal her mit deinem rechten Fuß. Tut gar nicht weh. Ich war nie bei einem Arzt, aber das sagen die doch, oder?«

Ehe David begriffen hatte, was geschah, war sein Fuß in Ondrejs kalter Hand. Beinahe im selben Moment spürte er einen stechenden Schmerz in seiner Ferse. Ondrej hatte die Spritze ohne Vorwarnung hineingerammt.

»Bist du verrückt?«, brüllte David und wollte den Fuß zurückziehen.

Ondrej schnalzte mit der Zunge. Er hielt Davids Fuß weiterhin mit seiner Hand umschlossen, eisern und unbeweglich wie eine Rohrzange.

»Was hast du da in mich reingepumpt?«

»Nanodrähte aus Metall. Umhüllt von einem organischen Polymer.«

David starrte auf seine Ferse, als Ondrej sie endlich losließ. Nur ein hellroter Punkt zeugte von dem Einstich.

»Was hast du vor?«

»Wir brauchen Zugang zu deinem Token. Nicht über die API. Wir müssen so tun, als wären wir Teil des Chips. Das Polymer entfaltet sich jetzt und dürfte jeden Moment andocken. Es sei denn, wir haben Pech, dann müssen wir leider noch mal ran.«

»Was hast du vorhin mit Tina besprochen? Operation Nautilus, was soll das sein?«

Auf dem Bildschirm öffnete sich ein weiteres schwarzes Fenster und Ondrejs Kopf schnellte sofort herum.

David überkam das Bedürfnis, ihm eine Ohrfeige zu verpassen. »Schluss damit. Ich will wissen, was euer Plan ist. Rede mit mir!«

Ondrej warf wortlos die Spritze auf die Ablage. Er stand auf und marschierte um die Ecke, wobei er die Schulterblätter noch weiter nach oben zog als sonst. David hörte, wie er hinter dem Regal rumorte, wahrscheinlich in dem Metallschrank.

»Also David, wie kann man ein Token abschalten?« Ondrej warf die Frage mit einem gereizten Unterton über das Regal.

»Sag du es mir.«

»Es ist ganz einfach.« Ondrej kam zu seinem Stuhl zurück. »Natürlich so, dass nicht bei REGINT oder STRATINT oder einer anderen Geheimpolizei der NOBA die Alarmglocken läuten. Kommst du drauf?«

David schüttelte den Kopf. Er kam sich vor wie zu seiner Anfangszeit als Business Analyst, als jeder Satz der Programmierer bloß ein kryptischer Salat aus Fachbegriffen gewesen war.

Ondrej wedelte ungeduldig mit der Hand. »Man muss natürlich tot sein.«

»Natürlich.«

»Und zwar richtig tot. Nicht bewusstlos, nicht klinisch tot, nicht Ich-seh-schon-den-Tunnel-tot. Ein Arzt muss bescheinigen, dass nichts mehr zu machen ist. Und dass niemand anderes Schuld an deinem Tod hat, nur du selbst. Denn sonst würde man dich natürlich mit einem Löffel Registermedizin wieder ins Leben holen.«

Ondrej hantierte mit dem Lötkolben, der David vorhin beinahe auf den Fuß gefallen war. Er musste ihn vom Fußboden aufgehoben haben. »Noch einfacher ist es natürlich, wenn du dich gleich selbst umbringst.«

»Jetzt mal ganz langsam.« Das ging alles in eine Richtung, die David nicht gefiel. »Warum sollen wir mein Token überhaupt abschalten?«

»Egal, wie oft wir es manipulieren, irgendwann werden sie uns einholen. Sie sind gerade auf dem besten Weg dazu. Hast du ja vielleicht bemerkt.«

»Und was ist deine Lösung? Kommt gleich ein Arzt reinspaziert, der mich für tot erklärt?«

»Was das angeht«, sagte Ondrej und verfolgte wieder die Kommandozeilen auf dem Display, »können wir tricksen. Wir sind jetzt drin. Tina wird gleich von außen den Befehl abschicken, der dem Register die Unglücksbotschaft mitteilt. In wenigen Minuten wirst du Selbstmord begehen.«

David war für einen Moment zu perplex, um zu antworten. »Das Register wird sofort Alarm schlagen«, sagte er dann.

»Nein. Was wir hier treiben, haben diese fantasielosen Anzugträger nie erwogen. So etwas ist im System nicht einkalkuliert. Glaub mir, dein offizieller Tod bedeutet nur eine Null in einer Datenbank. Ende der Geschichte, deiner Geschichte. Du bist dann offiziell raus, genau wie ich.«

Er konnte das nicht ernst meinen. Nicht einmal Judd würde glauben, dass man das Register derart leicht austricksen konnte. Und er würde auch nicht glauben, dass sein Sohn sich plötzlich umgebracht hatte.

»Ein unechter Tod also«, sagte David. »Dir ist klar, dass sofort alle Welt darüber eine Benachrichtigung erhält?«

Ondrej winkte ab. »Das konnten wir aushebeln. Freunde und Familie werden dich natürlich als vermisst melden. Die Polizei wird dann feststellen, dass du angeblich tot bist, zu dem Arzt rennen, den wir angegeben haben – und der wird aus allen Wolken fallen.« Ondrej grinste. Die Vorstellung schien seine Laune wieder zu bessern. »Aber selbst danach haben wir noch Zeit. Deine Retter müssen sich durch die Behörden kämpfen und selbst die NOBA muss erst mal verstehen, was da gerade passiert ist. Die *können* den Tod nicht einfach rückgängig machen, verstehst du? Es gibt Mechanismen, die das verhindern.« Er startete den Videochat.

David fuhr sich über den Kopf. Das also sollte der große Trick sein, die versprochene Rettung, derentwegen er überhaupt erst in die Kanalisation gestiegen war. Nicht mehr als ein Scriptkiddie-Streich, der sofort auffliegen würde.

»Ich mach das nicht«, sagte er. »Damit werde ich zum Verbrecher. Wie soll ich danach noch zur Polizei gehen?«

Tinas Gesicht erschien auf dem Bildschirm. »Zur Polizei will er also?«, fragte sie. Sie sah übernächtigt aus, als hätte man ihr auf Knopfdruck viele Stunden Schlaf entzogen.

»Wie läuft's bei euch?«, fragte Ondrej.

»Alle außer mir sind untergetaucht. Hat tatsächlich ohne Probleme funktioniert.«

»Gut. Gib mir noch zwei Minuten, dann habe ich mich auch um Davids Token gekümmert.« Er wandte sich David zu. »Bereit?«

David lachte auf. »Hast du mir zugehört? Ich verstoße gegen kein Gesetz. Und die NOBA wird niemals auf euren Trick hereinfallen.«

»Läuft ja hervorragend«, sagte Tina.

Ondrej schien nicht im mindesten verunsichert. »Die NOBA kann nichts dagegen tun. Du bist nicht mehr Teil des Systems, nicht mehr Teil des Registers. Sie ahnen vielleicht, dass du noch lebst, aber was bringt ihnen das?«

»Sie werden zurück zum Anfang gehen und alles rückgängig machen. Alles, was in den letzten vierundzwanzig Stunden geschehen ist!«

»Das hätten sie schon längst getan, wenn sie wollten. Irgendetwas hält sie zurück. Das spüre ich.«

»Ich spüre nichts, okay? Außer den Nachwirkungen deiner Spritze. Wenn du noch mal versuchst, mir was in die Ferse zu jagen, werde ich ungemütlich.«

Ondrej antwortete nicht. Er hockte sich zu David auf den Boden, und seine blauen Augen, die sich sonst unentwegt umschauten, blickten David konzentriert an.

»Jungs, ich bin raus«, sagte Tina. Das Chat-Fenster wurde schwarz.

Instinktiv schob sich David nach hinten, bis er mit dem Rücken an einen der Server stieß. Ondrej hatte den Lötkolben in der Hand. War das überhaupt ein Lötkolben? Die Spitze war gebogen und leuchtete rötlich, sie kam David seltsam filigran vor. Aber das Ding war auch keine weitere Spritze.

»Es ist nicht tief unter der Haut«, sagte Ondrej. Er rutschte noch näher.

David schüttelte vehement den Kopf, während er mit den Fingern den glatten Boden nach irgendetwas absuchte, an dem er sich festhalten konnte. Alles setzte sich plötzlich zusammen: Rickys Bemerkung bezüglich einer Fußoperation, Ondrejs Behauptung, keiner seiner Mitstreiter habe das Token noch im Fuß. David glitt in etwas Kaltes, Nasses hinein. Die Pfütze neben den Stiefeln.

»Glaub mir, ich kann mir auch Schöneres vorstellen«, sagte Ondrej. »Aber so lange dein Token noch im Fuß ist, wird es sich nicht abschalten lassen. Mit dem Laserskalpell ist es ein Kinderspiel.«

David schüttelte weiter den Kopf. »Vergiss es. Ich bin nicht wie ihr. Ich bin kein Verbrecher.«

Er würde jetzt einfach fliehen, zurück in die Kanalisation. Die Männer waren längst weiter.

»Die werden dich finden.« Ondrej schien seine Gedanken erraten zu haben. »Diese Menschen können wirklich töten. Das sollte dir klar sein.«

Und wenn schon. Dann würde er sich eben von der NOBA schnappen lassen. Was hielt ihn noch bei diesem Verrückten? Was hielt ihn überhaupt noch am Leben? Er konnte sich nicht retten. Er konnte Weinard nicht retten. Nicht einmal Susan. Niemanden.

»Wir können das nicht rückgängig machen«, sagte Ondrej. »Deswegen mach ich's ganz offiziell: Darf ich dich töten?«

David schloss die Augen und spürte die feuchte Luft der Hayfield Station auf seiner Haut. Er hörte die U-Bahn an seinem Ohr vorbeirauschen, sah Susans freches Grinsen vor sich.

In diesem Moment ging David auf, warum sich Susan immer wieder in diese Entscheidung einmischte. Er verstand, warum er Ondrej noch nicht Einhalt geboten hatte. Ondrej war die Lösung, nach der er Jahrzehnte gesucht hatte. Mit ihm konnte er Susan zurückbringen.

Und da setzte Ondrej auch schon das Skalpell an seinen Fuß. Der Schmerz war unwirklich. Wie eine Schlange, die ihre Zähne in Davids Fuß rammte, sich ein Loch ins Fleisch biss und hindurchkroch. David brauchte einige Sekunden, um zu realisieren, was Ondrej da tat: Er hatte Davids Ferse in der Hand und schnitt die Haut ab, Stück für Stück, er schälte sie förmlich herunter wie eine Apfelschale.

David versuchte, an etwas anderes zu denken als an die Schmerzen, er zählte die Sekunden, die er schon hinter sich hatte. Vier, fünf, sechs, sieben. Vergeblich. Sein ganzer Körper verkrampfte sich.

Die Schlange in Ondrejs Hand arbeitete sich Millimeter um Millimeter durch seine Ferse. Der Geruch nach verbranntem Fleisch stieg David in die Nase. Je mehr David sich zusammenkrampfte, desto fester wurde Ondrejs eiserner Griff. David schrie, streckte sich durch, presste seinen Rücken an das spitze Regal. Er kippte zur Seite und prallte mit dem Kopf auf den Boden.

Der verbrannte Geruch mischte sich mit dem von Linoleum. Es stank mehr denn je nach der Hayfield Station, die einfach nicht totzukriegen war, ein Zombie aus Erinnerung. David hörte das elektrische Summen der U-Bahn, er sah wieder den Mann mit dem Ohrring. David wusste, dass er nun in Ohnmacht fallen würde.

Und dann war Ondrej fertig. Der Schmerz ließ nach. Etwas wurde um Davids Fuß gewickelt, ein grober Verband, den Ondrej fest zuschnürte.

David hatte Tränen in die Augen, aber durch den Schleier sah er, dass Ondrej schon wieder vor dem Rechner saß.

Was für ein Dreckskerl.

Ein egozentrischer Irrer, von Kopf bis Fuß wahnsinnig. Etliche Jahre waren für ihn nur eine »Null in der Datenbank«, Davids Schicksal nur eine Szene in seinem eigenen Film.

Aber Ondrej beherrschte das Register, er jonglierte damit wie niemand sonst, dem David je begegnet war. Und David hatte lange nach so einem Experten gesucht.

Wenn da draußen wirklich ein Mann namens Weinard in Gefahr war, dann konnte Ondrej ihn retten. Und sollte es eine Möglichkeit geben, die letzten zwanzig Jahre zu ändern und Susan doch noch zurückzubringen – dann war die Antwort wieder Ondrej. Wenn es einer konnte, dann Ondrej.

David hörte Tina reden. Ihre Stimme klang, als würde sie auf dem Weg zu Davids Ohren ein meterlanges Blechrohr überwinden.

»Okay, ist durch«, sagte sie. »David liegt irgendwo im Potomac. Nicht mehr ganz lebendig.«

»Wunderbar.« Auch Ondrejs Stimme hörte sich dumpf an, obwohl er jetzt wieder direkt über David stand. David sah sein überhebliches Lächeln deutlich vor sich. Ondrej kam noch näher und raunte: »Ab jetzt musst du aufpassen, wenn du über die Straße gehst. Ich habe soeben dein Schutzschild abgeschaltet.«

12:58 – 12:32

Beim Anblick des Handydisplays zuckte Lois zusammen. Sie hatte mit einem Anruf ihrer Kollegen gerechnet – »Lebst du noch?« – oder eventuell auch von Gary, aber das hier kam unerwartet: Gregory Smith versuchte sie zu erreichen.

Lois legte das Telefon neben sich und ließ es bimmeln. Sie saß auf dem Fußboden, in unbequemem Schneidersitz, damit sie nicht wieder wegnickte. Mit brennenden Augen wandte sie sich ihren Notizen zu und hakte sie im Takt des Handyklingelns ab.

- Samstagvormittag: West Ende Cinema. Jede Woche. *(Ringring).*

- Erster Dienstag im Monat: Smooth Care Spar. Immer 59 Dollar, d.h. eine Stunde Massage, laut Preisliste *(Ringring).* Und Maniküre.

- Erste Woche im Monat: Telefonat mit Judd. Judd ruft an.

Ringri-

Das Handyklingen verschluckte sich, dann war endlich Ruhe. Lois atmete auf. So richtig unerwartet war der Anruf natürlich nicht gewesen. Sie war einen ganzen Tag lang durch Smiths Firma gestreunt und offensichtlich wollte er jetzt wissen, womit er zu rechnen hatte.

Aber sie hatte Besseres zu tun. Irgendwo zwischen diesem Protokoll der Langeweile, diesem elenden Wochenprogramm, das David vor Urzeiten in Stein gemeißelt hatte, lag die Lösung. Kurz vor dem Anruf war Lois auf ein weiteres skurriles Muster gestoßen: Alle sechs Monate überwies David Geld an einen gewissen Edward Heidegger. 335 Dollar, mit dem nichtssagenden Betreff

Halbjährlicher Abschlag. Das an sich schien Lois nicht sehr verdächtig, es konnte ja eine Gebühr für sonst was sein. Aber der Name Heidegger kam ihr bekannt vor.

Die Adresssuche spuckte nur einen einzigen Heidegger für Washington, D.C. aus. Sein Name war allerdings Steven.

Lois nahm Laptop und Kaffeekanne und ging in die Küche. Garys kritische Stimme geisterte durch ihren Kopf. *Sie verzetteln sich. Sie könnten sinnvollere Sachen machen.*

Wie oft hatte sie das in den letzten Jahren hören müssen, immer von Leuten, die panische Angst davor hatten, ihrem Bauchgefühl zu vertrauen. *Ach Rachel, all diese Sisyphus-Arbeit und was, wenn du falsch liegst?* Ja genau, Herrschaften, das ist die verdammte Definition einer Vermutung: Sie kann falsch sein.

Lois setzte sich mit übereinandergeschlagenen Beinen auf den Barhocker und sah zu, wie nachtschwarze Tropfen in die Thermoskanne fielen. Wenn das mal nicht unfair war: Selbst die Kaffeeautomaten bei Benzon konnten die Zukunft vorhersagen. Was hätte Lois jetzt für einen klitzekleinen Blick in ihre Zukunft gegeben, zwei oder drei Tage. Nur wissen, dass sie David finden würde. Dass er überhaupt noch am Leben war.

Und was hatte sie stattdessen? Die Preisliste von Davids Masseur. Es würde wie bei Arun Tagore enden. Da hatte sie auch *gewusst*, was sie nur noch beweisen musste.

Lois klappte ihren Laptop auf, öffnete die Telefonbuch-Website und suchte nach dem Namen Edward Heidegger. Gerade hatte sie den Eintrag gefunden, als ihr Handy erneut losbimmelte.

Wieder war es Smith. Lois durfte ihn nicht ewig ignorieren oder gar wegdrücken, das würde sie verdächtig machen. Besser sie brachte das Gespräch hinter sich.

Sie ging mit dem Handy in der Hand zum Fenster. Irgendwie kam ihr diese Hartnäckigkeit seltsam vor – Smith hatte doch gerade ganz andere Sorgen. Es dürfte einfach werden, ihn abzuwürgen.

Sie nahm ab. »Mr Smith. Immer noch nicht im Urlaub?«

»Ms Anderson, ich befürchte, solange es Leute wie Sie gibt, werde ich nie wieder einen freien Tag haben.«

»Ich bitte Sie. Ich bin harmlos.«

Lois spielte mit ihrer Nase an der beschlagenen Scheibe und hinterließ ein kleines Guckloch. Durch das Loch sah sie, dass der schwarze Wagen von heute Morgen gerade zurückkehrte. Zumindest war sie sich ziemlich sicher, dass es der gleiche Wagen war. Er parkte auf der anderen Straßenseite.

»Sie haben es gut«, sagte Smith. »Sitzen in Ruhe zu Hause und schreiben an meinem Ende.«

»Eigentlich habe ich gerade ganz und gar keine Ruhe.«

Smith lachte so laut, dass Lois den Abstand zum Hörer vergrößerte. »Also gut«, schnaufte er schließlich. »Ich kann nicht schlafen, solange ich nicht weiß, was uns in Ihrem Artikel blüht. Brauchen Sie eine Stellungnahme von mir? Muss ich mich warm anziehen?«

»Es wird nicht exklusiv um Benzon gehen, das hatte ich doch versprochen. Der Artikel beschäftigt sich mit Dutzenden von Firmen, die alle die NOBA als besten Kunden haben.«

»Schön und gut, aber wen werden Sie schlecht dastehen lassen? Uns oder die NOBA?«

»Beide. Oder auch niemanden. Ich schreibe über die Zusammenarbeit. Darüber wie teuer und fragwürdig sie oft ist.«

»Aha«, sagte Smith und klang, als hätte er mit genau dieser Antwort gerechnet.

Aus dem schwarzen Wagen war immer noch niemand ausgestiegen. Es war ein alter Mercedes. Solche Autos aus der Prä-Register-Zeit sah man inzwischen selten.

»Aber warum nicht ein Artikel über die NOBA?«, fragte Smith. »Der wäre doch viel spannender.«

»Nur, dass man so einen Artikel nicht schreiben könnte.«

»Warum nicht?« Smith schien wild entschlossen, ihr auf die Nerven zu gehen.

»Sie kennen doch mein Profil«, sagte Lois. »Ich bin eine Journalistin, die Missstände öffentlich macht. Was die NOBA von ihren Partnern verlangt, ist selten geheim und niemals verboten. Ich persönlich mag es unmoralisch finden, wenn Sie der NOBA Ihre gesamten Mitarbeiter-Daten übermitteln, aber ...«

»Die Datenanfragen der NOBA sind legal.«

»Ja, das sagte ich.«

»Und wir schauen uns jede Anfrage sehr genau an.«

Lois verdrehte die Augen. Allein mit den Protokollen, die Gary besorgt hatte, hätte sie ein Dutzend Wäschekörbe füllen können. Die Namen der Personen, die überwacht wurden, gingen in die Tausende. Dazu kamen die Daten der Leute, mit denen das Überwachungsopfer in Kontakt stand. Es war eine unendliche Masse an Daten und wahrscheinlich hatte Benzon längst den Überblick verloren.

Lois ging langsam zurück zu ihrem Laptop, auf dem noch die Telefonbuchseite von Steven Heidegger geöffnet war.

Sie stutzte. Heidegger ...

Der Name war ihr nicht ohne Grund bekannt vorgekommen. Mit dem Handy am Ohr, griff sie zu ihrem Laptop und öffnete das Jahrbuch der St. Albans High-School.

»Schade, dass Sie nicht mutiger sind«, sagte Smith. »Die NOBA hätte es verdient, mal ein bisschen geärgert zu werden.«

»Lustig, dass ausgerechnet Sie das sagen.« Sie blätterte durch die Porträtseiten des Jahrbuchs.

»Wieso denn? Ich leide täglich unter der NOBA. Wussten Sie, dass die Hälfte meiner Mitarbeiter vollen Register-Zugriff hat? Es bleibt der NOBA gar nichts anderes übrig, als uns gehörig zu misstrauen.«

»Klingt ja fast verständnisvoll«, sagte Lois und hörte auf zu blättern. Treffer. Auf dieser Seite des Jahrbuchs grinste ein junger Mann in die Kamera, der die gleiche Dauerwelle hatte wie die Mädchen links und rechts von ihm. Sein Name: Steven Heidegger.

Das konnte nur schwer ein Zufall sein. So häufig war der Name schließlich nicht. War Edward Heidegger, der Mann aus Davids Kontoauszügen, vielleicht der Bruder von Steven? Der Vater? Und warum überwies David ihm so regelmäßig eine nicht ganz unbedeutende Summe?

Lois klickte zurück zur Telefonbuchseite von Steven Heidegger. Er wohnte am anderen Ende der Stadt.

»Ich unterstütze Sie gern«, sagte Smith. »Wie geht's denn mit der Suche nach David voran?«

»Augenblick.« Lois notierte sich die Adresse von Heidegger in ihrem Notizbuch. Erst dann wurde ihr klar, was Smith da gerade gesagt hatte. *Ach du Scheiße.* Er wusste Bescheid.

»Entschuldigung, nach … ähm … wem soll ich suchen?« Fuck, das hatte genauso verängstigt geklungen wie sie sich fühlte.

»Nach David Manoah natürlich«, sagte Smith. »Sagen Sie mir wenigstens, dass er Sie auch überrascht hat.«

»Ich verstehe nicht ganz. Ja, ich habe versucht, David zu erreichen. Email, Telefon, Chat, keine Reaktion. Ist was passiert, das ich nicht weiß?«

Smith hielt die Luft an, als müsse er sich die Worte zurechtlegen. Immerhin. »Lassen wir mal kurz diese Spielchen beiseite, Ms Anderson. Mir läuft gerade die Zeit davon. Deswegen finde ich es klasse, dass Sie bereits nach David suchen. Sie brauchen das nicht zu leugnen.«

»Ich habe nur Davids Kollegen gefragt, ob er vielleicht krank geworden ist. Spielen Sie darauf an?«

»Ach, jetzt hören Sie doch auf.« Smith sprach jetzt auf eine belustigte Weise von oben herab, wie ein Patenonkel zu einer Dreijährigen. »Jemand hat Sie darum gebeten, David zu finden, und

Sie haben sich drauf eingelassen. Ich weiß nicht, was Ihnen die andere Seite geboten hat. Aber Sie sollten sich wirklich überlegen, ob sie David nicht besser zu mir bringen. Sobald Sie ihn gefunden haben.«

»Zu Ihnen?« Es war witzlos, die Fassade weiter aufrecht zu erhalten. »Warum sollte ich das tun?«

»Am Ende kommt sowieso jeder zu mir, das ist das Geheimnis meines Erfolges. Natürlich kriegen Sie auch was dafür. Und zwar das ersehnte Statement für Ihren Artikel. Den Artikel, den Sie *eigentlich* schreiben wollen.«

Großartig. Jetzt gab es also schon zwei Auftraggeber, für den gleichen Suchauftrag. Alle wollten sie unbedingt David finden.

»Überlegen Sie mal«, sagte Smith. »Aus Ihrer lahmen Geschichte, die wahrscheinlich sowieso nur eine Finte ist, mache ich einen richtigen Kracher. Das katapultiert NewsHub in ungeahnte Höhen. Und Sie erst recht. Die Alternative ist, dass Sie bald nur noch Lokalnachrichten sortieren.«

Lois sah auf die Straße hinab. Der Himmel war mit bleigrauen Wolken verstopft, es war als dämmerte es bereits. Die Innenbeleuchtung des Mercedes sprang ihr deswegen sofort ins Auge. Fahrer- und Beifahrertür hatten sich geöffnet und zwei Männer stiegen soeben aus. Einer von ihnen trug eine Sonnenbrille, der andere hatte einen Ziegenbart. Gleichzeitig schauten sie beide hoch zu Lois' Fenster.

»Ms Anderson?«, fragte Smith leise. »So eine Chance bekommt man traditionell nur einmal im Leben.«

Smith hatte einen Fehler gemacht. Jetzt, wo Lois sich mit dem Gedanken anfreunden musste, beobachtet zu werden, ging es ihr auf. Er hatte erwähnt, dass sie zuhause war, obwohl sie ihm das nicht verraten hatte.

Lois stand auf und starrte auf die Fensterscheibe. Der Fleck, den ihre Nase hinterlassen hatte, war immer noch da.

»Sie brauchen ganz schön lange, um Ja zu sagen«, bemerkte Smith.

»Wieso glauben Sie, dass ausgerechnet ich David finden werde?«

»Ehrlich gesagt, sind Sie meine Notlösung. David hat sich jetzt so unsichtbar gemacht, dass meine Methoden nicht mehr funktionieren. Der Mann ist echt durchgeknallt.«

»Sind Sie es, der David jagt? Oder die NOBA?«

»Das kommt aufs Gleiche heraus. Wie Sie schon sagten, für den besten Kunden macht man alles.«

Lois ging zwei Schritte rückwärts. Wahrscheinlich waren diese Männer da unten schon lange auf sie angesetzt.

»Noch ist es ein Handel, meine liebe Ms Anderson.« Ein lauernder Ton hatte sich in Smith' Stimme geschlichen. »Ms *Lois* Anderson, sollte ich vielleicht besser sagen.«

Durch den Treppenflur hallte ein Klingelkonzert. Es kam etagenweise nach oben, bis auch Lois' Klingel an der Reihe war.

Smith hatte recht. So eine Chance würde sie so schnell nicht wieder bekommen – vorausgesetzt natürlich, Smith hielt Wort. Würde er das tun? Warum sollte er?

»Wir können das auch anders machen«, sagte Smith. »Ich zwinge Sie einfach.«

»Wow. Das geht ja echt schnell bei Ihnen.«

»Dieser blöde Zeitdruck, wie ich schon erklärte.«

Lois steckte ihr Notizbuch in die Hosentasche. Sie konnte das jetzt nicht entscheiden. Sie würde einfach weiter nach David suchen und sich später überlegen, für wen sie das tat. Bewerber gab es anscheinend genug. Wenn Smith allerdings vorhatte, sie jetzt und hier festzunehmen – das konnte er vergessen.

Der Summer im Erdgeschoss war zu hören. Im nächsten Moment wurde knallend die Haustür aufgestoßen. Irgendjemand hatte den Männern aus dem schwarzen Mercedes aufgemacht.

Lois beendete das Gespräch mit Smith, rannte zur Tür und riss sie auf. Sie war kein bisschen überrascht, dass ihr gegenüber Mrs Garnaczia in der ebenfalls geöffneten Wohnungstür stand.

Die Alte wedelte wütend mit beiden Händen. »Wieder diese Kinder. Überall auf einmal geschellt!«

Lois legte den Zeigefinger auf den Mund und schloss lautlos die Tür hinter sich zu. »Ich komm kurz zu Ihnen.«

»Was? Sie müssen schon lauter reden!« Mrs Garnaczias Stimme hallte durch das Treppenhaus. Lois schob sie in die Wohnung zurück und schloss die Tür hinter ihnen. Es roch nach Suppe und alten Menschen.

»Was ist los?«, fragte Mrs Garnaczia.

»Ich bin in Schwierigkeiten.«

»Na, das ist ja kein Wunder.« Sie lehnte sich an die schwere Flurkommode und machte ein rundum zufriedenes Gesicht. »Und weiter?«

»Neulich haben Sie mir doch erzählt, dass mein Freund in meiner Wohnung gewesen ist. Erinnern Sie sich?«

»Ach was. Jetzt glauben Sie mir also endlich? Belästigt Sie der Kerl wieder?«

»Kann man so sagen.« Lois sah sich hastig um. Der Wohnungsschlüssel steckte von innen. Sie drehte ihn zweimal um, dann sah sie durch den Spion. »Wie kommen Sie darauf, dass es mein Ex-Freund war? Der Mann, den Sie gesehen haben?«

»Halten Sie mich für blöde?« Mrs Garnaczia schob sich an Lois vorbei. »Jetzt kommen Sie erst mal rein und setzen sich. Aber nicht auf das Sofa.«

Lois hörte, wie nebenan, an ihrer eigenen Wohnungstür, geklopft wurde. Sie wich von der Tür zurück.

»Welche Haarfarbe hatte denn der Mann, der in meiner Wohnung war?«

»Braun natürlich.«

Genial. Gilbert war blond.

Lois folgte Mrs Garnaczia ins Wohnzimmer. »Und er war in meiner Wohnung?«

»Gestern Vormittag, ja. Und vorher hat er sich zwölf Mal umgeschaut.«

Lois holte ihr Handy heraus und wählte Garys Nummer. Dabei ging sie zum Fenster und schob die Spitzengardine ein Stück zur Seite. Der Mercedes stand immer noch neben dem Haus. Wenn die alte Dame recht hatte, dann wurde Lois nicht nur beschattet, sondern jemand drang auch regelmäßig in ihre Wohnung ein. Ohne, dass sie etwas davon bemerkt hatte.

»Lois«, meldete sich Gary leise. »Sie sollten mich doch nicht mehr anrufen.«

»Smiths Leute sind mir auf den Fersen.«

Gary sagte zunächst gar nichts, hüstelte nur nervös und schwieg wieder.

»Gary!«

»Was ... was heißt Smiths Leute?«

»Zwei Männer. Wahrscheinlich NOBA-Agenten. Smith hat mir gerade eben am Telefon gedroht und zeitgleich stürmen diese Typen ins Haus. Was mache ich jetzt?«

Jemand donnerte an die Wohnungstür. Mrs Garnaczia machte sich auf den Weg, aber Lois hielt sie an ihrer Strickjacke fest. »Sie dürfen da nicht rausgehen. Das sind gefährliche Männer.«

Ihre Augen hinter dem dicken Brillenglas funkelten wütend. »Ich bin nicht achtundachtzig Jahre alt geworden, weil ich vor irgendwelchen Machos gekuscht habe.«

»Lois«, sagte Gary am Handy. »Sie müssen die Polizei rufen.«

»Wie bitte?« Lois hatte Mühe, Mrs Garnaczia festzuhalten. »Das hält diese Typen doch nicht auf!«

»Es sind keine NOBA-Agenten. Sonst würden wir nicht miteinander sprechen. Das sind nur irgendwelche Gorillas von Smith.«

Es klopfte wieder, dreimal hintereinander.

Lois bedeutete Mrs Garnaczia, noch einen Moment zu warten. Sie musste nachdenken. Wenn sie jetzt einen Notruf absetzte, war die Polizei schon seit zehn Minuten da, vielleicht sogar noch früher. Das Gespräch mit Smith würde nicht stattfinden, aber auch nicht ihr Geistesblitz bezüglich Heidegger. Dieses wertvolle Wissen durfte sie nicht verlieren.

»Mrs Garnaczia«, sagte Lois. »Sie müssen mir jetzt helfen. Halten Sie die Typen so lange wie möglich hin. Drohen Sie notfalls mit der Polizei, aber nur drohen. Haben Sie verstanden?«

Mrs Garnaczia starrte Lois einen langen Moment an. Dann trippelte sie wortlos zur Tür.

Lois drückte das Handy wieder an ihr Ohr. »Die werden alles rückgängig machen.«

»Das werden sie nicht. Vertrauen Sie mir.«

Das war doch irre. Lois schaltete ihr Handy aus und trat vom Flur in die Küche. Auf dem Herd blubberte eine Brühe mit glänzenden Fettaugen und verkochten Möhren. Genau wie in Lois' eigener Wohnung führte auch hier ein Hochschiebefenster zum Balkon. Über diesen erreichte man die Feuerleiter.

Wieder klopfte jemand an die Wohnungstür. »Ja doch!«, sagte Mrs Garnaczia und klimperte mit dem Schlüssel.

Lois blieben nur noch Sekunden. Sollte sie aus der Wohnung klettern? Oder sich verstecken? Falls die Typen wirklich von der NOBA waren, brachte beides nicht viel.

»Verzeihen Sie die Störung«, kam es jetzt vom Flur her. »Ich suche Ihre Nachbarin, Mrs Anderson.« Die Stimme war leise, aber sie drang seltsam klar durch die Wohnung.

»Schön für Sie!«, bellte Mrs Garnaczia.

Lois öffnete den Wandschrank. Die Regale waren bis oben hin vollgestopft und verbreiteten den Duft von Gewürzen und Putzmitteln. Keine Möglichkeit, da hineinzukriechen.

Die Unterhaltung an der Tür kam langsam in Fahrt. »Ich hatte eine Verabredung mit Rachel«, sagte der Mann mit der leisen Stimme.

»Ja und?«

»Sie ist nicht da.«

»Und da glauben Sie, sie wäre bei mir? Suchen Sie woanders nach Ihrer Verabredung.«

Lois kniete sich nieder und ging zitternd das untere Regal durch. In labberigen Kartons waren Schuhcreme, Kleber und Hausmittel verpackt.

»Vielleicht dürfen wir kurz reinkommen? Ihr Telefon benutzen?«

Lois fluchte leise. Sie war in die gleiche Falle wie bei Arun Tagore und seiner Schlampe aus der Schiffswerft getappt. Wieder hatte sie ihre Gegner kolossal unterschätzt.

»Sehen Sie hier diesen Knopf zwischen meinen Brüsten?«, fragte Mrs Garnaczia schneidend. »Das ist ein Notrufknopf. Wenn ich ihn drücke, erscheint die Polizei. Und zwar vor fünfzehn Minuten.«

»Keine Sorge«, sagte eine andere, tiefere Männerstimme. Sie waren also wirklich zu zweit hier raufgekommen. »Sagen Sie bitte Mrs Anderson, dass sie sich nicht zu verstecken braucht. Wir wissen ohnehin, wo sie ist. Sie ist vor drei Minuten in Ihre Wohnung gegangen. Jetzt gerade ist sie im Raum links von uns.«

Unwillkürlich presste Lois ihre Finger in eine Tube mit Schuhcreme. Diese Typen konnten ihre Position tracken, mithilfe ihres Tokens. Das konnte nur die NOBA. Oder etwa nicht? Verdammt, es fühlte sich an wie eine Bestrafung, dass sie Gary vertrauen musste. Aber die Alternativen gingen ihr aus.

Sie schaute noch einmal in den Schrank und zog eine verbeulte Tube »Super Glue«-Sekundenkleber aus dem Karton. Der Kleber und auch die Schuhcreme verschwanden in ihrer Hosentasche, dann kroch sie in Richtung Balkon. Das Schiebefenster knirschte wie ein alter Schiffsbauch, als sie es nach oben drückte. Lois kletterte hindurch, und erst jetzt wurde ihr klar, dass sie nicht einmal eine Jacke dabeihatte.

Sie schwang sich durch das Loch im Balkonboden und kletterte die rostigen Sprossen hinunter. Falls ihre Verfolger auch ihre Höhenposition sehen konnten, würde sie ihnen unten in die Arme laufen.

Sie rannte über den Innenhof und durch die Unterführung, die zur Straße führte. Noch waren die beiden Männer nicht zu sehen. Vielleicht hatte Mrs Garnaczia sie auf einen Teller Suppe eingeladen.

Lois rannte die Straße zurück, hin zu dem schwarzen Mercedes. Auch von Nahem sah der Wagen nicht verdächtig aus, nur alt. Er hatte sicher keine automatische Steuerung.

Lois presste eine ordentliche Portion Sekundenkleber in das Schlüsselloch der Fahrertür, danach in das der Beifahrertür. Zwischendurch schaute sie immer wieder zur Haustür. Noch immer keine Spur von den beiden. Lois holte die Tube mit der Schuhcreme aus der Hosentasche. Die Windschutzscheibe bekam vier lange schwarze Würste von *Meltonians Qualitätscreme* spendiert. Lois bewegte beide Scheibenwischer schnell mit der Hand hin und her, bis die gesamte Scheibe von einem braun-schwarzen Film überzogen war. Die Scheibenwischer selbst schmierte sie ebenfalls ein. Sollten die beiden so dumm sein, die Scheibenwischer zu starten, würden sie nur noch weniger sehen.

Als Lois fertig war, raste ihr Atem wie nach einem Dauerlauf. Jetzt aber weg hier.

Ein Taxi rollte heran und Lois winkte hektisch. Noch während sie dem Wagen hinterherrannte, zog sie die Adresse von Steven Heidegger aus ihrer Hosentasche. Sie riss die Beifahrertür auf und sprang ins Taxi.

»Was denn, werden Sie verfolgt?«, fragte der Fahrer grinsend.

»Ingraham Street«, sagte Lois und kauerte sich tief auf die Rückbank. »Schnell.«

Der Fahrer schnaufte, aber er fuhr los. »Sehr lustig.«

Lois konnte nicht anders, sie musste sich umschauen. Wie ein Kind spähte sie über den Rand der Rückenlehne und sah, wie die Haustür aufsprang. Na also, ihr kleines Experiment kam schon zum Abschluss. Wenn das keine NOBA-Agenten gewesen waren, würde Lois entkommen, zumindest für den Moment. Wenn nicht, würde die NOBA alles reversieren und Lois konnte sich schon mal warm anziehen.

»Schneller«, zischte sie dem Taxifahrer zu.

Die beiden Männer rannten zu ihrem Wagen, scheiterten aber an den zugeklebten Türen. Mit finsterem Blick sah der Kerl mit dem Ziegenbart dem Taxi nach. Er hatte begriffen, was passiert war.

Ich bin im Arsch, dachte Lois.

13:01 – 15:16

David starrte auf Hähnchenschenkel in Panade, die aufgereiht vor ihm auf dem Tresen lagen und nach allem möglichen rochen, nur nicht nach Hähnchen. Er spürte einen kribbelnden Schmerz im Nacken und hatte die seltsame Ahnung, er wäre bald für den Rest seines Lebens gelähmt. Was auch nicht weiter von Bedeutung wäre. Nichts war noch von Bedeutung.

David bewegte seinen Kopf vorsichtig, damit das taube Gefühl in seinem Nacken verschwand. Links von ihm befand sich die Seitentür, durch die Ondrej vor einer Viertelstunde verschwunden war, um mal »ganz dringend schiffen« zu gehen. Seitdem saß David hier und versuchte, das Desaster der letzten Stunden durch seine innere Sortiermaschine zu pressen.

»Siehst noch ausgeschissener aus als gestern.« Der Mann hinter dem Tresen stellte zwei Gläser mit Limonade vor David ab und strich sich die Haare aus dem Gesicht.

David hätte nicht gedacht, dass er diesen Anblick noch einmal zu Gesicht bekäme – diese tiefen Augenringe, die grauen Zotteln unter dem Kinn.

David schüttelte den Kopf. »Ist alles gut. Alles super.«

Ricky zuckte mit den Achseln und karrte einen Metallkäfig mit mehreren Etagen voll Geflügel heran.

Das also war der wahre Beruf von Ricky. Ricky von »Ricky's Wings 'N Things«. Hinter diesem Namen verbarg sich ein schmutziger Kubusbau am Rande einer Kreuzung, der mit seiner vergitterten Tür und den Milchglasfenstern niemanden dazu einlud hereinzukommen.

David hatte mit dem schlimmsten gerechnet und auf den ersten Blick genau das bekommen – kaputte Gestalten, die hinter schwarzen Tischen klemmten und selbst schon nach Frittierfett stanken.

Doch je länger er hier saß, desto klarer wurde ihm, dass »Ricky's Wings 'N Things« mehr war als ein ranziges Fast-Food-Restaurant. Keine Unterhaltung um ihn herum war nur zwangloses Geplauder. »Drei Riesen, nicht weniger«, hatte er gerade deutlich gehört, direkt hinter seinem Rücken. Von der blassen Frau neben ihm schnappte er ebenfalls seltsame Gesprächsfetzen auf. »Ich werde das bis gestern erledigen« zum Beispiel, oder: »Erst die Kohle, dann die Nachricht.«

David schloss die Augen und spürte wieder dieses seltsame Gefühl in seinen Gelenken. Als ob sich jeden Moment alles blockieren würde.

Noch vor zwei Tagen hatte er sich gefragt, wie wohl der Schwarzmarkt des Registers organisiert war. Jetzt saß er mittendrin. Während die Leute um ihn herum Flügelchen und Krautsalat aßen, fädelten sie wahrscheinlich einen Zeitdeal nach dem anderen ein, und das nicht nur zum Preis eines Mittagessens. David war endgültig in einer grotesken Zwischenwelt gelandet, die nichts mehr mit der Realität zu tun hatte.

Sein Kopf war dafür nicht ausgelegt. Inzwischen begriff David noch nicht einmal mehr die grundlegendsten Sachen. Zum Beispiel: Warum waren sie nicht längst verhaftet?

Bei Licht betrachtet war dies das größte Rätsel. Ondrej war mit David aus dem Kanal geklettert und kurzerhand in den nächsten Metrobus gestiegen. Sie waren eine halbe Stunde lang gefahren, vorbei an roten Apartmentburgen und großflächigen Arbeitersiedlungen, und dann wieder ausgestiegen. Ganz so, als wäre es das normalste der Welt.

Keine blinkenden Lampen. Keine Warnmeldung auf dem Bildschirm des Fahrers: »Achtung, Passagier konnte nicht identifiziert werden.« Keine Cops, die den Bus stürmten und sie beide verhafteten. Nichts davon war geschehen, obwohl David fest damit gerechnet hatte. Wie hatte Ondrej das nur hinbekommen?

Eine Sache zumindest war David inzwischen klar: Sie waren hier, weil Ondrej es so wollte. Ondrej könnte, wenn ihm danach wäre, diesen ganzen Schlamassel mit einem Mausklick rückgängig machen. Schließlich hatte er sich ein Register im Taschenformat gebaut. Und es funktionierte. Aber Ondrej wollte nichts rückgängig machen.

Davids letzte Hoffnung war, dass er Ondrej trotzdem irgendwie überreden könnte. Mit Geld vielleicht, viel Geld. Für einen zweiten Serverraum oder eine größere Wohnung oder was auch immer.

»Kopf einziehen«, brummte Ricky und versenkte den nächsten Käfig im Fett. Es brodelte wütend. David rückte seinen Stuhl weiter nach hinten. Allein die Vorstellung, dass ihm dieser Mann gestern Abend den Fuß geröntgt hatte …

»Schon was bestellt?«

David sah auf und blickte in Ondrejs Gesicht. »Endlich! Wo bist du nur gewesen?«

»Hab mich festgelesen. Ricky hat Magazine auf dem Klo, da fällt dir nichts mehr ein.«

David starrte auf das aufgewühlte Fettmeer, in dem die Hähnchen trieben wie Schiffswracke. »Warum sind wir hier, Ondrej? Was sind das für Leute?«

Ondrej zog einen Barhocker heran. »Ganz unterschiedlich. Die meisten standen weit oben in der Nahrungskette, bevor das Register sie überflüssig gemacht hat. Ärzte, Cops, Risk Manager, alles Mögliche. Ricky war ein ganz guter Unfallchirurg.«

»Mein Gott. Wenigstens einer, der jetzt seine wahre Berufung gefunden hat.«

»Er sitzt hier fest, genau wie die anderen Ex-Yuppies. Sie leiden zusammen und versuchen, das System zurückzuärgern.« Er schnipste in Rickys Richtung. »Hey Rick, sieben Portionen gegen die ersten Plätze beim Steel Valley Sprint. In drei Minuten ist Annahmeschluss.«

Ricky kam näher. »Aber nur weil du es bist.«

David beobachtete mit Unbehagen, wie Ricky die Hähnchenflotte wieder aus dem Fett zog. »Was erzählst du da von sieben Portionen? Ich kriege sicher nicht mal eine halbe davon runter.«

Ondrej holte lachend sein Mantis hervor und begann darauf herumzuspielen. »Leider ist Ricky der Einzige, bei dem man ohne Token einkaufen kann. Deinen verwöhnten Gaumen kriegen wir schon auf Linie.«

Ricky beugte sich über die Theke näher zu Ondrej. An seiner Nasenspitze baumelte ein erbsengroßer Schweißtropfen. »Mal unter uns. Was sind das für Schwierigkeiten, in denen du steckst?«

»Ganz schön neugierig.« Ondrej blickte nicht von dem Mantis auf. »In den nächsten Tagen verdienst du ein Vermögen mit uns, das muss ja wohl reichen.«

»Komm mir jetzt nicht so, verflucht. Pat war vor 'ner halben Stunde da und hat gefragt, ob du hier aufgekreuzt bist. War ganz aufgeregt, der kleine Schisser.«

»Ja, den haben wir heute ein bisschen erschreckt. Ich klär das mit ihm.« Zu David gewandt, raunte Ondrej: »Pat ist unser Informant bei der NOBA. Toller Kerl, aber ein furchtbarer Bürokrat.«

»Ich will keinen Ärger«, sagte Ricky.

»Jetzt mach dich mal locker. Ab heute kommen wir morgens und abends vorbei, du fütterst uns durch, und Ende der Woche bist du ein reicher Mann.«

»Was denn, ihr wollt diese Scheiße auch noch zum Frühstück fressen? Du bist echt in Schwierigkeiten, ich merk das doch.«

Ondrej sah auf sein Mantis. »*Big Blue Nation* und *Awesome Banner* werden gewinnen. Wenn du noch 'ne Wette abgeben willst, beeil dich besser.«

»Also hab ich Recht.«

»Eine Minute noch.«

Ricky gaffte sie beide an und der Schweißtropfen hielt sich trotzig an seiner Nase fest. David stellte sich innerlich darauf ein, dass Ricky sie gleich vor die Tür setzen würde.

Dann aber manövrierte Ricky seine Wampe zur Kasse. Dabei grummelte er leise vor sich hin.

»Na also«, sagte Ondrej und griff nach seiner Limonade. »Seit ich das Mantis erfunden habe, bin ich für die meisten hier so was wie ein Superheld.«

»Ach ja? Dann erklär mir doch mal, wie du mich vor der NOBA beschützen wirst. Bis jetzt hast du mich nur umgebracht.«

»Eines nach dem anderen. Hier sind wir erst mal in Sicherheit.«

»Dass ich nicht lache. Ich wundere mich, dass wir vorhin überhaupt in den Bus einsteigen konnten, ohne verhaftet zu werden.«

»Wieso, ist doch logisch. Wir sind unsichtbar.«

Unsichtbar? Ondrej sprach schon wieder in Rätseln. Für wen waren sie unsichtbar?

»Ich dachte, dieses Sicherheitsleck wäre dir bekannt«, sagte Ondrej. »Kameras, Iris-Scanner, Lichtschranken und dieses ganze altmodische Zeug gibt es nicht mehr. Das bedeutet: Ohne Token sind wir unsichtbar. Irgendwie drollig, dass du das nicht begriffen hast.«

David spürte, dass er rot wurde. Das war eine ebenso logische wie einfache Erklärung. Aus Sicht der Überwachung waren sie gar nicht in den Bus eingestiegen. Für jedes Verkehrsmittel und den Straßenverkehr, für die Restaurants, die Shops und alles andere da draußen, waren sie schlichtweg nicht vorhanden. Das System kontrollierte keine Personen, es kontrollierte Tokens. Kein Token, keine Person.

»Funktioniert natürlich nur solange keiner hinschaut«, sagte Ondrej. »Wenn jemand bemerkt, dass da ein Mensch steht, obwohl die Automaten und Computer was anderes sagen, haben wir ein Problem.«

»Klingt beruhigend.«

»Mir ist noch nie was passiert.« Ondrej schlürfte an seiner Limonade. »Natürlich sucht jetzt die ganze Welt nach uns. Aber wir passen ja auch auf.«

»Ricky wird bemerken, dass uns die NOBA auf den Fersen ist.«

»Na ja. Du überschätzt ihn.«

David richtete sich auf. »Ondrej, ich muss etwas wissen. Dieses eigene Register, das ihr euch gebaut habt – das funktioniert ungefähr so wie das richtige Register, oder?«

»Ungefähr.«

»Das heißt, wir könnten uns darüber warnen? Ich meine, wir können uns gern noch einen Tag Zeit lassen, aber falls wir nicht weiterkommen, reversieren wir einfach die ganze Woche. Was hältst du davon?«

Ondrej stellte sein Glas ab und rülpste leise. »Keine Chance.«

»Ich weiß, dass du eigentlich was anderes vorhast, aber …«

»Es geht technisch nicht.«

»Aber du machst es doch die ganze Zeit. Gerade eben hast du wieder eine Nachricht aus der Zukunft bekommen.«

»Immer nur zwanzig Minuten. Eigentlich nur dreißig Sekunden, aber wir nutzen inzwischen einen Verkettungstrick. Mehr als vierzigmal verketten können wir aber nicht, das ist so eine beknackte Beschränkung der API.«

»Und an das echte Register kommen wir nicht ran?«

»Natürlich nicht.« Ondrej lachte leise. »Spaßvogel. Das echte Register.«

David ließ den Kopf fallen und der saure Geruch der Limo stieg ihm in die Nase. Ondrej schien es ernst zu meinen: Es gab wirklich keine Möglichkeit, diesem Albtraum zu entfliehen. Und wenn er sein vergangenes Ich nicht warnen konnte, dann gab es auch keine Chance, dass ...

Die Frau neben ihm klopfte auf den Tresen und stand auf. Neben ihrem leeren Hocker blieb ein korpulenter Mann in Anorak zurück, der auf seinen Pappteller starrte. Wahrscheinlich hatte er sich soeben für viel Geld eine Nachricht in die Vergangenheit erkauft.

Mir geht's wie ihm, schoss es David durch den Kopf. Genau wie dieser Mann hatte auch David keinen Zugriff mehr auf das Register. Und das bewies endlich, was er ein Jahr lang vermutet hatte: die Warnung vor Lois konnte nicht von ihm sein. Nur mit Zugang zum Register hätte er diese Warnung am nächsten Freitag abschicken können. Entweder die Nachricht stammte aus einer Zeitlinie, in der David Manoah ganz andere Probleme gehabt hatte, dafür aber zumindest das Register nutzen konnte. Oder sie war gefälscht.

»Jetzt geht's rund«, sagte Ondrej. »Die Verstärkung ist eingetroffen.«

Ein kalter Luftzug kam von der geöffneten Eingangstür her. Zwei Männer und eine Frau drängten sich gerade ins Innere.

Ondrej zog David zu einem freien Tisch, an dem David sich sofort eingekesselt fühlte: links die schmutzige Wand, rechts Ondrej, vor ihm die neugierigen, aber schüchternen Blicke der Neuankömmlinge. Die drei sahen so übertrieben unterschiedlich aus wie das Ensemble eines Theaterstücks – die Frau war groß und hatte einen quadratischen Körperbau, den sie durch einen Kurzhaarschnitt unterstrich, die Männer trugen grüne Kappen und hatten einen geradezu ulkigen Größenunterscheid. Alle drei starrten David an, als wäre er eine lokale Berühmtheit. Vielleicht waren sie auch nur verunsichert, weil Ondrej und David immer noch nach Kloake stanken.

David spürte Ondrejs kräftige Hand auf seiner Schulter. »Da

haben wir unseren Neuzugang. David, ich stell dir mal alle vor. Das hier ist die schlaue Dana.« Er wies auf die stämmige Frau. Sie sagte kein Wort zur Begrüßung und steckte ihre Hände noch tiefer in die Hosentaschen.

»Und hier ist Schepp. Schepp hat große Teile des Mantis programmiert.«

Schepp, der kleinere der beiden Männer, beugte sich über den Tisch und gab David die Hand. Dabei ließ er fröhliche Grübchen sehen. »Hi David. Willkommen im Team.«

David war überrascht, wie gut ihm diese kleine Bemerkung tat. Er hatte noch nie mit einem Team zusammengearbeitet. Die Umstände könnten natürlich besser sein, aber trotzdem.

Beim zweiten Hinschauen bemerkte er, dass ihm Schepps Gesicht bekannt vorkam. »Kann es sein, dass du bei Benzon arbeitest?«

»Ja, ich bin Frontend Entwickler im BI Team«, antwortete Schepp. Er zuckte mit den Schultern. »Besser gesagt, ich war dort. Jetzt bin ich ja tot.« Sein Lächeln wurde dünner.

»Ich war Business Analyst«, sagte David. »Bei Benzon.«

»Ja, ich weiß. Schon eine ganze Weile, oder?«

»Fünfzehn Jahre.«

Schepp riss seine Knopfaugen auf. »Fünfzehn ... wow.«

»Mein Gott!«, sagte Dana. »Wie hast du das ausgehalten? Und warum?«

Ondrej räusperte sich. »Darüber könnt ihr später plaudern. David, hier ist noch unser neuestes Mitglied. Cano, der Frickler.«

Mit seinem verwegenen roten Bart und der Army Cap wirkte Cano wie eine Mischung aus Fidel Castro und einem Wikinger. Genauso wie die anderen starrte er David mit unverhohlener Neugierde an.

Als David nichts sagte, wurde das Schweigen der anderen nur noch erwartungsvoller. Natürlich, sie wollten endlich eine

Erklärung geliefert bekommen – warum die NOBA David auf den Fersen war, welches wertvolle Wissen er mit sich herumtrug. Aber David hatte keine Erklärung. Vor ihm saßen echte Menschen, keine Cartoonfiguren wie Ondrej, der ganz hinten im Cyberspace zu Hause war. Hinter diesen braven Gesichtern versteckten sich Lebensgeschichten, Familien möglicherweise. Und all das hatten sie riskiert, um hier dabei zu sein.

»Jetzt gibt's erst mal dein Willkommensgeschenk«, sagte Schepp. Er holte etwas aus seiner Jacke, das aussah wie eine übergroße neongelbe Fernbedienung.

»Pass gut drauf auf«, sagte Ondrej. »Ein zweites kostet.«

Schepp drückte David das Mantis in die Hand. Es war leicht, als bestünde es wirklich zu großen Teilen aus Plastik.

»Und ihr habt alle so eins?«, fragte David, während er die Konturen des Geräts mit dem Daumen entlangfuhr.

Wie einstudiert holten die anderen ihre Mantisse aus den Jackentaschen. Die Geräte sahen alle etwas verschieden aus – als hätten ihre Besitzer immer die erstbeste Hülle genommen und ausgeschlachtet. Gemeinsam war den Mantissen nur, dass sie alle quietschbunt waren.

»Dein Tor zur Zukunft und Vergangenheit«, sagte Dana. »Und unser abhörsicheres Kommunikationstool.«

»Wie funktioniert es? Hängt es an eurem eigenen Register?«

Dana wiegte mit dem Kopf. »So ungefähr. Unser Register ist nicht mehr als eine große Datenbank. Interessant wird es, wenn man ein OmniTemp davorsetzt.«

David hob die Augenbrauen. »Wollt ihr sagen, dass ihr das OmniTemp nachgebaut habt?«

»Leider nein«, sagte Ondrej. »Wir nutzen das bestehende OmniTemp der NOBA. Beziehungsweise einen Teil davon. Die NOBA hat eine Playground API bauen lassen, die bildet sozusagen ein Mini-OmniTemp, mit dem man dreißig Sekunden in die Zukunft schauen kann. Die Schnittstelle wird nur schlecht überwacht und kann mit externen Servern kommunizieren.«

»Ich kenne die Schnittstelle«, sagte David. »Benzon arbeitet ebenfalls mit ihr. Ich habe sie zu Hause benutzt.« Der Gedanke an sein Haus war inzwischen ganz unwirklich, wie eine verschwommene Kindheitserinnerung. Die leeren Zimmer, die Gadgets. Überall Leah, die jeden seiner nächsten Schritte kannte. Hatte er das wirklich erst gestern zurückgelassen?

»Wir verketten die Anfragen«, sagte Ondrej. »Das hatte ich ja erklärt. Und dann ... ah herrlich, da kommt was zu futtern.«

Ricky stellte ein brettlanges Tablett auf den Tisch, das er mit Papptellern voller Fried Chicken und Reis sowie vereinzelten Salatschälchen belegt hatte. Der Anblick erinnerte David an das Fließband einer Müllsortieranlage.

Er sah zu, wie die anderen sich mit Gejohle auf das Essen stürzten. Er selbst hatte genug an dem zu knabbern, was er gehört hatte. Diese Leute hatten es also tatsächlich geschafft, in das bestgehütete System der Welt einzudringen. Und sie hatten Teile davon nach Belieben neu zusammengesteckt.

Er nahm sein neongelbes Mantis zur Hand. »Also, dieses Gerät hier kommuniziert mit eurem eigenen Register. Und dem gehackten OmniTemp.«

»Genau«, sagte Ondrej mit vollem Mund. »Damit schreiben wir uns zum Beispiel zeitversetzte Nachrichten. Das ist echt praktisch.«

»Moment mal, das heißt ... Was genau heißt das?«

»Du kannst mit deinem zukünftigen Ich chatten«, sagte Cano.

»Chatten.«

»Genau.«

»Geht auch mit dem vergangenen Ich«, sagte Ondrej. »Du kannst also mit mir sprechen, selbst wenn ich im Hier und Jetzt gar nicht mehr lebe.«

»Das ist creepy«, brummte Cano und beäugte über seine Brille hinweg einen Hähnchenflügel. Es blieb unklar, ob sein Kommentar dem Essen galt oder Ondrejs Szenario.

»Und was schreibt ihr noch in eure Datenbank?«, fragte David. »Für die paar Nachrichten braucht man doch kein Rechenzentrum.«

»Du denkst schnell mit«, sagte Schepp. »Wir speichern in jeder Sekunde deinen Standort, genauso wie das echte Register. Dazu koppeln wir dein Mantis an ein Gerät, das deine Position trackt und deinen Herzschlag misst.«

David schaltete sein Mantis an. Der Screen leuchtete grün auf und zeigte den Hinweis: »Keine ungelesenen Nachrichten.« Er tippte erst auf den Bildschirm, dann auf die Leuchtdiode am Kopf des Geräts. Nichts tat sich.

Er zeigte auf die Diode. »Und was macht die da oben?«

»Dein persönliches Frühwarnsystem«, sagte Ondrej. »Wenn das Mantis keinen Herzschlag mehr misst, schickt es eine Nachricht in die Vergangenheit. Solange es *nicht* leuchtet, wirst du in den nächsten zwanzig Minuten nicht draufgehen. Das beruhigt doch ziemlich.«

»Aha«, murmelte David. Die dunkle Lampe schien ihn anzustarren, als wäre sie jederzeit bereit, in den Todesmodus zu springen. Ihm war schleierhaft, was Ondrej daran beruhigend fand.

Er legte das Mantis vor sich ab. »Nehmt das nicht persönlich, aber der Service der NOBA war etwas kundenfreundlicher. Da wusste ich schon siebzig Jahre vorher Bescheid.«

»Unser Service funktioniert anders«, sagte Cano. »Wir halten zusammen. Wenn einer von uns rotes Licht hat, tun die anderen alles, bis es verschwindet.«

David öffnete sein Schälchen mit Krautsalat und begann vorsichtig zu essen. Die Anwesenheit von Cano, Dana und Schepp war ihm nur kurz unangenehm gewesen – noch drei Personen aus der Parallelwelt, die er niemals hatte kennenlernen wollen. Doch für diese Menschen war selbstverständlich, dass er mit ihnen für ein gemeinsames Ziel kämpfte. Er war automatisch Teil des Teams, keine Diskussion. Das war ein merkwürdiges Gefühl. Merkwürdig gut.

Der kleine Schönheitsfehler war, dass die anderen am Tisch sich freiwillig in diese Situation begeben hatten, während er selbst die ganze Zeit versuchte, wieder nach Hause zu kommen.

David stellte den Salat wieder beiseite. Sein Hunger war noch nicht groß genug für diesen Fraß.

»Schaut mal, wer da kommt«, sagte Schepp und zeigte auf die Tür.

Tina Adams betrat soeben den Laden und wurde mit allgemeinem Grummeln aus den Ecken begrüßt. Die Haare standen ihr durch den Zugwind zu Berge und sie rümpfte die Nase. Ondrej winkte ihr zu und schon auf dem Weg zu ihnen schimpfte Tina los.

»Ernsthaft, Leute? Wir mussten uns unbedingt hier treffen?«

»Setz dich und greif zu«, sagte Ondrej. »Vegetarisch war leider aus.«

Tina zog einen Stuhl heran und setzte sich verkehrtherum darauf, in filmreifer Cop-im-Verhörraum-Stellung. Dass sie heute eine Militärjacke über den Shorts trug, perfektionierte das Bild.

»Und du bist also tatsächlich mitgekommen?«, fragte sie.

David merkte erst nach einigen Sekunden, dass Tinas Frage ihm galt. »Ähm, klar.«

»Genauso lebensmüde wie wir?«

»Ich bin offiziell tot. Da bekommt das Wort lebensmüde eine ganz neue Bedeutung.«

»Mach dir nichts vor. Diese Woche zu überleben, wird hart. Für jeden von uns.«

»Tina und ihre Motivationskünste«, sagte Dana kopfschüttelnd.

Tinas Blick verfinsterte sich. »Ihr habt alle nicht begriffen, was hier eigentlich los ist. Fünf Leute haben soeben gleichzeitig Selbstmord begangen. Das war absolut clever von euch, wirklich. Ich weiß nicht mal, wo ich uns verstecken soll.«

»Wir werden schon was finden«, sagte Ondrej. »Zu Not bei Esther, die ist doch wieder für Monate außer Haus.«

»Du willst dich bei meiner Schwester verstecken? Da können wir der NOBA auch gleich unsere Adresse schicken.«

David tupfte sich den Mund mit einer Serviette ab. »Wir sollten erst einmal herausfinden, ob es wirklich die NOBA ist, die uns jagt. Ich habe da meine Zweifel.«

Niemand sagte etwas, aber Tina und Ondrej tauschten einen Blick aus – wie zwei Eltern, deren Sohn gerade etwas Peinliches gesagt hatte.

Schließlich lachte Schepp. »David, du warst es doch, der die NOBA wütend gemacht hat. Was genau hast du denn eigentlich angestellt?«

»Gar nichts. Ich habe nur erfahren, dass Jerry Feingold in der Hand von Kriminellen ist. Ob dahinter die NOBA steckt oder jemand anders, wissen wir noch nicht.«

»Schon, aber du bist der NOBA doch schon ewig auf der Spur.«

Es dauerte einen Moment, bis David begriff. Ondrej hatte es den anderen noch nicht gesagt. Natürlich nicht, wann auch?

»Er hat recht«, sagte Tina. »Worum geht's dir eigentlich?«

Showtime, dachte David und drückte sich näher an die Wand. »Die Wahrheit ist, dass ich durch Zufall in diese Geschichte geraten bin. Die NOBA hatte mich bis gestern nicht auf dem Schirm.«

Schepps Kaubewegungen wurden langsamer, wie bei einem auslaufenden Motor. »Was genau meinst du jetzt damit?«

»Das, was ich sagte. Ich habe mich noch nie näher mit der NOBA beschäftigt.«

Alle am Tisch erstarrten zu Statuen: aufgesperrte Münder mit Soßenrand, zerrupfte Hähnchenschenkel in den Fingern. Tina richtete sich langsam auf, die Hände auf den Tisch gestützt. »Ondrej, was faselt der da?«

»Du machst Scherze«, sagte Schepp, der immer noch störrisch grinste. »Die NOBA überwacht dich doch nicht grundlos.«

»Überwacht?«, fragte David. »Wer überwacht hier wen?«

»Jetzt beruhigt euch alle mal«, brummte Ondrej und griff nach einem neuen Hähnchenflügel. »Wahrscheinlich ist David nicht der David, den wir gesucht haben. Das ändert nichts.«

Tina sprang von ihrem Stuhl auf. »Ändert nichts? Nur dass ich das richtig verstehe. Wir haben gerade alle Selbstmord begangen ...«

»Virtuellen Selbstmord.«

»Du kannst uns nicht erklären, warum wir das getan haben. Und er hier« – ihr Zeigefinger schnellte in Davids Richtung – »kann es erst recht nicht?«

David fixierte seinen Teller und fühlte die Blicke der anderen schwer auf sich lasten. *Sag doch was. Verteidige dich.*

»Er muss zurück«, sagte Tina entschlossen. »Schnellstmöglich. Er will doch nur in seine heile Welt zurück. Das hab ich von Anfang an gewusst.«

»Hey«, sagte David. »Ich sitze hier übrigens.«

Tina schaute ihn nicht einmal an. »Ondrej, wir haben immer gesagt, dass wir niemanden da mit reinziehen.«

»Er hatte keine Wahl«, sagte Ondrej.

»Natürlich hatte er die! Aber du hast sie ihm nicht gelassen, du Idiot!« Sie trat den Stuhl zur Seite. Das leichte Plastikmöbel polterte über den Boden.

»Krieg dich mal wieder ein«, zischte Ondrej. In einem normalen Restaurant hätten sich die Leute längst umgedreht, aber hier plapperten alle weiter, als fände der Streit unter einer schalldichten Glocke statt.

»Er wird uns helfen«, sagte Ondrej und hieb mit der Gabel auf seinen Reis ein. »Ich bin mir sicher.«

»Du bist dir sicher.«

»Sehr sicher.«

»Ich hab gesehen, wie supergeschickt David sich angestellt hat, als ihn die Agenten gejagt haben. Wenn du nicht dagewesen wärst ...«

»Aber ich bin da gewesen.«

David merkte kaum, dass er plötzlich auf den Beinen war. »Einer von euch erklärt mir *jetzt*, über was für einen David wir hier sprechen.«

Tina schüttelte den Kopf. »Könnt ihr ohne mich machen. Ich bin raus hier. Komplett.« Sie stieß den Stuhl aus dem Weg und kämpfte sich durch das Gemenge Richtung Tür.

»Wohin geht sie denn?«, fragte Schepp leise.

»Sie kriegt sich ein«, meinte Ondrej.

Tina warf Ricky noch eine Verabschiedung entgegen – »Dein Laden stinkt nach Kotze!« – und knallte die Tür hinter sich zu. Ein paar Leute klatschten Beifall.

Ondrej stand auf und wischte sich die Hände an seinem Shirt ab. Sein Mund war zu einer dünnen Linie geworden.

»Du hast mir nicht alles erzählt«, sagte David leise. »Was habt ihr über mich rausgefunden?«

»Gar nichts«, sagte Ondrej. »Wir haben am Montag ein Gespräch von Smith abgehört, aber da ging es nicht um dich. Ich hab dir doch gesagt, das war eine Verwechselung.«

»Von Gregory Smith?« Die stickige Luft schnürte David inzwischen fast den Hals zu. Was, wenn es gar keine Verwechselung gewesen war?

»Ich erklär es dir gleich. Aber erst mal müssen wir Tina wieder beruhigen. Ohne sie können wir nämlich einpacken.« Ondrej stopfte sich ein letztes Flügelchen in den Mund und schlurfte zur Tür.

Die anderen packten hastig zusammen. Dabei vermieden sie es, David in die Augen zu schauen. Die gerade noch neugierigen Blicke waren einer Resignation gewichen, die David allzu gut nachvollziehen konnte.

Sie hatten jemanden erwartet, der ihnen sagte, was zu tun war. Und was hatten sie bekommen? Einen ahnungslosen Bürger, der kein Interesse daran hatte, die Welt zu verbessern. Ganz egal, was Ondrej gleich erklären würde, es würde nur dazu führen, dass sich diese Verwechselung noch mehr wie ein Betrug anfühlte.

Zusammen mit den anderen schlich sich David hinaus aus Rickys stinkendem Reich. Draußen hatte ein kalter Nieselregen eingesetzt. Tina lehnte an einem roten Volvo. Sie hatte sich ihre Militärjacke bis über den Kopf gezogen und starrte in den Himmel.

»Kann losgehen«, sagte Ondrej, so als ob nichts gewesen wäre. »Wir fahren in Esthers Wohnung und überlegen, wie es weitergeht.«

Tina rührte sich nicht. »Du verstehst das nicht, oder? Weißt du, wie lange wir an dieser Sache arbeiten? Sechs verschissene Jahre lang.«

»Richtig. Und was haben wir erreicht?«

»Eine ganze Menge.«

»Tina, was haben wir *erreicht?* Nichts. Gar nichts. Und jetzt wo es spannend wird, machst du dir in die Hose.«

Sie verschränkte die Arme. »Alles war umsonst, wenn wir jetzt kopflos werden. Ab jetzt machen wir es wieder wie gewohnt, verstanden? Wir überlegen gemeinsam. Wir entscheiden gemeinsam.«

»Das heißt, du entscheidest.«

»Das heißt, die Welt braucht nicht zu wissen, dass wir sie retten.«

»Die Welt. Die Welt geht mir am Arsch vorbei.« Er versuchte, die Fahrertür zu öffnen, aber bekam sie nicht auf. Tina hatte den Wagen noch nicht aufgeschlossen.

»Ich lass dich nicht fahren«, sagte Tina. »Nicht nach deinen Stunts von gestern.«

»Stunts?«, fragte Cano. »Ich dachte, er hat David nur aus dem Büro geschleust.«

»Hat er auch.« Tina entriegelte die Autotüren. »Zum Glück wart ihr nicht dabei.«

»Es war der Hammer«, erklärte Ondrej und grinste. »Fragt David.«

Tina trat um das Auto herum, zackig wie eine Windhose, und packte Ondrej bei den Schultern. »Du hörst jetzt auf mit der Scheiße! Das hier ist zu wichtig. *Du* bist zu wichtig.«

»Da sind wir uns doch einig.«

Ondrej griff erneut nach der Fahrertür, aber Tina schob ihn zurück. »Wenn du noch einmal James Bond spielst, bring ich dich um.«

»Ja, M.«

»Ich fahre.«

Cano, Schepp und Dana nahmen auf der Rückbank Platz. David stand noch neben dem Wagen und wusste nicht, ob er überhaupt einsteigen sollte.

»Hast du keine Uhr?« Tina blickte auf sein Handgelenk. »Oder irgendetwas anderes, das Herzschlag und Position misst?«

»Nein«, sagte David. »Für so was hatte ich mal ein Token.«

»Wir haben noch eine Uhr übrig«, sagte Ondrej. Er setzte sich auf den Beifahrersitz und legte die Füße auf das Armaturenbrett.

David verharrte immer noch neben dem Auto. Offensichtlich hatten sie nicht vor, ihn einfach hier stehen zu lassen. Auch wenn Tina sehr danach geklungen hatte.

Ich hab gesehen, wie supergeschickt er sich angestellt hat.

Verflucht, wie geschickt sollte man sich denn anstellen, wenn man eigentlich zu einem Date unterwegs war und dann von hellsehenden Agenten gejagt wurde? Er hatte ja nicht einmal gewusst, dass es überhaupt so etwas wie NOBA-Agenten gab. Was natürlich genau das Problem war. Er hatte keine Ahnung.

»Du kannst hinten sitzen«, sagte Schepp. »Ich verstau mich im Kofferraum.« Er ließ den Heckdeckel aufspringen und kletterte seitwärts in den kleinen Kofferraum.

»Okay«, murmelte David und quetschte sich auf die Rückbank. Der Innenraum roch bereits nach Rickys frittierten Hähnchen.

»Wie fährt es sich denn so ohne Autopilot?«, fragte Schepp aus den Tiefen des Kofferraums.

»Holprig.« Tina ließ den Motor an. Augenblicklich ertönte eine Stimme über die Lautsprecher: *»Die Fahrassistenz konnte nicht aktiviert werden. Bitte unterbrechen Sie schnellstmöglich die Fahrt und kontaktieren Sie unseren Notfall-Service.«*

»Recht hat er«, sagte Cano. »Wenn wir einen Unfall bauen, war es das.«

Surrend setzte sich der Wagen in Bewegung und verließ den Parkplatz von »Ricky's Wings 'N Things.« Ondrej wandte sich nach hinten und drückte David ein schwarzes Armband in die Hand. David schnallte es sich an sein linkes Handgelenk und sofort blinkte sein Mantis einmal kurz auf. Anscheinend hatte es sich nun aktiviert. Und da es nicht rot blinkte, würden sie zumindest die nächsten zwanzig Minuten überleben.

»Du solltest jetzt die Ohren spitzen«, sagte Ondrej. Er spielte an den Knöpfen des Autoradios. »Gleich wirst du verstehen, warum wir dich so genau beobachtet haben.«

»Ich war übrigens dagegen«, sagte Tina. »Ich hab immer gesagt, dass es ein anderer David sein muss, und tadaaa – ich hatte Recht.«

Ondrej steckte einen Stick in das Radio. Es knackte in den Lautsprechern, und im nächsten Moment erfüllte die Stimme von Gregory Smith das Wageninnere.

»Lassen Sie mich mit diesem KGB-Scheiß in Ruhe. Ich will Klartext hören. Haben wir ein Problem oder nicht?«

»Vielleicht.« Eine andere Stimme, die David nicht kannte, antwortete Smith. *»Alles was wir wissen, ist, dass ab dem Abend plötzlich Funkstille herrscht. Unsere Nachrichten hören einfach auf.«*

Mit wem sprach Smith da? David sah fragend zu Cano neben ihm, aber der hob die Schultern. Anscheinend hatten die anderen also auch keine Ahnung.

Smith sprach wieder. *»Ich werde David nachher mal ein wenig vorbereiten und …«*

»Wie bitte? Das ist nicht Teil der Anweisung.«

Die unbekannte Stimme war laut geworden, und David zuckte zusammen. Wann hatte dieses Gespräch stattgefunden? Am Montag, hatte Ondrej gesagt. Und am Montagabend war David noch einmal bei Smith gewesen, wegen des roten Briefes.

»Ihr seid mir ein paar Spinner!« Smiths wütende Stimme dröhnte durch die Lautsprecher. *»Ich sage Ihnen, David weiß nichts. Er ahnt noch nicht mal was. Der Mann ist nichts anderes als ein grauer treuer Aktenkoffer.«*

Unter anderen Umständen, in einem anderen Leben hätte diese Beschreibung David vielleicht verletzt. Jetzt aber war sein einziger Gedanke, dass Ondrej sich geirrt hatte. Das hier war keine Verwechselung. Smith sprach von ihm, von David Manoah, seinem Feuerwehrmann.

»Was ist das Problem mit ihm?«, fragte Smith. *»Ich will's wissen.«*

»Homochronos war eindeutig: David ist nicht unser Problem, sondern unsere Lösung. Aber wir dürfen in keiner Weise intervenieren. Das haben wir alle versprochen.«

»Pass auf«, sagte Ondrej. »Jetzt kommt's.«

»Sie dürfen sich ihm gegenüber nie, ich betone, nie wieder auffällig verhalten. Sonst gefährden Sie die ganze Operation. Nur so kann David uns helfen.«

Schluss, dachte David. Er hatte sich seit gestern einiges an

Unwahrscheinlichkeiten gefallen lassen: Verfolgungsjagden durch Büros, Badezimmer und Kanaldeckel. Technischer Selbstmord. Ein Register für die Hosentasche, das er jetzt in seiner eigenen Hand trug. Alles schön und gut.

Doch diese Aufnahme überschritt einen Punkt, ab dem die Dinge schlichtweg nicht mehr denkbar waren. David sollte ein wichtiges Werkzeug in Gregory Smiths Plan sein? Und Smith wusste noch nicht einmal warum?

Zu allem Überfluss hörte Smith sich gar nicht überrascht an. Er hatte diese Geschichte offensichtlich schon mehrmals mit seinem Gesprächspartner durchgekaut. Nach einigem Hin und Her, dem David nicht mehr richtig folgen konnte, beendete Smith das Telefonat. Die Aufnahme war zu Ende.

»Willst du es noch mal hören?«, fragte Tina. »Wir kennen es inzwischen auswendig.«

David wollte antworten, aber brachte es nicht fertig. *Er kann uns helfen,* hatte der NOBA-Agent gesagt. Er, David Manoah.

Ondrej drehte sich zu ihm um. »Alles in Ordnung bei dir?«

»Der meint mich«, stieß David hervor. »Mich! Nicht irgendeinen anderen David.«

Ondrej runzelte die Stirn. »Äh ... was?«

»Wie kommst du darauf?«, fragte Tina.

»Ich hatte am Montag ein Gespräch mit Smith, wahrscheinlich kurz vor dieser Aufnahme. Und wie er mich beschrieben hat, das passt alles.« David knetete seine Schläfen, er rieb sich die Augen. Bis gerade eben hatte er noch gehofft, dass sich das große Missverständnis in letzter Minute aufklären würde, dass diese Jagd die Folge eines bürokratischen Fehlers war. Doch es gab kein Missverständnis. Die NOBA war ihm, genau ihm, auf den Fersen.

»Ich versteh's nicht«, sagte er. »Die NOBA sieht mich als Gefahr? Mich? Es klingt ja fast so, als hätten sie damit gerechnet, dass die Sache mit Feingold passiert.«

Tina sah Ondrej an. »Was ist denn die Sache mit Feingold?«

»David hat gestern mit ihm gesprochen.« Ondrej gähnte. »Feingold sah wohl ziemlich ramponiert aus.«

»Er war brutal zusammengeschlagen worden«, sagte David. »Wer weiß, was sie mit ihm gemacht haben, als ich geflohen bin.«

»Moment mal«, sagte Tina. »Du wurdest bemerkt?«

»Ja, aber zunächst hat mich niemand verfolgt. Erst als ich Smith angerufen habe und ihm davon erzählt habe.«

»Du hast auch noch Smith davon erzählt? Außergewöhnlich gewitzt von dir.«

David konnte Tinas spöttisches Grinsen im Rückspiegel erkennen. »Danke, das habe ich selbst bemerkt.«

»Was hast du Smith denn gesagt?«

»Dass Feingold in Gefahr ist. Und dass ein Mann oder eine Frau namens Weinard sterben wird. Mehr habe ich nicht …« David stockte. Doch, da war noch etwas. Feingolds Gesicht tauchte vor ihm auf, sein schweißdurchtränkter Haarschopf, der zwischen Davids Armen versackte, das glänzende Hemd mit den roten Punkten, die einen Schwanz hinter sich herzogen wie Sternschnuppen.

Über all dem die Worte, die Feingold immer wieder gemurmelt hatte.

»Summerton. Summerton ist der Schlüssel.« David richtete sich auf. »Das hat Feingold zu mir gesagt! Summerton ist der Schlüssel. Feingold wusste, dass ein Mord geplant ist, und er wusste auch, dass Summerton der Schlüssel ist, um diesen Mord zu verhindern. Jetzt begreife ich endlich, warum die NOBA uns hinterherjagt. Ich weiß zu viel.«

»Check ich nicht.« Cano lüftete seine Kappe und fächelte sich damit Luft zu. »Sie hätten doch einfach verhindern können, dass du mit Feingold zusammenknallst. Wäre einfacher gewesen, als dir hinterherzurennen.«

»Das stimmt. Aber seit unserer Flucht aus dem Büro benutzen sie das Register nicht mehr.«

»Aha. Und wie erklärst du dir das?«

»Ich habe keine Ahnung.«

»Hm.« Cano kraulte seinen roten Schopf. »Klingt ein bisschen … ich weiß nicht.«

»Es ergibt keinen Sinn«, sagte Tina. »Keine Ahnung, was David da mit Feingold erlebt hat, aber es hat nichts mit diesem Gespräch zu tun. Smith und die NOBA planen irgendwas, und zwar bis Freitag, aber das ist sicher kein Mord.«

Wahrscheinlich hielt Tina sein Erlebnis mit Feingold entweder für erfunden oder arg übertrieben. »Die glauben, dass ich eine wichtige Rolle spielen werde, hast du das nicht gehört? Ich bin die Lösung.«

»Immerhin einer, der sich da sicher ist.«

Ganz klar, sie glaubte immer noch, dass der falsche David in ihrem Auto saß. Und deswegen ging ihr schon seine pure Anwesenheit auf die Nerven. David würde beides aushalten müssen.

Ondrej, der ungewöhnlich still geworden war, drehte sich auf einmal um. Seine Augen leuchteten. »Ich hab's geschnallt. Geistesblitz, Freunde.«

»Bitte nicht«, sagte Tina. »Deine Geistesblitze sind heute nicht die besten.«

»Wisst ihr, was passiert ist? David hat es schon mal geschafft. Er hat den Mord an diesem Weinard verhindert, und zwar allein.«

»Allein?«, fragte David.

»Jedenfalls ohne uns.«

David war schleierhaft, wie er den Mord an einem Unbekannten verhindert haben sollte – ohne es zu merken. Dann aber begriff er. Ondrej sprach nicht über die Vergangenheit, sondern über die alternative Gegenwart. Aus Sicht des Registers steckten sie alle in einer Geschichte, die sich wiederholte.

Schepp schaute hinter der Rückenlehne hervor. »Das macht es echt kompliziert. Aber es wäre eine Erklärung.«

»Mit einem Nachteil«, sagte Ondrej. »Die NOBA wird keine Lust haben, ein zweites Mal zu verlieren.« Er zwinkerte David zu. »Dafür hast du jetzt uns an deiner Seite. Ohne dieses abgehörte Gespräch wären wir gar nicht auf dich aufmerksam geworden. Ich würde sagen, unterm Strich sind die Chancen gleich verteilt.«

David war sich nicht sicher, ob Ondrej es wirklich ernst meinte. »Also bin ich schon einmal hinter den Sinn von Feingolds Botschaft gekommen?«, fragte er. »Und habe gleich noch den Mord verhindert?«

»So ist es.«

»Das ist ... unmöglich.«

»Wieso denn?«

»Ich bitte dich. Ohne dich wäre ich nicht mal aus dem Büro gekommen!«

Ondrej winkte ab. »Doch nur, weil du Smith alarmiert hast. In der ersten Variante bist du wahrscheinlich einfach nach Hause gegangen und hast das Rätsel am Schreibtisch gelöst.«

Tina lachte auf. »Zumindest den Teil mit dem Schreibtisch kann ich mir vorstellen.« Sie nahm die Kurve so zackig, dass David eng an Cano gepresst wurde.

»Aber warum ist es nicht wieder passiert?«, fragte Dana. »Was hat die Geschichte durcheinandergebracht?«

David zog sich wieder in eine aufrechte Position. Er hatte inzwischen schon mehrmals darüber nachgedacht, warum er gestern Abend ausgerechnet Smith alarmiert hatte. Warum nicht die Polizei? Oder zunächst einmal niemanden? Tatsächlich hätte er genauso gut nach Hause gehen und abwarten können, da hatte Ondrej schon recht.

Doch er hatte Smith angerufen, weil dieser trotz des Debakels mit Susan ein Verbündeter war. Eine Art Partner in dieser schrecklichen Firma. Erst einen Tag zuvor hatte Smith ihm hoch und heilig versprochen …

David schnellte hoch. Cano fiel vor Schreck das Mantis aus der Hand, es kullerte unter den Fahrersitz.

»Smith hat Schuld«, sagte David. Der Benzon-CEO hatte das getan, was ihm die NOBA strengstens untersagt hatte: Er hatte David »vorbereitet«. Und wieder war David auf Smith hereingefallen.

Ich bin für Sie da. Kommen Sie zu mir, egal was es ist.

»Was hat er gemacht?«, fragte Dana.

»Er hat sichergestellt, dass ich ihn nach dem Zusammentreffen mit Feingold sofort einweihe. Sonst hätte ich ihn wahrscheinlich nicht angerufen.«

Ondrej grunzte. »Und das hat Smith gemacht, weil er ahnte, welche Rolle du spielst.« Er drehte sich wieder nach vorn und verschränkte die Arme. »Gut. Dann haben wir das doch aufgeklärt.«

Was natürlich nicht die Frage beantwortete, wie David in kurzer Zeit Feingolds Worte entschlüsselt hatte – und das auch noch ohne Hilfe des Free Time Clubs. Irgendjemand musste David dabei geholfen haben. Aber wer?

In diesem Moment leuchtete sein Mantis gelb auf, ebenso das von Cano.

»Was heißt das?«, fragte David. »Muss ich mir Sorgen machen?«

»Nicht unbedingt«, sagte Dana. »Unsere Zeitlinien sind nur kurz davor, überschrieben zu werden.«

Das Mantis blinkte noch einige Sekunden lang, dann erlosch die Lampe.

»Keine Panik, das passiert ständig«, sagte Cano. »Wir speichern unsere Standortdaten im Register und manchmal sieht die aktualisierte Gegenwart anders aus. Meistens wegen Schmetterlingseffekten. Dann sagen wir uns zwanzig Minuten vorher Bescheid.«

Tina bog mit dem Wagen von der Hauptstraße ab. »Jedenfalls sind wir gleich da.«

Draußen zogen staubig weiße Doppelhäuser auf breiten Schotterflächen an ihnen vorbei. Wahrscheinlich hatte Tina recht – die NOBA und Gregory Smith konnten jeden Moment hier auftauchen. Smith würde David aus seinem armseligen Versteck ziehen, so wie er ihn gestern ganz einfach in die gewünschte Richtung gelenkt hatte. Ein Kinderspiel.

David lehnte seine verschwitzte Stirn an die Scheibe. Das hier fühlte sich nicht gut an. Mochte ja sein, dass Ondrej wirklich recht hatte. Dass David den Mord verhindert hatte, wie auch immer das passiert sein sollte. Aber niemand stellte der NOBA zweimal ein Bein. Erst recht nicht er.

Oder vielleicht doch?

David beugte sich nach vorn und tippte Tina auf die Schulter. »Wir müssen umdrehen. Du hast recht, hier sind wir auf dem Präsentierteller.«

Tina wechselte einen Blick mit Ondrej. »Ehrlich, wenn du dir jetzt doch in die Hosen machst, ist das dein Problem«, sagte sie.

»Mache ich nicht.« Er seufzte leise. Sie konnte ihn wirklich nicht leiden. »Ich kenne einen besseren Unterschlupf als die Wohnung deiner Schwester. Einen Ort, wo wir erst mal sicher sind.«

»Und niemand findet uns dort? Keiner wird darauf kommen, dass du dich dort verstecken wirst?«

David schüttelte den Kopf. »Ich bring uns aus der Schusslinie. Versprochen.«

Gregory Smith konnte dieses Mal lange nach seinem treuen Aktenkoffer suchen. Er würde ihn nicht finden.

13:17 – 13:34

Lois erinnerte sich noch an alles. An das Gespräch mit Gregory Smith und die Stimmen der Agenten, an ihre Schritte im Treppenflur. Mrs Garnaczias Gezeter. Vor allen Dingen an die verdutzten Gesichter der Männer, als sie das Auto erreichten.

Also war nichts davon reversiert worden. Diese Leute, wer immer sie waren, nutzten das Register nicht. Damit stand fest, dass sie keine NOBA-Agenten waren und obendrein noch ziemlich dämlich.

Lois griff zum Handy und versuchte ein letztes Mal, Gary anzurufen. Wenn das keine Agenten gewesen waren, was dann? Die Männer hatten Zugriff auf ihr Token gehabt. Also doch Agenten, aber solche die sich weigerten, das Register zu nutzen? Das wäre entweder superschräg. Oder es steckte ein Konzept dahinter.

Nicht gut.

Gary nahm nicht ab. Lois atmete tief durch und öffnete das Vorgartentor zu Heideggers Haus. Aus dem Innern drang Hundegebell, kurz darauf waren Kinderstimmen zu hören. Immerhin war jemand zu Hause, auch wenn Lois damit rechnete, dass Heidegger selbst noch auf der Arbeit war.

Lois hatte alles, nur keine Zeit. Wer auch immer ihre Verfolger waren, sie wussten wahrscheinlich, wo Lois jetzt war. Nur noch ein paar Stunden, und Smiths Schergen hatten Lois in die Mangel genommen. Allein der Gedanke! »Reporter ohne Grenzen« hatte schon vor Jahren die Sektionen in den USA geschlossen, weil hier angeblich kein Journalist mehr gefährlich lebte.

Bleib schön gelassen, dachte Lois. Heidegger durfte nicht auf den Gedanken kommen, sie wäre nervös. Sonst ging ihr Plan mit Sicherheit nicht auf.

»Da hat einer geklingelt!«, brüllte ein Kind hinter der Tür. Auf der Veranda standen weiße Plastikstühle und ein Dreirad. Gilbert wäre entzückt gewesen über die Siedlung – eine endlose Schlange geklinkerter Reihenhäuser mit identischen Vorgärten. Wahrscheinlich war ihre Beziehung genau daran zerbrochen: An Gilberts Wunsch nach genormter Behaglichkeit.

Die Tür schwang auf. Lois brauchte einen Moment, um Steven Heidegger zu erkennen. Er hatte sich in den Jahren, seit das Foto aus dem Jahrbuch aufgenommen worden war, in alle Richtungen ausgedehnt. Nun zog die Schwerkraft an seinem Körper. Selbst die dicken Wangen hingen herunter und gaben ihm das Aussehen eines Bernhardiners.

»Mr Heidegger?« Sie lächelte schüchtern. »Hi, ich bin Olivia Burns.«

»Hi.« Er beäugte sie von oben bis unten und versuchte es mit einem Kopfnicken zu kaschieren.

»Haben Sie fünf Minuten Zeit?«

»Hm. Eigentlich nicht.«

»Ich bin Privatdetektivin und beschäftige mich zurzeit mit David Manoah. Ich stell Ihnen bloß ein paar Fragen, und schon bin ich wieder weg.«

»David Manoah?« Er hielt sich mit beiden Händen am Türrahmen fest. »Und da kommen Sie zu mir?«

»Genau. Einen Augenblick.« Lois kramte umständlich nach dem Notizbuch in ihrer Hosentasche und sorgte dafür, dass ihr Top sich eng über die Brüste spannte.

»Ich weiß ja nicht, was man Ihnen erzählt hat«, sagte Heidegger. »Aber ich hab jetzt seit zwanzig Jahren nicht mit David gesprochen. Ich weiß nicht mal, ob er überhaupt noch in Washington wohnt.«

»Sehen Sie, das weiß niemand. Deswegen hat man mich engagiert.«

»Soll das heißen, er ist verschwunden?«

»Richtig. Ich bin noch ganz am Anfang und versuche zu verstehen, was für ein Mann David Manoah ist. Sie beide waren doch an der Highschool befreundet.«

Heidegger sah zu Boden und tippte das Dreirad mit dem Fuß an. »Na ja. Kann man so sagen.«

Treffer. »Was heißt das genau?«

»Wir haben zusammen in einer Band gespielt.«

»Ah, die berühmte Rockband.«

Heidegger lächelte. »Sie hätten uns hören sollen. Wir haben Grunge gespielt, als er noch nicht erfunden war. Wir waren echt gut.«

»Glaub ich.« Lois nickte ermutigend. Heidegger sah nicht so aus, als hätte er für irgendetwas Talent. Alles an ihm wirkte ausgeleiert, seine Wangen, der Blick, die Jeans.

»David war natürlich der Kopf der Band«, sagte er. »Gott, ich würde ihn gern noch mal spielen sehen.«

»Wann haben Sie sich aus den Augen verloren? Direkt nach der Highschool?« Sie blätterte in ihrem Notizbuch und trat einen Schritt näher.

»Na ja.« Heidegger machte einen halbherzigen Versuch, zurückzuweichen. »Er hat mit allem aufgehört, nachdem das mit ... seiner Schwester passiert war.«

»Verstehe.« Schwester? Sprach der Typ von Susan? Dem Mädchen, das verschwunden war?

»Er hat alles beendet. Das mit uns. Mit der Musik. Neu angefangen sozusagen.« Mit wulstigen Fingern strich sich Heidegger über sein Gesicht. »Ist das wirklich schon zwanzig Jahre her? Ich fühl mich gerade ziemlich alt.«

»Könnten Sie mir erzählen, was mit Susan passiert ist?«

Heidegger zog seine Augenbrauen zusammen. »Das wissen Sie nicht? Bin ich der Erste, mit dem Sie über David sprechen?«

»Nein, natürlich nicht.« Lois blickte ihm direkt in die Augen und spielte dabei mit ihrer Strähne. »Ich habe aber noch nicht das Gefühl, die komplette Wahrheit gehört zu haben.«

»Die Wahrheit?«

Er blinzelte. Vielleicht hatte Lois ja auf Anhieb einen wunden Punkt getroffen. »Ich weiß nicht, was man da beschönigen kann«, sagte er. »Sie ist gestorben, mit sieben Jahren.«

Lois trat zurück, dabei stieß sie gegen das Dreirad und stolperte fast. Irgendwas in dieser Richtung hatte sie geahnt, aber die plötzliche Gewissheit überrumpelte sie. »Wie ist es passiert?«

»Was meinen Sie? War ja kein komplizierter Tod. Kurz bevor die U-Bahn einfuhr, ist Susan vom Bahnsteig gefallen. Sie war sofort tot.« Heidegger drückte seine Hände an den Türrahmen, seine schlaffen Gesichtszüge spannten sich mit einem Mal an. Er hatte noch nicht alles gesagt.

»Das Schlimmste war ja, dass ... nein, das Schlimmste war natürlich, dass sie tot ist, aber ich meine wie es passierte, verstehen Sie, dass David auch noch dabei war. Wirklich ganz übel.«

»Sie meinen ...«

»Genau«, sagte Heidegger leise. »Als die Leute Susan zur Seite geschubst haben, ist er ihr hinterhergerannt. Er hat's sogar noch geschafft, ihre Hand zu packen und wollte sie wieder nach oben ziehen.«

Lois starrte ihn an, in Wirklichkeit aber nicht ihn, sondern das Bild, das er da zeichnete. Der junge David, wie er am Bahnsteig kniete und die Hand seiner Schwester ergriff. Ihr pausbackiges Gesicht im Licht der U-Bahn-Scheinwerfer, ohne Panik, weil sie überzeugt war, dass ihr gleich höchstens eine Standpauke blühte ...

»Er hat seine Schwester nicht losgelassen.« Heidegger brauchte keine Anreize mehr, um zu erzählen. Er redete, als ob er Jahre gewartet hatte, das ihn jemand danach fragte. »Nicht losgelassen. Das haben zumindest die Augenzeugen gesagt. Erst als die Bahn kam …« Heidegger stockte und hob die Schultern. »Die Bahn hat ihm Susan entrissen.«

Lois rührte sich nicht. Sie hatte es gewusst. Sie hatte gewusst, dass David etwas Schreckliches erlebt hatte. Deswegen seine bedingungslose Unterstützung des Registers. Und deswegen die versteckten Tränen, als er von den Kindern gesprochen hatte, von den Jungen und Mädchen, die früher bei Unfällen gestorben waren.

Heidegger sah an ihr vorbei. »David war den ganzen Tag nicht mehr ansprechbar, das weiß ich noch. Und danach war er nicht mehr derselbe. Klar, wie auch? Aber da war noch was anderes an ihm als, na ja, Trauer. Von einem Tag auf den anderen hat er so ein entschlossenes Gesicht gemacht. Als ob er irgendeine geheime Mission hätte. Eine Zeitlang dachte ich, er würde … ich hab geglaubt, dass er sich umbringen wird.«

»Sie sagten, das ist jetzt zwanzig Jahre her.«

»Genau. War kurz vor Abschluss der Highschool.«

»Das heißt, das Register …«

»Gab's noch nicht. Ist erst ein paar Monate später eingeführt worden. Verfluchtes Schicksal, würd' ich mal sagen.«

Lois lehnte sich an die Säule der Veranda. Da hatte sie ihn also, den roten Faden.

Heutzutage wäre Susans Unfall nicht mehr als ein temporäres Aufflackern, so schnell ungeschehen gemacht, dass niemand etwas davon mitbekommen hätte. Doch David war gefangen in der Zeit vor dem Register. Ihm blieb nur die vorsintflutliche Möglichkeit mit dem Tod umzugehen: Er musste mit ihm leben. Für immer.

»Ms Burns, ich weiß nicht, warum Sie nach David suchen. Aber wenn Sie ihm irgendetwas anhängen wollen, da kann ich Ihnen nur sagen, der Mann hat für ein ganzes Leben genug Pech gehabt. Lassen Sie ihn einfach in Ruhe. Er weiß schon, was er tut.«

»Bestimmt.« Lois war jetzt klar, was David vorhatte: Er wollte Susan zurückbringen. Deswegen hatte er so krampfhaft versucht, einen Job im Umfeld des Registers zu bekommen. Er hatte vor, bis in die Vergangenheit vor zwanzig Jahren vorzudringen. Und die NOBA war ihm auf die Schliche gekommen – ja, das musste es sein. Aber wie wollte er das anstellen? Es hatte damals schlicht und einfach noch kein Register gegeben.

»Kann ich Ihnen noch bei irgendwas helfen?«

Lois starrte auf die leeren Seiten ihres Notizbuchs. »Ja, eine letzte Frage habe ich noch. Edward Heidegger, das ist Ihr Vater, oder?«

Heidegger griff nach der Haustür und trat zurück. »Wüsste nicht, was Sie das angeht.«

Na also, schon wieder ein Treffer. Gleich knallte er ihr die Tür vor der Nase zu. »Ich versuche mir nur gerade ein Gesamtbild zu verschaffen. David überweist zweimal im Jahr Geld an ihn. Haben Sie eine Ahnung, warum er das tut?«

»Wie zum Teufel haben Sie das rausbekommen? Haben Sie etwa bei seiner Bank …«

»Keine Sorge. Es ist ja kein Verbrechen, dass David ihn für irgendetwas bezahlt.« Sie hob die Stimme ein wenig am Ende des Satzes, sodass Heidegger nicht wissen konnte, ob sie es als Feststellung oder Frage meinte.

»Natürlich nicht!«, sagte Heidegger lauter. »Das gehört einfach zu den seltsamen Marotten, mit denen David damals angefangen hat. Braucht Sie nicht zu kümmern. David finden Sie darüber nicht.«

»Das sagen mir die Leute bei jeder Kleinigkeit. Aber irgendwo muss ich ja anfangen.«

Lois trat noch einen Schritt näher. Sie erwartete den Geruch von Essen oder abgestandenem Kaffee, doch Heidegger roch nach Babypuder.

Sie berührte seinen linken Ellenbogen mit ihren Fingerspitzen. »Ich brauche jemanden, der mir helfen möchte. Verstehen Sie?«

Heidegger wich vor ihr zurück wie vor einer Stichflamme. »Ich weiß nicht, was Sie wirklich aushecken, aber ich kann Ihnen nicht helfen. Will ich auch nicht.«

»Sie haben einen Verdacht, wo David steckt, richtig? Und es hat mit dieser seltsamen Zahlung zu tun.«

»Sie gehen jetzt besser.« Er griff nach der Haustür, konnte sie aber nicht schließen, weil Lois auf der Türschwelle stand.

»Wissen Sie, was passieren wird? Hier tauchen bald andere Leute auf. Von der NOBA. Und die haben ihre eigenen Methoden, um an Informationen zu kommen.«

»Wollen Sie mir jetzt echt Angst machen oder was?« Er ließ die Haustür wieder los, rührte sich aber ansonsten nicht.

Verdammt, das war schwerer als gedacht. Aber einen Trumpf hatte Lois noch in der Hand. »Ich wäre bereit, für Informationen zu zahlen. Darum geht es hier doch, oder?«

Heidegger sagte nichts, aber zwischen seinen Augen bildete sich eine Falte. Lois wusste, dass ihr Gespür richtig gewesen war: Heidegger war arbeitslos. Wahrscheinlich hatte schon die erste Registerkrise seinen Beruf obsolet gemacht. Die zweite Krise vor ein paar Jahren hatte dann die Kreditrate seines hübschen Hauses explodieren lassen. Verzweifelte Familienväter griffen nach jedem Strohhalm.

»Wir machen das jetzt so«, sagte Heidegger langsam. Er machte einen so plötzlichen Schritt nach vorn, dass Lois zusammenzuckte. »Sie lassen mich in Ruhe. Und Sie lassen David in Ruhe. Wenn ich Sie in einer Minute noch hier sehe, hole ich die Polizei.«

Dann drehte er sich um knallte die Tür zu.

Verzweiflung und Stolz. Eine miese Kombination, die Lois nur zu gut von sich selbst kannte. Jetzt konnte sie die Suche nach David an den Nagel hängen.

Lois kickte das Dreirad zur Seite und ging die Treppe hinunter. Ab jetzt musste sie sich darum kümmern, selbst heil davonzukommen.

17:24 – 19:03

Beinahe jedes Detail war exakt so wie in Davids Albträumen. Das gleiche Dämmerlicht tauchte den U-Bahnhof in schmutziges Licht, der gleiche Waschbeton drückte von der niedrigen Decke her auf die Fahrgäste und schien alles zu konservieren, selbst die Luft. Die Luft war das schlimmste. Ein übles Gemisch aus dem Muff feuchter Kleidung und dem Atem hunderter Menschen.

Noch in Jahrzehnten würde die Hayfield Station eine zusammengeknüllte Version der anderen, großzügigen Bahnhöfe Washingtons sein – daran änderte auch nichts, dass die Wände inzwischen gelb gestrichen waren.

Die Wandfarbe war tatsächlich der größte Unterschied zu Davids nächtlichen Ausflügen. Und natürlich der fehlende Glaskasten. An seinem Platz stand eine Rolltreppe, unter der mehrere graue Mülleimer hingen.

Ondrej stand direkt hinter David und sah sich um. »Hier hast du den Schlüssel versteckt? Das ist wirklich, na ja, interessant.«

David gab ihm mit einem Blick zu verstehen, dass er den Mund halten sollte. Vor ihm stand ein Herr in einer Fleecejacke, an dem David sich mit einer gemurmelten Entschuldigung vorbeischob. Erst bei dem Anblick all der Wintermäntel war ihm klar geworden, dass er nach wie vor nur die leichten Klamotten aus dem Serverraum trug. Er brauchte dringend etwas Wärmeres. In ihrem neuen Versteck gab es keine Heizung.

David stellte sich vor einen der grauen Mülleimer, wartete einige Sekunden ab und ließ dann seine Hand nach unten gleiten. In gewisser Hinsicht hatte diese U-Bahn-Station etwas sehr Verlässliches. Niemand würde auf die Idee kommen, die Mülleimer zu ersetzen oder von außen zu reinigen. Es konnten noch Jahrzehnte vergehen, ohne dass jemand den flachen Magneten bemerkte, der an der Unterseite klebte. Oder den Schlüssel an dem Magneten.

Mit einer schnellen Bewegung löste David den Schlüssel und ließ ihn in seiner Hosentasche verschwinden. In seiner Hand fühlte er sich kalt und klebrig an. Als ob sich die Luft der Hayfield Station darauf abgesetzt hatte.

David nickte Ondrej zu. Mission erfüllt. Zumindest dieses eine Mal. Heute Nacht würde sein Kopf ihn wieder hierhin führen, um Susan zu retten.

Als sie mit der Rolltreppe nach oben fuhren, holte Ondrej sein Mantis hervor. Eine rothaarige Frau schaute neugierig über Ondrejs Schulter. David wollte Ondrej schon unauffällig warnen, doch ließ es dann. Hauptsache, das Mantis leuchtete weder rot noch gelb – und das tat es nicht.

»Wo geht's nun hin?«, fragte Ondrej.

David rückte näher zu ihm heran. »Wittberger Street 1607. Hinter der alten Backfabrik.«

Ondrej kicherte. »Ich bin richtig gespannt.«

Und ich erst, dachte David. Er war seit zwanzig Jahren nicht an der Wittberger Street gewesen. Vielleicht gab es die Räumlichkeiten gar nicht mehr.

Wieder im Auto herrschte völliges Schweigen. Weder Tina noch die anderen fragten, was David eigentlich mit ihnen vorhatte. Ondrej tippte die Adresse in sein Mantis ein, und ab da gab es altmodische Navigationsanweisungen von sich.

Die Fahrt dauerte nur wenige Minuten, viel kürzer als David sie in Erinnerung hatte. Vor zwanzig Jahren hatte er die Strecke mit dem Bus zurücklegen müssen, weil er das Geld für den Führerschein noch nicht zusammen gehabt hatte.

Als sich der Volvo bis zur South Street vorgekämpft hatte, atmete David auf. Die rote Backfabrik thronte so verlassen wie eh und je an der Hauptstraße. Von den Sprossenfenstern war inzwischen die Hälfte eingeschlagen oder die Scheiben fehlten ganz. Das blaue Emblem hingegen hatte sich gut gehalten. Immer noch fehlte das zweite S bei »HOSTES CAKE«, aber die anderen Buchstaben hielten sich wacker an der roten Wand.

David hatte mehrmals gelesen, dass ein Investor die Räume in einen hippen Co-Workingspace oder teure Lofts verwandeln wollte. Offensichtlich war bis jetzt nichts aus den Plänen geworden.

»Und da sollen wir rein?«, fragte Tina. Sie klang nicht begeistert – was auch sonst.

David wies neben das Fabrikgebäude. »Nein, es ist dahinter. Wir müssen in die Einbahnstraße hinein.«

Sie fuhren um die Backfabrik herum, bis rechts die Tore zu den Lagern und Werkstätten auftauchten, die sich hier störrisch über Wasser hielten. Zwischen zwei Toren hing ein grünes Kreuz etwas windschief an der Wand.

»Da ist es.« David zeigte auf das Kreuz.

»War das mal eine Apotheke?«, fragte Cano. »Hier?«

David nickte. »Als in der Fabrik noch gearbeitet wurde, gab es hier einige Geschäfte. Der Vater eines Freundes von mir hatte die Apotheke gekauft und wollte aus ihr eine kleine Arbeiterkneipe machen. Als er das Geld für die Ausstattung beisammenhatte, wurde die Fabrik geschlossen und wir steckten in der ersten Registerkrise. Die Kneipe wurde nie eröffnet. Er arbeitet jetzt als Altenpfleger.«

Tina parkte den Wagen am Straßenrand. Schweigend stiegen sie aus und gingen hintereinander, David an der Spitze, die Backsteinwand mit den zugenagelten Fenstern entlang. Ondrej pfiff in bester Laune und sah sich neugierig um, während die anderen offensichtlich überlegten, ob David nicht doch ein NOBA-Agent war und sie soeben in eine Falle liefen.

Die Front der Apotheke bestand aus mehreren, von braunem Holz umrahmten Schaufenstern. Teilweise waren die Scheiben mit weißer Farbe zugepinselt. Die freien Stellen waren von innen so verstaubt, dass man nicht hineinsehen konnte.

In der Mitte lag eine große grüne Flügeltür, ebenfalls aus Holz.

»Dann wollen wir mal«, murmelte David. Seine Hand zitterte, als er den Schlüssel in die Tür steckte. Der verrostete Schließzylinder rumorte und ächzte wie ein überraschtes Tier. Die Tür hatte wohl nicht damit gerechnet, David jemals wiederzusehen.

David drehte den Schlüssel herum. Wie oft hatte er damals hier gestanden, mit großen Plänen im Kopf und einem matschigen XXL-Burrito in der Hand. Er spürte Stevens Hand auf seiner Schulter. Erst mit einigen Sekunden Verzögerung wurde ihm klar, dass es Ondrej war, der ihn antippte.

»David, bist du sicher, dass niemand diesen Ort kennt? Die NOBA kann gut recherchieren. Wenn du auch nur einen kleinen Zweifel hast, hauen wir wieder ab.«

David holte tief Luft. Zwanzig Jahre lang. Zwanzig Jahre lang hatte er sich geschworen, erst zurückzukehren, wenn endlich alles repariert war. Und nun *war* er zurück, aber repariert war gar nichts. Im Gegenteil, inzwischen war nicht nur die Vergangenheit ein Scherbenhaufen, sondern auch die Gegenwart.

»Nein, diesen Ort kenne nur ich«, sagte er. Er zog an der Tür. Sie sperrte sich für einen Moment, dann gab sie mit einem plötzlichen Krachen nach.

Ein Geruch nach Staub und alter Elektronik strömte aus dem Innern. So hatte die Apotheke immer gerochen, seit David das erste Mal mit Steven hier gewesen war. Da war der Raum bereits eine Baustelle gewesen. Die intakte Apotheke oder ihren alten Besitzer hatten sie nie gesehen. David erinnerte sich jetzt, dass sie trotzdem immer von dem »frommen Apotheker« gesprochen hatten. Er wusste nicht mehr warum. Er wusste so vieles nicht mehr.

David trat ein. Viel konnte man nicht sehen, dafür ließen die zugepinselten Fenster zu wenig Licht hinein. Aber David wusste sofort, dass niemand in den letzten zwei Jahrzehnten in diesem Raum gewesen war.

In der Mitte stand ein langgezogener Tresen, der auf der hinteren Seite unter einem Haufen brauner Flaschen und Puderdosen versank. Damals hatten sie sich nicht die Mühe gemacht, diese Überreste der Apotheke zu beseitigen. An der linken Seite des Tresens stand eine Bierdose. Daneben lag der metallene Verschluss, den man damals noch hatte abreißen müssen. David meinte sich zu erinnern, dass er selbst die Dose hier stehengelassen hatte. An dem Tag, an dem er einfach die Tür abgeschlossen hatte und gegangen war.

Cano stolperte über einen Karton auf dem Boden und landete fluchend auf den Holzdielen.

»Wir haben hier hoffentlich Strom?«, fragte Tina aus der Finsternis.

»Haben wir.« David schob sich an dem Tresen vorbei. Dahinter lagen drei Türen. Er betrat den linken Raum und tastete nach dem Lichtschalter. Ganz sicher war er nicht, was den Strom betraf, aber immerhin bezahlte er dafür. Vielleicht war der alte Heidegger aber auch längst darauf gekommen, dass David niemals hierherkam.

Es knisterte über seinem Kopf, dann schalteten sich drei Deckenlampen an. David atmete auf. Hier standen noch immer die Apotheker-Regale, vollgestopft mit braunen Fläschchen und Tablettenschachteln. In diesem Raum war er damals selten gewesen. Er war größer, als David ihn in Erinnerung hatte.

Er trat zurück in den Hauptraum. Die schwarzen Silhouetten der anderen sahen aus wie Statuen, die alle ihm zugewandt waren. Sie hatten wahrscheinlich mit etwas anderem gerechnet. Dabei war doch klar gewesen, dass ein gutes Versteck kein Fünf-Sterne-Hotel sein würde.

»Also«, sagte er, »es gibt insgesamt drei Räume, plus Toilette.

Ich würde vorschlagen, wir nehmen das große Zimmer nur zum Schlafen. Dann brauchen wir uns hier vorn nur aufzuhalten, wenn es dunkel ist. Auch wenn die Wahrscheinlichkeit gering ist, dass uns jemand durch die Scheiben sieht.«

»Sicher ist sicher«, sagte Ondrej. »Gibt's nur diesen Eingang?«

»Ja. Das ist der einzige Fluchtweg.« David wies zu den drei Türen hinter sich. »Hier geht es zu zwei großen Lagerräumen mit Strom. In der Mitte ist das Badezimmer. Links können ebenfalls ein paar schlafen. Da dürften noch Matratzen liegen, sogar ein paar Schlafsäcke. Das Fenster ist mit Brettern verschlossen. Der Raum rechts ist sozusagen unser Aufenthaltsraum. Da werden wir tagsüber, ähm, arbeiten.« David wurde klar, dass er überhaupt keine Ahnung hatte, was sie hier überhaupt tun sollten, außer sich versteckt zu halten.

Ondrej aber war Feuer und Flamme. »Ist doch ganz nett alles. Jungs, ihr könnt schon mal die Rechner aufbauen.«

»In dem Raum rechts gibt es auch einen Tisch«, sagte David. »Und eine kleine Küche. Mit Elektroherd und einem Topf. Da könnten wir dann essen. Vorausgesetzt, wir treiben noch Lebensmittel auf.«

Schepp räusperte sich. »Und was ist mit der Heizung? Haben wir eine?« Aus seinem Mund kamen Dampfwölkchen, die seine Frage förmlich einrahmten.

David schüttelte den Kopf. »Keine Heizung. Dort hinten liegen einige Decken. Die müsste man nur mal ausklopfen. Und warmes Wasser bekommen wir in der Küche, dank eines Durchlauferhitzers. Immerhin.«

»Ja, wirklich klasse«, murmelte Tina.

»Besser frieren, als von der NOBA gefunden werden.«

Tinas Augen blitzten in der Dunkelheit. »Okay, Herr Projektleiter, dann sag uns doch mal, was der nächste Schritt ist. Was machen wir jetzt hier?«

David sagte nichts. Er hatte ihnen ein Versteck besorgt, reichte das nicht? Ondrej tapste leise pfeifend an ihm vorbei. Unter seinen Füßen knirschte der Schmutz.

»Genial«, sagte Tina. »Ich find es ja wunderschön, dass dir Feingold ein kleines Rätsel mitgegeben hat. Und auch dass du im früheren Leben schlauer damit umgegangen bist und nicht gleich deinen Boss angerufen hast. Aber gerade, im Hier und Jetzt, haben wir genau nichts. Und das alles nur, weil ihr ohne zu überlegen Operation Nautilus durchgezogen …«

»Stopp«, sagte Ondrej. »Das Thema ist genug durchgekaut.«

»Aber dieser Mist wird jede Stunde katastrophaler! Vorhin dachte ich, der Tiefpunkt wäre erreicht, aber nein – jetzt sitzen wir im Little Shop of Horrors und frieren uns den Arsch ab!«

»Und daran bin ich schuld?«

»Und daran bist du schuld.«

»Wer hat mich denn gestern ins Büro beordert?«

»Das ist doch nicht dein Ernst.«

»Schluss damit!«, brüllte David.

Alle Augenpaare richteten sich auf ihn. Er wusste nicht, wie die Worte es aus seinem Mund geschafft hatten. Dazu in dieser Lautstärke.

Ondrej wollte schon weiterreden, aber David war schneller. »Ich weiß, was in euch vorgeht. Okay? Wir können offen reden. Ihr habt mein Leben gerettet und wisst inzwischen nicht, warum überhaupt. Aber es gibt einen Grund. Wir werden Weinard retten. Wer auch immer das ist. Ihr habt mich nicht umsonst da rausgeholt.«

Tina verdrehte die Augen, aber sie hielt den Mund.

»Wir sehen nur die ungelösten Fragen und Probleme«, sagte David. »Schlimmer noch, wir arbeiten nicht zusammen. Aber genau das müssen wir tun. Wir müssen einander vertrauen. Können wir das?«

Niemand sagte etwas. David hob die Hände. »Können oder

können wir nicht? Denn wenn nicht, brechen wir das hier besser sofort ab. Ich gehe zu Smith, erzähle ihm alles, was Feingold mir gesagt hat und unterschreibe mein Testament. Falls ich noch dazu komme.«

Tina holte tief Luft. »Und was ist dein ernst gemeinter Vorschlag?«

»Wir arbeiten mit dem, was wir haben – unser gemeinsames Wissen über Benzon und die NOBA. Plus die Aufnahme eines dreiminütigen Gesprächs. Das hören wir uns jetzt so lange an, bis wir jede Silbe analysiert haben.«

»Vorher erfrieren wir«, brummte Cano. Er saß mit verschränkten Armen auf dem Tresen.

»Wir erfrieren nicht.«

»Dann verhungern wir eben.«

»Schluss mit dem Quatsch«, sagte Ondrej. »Ricky macht jeden Tag einen Großeinkauf für uns. Glaubt ihr, ich hätte keine Vorbereitungen getroffen?«

Wieder kaltes Schweigen. Wirklich überzeugt schien keiner zu sein.

»Also gut. Rechner auspacken«, sagte Ondrej. »Wir bauen sie in dem Zimmer dort links auf. Ihr werdet sehen, dann wird es hier gleich etwas wohnlicher. Und danach machen wir das, was David gesagt hat.«

David hatte vor Erschöpfung fast schon vergessen, was er überhaupt gesagt hatte. Er ging in den Lagerraum, setzte sich auf eine der alten Getränkekisten und zog seinen rechten Schuh aus. Das hatte er schon die ganze Zeit tun wollen. Die Schmerzen waren inzwischen auszuhalten, aber gerade das machte ihn misstrauisch.

Vorsichtig öffnete er den Verband. Beim Anblick der münzgroßen Delle in seiner Ferse wurde ihm ganz anders. Immerhin hatte der Laser keine blutende Wunde hinterlassen. Dafür etwas, das an Apfelsinenschale erinnerte.

David schloss die Augen. Sein lädierter Fuß war inzwischen sein geringstes Problem. Er allein war der Auslöser für die Schwierigkeiten, in denen die Menschen im Raum nebenan steckten. Hätten sie ihn einfach seinem Schicksal überlassen, könnten sie weiter an ihren kleinen Tools und Hacks arbeiten, ohne in Gefahr zu sein.

Cano rief aus dem Badezimmer: »Leute, die Klospülung funktioniert nur so halb. Solltet ihr wissen.«

Niemand machte sich die Mühe, zu antworten.

David vergrub den Kopf in den Händen. Er musste herausfinden, was Feingold mit seinen wenigen Worten gemeint hatte. Das war seine Aufgabe. Und wenn er sie nicht lösen könnte, würden sie hier solange festsitzen, bis die NOBA sie gefunden hatte.

Ondrej kam hinein. »Beim nächsten Mal gibt's auch eine Betäubung«, sagte er mit einem Blick auf Davids nackten Fuß.

David antwortete nicht. Er zog sich seinen Socken wieder an, während Ondrej zwei große Rucksäcke auf den Boden stellte und öffnete.

»Ich muss dir was gestehen«, sagte Ondrej in einem übermäßig beiläufigen Ton. »Nachdem wir die Aufnahme zum ersten Mal gehört haben, sind wir alle Davids bei Benzon durchgegangen. Du hast es, glaube ich, nicht mal unter die Top Zwanzig geschafft. Tina hatte die Idee, die Terminkalender zu checken. Du warst der Einzige, der am Morgen des Telefongesprächs bei Smith gewesen war. Selbst dann hatten wir noch unsere Zweifel.«

»Verständlich«, sagte David. Wahrscheinlich machte Ondrej ihm nun Vorhaltungen, weil er Tinas Rettungsversuche so hartnäckig ignoriert hatte.

»Jetzt bist du also wirklich der Richtige«, sagte Ondrej. Er zog ein schwarzes Netzteil aus dem Rucksack, steckte es aber wieder hinein. »Aber trotzdem kennt dich niemand hier. Dieser freakige Kram mit dem Schlüssel unterm Mülleimer, dann noch diese verlassene Apotheke – denkst du nicht, es wäre an der Zeit, uns mal ein wenig aufzuklären? Besonders nach deiner kleinen Rede zum Thema Vertrauen?«

Aus dem Vorderzimmer ertönte ein surrendes Geräusch. Nach wenigen Sekunden kam weißer Lichtschein durch die Tür.

»Ich hab den Lichtschalter entdeckt!«, rief Dana.

»Sofort wieder ausmachen«, sagte Ondrej. »Kein Licht im Vorderraum!«

Er wandte sich wieder David zu und senkte seine Stimme. »Also, wo sind wir hier in Wirklichkeit?«

Aha, also doch keine Vorhaltungen. Ondrej war einfach nur neugierig, vielleicht sogar misstrauisch. David hob den Kopf. »Dazu musst du mir erst mal ein paar Fragen beantworten.«

»Echt? Welche denn?«

»Ich weiß gar nicht, wo ich anfangen soll. Warum hast du noch nie ein Token besessen? Warum bist du auf der Flucht vor der NOBA, offensichtlich schon sehr lange? Warum kennst du das Register wie deine Westentasche?«

»Scheint dich ganz schön zu beschäftigen.«

In der Tat, das tat es. David wollte gerade zur nächsten Frage ansetzen, als ihn eine schrille Stimme unterbrach.

»Oh mein Gott! Das darf nicht wahr sein.«

Das war Tina gewesen. Ondrej fuhr hoch und rannte durch die Tür.

David sah sich hektisch um. Sie waren entdeckt worden. Die NOBA war hier eingedrungen, nach nur zehn Minuten.

»David!«, rief Ondrej von vorn. »Komm sofort hierher!«

Aufgeregtes Gemurmel war zu hören, Cano, Dana, Schepp, alle sprachen durcheinander.

Davids Herzschlag setzte für einen Moment aus. Er schaute in das Vorderzimmer, das nun hell erleuchtet war. Tina, Ondrej und Cano standen in einer Reihe vor dem Tresen und starrten ihn an, als wären sie ein Geschworenengericht.

»Erklär mir das.« Ondrej zeigte auf den Tresen.

Irgendetwas schienen sie entdeckt zu haben. Wahrscheinlich nur eine von Jimmys unflätigen Zeichnungen, die er ständig hinterlassen hatte. David näherte sich dem Tresen. Über ihm baumelte eine Blechlampe, die das Holz in gelbes Licht tauchte.

Im Dunkeln hatte David die Buchstaben auf dem verstaubten Holz nicht bemerkt. Alles hatte so ausgesehen wie bei ihren hitzigen, langen Proben bis in die Nacht hinein, damals vor zwanzig Jahren. Doch jetzt sah David die mit weißer Farbe gepinselten Worte. Sie glänzten noch frisch.

David ging um den Tresen herum, um den Text besser lesen zu können, dabei hatte er ihn längst richtig zusammengesetzt. Auf dem Holz stand in ungelenken Großbuchstaben:

DAVID, ICH KANN DIR HELFEN.

MELDE DICH SO SCHNELL WIE MÖGLICH BEI MIR.

RACHEL.

Darunter war ein Datum gepinselt. 21. November 2003. Das heutige Datum.

»Erklär das!«, sagte Ondrej.

David stolperte rückwärts, über einen der alten Lautsprecher, die sie damals hier stehen gelassen hatten. »Das ... ich weiß nicht ...«

»Wir sollen dir vertrauen?«, fragte Tina. »Super. Großartig! Wer weiß denn noch alles von diesem ultrageheimen Versteck? Wahrscheinlich steht die NOBA in weniger als fünf Minuten vor der Tür.«

David starrte die Buchstaben an, als würden sie sich gleich neu formieren und eine Erklärung bilden. Aber das taten sie nicht.

»Erklär das!«, sagte Ondrej noch einmal. »Und zwar sofort!«

David griff sich an die Stirn. Natürlich. Es war völlig klar, was jetzt zu tun war.

20:40 – 20:43

Lois hatte keine andere Idee mehr, als zu Gary nach Hause zu fahren. Ihre selbstgesetzte Deadline war so gut wie verstrichen, außerdem war sie todmüde und fror am ganzen Leib. Die Sache war gelaufen.

Dabei hatte es so gut ausgesehen. Lois hatte sich gefühlt wie eine durchtriebene Meisterdetektivin, als sie Heidegger endlich herumbekommen hatte – nicht durch ihre übliche Masche, sondern durch rotverheulte Augen und Taschentücher. Heidegger hatte ihr verraten, dass David seit Jahren Mieter eines Ladenlokals im Norden der Stadt war. Es war der alte Probenraum der Highschool-Band und er gammelte völlig unbemerkt sich hin. Der perfekte Unterschlupf.

Lois war sich sicher gewesen, dass David noch heute in seinem Versteck aufkreuzen würde. So viel zu ihrer Intuition.

Sie rieb ihre nassen Arme und studierte den Busfahrplan. Gary würde vor Schreck einen Migräne-Anfall bekommen, wenn Lois plötzlich vor seiner Tür stand. Aber ihr fiel kein besserer Zufluchtsort ein. David hatte sich deutlich besser vorbereitet als sie.

Am Ende war es gut so, wie es jetzt war. Das bläute Lois sich die ganze Zeit ein. Die NOBA, Gregory Smith und auch noch eine rätselhafte Registerwarnung gegen sich zu haben, war keine gute Position.

Und David? Der hatte ohnehin seinen eigenen Plan. Das hatte auch Heidegger gesagt. *Vielleicht will er eines Tages einfach zurückkommen, die Gitarre in die Hand nehmen und alles soll so sein wie früher. Er ist mit diesem Tag vor zwanzig Jahren wirklich seltsam geworden.*

Tja, aber eben nicht seltsam genug, um tatsächlich an diesen Ort, für den er seit Ewigkeiten Miete zahlte, zurückzukehren. Lois würde nie erfahren, wo David jetzt steckte.

Wahrscheinlich war er in guten Händen. Lois hatte in den letzten Stunden über den Free Time Club recherchiert. Vor ein paar Jahren hatten angeblich Hunderte von Hackern zu der Bewegung gehört. Sie waren mit lauten Aktionen aufgefallen – unter anderem hatten sie mehrmals omnitemp.org, die Marketing-Seite der NOBA, gehackt. Danach hatte sie sich aufgelöst. Aber vielleicht hatte Gary recht, und es gab noch einen harten Kern. Womöglich gehörte sogar Ondrej Vorisek dazu. Über diesen Mann hatte Lois inzwischen auch einiges herausgefunden, und wenn es stimmte, dann brauchte David erst recht keine Hilfe.

Lois fand endlich die passende Buslinie und stellte erfreut fest, dass sie noch drei Minuten warten musste. In diesem Moment klingelte ihr Telefon. Die unbekannte Nummer sprach für Gary – oder für Smith, der ein paar neue Drohungen loswerden wollte.

Lois beschloss, es zu riskieren und nahm ab.

»Hallo, wer ist da?«

Ein Bus donnerte vorbei, und Lois sah ihm genervt nach. Im nächsten Moment hörte sie eine leise, warme Stimme. »Lois. Hi.«

In ihrem Kopf begann es zu pochen. »Wer ist da?«

»Hier ist David.«

Sie öffnete den Mund, um etwas zu sagen, aber schloss ihn dann wieder. Den ganzen Nachmittag hatte sie darüber nachgedacht, wie David sich bei ihr melden würde. Mittels eines zwielichtigen Komplizen vielleicht, oder durch eine anonyme Mail mit Dokumentkopien und Beweisen. Nicht mit einem gewöhnlichen Anruf.

»Du hast richtig gelegen«, sagte David. »Keine Ahnung, wieviel du weißt, aber es ist ein Wunder, dass ich noch am Leben bin.

Freunde haben mich gerettet. Aber jetzt brauchen wir deine Hilfe. So wie du gesagt hast.«

Tatsächlich, er hatte es geschluckt. Er glaubte Lois, dass sie ihm helfen konnte.

Am anderen Ende war Stimmgemurmel zu hören und David sagte: »Ich habe keine Zeit, dir alles zu erklären. In einer Minute muss ich wieder auflegen.«

Lois bearbeitete ihren linken Daumen mit den Zähnen. So funktionierte das nicht. Sie *brauchte* Erklärungen. Je ausführlicher desto besser. Vorher würde sie sich auf gar nichts einlassen.

»Du musst eines wissen«, sagte David. »Wenn du dich entscheidest, mir zu helfen, wird es auch für dich gefährlich.«

»Das ist mir klar.«

»Wir müssen herausfinden, warum die NOBA mich jagt wie einen Verbrecher. Bis jetzt haben wir nur eine ungefähre Ahnung. Wir mussten alle abtauchen. Du wirst ebenfalls abtauchen müssen.«

Lois sagte nichts. *Abtauchen* hieß in Davids Welt offensichtlich mehr, als sich einfach nur zu verstecken.

»Ich verstehe, wenn dir das zu heiß ist. Ich kann jetzt auflegen und du hörst nie wieder von mir. Versprochen.«

Lois sah hinter sich. Von einem schwarzen Mercedes war im Licht der Straßenlampen nichts zu sehen, aber das musste nichts heißen. Irgendwo lauerten sie ihr garantiert auf. Sie sollte das Gespräch jetzt einfach beenden. Sie sollte *alles* beenden.

»Lois?«

»Wo sollen wir uns treffen?«

»Du willst uns wirklich helfen? Das ist ...«

»Musst du nicht jeden Moment auflegen? Sag mir, wo wir uns treffen. Dann höre ich mir die Sache an und entscheide.«

»Okay. Wir holen dich ab. Noch heute, wenn du willst.«

Der nächste Bus rollte in die Haltebucht. Die schweren Reifen spülten eine kleine Flutwelle auf den Gehsteig, bis knapp vor Lois' Füße. Mit diesem Bus wäre sie in zehn Minuten bei Gary.

»In Ordnung?", fragte David.

»Ja. Aber nicht direkt vor meiner Haustür. Ich werde beobachtet. Von der NOBA.«

Wieder beriet sich David leise mit Leuten, die offensichtlich mithörten. »Kannst du mir deine Token-ID sagen? Dann finden wir dich.«

Über den offenen Türen des Busses blinkten die Lämpchen. Gleich würde der Bus losfahren. Lois machte einen Schritt nach vorn. Ohne Zweifel, die »Freunde«, die David da an der Hand hatte, gehörten zum Free Time Club. Genau die Leute, vor denen Gary sie gewarnt hatte. Fremde Token-Daten kaperten sie mit Leichtigkeit, wahrscheinlich hatte David von ihnen auch Lois' richtigen Namen.

»Bitte schnell«, sagte David.

Die Bustüren schlossen sich. Lois nannte David die Nummer ihres Tokens. Mit einem Zischen fuhr der Bus an, seine Rücklichter verschwanden im Feierabendverkehr.

»Okay, wir haben dich«, sagte David nach einer kurzen Pause. »Eine halbe Stunde. Dann sind wir da.« Seine Stimme klang furchtbar erschöpft. Als hätte er eine schwere Erkältung hinter sich.

Lois wollte sich noch verabschieden, aber er hatte schon aufgelegt.

21:04 – 21:53

Eine Windböe fegte über die Schnellstraße und schleuderte dicke Tropfen gegen die Windschutzscheibe. Es war, als hätte jemand eine gewaltige Duschbrause über ihren Köpfen eingeschaltet.

Tina fluchte und schaltete den Scheibenwischer eine Stufe höher. »Bei dem Wetter hätte ich sogar mit Autopilot Angst.«

»Ich vertrau dir«, sagte Ondrej abwesend. »Du fährst besser, als du codest.« Er tippte, tief im Beifahrersitz versunken, mit beiden Daumen auf seinem Mantis herum.

»Wir hätten mit den anderen in der Apotheke bleiben sollen.«

»Wir müssen doch ohnehin zu Ricky fahren. Oder willst du verhungern?«

David schluckte. Der Gedanke, dass ausgerechnet Ricky ihnen ein Carepaket für die nächsten Tage zusammenstellte, war besorgniserregend. Kalte Hähnchenschenkel zum Frühstück, guten Appetit.

Er beugte sich nach vorn. Ein grüner Punkt schob sich langsam über das Display von Ondrejs Mantis. Das war Lois. Schon seit einer Viertelstunde fuhr sie mit der U-Bahn einfach hin und her.

Lois Anderson, die Frau, die fähig und gewillt war, ihnen zu helfen. Der Schlüssel, um Smith und seine Helfer zu enttarnen.

Und die Komplizin, mit der David das alles schon einmal geschafft hatte.

Das war Davids neuste und zugleich kolossalste Erkenntnis. Es hatte dafür die Schrift auf dem Tresen gebraucht. In diesem Moment hatte David nämlich endlich begriffen, was es mit der

Registerwarnung auf sich hatte. Hatte verstanden, warum er sich angeblich von Lois fernhalten sollte.

Weil Lois seine Rettung war.

Er war diesem Albtraum schon einmal entkommen, und zwar, weil er Hilfe gehabt hatte. Hilfe von Lois.

Die NOBA musste von ihrer Zusammenarbeit erfahren haben, allerdings ein klein wenig zu spät. In zwei Tagen, um genau zu sein. In ihrer Panik hatten die NOBA-Agenten der Zukunft eine gefälschte Nachricht an David geschickt: »Lois wird dein Untergang sein.« Nicht sehr einfallsreich und ziemlich dramatisch – aber zielführend. David sollte Lois gar nicht erst kontaktieren. Beinahe wäre der Plan aufgegangen.

Lois und David. Sie beide hatten die NOBA bereits einmal besiegt. Gemeinsam. Und nun mussten sie es noch einmal tun, allerdings hatten sie dieses Mal kein Überraschungsmoment auf ihrer Seite. Als Ausgleich hatten sie die Hilfe des Free Time Clubs.

»Die Fahrassistenz konnte nicht aktiviert werden. Bitte unterbrechen Sie schnellstmöglich die Fahrt und kontaktieren Sie unseren Notfall-Service.«

Tina sah Ondrej wütend an. »Kannst du wenigstens das mal abstellen?«

»Hab's versucht«, murmelte Ondrej. »Ist schwierig.«

Typisch. Diese Leute hackten sich in das Register, aber einen Auto-Computer zum Schweigen zu bringen, das war ihnen zu anstrengend.

David blickte auf Ondrejs Mantis. »Sie fährt immer noch zwischen den gleichen drei Stationen hin und her, richtig?«

»Ja, du hast eine clevere Freundin. Falls ein Agent sie verfolgt, geht sie ihm gerade gehörig auf den Zeiger.«

»Niemand verfolgt sie«, sagte Tina. »Warum auch. Die Frau ist verwirrt. Sie kennt ja nicht mal ihren eigenen Vornamen.«

»Ihr Name ist Lois«, sagte David. »Das habe ich doch erklärt.«

»Ich glaub ihr jedenfalls kein Wort.«

Sie sah über die Schulter und bog ab. David war beeindruckt, wie routiniert Tina das Auto fuhr. Ihn selbst hätte schon das Einschalten des Blinkers überfordert.

Angespannt sah er nach draußen. Die nasse Scheibe verwandelte die Lichter der Autos und Ampeln in einen bunten Teppich. Irgendwo in diesem verregneten Dunkel war Lois. Wahrscheinlich hatte sie noch nicht ganz verstanden, warum die NOBA und auch Smith gerade mit Hochdruck nach ihr suchten.

Ondrej stieß einen triumphierenden Pfiff aus. »Okay, Lois' Token gehört uns. Dann zieh ich mal mein übliches Programm durch.«

»Aber spar dir den Zick-Zack-Kurs«, sagte Tina. »Am unverdächtigsten ist es, wenn sie einfach wieder nach Hause läuft.«

Ondrej vergrößerte die Ansicht auf dem Display. »Oh. Jetzt ist sie in den Express eingestiegen.« Er zeigte nach links, an Tinas Nase vorbei. »Da, nimm die zweiundvierzigste, die verläuft genau über der U-Bahn.«

»Hör sofort auf, mir vor den Augen herumzufuchteln. Ich hasse das.«

»Krieg dich ein.«

»Ich mein es ernst! Wir fahren ohne Netz und doppelten Boden!«

»*Die Fahrassistenz konnte nicht aktiviert werden ...*«, begann es in diesem Moment wieder. Tina schlug auf das Lenkrad ein. Der Wagen schwankte kurz, dann war nur noch das dumpfe *Wopp-Wopp* der Scheibenwischer zu hören.

Als sie die U-Bahn-Station, an der Lois ausgestiegen war, fast erreicht hatten, wurde der Regen noch stärker. Im Lichtkegel der Scheinwerfer wurden die Regentropfen zu weißen Partikeln, die gen Boden rasten. David suchte den Gehsteig angestrengt nach Lois ab. Ungeachtet des Wetters, das eigentlich jeden nach Hause treiben musste, standen einige Menschen mit Regenschirmen vor den Schaufenstern.

Tina fuhr jetzt so langsam, dass sie beinahe im Sekundentakt überholt wurden. Trotzdem erkannte David Lois erst, als sie schon an ihr vorbeigefahren waren. Sie trug keinen Mantel und hatte auch keinen Schirm. Es sah aus, als wäre sie von einem Werbeplakat für die nächste Frühlingskollektion heruntergesprungen.

»Anhalten!«, rief David. »Da ist sie.«

Tina bremste und hielt auf dem Seitenstreifen. Durch die Heckscheibe sahen sie, wie Lois sich mehrmals umschaute und dann auf das Auto zuging. In den wandernden Lichtern des Verkehrs wechselte sie von einer schwarzen Silhouette zu einer durchnässten Figur im Rampenlicht. Trotz des Regens ging sie aufrecht.

Ondrej pfiff durch die Zähne. »Ich hatte mit einer alten Redakteurin gerechnet.«

»Bist du sicher, dass wir ihr vertrauen können?«, fragte Tina.

»Hundertprozentig«, sagte David.

Er hatte gegenüber den beiden kein Wort über die gefälschte Registernachricht verloren. Garantiert hätten sie ihm sonst davon abgeraten, Lois ins Team zu holen. Weil es natürlich genauso möglich war, dass die Nachricht *nicht* gefälscht war. Dass die Warnung vor seinem Untergang berechtigt war. Dann wäre es verheerend, wenn sie sich auch nur in die Nähe von Lois wagten.

Rettung oder Untergang. Das waren die beiden möglichen Ausgänge dieser Nacht, die Davids Sortiermaschine ausgespuckt hatte. Aber David wollte nicht länger darüber nachdenken. Er wollte nur eines: Dass Lois bei ihnen mitmachte. Zum Teufel mit seiner Sortiermaschine.

Er öffnete die Wagentür. Sein Arm war augenblicklich klatschnass vom Regen.

Im nächsten Moment sprang Lois auf den Rücksitz und knallte die Tür hinter sich zu. Die Haare hingen ihr in nassen Strähnen in die Stirn, kleine Rinnsale liefen ihr über Kinn und Hals. Sie sah David nur kurz an, dann drehte sie sich um und schaute aus der Heckscheibe. »Ich weiß nicht, ob ich sie abgehängt habe. Gesehen habe ich keinen mehr.«

»Keine Sorge«, sagte David und wies auf ihren Fuß. »Dein Token belügt sie gerade nach Strich und Faden.«

Lois schaute erst zu ihrem Fuß, dann zu David. Trotz des Dämmerlichts registrierte David tiefe Augenringe, aber ihr Blick funkelte wach und angriffslustig.

»Was soll das heißen?«, fragte sie. »Ihr könnt mein Token hacken?«

Der Wagen fuhr abrupt an, David und Lois wurden in den Sitz gedrückt. Tina drängte sich mit Schwung in eine der wenigen Lücken im Verkehr.

»Mach dich auf einige Überraschungen gefasst.« David griff nach seinem Mantis. »Ich habe seit gestern Freunde mit besonderen Fähigkeiten. Das da vorn sind Ondrej und Tina.«

»Hi«, sagte Ondrej im gleichen Moment. »Hast du ein Telefon dabei? Laptop? Journalisten-PDA?«

Lois wischte sich mit dem Ärmel über das Gesicht. »Nur mein Handy.« Sie zog ein schwarzes Telefon aus der Hosentasche.

»Okay, schnell den Akku raus.«

Lois hielt inne. »Der ist fest verbaut.«

»Dann muss das Telefon weg. Schmeiß es aus dem Fenster, sofort.«

Lois sah Richtung David. »Meint der das ernst? Ich kann doch mein Handy nicht wegwerfen.«

»Raus damit«, sagte Ondrej. »Oder du steigst sofort wieder aus.«

»Mal langsam, okay? Auf dem Telefon habe ich Überwachungsprotokolle der NOBA. Die brauchen wir. Außerdem muss ich Kontakt zu meinem Mann bei der NOBA halten.«

David sah, dass Lois am ganzen Körper bebte. Das lief ja großartig.

»Tut mir leid«, sagte er zerknirscht. »Aber die NOBA hat mich gestern über mein Handy geortet. Wir können das Risiko nicht eingehen.«

»Raus jetzt mit dem Ding«, sagte Tina. Sie verlangsamte die Fahrt schon wieder. »Oder die Tour endet hier für dich.«

Lois' Hand ging zum Türgriff. David wusste nicht, was er sagen sollte. Das war es also? Nach sechzig Sekunden hatten sie Lois schon wieder vergrault?

Lois beugte sich zur Tür und holte Luft. Die Aufforderung, den Wagen zu stoppen, lag ihr eindeutig schon auf der Zunge. Doch dann kurbelte sie die Scheibe herunter und warf das Telefon auf den Grünstreifen. »Zufrieden? Oder hätte ich die SIM-Karte vorher aufessen sollen?«

»Hast du nur dieses eine Handy?«, fragte Tina ungerührt.

»Natürlich, was denn sonst? Auf was lasse ich mich hier eigentlich gerade ein?«

Wenn ich das mal wüsste, dachte David. Er würde die Fakten nun ganz behutsam vor Lois ausbreiten, ein Teilstück nach dem anderen, mit dem unangenehmen Teil zum Schluss. »Also. Es ist ... ziemlich kompliziert.«

»Ich geb dir eine Zusammenfassung«, sagte Ondrej. »Erstens, die NOBA ist *richtig* sauer auf uns. Wir wissen nicht warum, aber ein paar Agenten von RegSec machen uns seit gestern das Leben schwer.«

»So etwas hab ich mir schon gedacht.«

»Zweitens, wenn du dich uns anschließt, wirst du ebenfalls gejagt. Zumal wir den Leuten vorgaukeln müssen, dass du gestorben bist.«

Am liebsten hätte David ihm den Mund zugehalten. Ondrej brachte es noch fertig und machte mit zwei Sätzen alles kaputt.

»Was redet er da?”, fragte Lois. »Was müssen wir wem vorgaukeln?«

David machte eine abwiegelnde Geste. »Eins nach dem anderen. Ich erkläre dir erst mal, was bisher passiert ist.”

»Nichts da”, sagte Ondrej. »Wenn sie bei Nautilus nicht mitmacht, erklären wir überhaupt nichts.”

»Stopp mal«, sagte Lois. »Nautilus? Abtauchen? Ist das Kapitän Nemo da vorn?«

Ondrej drehte sich nach hinten. Sein grinsendes Gesicht glänzte im roten Licht der Straßenlampen. »Was ich meinte ist, dass wir dein Token entfernen und der Welt sagen müssen, dass du gestorben bist. Wenn du gestattest.«

»Ihr könnt ein Token nicht nur hacken, sondern sogar *entfernen?*«

»Oh ja«, sagte David. »Das können die.« Seinen ursprünglichen Plan konnte er nun endgültig vergessen.

»Aber die NOBA beobachtet mich«, sagte Lois. »Die werden doch sofort rauskriegen wollen, woran ich so plötzlich gestorben bin.«

»Bei mir haben sie auch nicht eingegriffen«, sagte David. »Wir können damit nur ein paar Tage rausholen, aber wir haben ohnehin nur bis Freitag Zeit. Warum, erklär ich dir später.«

Sie sah zwischen ihm und Ondrej hin und her. »Und wie entfernt man bitte ein Token?«

»Ein Freund von uns ist Experte dafür«, sagte Ondrej. Er drehte sich zur Rückbank und musterte Lois, als sähe er sie schon auf Rickys Operationstisch.

Lois drehte sich zum Fenster und schwieg. Sie hatte wahrscheinlich mit vielem gerechnet hatte, aber nicht damit. Und nun ging sie ihre Optionen durch.

Draußen endeten die schmucken Hausfassaden abrupt. Sie überquerten den Potomac. Die altmodischen Laternen der Brücke tünchten den nassen Asphalt silbern, der Fluss unter ihnen war nur eine große schwarze Fläche. Ein paar Minuten noch, dann hatten sie Rickys Domizil erreicht.

Eigentlich war das der richtige Augenblick, um Lois die Wahrheit zu sagen. Erstens, dass keiner hier im Auto einen Plan hatte. Zweitens, dass Operation Nautilus nicht rückgängig gemacht werden konnte und der Chirurg nach Hähnchenfett stank. Sie musste erfahren, worauf sie sich einließ. Aber was, wenn sie dann wirklich einen Rückzieher machte?

»Was war das gerade mit dem NOBA-Kontakt?«, fragte Ondrej. »Ist das so eine Art Whistleblower?«

Lois sah wieder nach vorn und nickte. »Richtig. Wir sollten uns schnellstmöglich mit ihm treffen. Ich arbeite seit Jahren mit ihm.«

»Woran denn?«

»Ich will beweisen, dass die NOBA das Register missbraucht, um im großen Stil Biographien zu ändern. Und zwar durch gefälschte Nachrichten an angebliche Terroristen und Verbrecher der Zukunft.«

Ondrej grinste noch breiter. »Mensch. Den Crashkurs können wir uns ja sparen bei dir.«

»Hast du Beweise dafür?«, fragte Tina hinter seinem Rücken.

»Nein. Aber ich habe Beweise dafür, dass die NOBA tausende von US-Bürger überwacht.«

»Und dieser Typ bei der NOBA«, sagte Ondrej. »Hat er einen Namen?«

»Er nennt sich Gary. Wahrscheinlich ist es nicht sein richtiger Name.«

»Hat er jemals den Free Time Club erwähnt? Oder mich?«

Sie schüttelte den Kopf. »Niemals.« Offensichtlich war ihr der Name *Free Time Club* trotzdem ein Begriff, denn sie fragte nicht nach. »Von einem Ondrej hat er auch nie gesprochen. Bist du berühmt oder was?«

Statt einer Antwort drehte sich Ondrej wieder nach vorn. »Du darfst nie wieder mit diesem Gary sprechen«, sagte er.

»Bitte was?«

»Es gibt niemanden, dem wir trauen können. Niemanden.«

Jetzt beugte sich Lois zwischen die beiden Vordersitze. »Das meinst du doch nicht ernst. Er wäre uns eine Riesenhilfe!«

»Oder er verpfeift uns allesamt. Vielleicht ist dieser Gary Teil einer groß angelegten Falle. Ich kenn ihn jedenfalls nicht. Und die NOBA ist gut darin, ihre Spitzel mit viel Geduld einzuschleusen.«

»Unsinn!«, stieß Lois hervor. »Gary ein Betrüger! Dafür hat er viel zu große Angst vor mir.«

»Kein Kontakt mehr nach draußen. Keine Emails, keine Anrufe, überhaupt nichts. Zu niemandem.«

Lois sank zurück und wandte sich zu David. »Und er ist hier der Boss? Ich mag ihn nicht, fürs Protokoll.«

Ondrej lachte. »Also, ich mag dich schon.«

»Keiner ist der Boss«, sagte David müde. Das war irgendwie gelogen, aber er hätte auch nicht sagen können, wer hier in Wirklichkeit die Führung übernahm.

»Na schön«, sagte Lois. »Dann erklär mir wenigstens, wer *du* bist.«

»Ich?« David fühlte sich überrumpelt. »Du kennst mich doch.«

»Ich kenne den harmlosen Registerfan, den du mir vorgespielt hast. Aber jetzt will ich wissen, warum die NOBA dich seit Jahren auf dem Schirm hat.«

»Hast du deswegen so intensiv nach mir gesucht? Du musst tief gegraben haben, um die Apotheke zu finden.«

Lois starrte ihn an. Seine Taktik, immer mit einer Gegenfrage zu antworten, würde nicht ewig aufgehen. Aber noch ahnte Lois nicht, dass er ihr nichts verschwieg, sondern einfach nichts zu erzählen hatte. Weil er wirklich nur ein harmloser Registerfan war. Mehr nicht.

»Du verschwindest nicht einfach«, sagte sie. »Das wusste ich. Und je mehr ich nach dir suchte, umso aktiver wurde die NOBA. Mindestens zwei Typen verfolgen mich. Sie haben schon vor Tagen meine Wohnung durchsucht und wahrscheinlich sogar Zugriff auf mein Token.«

»Agenten«, brummte Ondrej von vorn.

»Genau.«

»Wenn das so ist«, sagte Tina, »dann wissen die Agenten auch, dass du in der Apotheke warst.«

»Nein, ich bin ja nicht blöd. Ich war gar nicht in der Apotheke. Der Sohn des Vermieters hat die Nachricht hinterlassen.«

Was denn, Steven hatte die Nachricht an den Tresen geschrieben? Das wurde ja immer verrückter. Nicht nur, dass Lois den jungen Heidegger in so kurzer Zeit gefunden hatte – sie hatte ihn sogar als Komplizen gewonnen. Den Steven, der für kein Geld der Welt etwas tat, das ihm unrecht schien. Er musste geglaubt haben, David wirklich zu helfen.

»Irgendwas stimmt da jedenfalls nicht«, sagte Lois. »Diese Agenten benutzen das Register nicht. Gar nicht. Ich habe einen kleinen Test durchgeführt und ihr Auto sabotiert, total stümperhaft. Nicht mal das haben sie rückgängig gemacht.«

»Kennen wir«, sagte David. »Es gab Tausende von Situation, die sie hätten reversieren können – aber sie haben es nicht getan.«

»Habt ihr eine Ahnung warum?«

»Nein. Wir hatten bis jetzt aber auch wenig Zeit, über irgendetwas genau nachzudenken.«

»Verstehe.« Sie sagte es in einem Tonfall, der Davids Antwort zu einer Ausrede degradierte. »Und was ist nun deine Rolle in diesem Spiel?«

Tina lachte leise. »Jetzt kommt's.«

David holte Luft und räusperte sich. Er musste jetzt die Karten auf den Tisch legen. Sonst würden es Ondrej und Tina tun.

»Bis gestern hatte ich überhaupt keine Rolle. Ich bin durch Zufall in diesen Schlamassel hineingerutscht. Ondrej und die anderen konnten mich retten und haben mich über die NOBA aufgeklärt. Ich war völlig unwissend.«

Lois sah ihn regungslos an, als erwarte sie einen letzten Twist, der diese Erklärung noch in die richtige Richtung drehte. Als David nichts sagte, schob sie ihren Kopf näher zu ihm. Wie ein U-Boot-Periskop.

»Du willst mir erzählen«, sagte sie langsam, »dass du nie etwas gemacht hast, das der NOBA nicht gepasst hat?«

»Niemals.«

»Verarschst du mich? Verarscht ihr mich alle?«

»Nein! Wieso sollten wir?«

»Weil sie mit dir das komplette Überwachungsprogramm durchziehen! Du hast doch was … geplant.«

David spürte, dass sie auf irgendetwas Bestimmtes hinauswollte. Aber dieses Mal lag sie falsch, so leid ihm das tat.

»Ich schwöre dir, ich bin erst gestern Abend für die NOBA interessant geworden.«

»Und was ist gestern passiert?«

»Ich habe erfahren, dass die NOBA einen Mord plant.«

Lois hob die Augenbrauen. Sie wiederholte das Wort *Mord* mit den Lippen, wie ein kompliziertes Fremdwort, das sie lange nicht ausgesprochen hatte.

»Man kann niemanden ermorden«, sagte sie schließlich.

»Wir vielleicht nicht. Die NOBA schon. Angeblich gibt es aber eine Art Schlüssel, um den Mord zu verhindern. Und diesen Schlüssel kenne ich.« David räusperte sich erneut. »Wie gesagt, vielleicht.«

»Und das alles hast du durch Zufall erfahren?«

»Genau.«

David fühlte sich wie in der x-ten Auflage einer Szene, die sich den ganzen Tag immer wieder abspulte – die Leute erfuhren die Wahrheit und waren schockiert. Er hatte das wirklich satt.

»Okay«, murmelte Lois und legte die Hände auf ihre Knie. »Hier hat also niemand eine Ahnung. Und wir dürfen auch niemanden um Hilfe bitten. Beste Bedingungen, muss ich schon sagen.«

»Gewöhn dich dran«, sagte Tina.

Dieses Gespräch mauserte sich langsam zum Tiefpunkt des Tages, noch unangenehmer als die Wanderung durch Washingtons Kanalisation.

Sie brauchten Lois, um zu überleben. Falls David der NOBA wirklich schon einmal das Handwerk gelegt hatte, in der alten Version der Wahrheit, dann nur mit Lois' Hilfe. Und nun verlor er sie, mit jedem weiteren Satz. Sollte sie gleich genervt das Auto verlassen, dann hatten sie alle ein ernsthaftes Problem. Und David war der Einzige hier, dem das klar war.

»Ist das nicht die perfekte Story?«, fragte er. »Die NOBA plant Mordanschlag. Mit der Headline schreibst du Geschichte.«

»Sicher. *Falls* ich sie schreibe.«

»Warum denn nicht?«

»Ihr wisst ja noch nicht mal, wer das Opfer ist.«

»Doch. Jemand mit Nachnamen Weinard.«

»Weinard?« Sie legte die Stirn in Falten. Dass David noch mehr Informationen als diesen Namen besitzen könnte, schien sie gar nicht erst anzunehmen. »Na ja, es könnte Carl Weinard sein.«

»Wer ist das?«, fragte Ondrej.

»Ein Journalist. Er hat damals den Spendenskandal rund um de Burgh aufgedeckt, zumindest hat er das neulich behauptet. Aber das wäre schon ein seltsamer Zufall.«

David konnte Lois nicht mehr folgen – vielleicht verstand er sie aber auch falsch. Der Skandal, von dem sie da sprach, war doch zwanzig Jahre her. Der Sommer, in dem Susan gestorben war. Alle anderen Geschehnisse in diesem Sommer waren in Davids Erinnerung unscharf geworden – den Spendenskandal rund um die Präsidentschaftswahl, de Burghs plötzlicher Fall, die Wahl von Robertson. Er hatte allerdings auch seit Jahren nichts davon gehört. Niemand interessierte sich heute dafür, dass vor Jahrzehnten irgendjemand seinen Wahlkampf durch Schmiergelder finanziert hatte. Warum auch.

»War nur ein erster Gedanke«, sagte Lois. »Es könnte natürlich sein, dass … Na, wie auch immer. Ich muss darüber nachdenken.«

Wenigstens war die Erwähnung von Weinard nicht völlig daneben gewesen. Natürlich war dieser Tanz noch nicht beendet, aber gab es einen ersten positiven Schlenker: Lois' Neugierde war geweckt.

»Und was ist jetzt?«, fragte Ondrej. »Bist du dabei? Und versprichst, dass du für deine Kumpels, einschließlich und besonders für Gary, unsichtbar sein wirst?«

Herzlichen Dank auch. Ondrej hielt natürlich nichts von sanften Tänzeleien.

Lois fuhr sich durch ihr nasses Haar und zog es in die Länge, bestimmt eine ganze Minute lang. Ondrej und Tina beobachteten sie über den Rückspiegel, aber sie schwiegen ebenfalls.

»Also gut«, sagte Lois schließlich. »Ich bin jetzt seit drei Jahren an der Sache dran. Diese Idioten von der NOBA sollen sich mal warm anziehen.«

David biss sich in die Wange. Er traute sich nicht, zu ihr hinüberzusehen. Sie hatten es geschafft, zumindest vorläufig. Lois war wieder dabei, obwohl alles sich verkompliziert hatte und sie selbst gar nicht wusste, dass es ein »wieder« war.

Tina nahm die Ausfahrt vom Highway. »Na dann, herzlich willkommen. Die erste Mutprobe gibt's in fünf Minuten.«

»Ihr könnt auf mich zählen«, sagte Lois.

Im rhythmischen Flackern der vorbeiziehenden Straßenlampen

bemerkte David ihren Blick. Sie sah ihn an, nein, sie durchdrang ihn. Mit dem alten Lois-Anderson-Auszieh-Blick.

Wahrscheinlich hatte er sich nun doch in sie verliebt. Zumindest für den Augenblick.

»Warum machst du hier mit?«, fragte Lois leise. »Sei ehrlich.«

David hob die Schultern. »Um zu überleben.«

»Das ist alles?«

Ondrej lachte, aber David war sprachlos. Lois durchschaute ihn. Sie wusste mal wieder nach wenigen Augenblicken Bescheid.

»Drei Jahre jeden Tag den gleichen Kaffee und nun so was«, sagte Lois. »Manche Leute muss man ins Abenteuer schubsen, wie?«

»Ach du Scheiße«, sagte Ondrej. Tina trat in die Bremsen, und Ondrej rief: »Weiterfahren!«

Die Straße, in die Tina gerade einbog, flackerte rot-blau, überall standen Polizeiwagen. Vom Bürgersteig aus beobachteten Cops mit neongelben Westen die vorbeifahrenden Autos.

»Die haben uns«, presste David hervor.

»Unsinn«, sagte Ondrej. »Die haben da vorn einen Checkpoint aufgebaut.«

David spähte durch die beiden Vordersitze hindurch. Ondrej hatte recht. Der Trichter von Polizeiautos, in den sie geraten waren, führte auf eine Straßensperre zu, ungefähr fünfzig Meter entfernt. Dort war die Kreuzung, an der Rickys Restaurant lag. Der Parkplatz davor war mit gelbem Flatterband abgesperrt.

David hatte diesen Anblick noch nicht ganz verdaut, als es durch die rechte Scheibe hindurch grün blitzte. Ondrej und Tina stöhnten auf.

»Ein Tokenscanner«, sagte Ondrej. »Die holen sich die Daten und wer ihnen verdächtig vorkommt, wird da vorn unter die Lupe genommen.«

Tina schnallte sich ab. »Wir müssen hier weg.«

»Kannst du vergessen.«

»Moment«, sagte David. »Die wissen jetzt, dass keiner in diesem Auto ein Token hat?«

»Lois hat ja noch eins«, sagte Ondrej. »Macht ein Token für vier Leute. Die müssten schon schwach im Kopfrechnen sein.«

Die Polizeikontrolle war nur noch zwanzig Meter entfernt. Vor einer Reihe blinkender Absperrschranken, aus denen die Stoppschilder wie Lollipops hervorschauten, wartete eine ganze Mannschaft von Polizisten. Die eine Hälfte saß auf Motorrädern, die andere lehnte an schwarzen Bussen und trank Kaffee.

»Wir warnen uns einfach«, sagte David. »Wir warnen uns über das Mantis. Dafür haben wir es doch.«

»Geht nicht«, sagte Ondrej. »Die haben die Daten im Register gesichert. Denen wird auffallen, wenn es Unstimmigkeiten gibt.«

»Die Fahrassistenz konnte nicht aktiviert werden. Bitte unterbrechen Sie schnellstmöglich die Fahrt und kontaktieren Sie unseren Notfall-Service.«

»Verschissenes Auto!«, brüllte Tina. »Verschissener Tag!«

David blickte rechts und links aus dem Auto. *Ruhig bleiben. Sortier deine Gedanken, dieses eine Mal.*

Der schmale Gehsteig war hell beleuchtet und schmiegte sich an eine Betonmauer, dahinter begannen die erhöhten Grundstücke. Überall gelbe Westen und Grüppchen von neugierigen Passanten.

Hier kamen sie nicht weg. Die Lösung musste innerhalb des Autos liegen. Seine und Lois' Blicke trafen sich.

»Du musst fahren«, sagte David. »Wir anderen verstecken uns.«

Sie dachte genau zwei Sekunden darüber nach. »Okay.«

»Wie soll das gehen?«, fragte Tina. »Ich kann hier nicht stehen bleiben.«

Lois kletterte schon nach vorn. »Mit meinem Vater habe ich immer auf dem Highway getauscht.«

Ondrej verkoch sich im Fußraum vor dem Beifahrersitz und deckte sich mit seiner Lederjacke zu. Tatsächlich würde man ihn dort nicht so schnell entdecken. Außer natürlich, die Cops schauten ganz genau hin.

Fluchend nahm Tina Ondrejs Platz ein und hielt mit dem linken Bein das Gaspedal gedrückt. Als Lois endlich auf dem Fahrersitz saß, kam Tina nach hinten geklettert und blitzte David an. »Worauf wartest du?«

David legte sich auf den dreckigen Fahrzeugboden zwischen Rückbank und Vordersitzen. Ein letztes Mal blickte er durch die Seitenscheibe. Am Straßenrand standen zwei Officer mit rotkalten Nasen. Auf ihren Westen leuchten die Buchstaben USCP. Wahrscheinlich ihr erster Einsatz seit Jahren. Der eine hob seine Taschenlampe.

David rollte herum und legte sich auf den Rücken. Noch bevor er richtig wusste, wohin mit seinen Armen, hatte sich Tina schon auf ihn gelegt. Ihre Korkenzieherlocken kitzelten in seiner Nase, und er presste den Kopf noch weiter unter den Beifahrersitz. Falls sie gleich aufflogen, würde er das als Letzter bemerken.

Der Wagen wurde langsamer, das Geräusch des Motors war nur noch ein leises Schnurren. Tina zischte leise irgendwelche Flüche vor sich hin, die anderen schwiegen. Wahrscheinlich leuchteten die Cops gerade mit ihren Lampen über die Sitzbänke und glichen Lois' Eintrag mit ihrem Gesicht ab.

Sie mussten bemerken, dass mit diesem Auto etwas nicht stimmte. Lois konnte die perfekte Gleichmäßigkeit der anderen Autos nicht ganz imitieren. Sie waren die Einzigen, die nicht vom Register dirigiert wurden. Ein Fremdkörper. Eine Bazille.

Lois beschleunigte für einige Sekunden den Wagen, danach kam es David so vor, als ob sie sehr schnell fuhren. Hauptstraßengeschwindgkeit. Vielleicht täuschte er sich.

Die Minuten verrannen. Tinas Haare kitzelten weiter an seiner

Wange, er spürte ihren gleichmäßigen, warmen Atem. Niemand sagte ein Wort.

Der Motor wurde leiser, schließlich kam der Wagen mit einem Ruck zum Stehen. Tina kletterte von David hoch auf den Rücksitz.

»Ich versteh das nicht«, sagte Ondrej. »Ricky macht das seit zehn Jahren. Und ausgerechnet jetzt ist er hochgegangen?«

»Mit einem richtigen Großaufgebot«, sagte Lois. »Sah aus wie eine Fahndung.«

David rappelte sich auch hoch und massierte die schmerzende Gesichtshälfte. Lois hatte auf dem Bürgersteig geparkt. Sie hatten es wirklich geschafft: Sie waren ohne Token durch eine Straßensperre gekommen. Er holte tief Luft und ließ sich in den Rücksitz sinken.

»Die wollten möglichst viel von Rickys Kundschaft einsammeln«, sagte Tina. »Eine einzelne Journalistin war wohl nicht verdächtig genug.«

Lois öffnete langsam die Tür. Im Licht der Straßenbeleuchtung wirkte sie blass wie eine Leiche. Kurz überlegte David, etwas Lockeres zu sagen, »Willkommen in meiner Welt« vielleicht, aber er wusste, dass seine Stimme dabei zittern würde.

»Sie kommen näher«, sagte Tina. »Wenn sie Ricky gefunden haben, dann finden sie auch uns. Keine Ahnung, wie wir jetzt an Essen kommen.« Sie öffnete die Tür, stieg kopfschüttelnd aus und tauschte mit Lois die Plätze.

Lois sank neben David in den Sitz und legte den Kopf in den Nacken. »Damit eins klar ist. Wenn ich bei dieser Sache draufgehe, mache ich dich dafür verantwortlich.«

Für den Rest der Fahrt schwiegen sie.

Donnerstag, 22. November

Das was passiert, ist das Einzige,
was passieren konnte.

ZWEITES GESETZ DER SPIRITUALITÄT

Der wichtigste Moment der letzten sechstausend
Jahre ereignete sich im heruntergekommenen Büro
eines Ölkonzerns; die Hauptakteure waren ein
Supercomputer und zwei Studenten.

LIFE MAGAZINE, JANUAR 1987

07:41 – 08:24

Penetrante Stille weckte David auf, spöttisch wie ein falscher Freund: *Willkommen zurück, David.*

Er riss die Bettdecke zur Seite. Der Raum war völlig leer, abgesehen von der Pritsche unter seinem Hintern. Alles war grau: der Boden, das Metall des Bettes, selbst das verwaschene Licht, das von außen hereinschien.

Ein dumpfer Knall, direkt vor Davids Nase. Eine Gruppe von Jugendlichen trottete an seinem Glaskasten vorbei, der Nachzügler unter ihnen hatte gegen die Scheibe getreten. Einfach so, aus Langeweile oder weil der Bursche nicht wusste, wohin mit seiner überschüssigen Kraft. Sein Schuh hinterließ einen weißen Abdruck an der Scheibe.

David erhob sich von der Liege und spürte, wie der Boden unter seinen Füßen vibrierte. Die nächste U-Bahn fuhr ein, sie raste aus dem Tunnel wie eine hervorschnellende Viper und bremste dann abrupt. Das Regenwasser, das sie in die Katakomben geschleust hatte, rann ihr in schrägen Linien über die Scheiben. Oben war Herbstwetter.

David stellte sich vor die Scheibe und warf einen schnellen Blick Richtung Susan. Sie hüpfte in die Höhe, bewegte sich aber dabei nicht vorwärts. Direkt vor der Scheibe lungerte noch immer der Teenagertrupp. Zwei der Jungs kletterten jetzt auf ihre Kumpels, sie knufften ihnen dabei in die Hüften und lachten ausgelassen.

David stellte sich auf die Zehenspitzen und entdeckte den Protagonisten: sein junges Ich, den schlaksigen Jungen mit den langen Haaren. Er versuchte gerade, sich durch die Menge hindurch zu kämpfen. Wahrscheinlich sah er Susan schon und rief ihr zu, dass sie sich nicht von der Stelle rühren sollte.

Ein frostiger Luftzug wehte durch den Glaskasten, das sichere Zeichen dafür, dass David endlich zurück in seine Zeit durfte. Er trat einen Schritt nach vorn, spürte den Sog des Schachtes an seinem Fuß, machte sich gerade für den Sprung bereit – und sah das vertraute Gesicht am Rand der Plattform.

Im Ohr des Mannes blinkte der silberne Ring. Warum auch immer er David ständig auffiel. Und wieder dieses wissende Lächeln. Es verlieh dem Mann mit dem Ohrring die Aura eines bösen Hellsehers.

Immer mehr Leute schwankten. Ein hochgewachsener Mann verlor erst seine Kappe und danach seinen Halt. Er fiel um wie ein gefällter Baum. Wahrscheinlich schimpften und protestierten die Leute inzwischen lautstark, doch in Davids schalldichtem Kasten kam nichts davon ein. Nur ein seltsamer, beinahe komischer Stummfilm.

Beim Anblick dieses Films wurde David zum ersten Mal klar, was hier eigentlich passierte. Die Halbstarken, die gerade eben noch an seiner Scheibe randaliert hatten, spielten das Maulwurfspiel. Sie rannten gebückt durch die Menge, nutzten das Überraschungsmoment, und kamen in Rekordzeit ganz nah an das Gleis heran. Die meisten der zur Seite gedrängten fielen um. Die Nebenstehenden ebenfalls. Und so weiter.

»Susan!«, schrie David.

Da kam es, das Tock-tock-tock einer einfahrenden U-Bahn mit verschlissenen Rädern. Das einzige Geräusch, das es je in Davids Glaskasten schaffte. Wieder war die Bahn voller Regenwasser, wieder fuhr sie mit überhöhter Geschwindigkeit in den Bahnhof. Die letzte Bahn dieses Tages.

David sah für einen Moment die gelbe Jacke direkt am Gleis aufblitzen. Susan war nicht mehr da, wo sie sein sollte. Sie war viele

Meter zur Seite gedrängt worden. Niemand nahm Notiz von ihr. Niemand sah sie. Niemand nahm sie an die Hand. Und ihr eigener Bruder rannte in die völlig falsche Richtung.

»Sie ist da vorn!« David trommelte gegen das Glas. »Da vorn!«

Sein jüngeres Ich hörte ihn nicht. Die Leute warfen dem Jungen verärgerte Blicke zu. Sie dachten, er gehöre zu den Rowdies, die dieses Chaos zu verantworten hatten.

David drosch weiter auf die Scheibe ein. »Sie ist da vorn! Hörst du mich nicht?«

Er blickte zu dem Mann mit dem Ohrring. Wie auf ein verstecktes Zeichen hin tauchte der Mann gerade in die Menge ein. Und dieses Mal durchschaute David seine Bewegung. Seit der Mann hier Stunde um Stunde, Bahn um Bahn gewartet hatte, war sein Ziel immer das gleiche gewesen: der fünfzehnjährige Junge, der noch nicht begriffen hatte, was hier überhaupt geschah. Auf der Vorderseite seines Trenchcoats baumelte ein Gegenstand. Die Kamera.

Noch nicht, dachte David, als der Sog aus dem schwarzen Loch stärker wurde. Stoßartig zerrte er an seinem Bein, aber David gab noch nicht nach. Hier ging etwas vor, das er noch nicht wusste. Ein Detail, an das er sich bis jetzt nicht erinnert hatte.

Doch die Wirklichkeit ließ nicht mit sich verhandeln. Bevor David alles wirklich verstehen konnte, riss ihn der Schlund in die Tiefe. David fiel ins Bodenlose, mit jedem Moment wurde es schwärzer um ihn herum.

Als er die Augen öffnete, blieb die Umgebung düster. Er benötigte einen Moment, um zu begreifen, wo er war: auf einer der alten Matratzen, die er vor zwanzig Jahren in den Probenraum geschleppt hatte. Unter der warmen Wolldecke war es erstaunlich gemütlich. Draußen strich der Regen leise über die Bretter, mit denen die Fenster zugenagelt waren.

David tastete nach seinem Mantis, aber seine Finger landeten in etwas, das sich weich und warm anfühlte. Cano grunzte und David zog erschrocken seine Hand zurück. Nach ein paar Sekunden beruhigte sich Canos Atem wieder. Schepp auf der anderen Bettseite schnarchte zufrieden.

Es war eine zermürbende Nacht gewesen. Stundenlang hatte David wachgelegen und gegrübelt, vor allem über Lois und die vielen Fragen, die ihre Anwesenheit aufwarf.

Wichtigste Frage: Was wusste sie über ihn?

Antwort: eine ganze Menge.

Schon allein, um ihn hier in der Apotheke zu finden, musste sie mehr herausbekommen haben, als David lieb war. Aber damit würde er sich schon arrangieren. Das wirkliche Problem war ein anderes.

David starrte in die Schwärze des kalten Zimmers, das einmal sein zweites Zuhause gewesen war.

Wahrscheinlich hatte Lois alles, wirklich alles erfahren. Sie wusste jetzt, was in der Hayfield Station geschehen war. Und was dieses Geschehnis mit David gemacht hatte.

Er musste dringend mit ihr sprechen. Als sie gestern Abend hier angekommen waren, hatte er kaum ein Wort mehr mit ihr gewechselt. Nicht einmal, um danke zu sagen.

Er richtete sich auf und spürte das Mantis unter sich. Na wunderbar. Wahrscheinlich hatte er mit seinem Hintern bereits irgendwelche kryptische Nachrichten in die Vergangenheit geschickt. David holte das Mantis hervor, aber es blieb dunkel im Raum. Immerhin gab es kein rotes Licht.

David warf sich die Decke über die Schultern und kletterte zum Fußende. Erst jetzt fiel ihm auf, dass durch den Türschlitz eine feine Linie aus Licht hereinschien. Er bekam den runden Türgriff zu fassen, öffnete leise die Tür und schlich hinaus in den vorderen Raum.

Zu seiner Überraschung hockten Ondrej und Tina am Tresen.

Sie beide waren, genau wie David, in Decken gehüllt und trugen Kopfhörer. Die Tasten ihrer Laptops leuchteten wie kleine grüne Briketts, in ihrem Schein konnte David die ernsten Gesichter der beiden sehen. Irgendetwas stimmte nicht.

Ondrej schaute auf und winkte David heran. Neben ihm lag Dana auf einer Matratze und schlief noch. Die alte Couch, auf der sich Lois gestern niedergelassen hatte, war leer.

Ondrej drückte David ein Headset in die Hand. Auf dem linken Bildschirm war ein Mann zu sehen, der der Inbegriff dessen war, was Davids Marketing-Kollegen einen Middle-Ager nannten: silbernes Haar, sportlich wirkende Gesichtsbräune, ein Bild aus einem Katalog für Herrenhemden. Nur der Mittelscheitel kam ein paar Jahrzehnte zu spät. David setzte sich den Kopfhörer auf.

»Hi David, schön dich kennen zu lernen.« Der Mann gab ein professionelles Lächeln zum Besten. »Ich bin Pat. Wahrscheinlich hat dir noch keiner von mir erzählt.«

»Doch, Ondrej hat dich erwähnt.«

»Ach wirklich? Wie hat er mich betitelt? Drehstuhlpilot?«

»Schluss mit dem Blödsinn«, sagte Tina. »Pat, was sollen wir jetzt tun? Noch zwei Tage, dann können wir nicht mehr weitermachen.«

David sah zu Ondrej und hob die Augenbrauen. Was war denn jetzt schon wieder los?

Ondrej zögerte. Schließlich sagte er leise: »So wie es aussieht, gibt es niemanden, der uns mit Lebensmitteln versorgen kann. Ricky war unsere einzige Möglichkeit.«

David hatte mit Schlimmerem gerechnet. Irgendwo würden sie schon was zu essen auftreiben. Rickys fetttriefende Hähnchenflügel würde er jedenfalls nicht vermissen.

»Ist das schlimm?«, fragte er. »Es wird doch wohl eine andere Möglichkeit geben, an Essen zu kommen.«

Ondrejs Mund wurde zu einer dünnen Linie, wie immer, wenn

ihm die coolen Sprüche ausgingen. »Bis jetzt haben Tina und die anderen mir immer was besorgt. Aber nun sitzen wir alle im gleichen Boot. Ohne Token können wir nirgendwo einkaufen.«

David presste seine Fingerspitzen aneinander, während er in Gedanken sein schwarzes Notizbuch aufschlug. *Vorsatz für heute: Nicht verhungern.* Er bemühte sich, das Bild wieder loszuwerden. »Das kann doch nicht so tragisch sein. Dann plündern wir halt die Mülltonne eines Supermarkts.«

»Die korrigieren ihre Bestellungen inzwischen rückwirkend. Per Register. Es ist unmöglich, Lebensmittel auf einem nichtoffiziellen Weg zu bekommen.«

Tina donnerte mit der Faust auf den Tresen, sodass die dort aufgehäuften Puderdosen einen kleinen Satz machten. »Kann hier vielleicht mal irgendwas *nicht* schiefgehen? Zumindest für fünf Minuten?«

David schaute hinüber zur Couch. Die anderen hatten anscheinend noch gar nicht bemerkt, dass Lois nicht mehr da war. Mit einem Mal kam es ihm sehr plausibel vor, dass sie bereits nach einer halben Nacht die Nase voll gehabt hatte.

»Ich muss dir noch gratulieren«, sagte Pat aus dem Computer. »Meine … hm … Kollegen machen für gewöhnlich keine Fehler. Hut ab, dass du es bis hierher geschafft hast.«

David wandte sich dem Bildschirm zu. »Was weißt du denn über die Sache, in die wir da reingeschlittert sind?«

Pat zupfte an seiner lavendelfarbenen Krawatte. »Ich habe es Tina und Ondrej schon erklärt. Ich weiß nicht, um was es der NOBA hier geht. Ich weiß noch nicht einmal, wer genau euch verfolgt. Geschweige denn warum.«

»Aber kannst du es rauskriegen? Immerhin sitzt du direkt an der Quelle.«

Pat lehnte sich zurück. »So einfach ist das nicht. Die NOBA hat achtzehntausend Mitarbeiter, verteilt auf zwei Direktorate.

Das Sicherheitsdirektorat, um das es hier ja wohl geht, verteilt sich auf vier konkurrierende Abteilungen, jeweils von der Größe einer Bundesbehörde. Dazu kommen noch Schattenabteilungen wie STRATINT, dessen Existenz ein Staatsgeheimnis ist. Was ich sagen will, die NOBA ist ein Moloch aus Bürokratie und Politik. Und es gibt kein Anschlagbrett für Mordpläne.«

»Ich wette, so ein Brett gibt es doch«, sagte Ondrej.

Pat grinste ihm zu. »Ich kann allenfalls ausschließen, dass das Verwaltungsdirektorat, also meine Abteilung, einen Mord plant. Aber um wirklich etwas herauszubekommen, brauche ich Namen. Echte Namen.«

»Feingold«, sagte David. »Wie wäre es mit diesem Namen?«

»Feingold ist nur ein Benzon-Mitarbeiter. Und ich bin noch nicht mal sicher, dass es sich hier wirklich um die paar Worte dreht, die er dir gesagt hat.«

»Ich schon«, sagte David. »Alles deutet darauf hin.«

Pat hob die Hände. »Was er gesagt hat, spielt sicher eine Rolle, keine Frage.«

Irgendetwas mochte David an Pat nicht. Die Art, wie er sein gestärktes Hemd hochkrempelte, dieser lächerliche Mittelscheitel, dazu die Tatsache, dass Ondrej und er sich ständig zuzwinkerten wie zwei Teenager – das alles schmeckte ihm nicht.

»Wir starten einen neuen Anruf«, sagte Tina. »Die zehn Minuten sind um.«

Der Bildschirm wurde schwarz. David erhob sich und schlich durch den dunklen Raum zur Fensterseite. Als er bei der Couch ankam, drehte er sich noch einmal um. »Wo ist eigentlich Lois?«

»Keine Ahnung«, sagte Ondrej. »Wahrscheinlich im Nebenraum. Brauchte wohl mehr Privatsphäre.«

Wenn ja, konnte David es ihr nicht verdenken. Leise öffnete er die Tür zum Nebenraum und spähte in das Zimmer. Aber auch hier versteckte Lois sich nicht.

Was hieß, dass sie nicht mehr in der Apotheke war. Davids Befürchtung war richtig gewesen. Offen war jetzt, ob Lois wieder zu ihnen zurückkehren würde.

David betrat den kleinen Raum und stieß mit dem Arm an eine Kreidetafel – ein wackeliges Ding, das Stevens Vater damals für seine Bar gekauft hatte. David konnte ihn vor sich sehen, wie er dem frommen Apotheker die Hand geschüttelt und auf die Tafel gedeutet hatte: *Sehen Sie mal, und hier werde ich immer den Drink des Tages präsentieren.* Die Tafel hatte diesen Raum nie verlassen und Edward Heidegger mixte heute Shakes für Männer, die zu alt zum Kauen waren.

Mit einer Jahrzehnte alten Bewegung griff David nach dem Lichtschalter. Knisternd sprang die Neonröhre an. David stutzte. Auf der Tafel waren keine der vollbusigen Frauen mehr, die Jimmy ständig gezeichnet hatte. Irgendjemand, wahrscheinlich Lois, hatte alles weggewischt und mit roter Kreide eine einzige Frage notiert: *Wer oder was?*

David verschränkte die Arme. Der Anblick der Tafel brachte ihn auf eine Idee: Was, wenn er dieses Chaos wie eines seiner Projekte bei Benzon behandelte? In seinem alten Leben hätte er sich zuallererst ein Whiteboard geschnappt und angefangen zu malen. Er hätte die einzelnen Akteure und deren Beziehung entblättert, Schicht für Schicht, bis er den wahren Charakter des Projektes vor sich hatte.

David griff nach einem Kreidestummel, überlegte einen Moment und schrieb dann vier Namen auf die obere Kante der Tafel. Die Kreide quietschte unter seinen kalten Fingern.

Smith, Feingold, Weinard, Manoah.

Von jedem Namen aus zog David einen Pfeil, der in Lois Frage mündete: *Wer oder was?*

Je länger er darüber nachdachte, desto interessanter war die Frage. Die Ereignisse der letzten Tage verlangten nach einem Marionettenspieler. Bis jetzt war ihre einfache Antwort die NOBA gewesen. Selbst David freundete sich langsam mit dem Gedanken an. Aber Lois hatte Recht – jemand innerhalb der Organisation musste die Fäden ziehen. Ein führender Kopf, ein Stratege, ein –

Mr Homochronos.

Der Geistesblitz warf David beinahe um. Er stolperte zurück in den Hauptraum, wo Tina und Ondrej immer noch mit Pat telefonierten. Inzwischen saß Dana neben ihnen.

»Sagt mal«, David stellte sich vor die zwei Laptops, »das Gespräch zwischen Smith und der NOBA, ich würde es mir gern noch einmal anhören.«

Ondrej blinzelte und machte ein Gesicht, als hätte David in einer fremden Sprache geredet. »Wir haben uns die Aufnahme ungefähr zwei Millionen Mal angehört.«

»Dann höre ich sie mir eben noch mal an. Ich habe das Gefühl, dass wir etwas übersehen. Zum Beispiel diesen Mr Homochronos.«

»Homochronos wird nur einmal erwähnt, glaub mir. Und wie du vielleicht mitbekommen hast, haben wir gerade dringendere Probleme.«

»Es wird nicht Stunden dauern. Gib mir doch bitte die Datei.«

Tina brummte etwas in sich hinein, das nicht gerade ermutigend klang. Ondrej holte einen Datenstick aus seiner Hosentasche und drückte ihn David in die Hand. »Den kannst du in dein Mantis stecken, dann spielt es die Aufnahme ab.«

Mit einem der Kopfhörer ging David zurück in den Nebenraum und steckte erst ihn, dann Ondrejs Datenstick in das Mantis. Es knackte einige Sekunden, dann drang die Stimme des NOBA-Agenten an Davids Ohren.

»Wir wollten Sie über den aktuellen Stand der Operation unterrichten.«

David schrieb *Smith + NOBA = Kooperation* auf die Tafel. Smith misstraute der anderen Seite, aber offensichtlich arbeitete er mit ihr an dem gleichen Projekt. Und zwar an einem, das unter dem Radar laufen sollte.

»*Alles, was wir wissen, ist, dass ab dem Abend plötzlich Funkstille herrscht. Unsere Nachrichten hören einfach auf. Aber Homochronos sagt, dass dies kein Grund zur Sorge ist.*«

David hielt die Aufnahme an. Da war er, der Mann oder die Frau mit dem Decknamen Homochronos. Nur, um was für Nachrichten ging es? Sie sprachen nicht über den aktuellen Tag, also vorgestern Abend, sondern über die Zukunft. Dementsprechend konnten nur Registernachrichten gemeint sein. Gab die NOBA hier vielleicht zu, warum sie David noch nicht geschnappt hatte? Weil sie das Register nicht so nutzen konnte, wie sie wollte?

David ließ die Aufnahme weiterlaufen und machte zwei Notizen: *NOBA-Agenten können sich ab 21. Nov keine Nachrichten schicken (?)* und unter die Frage, die Lois aufgeschrieben hatte: *HOMOCHRONOS.*

»*Ich werde langsam nervös, Sean*«, sagte Smith vorwurfsvoll.

Wahrscheinlich war es nur ein weiterer Deckname, aber David schrieb *Sean = NOBA* auf die Tafel.

Im nächsten Moment fiel der Satz, der Ondrej und Tina so verwirrt hatte.

»*Es gibt auch gute Nachrichten. Wir kommen mit Feingold voran. Er wird voraussichtlich noch heute fertig.*«

Das verriet zunächst einmal nicht, ob Feingold freiwillig mit ihnen zusammengearbeitet hatte. Auch woran er gearbeitet hatte, ließ sich daraus nicht ableiten. David musste an Feingolds ramponiertes Gesicht denken. Die blutigen Haarsträhnen. Am Ende hatte er die NOBA ordentlich gegen sich aufgebracht.

Ondrej war der Meinung, Feingold sei der Vater des Systems. Der Erfinder von HEIMDALL, der Software also, die die Privatnachrichten sicher verschlüsselte, aber angeblich eine Backdoor für die NOBA bereithielt.

David schrieb zunächst *Feingold = Verräter?* an die Tafel und fügte dann langsam das Wort HEIMDALL hinzu. Sie mussten unbedingt die Rolle Feingolds in diesem Plan begreifen. Vielleicht brauchten die Verschwörer Feingold wegen seiner HEIMDALL-Kompetenzen.

Er schaltete die Aufnahme ab. Es gab schon jetzt genügend Fragmente, über die er erst einmal nachdenken konnte.

NOBA. Smith. Feingold. HEIMDALL. Weinard. Summerton.

Irgendetwas musste diese vielen Namen zusammenhalten. Etwas, das jedem Akteur einen sinnvollen Platz gab, vielleicht sogar erklärte, warum David die Stimme dieses NOBA-Agenten, Sean, so bekannt vorkam. Die Antwort lag direkt vor ihm. Er musste nur endlich richtig hinschauen...

Doch statt des Rätsels Lösung sah er jetzt etwas hinter der Tafel, das da ganz und gar nicht hingehörte: das Ladekabel eines Mobiltelefons.

David stand da, den Kreidestummel hoch erhoben wie ein Highschool-Lehrer, und rührte sich nicht. Das dort konnte unmöglich ein Überbleibsel aus alten Tagen sein. Auch keiner der neuen Untermieter benötigte ein solches Kabel. Die Mantisse funktionierten mit altmodischen Batterien.

Die grüne Holztür im Hauptraum flog auf und eisiger Wind fegte in die Apotheke. David wich zurück, als die dick verpackte Gestalt ins Licht trat. Sie zögerte nur kurz, dann zog sie ihre Kapuze herunter und kam zu David hinein.

Er nahm den Kopfhörer ab. »Du hast mich ganz schön erschreckt.«

Lois strahlte ihn an. Sie trug Canos dicken Mantel, die Mütze war von Tina. »Ich hab Neuigkeiten. Gute Neuigkeiten.«

Ondrej stand auf und ging auf sie zu. »Wo warst du? Ausflüge gibt es nur nach Absprache.«

Lois wollte antworten, doch da rief Tina: »Was ist los?«

David fuhr herum. Tina hatte ihnen den Rücken zugewandt, sie sprach immer noch mit Pat.

»Was ist los?«, fragte sie noch einmal und stand von ihrem Stuhl auf. »Alles in Ordnung?«

David kam näher. Pat starrte direkt geradeaus. Oder vielleicht sah er jemanden an, der sich direkt hinter der Kamera befand?

Etwas blinkte in Pats Ohr – ein Ohrring. Das ist die Erklärung, schoss es David durch den Kopf. Deswegen hatte er Pat vom ersten Augenblick an nicht leiden können. Er erinnerte ihn an seine Träume von der Hayfield Station, an den Mann mit dem Ohrring.

Auf dem Chatfenster erschien unvermittelt das Wort *cleanup*.

»Ich hab ein Problem«, sagte Pat.

Nur dass es nicht nach Pat klang. Statt der glatten Verkäufer-Stimme hörte David Angst heraus.

Das Bild wurde schwarz. Das letzte, was Pat von sich gegeben hatte, war dieser verstörende Satz. Ondrej sprang über die Couch zurück zum Rechner, verlor dabei seine Decke und landete krachend auf seinem Stuhl vor dem Tresen. Sofort hackte er wie wild auf die Tastaturen der beiden Laptops ein.

»Was ist passiert?«, fragte David. In dem Fenster, in dem Pat gerade eben noch ein verkrampftes Gesicht gemacht hatte, blinkte nur noch ein einsamer Cursor.

»Die Cleanup-Funktion«, sagte Ondrej. Auf den beiden Laptops lösten sich im Sekundentakt schwarze Fenster und Terminals auf.

»Die kann man nur von der Kommandozeile ausführen«, sagte Tina. »Pat weiß nicht mal, was das ist.«

»Ich habe die Funktion bei ihm mit einer Tastenkombi verknüpft. Und die hat er gerade gedrückt. Die Frage ist, warum.«

»Weiß Pat, wo wir sind?«, fragte Dana leise.

Tina schüttelte den Kopf. »Er hat uns verboten, auch nur eine

Andeutung zu machen. Falls sie unser Versteck aus ihm herausfoltern wollen …«

»Hör auf damit«, sagte Ondrej. »Alle Beweise, dass Pat mit uns kommuniziert hat, sind jetzt runter von seinem Rechner. Und Pat lässt sich nicht von der NOBA einschüchtern, niemals.«

Tina wickelte sich ihre Decke um die Taille und stand langsam auf. Ihre versteinerte Miene machte David Angst.

»Du checkst das wirklich nicht, was? Die NOBA kommt dir seit zehn Jahren immer näher und jetzt hat sie uns schön in die Ecke gedrängt. Und was machst du? Sitzt hier wie Peter Pan mit seinen verlorenen Jungs und hältst dich für unverwundbar.«

»Pat hat sich nicht erwischen lassen.«

»Verflucht noch mal.« Sie packte Ondrej bei den Schultern, als wollte sie ihn schütteln. »*Arrogant but right.* Ist das eine Art Lebensmotto von dir?«

Ondrej brachte einen Moment lang keinen Ton heraus. »Wer hat dir erlaubt, mein Passwort auszuspähen? Wir sind nicht deine Versuchskaninchen.«

»Vielleicht kapierst du jetzt mal, dass niemand gegen Fehler immun ist, auch nicht du. Einmal nicht aufgepasst, bums, Sayonara! Nur einer ist immun, und das ist die NOBA. Die macht keinen Fehler, keinen einzigen. Weil sie nämlich jeden falschen Furz reversiert!«

»Diesmal nicht.«

Lois schnipste mit den Fingern. »Könnt ihr euch später streiten? Ich hab was Wichtiges zu sagen.«

Tina beachtete sie nicht. »Ondrej, wir müssen entscheiden, was wir jetzt machen.«

»Wir geben auf«, sagte Dana. Der Satz kam aus ihr herausgeploppt wie eine Fliege, die stundenlang eingesperrt gewesen war. Alle drehten sich zu ihr um, auch David.

»Schaut nicht so«, sagte sie. »Ihr denkt doch das gleiche. Dann gehen wir eben für ein paar Jahre ins Gefängnis. Aber wir bleiben am Leben.«

Lois seufzte. »Wenn ihr mir einmal kurz …«

»Aufgeben?«, fragte Ondrej, der regelrecht angeekelt von dem Wort schien. »Weil Rickys Hähnchenbude hochgegangen ist?«

»Nein, weil wir das hier nicht überleben. Und Weinard, wer auch immer das ist, erst recht nicht.«

»Hört mir verdammt noch mal zu!«, brüllte Lois.

Alle Augen richteten sich auf sie – selbst die von Schepp und Cano, die gerade mit zerknautschten Gesichtern aus dem Nebenraum geschlurft kamen.

»Noch lebt Weinard«, sagte Lois. »Falls das irgendwen interessiert. Er wohnt direkt hier in Washington.«

Tina sah sie von der Seite an und brachte es offensichtlich nicht fertig, sie länger zu ignorieren. »Na schön. Und das weißt du woher?«

»Ich bin mit ihm verabredet«, antwortete Lois. »Und zwar in einer Stunde.«

Tina schnappte nach Luft. »Mit Carl Weinard. Dem Journalisten.«

»Genau. Es war einfacher als gedacht. Ich hab die Telefonnummer über seine Tochter bekommen. Sie war erst zickig und meinte, es wäre ja ein seltsamer Zufall, dass ich gerade jetzt über Weinard schreibe. Aber dann hat sie mir doch geholfen. Seltsame Frau.«

»Du hast mit Weinard *telefoniert?*«, fragte Ondrej, als ob gerade das der wesentliche Teil von Lois' Geschichte wäre.

»Über eine Telefonzelle. Zwanzig Minuten von hier entfernt.«

»Ach ja, und das soll uns beruhigen?«

»Stell dich nicht so an. Glaubst du, die NOBA analysiert jedes Gespräch in Washington? Dann wäre sie längst hier.«

Ondrej sah sie böse an, sagte aber nichts.

Auch David hatte an den Neuigkeiten schwer zu kauen, aber

eines war ihm klar: Lois log. Die Fusseln von Tinas Mütze standen ab und der Mantel war staubtrocken – obwohl es die ganze Zeit geregnet hatte. Lois hatte sich draußen untergestellt und mit einem Handy telefoniert. Mit dem Handy, das sie heute Nacht heimlich aufgeladen hatte.

Tina musterte Lois von oben bis unten, als ob ihr auch etwas aufgefallen wäre. Sie wandte sich aber ohne eine Bemerkung wieder ab und sagte: »Ich glaube nicht, dass dieser Carl Weinard der Mann ist, den wir suchen.«

Lois zuckte mit den Achseln. »Tja. Ich schon.«

»Dann beweise es.«

»Habt ihr das vor einem Monat nicht mitbekommen? Carl Weinard ist an die Öffentlichkeit getreten und hat erklärt, dass er derjenige war, der de Burgh stürzte. Versteht ihr, der Artikel im *Atlantic* war ausschließlich von ihm.«

David fragte sich, ob er der Einzige im Raum war, der mit dieser Geschichte nichts anfangen konnte. Unter Journalisten mochte dieser Weinard ein Star sein, aber David selbst hatte gestern zum ersten Mal von ihm gehört. Und jetzt noch dieser ach so berühmte Artikel, in einer Zeitschrift, die vermutlich längst eingestellt war – David war schleierhaft, worauf Lois hinauswollte.

»Er hat alles allein ans Licht gebracht«, sagte Lois. »Die Dokumente, die Geldbewegungen, die Ausgliederungspläne. Der Typ hat eine Präsidentschaftswahl entschieden.«

»Und wenn schon«, sagte Ondrej. »Das ist über zwanzig Jahre her.«

»Genau! So lange war Weinard ruhig – und jetzt taucht er plötzlich aus der Versenkung auf und erzählt uns die ganze Wahrheit? Ich hab das noch mal recherchiert. Weinard hat zehn Jahre lang nichts veröffentlicht. Nicht einmal ab und zu einen Leitartikel, wie er sie früher geschrieben hat. Und dann auf einmal diese Enthüllung. Das passt überhaupt nicht zusammen.«

Sie zog die Mütze aus und lief in dem dunklen Raum auf und ab. »Ich glaube, in Wahrheit bastelt er an einer neuen, großen Story, einer Art Meisterstück, für das er Jahre recherchiert hat. Und bevor er es aus dem Hut zaubert, erklärt er der Welt, dass er sie ja schon einmal gerettet hat. Dramaturgisch der Knaller.«

»Und echt weit hergeholt«, sagte Tina. »Ein Mord an einem VIP-Journalisten? Das kriegt nicht mal die NOBA hin.«

»Wir können ja wetten.«

»Um was denn? Unser letztes Sandwich?«

»Was hat Weinard denn am Telefon gesagt?«, fragte David. »Hat er einfach einem Interview zugestimmt, ohne zu wissen, um was es geht?«

»Natürlich. Ich hab so getan, als würde ich ein wohlwollendes Porträt über ihn schreiben – da sagt keiner Nein. Weinard wollte sogar, dass ich unbedingt gleich heute Vormittag vorbeischaue, weil er später am Tag eine lange Reise antritt.« Lois machte eine Pause. Sie setzte sich auf den Tresen und spielte mit der Mütze herum. Schließlich sagte sie leise: »Es klang fast so, als ahnte er etwas von der Gefahr, in der er schwebt.«

Ondrej schob seine Tastatur beiseite. »Wenn das wirklich der Weinard ist, den wir suchen, dann darfst du ihn auf keinen Fall besuchen. Die NOBA wird in seiner Nähe sein.«

»Na und? Ihr habt selbst gesagt, dass die NOBA gerade mit angezogener Handbremse fährt. Sie benutzt ja nicht mal das Register.«

»Und deswegen ist die Sache ungefährlich? David, zeig ihr mal wie's unter deinem Hemd aussieht.«

David machte eine ablehnende Geste. Mit ein paar blauen Flecken würden sie Lois nicht beeindrucken.

»Ich hatte auch schon mit ihnen zu tun«, sagte Lois und sprang von dem Tresen. »Und gestern musste ich die Klapperkiste dieser NOBA-Agenten nur mit Kleber verstopfen und war sie los. Ich weiß nicht, was die gerade für ein Problem haben, aber ich warte nicht, bis sie's gelöst haben.«

Tina schnaufte. »Keine Ahnung, wer dich da verfolgt hat, aber das war sicher nicht die NOBA.«

David stimmte ihr innerlich zu. Die allmächtige, hochtechnisierte NOBA benutzte keine alten Autos. Wieder hatte er das Gefühl, dass er die ganze Zeit etwas Wichtiges übersah. Etwas, das ihn aus Lois' Worten heraus ansprang.

Lois zog Canos Mantel wieder zu. »Ich fahr jetzt zu Weinard. Das wird unser erster Etappensieg, das spüre ich. Mit etwas Glück versucht Weinard sogar das Gleiche zu beweisen wie ich.«

»Und mit etwas Pech bringst du uns alle in Gefahr«, sagte Tina.

Lois schaute erst Tina an, dann blickte sie in die Runde. Schepp und Dana hockten hinter einem Monitor, als ginge sie diese Unterhaltung nichts an, daneben lag Cano auf der Couch und schien kurz davor, wieder einzuschlafen.

»Weißt du, was mich stutzig macht?«, fragte Lois. »Ich höre überhaupt keine Gegenvorschläge. Ich meine, was macht *ihr* eigentlich gerade, damit wir vorwärtskommen?«

»Sag mal, hast du sie noch alle?« Tina stemmte die Arme in die Hüften. »Ich kümmere mich gerade darum, dass wir bis Ende der Woche nicht allesamt verhungert sind!«

Lois starrte sie einen Moment lang stumm an. Dann marschierte sie kopfschüttelnd zur Tür. »Wie habt ihr euch eigentlich diesen Ruf ergaunert? Der große Free Time Club, dass ich nicht lache! Zumindest im Marketing seid ihr Profis.«

David lief ihr hinterher und wollte sie an der Jacke festhalten, aber Lois fuhr herum, und David blieb in einer unglücklichen Verrenkung vor ihr stehen.

»Willst du mir was sagen?«, fragte sie spöttisch.

So einiges, dachte David. Aber nichts davon wollte Lois jetzt hören. »Hör zu. Ich verstehe, dass du am liebsten allein arbeitest. Aber das funktioniert nicht. Nicht dieses Mal.«

Sie öffnete die Eingangstür. »Du hast recht. Ich arbeite gern allein. Aber vor allem arbeite ich nicht mit Feiglingen. Solange du mehr Angst vor der NOBA hast als sie vor dir, kommen wir wirklich nicht zusammen.« Damit schritt sie hinaus und knallte die Tür hinter sich zu.

»Klasse«, sagte Tina. »Da haben wir uns ja einen echten Star ins Haus geholt.«

»Was machen wir jetzt?«, fragte Dana. »Abwarten und frieren?«

Tina ging in Richtung Küche. »Ich mach uns jetzt heißes Wasser. Wenigstens das bekommt man in diesem Loch.« Sie stieß mit dem Knie an einen der herumstehenden Lautsprecher und fluchte laut.

Die nächste Stunde über sagte niemand ein Wort. Ondrej klebte hinter seinem Computer und auch die anderen verteilten sich auf die wenigen Sitzgelegenheiten und starrten in ihre Laptops.

Weil David nichts Besseres einfiel, schob er die herumstehenden Verstärkerboxen hinter den Tresen. Wenigstens würden sie dann nicht mehr im Weg stehen.

Lois harsche Worte verfolgten ihn bei jedem Schritt. *Ich arbeite nicht mit Feiglingen. Wir kommen nicht zusammen.*

Vielleicht hatte sie wirklich recht. Er war ein Feigling. Aber wo lag bitte, wenn man die NOBA zum Feind hatte, die Grenze zwischen Mut und Dummheit?

Er stellte die letzte Verstärkerbox ab und verschnaufte einen Moment. Dabei fiel ihm etwas auf, was er bis eben im trüben Licht übersehen hatte: jede einzelne der Boxen war zerstört. Die Stoffbezüge der Lautsprecher hingen in Fetzen, die Knöpfe der Verstärker waren abgeschlagen oder eingedrückt. Als hätte jemand mit einem Baseballschläger auf die Boxen eingeschlagen. Vielleicht war das Ralph, der alte Hitzkopf, gewesen – das plötzliche Ende der Band hatte ihn damals ziemlich wütend gemacht.

David beunruhigte hauptsächlich, dass jemand in der Apotheke gewesen war, *nachdem* er sie gekauft hatte. Dieses Detail würde er für sich behalten.

08:25 – 09:23

David stellte sich, bewaffnet mit einer dampfenden Tasse heißen Wassers, wieder vor seine alte Tafel im Nebenraum.

NOBA. Smith. Feingold. HEIMDALL. Weinard. Summerton. Eine Weile starrte er die Namen an wie ein kniffliges Rätsel, bis ihm einfiel, dass er das Gespräch noch gar nicht zu Ende gehört hatte. Er setzte den Kopfhörer auf und griff zum Mantis.

Irgendetwas ließ ihn zögern, die Aufnahme sofort einzuschalten – eine unangenehme Vorahnung. Unsinnig natürlich, schließlich hatte er gestern erst das komplette Gespräch gehört.

Wahrscheinlich war es der Hunger. Davids letzte Mahlzeit, ein hastiges Mittagessen bei Benzon, war vorgestern gewesen. Er hätte sich eben bei Ricky überwinden und eines der gebratenen Hähnchen hinunterwürgen sollen.

Selbst schuld, dachte David und startete die Aufnahme.

»Ein Freund von ihm hat einen roten Umschlag von euch bekommen und wir wissen beide, was das heißt.«

David erstarrte. Er hatte mit allem gerechnet – aber nicht mit dem, was Smith da gerade mit seiner jung gebliebenen Stimme gesagt hatte.

Freund. Das Wort sank in Davids Magen hinab wie ein unzerkauter Bissen. Die schwarze Tafel verschwamm vor seinen Augen, die Worte der Aufnahme wurden dumpf.

Was war er doch für ein erbärmlicher Sohn. Über seinen eigenen Problemen hatte er das Schicksal seines Vaters vollkommen ausgeblendet. Er hatte sich geschworen, ihm zu helfen und es dann schlicht und einfach vergessen.

Aber vielleicht war es noch nicht zu spät. Hastig ging David die Möglichkeiten durch, die ihm noch blieben. Es war unmöglich, Judd von hier aus zu warnen. Oder ihn überhaupt zu kontaktieren. Judd ging inzwischen davon aus, dass sein Sohn gestorben war und mit diesem Gedanken würde er ebenfalls –

David schnürte es die Kehle zu. Er musste Ondrej von Judd erzählen. Gemeinsam würde ihnen etwas einfallen.

Immer noch lief die Aufnahme ungerührt weiter. *»Am Freitagabend kommt die Registeraufsichtsbehörde und dreht den Laden hier auf links. Wenn alles nach Plan läuft, ist bis dahin längst alles vorbei. Wahrscheinlich kennen wir uns nicht einmal mehr.«*

David schaltete das Mantis aus und riss sich den Kopfhörer herunter. Er ging zurück in den Hauptraum – mit der erstbesten Idee, die ihm gerade eingefallen war.

»Zu unserem Lebensmittel-Problem«, sagte er. »Wir benötigen doch nur jemanden, der für uns einkauft, richtig?«

Schepp schaute hinter seinem Monitor hervor und sah David verständnislos an. Die anderen rührten sich nicht.

»Irgendjemand, dem wir vertrauen«, fügte David hinzu.

»Und jetzt, Sherlock?«, fragte Tina. »Soll meine beste Freundin uns Hühnersuppe kochen? In unserem Geschäft kann man sich keine Freunde leisten. Wir haben allenfalls Pat, aber der hat offensichtlich andere Sorgen.«

»Ich bin gerade auf einen anderen Kandidaten gekommen. Und zwar meinen Vater.«

Tina klappte ihren Mund auf, aber blieb stumm.

»Er braucht nur eine gute Geschichte«, sagte David. »Dann kauft er mit mir einen ganzen Supermarkt leer. Er kennt sich hervorragend mit Fertignahrung aus. Ich muss die Lebensmittel nur irgendwie hierhin transportieren.«

Er gab seiner Stimme einen euphorischen Dreh, so als hätte ihn diese großartige Idee selbst überrascht. Dabei wurde sie, einmal ausgesprochen, nur noch lächerlicher.

»Ehrlich, David«, brummte Ondrej, der kaum von seiner Tastatur aufsah. »Überleg dir was Neues. Höchstwahrscheinlich beobachtet die NOBA deinen Vater, weil sie darauf spekulieren, dass du bei ihm untertauchst.«

»Ich könnte ihn ja mal anrufen.«

»Das wird ja immer besser. Wenn die NOBA irgendwo ganz sicher mithört, dann auf der Leitung von deinem Daddy.«

David gab sich geschlagen. »Okay. Wahrscheinlich habe ich einfach nur Hunger.«

Er verschwand im Nebenraum und fühlte sich wie ein Bühnenschauspieler, der seinen ersten, kurzen Auftritt hinter sich gebracht hat. Die verfluchte Tafel empfing ihn vorwurfsvoll.

Er würde die Rätsel auf dieser Tafel niemals lösen können. Nicht, wenn ihm gleichzeitig der verbriefte Tod von Judd im Kopf herumschwirrte.

Er nahm gerade die Kreide in die Hand, als Tina hereinmarschierte und die Tür hinter sich schloss. Ihre Augenbrauen waren noch weiter zusammengezogen als üblich.

»Was war das gerade?« Sie sprach leise, so als sollten die anderen sie nicht hören.

»Was denn?«

»Du wolltest freiwillig den sicheren Hafen dieser Apotheke verlassen. Nicht gerade dein Stil.«

»Du scheinst meinen Stil ja gut zu kennen.«

»Verarsch mich nicht. Hast du schon aufgegeben? Willst du dich schnappen lassen?«

David lehnte sich an die Tafel und entschied sich für die Flucht nach vorn. »Mein Vater hat einen roten Brief bekommen und will ihn nicht öffnen. Am liebsten würde ich ihn zwingen, sofort zum Arzt zu gehen. Aber stattdessen sitze ich hier fest und ...« Er seufzte. »Ich werd' noch verrückt dabei.«

Und ich habe zwei Tage lang nicht einmal einen Gedanken an dieses Problem verschwendet.

»Dein Vater«, murmelte Tina. Wie in Zeitlupe glätteten sich die Falten auf ihrer Stirn. Die Verwandlung endete bei einem besorgten Blick, den David noch nicht von ihr kannte. »Smith hat von deinem Vater gesprochen. In dem Gespräch mit der NOBA.«

David nickte. »Vorgestern sah mein Vater noch ganz fit aus. Aber ich weiß nicht, wie lange das so bleibt.«

»Scheiße.«

»Kann die Sache erst mal unter uns bleiben? Die anderen haben schon genug Probleme im Kopf.«

»Wie du meinst.« Tina lehnte sich an die Tür. »Mach nicht den gleichen Fehler wie Lois. Sie unterschätzt die NOBA. Aber das sind keine Idioten, die man einfach austricksen kann. Die haben die Zeit im Griff. Und damit alles und jeden.«

»Lois nimmt die NOBA ernst«, sagte David. Lois' Erzählung von den angeblichen Agenten ging ihm durch den Kopf. Der simple Trick, mit dem sie die Männer übers Ohr gehauen hatte. Verflixt, an irgendetwas erinnerte ihn diese Begegnung.

»Keine Alleingänge«, sagte Tina. »Versprochen?«

Davids Blick fiel auf das Regal hinter Tina, auf den Berg verstaubter Flaschen und Tuben ...

Ich musste ihre Klapperkiste nur mit Kleber verstopfen und war sie los.

Natürlich, das Auto! David griff nach dem Mantis. Hoffentlich war Lois nicht längst im Interview mit Weinard. Seine Finger flogen über das kleine Keyboard.

09:22 David – Lois! Die Typen, die Smith zu dir nach Hause geschickt hat. Du sagtest, sie wären in einem alten Auto gekommen. Was für eines?

Die Sekunden verrannen, ohne dass eine Antwort kam. Vielleicht hätte er die Nachricht besser gebacktimed. Ganz routiniert war er noch nicht im Umgang mit dem Mantis.

»Alles okay?«, fragte Tina.

»Ja, ich … äh … ich muss ganz schnell etwas von Lois wissen.«

»Ah, natürlich.« Und schon war er wieder da, der ätzende Ton in der Stimme. »Viel Spaß dabei.«

Sie drehte sich um und verließ den Raum. David achtete nicht auf sie. Lois hatte soeben eine Antwort abgeschickt.

09:22 Lois – Ein Mercedes.

Mit zitternden Händen wollte David die nächste Frage stellen, doch Lois schrieb bereits weiter.

09:22 Lois – Ein schwarzer Mercedes. Wieso?

Das konnte kein Zufall mehr sein. David stellte die letzte Frage, obwohl er die Antwort schon kannte.

09:23 David – Wie sahen die NOBA-Agenten aus? Irgendwie auffällig?

09:23 Lois – Einer hatte einen Ziegenbart. Und der andere eine Sonnenbrille.

David umklammerte sein Mantis so fest, als könne es sich gleich mitsamt dieses Satzes in Luft auflösen. Das gab allem, was in den letzten Tagen passiert war, eine ganz neue Wendung. Lois, Ondrej und er selbst hatten es die ganze Zeit mit den gleichen zwei Männern zu tun gehabt.

Waren sie wirklich so blind gewesen?

09:18 – 09:37

Das schmale Reihenhaus war im Vergleich zu den Nachbarhäusern ungepflegt. Der Rasen war etwas zu lang, das Wellblechdach über der Veranda wirkte wie ein ewiges Provisorium, das schon Grünspan ansetzte.

In diesem Haus also wohnte der Mann, den Lois schon als Kind bewundert hatte – ohne es zu wissen. Lois hatte den Artikel »Die dunkle Baronin und ihre Gefolgsmänner« während der Busfahrt noch einmal überflogen. Der Artikel hatte sich damals in wenigen Stunden über den Kontinent verbreitet, ohne Ankündigung und ganz ohne Internet.

Die Angelegenheit in diesem Sommer vor zwanzig Jahren war eigentlich klar gewesen. Nachdem Ronald Reagan die Wiederwahl überraschend abgelehnt hatte – angeblich, weil das Register dem 40. Präsident der USA Angst machte – waren zwei Nachfolgerinnen auf den Plan getreten.

Nummer Eins: Claire Robertson, Politikerin in dritter Generation, bildhübsche Mutter und so sympathisch, dass es kaum zum Aushalten war.

Nummer Zwei: Eliza de Burgh. Die Aristokratin mit den schneeweißen Haaren hatte bereits eine Karriere in zwei Fortune-500-Companies hinter sich, aber jetzt hatte sie eine neue Mission: Sie wollte die nationalen Verwaltungsbehörden, die über Jahrzehnte gewachsen waren, bis zur Unkenntlichkeit einschränken und verkleinern.

Im Grunde war das nichts Neues. Schon Reagan hatte die Behörden zusammengedampft wie kein Präsident vor ihm. Dabei hatte er aber geflissentlich eine einzige Instanz ausgelassen – das Verteidigungsministerium. Dessen Budget hatte er radikal erhöht. Und zwar auch wiederum wie kein Präsident vor ihm.

De Burgh stellte klar, dass sie dies für die lausigste Entscheidung der letzten hundert Jahre hielt. Sie wetterte vor allem gegen die Nachrichtendienste, gegen die CIA, OIA, DIA, die NSA und ihre Schwester- und Unterorganisationen, sie forderte Stellenabbau und Massenentlassungen – radikale Forderungen, die normalerweise das Ende einer Präsidentschaftskampagne bedeuteten. Aber der Großteil der Wähler konnte sich nicht mit den Mitarbeitern der NSA und CIA identifizieren und fand de Burghs Feldzug einleuchtend. Wichtig war schließlich, dass de Burgh die Einsparungen Reagans bei Erziehung und Umweltschutz rückgängig machen wollte, und irgendwo musste das Geld ja herkommen. Dass de Burgh nie direkt vom *Budget* der Geheimdienste, sondern immer nur von deren Mitarbeiterzahlen sprach, fiel niemandem auf.

De Burghs Wahl zur Präsidentin schien nur noch eine Formsache zu sein. Lois' ältere Kollegen erzählten regelmäßig von der gereizten Langeweile in den Newsrooms, von grotesken Umfragewerten und bemühten Headlines, die die Wahrheit doch nicht verschleiern konnten: Dies war ein Wahlkampf ohne jede Spannung. Eine Vollkatastrophe.

Ironischerweise erfüllten sich die Erwartungen. Es *wurde* eine langweilige Wahl. Allerdings auf eine andere Weise, als es de Burgh, Robertson und alle Experten vorausgesagt hatten.

Einen Monat vor dem Gang zu den Urnen brachte der *Atlantic* den besagten Artikel heraus. Auf weniger als zwanzig Seiten – hauptsächlich bestand die Reportage aus Dokumentkopien und Bildern – bewies die Zeitung, dass ein wesentlicher Teil der Wahlkampagne mit dubiosen Spendengeldern finanziert worden war. Sie waren über Schwarzgeldkonten an de Burghs Büro gelangt, teilweise sogar über Bargeldzahlungen an sie persönlich.

Die Spender wollten ungenannt bleiben, und der Grund war offensichtlich: Es waren IT-Beratungs-Firmen und Software-Dienstleister. De Burgh wollte den Regierungsapparat verschlanken, das stimmte. Aber sie hatte nicht vor, das Budget zu verringern. Stattdessen wollte sie massenweise Aufträge an Privatunternehmen vergeben. Selbst die Bereiche, die nicht privatisiert, sondern wirklich aufgelöst werden sollten, würden Scharen von Fachkräften auf den freien Markt werfen. Mit dieser detailliert geplanten Umschichtung von Geldern hatte de Burgh ihren Wahlkampf finanziert, die Wähler irregeführt und sich gleichzeitig die wichtigste Lobby der Zukunft gesichert: die IT-Branche.

Das an sich war vielleicht nur unschön. Doch es gab noch ein Sahnehäubchen: Nicht alles Geld fand sich in de Burghs Wahlkampfbüro wieder. Sie hatte sich auch selbst bereichert. Im Vergleich war es keine große Summe, groß genug jedoch, dass sie dem Verfasser des Artikels aufgefallen war.

Robertson hatte keine Mühe, die Wahl zu gewinnen. Sie musste sich nicht einmal die Mühe machen, de Burghs Fehlverhalten zu thematisieren. Sie zog einfach ihr Programm durch und grübelte wahrscheinlich insgeheim darüber, wem sie diesen Kuss des Schicksals zu verdanken hatte.

Das nämlich machte den Artikel im *Atlantic* so rätselhaft: Niemand wusste, wer sich hinter »David Caster«, dem angeblichen Autor dieses Artikels, verbarg. Keiner der vielen neidischen Journalisten wusste es, kein Kongressabgeordneter, einfach niemand.

Es stand nur fest, dass hinter diesem journalistischen Glanzstück ein ganzes Team stecken musste, eine geheime Investigativ-Abteilung des *Atlantic*. Kein Redakteur allein konnte diese Berge von Recherche bewältigt haben.

Zumindest dachten das alle. Bis zu dem Tag vor anderthalb Monaten, als Carl Weinard, ein unbekannter Journalist im Ruhestand, als Überraschungsgast bei *The View* erschien und dort etwas Ungeheuerliches verkündete: Er sei es gewesen. Er sei der Urheber der Story im *Atlantic* gewesen, die die Geschichte in letzter Minute umgeschrieben hatte. Über einen Zeitraum von vier Monaten hatte er die De Burgh-Geschichte recherchiert, dokumentiert und verfasst. Und zwar er ganz allein.

Zum Ärger der Skeptiker entpuppte sich die Behauptung als die Wahrheit. Mehrere Kollegen, darunter Weinards damaliger Chefredakteur, bestätigten seine Aussage. Ein paar Tage später tauchten Dokumente auf, die allem Brief und Siegel gaben. Carl Weinard hatte eine Beinahe-Präsidentin vom Thron gestürzt und diese Tatsache zwei Jahrzehnte lang für sich behalten.

Und nun wurde es richtig schräg. Nach seiner Enthüllung verschwand Carl Weinard wieder in der Versenkung. Mit voller Absicht. Er gab keine weiteren Interviews, er autorisierte keine Biographien, er ließ sich nicht auf irgendwelche TV-Dokus ein. Er schwieg genauso stur wie die zwanzig Jahre davor.

Und dieser Mann, dieses Kuriosum der journalistischen Welt, wohnte genau hier, in diesem unscheinbaren Haus, das genauso gut seit ein paar Wochen hätte leerstehen können.

Lois blieb auf der anderen Straßenseite stehen und betrachtete Weinards Haus als wäre es ein Hund, der entweder gleich zubeißt oder doch nur mit dem Schwanz wedelt.

Tina hatte natürlich recht gehabt mit ihrer Warnung. Die Kontaktaufnahme zu Weinard war viel zu reibungslos, viel zu schnell verlaufen. Lois hatte ihn sofort erreicht und Weinard hatte nur ein paar harmlose Fragen zu ihrer Geschichte gestellt. Keinerlei Ermüdungserscheinungen von den hundert Anfragen, die er in den letzten Wochen bekommen haben musste, kein Vertrösten auf irgendein Presse-Event im nächsten Quartal.

Irgendetwas hatte dieser rätselhafte Mann vor. Es gab einen Grund, warum er plötzlich, nach Jahren der Geheimhaltung, seine Rolle im de-Burgh-Skandal offengelegt hatte. Vielleicht benötigte er Aufmerksamkeit, wollte er sich Gehör für ein bestimmtes Thema verschaffen – für den zweiten großen Pfeiler im Carl-Weinard-Denkmal. Trotzdem, warum hatte er ausgerechnet Lois Anfrage zugestimmt?

In ihrer Tasche klingelte es. Lois zögerte und sah sich um. Natürlich war niemand in der Nähe, vor dem sie das Handy hätte verheimlichen müssen. Das war nur in der Apotheke notwendig.

Das Handy klingelte weiter. Es war klar, welcher hartnäckige Anrufer sich hinter der anonymen Nummer verbarg. Und Lois hatte keine Zeit für ihn.

Sie nahm schließlich trotzdem ab. »Sie dürfen nicht mehr anrufen. Das habe ich doch geschrieben.«

Gary brauchte einen Moment, um diese Begrüßung zu schlucken. »Lois! Wo stecken Sie?«

»Haben Sie meine SMS nicht bekommen?«

»Doch! Gerade deswegen mache ich mir ja Sorgen!«

»Ich hab wirklich zu tun. Ob Sie's glauben oder nicht, ich habe jetzt einen Termin mit ...«

»Sagen Sie mir nur, ob Sie wirklich mit Ondrej Vorisek in einem Raum sind.«

»Gerade nicht. Ich sagte doch, ich bin unterwegs.«

»Unterwegs«, wiederholte Gary ungläubig.

Lois war nah daran, einfach aufzulegen. »Also. Was ist das Problem?«

»Was das Problem ist? Das Problem?« Wie immer wurde Gary bei dem Versuch, energisch zu sprechen, hektisch und verschluckte sich an seinen eigenen Worten. »Die NOBA setzt Himmel und Hölle in Bewegung, um Sie in die Finger zu bekommen, verdammt noch mal. Wo halten Sie sich überhaupt versteckt?«

»In einer alten Apotheke. Mehr kann ich nicht sagen.«

Darauf fiel Gary zunächst nichts ein. Lois konnte sich vorstellen, wie er seine Brille zurückschob und sich mit verschwitzten Fingern über die Stirn strich. »Und niemand kennt dieses Versteck?«, fragte er schließlich.

»Nein, niemand.«

»Sind Sie sicher? Mein Gott, wenn die NOBA auch nur ahnt …« Er brach mit einem flatternden Seufzer ab. »Können Sie sich irgendwie aus dieser Sache rausziehen?«

»Natürlich nicht. Ich habe offiziell Selbstmord begangen.«

»Noch so eine …«

»Augenblick.« Ihr Mantis hatte gebrummt. Es war eine Nachricht von David, der etwas zu dem Auto der NOBA-Agenten wissen wollte. Sie antwortete ihm, während sie weiter telefonierte. »Ich weiß, wer Ondrej ist. Ich bin ganz allein drauf gekommen.«

»Was meinen Sie damit?« Die Rückfrage kam viel zu schnell für Garys Verhältnisse. Was für ein jämmerlicher Lügner.

»Sie wissen genau, was ich meine. Ich werde mir diese Gelegenheit nicht durch die Lappen gehen lassen. Das hebt die Story auf ein ganz anderes Level.«

»Der Mann ist ein Killer, Lois.«

»Und Sie haben mir nicht die ganze Wahrheit erzählt.«

»Weil Sie den krankhaften Zwang haben, sich in Gefahr zu begeben! Und jetzt sind wir getrennt und ich kann nichts mehr für Sie tun.«

Das klang nicht unbedingt nach einer schlechten Neuigkeit.

»Halten Sie sich an Manoah«, sagte Gary. »Versuchen Sie, ihm zu helfen, was auch immer er da eigentlich tut. Ehrlich gesagt, glaube ich nicht, dass Sie beide diese Sache überleben.« Er schaffte es tatsächlich, diesen Satz wie einen Vorwurf klingen zu lassen.

»Sonst noch was?«

»Geben Sie auf sich acht.«

»Immer.«

Sie legte ohne ein weiteres Wort auf und beantwortete die seltsamen Fragen von David. Sie hatte keine Ahnung, worauf er hinauswollte – stritten die sich in der Apotheke im Ernst immer noch darüber, wer Lois gestern verfolgt hatte? David traute sie immerhin zu, auf eine Lösung zu kommen. Als Einzigem in der gesamten Truppe.

Beim Gedanken an David meldete sich ihr Gewissen. Sie hätte ihn vorhin nicht so angehen sollen. Das hatte er nicht verdient. Allerdings brauchten Leute wie er hin und wieder einen motivierenden Schubser.

Sie steckte das Mantis in die Tasche und überquerte die Straße. Jetzt ging es darum, Weinard innerhalb weniger Stunden ein Geheimnis zu entlocken, dass er jahrelang niemandem verraten hatte. Erste Stufe: Vertrauen gewinnen, und zwar in Rekordzeit.

Sie war noch auf dem Weg zur Tür, als sich diese öffnete. Der Mann in der Tür sah auf Lois herab, buchstäblich, er musste knapp zwei Meter groß sein. Sein Gesichtsausdruck schwankte zwischen Müdigkeit und Schüchternheit, genau wie neulich im Fernsehen. Er trug sogar das gleiche dunkelblaue Sakko.

Carl Weinard. Der Mann, dessen Existenz die NOBA bis morgen beenden wollte.

»Sie werden enttäuscht von mir sein«, sagte er mit einem Lächeln. »Dafür möchte ich mich jetzt schon entschuldigen.«

09:38 – 09:44

Alle redeten so laut durcheinander, dass David befürchtete, Passanten von draußen könnten sie hören.

»Es kann kein Zufall sein«, sagte er. »Der alte schwarze Mercedes. Zwei Männer mit Ziegenbart und Sonnenbrille.« Seine Worte verhallten ungehört.

Zunächst hatte seine Geschichte bei den anderen nur für Schulterzucken gesorgt. Lois und er waren von den gleichen Männern verfolgt worden? Konnte schon sein, vielleicht aber auch nicht, auf jeden Fall war es nicht sonderlich interessant. Erst als er ihnen begreiflich machte, dass einer der beiden Männer, der Typ mit der Sonnenbrille, sie auch im Benzon-Gebäude gejagt hatte, war Ondrej hellhörig geworden.

Nun diskutierten sie lebhaft darüber, ob der Agent mit der HUB-Brille wirklich auch Lois beschattet haben könnte. Oder ob David sich etwas zurechtsponn. Oder vielleicht der Zufall am Werk war.

»Es *kann* kein Zufall sein«, wiederholte David, wieder vergeblich. Das Wichtigste hatte er ihnen noch nicht einmal gesagt. Er wusste nun, wie sie endlich die Namen ihrer Verfolger herausfinden konnten.

»Jetzt haltet alle mal den Rand!«, schrie Tina.

Das Geplapper verebbte. Ondrej und Schepp wandten sich von ihrem Monitor ab, der ein Dutzend Männer mit Ziegenbärten zeigte – das Ergebnis irgendeiner Bildersuche. Dana und Cano kamen aus der Küche.

»Nur dass ich das richtig verstehe«, sagte Tina langsam. »Die

NOBA, die mächtigste Organisation auf diesem Scheißplaneten, will uns erwischen, indem sie ganze zwei Leute investiert, die unverwechselbar aussehen und in einem alten deutschen Auto durch die Gegend fahren? Ist das euer verdammter Ernst?«

»Dieser Kerl mit dem Ziegenbart«, sagte David. »Er hatte einen Zettel auf dem Armaturenbrett liegen. Da standen Uhrzeiten drauf. Alle irgendwann zwischen fünf und sieben Uhr morgens.«

»So, Sie haben dich also in Schichten überwacht? Ehrlich, David ...«

»So ähnlich. Endlich begreife ich das alles.« David setzte sich auf den Tresen und legte das Mantis neben sich. »Das waren die Uhrzeiten, an denen ich aus dem Haus gegangen bin. Für die komplette Woche. Kai, meine Reinigungshilfe, hat sie reingelassen, und dann konnten sie herumschnüffeln. Sie wussten ja auch ganz genau, wann ich wieder nach Hause kommen würde. Versteht ihr?«

Ondrej kratzte sich am Kopf. »Nehmen wir mal an, es war wirklich so. Dann konnten sie sich das gewonnene Wissen bequem in die Vergangenheit schicken. Vorausgesetzt, sie haben irgendetwas gefunden, das ihnen weiterhilft.«

Das hatten sie garantiert – sein Notizbuch. Deswegen war es nicht mehr dort gewesen, wo David es hingelegt hatte. Ganz sicher, die Agenten hatten das Buch gelesen, von vorn bis hinten. Nicht gut.

»Sie waren in meiner Wohnung«, sagte er. »Ich bin mir sicher.«

»Sie haben also Spuren hinterlassen«, sagte Tina. »Die NOBA bricht bei dir ein und macht den Einbruch anschließend nicht mal rückgängig.«

»Ich weiß selbst, dass das nicht der typische NOBA-Stil ist. Das ändert aber nichts an der Tatsache, dass Lois und ich von den gleichen Männern bewacht wurden.«

»Und was bedeutet das?«, fragte Cano.

»Pat hat gesagt, dass er Namen braucht. Namen sind der Schlüssel. Und die bekommen wir jetzt.« David holte tief Luft. »Dafür müssen wir zu mir nach Hause fahren. Es ist gefährlich, ich weiß. Aber nur so können wir herausfinden, mit wem wir es zu tun haben. Wir bekommen ihre Token-IDs.«

Ondrej klappte seinen Laptop zu. »Und wie?«

»Der Computer der Schließanlage speichert die Tokens von allen Menschen, die ins Haus dürfen. Also auch das von Kai. Der Computer protokolliert aber auch alle Tokens, die in Begleitung von Kai und mir die Türschwelle passieren. Logischerweise also auch die von Ziegenbart und Sonnenbrille.«

Ondrej nickte. »Plan verstanden. Wir dürfen uns nur nicht erwischen lassen.«

»Äh, Augenblick.« Dana formte mit ihren Händen ein T für Auszeit. »Was glaubt ihr eigentlich, was wir hier machen? Eine Schnitzeljagd? Die wollen uns umbringen. David, Ondrej, uns alle. Und ich garantiere euch, diese beiden Clowns, die euch angeblich verfolgen, sind nicht die Einzigen.«

»Und selbst, wenn es nur sie wären«, sagte Cano. »Was willst du mit den IDs anfangen, David? Es gibt keine Möglichkeit, mit Hilfe einer ID nach dem dazugehörigen Gesicht zu suchen.«

Ondrej schnalzte mit der Zunge. »Das stimmt nicht ganz. Wir können die Daten aus dem Register extrahieren.«

»Ach, natürlich.« Cano schlürfte aus seiner Tasse. »Das ist ja einfach.«

»Wir machen ein bisschen Social Engineering.«

Dana lachte. »Na klar.«

»Und David hilft mir.«

David horchte auf. Hatte Ondrej sich gerade beim Namen vertan? Nein, er sah tatsächlich in Davids Richtung.

»Es bleibt nur die Frage«, sagte Ondrej, »wie wir an die Daten von der Schließanlage kommen. Das geht natürlich nicht aus der

Ferne. Jemand muss zu David nach Hause fahren. Das müssen wir schlau anstellen. Wer hat Ideen?«

Die aufgedrehte Diskussion blieb in einem abrupten Schweigen stecken. Entweder die anderen hatten keine Ahnung, wie sie an der NOBA verkommen sollten, oder sie hielten Davids Plan ohnehin für irrsinnig.

Tina knallte ihre Tasse auf den Tresen. »David, was ist mit deinem Vater?«

David schluckte. Er hatte mit einem abschließenden Machtwort gerechnet – nicht damit, dass Tina nun auch noch Judd mit hineinzog. Er starrte sie vorwurfsvoll an: *Das heißt es also, wenn etwas unter uns bleibt?*

»Du hast gesagt, ihm könnte man leicht eine Geschichte auftischen«, erklärte Tina. »Dann werden wir genau das tun. Wir kriegen ihn dazu, dass er die Daten aus der Alarmanlage extrahiert.«

»Das ist viel zu gefährlich«, sagte Dana.

David musste ihr recht geben, auch wenn er die Idee eigentlich gar nicht schlecht fand. Das Risiko bestand darin, dass Judd irgendetwas Unerwartetes tat. Diese Gefahr bestand bei ihm immer.

»Es könnte funktionieren«, sagte er vorsichtig.

Tina nickte. »Und es wäre noch nicht mal verdächtig. Du bist seit zwei Tagen weg und wahrscheinlich hat sich noch keiner von der NOBA bei Judd gemeldet. Es ist plausibel, dass er bei dir vorbeischaut.«

»Und wer fährt zu ihm und erklärt ihm, was er tun soll?«

Tina strich sich eine Locke aus dem Gesicht. »Das übernehme ich.«

David lehnte sich nach vorn und presste beide Hände an die Tresenkante. Jetzt wurde der Plan endgültig heikel. Selbst wenn Tina es schaffte, Judd aus seiner Wohnung zu locken – die beiden würden sich schon nach einer Minute in die Haare kriegen.

»Vielleicht kriegen wir auch das mit dem Großeinkauf hin«, sagte Tina. »Es darf mich nur niemand erkennen. Ich bleibe am besten im Auto und hoffe, dass die Agenten nur auf deinen Vater achten.«

Ondrej rieb sich die Hände und sprang auf. »Bis zum Mittag haben wir was zu beißen und schlauer sind wir auch. Also Leute, aufwachen und vorbereiten.«

Es war, als hätten diese Worte einen Schalter umgelegt, der die Apotheke von jetzt auf gleich in ein betriebsames Büro verwandelte. Dana räumte Decken und Jacken zur Seite, Ondrej stellte alle Laptops auf dem Tresen zusammen und verkabelte sie so, dass ihre Monitore einen gemeinsamen Bildschirm ergaben. Während Schepp und Cano sich mit den Fingern die Zähne putzten, führten sie eine hochtechnische Diskussion, die für David so klang, als unterhielten sie sich in einer Maschinensprache. Das einzige Wort, das ihm bekannt vorkam, war »RGNB-Abfrage«, aber er hätte nicht sagen können, was es bedeutete.

Er glitt vom Tresen herunter und näherte sich Tina. Sie hatte einen schwarzen Beutel in der Hand, sah hinein und verstaute ihn dann hastig in ihrem Rucksack. Ohne David anzusehen, sagte sie: »Keine Sorge. Natürlich werde ich ihm ins Gewissen reden.« Sie beugte sich noch tiefer über ihren Rucksack.

»Okay«, murmelte David. Ausgerechnet Tina und er verstanden sich mit nur wenigen Worten. Das war schon überraschend.

»Danke schön«, sagte er schließlich.

Sie zuckte mit den Achseln. »Wenigstens einen, den wir vielleicht retten können.«

David nickte. Tinas Hang zum Fatalismus war wirklich beeindruckend.

»Eine Vorwarnung möchte ich dir noch geben«, sagte er. »Mein Vater ist ziemlich ... stur.«

»Bin ich auch«, sagte Tina.

David hätte schwören können, dass sie grinste, aber als sie endlich von ihrem Rucksack hochsah, hatte sie wieder ihre ewig-missmutige Miene aufgesetzt.

»Es können ungefähr dreitausend Sachen schiefgehen. Ich hoffe, das ist dir klar.«

Natürlich war David das klar. Noch vorgestern wäre es ein Kinderspiel gewesen, Judd zu retten – er hätte ihn einfach in ein Auto stecken und mit ihm zum Arzt fahren müssen. Aber David hatte ja Wichtigeres im Kopf gehabt.

Er löste sich vom Tresen und trat vor die staubigen Fensterfronten. Draußen durchflutete die Wintersonne die Gasse. Die Klinker leuchteten in einem intensiven Ziegelrot, jede Unebenheit wurde zu einem scharfkantigen Schatten. Alles sah wirklich genauso aus wie vor zwanzig Jahren. Er konnte das Knacken der Lautsprecher hören, roch die Bierrülpser und die alten Gitarrenkoffer. Die Apotheke ermöglichte ihm das, was das Register nie fertiggebracht hatte: eine Zeitreise.

Mit den Fingern landete David in etwas, das sich wie Puder anfühlte. Er blickte auf die Fensterbank. Auf dem Granit lag ein flaches Häufchen Asche, mit einem versengten Papierschnipsel in der Mitte. David zog den Fetzen heraus. Er stammte von einem alten Notizblatt. Man erkannte noch einige mit Bleistift geschriebene Zeichen: »Bm – F#m – A7«.

David ließ das Papier wieder sinken. Vor ihm lagen die Reste seines altes Notizheftes. Als Jugendlicher hatte er es immer dabeigehabt und darin all seine Songideen festgehalten – Akkorde, Textzeilen, aufgeschnappte Zitate.

Von seinem Notizbuch war nichts geblieben als dieser Papierfetzen. Ralph oder einer der anderen Jungs musste damals wirklich wütend auf ihn gewesen sein. David konnte sich nicht erklären, warum.

Ondrej trat neben ihn und knuffte ihn in die Seite. In seinen

Augen leuchtete die Abenteuerlust eines Pfadfinders. »Bist du bereit?«

Erst jetzt bemerkte David, dass Ondrej seine Jacke angezogen hatte. »Müssen wir weit weg?«

»Nein, es ist ganz in der Nähe. Wir gehen dorthin, wo du schon seit zwei Tagen hinmöchtest.« Er verzog seine Lippen zu dem alten, wölfischen Grinsen. »Wir besuchen die nächste Polizeiwache.«

10:53 – 11:08

Carl Weinard goss heißes Wasser über die Teeblätter und der süße Geruch von Shincha dampfte in Lois' Nase. Sie schwiegen beide, nicht zum ersten Mal in der letzten Stunde. Wo andere den Drang hatten, einen stillen Moment mit Phrasen auszustopfen, genoss Weinard die Ruhepausen. Mit geschlossenen Augen sah er zur Decke und murmelte schließlich: »Sie verfügen über die wichtigste Eigenschaft eines Journalisten. Ausdauer.«

Lois sah von ihrem Tee auf. »Wie komme ich zu dem Lob?«

»Ich habe jetzt von meiner Kindheit bis zu meinen Sturm- und Drangjahren alles vor Ihnen ausgebreitet. Sehr kurzweilig, zumindest für mich. Ich höre mich gern reden.«

»Ich fand es auch sehr unterhaltsam.«

Weinard lächelte und hatte immer noch den Kopf in den Nacken gelegt. Dafür, dass er schon auf die sechzig zuging, sah er ziemlich attraktiv aus, fand Lois. Seine mittellangen Haare waren grau, aber nur ein wenig ausgedünnt, sein Gesicht ohne Falten. Wenn er seine Brille zurechtrückte und sich erst durch den Scheitel und dann über den Schnurrbart fuhr, fühlte sich Lois wie in einem englischen Literaturcafé.

»Ich stelle Ihnen jetzt eine gemeine Frage«, sagte Weinard. »Was von alldem, das ich Ihnen erzählt habe, wird gedruckt werden?«

Lois zuckte mit den Achseln. »Sie wissen doch, wie das bei Interviews ist.«

Er schüttelte den Kopf. »Wenn ich über die Leute geschrieben habe, dann habe ich vorher nie ein Wort mit ihnen gewechselt. Aber das meine ich nicht. Ich habe vielmehr das Gefühl, das Sie immer noch nicht zur Sache gekommen sind.«

»Im Gegenteil. Es geht genau in die Richtung, die ich mir vorgestellt habe. Ich möchte etwas Persönliches, etwas Neues. Nichts, was schon dreimal in der *Post* stand.« Sie stellte die Tasse auf den Glastisch und nahm ihr Notizbuch in die Hand. »Ich möchte heute weder über de Burgh noch über Robertson oder eine der anderen Berühmtheiten sprechen, die wir alle so gut kennen. Heute geht es nur um Sie.«

»Gutes Verkaufsgespräch«, sagte Weinard. »Ich hätte damals auch eine dieser Journalistenschulen besuchen sollen.«

»Und ich hätte gedacht, dass Sie inzwischen die Nase voll davon haben, über die immer gleichen Geschichten zu sprechen. Aber Sie scheinen es heute ja regelrecht herbeizusehnen.«

Lois hatte gehofft, mit Weinard eine Art Gespräch unter Kollegen zu führen, doch Weinard sprang darauf nicht an. Er sprang auf überhaupt nichts an.

Sie zwinkerte ihm zu. »Also?«

»Wie Sie wollen«, sagte Weinard. »Aber dann ersparen wir uns doch die Geschichten darüber, was ich als junger Kerl mit den Pariser Studentinnen veranstaltet habe. Sagen Sie mir direkt, was Sie wissen wollen.«

»Ich will über das Hier und Jetzt sprechen.«

Er deutete ein Nicken an, sagte aber nichts. Sein großer Körper schien auf einem fast erschöpften Akku zu laufen. Jede Bewegung war sparsam und wohlbedacht.

»Ich würde gern wissen, an was Sie zurzeit arbeiten«, fügte Lois hinzu.

»An meinem Fahrrad. Im Keller habe ich ein altes Pashley aus den Sechzigern, auf das es mein Sohn abgesehen hat. Bevor ich es ihm endlich schenke, will ich es auf Vordermann bringen.«

»Und an was arbeitet der Journalist Carl Weinard?«

»Ach so.« Weinard nippte an seinem Tee, während sein Blick schon wieder zur Decke ging. Weiter sagte er nichts. Es war echt anstrengend mit ihm.

Lois sah ebenfalls kurz nach oben, konnte aber nichts Besonderes entdecken. Weinards kleine Wohnung war geschmackvoll eingerichtet, auch wenn sich Lois das Domizil eines Starjournalisten anders vorgestellt hatte. Wo waren die Fotos, auf denen Weinard wichtigen Leuten die Hand schüttelte? Wo war die große Bibliothek, das wuchtige Arbeitszimmer? Wo war überhaupt mehr als dieses eine Zimmer, in dem sie beide saßen? Das hier war Küche, Wohnstube und Schlafraum in einem. Es war fast so wie bei Lois zu Hause.

Sie schlug demonstrativ eine neue Seite in ihrem Notizbuch auf und strich sie glatt. »Also ist es wieder mal streng geheim.«

»Ich hoffe, Sie wissen, dass ich schon seit Jahren nicht mehr arbeite.«

»Sie haben seit Jahren nichts *veröffentlicht*. Das lässt nur zwei Schlüsse zu. Entweder Sie haben das Feld anderen überlassen. Oder ...«

»Ja?«

»Oder Sie arbeiten an etwas Großem.«

Er lachte leise. »Oho. Wenn Sie deswegen gekommen sind, tut es mir wirklich leid. Es gibt keine neue große Sache. *Ein* Jahrhundertskandal ist genug für einen bescheidenen Redakteur, finden Sie nicht auch?«

Bevor Lois antworten konnte, klingelte das Telefon. Weinard stand auf. Der Hörer hing an der Wand neben der Essecke, wahrscheinlich schon seit Jahrzehnten. Weinard telefonierte und drehte Lois dabei den Rücken zu.

Ohne zu zögern schaufelte sie den Inhalt der Keksdose, die auf dem Tisch stand, in ihre Hosentasche. Weinard würde es natürlich auffallen, aber er war zu sehr Gentlemen, um ihre vermeintliche Heißhungerattacke anzusprechen.

Während sie noch wartete, dass Weinard sein Gespräch beendete, meldete sich ihr Mantis mit einem kurzen Brummen. Es war eine Nachricht, die sie selbst in den Gruppenchat gepackt hatte – und zwar in der Zukunft.

11:07 Lois – @alle: Hab einen furchtbaren Verdacht. Kommen wir irgendwie an Weinards Stammdaten?

Lois las die Nachricht mehrmals, flüsterte sie schließlich sogar leise vor sich hin. War sie in Gefahr? Vielleicht sollte sie lieber sofort aufbrechen.

Weinard kam zurück zum Sessel, doch er setzte sich nicht. Lois sah unsicher zu ihm hoch. Nein, sie konnte jetzt nicht einfach gehen. Das wäre verdächtig.

»Das war meine Tochter«, erklärte Weinard. »Sie kommt in zehn Minuten. Viel Zeit bleibt Ihnen nicht mehr.«

»Ihre Tochter? Wohnt die nicht ein ganzes Stück weit weg?«

»Nicht am Ende der Welt, aber es reicht, um sich aus den Augen zu verlieren. So ein Besuch außer der Reihe fühlt sich an, als wäre schon Weihnachten.«

Lois warf einen weiteren Blick auf ihr Mantis, aber es blieb still.

»Ich habe vor einiger Zeit Ihren Essay im *New Yorker* gelesen«, sagte Weinard. »Darüber, dass das Register dem großen Irrtum erliegt, wir hätten die Vergangenheit verstanden. Sie argumentieren, dass wir die Welt in simple Geschichten packen, die im Widerspruch zu unserer chaotischen, nicht determinierten Welt stehen.«

»Wirklich gut zusammengefasst, aber ...«

»Sie haben dabei eines vergessen, scheint mir.« Er sprach laut, akzentuiert, beinahe gereizt, ganz anders als noch vor ein paar Momenten. »Sie und ich, wir alle, die wir publizieren – wir verstärken diesen Effekt. Die Illusion, wir hätten die Welt verstanden, manifestiert sich in jedem Thema, das die Medien in Besitz nehmen und ausschlachten.«

Lois drückte ihre Hände in die Ledercouch. Das also war das Problem: Weinard hasste seinen eigenen Beruf. Er schämte sich für seine Branche. Deswegen haute auch die Idee mit dem Kollegengespräch nicht hin.

»Ausschlachten ist ein starkes Wort«, sagte sie. »Wir wählen aus.«

»Wir wählen aus, ja. Und zwar das, was ungewöhnlich, aufrüttelnd und interessant ist. Heutzutage ist das schwer geworden, weil das Register die besten Katastrophen aus der Welt geschafft hat, aber wir versuchen es trotzdem. Und wenn unsere Berichte zur gewünschten Reaktion führen, dann berichten wir über diese Reaktion. Auf diese Weise wurde Selbstmord in diesem Bundesstaat zu einem geschützten Gut. Weil das ganze Land Mitleid mit einer geisteskranken Automechanikerin hatte, die sich unbedingt umbringen wollte.«

Er hatte natürlich recht. Das Register würde noch heute jeden Selbstmord reversieren, wenn es nicht die emotionale Berichterstattung zu einzelnen Suizidfällen gegeben hätte.

»Ich kenne die Selbstbestimmungsdebatte zu Genüge«, sagte Lois.

»Ja, ich kann sie auch nicht mehr hören. Kommen wir doch lieber zu meiner Geschichte. Die ist besonders gut, weil sie besonders einfach ist. Kleiner Journalist will korrupte Präsidentin stürzen und schafft es tatsächlich, im Alleingang. Menschheit wird vor großem Übel bewahrt.«

Diese Unterhaltung driftete in eine völlig ungeplante Richtung ab, wie eine schlecht geworfene Bowlingkugel. Lois hatte keine Ahnung, worauf Weinard hinauswollte.

»Nun, diese Geschichte …« Er lächelte bitter. »Sie ist falsch.«

»Inwiefern?«

Weinard richtete sich auf und sein Gesicht wirkte auf einmal hager, die Augen hinter seiner Brille ungesund gelblich. »Mir ist ein Fehler unterlaufen. Der größte meiner Laufbahn. Und ich habe vergeblich versucht, ihn wiedergutzumachen.« Er beugte sich vor und stieß dabei fast seine Tasse um. Etwas Tee schwappte auf den Glastisch. Weinard kümmerte sich nicht darum. Stattdessen starrte er grimmig auf Lois hinab.

»Meine liebe Rachel, Sie hätten nicht herkommen sollen.«

10:56 – 11:03

»Jetzt noch mal ganz von vorn«, sagte Judd und blies Tina Rauch ins Gesicht.

Tina ließ die Fensterscheibe noch ein Stück weiter runter und warf Judd einen bösen Blick zu. »Ich sag das nur noch ein einziges Mal: Bei der nächsten Qualmwolke schmeiß ich Sie aus dem Auto.«

Er schien den Verweis witzig zu finden und grinste. »David wohnt jetzt also bei Ihnen? Ist ja ein dolles Ding.«

Tina stierte auf die Straße. Seit zehn Minuten durchfuhren sie das Waldgebiet des Rock Creek Park, die kürzeste Route zu Davids Adresse. Der Weg bestand im Grunde nur aus Kurven und hinter jeder dieser Kurven fürchtete Tina eine plötzliche Straßensperrung, genau wie die, in die sie gestern Abend hineingerasselt waren.

Obendrein schien Judd die Geschichte, die sie ihm aufgetischt hatte, mit jeder Meile weniger zu glauben. Das war nicht gut. Schließlich hatten sie den Hauptzweck dieses blöden Ausflugs noch nicht abgehakt.

»David *übernachtet* bei mir«, sagte Tina. »Ihr Sohn muss jetzt erst mal wieder in die Spur kommen. Als ich ihn gestern abgeholt habe, war er eine lebende Alkoholleiche.«

Judd lachte los, als hätte Tina einen grandiosen Witz gemacht. Sein Lachen endete in einem Hustenanfall, dem dritten, seitdem Tina ihn abgeholt hatte. Jedes Mal wirkte es, als würde Judd gleich explodieren – ein letztes Würgen und dann, Peng, lag nur noch eine Zigarette auf dem Beifahrersitz.

»Tut mir leid«, keuchte Judd schließlich. »Mir will das alles nicht in den Kopf. In der Familie heißt es immer, David hätte sich eine Promilleschranke in den Hals operieren lassen. Und vor Frauen hat er auch immer Angst.«

»*Die Fahrassistenz konnte nicht aktiviert werden*«, sagte der Bordcomputer. »*Bitte unterbrechen Sie schnellstmöglich die Fahrt und kontaktieren Sie unseren Notfall-Service.*«

Judd wies auf den Lautsprecher. »Muss ich mir ... muss ich mir Sorgen ...«

»Nein.«

»Nein? Schön. Also, wir haben jetzt soviel Dosensuppen gekauft, dass man damit einen Atomkrieg überleben kann.« Er sah zum Kofferraum, wo sich der rote *Campbell's*-Schriftzug zigfach auftürmte. Sie hatten so ziemlich alles gekauft, was an Suppen zu haben war: Suppen mit Hähnchen, Suppen mit Bohnen, Suppen mit Käsesteak. Einfach ekelhaft.

»Und das Ganze machen wir«, sagte Judd, »weil David *Angst* vor seinem Haus hat. Das habe ich richtig verstanden, oder?«

Das hatte er. Tinas Geschichte war eigentlich gar nicht so schlecht, fand sie, vor allen Dingen bei einem Freak wie David. Aber Judd roch den Braten.

»Er glaubt, jemand wäre im Haus gewesen«, sagte Tina. »Und Sie kennen ja seine Paranoia.«

»Klar kenne ich die. Aber dass nun auch noch ich in seinem Schlafzimmer herumschnüffeln soll. Ich kapier's nicht.«

Tina zog sich, während sie mit den Knien lenkte, ihre Jacke aus. Die Anspannung brachte sie zum Schwitzen. »Wieso nicht? Sie sollen nur ein paar persönliche Sachen holen.«

»Was soll das heißen? Der Junge hat nichts Persönliches.«

»Ist mir auch egal. Das Wichtigste ist eh etwas anderes. Die schwarze Box hinter der Haustür, ich hab's Ihnen ja erklärt. Ich gebe Ihnen gleich ein kleines Gerät, das stecken Sie in die Box und warten ein paar Sekunden. Mehr brauchen Sie nicht zu tun.«

»Und warum soll ich das machen?«

»Weil David Sie darum bittet.«

»Mann, dieser Knabe. Wissen Sie, was passiert ist, als ich ihn das erste Mal im neuen Haus besucht habe? Die Sirene ging los, volle Posaune. Er musste eine Stunde lang an der Alarmanlage herumbasteln. Ist 'ne verrückte Welt.« Judd drückte vehement seine Zigarette in dem Aschenbecher aus, den dieses Auto absurderweise noch besaß. Wahrscheinlich ein Extra, für das Esther teuer bezahlt hatte.

»Sie sollten mit dem Rauchen aufhören«, sagte Tina. »Oder werden Sie etwa nie Lungenkrebs bekommen?«

»Das weiß ich nicht.«

»Wie können Sie das nicht wissen?«

Judd sah sie stirnrunzelnd über seine Brille an. »Irgendwas stimmt doch hier nicht. Gestern hat mich 'ne andere Frau angerufen. Die wollte auch etwas von David. Sind Sie vielleicht eine Escort-Dame oder so was?«

Tina klammerte sich am Lenkrad fest. Sie durfte jetzt nicht aus der Haut fahren, so schwer das auch war. »Judd, ich meine das jetzt todernst. Wenn Sie mich noch mal mit einer Prostituierten vergleichen, ziehe ich Ihnen eine Tortillasuppe über den Schädel.«

»Ist ja gut.« Diesmal wenigstens klang er ein klein wenig verlegen. »Ich meine ja nur. Menschen wie David stürzen irgendwann ab. Das ganze Leben lang alles für den Job, und dann von einem Moment auf den anderen wollen sie alles nachholen. Drogen, Nutten, da führt's dann hin.«

»Der Klassiker.«

Endlich hatten sie das Ende des Parks erreicht. Vor ihnen lag eine Kreuzung, dahinter begann Davids Viertel. Tina hielt vor dem Stoppschild und atmete durch.

»Sie wissen das vielleicht nicht«, sagte Judd, »aber das sind keine normalen Marotten bei David. Hier drin« – er tippte sich auf die Brust – »ist er ganz zerbrechlich. Kein Wunder, wenn man bedenkt, was er als Kind alles durchgemacht hat. Er lebt schon sein ganzes Leben lang irgendwie außerhalb seines Körpers.«

Tina fuhr über die Kreuzung. »Können Sie mir einen Gefallen tun und kurz die Klappe halten? Ich muss mich auf die Strecke konzentrieren.«

»Warum fahren Sie überhaupt selbst? Das find ich auch schon wieder seltsam.«

»Bitte!«

»Ist ja gut.« Judd brummte noch ein paar Mal, dass »hier etwas nicht stimmt«, dann schwieg er. In Gedanken aber beschwerte er sich weiter, Tina konnte es förmlich hören. Ihre Stimmung ihm gegenüber schwankte wie eine digitale Schaltung. Da war einerseits das schlechte Gewissen darüber, dass sie den alten Mann für eine wahnwitzige Aktion missbrauchte, jawohl, *wahnwitzig*, das war das richtige Wort. Und eine Sekunde danach hatte sie den heftigen Drang, ihm seine Zigarette in den Mund zu stopfen.

Eine Stunde noch. Dann war alles überstanden. Judd saß wieder zu Hause vor seinem Fernseher und Tina konnte mit den Token-IDs und einer Wagenladung Fertigsuppen zur Apotheke düsen. Es durfte nur nichts schiefgehen.

Sie fuhren weitere zehn Minuten über die Western Avenue, bis sie endlich Davids Haus erreicht hatten. Die Sonne klebte als trüber Ball in den kahlen Baumkronen, die plattgedrückten Bungalowdächer waren mit Raureif bestäubt. Kein Mensch war zu sehen, alle saßen zu Hause im Warmen oder waren auf der Arbeit.

»Fahren Sie mal näher ran«, sagte Judd, als Tina den Wagen ein gutes Stück von Davids Haus entfernt parkte. »Ist doch klirrend kalt draußen.«

»Ich parke hier. Das ist sicherer.«

»Sicherer? Die gefährlichsten in diesem Spießerviertel sind wir.« Er warf die Zigarette aus dem Fenster und zog sich seine Handschuhe an. »Fühlt sich an, als ob ich bei meinem eigenen Sohn einbreche.«

Tina sah auf ihr Mantis. Ondrej hatte zu Hause eine Software aufgespielt, die die Token-IDs aus der Alarmanlage extrahieren und in die Vergangenheit schicken würde. Tina hatte gehofft, dass der Gruppenchat schon längst die Nachricht mit den Token-IDs enthielt. Dann wäre sie nämlich zackig wieder nach Hause gefahren.

Aber noch war das nicht geschehen. Entweder Judd brauchte länger als zwanzig Minuten für seinen Auftrag, was Tina nicht glaubte. Oder sie waren wirklich der erste Zeitstrom, in dem die Token-IDs extrahiert wurden.

Sie überreichte Judd das Mantis und wies auf das daran angeschlossene USB-Kabel. »Jetzt aufpassen, Judd. Diesen Anschluss müssen Sie in den schwarzen Kasten direkt neben der Haustür stecken. Es gibt da eine passende Buchse auf der rechten Seite. Warten Sie ungefähr zehn Sekunden.«

»Und dann?«

»Im besten Fall wird automatisch … Also, dann brauchen Sie nichts zu tun. Wenn sich nach zehn Sekunden nichts getan hat, lösen Sie das Gerät einfach wieder von dem Kasten und verlassen das Haus. Halten Sie sich nicht zu lange auf. In Ordnung?«

Judds Stirn bekam noch einige zusätzliche Falten. »Ich versteh das alles nicht.«

»Es gibt keinen Grund zur Sorge.« Tina hielt die ganze Zeit über nach einem alten schwarzen Mercedes Ausschau, aber die Straße war verlassen. Das nächste Auto parkte ein paar hundert Meter weiter.

Grummelnd stieg Judd aus dem Wagen. Tina glaubte schon, sie wäre ihn fürs Erste los, als er sich noch einmal durch das Fenster beugte. »Lassen Sie einen alten Mann nicht so zappeln. Läuft da was zwischen Ihnen und David?«

Tina sah auf das Armaturenbrett und drückte den Deckel des Aschenbechers zu. Ganz ruhig. Wenn sie sich jetzt auf diese Unterhaltung einließ, würde es Verletzte geben.

»Ich glaub nämlich kein Wort von Ihrer Geschichte«, sagte Judd. »Hab ich von Anfang an nicht. Aber Sie scheinen mir nur 'ne Lügnerin zu sein, kein schlechter Mensch. Ich geh' jetzt einfach mal davon aus, dass ich das hier wirklich für David mache.«

»Sie tun es für David. Das schwöre ich.«

Judd schüttelte den Kopf und stapfte los. Dampfwölkchen stiegen über ihm auf wie bei einer kleinen Lokomotive.

Tina lehnte sich zurück und rieb die kalten Hände aneinander. Es passte ihr gar nicht, dass ihr Mantis in den Händen dieses Opas spazieren ging. Ab jetzt war sie praktisch blind.

Aus einer Intuition heraus wanderte ihre Hand zum Handschuhfach. Dort hatte sie den Beutel mit der Beretta verstaut, den Ondrej ihr vorhin in die Hand gedrückt hatte. Vorerst würde sie die Waffe nicht benötigen, nicht hier. Auf keinen Fall.

Judd hatte die Haustür noch nicht erreicht, als sich bei dem gegenüberliegenden Haus die Tür öffnete. Ein Mann trat heraus. Nichts Ungewöhnliches. Menschen wohnten in Häusern, Menschen gingen irgendwann hinaus. Doch das hier war kein gewöhnlicher Nachbar.

Scheiße, dachte Tina.

Die Beschreibung, die ihr die anderen gegeben hatten, passte perfekt. Inklusive Sonnenbrille. Dieser Mann, der sich Judd von hinten näherte, war ein NOBA-Agent, die gefährlichste Waffe im Arsenal der Register-Behörde. Und Judd bemerkte ihn nicht.

Verflucht noch mal!

Tina konnte kaum hinschauen, sie fühlte sich wie in einem billigen Horror-Film. Judd tänzelte wie ein Affe vor der Tür hin und her, wahrscheinlich weil er glaubte, den Token-Scanner dadurch aufzuwecken. Anstatt sich einfach ruhig hinzustellen und eine Sekunde zu warten.

Davids angeblicher Nachbar hatte das Tor zum Vorgarten erreicht. Zumindest hatte Judd es jetzt geschafft, die Haustür zu öffnen. Ohne sich umzusehen ging er ins dunkle Innere und ließ die Tür offen hinter sich stehen. Als ob er den NOBA-Mann regelrecht dazu einladen wollte, ihm zu folgen.

Wahrscheinlich war deswegen keine Nachricht aus der Zukunft angekommen. Weil die ganze Aktion in die Hose gegangen war.

Tina riss das Handschuhfach auf und zog die Beretta aus dem Beutel. Wenn das da vorn wirklich ein echter NOBA-Agent war, kam sie mit der Knarre nicht weit. Aber sie musste Judd da irgendwie rausholen.

Die Waffe in der Linken, schaltete Tina den Motor ein und gab Gas.

10:57 – 11:07

Der Regen der letzten Tage hing noch als schwarze Wolke über der Stadt und hielt die Luft feucht und eisig. David zog den Reißverschluss des Mantels, den Cano ihm geliehen hatte, hoch bis unter das Kinn. »Ondrej, ich möchte, dass es dieses Mal anders läuft.«

»Was meinst du?«, fragte Ondrej. Sie saßen zusammen auf einer der Holzbänke des Platzes, an dessen Ende die Polizeiwache lag. Ondrej starrte wie immer in seinen Laptop.

»Du musst mir sagen, was du vorhast. *Bevor* du anfängst, irgendwas zu tun. Sonst kann ich dir nicht helfen.«

»Klar doch. Du wirst uns eine große Hilfe sein. Du siehst so schön seriös aus.«

Was auch immer das heißen sollte. David wandte seinen Blick unruhig einem Hotdog-Verkäufer zu, der in der Mitte des Platzes seinen Stand aufgebaut hatte. Der Kerl glotzte in ihre Richtung, seit sie hier auf der Bank saßen. Was nicht zwingend ein Problem war – irgendwohin musste der Mann ja schauen. Aber allein, dass jemand sie beobachtete und sich im Zweifel an sie erinnern würde, machte David Sorgen.

Ondrej klappte seinen Laptop zu. »Hier ist das Szenario. Du und ich arbeiten bei einem EDV-Dienstleister. Manoah Inc. Wir halten die Software von der Polizeistation da drüben auf dem Laufenden.«

David löste seinen Blick von dem Hotdog-Mann und sah hinüber zum Eingang der Wache. Zwei Polizisten hatten sich gerade auf der Rollstuhlrampe neben der Tür aufgestellt. Die Art, wie sie sich an das Geländer lehnten und ihre Zigaretten ansteckten, wirkte routiniert und pflichtbewusst. Als ob die Raucherpause Teil ihrer Arbeit wäre.

Überhaupt, was *machten* Polizisten heutzutage eigentlich noch, wo jedes Verbrechen automatisch reversiert wurde? Wahrscheinlich gab es immer noch genug Delikte, die man nicht ohne Recherche ungeschehen machen konnte. Außerdem hatte das Register sicher auch bei der Polizei einen großen Verwaltungsapparat geschaffen. Moderne Cops waren Buchhalter.

Als David bei diesem Gedanken angekommen war, dämmerte ihm, was Ondrej da gerade gesagt hatte. »Augenblick mal – wir sind EDV-Dienstleister? Wir müssen aber nicht in die Wache hinein, oder?«

»Wir brauchen nur fünf Minuten an einem der Rechner, egal an welchem. Alle haben Zugriff auf die zentrale Stammdatenbank und können eine RNBG-Abfrage machen. Wofür RNBG steht, weiß ich nicht. Hab gerade versucht, es zu googeln, aber natürlich findet man nichts.« Ondrej steckte sich sein Hemd in die Hose, was anscheinend sein Beitrag zu ihrer Verkleidung war. »Wir warten jetzt, bis Tina uns die IDs schickt. Danach geht's los.«

»Aber du willst doch nicht wirklich, dass wir beide da reingehen.«

»Was denn sonst?«, fragte Ondrej ungehalten. »Sie werden ja nicht zu uns raus in die Kälte kommen.«

David vergrub das Gesicht in seinen durchgefrorenen Händen. Durch die Lücken zwischen seinen Fingern sah er, wie der Hotdog-Verkäufer eine alte Frau bediente. Ihre Haare schimmerten bläulich.

Es *musste* noch einen anderen Weg geben, wie sie an die Namen kommen konnten als mitten durch eine Polizeiwache hindurch.

David selbst hätte erst einmal alle Möglichkeiten zusammengetragen, sie verglichen und sich dann entschieden. Ondrej war einfach seinem erstbesten Einfall gefolgt.

»Ich bin gespannt, wie das Interface aussieht«, sagte Ondrej. »Ist wahrscheinlich unbedienbar. Wie immer bei der NOBA.«

»Du weißt also nur, dass es diese Abfrage gibt? Du hast sie noch nie gemacht?«

»Natürlich nicht.«

»Wir werden sofort auffliegen.«

»Wichtig ist, dass du die ganze Zeit die Klappe hältst. Verhalt dich wie ein typischer Software-Dienstleister.«

David warf ihm einen finsteren Blick zu und erntete dafür eine Kusshand. »Genau so.«

In diesem Moment brummten ihre beiden Mantisse. Es war eine Nachricht aus dem Gruppenchat.

11:19 [export_script.py]

11:19 [10038109920,10047104I7,100958025I3]

»Da sind sie ja schon«, sagte Ondrej. »Ich kann ja verstehen, dass du Tina nicht leiden kannst. Aber wir können froh sein, dass wir sie haben.«

David sah ihn von der Seite an. Dass Ondrej und Tina eine Art Beziehung hatten – eine seltsame Art von Beziehung – war David von Anfang an klar gewesen. Aber diese Bemerkung klang beinahe so, als wäre es Ondrej wichtig, wie David über sie dachte.

»Tina hat es schwer«, sagte Ondrej. »Du kennst Sam gar nicht, fällt mir ein. Ihr neunjähriger Neffe. Er wohnt normalerweise bei ihr.« Er verschränkte die Arme hinter dem Kopf und ließ sich gegen die Rücklehne der Bank fallen, in einer gemütlichen Ich-erzähl-dir-was-Haltung. Dabei behielt er die Polizeiwache im Auge.

Zu den Polizisten vor der Wache stieß jetzt ein dritter. Sie nickten sich gegenseitig zu und marschierten dann über den Platz. Direkt auf ihre Sitzbank zu.

»Armer Knirps«, sagte Ondrej, als sähe er die Männer gar nicht. »Er denkt jetzt, dass Tina sich umgebracht hat. Und sie kann ihm nicht sagen, dass sie immer noch da ist. Das zerreißt sie natürlich, ist ja klar.«

David fiel es schwer, ihm zuzuhören. Die drei Cops drifteten jetzt nach links, in Richtung der kleinen Einkaufsmeile hinter dem Platz. Wahrscheinlich wollten sie sich nur mit Kaffee und Bagels ausstatten. Dem Hotdog-Verkäufer riefen sie im Vorbeigehen ein zackiges »Guten Morgen« zu.

»Warum wohnt der Junge nicht zu Hause?«, fragte David. Die Antwort interessierte ihn nicht besonders, aber er musste sich irgendwie ablenken, zur Not mit Tinas Seelenleben.

»Tinas Schwester ist zum zweiten Mal auf Entzug. Sie trinkt schon seit Ewigkeiten. Früher ging's noch, aber inzwischen ist sie eigentlich nur noch in der Klinik. Sie hat sich natürlich über das Register vor den Rückfällen gewarnt. Dreimal. Hat nie was gebracht.« Ondrej sah den Cops hinterher. »Tina hat Angst um Sam. Um dich macht sie sich auch Sorgen. Ihre miese Laune, das ist ihre Art, das zu zeigen.«

Ihre Mantisse brummten erneut. Auch dieses Mal kam die Nachricht zwanzig Minuten aus der Zukunft.

11:23 Ondrej – die drei bullen kommen 11:23 zurück, bis dahin ist nur einer im büro. viel spaß!

David stöhnte. »Diese asynchrone Kommunikation ist ausgesprochen verwirrend.«

»Ist doch ganz einfach. Wir gehen da jetzt rein und ziehen die Sache durch. Wichtig ist, dass wir innerhalb von zwanzig Minuten fertig sind. Dann nämlich können wir die extrahierten Informationen backtimen und unsere früheren Ichs können genau jetzt nach Hause gehen.«

»Und wie hilft uns das Wissen, dass nur ein Polizist im Büro ist?«

»Tja, das werden wir sehen. Also: reingehen, durchziehen.« Ondrej sprang auf und machte sich mit geschmeidigen Schritten auf den Weg.

»Du hast mir immer noch nicht erklärt ... warte doch mal.«

Ondrej winkte ihn nur heran, ohne sich umzudrehen, und lief weiter. David sah auf sein Mantis. Wenigstens leuchtete es weder gelb noch rot. Unwillig stand er auf und stapfte Ondrej hinterher.

Schon von weitem erweckte die Polizeiwache den Eindruck, dass die Zeit hinter den getönten Scheiben stehen geblieben war. Aus der Nähe verstärkte sich dieser Eindruck. Das Geländer der Rampe zum Anmelderaum war so klapprig, dass man Sorge hatte, es würde gleich zur Seite knicken. Als sie eintraten, war David nicht überrascht darüber, dass auch der Innenraum in einem staubigen Braun gehalten war.

Er gab sich Mühe so auszusehen, als ob er täglich auf Polizeistationen ein- und ausginge. Aber schon der einzig andere Wartende im Raum, ein Mann in einem hellen Parka, schien ihm die Rolle nicht ganz abzunehmen. Der Mann setzte sich auf seinem Metallstuhl zurecht und nickte David stirnrunzelnd zu.

Ondrej stellte sich vor den Tresen. Dahinter saß ein unförmiges Männlein ohne ein Haar auf dem Kopf. Das Kinn mündete beinahe übergangslos in einer eng geschnürten Krawatte.

»Morgen«, sagte Ondrej und klopfte auf die Holzplatte. »Wir kommen wegen des Computerproblems.«

Der Polizist blickte zwischen ihnen hin und her, sein Blick blieb an Davids Sweatshirt mit den ehrwürdigen Männerköpfen hängen.

»Wir haben niemanden bestellt«, sagte er schließlich.

»Doch, das ist doch hier die ...« Ondrej sah auf sein Mantis und tat so, als läse er etwas davon ab. »Fourth District Substation, richtig? Muss Ihr Kollege gewesen sein, der uns angerufen hat.«

»Keine Ahnung. Der macht gerade Frühstückspause.«

»Schön für ihn.«

David ging zu einer der Fensterfronten. Endlich hatte er Ondrejs Plan begriffen. Bis ihre Lüge aufflog, hatten sie noch knappe zwanzig Minuten Zeit. Wenn nicht vorher etwas schiefging.

»Ich weiß nicht, was es überhaupt für ein Problem geben soll.« Der Hals des Polizisten schrumpfte vollends zusammen, während er auf seinen Monitor sah. Schließlich runzelte er die Stirn. »Ich bekomme Ihre Token-IDs nicht angezeigt.«

David starrte auf seine Füße. Auf dem glänzenden PVC-Boden war das Logo des Police Departments aufgeklebt. Wahrscheinlich war es das Letzte, was er in Freiheit sehen würde.

Ondrej grinste breit. »Na Glückwunsch, Kollege. Das ist der Grund, warum man uns angerufen hat. Und wir können jetzt ehrlich gesagt nicht warten, bis irgendwer vom Brunchen zurück ist. Dann gehen wir wieder.«

»Nein, schon gut. Das ist ja ein dringendes Problem.« Der Polizist stand auf, was ihn nur unwesentlich größer machte, und öffnete eine hüfthohe Schwingtür. »Typisch, dass die mir nichts gesagt haben. Wissen Sie schon, woran es liegt? Am Scanner?«

Ondrej lief an ihm vorbei und setzte sich auf den Drehstuhl. »Wird eher die Software auf Ihrem Rechner sein. Braucht wahrscheinlich ein Update. Wir schauen mal.«

»Verstehe. Einen Kaffee für Sie?«

Ondrej lehnte dankend ab und sagte zu David: »Oder meinst du, der Scanner hat Schuld? Welche Firmware-Version haben die hier?« Ihm schien seine Rolle ja regelrecht Spaß zu machen.

»Die hat auf jeden Fall nie Probleme gemacht«, sagte der Polizist.

Ondrej klickte sich mit der Maus durch das Programm. Dabei brummte er ab und zu etwas wie »Da haben wir's doch« und »Dass das überhaupt noch funktioniert hat.« Schließlich bat er doch um einen Kaffee. Der Polizist verschwand in einem der abgehenden Flure.

David sah ihm nach und trat zu Ondrej hinter den Tresen. »Das übliche Problem?«

Ondrej schüttelte langsam den Kopf. »Ich find hier überhaupt nichts. Typische Behörden-Software.«

David beugte sich zu ihm hinunter und raunte: »Lass uns nicht erst in der letzten Minute verschwinden. Zur Not unternehmen wir einfach einen zweiten Versuch.«

»Wir kriegen das hin, keine Sorge. Ich wollte dich übrigens gerade noch was anderes fragen. Wegen Lois.«

»Lois?«

»Genau. Ich hab mich gefragt, was bei euch so läuft.«

David sah erst zu dem Parka-Mann, dann zur Flurtür. »Warum fragst du? Und warum gerade jetzt?«

»Na, es beschäftigt mich eben. Nicht, dass ich über diesem ganzen Mist noch verpasse, zwischendurch ein bisschen Spaß zu haben.«

Die Tür öffnete sich und der Polizist schob sich vorsichtig hinein. In jeder Hand trug er eine dampfende Tasse Kaffee.

»Spontan würde ich ja sagen, dass da nichts ist zwischen euch«, sagte Ondrej. »Aber du bist ja mehr der, du weißt schon, subtilere Typ.« Er wippte mit dem Kopf hin und her. Die Rückkehr des Polizisten schien ihn in keinster Weise zu stören. »Deswegen wollte ich nachfragen. Bevor ich mein Glück bei ihr versuche.«

»Ondrej, können wir das bitte ein andermal besprechen?«

»Klar. Bleib doch locker.«

David nahm sein Mantis heraus. Falls sie gleich aufflogen, hätte doch mindestens einer von ihnen eine Warnung abgesetzt. Solange das Mantis schwieg, war alles gut. Theoretisch.

Nicht gerade beruhigend war, dass Ondrej an irgendwelche Abenteuer mit Lois dachte, während die Situation hier mit jeder Minute gefährlicher wurde. Was ging nur im Kopf dieses Mannes vor sich?

»Kommen Sie vorwärts?«, fragte der Murmelkopf. Als Ondrej nichts sagte, sah er mit verkniffenem Gesicht auf die Uhr.

David wusste, wie der Polizist sich fühlte – er selbst hatte sich lange genug auf Dienstleister verlassen müssen, denen die Probleme ihrer Kunden egal waren. *Tja, wirklich seltsam, dass es nicht funktioniert, Mr. Manoah. Schauen wir uns morgen noch mal an.*

Oh ja, er wusste, wie das lief. Nur half ihm das jetzt nicht. Es sei denn …

Er atmete tief durch und tippte Murmelkopf auf die Schulter. »Eine Bitte. Könnten wir noch einen schnellen Test machen? Eine RNBG-Abfrage?«

»Alles was Sie wollen«, sagte er. »RNBG-37 meinen Sie, richtig?«

»Richtig«, sagte David. »Am besten machen Sie das über Ihren Account. Sie kennen das ja, beim Systemadministrator hat alles funktioniert und im eigenen Konto geht nachher überhaupt nichts.«

Der Polizist kicherte und setzte sich auf den Stuhl. »Schon tausend Mal erlebt. Aber was hat denn RNGB mit unserem Problem zu tun?«

»Das ist nur ein weiterer bekannter Bug. Den würden wir gern direkt ausschließen.«

»Natürlich. Sehr gut.« Mit zwei Klicks hatte er das Programm geöffnet. »Soll ich nach irgendwem bestimmten suchen?«

»Wir haben eine Handvoll von Token-IDs, die nehmen wir immer zum Testen. Ondrej, hast du … «

»Natürlich.« Ondrej zeigte dem Mann sein Mantis und zwinkerte David zu.

»Aha«, sagte der Polizist. »Aber das sind doch …« Er runzelte die Stirn. »Gut, ich kann es versuchen.«

»Stimmt was nicht damit?«, fragte David.

Der Mann tippte die erste ID ab und drückte die Enter-Taste.

Stammdaten können nicht angezeigt werden. Entweder die von Ihnen eingegebene Token-ID existiert nicht oder Sie verfügen nicht über die notwendigen Anzeigerechte.

Der Polizist nickte nur. Die Meldung überraschte ihn offensichtlich gar nicht.

»Sind das keine validen IDs?«, fragte David.

»Das ist nicht das Problem«, sagte Murmelkopf. »Alle Token-IDs aus dem 100er-Kreis gehören NOBA-Mitarbeitern. Deswegen habe ich mich ja gerade gewundert. Ihre Daten können wir hier nicht anzeigen.« Er rieb sich die Nase. »Ich hoffe, ich bekomme keinen Ärger, weil ich danach gesucht habe. Die NOBA ist bei so was ja ziemlich ... na ja, empfindlich.«

»Was heißt das?«, fragte Ondrej. »Sie haben keine Möglichkeit, Stammdaten von NOBA-Mitarbeitern anzuzeigen?«

»Natürlich nicht. Aber das wissen Sie doch wohl.«

»Es soll ja bald geändert werden«, sagte David schnell.

Immerhin wussten sie jetzt sicher, dass NOBA-Agenten in seiner Wohnung gewesen waren. Dass die NOBA tatsächlich ihr Gegner in diesem Spiel war. David hatte es bis gerade eben nicht glauben wollen.

»Brauchen Sie noch was?«, fragte der Polizist.

Ondrej griff zu seinem Mantis. Wahrscheinlich wollte er ihren vergangenen Ichs den Gang in die Polizeiwache ersparen. Dann aber hielt er inne. »Ach. Wir haben da noch was.«

David sah in den Gruppenchat und las Lois' Nachricht.

11:07 Lois – @alle: Hab einen furchtbaren Verdacht. Kommen wir irgendwie an Weinards Stammdaten?

Nein, dachte David. Wir hauen ab. Jetzt sofort.

»Wir sollten noch einen Test durchführen«, sagte Ondrej. »Diesmal suchen wir nach einem Namen.«

Der Polizist seufzte. »Das ist aufwändig. Ich hoffe, Sie haben Zeit mitgebracht.« Er blickte hoch zu der großen Uhr direkt über ihm. Aus Davids Perspektive bildeten sein runder Schädel und die Uhr eine hässliche Acht.

Sie hatten noch fünfzehn Minuten.

»Dann mal los«, sagte Ondrej.

11:12 – 11:27

Ich habe einen furchtbaren Verdacht.

In wenigen Minuten würde die Lois der Zukunft diese Worte schreiben. Und sie hatte das ungute Gefühl, dass Weinard ihr nun gleich den Grund erklärte.

Er lehnte immer noch mit beiden Händen auf dem Teetisch, erhaben wie eine Sphinx, und lächelte sie unter seinem Schnurrbart an.

»Überrascht? Ja, das glaube ich«, sagte er.

»Was wollen Sie mir eigentlich erzählen?«, fragte Lois. Sie klang, gegen ihren Willen, so schnippisch, dass Weinard nur noch zufriedener dreinschaute. »Dass Sie de Burghs Kandidatur überhaupt nicht sabotieren wollten?«

»Richtig.«

»Aber was haben Sie denn gedacht, was passieren wird?«

»Ich dachte, dass de Burgh sich wie immer behaupten wird. Sie sollte natürlich bluten, deswegen habe ich ihr schmutziges Spiel öffentlich gemacht. Aber mein Plan war, dass sie gestärkt aus der Sache herauskommen würde. Wenn Sie den Artikel genau lesen, werden Sie das zwischen den Zeilen bemerken. Ich wollte, dass sie Präsidentin wird. Und zwar ohne irgendwelche Winkelzüge. Die hat so eine Frau doch gar nicht nötig.«

Er ließ sich langsam in den Sessel sinken und wirkte noch ein wenig müder. Nicht nur seine Augen, sondern auch die Wangen schimmerten jetzt gelblich. Er sah kränklich aus. Junggeblieben, aber kränklich.

»Es hat jedenfalls nicht funktioniert«, bemerkte Lois. »Robertson wurde gewählt.«

»Nein, es hat überhaupt nicht funktioniert. Ich fürchte mich bis heute vor de Burghs Rache, wenn ich ehrlich bin.«

Lois wusste nicht, was sie sagen sollte. Sie bekam diese unerwartete Wendung nicht in ihren Kopf – zumal über allem die Frage schwebte, was der »furchtbare Verdacht« sein könnte.

Aber noch war nicht alles verloren. Weinard mochte kauziger sein als gedacht, aber das schloss nicht aus, dass er an einem gefährlichen Projekt arbeitete. Im Gegenteil. Zudem hatte er ihr gerade etwas erzählt, was er noch niemandem anvertraut hatte.

Wir sind hier noch nicht fertig, dachte Lois. Sie wollte wenigstens mit einem Hinweis auf Weinards Pläne nach Hause gehen.

»Sie sind enttäuscht«, sagte Weinard.

Lois hob die Schultern. »Ein bisschen. Darf ich zu Ihrer, nun ja, Interpretation der Dinge einige Fragen stellen?«

Er winkte zustimmend mit der Hand.

»Also. Sie wollten, dass de Burgh Präsidentin wird.«

»Selbstverständlich.«

»Obwohl sie offensichtlich korrupt war.«

»Papperlapapp. Die Zusagen, die de Burgh diversen Firmen gemacht hat, waren gar nicht so skandalös, wie es damals dargestellt wurde. Ich habe das jedenfalls nie behauptet. In diesen ach so geheimen Papieren wurde doch nur zusammengefasst, was bereits im Wahlprogramm stand.«

»Und Sie waren überrascht, dass Ihre Leser das anders auffassten.«

»Das lag am Zeitpunkt. Wenn ich eine Woche später oder eine Woche früher darüber berichtet hätte, wäre nichts passiert.«

Lois brachte nur ein schiefes Gesicht zustande.

»Ich hatte das perfekte Sommerloch erwischt«, erklärte Weinard. »In allen Zeitungen jammerten die Kommentatoren darüber, wie sie die langweiligste Wahl der Geschichte überstehen sollten. Und dann, voilà! Der Skandal. Von der langweiligsten Wahl aller Zeiten zum Politthriller. Der gefallene Engel. Die Jahrhundertlüge. Mein Gott, bei den Headlines konnten einem die Haare zu Berge stehen.«

»Haben Sie vielleicht etwas dagegen, ein Held zu sein? Ist es das?«

Er verzog den Mund. »Hätte ich nicht darüber berichtet, hätte es ein Kollege getan. Meine einzige Leistung besteht darin, dass ich den verdammten Artikel zum genau richtigen Zeitpunkt herausgebracht habe. Nicht aus Berechnung, sondern schlicht und einfach, weil er fertig war. Der von Ihnen so hochgelobte Zufall ist schuld an meinem Erfolg.«

Lois wies auf ihr Notizbuch. »Soll ich das so schreiben?«

»Sie glauben mir ja doch nicht. Genauso wie Sie mir nicht glauben wollen, dass es kein neues Projekt gibt. Weil nichts davon zu der Geschichte passt, die Sie sich zurechtgelegt haben. Sie glauben an eine Vergangenheit, die nie existiert hat.« Er nippte an seinem blöden Tee.

»Ich glaube Ihnen wirklich nicht«, sagte Lois. »Warum haben Sie damals so radikale Vorsichtsmaßnahmen getroffen? Warum die anonyme Veröffentlichung? Sie hatten doch eindeutig Angst, dass Ihnen etwas zustoßen könnte.«

Er stellte die Tasse zurück auf den Tisch. »Haben Sie schon einmal mit Eliza de Burgh gesprochen?«

»Wieso fragen Sie das?« In den fünf Jahren, die Lois jetzt bei NewsHub arbeitete, war de Burghs Name niemals erwähnt worden. Warum auch. Selbst ein Interview mit Jimmy Carter schien naheliegender.

»Die wenigsten, die verstehen wollen, warum ich damals vorsichtig war, kennen de Burgh persönlich. Sie lebt zurückgezogen, genau wie ich. Warum rennen die Leute eigentlich mir die Bude ein und nicht ihr?« Er sah nach oben, als ob der Himmel ihm Unrecht getan hätte.

»Mit dem Ansturm haben Sie doch wohl gerechnet, als Sie neulich Ihr kleines Geheimnis gelüftet haben.«

»Nehmen Sie sich vor de Burgh in Acht. Sie werden bald mit ihr zusammentreffen, da bin ich mir sicher. Sie ist eine gefährliche Frau.«

»Sie haben immer noch Angst vor ihr? Nach all den Jahren?«

»Nein. Heute habe ich …« Er hob eine Hand und öffnete sie, wie um das richtige Wort zu fangen. »Ich habe neue Feinde.«

»Neue Feinde«, wiederholte Lois leise. »Ohne, dass Sie an irgendetwas arbeiten.«

»Ich kann nicht mehr arbeiten. Nicht seit dieser Sache. Wissen Sie warum? Ich wollte nie wieder etwas schreiben, dessen Folgen ich nicht absehen kann. Was dazu geführt hat, dass ich überhaupt nichts mehr veröffentlicht habe. In dieser Welt hängt zu viel davon ab, welche Worte kleine Männer wie ich zu Papier bringen.«

»Ich würde das als eine Errungenschaft bezeichnen«, sagte Lois.

In diesem Moment schellte es laut an der Tür, und Weinard fuhr zusammen. Lois hatte wenig Lust auf einen Plausch mit Weinards Tochter, am Telefon war sie ohnehin schon wenig zugänglich gewesen. Und aus Weinard würde sie auch nichts mehr herausbekommen. Was für ein Reinfall.

Sie erhob sich und trat in den Hausflur. Weinard folgte ihr, aber er blieb halb im Wohnzimmer auf der Schwelle stehen.

Neben der Haustür stand ein abgewetzter Reisekoffer. Lois tippte auf den Griff, während sie mit der anderen Hand ihre Jacke von der Garderobe nahm. »Wohin geht es, wenn ich fragen darf?«

»In den wohlverdienten Urlaub.« Weinard kam näher. Er öffnete eine Schublade der Flurkommode, zog einen Zettel heraus und notierte etwas. »Ich kann Ihnen leider nicht mehr helfen. Aber hier bekommen Sie Ihre Antworten, da bin ich mir sicher.« Er reichte Lois den Zettel. »Nur seien Sie vorsichtig.«

Lois starrte auf den Zettel.

5217 Springlake Way
Baltimore, Maryland

Weinard nahm Lois' Hand und verschloss sie, so als wolle er den Zettel augenblicklich wieder vergessen. »Manche Dinge sollte man ruhen lassen, Ms Anderson. Es ist vielleicht eine falsche Geschichte, die die Welt glaubt, aber die Botschaft dahinter ist doch einwandfrei – dass nämlich niemand in diesem Land seine Anhänger zum Narren halten darf. Und ich habe diese Geschichte nur überlebt, weil ich sehr vorsichtig war.«

Ehe Lois etwas sagen konnte, war er bei der Haustür und öffnete sie. Lois erwartete dahinter das Gesicht einer Frau mittleren Alters. Stattdessen war die ganze Veranda mit Menschen gefüllt. In der Mitte stand ein schwarz gekleidetes Pärchen in Lois' Alter, daneben ein älterer Herr und noch vier andere Erwachsene. Die erste Reihe bildeten zwei Mädchen und ein kleiner Junge, ganz wie bei einem Gruppenfoto. Der Junge sah zu Lois auf – er war höchstens sechs Jahre alt, trug ein kariertes Sakko und Fliege, und war bleich wie eine Porzellanpuppe.

»Wie Weihnachten«, murmelte Weinard hinter ihr, und klang nun wieder spöttisch.

Lois bahnte sich einen Weg durch die verwirrten Gesichter. Niemand sagte ein Wort. Draußen schien die helle Mittagssonne, doch Lois hatte das Gefühl, als wäre sie in der gespenstischen Atmosphäre eines Schauerromans gelandet. Irgendetwas stimmte hier doch nicht. Vielleicht verließ Weinard mit seiner Familie das Land – die Folge daraus, dass er seine Identität preisgegeben hatte. Allerdings sahen Weinards Besucher überhaupt nicht wie auf der Flucht aus.

Als Lois die Straße erreicht hatte, wandte sie sich noch einmal um. Gerade verschwand der Junge mit dem Sakko im Haus.

Lois blieb mitten auf der Straße stehen. Endlich begriff sie, was Weinard ihr in Wirklichkeit gesagt hatte. Was seine Tochter am Telefon angedeutet hatte. Warum die Koffer in der Wohnung standen. Die Weinards waren gekommen, um sich zu verabschieden.

Mit zitternden Händen griff sie zum Mantis und wollte die anderen alarmieren, als ihr aufging, dass sie das längst getan hatte. Deswegen also hatte sie die Stammdaten von Weinard haben wollen. Der »neue Feind«, von dem Weinard gesprochen hatte, war in Wirklichkeit ein sehr, sehr alter Feind.

Ich habe einen furchtbaren Verdacht.

Lois starrte auf das schmale Haus mit dem ungepflegten Rasen, den erst Weinards Nachfolger wieder mähen würde, wahrscheinlich nachdem er das Wellblechdach abgerissen hatte.

Weinard würde nie wieder zurückkehren. Und nun wusste sie auch, warum.

11:14 – 11:22

Tina öffnete die Autotür und lauschte. Direkt über ihrem Kopf schimpften einige Vögel auf einem Baum, der sich über die Straße neigte. Irgendwo quietschte eine Tür.

Die Siedlung war tatsächlich leer wie eine unbenutzte Filmkulisse. Keine Menschen, keine fahrenden Autos, keine Kinder auf Fahrrädern. Vielleicht war das normal für eine Vorstadtsiedlung dieser Sorte, vielleicht aber auch ein Hinweis darauf, dass die NOBA gerade am Werk war.

Vor Tina lag eine leicht ansteigende Rasenfläche, dahinter erhob sich die Rückfront von Davids Haus, jedes Fenster hell wie eine Leuchtreklame. Wahrscheinlich hatte Judd den Universalschalter für alle Lampen im Haus gefunden und ihn unbedingt drücken müssen. Superschlau.

Tina glitt aus dem Auto und blieb in gebeugter Haltung stehen. Von Judd selbst war keine Spur zu sehen. Sie war auf die kleine Straße hinter dem Haus gefahren, weil sie ihn durch eines der Fenster nach draußen lotsen wollte. Konnte ja sein, dass der NOBA-Agent noch auf der anderen Seite vor der Haustür stand und einfach abwartete.

Konnte auch sein, dass Tina längst von seinen Kollegen umzingelt war.

Sie rannte über den Gehsteig und über den frostigen Rasen. Ein winziges Mäuerchen trennte Davids Grundstück von dem seines Nachbarn. Tina sprang darüber, rannte weiter und erreichte nach endlosen Sekunden die Hinterseite der Garage. Etwas zu heftig prallte sie gegen die Wand. Der Putz roch beißend-süßlich, wie frisch gestrichen. Tina sah nach links und rechts. Ob man sie beobachtete? Vielleicht machten sich die Schweine ja einen Jux daraus, sie wie ein Reh mit der Flinte zu verfolgen.

Nur nicht dran denken.

Links von ihr war ein großes Fenster, eines von zwei übereinander liegenden. Von vorn hatte Davids Haus wie ein Bungalow ausgesehen, tatsächlich aber hatte es zwei Etagen, die sich an den Abhang schmiegten.

Tina spähte durch das Fenster und blickte in einen leeren, weiß gefliesten Flur. Er machte den Eindruck, als wäre das Haus unbewohnt: keine Möbel, keine Bilder, nicht mal ein Läufer auf dem Boden. Und natürlich auch kein Judd. Was veranstaltete er da drinnen nur und warum dauerte das so lange?

Inzwischen machte die Ungewissheit darüber, was in den nächsten Minuten geschehen könnte, Tina regelrecht verrückt. Immer wieder griff sie vergeblich nach ihrem Mantis wie nach einem verlegten Portemonnaie.

Sie presste ihre Wange an die Wand und ein Gedanke schoss ihr durch den Kopf: Sie war süchtig. Vollkommen abhängig davon, über die nächsten zwanzig Minuten ihres Lebens Bescheid zu wissen. Und nun, ausgerechnet jetzt, war sie auf Entzug. Wenn das Esther wüsste. Tina sah ihre Schwester vor sich, wie sie mit Sam im Gemeinschaftsraum der Klinik saß. Vor ihnen stand der gedeckte Apfelkuchen, den sie dort samstags immer backten. Esther hasste Apfelkuchen.

Da, ein Schatten. Blitzschnell war er im Flur des Erdgeschosses von einer Tür zur anderen gehuscht. Entweder war das Judd oder …

Die Lichter gingen aus, eines nach dem anderen. Innerhalb von Sekunden war das Haus wieder stockdunkel und verlassen. So schien es zumindest.

An dieser ganzen Situation war noch etwas anderes ziemlich schief. Im Normalfall hatte ein NOBA-Agent das Zielobjekt in seiner Gewalt, bevor irgendwer checkte, was eigentlich los war. Ein NOBA-Agent war seiner Zeit buchstäblich voraus. Was Tina aber hier erlebte, war eine unkorrigierte Zeitlinie. Als ob der Agent ganz altmodisch Katz und Maus spielen wollte.

Eine laute Stimme hallte um die Häuserwand und Tina erkannte sofort, dass da Judd sprach. Er protestierte lautstark, aber das Gezwitscher der Vögel im Baum verschluckte jedes Wort. Nur Judds widerwärtiger Raucherhusten, mit dem er sich immer wieder unterbrach, war glasklar zu hören.

Tina schob sich, Meter um Meter, an der Wand entlang. Dabei wurde ihr langsam klar, dass Judd nicht schrie oder schimpfte – er *unterhielt* sich. Etwa mit dem Agenten?

Tina spähte hinter der Wand hervor. Eine kleine, rotgeklinkerte Treppe überwand auf dieser Seite die Anhöhe. Sie war leer. Vorsichtig wagte Tina sich weiter. Die Treppe war mit gefrorenem Laub bedeckt, das unter Tinas Füßen knirschte.

Noch immer redete Judd laut und inzwischen auch etwas deutlicher.

»Wissen Sie, ich hab wirklich keine Ahnung, wo der Junge sein soll. Einfach auf und davon.«

Tina sah keine andere Möglichkeit, als um die nächste Ecke zu schauen. Vorsichtig schob sie den Kopf um die Hauskante. Tatsächlich. Der Mann mit der Sonnenbrille und Judd standen vor dem Hauseingang. Tina schnappte lautlos nach Luft. Der Agent nickte und sah in ihre Richtung. Schnell zog Tina den Kopf wieder hinter die Garagenwand.

»Hat sich drei Tage nicht gemeldet«, sagte Judd. »Da dachte ich, schau doch mal vorbei. Und jetzt kommen Sie und sagen, er ist seit Ewigkeiten nicht zu Hause gewesen? Ich bin fix und alle, wissen Sie das?«

»Als ich Sie gerade zufällig beobachtet habe, bin ich misstrauisch geworden.« Die Stimme des Agenten klang kühl und synthetisch, wie die erste Generation der elektronischen Assistenten. »Bitte verzeihen Sie, dass ich Ihnen einfach so ...«

»Mensch, ich bin doch froh, wenn sich heutzutage noch jemand für seine Nachbarn interessiert.«

»Ihr Sohn«, sagte der Agent. »Sie haben wirklich keine Ahnung, wo er sein könnte?«

»Der ist mit irgendeiner Frau durchgebrannt, ist doch klar. Hat sich mit den falschen Leuten eingelassen.«

»Ich verstehe.«

»Haben *Sie* hier vielleicht jemanden gesehen?«, fragte Judd.

»Wenn Sie mich so fragen, ja. Eine junge schwarze Frau. Ihr Name ist Tina. Das habe ich zufällig mitbekommen.«

Tina wurde heiß und kalt. Bei der NOBA und Benzon war sie niemals mehr gewesen als eine mittelmäßige Programmiererin. Völlig unauffällig. Dafür legte sie ihre Hand ins Feuer. Was nur eines bedeuten konnte: Operation Nautilus hatte sie bekannt gemacht.

»Ich halte jedenfalls weiter die Augen auf«, sagte der Agent. »Wollen Sie mir vielleicht Bescheid geben, wenn Sie David gefunden haben? Dann muss ich mir keine Sorgen mehr machen.«

»Klar, sicher doch. Aber jetzt muss ich auch weiter.«

»Natürlich.«

Tina wirbelte herum und schlich zurück zur Hinterseite des Hauses. Theoretisch hatte sie noch eine Chance, einfach mit Judd zu fliehen. Praktisch allerdings nicht. Dieser Typ wusste genau, wohin Judd gleich rennen würde, er sah es auf dem Display in seiner Brille. Er musste nur abwarten.

Sie rannte über den Rasen, sprang ins Auto und zündete den Motor. Die Uhr hinter dem Lenkrad zeigte 11:17. Wenn Judd die Sache mit den Token-IDs inzwischen hinbekommen hätte, wäre vor zwanzig Minuten eine Nachricht im Mantis aufgepoppt – also bevor Tina ihm das Mantis in die Hand gedrückt hatte. Aber da war nichts gewesen. Was hieß, dass Judd nicht erfolgreich gewesen war.

Tina legte den Rückwärtsgang ein und gab Gas. Spätestens jetzt wirkte die Siedlung auf künstliche Weise leergefegt. Als ob gleich jemand *Go!* In sein Headset schreien würde und all die Bungalows in einer Feuersbrunst aufgingen.

Fast wäre Tina in den Mercedes geknallt, der halb auf der Straße, halb auf dem Rasen stand. Sie bremste, sprang aus dem laufenden Auto und feuerte mit der Beretta in zwei der Reifen. Wenn Lois die beiden wirklich mit Sekundenkleber aufgehalten hatte, dann konnte auch Tina ihr Glück versuchen. Pfeifend wich die Luft aus den Reifen.

Tina warf sich wieder vors Lenkrad und bog rückwärts in die Querstraße ein. Judd wartete am Straßenrand, er hatte den Arm über Davids Gartenzaun gelehnt. Der Agent war nirgends zu sehen. Tina hielt nur knapp vor Judd und riss die Tür auf. »Schnell rein! Wo ist der Kerl?«

»Welcher ... ach so. Wieder in seinem Haus.«

Judd saß noch nicht ganz, da Tina gab schon Vollgas.

»Das Mantis her, schnell!« Sie riss ihm das Gerät aus der Hand. Ein ganzer Haufen ungelesener Nachrichten. Ganz zuoberst stand der Export der Token-IDs.

11:19 [export_script.py]

11:19 [10038109920,1004710417,10095802513]

»Sie haben jetzt erst exportiert? Verdammt noch mal!«

»Hab's fast vergessen«, sagte Judd kleinlaut. »Dieser Typ hat mich total abgelenkt.«

Jetzt tauchte der Mann mit der Sonnenbrille in Tinas Rückspiegel auf. Er stand mitten auf der Straße wie ein Verkehrspolizist und rührte sich nicht.

Zitternd überflog Tina die nächsten Nachrichten. Eine war von ihr selbst.

11:33 Tina – feuerzeug! weg!

»Das Feuerzeug!«, brüllte sie Judd an. »Aus dem Fenster damit!«

Judd starrte sie an, dann fischte er ein silbernes Feuerzeug aus der Jacke und ließ es aus dem Fenster fallen.

»Das hat mir dieser Nachbar geschenkt. Da war auch seine Nummer ...«

Die Heckscheibe zersplitterte mit einem Knall. Judd ächzte. Alles war rot, seine Jacke, die Handbremse, die Schlitze der Klimaanlage. Hellrote Spritzer verteilten sich auf der rechten Seite der Windschutzscheibe. Über das Armaturenbrett kullerte eine Dose mit dem Bild einer Tomate.

»Ist was passiert?«, japste Tina.

Es ist nur Suppe, es ist nur Suppe, die Scheißsuppe hat uns wahrscheinlich das Leben gerettet.

»Ich weiß nicht.« Judd sackte in sich zusammen. »Was war das?«

Tina riss seine Jacke zur Seite, nur um sicherzugehen, dass wirklich nichts passiert war. Der helle Jogginganzug wirkte unversehrt.

Sie nahm die nächste Abbiegung und trat so kräftig aufs Gaspedal, dass ihr rechtes Bein wehtat. Vielleicht war dieser Agent wirklich allein gekommen. Wenn ja, dann ließ er sich seltsam viel Zeit, ihnen nachzujagen.

»Das Feuerzeug war von der NOBA«, sagte sie zu Judd, der sich tief unter das Handschuhfach duckte, als ob er dort etwas suchte. »Mit einem Sender, schätze ich.«

»NOBA? *Der* NOBA?«

»Ja. Die wollen Ihrem Sohn ans Leder.«

Mit rot verschmierten Fingern kramte Judd in seiner Jackentasche. Wahrscheinlich war er schon wieder auf der Suche nach der nächsten Zigarette. »Ich hab's gewusst. Ich hab gewusst, dass das irgendwann passieren wird.«

Tina sah in den Rückspiegel. Es wollten partout keine Verfolger hinter ihnen auftauchen. Sie bog in die nächste Seitenstraße.

»Dieser angebliche Nachbar«, sagte sie. »Mit dem Sie gesprochen haben. Das war jemand von RegSec. Dem Sicherheitsdienst der NOBA.«

»Was denn, dieses Milchgesicht mit Sonnenbrille? Na ja, dass der nicht ganz koscher ist, war mir gleich klar. Kein Mensch sorgt sich so um David.«

»Das Problem ist, dass die NOBA nun denkt, Sie stecken in dieser Sache mit drin.«

»Und was ist das für eine Sache?«

Tina schwieg. Je weniger Judd wusste, desto besser für ihn.

»Ist ja spitze«, brummte er. »David liegt gar nicht besoffen irgendwo rum, stimmt's?«

»Ihm geht's gut.«

»Und weiß er, dass ich Ihretwegen in einen NOBA-Soldaten gerannt bin?«

»Kommen Sie mir nicht so! Ich hatte das gut geplant. Wenn Sie sich direkt um die Alarmanlage gekümmert hätten, wäre das alles nicht passiert.«

Judd zuckte mit den Schultern. »Ich war ewig nicht bei David zu Hause. Ich musste mich einfach mal umsehen.«

»Ja, das hab ich gemerkt.«

Sie fuhren schweigend die Western Avenue entlang. Die Häuser sahen allesamt aus wie das von David, mit riesigen Vorgärten, in denen ab und zu ein Sternenbanner flatterte.

Irgendwie musste Tina es hinbekommen, die letzten zwanzig Minuten umzuschreiben, und zwar so, dass Judd nicht auf den NOBA-Agenten prallte. Dummerweise hatte die ganze Aktion länger als zwanzig Minuten gedauert. Tina würde ihr vergangenes

Ich immer erst erreichen, wenn Judd schon mit dem Mantis im Haus war. Sie durchdachte krampfhaft alle Möglichkeiten, aber ihr fiel keine Lösung ein.

Sie konnten Judd jetzt nur noch raus aus der Gefahrenzone bringen, ihn mit in das Versteck nehmen, vielleicht sogar Operation Nautilus mit ihm durchziehen. Aber das alles gefährdete ihn nur noch mehr. Und die anderen auch. Trotzdem, vielleicht war es das einzig Sinnvolle, was sie noch tun konnte.

Judd zündete sich eine Zigarette an. »Übrigens, dieser Typ kannte Ihren Namen.«

»Habe ich gehört. Danke, dass Sie mich gedeckt haben.«

»Wie gesagt, ich hab ihm die Nachbarsrolle nicht abgekauft.«

Tina öffnete das Fenster. Sollte Judd seine verdammte Zigarette rauchen, das hatte er sich verdient. »Gibt es irgendwen, bei dem Sie die nächsten Tage verbringen können? Sie sollten besser nicht allein zu Hause sein.«

»Ich könnte mal wieder meine Ex-Frau besuchen.« Er schien darüber auch schon nachgedacht zu haben. »Aber gegen die ist die NOBA ein Kinderspiel.«

»Fahren Sie zu Ihrer verdammten Ex-Frau.«

Judd hustete. »Ich weiß ja immer noch nicht, was hier eigentlich los ist.«

Ich doch auch nicht, dachte Tina.

Hätten Lois oder David ihr von so einem Erlebnis erzählt, sie hätte kein Wort geglaubt. Schon wieder hatte sich die NOBA übers Ohr hauen lassen. Anstatt Tina und Judd in der Sekunde ihres Erscheinens wegzupusten, hatte sie die beiden entkommen lassen. Das war einfach unlogisch.

Sie passierten den Eingang des National Zoo. Ein Shuttle Bus des Zoos überholte sie, unter seinen Fenstern prangte das Bild eines Jaguars und die Aufschrift: IN 87 JAHREN AUSGESTORBEN – JETZT VERABSCHIEDEN.

Tina fiel der heimliche Teil ihrer Mission ein. »Ich soll Sie noch was fragen. Von David. Gibt es Neuigkeiten wegen Ihres Datums?«

Judd zog an seiner Zigarette und sah durch sein verdrecktes Fenster. »Sagen Sie ihm, es ist alles in Ordnung. Er braucht sich keine Sorgen machen.«

»Nein, Judd. Das reicht nicht.«

»Ich gehe heute Nachmittag zum Arzt. Versprochen.«

»Na also.« Sie konnte David Entwarnung geben. Zumindest klang es so. Dumm nur, dass Judd jetzt ein ganz anderes Problem hatte.

Wehe, die anderen hatten bloß zu berichten, dass ihr grandioser Plan nicht funktioniert hatte – weil die Token-IDs niemandem etwas brachten oder David alles nur geträumt hatte. Dann hätte er seinen Vater, statt ihn zu retten, völlig umsonst in Gefahr gebracht.

11:20-11:27

David sah auf die Uhr: Sie hatten noch knapp vier Minuten. Er zog Ondrej zum wiederholten Male am Ärmel, aber der reagierte einfach nicht.

Sie hätten den Fehlschlag einfach hinnehmen sollen. Dann wären sie zumindest noch heil aus der Polizeiwache hinausgekommen. Zwar ohne sinnvolle Informationen oder Ideen, stattdessen mit der Aussicht auf einen gehörigen Anpfiff von Tina – aber sie hätten es geschafft.

Doch nun waren sie mit dem Murmelkopf in einen bürokratischen Kaninchenbau gekrochen. Die Suche nach Carl Weinard wurde mit jeder Minute gefährlicher.

Noch drei Minuten.

Ihr ahnungsloser Helfer hatte die Suche zunächst in einem separaten Programm starten müssen. Das schaffte er nur mit Hilfe eines weiteren Kollegen aus dem Hinterzimmer, einem dürren Typ mit fusseligen Haaren, der aus dem Mund nach Schnittlauch stank. Gemeinsam hatten sie das Ergebnis exportiert und die Daten umgewandelt. Und sie dann in einem dritten Programm geöffnet.

Während David dieser Operation mit schweißnassen Händen zusah, musste er daran denken, dass hier ein Großauftrag für Benzon winkte. Vielleicht hatte die NOBA bereits das Pflichtenheft in der Schublade – fünfhundert Seiten Konzept für die sinnlose Migration eines sinnlosen Systems. Nur, dass David niemals bei diesem Auftrag dabei sein würde. Weil er bei überhaupt nichts mehr dabei sein würde.

Noch zwei Minuten.

»Fast geschafft«, sagte Murmelkopf. »Entschuldigung, aber diese Richtung bei der Recherche machen wir hier wirklich selten. Reicht Ihnen das so schon?«

David sah auf den Bildschirm. Die Ergebnisse der Suche nach »Carl Weinard« verteilten sich über sieben Unterseiten. David überflog die Liste so schnell er konnte. »Er muss in der Windom Street hier in Washington wohnen.«

Der Murmelkopf filterte die Suche und wurde sofort zu dem einzigen Treffer umgeleitet. Unter der Token-ID standen weitere Informationen – Geburtsort, Name des Vaters, Name der Mutter, die vergangenen und zukünftigen Berufe, die früheren und kommenden Wohnorte. David fiel auf, dass Zukunft und Gegenwart in Weinards Fall immer identisch waren. Entweder war er sehr glücklich mit dem Status Quo – oder einfach zu müde für Veränderungen.

Gerade wollte David den Polizisten darum bitten, die Informationen unter »Details« anzuklicken, als sich die Tür öffnete. Da waren sie, die Kollegen, pünktlich auf die Minute, mit Kaffeebechern und Bageltüten in den Händen. Aus Sicht von Murmelkopf hatte einer von ihnen den Technikdienst gerufen. Er strahlte sie zufrieden an, wahrscheinlich fühlte er sich an dem angeblichen Erfolg der Techniker irgendwie beteiligt.

Ondrej klopfte ihm auf die Schulter. »Alle Tests bestanden. Jetzt können Sie die bösen Buben wieder ungehindert tracken.«

Murmelkopf sah auf den Bildschirm und runzelte die Stirn. »Ihre Token-IDs tauchen aber immer noch nicht auf.«

»Das braucht fünf Minuten. Dann kommt das Programm wieder online.«

Die Neuankömmlinge sahen in die Runde. »Gibt's ein Problem?«, fragte einer von ihnen.

Murmelkopf schüttelte den Kopf. »Ist alles repariert.« Er

wandte sich wieder an Ondrej. »Sie sollten sich übrigens einen neuen Fake-Account zulegen, wenn ich das so sagen darf.«

Ondrejs Finger lag bereits auf dem Mantis. Jeden Moment würde er die Nachricht abschicken, die ihre Anwesenheit ungeschehen machte, aber noch zögerte er. »Was ist mit dem Account?«

Der zweite Kollege kam näher. »Wir haben keine Techniker bestellt.«

»Was ist mit dem Account?«, fragte Ondrej noch einmal.

Murmelkopf blickte von einem zum anderen und war sich offenbar unsicher, wem er zuerst antworten sollte. Er entschied sich für Ondrej. »Dieser Weinard gibt nächste Woche den Löffel ab.« Er sah über seine Brille auf den Bildschirm. »Tod durch Peritoneal ... Bauchspeicheldrüsenkrebs.«

»Hey«, sagte der zweite Kollege. »Ich will jetzt wissen, was hier los ist.«

David ging ein Licht auf. Das also hatte Lois gemeint. Das war der furchtbare Verdacht, weniger furchtbar für sie natürlich als für Weinard. Dort, wo er hinging, konnte ihn niemand umbringen, und wahrscheinlich hatte das auch nie jemand vorgehabt.

Carl Weinard würde eines natürlichen Todes sterben. Sie waren dem falschen Mann auf der Spur gewesen.

»Fein, fein«, sagte Ondrej. Er tippte auf dem Mantis herum und lächelte in die Runde. »Wir können das aufklären.« Er nickte David zu, und sie traten durch die Schwingtür in den Eingangsbereich der Wache.

David war, als ob ein schwarzer Wind durch das Büro wehte. Das Letzte was er sah, war der Hotdog-Verkäufer, der gerade einem Jungen einen Pappbecher in die Hand drückte, doch bevor der Junge ihn annahm ...

13:07 – 14:20

David starrte auf die schwarze Tafel und hätte am liebsten hineingeschlagen. Die Sonne knallte auf den Schiefer und machte die Poren der einzelnen Wörter sichtbar. Jeder Begriff auf der Tafel warf neue Fragen auf, jede Idee, die er hatte, verkomplizierte die Sache. Dieses ganze elendige Mysterium hatte sich hermetisch vor ihm verschlossen wie ein Banktresor.

Alles hängt von Ihnen ab.

David hing Feingolds letzter Satz zum Halse raus. Er klang nach seiner Mutter. Nach dem stillen Vorwurf, den sie ihm seit Jahrzehnten entgegenschleuderte: *Hör auf rumzuheulen und triff eine Entscheidung.* Sie glaubte bis heute, dass David aus reiner Bequemlichkeit bei Judd geblieben war, und das verzieh sie ihm nicht. Zumindest war das Davids Erklärung für ihr Verhalten. Es konnte auch sein, dass Meredith Manoah einfach kein Interesse mehr an ihrem Sohn hatte.

»Wir stimmen jetzt ab«, sagte Dana im Nachbarraum. Ihre Stimme klang belegt, so als hätte sie eine Walnuss im Mund. »Wer dafür ist, dass wir aufgeben, hebt die Hand.«

»Kannst du dich endlich mal einkriegen?«, fauchte Ondrej. »Glaubt ihr, die NOBA lässt uns einfach in den Knast wandern? Schön wär's.«

David fragte sich, wie lange sie das noch durchziehen wollten. Die Diskussion drehte sich jetzt seit einer Stunde im Kreis. Es war unmöglich, sich dabei zu konzentrieren.

Er griff zu einem Glas mit heißem Wasser, dem vierten seit sie wieder zurück waren. Das Wasser kam zwar in rostigen Schüben aus dem Wasserhahn und schmeckte süßlich, aber man konnte den Hunger damit lindern. Oder sich das einreden.

Drüben klapperte jetzt eine Tastatur, dem Tempo nach zu urteilen war es die von Ondrej. Schepp erzählte etwas, aber er stand so weit hinten im Raum, dass seine Worte nur ein Gemurmel blieben.

David stellte das Glas zurück neben das Mantis. Er zeigte noch immer die neueste Nachricht an. Diese Nachricht hatte der Moral der Gruppe den Todesstoß versetzt.

11:27 Ondrej – mission abgebrochen. stammdaten konnten nicht extrahiert werden, weil noba-mitarbeiter. weinard wird in ein paar tagen sterben. krebs.

»Macht euch nichts vor«, sagte Ondrej. Das Tasturgeklapper verstummte. »Entweder wir bekommen raus, was hier gespielt wird. Oder es ist aus. Die werden unsere ganze Existenz reversieren.«

Jemand schluchzte auf, wahrscheinlich Dana.

»Ich versteh euch nicht«, sagte Lois. »So was klappt nun mal nicht im ersten Anlauf. Niemals. Aber deswegen geben wir doch nicht auf.«

Sie schlug immer noch den gleichen Ton an wie heute Morgen, als sie David angefahren hatte. Er wandte sich wieder der Tafel zu.

Noch mal von vorn. Er ging ein Wort nach dem anderen durch und hakte es ab – wie der Scanner einer Supermarktkasse.

HEIMDALL
Feingold (Verräter)?
Sean (NOBA)

Und so weiter. Zwischen den Wörtern hatte David inzwischen, wie um den leeren Raum zu füllen, weitere Begriffe ergänzt, die entweder selbstverständlich oder völlig nutzlos waren. *Register* zum Beispiel, oder *Summerton*.

David schrieb *Weinard wird sterben* über die Wolke und murmelte die Worte nach, um ihnen vielleicht so einen Sinn zu entlocken.

»Weinard wird sterben. Wird sterben. Soll tot sein. Soll gestorben sein.«

»Machst du deinen eigenen Sprachunterricht?«

David drehte sich um. Es war Lois. Ihm war, als hätte er ihre Anwesenheit schon vorher gespürt, wahrscheinlich wegen der letzten Reste ihres Parfums – eine beinahe unmerkliche, herbe Note, die David auf die Parkbank bei Benzon zurückversetzte.

»Weinard wird sterben«, murmelte Lois nun ebenfalls. Inzwischen hörte es sich an wie ein Glaubenscredo. »Musste dein Informant unbedingt wie ein Orakel sprechen? Ein Vorname würde uns ja schon helfen. Wir können doch unmöglich alle Weinards des Landes durchgehen.«

»Vielleicht ist das gar nicht notwendig. Das kommt dir womöglich dumm vor, aber …« David tippte an die Tafel. »Irgendetwas sagt mir, dass Carl Weinard doch der richtige Mann war. Da ist was. Irgendetwas, das wir vergessen.«

Sie nickte sofort. »Das Gefühl kenne ich.«

»Also denkst du es auch?«

»Nein. Ich meine, ich kenne das Gefühl, dass die erste Idee die richtige sein muss.« Sie stellte sich neben ihn, sodass sie beide auf die Tafel blickten wie ein Moderatorenpaar auf ihr Publikum.

»Confirmation Bias«, sagte Lois. »Bestätigungsneigung. Eine typisch menschliche Krankheit, die man nur mit einer besseren Idee heilt.«

David sah sie von der Seite an. Sie meinte das wirklich ernst. Ausgerechnet er, der Mann mit den Vergleichslisten und Formeln, sollte einer fixen Idee verfallen sein. Auf der anderen Seite: Er war zwanzig Jahre lang dem Wunschtraum hinterhergelaufen, Susan zu retten. Und Lois wusste das.

»Ich hab mich damit abgefunden«, sagte Lois. »Weinard ist ein alter Mann, der die Welt nur noch durch ein Fernglas sieht. Paranoia hat er auch. Ganz zum Schluss hat er mich noch gewarnt, dass de Burgh immer noch eine gefährliche Frau sei. Und ich mich vor ihr in Acht nehmen soll.«

»Ganz zum Schluss? Du bist also geblieben, trotz deiner Nachricht aus der Zukunft?«

Lois sah zu Boden und lachte. Als ob David sie bei etwas ertappt hätte. »Du siehst, ich hab einen Hang dazu, Warnungen zu ignorieren. Sogar meine eigenen.«

Willkommen im Club, dachte David.

»Jedenfalls ist Eliza de Burgh die Erklärung für Weinards Verhalten. Die Geheimnistuerei, die Veröffentlichung unter Pseudonym, das hat er alles angeblich wegen ihr gemacht. Erst jetzt, wo er ohnehin nicht mehr lange lebt, hat er keine Angst mehr.«

»Aber Angst wovor?«, fragte David. »Dass sich de Burgh irgendwelche Ganoven kauft, die ihn umbringen? Weinards Artikel ist doch Jahre her.«

Lois zuckte mit den Schultern. »Unsere Ängste stammen immer aus der Vergangenheit.«

Eine zufriedenstellende Erklärung war das nicht. Eigentlich ergab nichts von dem, was sie herausgefunden hatten, wirklich Sinn. Zwar hatten sie jetzt den Beweis dafür, dass Agenten der NOBA ihre Gegner in diesem Spiel waren, aber David spukte noch immer eine andere, wirklich unbequeme Erklärung im Kopf herum. Dass nämlich diese Verschwörung, in die sie da geraten waren, mehr mit der Vergangenheit als mit der Zukunft zu tun hatte. Und dass die NOBA nichts davon wusste.

Wahrscheinlich hatte Lois recht. Er erlag der Bestätigungsneigung und konnte diesen allerersten Gedanken einfach nicht aufgeben.

»Ich wollte mich noch entschuldigen«, sagte Lois. »Wegen heute Morgen.«

»Schon gut.«

David winkte lässig mit der Hand: *Mir ist es völlig egal, wenn mich jemand einen Feigling nennt.* Lois brauchte nicht merken, dass er auf diese Entschuldigung gewartet hatte.

»Du hattest Recht«, sagte Lois. »Ich bin's nicht gewöhnt, mit anderen zusammenzuarbeiten. Und dann auch noch mit ...« Sie räusperte sich. »Wir sind ein wilder Haufen, weißt du?«

»Stimmt. Wie eine von diesen gecasteten Rockbands. Von allem was dabei und absolut nicht eingegroovt.«

»Aber wir kriegen das hin, oder?«

»Wir kriegen das hin«, sagte David und berührte ihre Hand. Lois lächelte.

In diesem Moment klingelte es laut im vorderen Raum. Die Stimmen der anderen verstummten. David erkannte das Geräusch: einer der Laptops signalisierte einen eingehenden Anruf. Er folgte Lois nach vorn.

Noch immer waren alle Computer auf dem Tresen aufgereiht. Schepp thronte in ihrer Mitte wie ein DJ und sah unsicher in die Runde. »Soll ich wirklich drangehen?«

»Natürlich«, sagte Ondrej. Er hatte es sich auf der Couch bequem gemacht und seine nackten Füße auf die Armlehne gelegt. Auf dem gekachelten Couchtisch hatte Lois eine Handvoll Kekse von Weinard aufgestapelt, die dort unangetastet lagen wie eine Opfergabe.

Schepp zögerte immer noch. »Wie kann das Pat sein? Ich dachte, unser Chatprogramm ist von seinem Rechner gelöscht.«

»Ich hab ihm damals einen Weg für Notfälle eingerichtet. Geh endlich ran.«

Schepp traute sich offensichtlich nicht zu widersprechen. Er klickte kurz auf der Tastatur herum und fragte dann leise: »Wer ist da?«

»Niemand, mit dem du rechnest.«

David hielt die Luft an. Die Stimme klang verzerrt, wie eine Mischung aus Darth Vader und einem quiekenden Ferkel.

»Ach du Scheiße«, flüsterte Schepp. Cano machte einige Schritte Richtung Badezimmer, als wollte er sich dort verstecken. Nur Ondrej wackelte seelenruhig mit seinen Zehen.

»Keine Sorge«, sagte er. »Pat ruft gerade aus einer Telefonzelle einen Fake-Anschluss an, wir machen eine Man-in-the-Middle-Attacke, die seine Sprache synthetisiert und zu uns schickt. Ganz nett.«

»Ich habe kein Wort kapiert«, schnarrte Pats Stimme im Computer. »Aber es scheint ja zu funktionieren.«

Ondrej stand auf und trat an den Monitor. »Pat, warum hast du vorhin die Cleanup-Taste gedrückt?«

Pat lachte, was sich durch die Verzerrung wie eine quietschende Tür anhörte. »Ich habe sie aus Versehen gedrückt.«

Cano stöhnte auf. »Oh Mann, ich hätte wetten sollen.«

»Tut mir leid«, sagte Pat.

»Kann ja mal passieren«, sagte Ondrej in Canos Richtung. »Immerhin telefonieren wir jetzt sicherer als vorher.«

»Mal schauen wie lange«, brummte Cano. »Aber in einer Telefonzelle kann ja selbst Pat nicht viel falsch machen.«

Cano war also auch kein Pat-Fan. Inzwischen hatte David sich damit abgefunden, dass Pat ihm einfach unsympathisch war. Theoretisch hätten sie Brüder im Geiste sein können: zwei gestrandete Verwalter, die sich auf einer Insel voller Cyberkrimineller behaupten mussten. Doch mit seiner unbeteiligten Art erinnerte Pat eher an den typischen Abteilungsleiter bei Benzon. Während Ondrej den Vormittag zusammenfasste, stellte er nur wenige Rückfragen und zeigte sich von der Katastrophe ziemlich unbeeindruckt.

»Immerhin«, sagte er am Ende, »habt ihr jetzt den Beweis, dass die NOBA unseren David schon länger bespitzelt.«

David näherte sich dem Tresen. »Gibt es denn wirklich keinen Weg, an die Namen der Agenten zu kommen?«

»Nein«, sagte Pat. »Da könnte ich noch so ein hohes Tier bei der NOBA sein, den Zugang für die RNGB-Abfrage bekomme ich nicht.«

»Ich meinte ja einen *anderen* Weg. Keine Register-Abfrage.«

Ondrej lachte. »Was stellst du dir vor? Dass es irgendwo eine Excel-Datei mit Token-IDs und Namen gibt?«

In der Tat, genau so eine Datei brauchten sie. Als David darüber nachdachte, wurde ihm klar, dass Ondrej gar nicht so unrecht hatte. Darauf hätte er schon viel früher kommen müssen.

»Es gibt diese Datei wirklich«, sagte er. »Die NOBA pflegt für jeden Mitarbeiter einen ausführlichen Datensatz.«

»Vielleicht«, sagte Pats Darth-Vader-Stimme nach einigem Zögern.

»Nein, ganz sicher. Jeden Tag, wenn du das NOBA-Gebäude betrittst, identifizierst du dich mit Hilfe dieser Daten. Und deswegen enthält dieser Datensatz auch die Token-ID.«

»Okay, mag sein. Aber ich weiß nicht ...«

»Wir brauchen nur diese Datenbank. Dann haben wir nicht nur die Namen, sondern auch die jeweiligen Direktorate, Abteilungen, Vorgesetzte – mehr als das Register uns je gegeben hätte.«

Ondrej rieb sich das Kinn. »Verdammt. An so etwas haben wir nicht gedacht.«

»Ich bremse euch mal«, sagte Pat. »Die Daten sind nicht so leicht zu bekommen, wie David sich das vorstellt.«

»Selbst ich hatte eine Replikation«, sagte David. »Auf meinem Arbeitsrechner. Wir haben eine Dienstplan-Software entwickelt, die auf dieser Datenbank aufbaut.«

»Pat, lass es uns versuchen«, sagte Ondrej. »Du kannst die Liste doch bestimmt besorgen.«

Pat seufzte langgezogen. Es klang über die Lautsprecher wie das Tosen eines Windsturms.

»Okay«, sagte er. »Es könnte einen Weg geben. Wenn der funktioniert, habe ich die Liste in einer halben Stunde und melde mich. Wenn nicht, sitze ich im Gefängnis und habe endlich meine Ruhe.«

»Wir zählen auf dich«, sagte Ondrej. »Wenn sogar David ein gutes Gefühl hat, hab ich's auch.«

Die Verbindung endete mit einem kurzen Glockenton. Schepp tippte murmelnd auf einer der vielen Tastaturen herum, die anderen spielten mit ihren Mantissen.

David ging zurück in den Nebenraum. In einem Punkt täuschte sich Ondrej – David hatte mitnichten ein gutes Gefühl bei seinem kleinen Einfall. Da war immer noch die andere, die unangenehme Erklärung. Seine Sortiermaschine bekam sie nicht aus dem Weg geräumt. Ganz zu schweigen von seinen Sorgen darüber, was Tina und Judd wohl gerade erlebten.

Lois steckte den Kopf zur Tür herein. »Gut gemacht. Unsere Rockband kommt langsam in Fahrt.«

»Muss sie auch«, sagte David. »Morgen ist das Konzert.«

Sie nickte und wollte schon wieder gehen, aber dann drehte sie sich noch einmal um. »Was habt ihr damals eigentlich für eine Musikrichtung gespielt?«

»Wir? Ach so, die Band. Einen verheerenden Mix aus Metal und Hardrock, würde ich sagen. Wieso?«

Sie wies mit dem Kopf zur Tafel. »Ich hab mir vorhin das Kunstwerk auf der Rückseite angeschaut. Ziemlich depressiv.«

David wandte sich zur Tafel um. Tatsächlich, hinter dem Holzgestell schaute ein Stück alter Pappe hervor. Während all der Stunden, die er heute vor der Tafel zugebracht hatte, war es ihm nicht aufgefallen. Wahrscheinlich war es ein Überbleibsel von Jimmys Kritzeleien.

»Was ist es?«, fragte David, doch Lois war schon wieder weg. Er drehte entschlossen die Tafel herum. Und erstarrte.

Auf dem Holzständer der Tafel hatte jemand Teile einer zerschnittenen Schallplattenhülle festgenagelt. Ganz oben hing eine koboldartige grüne Fratze, darunter prangte der Albumtitel: *GOES TO HELL*

David erkannte Alice Cooper in dem grünen Gesicht und erinnerte sich dunkel an die Platte, zumindest an ihren besten Song: *Guilty*. Der Text genau dieses Songs folgte als nächstes, roter Text auf vergilbtem Karton. Einzelne Wörter waren unterstrichen. *Spaß*, *Hölle* und immer wieder: *Schuldig*.

David hatte die Melodie des Songs im Ohr, aber sie passte nicht zur grausigen Stimmung dieses Werkes. Erst recht nicht zu dem, was nach den Pappstücken kam. Der Künstler hatte den Titel des Songs – Guilty! – auf ein Holzbrett geschmiert und dieses als Querbalken festgenagelt. Vor David stand ein umgedrehtes Holzkreuz.

David ruckelte an dem Balken, aber er saß fest. Einen Moment starrte er auf die Tafel und glaubte, sich jeden Moment zu erinnern, wer sie damals verunstaltet hatte. Er grübelte eine ganze Minute darüber nach, erfolglos. Schließlich drehte er die Tafel wieder herum.

All die Jahre hatte David geglaubt, die Apotheke würde darauf warten, dass er endlich nach Hause käme. Er hatte sich geirrt. Das hier war kein Zuhause mehr. Zu vieles stimmte nicht, zu viele Kleinigkeiten, die David sich nicht erklären konnte. Für die er gar keine Erklärung haben wollte.

David wischte sich die Hände an der Hose ab und fasste einen Entschluss. Er wollte jetzt endlich wieder sauber sein.

14:21 – 15:04

Die Dusche funktionierte noch. Die warmen Tropfen träufelten aus dem alten Plastikduschkopf auf Davids Rücken, lösten den Film aus Staub und getrocknetem Kanalwasser und legten die darunter liegenden Schürfwunden frei. Die Schmerzen in den Armen, die David seit dem Fall durch das Dachfenster hatte, blieben allerdings. Er hatte seine körperlichen Grenzen deutlich überschritten, und das würde er noch Wochen spüren.

Genau in dem Moment, als er in den Hauptraum zurückkehrte, sprang die Tür auf und Tina kam herein. Ihre Lippen waren blaugefroren und sie ächzte unter der Last von nassen Einkaufstüten. Aber ihr Gesicht glühte.

Wie eine entsicherte Harpune ließ sie ihren Blick schweifen und blieb an Ondrej hingen – er saß, ohne sie zu beachten, vor einem Computer und knabberte an Weinards Keksen.

»Ich seh' schon, euch geht's so richtig gut.« Tina knallte die prall gefüllten Einkaufstüten vor Ondrej auf den Boden.

Er zuckte zusammen und schaute endlich zu ihr hoch. »Dir nicht?«, fragte er.

»Doch, ganz wunderbar, Arschloch. Ich durfte gegen einen NOBA-Agenten kämpfen, musste Davids Vater erdulden und mein Auto sieht aus wie nach einem Zombie-Angriff. Und das Beste? Es war alles umsonst!«

»Vielleicht ja nicht«, setzte David an.

»Du!« Sie fuhr herum und stieß David mit dem Zeigefinger in

die Brust. »Halt du dich lieber zurück. Dein alter Herr hat mir fast den Verstand geraubt.« Sie marschierte zurück zur Tür und zerrte ein würfelförmiges Paket hinein.

»Ein Heizlüfter!«, rief Cano. »Du bist ein Schatz, Tina.«

Sie drückte ihm ihre Autoschlüssel in die Hand. »Wenn du den Kofferraum ausräumst, wird dir schon vorher warm.«

Cano tippte sich gehorsam an seine Kappe und lief nach draußen, Schepp folgte ihm.

David blieb unschlüssig hinter dem Tresen stehen. Hatte Tina gerade eben wirklich von einem NOBA-Agenten gesprochen? Von einem Kampf mit einem NOBA-Agenten? Er musste schleunigst herausbekommen, was überhaupt vorgefallen war.

Tina zog einen blauen Putzeimer aus einer der Taschen. »Davids Vater hat übrigens keine einzige Dose getragen, weil er Angst vor Rückenschmerzen hatte. Ach, und er geht davon aus, dass ich eine Prostituierte bin.«

Ondrej lachte laut los. »David, hat's dein Vater an den Augen?«

Tina knallte den Putzeimer auf seine Tastatur. »Mach mein Auto sauber.«

»Keine Zeit.« Ondrej schob den Eimer beiseite. »Pat hat uns gerade die Liste geschickt, die uns weiterhelfen wird.«

»Wirklich?«, entfuhr es David. »So schnell?«

»Ja, Pat kann richtig auf Zack sein, wenn er will.« Ondrej sah abwechselnd zwischen zwei Monitoren hin und her, wie bei einem Tennis-Match. »Liebste Tina, wir können doch etwas mit den Token-IDs anfangen. Dank eines genialen Einfalls von David.«

»Bis jetzt waren seine Einfälle eher verhängnisvoll.« Tina stellte sich mit verschränkten Armen an die Tür und sah zu, wie Schepp und Cano mit immer neuen Kisten voller Dosen hereinkamen und sie in die Küche schleppten.

»Ich mache eine Overall-Search«, sagte Ondrej zu David und

öffnete ein Konsolenfenster. »Wenn diese Token-ID in der NOBA-Welt herumschwebt, erfahren wir's jetzt.« Er drückte mit Schwung auf die Eingabetaste.

Beinahe sofort erschien eine langgezogene Tabelle auf dem rechten Monitor. Zwischen Bindestrichen und Querbalken standen Überschriften wie *Name* oder *Department*, darunter die jeweiligen Werte.

»Es gibt auch ein Bild«, sagte Ondrej. »Schau mal, David, kennt ihr euch?«

David sah auf den anderen Monitor. Dort öffnete sich ein Fenster mit dem Foto eines Mannes, der leicht scheel in die Kamera schaute. David kannte diesen Blick, diese blau-grauen Augen, und er kannte auch das braungebrannte Gesicht.

»Also?«, fragte Ondrej.

»Das ist Kai«, sagte David. »Meine Putzhilfe ist ein NOBA-Agent.« Er konnte es nicht glauben.

»Und Kai heißt auch nicht Kai«, sagte Lois.

Kais richtiger Name war Ronny Fulgent. Er war 42 Jahre alt und war bei Molina Health Care versichert. Sein direkter Vorgesetzter hieß Larry Coax.

Das wichtigste Detail stand bereits in der zweiten Spalte. Ronny Fulgent war vor sechs Jahren von einer Firma namens *Blueline Protection* zur NOBA gekommen und er war alles, nur kein Agent. Er arbeitete im Facilities Management der NOBA. Unterabteilung Arbeitsschutz.

Inzwischen hatten sich alle um den Computer herum versammelt, aber niemand sagte etwas. Schepp und Cano schnauften immer noch von der Plackerei mit den Kisten.

»Was macht denn der für die NOBA?«, fragte Lois nach einer Weile. »Ist der so eine Art Hausmeister?«

»So eine Art«, sagte Tina. »Wer weiß, womit die den bestochen haben. Der hat Frau und Kind, das seh ich ihm an.«

Gut möglich, dass sie recht hatte. David wusste kaum etwas über Kai. In den letzten drei Jahren hatte er zweimal mit ihm gesprochen und weitaus häufiger mit dem Gedanken gespielt, ihn endlich zu feuern. Wegen seiner Angewohnheit, in der Wohnung herumzuräumen. In Wahrheit hatte er sie durchsucht.

Ondrej wandte sich wieder den Daten der Schließanlage von Davids Haus zu. »Ich hab noch drei andere Tokens aus den letzten drei Monaten. Das sind die, mit denen wir es schon auf der Polizeiwache probiert haben. Jetzt wird's spannend.«

Für Ondrej waren diese Daten nur eine technische Aufgabe, die er endlich geknackt hatte. Doch diese Spalten und Zeilen bedeuteten, dass fremde Menschen in Davids Haus gewesen waren. Nichts, angefangen von seinem frisch gemachten Bett bis zu seinem Notizbuch, war wirklich privat gewesen.

»Nummer eins.« Ondrej tippte die Nummer ein und drückte die Eingabetaste.

Neben David reckten sich sechs Köpfe zum Bildschirm. Sieben mal schlecht vertuschte Anspannung wie kurz vor einer Blutabnahme. Gleich würden sie sehen, welcher Agent ihnen auf den Fersen war, wo er wohnte, woran er arbeitete und welche Schuhgröße er hatte. Der Heizungslüfter in der Ecke knisterte. David hörte Dana keuchen.

Das Ergebnis war niederschmetternd. Auch Sean Surkalo arbeitete im Facilities Management. Abteilung Feuerschutz.

»Ist das jetzt noch ein Hausmeister?«, fragte Lois ungläubig.

»Anscheinend«, sagte David. Er hatte Surkalo sofort erkannt. Zwar trug er auf dem Foto keine Sonnenbrille, aber der kühle, ausdruckslose Blick in den grünen Augen war genau der, den David erwartet hatte.

»Das ist Sean«, sagte er. »Der Sean, mit dem Smith telefoniert hat. Der Mann mit der Sonnenbrille.«

»Verdammt«, murmelte Tina. »Dem bin ich gerade vor deiner

Wohnung begegnet. Immerhin hat er einen abwechslungsreichen Job.«

Ondrej klickte das Ergebnis weg. »Dann mal das nächste Herzblatt.« Er presste die Lippen zusammen, aber David hatte das Gefühl, dass er gar nicht sonderlich überrascht war.

Dieses Mal spuckte das Programm einen Mitarbeiter namens Ben Steinberg aus. Er arbeitete nicht in der Hausverwaltung, sondern in der Personalabteilung. Als Office Assistent. Hätten sie nach einer Person gesucht, die im gesamten NOBA-Konglomerat am allerwenigsten dafür in Frage kam, David nach dem Leben zu trachten – sie wären wahrscheinlich bei Steinberg gelandet.

»Wisst ihr, was seltsam ist?«, sagte Lois. »Laut den NOBA-Protokollen trifft sich Gregory Smith privat mit genau solchen Typen. Aber das können doch unmöglich die Männer sein, die uns verfolgen.«

»Doch«, sagte David. »Der hier hat uns durch das Benzon-Büro gejagt, zusammen mit seinem Sonnenbrillen-Freund.«

Er erinnerte sich daran, wie er in das Gesicht dieses Mannes geschaut hatte, kurz bevor Ondrej ihm mit der Lampe eins übergezogen hatte. Schon da war ihm etwas an diesem Gesicht bekannt vorgekommen – die hohe Stirn, die langen fettigen Haare. Und jetzt endlich dämmerte es ihm langsam ...

»Das ist Ziegenbart«, sagte er.

»Ziegenbart?«, fragte Dana. »Fehlt ihm da nicht was Wichtiges für?«

»David hat recht!«, rief Lois. »Man muss sich nur den Bart dazu denken und ...«

»Und ein Kissen unter den Bauch«, sagte David. »Es gibt schwierigere Verkleidungen.«

Lois stellte sich vor den Computer. »Aber warum verkleidet der sich? Was ist das für eine seltsame Art von Humor?«

»Was weiß ich«, sagte Ondrej und schob sie wieder beiseite.

»Wir haben zwei brutale Hausmeister und einen Personaler mit falschem Bart. Ich hoffe, die dritte ID reißt es jetzt raus.« Er zögerte, bevor er die Abfrage schließlich bestätigte.

Und tatsächlich: Das dritte Ergebnis war noch frustrierender als alle vorherigen zusammengenommen. Es bestand nur aus einer einzigen, schnöden Fehlermeldung: *No results for this query.*

»Klasse«, sagte Tina. »Unsere drei Hobby-Agenten haben jemanden mitgeschleppt, der noch nicht mal bei der NOBA arbeitet. Vielleicht ein befreundeter Klempner.«

David wurde heiß. Das war ein weiterer Hinweis darauf, dass er recht hatte. Diese Verschwörung drehte sich zwar um die NOBA, doch sie ging nicht von der NOBA aus.

»Ist die Datenbank vollständig?«, fragte er. »Oder gibt es so etwas wie eine NOC-Liste, wie bei der CIA?«

»Nein«, sagte Cano. »Das wüssten wir. Es könnte natürlich sein, dass diese Typen in Wahrheit für STRATINT arbeiten und in der Datenbank nur Scheinrollen haben. Aber ich habe das Gefühl, wir sehen die Wahrheit.«

Die Fehlermeldung prangte weiter auf dem Bildschirm. Der Anblick war geradezu symbolisch: Von den vielen Weinards, die es in diesem Land gab, waren sie dem Allerfalschesten hinterhergerannt. Und die Gesichter, an die sie mit so viel Mühe herangekommen waren, schienen ihnen die Zunge herauszustrecken.

»Es ist wie ein Fluch«, sagte Dana, als hätte sie Davids Gedanken gehört. »Egal, was wir anfassen, es misslingt. Wir werden niemals hier rauskommen.«

Tina ging in die Küche und begann die Dosen auf dem Küchentisch aufzustapeln. »Mit dem Fraß hier kommen wir einige Wochen durch, falls euch das beruhigt.«

»Das wird nicht reichen«, sagte Lois. »Wir brauchen einen Plan. Zumindest den Ansatz eines Plans. Wir tappen doch nach wie vor völlig im Dunkeln.«

»Ach wirklich«, sagte Tina. »Und das hast du ganz allein herausgefunden, ja?«

Lois blickte zu David und hob ihr Kinn leicht, als wolle sie ihn ermutigen: *Rede endlich, wenn du weißt, was hier los ist.*

Ich weiß es tatsächlich, dachte David. Es geht nicht um die NOBA. Auch nicht um die Zukunft. Seine Gedankenmaschine war im Recht gewesen.

Die Frage war, wie er den anderen seine Erklärung beibringen konnte – ohne dass sie ihn aus der Apotheke warfen oder er plötzlich wieder Ondrejs Pistole am Hinterkopf hatte. Außerdem musste er vermeiden, dass sie ihn zu seiner Vergangenheit löcherten. Allerdings beruhte seine Erklärung auf genau dieser Vergangenheit.

Eine Erklärung, viele Probleme.

Lois nickte ihm noch einmal zu. »Möchtest du uns etwas sagen, David?«

David zögerte. »Vielleicht.«

Die Geräusche in der Küche verstummten. Ondrej blickte von seinem Computer auf, Tina kam einen Schritt aus der Küche hinaus. Sie hielt eine Dose mit Pilzsuppe in der Hand.

David nickte langsam. »Okay. Vielleicht weiß ich wirklich, was hier gespielt wird.«

Er rannte in den Nebenraum, packte die Tafel, zwängte sich damit wieder hinaus und stellte das wackelige Ding in die Mitte des vorderen Raums.

»Nehmen wir mal kurz an«, sagte er und blickte dabei auf die Tafel, »die ganze Sache geht doch um Carl Weinard. Vorausgesetzt, es gibt tatsächlich einen Weg, ihn umzubringen – würde das tatsächlich jemand tun? Jemand mit Registerzugriff, der weiß, dass Weinard in Kürze sterben wird? Natürlich nicht. An ihm muss man sich nicht mehr die Hände schmutzig machen.«

Ondrej räusperte sich. »Das wissen wir doch alles.«

»Ja, aber wir haben das nicht zu Ende durchdacht. Uns war

lediglich klar, dass Weinard in den wenigen Tagen, die ihm noch bleiben, nichts tun wird, das einen Mord notwendig macht. Denn der würde sein Leben nur um Tage verkürzen. Ein höchst unwahrscheinliches Szenario. Nun *hat* Weinard aber eine ganze Menge Leute gegen sich aufgebracht. Zum Beispiel Eliza de Burgh, vor der er bis heute Angst hat.« David hielt sich mit beiden Händen am Holzrahmen der Tafel fest. »Was, wenn de Burgh oder andere gar nicht vorhatten, Weinard jetzt umzubringen – sondern rückwirkend?«

Er wandte sich langsam um. Alle sechs starrten ihn mit verständnislosen Gesichtern an. Tina ging zurück in die Küche.

»Rückwirkend«, sagte Lois. »Was meinst du damit?«

»Das funktioniert nicht«, sagte Ondrej sofort. »Das Register war vor zwanzig Jahren noch nicht online. Da gibt es keine Chance für Reversierung.«

Lois kam einen Schritt näher. »Mein Gott. Das würde alles erklären. Jetzt, wo Weinard erzählt hat, dass er den Artikel geschrieben hat, und zwar ganz allein …« Sie brach ab und starrte auf die Tafel.

David wusste, was in diesem Moment in ihr vorging. Er selbst hatte immerhin ausreichend Zeit gehabt, sich an die Vorstellung zu gewöhnen.

»Jetzt macht euch nicht ins Hemd.« Ondrej seufzte. »Ich sage euch doch, die Sache kann nicht funktionieren. Weinard hat seine Geschichte im Oktober 1984 veröffentlicht, richtig?«

David hob die Hände. »Ich weiß, was du meinst, aber …«

»Das Register ist erst im Frühling 85 online gegangen. Ganz einfach.«

»Oder auch nicht«, sagte David. Zwanzig Jahre lange hatte er gegen exakt diese Wahrheit angekämpft. Hatte verbissen nach dem Schlupfloch gesucht, mit dem er das Register drei Monate früher nutzen könnte als alle anderen. Denn das war der einzige Weg, um Susan zu retten.

Ondrej lachte. »Hast du in der Schule nicht aufgepasst? Und selbst wenn es ginge, die NOBA hätte doch kein Interesse daran, den de Burgh-Skandal zu verhindern. Ohne Robertson gäb's die NOBA nicht. Die würden an ihrer eigenen Existenz sägen.«

»Er hat recht, David«, sagte Lois. »Das ergibt keinen Sinn.«

»Augenblick«, sagte David. »Es ergibt natürlich Sinn. Dafür müssen wir nur von der Idee loskommen, dass diese Verschwörung von der NOBA gesteuert wird.«

»Meine Güte«, brummte Ondrej. »Ich dachte, wenigstens das hättest du endlich geschluckt.«

»Nein. Alles spricht gegen die NOBA. Die seltsamen Methoden unserer Verfolger. Die dilettantische Ausrüstung. Die Tatsache, dass sie ihre Fehler nicht rückgängig machen. Die Leute, die Weinard umbringen wollen, arbeiten vielleicht *bei* der NOBA, aber nicht *für* sie.«

»Du denkst also im Ernst, dass wir nur gegen zwei, drei Typen kämpfen, die das alles hinter dem Rücken der Regierung abziehen.«

»Genau.«

»Das ist, na ja, irgendwie witzig.«

»Hast du denn jemals mehr als den Kerl mit Sonnenbrille und den mit dem Ziegenbart gesehen? Ich nicht.«

Ondrej zog seine Lippen zur Seite, als rauche er eine unsichtbare Pfeife. Sein Blick machte deutlich, dass er David spätestens jetzt nicht mehr ernstnahm.

»Bei Benzon«, sagte er schließlich. »Da hatten wir den ganzen Sicherheitsdienst am Hals.«

»Natürlich. Den hat Smith ja auch besorgt – und Smith steckt mit drin.«

»Und die Aktion in meiner Wohnung? Das war die Washington Police, die uns da perforieren wollte.«

»Das haben die beiden nur durch die Wand geschrien. Mir kamen die Stimmen dieser angeblichen Cops gleich bekannt vor.

Das waren wieder unsere beiden Freunde. Dann, als sie unsere Spur verloren hatten, sind sie zu Lois gefahren. Dazwischen lag ungefähr eine Stunde.«

Ondrej ließ sich auf die Couch fallen. »Vielleicht essen wir jetzt erst mal was. David, du bist einfach unterzuckert.«

»Nein«, sagte Lois. »Wir sind noch nicht fertig. David, warum sollten sie das tun?«

Gute Frage. Bis zu diesem Teil war David sich sehr sicher, dass seine Erklärung stimmte. Aber jetzt kamen die Hypothesen. »Also gut. Versetzen wir uns in sie hinein. Wir möchten einen Mann namens Weinard umbringen, zwanzig Jahre in der Vergangenheit. Wir tun dies – irgendwie – mit Hilfe des Registers und schicken uns selbst eine Nachricht in diese Zeit. Diese Nachricht lautet: *Bring Carl Weinard um.*«

»Wird trotzdem nicht gehen«, sagte Tina aus der Küche.

»Und warum wird es nicht gehen?«, fragte David.

»Wegen HEIMDALL. Die Software verhindert, dass du eine Privatnachricht so weit in die Vergangenheit schicken kannst. So eine Aktion geht nur über ein Bundesgericht, und zwar das gleiche, das auch die gefälschten Nachrichten durchwinkt.«

Sehr gut. Nun hatte David seine Zuhörer da, wo er sie haben wollte. »Und es ist unwahrscheinlich, dass einer der Richter zu den Verschwörern gehört. Die Mörder brauchen also jemanden, der ihnen hilft, HEIMDALL zu umgehen.«

»Eine ganz neue Herausforderung«, sagte Tina. Sie hatte eine Packung Instant Kaffee in der Hand und überflog die Anleitung. »Seit Ewigkeiten versuchen wir zu verstehen, wie die gefälschten Nachrichten an HEIMDALL vorbeigeschleust werden. Weißt du, wie weit wir gekommen sind?«

»Ja, das hat Ondrej mir erklärt. Was würden wir also sinnvollerweise tun, wenn wir die Verschwörer wären? Wir würden jemanden um Hilfe bitten. Ondrej, wen könnten wir fragen?«

»Keine Ahnung«, sagte Ondrej. Er stand auf und zog den Heizlüfter näher an die Couch. »Ich bezweifle, dass jemand besser geeignet ist als wir.«

»Ja, bis auf eine einzige Person.« David deutete auf den obersten Namen in seinem Schaubild. »Wir holen den an Bord, der HEIMDALL erfunden hat.«

Schweigen. Ondrej blieb mit dem Heizlüfter stehen, selbst Tina ließ die Kaffeepackung sinken.

»Feingold«, sagte David. »Mit ihm haben die Verschwörer gemeinsame Sache gemacht. Wie auch immer sie ihn dazu gebracht haben, er hat ihnen am Ende versprochen, HEIMDALL für wenige Minuten abzuschalten oder ihnen ein Schlupfloch zu programmieren oder was auch immer.«

»Abschalten?«, fragte Tina. »David, HEIMDALL ist keine Waschmaschine. Den kann man nicht einfach abschalten.«

»Dazu ist es ohnehin nicht gekommen. Es passierte nämlich etwas, womit keiner der Verschwörer gerechnet hat.« Er nahm einen Kreidestummel und zog eine Linie durch Feingolds Namen. »Feingold bekam plötzlich kalte Füße. Er weigerte sich, ihnen zu helfen, so sehr sie ihm auch zusetzten. Das hat natürlich nichts an ihrem Plan geändert. Nach wie vor sind sie wild entschlossen, diese eine Nachricht an HEIMDALL vorbei in die Vergangenheit zu schicken. Und irgendwann werden sie es schaffen.«

Ondrej lachte und setzte sich zurück auf die Couch. »Ihr spinnt euch da vielleicht was zusammen.« Er lachte noch einmal, es klang künstlich und abgehackt wie bei einem schlechten Schauspieler.

Tina sah zwischen ihm und David hin und her. »Die Erklärung ist schon schlüssig, Ondrej.«

»Ach, Bullshit ist sie.«

David pochte mit der Kreide auf die verschiedenen Namen. »Weinard soll sterben. HEIMDALL. Feingold. Alles fügt sich zusammen. Jemand wird Weinard umbringen. Vor zwanzig Jahren. Und es ist nicht die NOBA, die das vorhat.«

»Was soll das denn heißen?«, fragte Dana und blickte nervös umher. »Dass sich jeden Moment die Geschichte der letzten zwanzig Jahre ändern wird? Das meint ihr doch nicht ernst.«

Ondrej stöhnte. »Noch mal für alle zum Mitschreiben. Das – ist – nicht möglich!«

»Warum denn nicht?«, fragte David.

»Weil das Register damals noch *nicht online* war! Für die NOBA nicht und auch für sonst niemanden! Das ist eine binäre Wahrheit – entweder das Register ist da oder es ist eben nicht da. Das kannst du nicht wegfabulieren.«

David spürte einen sauren Geschmack auf der Zunge. Da stand er also wieder. Da, wo er schon vor Jahrzehnten gestanden hatte. Ein trotziger Teenager, der immer wieder grummelte: Aber es muss doch gehen. Es muss gehen.

Lois beugte sich über die Couch. »Und du bist dir ganz sicher?«

»Verarscht ihr mich jetzt? Oder wollt ihr, dass wir uns endgültig verzetteln?«

»Ich will eine Erklärung für alles, was in den letzten Tagen passiert ist«, sagte David. »Eine schlüssige Erklärung.«

»Ich doch auch! Aber das hier ist keine Erklärung, okay? Lass uns jetzt einfach weitermachen.«

David sagte nichts und sah an ihm vorbei. Gerade hatte die tiefe Wintersonne die Fensterfronten erreicht und zum ersten Mal seit sie hier waren, sah David den Raum im Sonnenlicht. Die vielen Details, die zwanzig Jahre lang eingefroren waren, tauten förmlich auf. Die kleine Bibliothek hinter dem Tresen: verstaubte *Circus-* und *Creem-*Hefte, ein paar Taschenbücher, darunter zwei Ausgaben von Orwells *1984*. Daneben der Setzkasten voll mit Plektren, die Steven gepflegt hatte wie ein Koch seine Messersammlung. David konnte ihn vor sich sehen, wie er einen Pick mit erhabener Geste aus dem Kasten nahm und zur Gitarre führte.

Warum war David ausgerechnet hierhin zurückgekommen? Von all seinen schlechten Entscheidungen der letzten Tage war dies die dämlichste gewesen. Er würde jetzt seine Dosensuppe auslöffeln, den Mund halten und hoffen, dass wenigstens Judd diese Woche überlebte.

Er wandte sich um und ging in Richtung Küche, wo Tina gerade Büchse um Büchse in einem ockerfarbenen Topf entleerte. Dem Blumenmuster auf der Emaille nach zu schließen, war er ein Relikt der Siebzigerjahre, das die Frau des frommen Apothekers ausrangiert hatte.

Tina hielt die leere Dose in der Hand und starrte in die Luft, als wäre sie plötzlich unschlüssig darüber, was als Nächstes zu tun war. Langsam stellte sie die Büchse ab und sah wie zufällig in Davids Richtung. Mit einem Mal bröckelte die Hülle ihres Gesichts, dieses stets entschlossenen Tina-Gesichts. Stattdessen wirkte sie hin- und hergerissen.

Als David sich umwandte, blickte Ondrej über die Couchlehne und hatte exakt den gleichen Ausdruck im Gesicht. Das durfte nicht wahr sein. David stürzte auf die Couch zu, so abrupt, dass Ondrej zusammenzuckte.

»Du weißt es«, sagte David. »Ihr wisst es alle, oder?«

Ondrej hatte sich sofort wieder unter Kontrolle. Er beobachtete David lässig und machte keine Anstalten zu antworten. Er würde alles abstreiten. Sie alle würden das.

David spürte Lois' Hand auf seinem Rücken. »Hey, alles in Ordnung bei dir?«

»Das Register war live«, stieß David aus. »Und jeder hier weiß das genauso gut wie ich.«

Schepp, Cano und Dana standen hinter dem Tresen und froren gleichzeitig ein. Als hätte David soeben ein Hauptkabel gezogen.

»Stopp«, sagte Lois. »Du hast doch selbst zugegeben …«

»Das Register war in der Betaphase. Und eine Handvoll von Menschen konnten es benutzen.«

»Betaphase? Heißt das, es gab eine Art Prototyp?«

David nickte. Ja, den gab es. Das eine Schlupfloch, auf das er bei seiner jahrelangen Suche tatsächlich gestoßen war.

»Wer war daran beteiligt?«, fragte Lois. »Smith vielleicht?«

David schloss die Augen und nickte. Gregory Smith, selbstverständlich. Der Grund dafür, dass David sich zu Benzon vorgekämpft hatte und, dort angekommen, zu einem Job in Reichweite des CEOs. Um mit seiner Hilfe Susan zurückzubringen.

Er trat um die Couch herum, sodass er direkt vor Ondrej stand, der sich langsam aufsetzte. »Nicht nur Gregory Smith. Du auch. Du hattest Zugriff auf das Register.«

Ondrej stand auf, aber blieb geduckt wie zum Sprung. »Ach ja? Warum sollte ich?«

»Ganz einfach«, sagte David. »Weil du das verdammte Register erfunden hast.«

15:15 – 15:39

Ondrej rührte sich nicht. Alle im Raum schwiegen, niemand bewegte sich. David hatte mit vielem gerechnet, mit direkten Attacken oder einem lauten Streit, aber nicht damit.

Endlich gab Ondrej seine geduckte Wolfshaltung auf. Er klappte sich wie in Zeitlupe auseinander und stellte sich direkt vor David auf. Die Suppe in der Küche blubberte schwerfällig.

Und dann begann Ondrej zu klatschen. Sein unrhythmischer Applaus erfüllte die knisternde Luft, und mit jedem Klatscher wich David einen Schritt zurück.

»Bravo David«, sagte Ondrej. »Ich bin beeindruckt.« Er drehte sich zu Tina um, die in der Tür zur Küche stand. »Das ist 'ne Überraschung.«

Sie verzog keine Miene. »Allerdings.«

Wut kochte in David hoch. »Ondrej, du hast uns belogen. *Das Register war nicht online.* Waren das nicht genau deine Worte?«

Ondrej zuckte mit den Schultern. »War es doch auch nicht.«

Beherrsch dich, dachte David. Ondrej wollte nur, dass er aus der Haut fuhr, um von sich selbst abzulenken.

»Jetzt mal eins nach dem anderen«, sagte Lois und hob beide Hände. »Erfinder des Registers? Ist das 'n Scherz?«

»Erfinder der Grundlagen«, sagte David ungeduldig. »Er war einer der Studenten der Texas University.«

Die Falte auf Lois' Stirn wurde nur noch tiefer. David musste weiter ausholen – nicht jeder beschäftigte sich seit zehn Jahren mit der verzwickten Geschichte des Registers.

»An der Universität in Austin begannen Studenten 1982 ein Projekt, um die relativen Zustände des Physikers Hugh Everett zu beweisen. Sie waren schlecht ausgerüstet, aber hoch motiviert.«

Lois setzte sich auf den Heizlüfter neben der Couch. »Davon hab ich nie gehört.«

»Das haben die wenigsten«, sagte Cano leise. Er stand mit Schepp und Dana noch immer hinter dem Tresen, alle drei rührten sich nicht.

»Diese Studenten«, sagte David, »haben unser aller Schicksal auf den Kopf gestellt. Nicht nur, weil zwei von ihnen den Beweis der quantenmechanischen Zustände mit viel Ausdauer und dem Supercomputer eines Ölkonzerns liefern konnten. Sondern hauptsächlich, weil einer der beiden einen Schritt weiterging.« Er warf Ondrej einen fragenden Blick zu. Vielleicht wollte der nun endlich auch mal etwas sagen.

Ondrej aber fuhr sich nur mit gelangweilter Miene durch die Locken, wie ein Teenager, der sich eine elterliche Standpauke anhört.

»Dieser Student hat eine Software entwickelt«, sagte David. »Eine Wissensdatenbank, die nicht nur unabhängig von relativen Zuständen, sondern auch von der Raumzeit ist, gespeist von Vergangenheit und Zukunft zugleich. In dem Moment, als diese Datenbank online ging, enthielt sie augenblicklich das Wissen der gesamten zukünftigen Menschheitsgeschichte.«

Jetzt lächelte Ondrej. »Na gut. Dieser Moment war echt scharf.«

Lois starrte mit offenem Mund zu Ondrej hinauf – wie eine Cartoonfigur, der gleich die Kinnlade auf den Boden fallen würde.

Wart nur ab, dachte David. Gleich würde sich zeigen, dass Ondrej kein Superheld oder gar ein Heiliger war. Weit entfernt davon.

»Die UT sah sich das nur kurz an«, sagte er. »Nach wenigen Tagen informierte die Universität die Regierung, und zwar gegen den Willen der Studenten. Und der Regierung fiel zunächst nicht viel mehr ein, als die Sache geheimzuhalten und das Patent aufs OmniTemp zu beanspruchen. Insgesamt verging ein Jahr, bis der Kongress eine Registerbehörde und ein Sonderbudget für den Registerausbau genehmigte. In dieser Zeit gab es lediglich drei Betatester. Drei Menschen hatten Registerzugriff, als Weinard seinen Artikel schrieb.«

»Und wer war das?«, brachte Lois hervor.

»Zwei davon kennst du. Zunächst mal natürlich der Erfinder selbst.« David zeigte auf Ondrej.

Ondrej lächelte immer noch und bedeutete David mit einer Handbewegung, dass er fortfahren solle.

»Dann noch ein Mitarbeiter des *Office of Science and Technology Policy*. Und schließlich ein junger Unternehmer, der ausloten sollte, ob man das Register kommerziell nutzen könnte.«

»Gregory Smith«, sagte Lois.

»Gregory Smith.« David legte die Kreide auf den Boden. Sie hatte seine Handflächen mit staubigem Rosa eingefärbt. »Ihr seht, es *gibt* Mittel und Wege, Weinard unter die Erde zu bringen. Auch vor seiner Heldentat.«

»Ich versteh das nicht«, murmelte Lois.

David wollte schon antworten – *kein Problem, ich kann tagelang darüber sprechen* – aber dann sah er, dass sie immer noch Ondrej anstarrte.

»Warum zum Teufel bist du nicht berühmt? Nobelpreis, Goldene Ehrenmedaille, das volle Programm?«

Ondrej zuckte mit den Schultern. »Ich bin zu bescheiden dafür.«

»Dein Name wird nirgendwo erwähnt«, sagte David. »Es hat mich Mühe gekostet, überhaupt von deiner Existenz zu erfahren – als wäre sie reversiert worden.«

Erst nach einigen Jahren Recherche war David auf den namenlosen Studenten gestoßen, der das Register erfunden hatte. David hatte sich diesen Erfinder als schüchternes Persönchen vorgestellt, einen publikumsscheuen Wissenschaftler, der freiwillig in die Anonymität geflüchtet war.

Und deswegen hatte er auch jeden Hinweis darauf ignoriert, dass Ondrej Vorisek dieser Mann war.

»Sieh mal an«, sagte Ondrej. Endlich erwachte er aus seinem Desinteresse – etwas zu abrupt für Davids Geschmack. »Weißt du, was mich an deinem kleinen Referat stutzig macht? Niemand da draußen weiß über diesen ganzen Mist Bescheid. Absolut niemand.«

»Offensichtlich schon.«

»Stimmt. Nämlich du. Du hast selbst die kleinsten Details herausgefunden. Bist du vielleicht doch nicht so ahnungslos, wie du immer tust?«

David hielt seinem Blick stand. »Lenk nicht ab. Obwohl du von Anfang an das Gegenteil behauptet hast, ist meine Erklärung logisch. Gibst du wenigstens das zu?«

»Nein. Natürlich gab es eine Betaphase. Aber deine Schlussfolgerung ist Quatsch.«

»Und warum? Weil du es dir einfach in den Kopf gesetzt hast?« *Oder weil du plötzlich einer der drei möglichen Verschwörer bist?*

»Schluss mit dem Theater«, sagte Tina. »Erzähl David die Wahrheit. Das hättest du längst tun sollen.«

Ondrej winkte ab. »Er weiß doch alles. Ja, ich habe das gottverdammte OmniTemp designed. Das Patent darauf hätte die UT übrigens niemals beanspruchen dürfen, schließlich haben wir ja mit dem Computer von Driftwood Petroleum gearbeitet. Ich wollte dagegen klagen, aber die Regierung hätte das Patent einfach enteignet, falls ich den Prozess gewinne.«

»Der Betatest«, sagte David. »Es gab nur euch drei. Richtig?«

Ondrej griff nach dem letzten von Weinards Schokokeksen. »Der Test wurde gestaffelt ausgerollt. Nach mir kam der Aufpasser aus dem Weißen Haus, den du erwähnt hast. Schon witzig, dass du ausgerechnet seinen Namen vergessen hast.«

David wollte sich nicht auf dieses Ratespiel einlassen, aber seine Gedankenmaschine legte schon los. Der ganze Wust von Fakten, die ihm niemals genützt hatten, war noch da.

»Sullivan. Patrick Sullivan.«

Ondrej grinste breit. »Genau.«

David hob fragend die Schultern. Er hatte sich damals nur kurz mit Sullivan beschäftigt, weil der inzwischen direkt bei der NOBA saß. Niemand, an den David leicht herangekommen wäre.

»Klingelt's nicht?«, fragte Ondrej.

Nein. Sullivan. Patrick Sullivan. Patrick …

»Verdammt«, murmelte David. »Das war Pat.«

Ondrej nickte. »Zwischen all den Arschlöchern gab es damals einen einzigen Mann, dem man vertrauen konnte. Pat hat mir mehr geholfen als je ein anderer Mensch, nur dass du's weißt.«

Also doch. Pat musste sich damals irgendwie Ondrejs Freundschaft erschlichen haben – und damit auch die FTC-Mitgliedschaft. Verrückt, dass ausgerechnet dieser Schreibtischtäter so etwas fertiggebracht hatte.

»Und Gregory Smith?«, fragte Lois. »Der kam zum Schluss?«

»Mit ihm begann der Untergang«, sagte Ondrej. »Fürs Protokoll, ich bin nicht der Erfinder des Registers. Das kann sich Smith in den Lebenslauf schreiben.«

Tina seufzte. »Jetzt geht das wieder los.«

»Moment mal«, sagte David. »Was war denn Smiths Beitrag? Außer dem dicken Beratungsvertrag, den er sich an Land gezogen hat?«

»Unterschätze Smith nicht«, sagte Ondrej. »Wir waren ein Haufen von Steve Wozniaks, aber er war Steve Jobs, der alles hübsch verpackte und massentauglich machte. Der Erfinder einer vollautomatischen Maschine, die alles repariert, was ihr im Wege steht.

Diese Welt aus Zuckerwatte, in der wir leben, die Welt ohne Unfälle, Raubmorde und Hundescheiße im Central Park – das ist das Werk von Gregory Smith.«

»Das Ergebnis scheint dir nicht sehr zu gefallen«, sagte Lois.

»Du hast ja keine Ahnung. Weißt du, wann er das Register dem Militär präsentiert hat? Nach genau zwei Wochen. Wir hatten gerade mal begonnen zu kapieren, was wir da eigentlich fabriziert hatten.« Kekskrümel stoben mit jedem Wort aus Ondrejs Mund, er wurde immer lauter. »Aber diese Harvard-Bubis mit ihren Lederkrawatten hatten nichts Besseres zu tun, als Bürgerkriege vorherzusehen und die Terroristen von Morgen einzulochen.«

»Das war aber nicht nur ihre Schuld«, sagte Lois. »Ihre Alter Egos hatten sie ja mit heißen Tipps versorgt.«

»Zukunft, Vergangenheit, es gibt Menschen, die sollten in keinem Zeitstrang dieses Universums existieren! Was haben sie wohl gemacht, als ich ihnen die Meinung sagte? Sie haben mich aus dem Projekt gekickt. Meine Wege und die des Registers trennten sich, für immer. Zumindest offiziell.«

Für David hörte sich diese Kurzfassung der Ereignisse nicht sehr realistisch an. Ondrej Vorisek ließ sich verjagen, vom Projekt seines Lebens? Ihnen wurden hier immer noch wichtige Teile von Ondrejs Geschichte verschwiegen.

»Und dann?«, fragte Lois, die diese Ungereimtheit nicht zu bemerken schien.

»Eine Zeitlang hab ich versucht, diese Welt zu ignorieren. Erst als die NOBA auf die Idee kamen, jedem ein Token in die Ferse zu pflanzen, wurde es mir zu bunt.«

Er sank auf die Couch. »Ich hab mir eingeredet, dass ich deswegen immer noch was Besonderes bin. Der einzige US-Bürger ohne ein Abo auf Komplettüberwachung. Aber in Wahrheit bin ich bloß ein drittklassiger Hacker ohne Asyl. Nur noch …« Er fand keinen würdigen Abschluss seines Gedankens und starrte auf seine Knie. Die ganze Ansprache endete genauso abrupt wie sie begonnen hatte.

»Unglaublich«, sagte Lois. »Eine unglaubliche Geschichte.«

»Sie gefällt dir, was?«, fragte Tina. »Du bastelst in Gedanken schon an der großen Enthüllungsstory. Der gejagte Einstein, präsentiert von Lois Anderson.«

Bis zu diesem Moment hatte David geglaubt, Lois sei heute Morgen wütend gewesen. Jetzt aber erkannte er, wie eine wirklich wütende Lois Anderson aussah: Ihre Nasenflügel bebten, sie lief auf Tina zu und kickte eine der Einkaufstüten zur Seite.

»Ihr wolltet die Sache einfach aussitzen, oder? Wolltet David und mich im Dunkeln lassen, bis die NOBA hier irgendwann hereingestürmt kommt. Und selbst dann hätte ich noch nicht begriffen, worum's hier eigentlich geht."

»Lois, hier hat keiner irgendwas *begriffen.* Davids hübsche Namenssammlung dort, die ist höchstens ein Anfang."

»Natürlich ist sie nur ein Anfang!" Lois' sonst so heisere Stimme war klar und schneidend. »Weil ihr uns gerade erst die Wahrheit gesagt habt. Unfreiwillig."

Tina ließ sich Schritt für Schritt zurückdrängen, bis sie wieder mit dem Hintern am Herd stand. »Zieh hier keine Show ab. Niemand hat euch angelogen.«

Lois lachte humorlos. »Meine Güte, ihr solltet Politiker werden. Den ganzen Tag predigt ihr was von totaler Transparenz und diesem ganzen Hackerscheiß. Aber wehe es geht um eure eigenen kleinen Geheimnisse.«

Tina stützte sich mit beiden Händen auf die Arbeitsplatte. »Exakt. Es gibt die Dinge, die bleiben besser geheim. Aber das kapiert eine Klatschreporterin natürlich nicht.«

»Wir hätten das Wissen dringend gebraucht«, sagte David. »Es gab drei Menschen, die Zugriff auf das Register hatten, bevor Weinard de Burgh vom Sockel gestoßen hat.«

»Brauche ich jetzt ein Alibi?«, fragte Ondrej. »Vielleicht bin ich ja derjenige, der Weinard umbringen will.«

»Lass den Unsinn. Die Verschwörer wussten natürlich, dass sie für ihre Zwecke weder dich noch Pat ins Boot holen konnten. Also haben sie sich an Smith rangemacht.«

»Smith? Vergiss es. Der macht bei so einer Kiste nicht mit. Warum sollte er auch?«

Einen Moment lang glaubte David, Ondrej habe einen Scherz gemacht. Die Motivation von Gregory Smith war doch die einzige Sache, die auf der Hand lag.

»Er verspricht sich eine persönliche Verbesserung«, sagte David. »Genau wie die Typen, die er angeheuert hat. Habt ihr gesehen, wo die vorher gearbeitet haben? Durchweg Personenschutz-Firmen. Ehemalige Bodyguards, die früher mit dicken Knarren die Prominenz beschützen durften und jetzt irgendwelche Deppenjobs bei der NOBA haben. De Burgh hat ihnen wahrscheinlich ein besseres Leben versprochen – und zwar rückwirkend.«

»Und Smith?«, fragte Lois. »Geht es ihm ums Geld?«

»Oder um mehr Macht für Benzon. Was auch immer es ist, er hat einen Deal mit der zukünftigen Präsidentin ausgehandelt und das zahlt sich schon für ihn aus.«

»Mein Gott. Netter Deal.«

David nickte. Vielleicht hätte er Smith damals einfach einen Haufen Geld anbieten sollen. Stattdessen hatte er ihn ganz naiv um einen Gefallen gebeten. Dieser amüsierte Blick von Smith, als er begriff, was David von ihm wollte ...

»Netter Deal?«, krächzte Cano. »So nennt ihr das also?« Er saß noch immer hinter dem Tresen, war ganz bleich geworden und zog mit seinen Fingern an der Unterlippe herum. »Ist euch klar, was das heißt?«, flüsterte er. »Die sind so verrückt, zwanzig Jahre Menschheitsgeschichte zu ändern. Millionen von Menschenleben werden auf den Kopf gestellt. Hunderte, eher Tausende werden nicht mehr existieren. Das ist … ich weiß nicht.« Sein Adamsapfel hüpfte unter der dünnen Haut. »Ich schätze, das ist Massenmord.« Dana stöhnte leise.

Zwanzig Jahre Menschheitsgeschichte. Viele Millionen Leben. Natürlich, Cano hatte recht. Die ganze Zeit hatte David nur das Rätsel und seine Auflösung gesehen, nicht die Konsequenz. Dabei war Feingold doch sehr deutlich gewesen.

Die Welt wird Kopf stehen. Das also hatte er gemeint.

»Ich glaub das nicht«, wimmerte Dana und rieb sich die ohnehin schon roten Augen. »Ihr müsst falsch liegen. Es ist nicht möglich, so was zu tun.«

»Klar ist das möglich«, sagte Ondrej. »Wenn David recht hat, ist das keine technische Frage mehr, sondern eine moralische. Die sind wie wir, versteht ihr? Sie kämpfen für eine Welt ohne NOBA, aus anderen Gründen und mit anderen Mitteln, aber sobald sie eine Möglichkeit gefunden haben, ziehen sie ihr Ding durch.«

Massenmord. David spürte die Vorboten von Schwindel. Jeden Moment würden die Blechbüchsen durch seinen Kopf poltern.

Er zeigte zu dem Bildschirm, auf dem immer noch Ziegenbarts Gesicht in den Raum starrte. »Wenn das da unsere Gegner sind, hätten wir längst zur Polizei gehen können. So wie ich es die ganze Zeit gesagt habe. Denn das ist es, wovor sie sich fürchten. Wir sollten am besten sofort rausgehen und uns stellen.«

»*Wenn* du Recht hast«, sagte Ondrej.

»Das Risiko ist es wert.«

Lois schüttelte den Kopf. »Wir können nicht zur Polizei gehen. Wir haben nur eine nette Geschichte, keine Beweise. Damit stoppen wir Smith nicht. Allenfalls kriegt er eine Untersuchung an den Hals und muss vorsichtiger sein.«

»Aber wir haben das abgehörte Gespräch!«, rief David. »Und du kannst vor Gericht bezeugen, dass Smith dich auf mich angesetzt hat.«

»Na und? Das Gespräch ist vage. Und dass er dich suchen ließ, beweist auch nichts. Die Typen, die in deiner Wohnung waren, können wir anzeigen. Aber damit kommen wir nicht weit. Glaub mir, ich weiß, wie so was läuft.«

»Wir werden doch einen stichhaltigen Beweis zusammenkriegen.«

»Und wie? Mit unseren gefakten Selbstmorden werden wir erst mal selbst verhaftet werden.«

David stützte den Kopf in die Hände. Der Moment, vor dem sich ihre Verfolger so fürchteten, war also noch nicht gekommen. Irgendeinen Hinweis hatten sie noch nicht verwertet, ein letzter Geistesblitz fehlte.

Lois stand auf und verschwand im Nebenraum. Als David ihr hinterher sah, fiel sein Blick auf die Rückseite der Tafel und das grüne Gesicht von Alice Cooper. David zuckte zusammen: die Fotografie schien ihn direkt anzustarren.

Es polterte in seinem Kopf. Der Raum begann zu schwanken, alles wurde unscharf. Der Kobold auf der Tafel verdrehte die Augen, um ihn herum hüpften Smiths grüne Hühner. *Guilty*, sang eine tiefe Stimme in Davids Ohren hinein, jawohl, David, du bist gemeint.

David wankte vorwärts, Richtung Couch. *Wenn ich jetzt in Ohnmacht falle, war es das. Das Nichts-kann-passieren zählt hier draußen nicht.*

Tina stellte den Emaille-Topf vor ihm auf den Tisch. David blinzelte und fing ihren besorgten, beinahe mütterlichen Blick auf. Dann sank er auf die Couch.

Es war der Duft der Dosensuppe, der ihn langsam wieder zurückholte – sein Hunger verwandelte den sauren Geruch in ein köstliches Versprechen und setzte sich gegen die heranrollenden Blechbüchsen durch.

Lois kam mit Canos Mantel zurück. »Vielleicht hätte ich etwas,

was uns weiterhilft.« Sie durchsuchte die Taschen und holte schließlich ein rosafarbenes Stück Papier hervor. »Ich wollte euch eigentlich nicht davon erzählen, weil es mir zu verrückt schien. Weinard sagte, an dieser Adresse bekomme ich die Antworten auf meine Fragen.«

Ondrej schnappte sich sofort den Zettel. »Baltimore. Und mehr hat er nicht dazu gesagt?«

»Nein. Er hat ihn mir sozusagen kurz vorm Rausgehen zugesteckt.«

Ondrej ging mit dem Zettel zurück zu seinem Laptop. »Ein Scherz unter Journalisten vielleicht.«

»Quatsch«, sagte Lois.

»Laut Telefonbuch wohnt an dieser Adresse eine Familie Harris. Nie gehört.«

Schepp und Cano setzten sich ebenfalls hinter die Computerbildschirme und versuchten, mehr über Mr Harris in Homeland, Baltimore herauszubekommen. David blieb auf der Couch liegen. Die Attacke war zwar vorbei, aber er wollte es die nächsten Minuten langsam angehen lassen. Auf dem Tisch vor ihm verteilte Tina Löffel und legte Papierservietten dazu.

»Das führt zu nichts«, sagte Ondrej. »Entweder wir gehen jetzt zur Polizei, Beweis hin oder her. Oder wir fahren nach Baltimore.«

»Wir fahren da vorbei«, sagte Lois. »Besser gesagt, ich mache das. Jetzt gleich.«

»Aha. War klar, dass du das sagst.«

»Ich gebe mich als Journalistin aus. Bis heute Abend bin ich zurück und dann sind wir hoffentlich schlauer.«

Ondrej legte seinen Arm auf ihre Schultern. »Ich fahre das Fluchtauto. Tina, ist dein Wagen noch benutzbar?«

»Wenn du keine Heckscheibe brauchst«, sagte Tina. »Und den Gestank kalter Büchsensuppe magst.«

»Ich fahre auch mit«, sagte David.

Ondrej setzte sich neben ihn und musterte ihn mit einem Grinsen. »Geschmack an Abenteuern bekommen?«

»Ich kann vielleicht helfen.«

»Das ist eine Falle«, sagte Dana. »Oder aber, wenn ihr Glück habt, wohnt an dieser Adresse einfach niemand.«

»Dann stellen wir uns«, sagte David. »Wir stellen uns der NOBA. Noch heute. Ob sie uns helfen wird oder nicht, ist unklar, aber wir müssen sie zumindest vor die Wahl stellen.«

Sie hockten sich um den Suppentopf herum. Teller gab es keine, aber Davids Hunger war zu groß, als dass er sich daran störte.

»Einer für alle«, murmelte Cano und schwenkte seinen Löffel wie einen Degen, bevor er ihn in den geblümten Topf tauchte. Er war immer noch so bleich wie vorhin.

Seine Worte wirkten wie eine düstere Prophezeiung. In Baltimore würden sie eine weitere Antwort erhalten, ob sie ihnen gefiel oder nicht. Nur der Preis dieser Antwort war unklar.

16:45 – 17:11

Für Lois war die Strecke nach Baltimore ein Stück Kindheit – früher waren sie immer am Samstag zu ihrer Großmutter gefahren, Familienausflug. Genau wie damals ging auch heute die Hälfte der Zeit dafür drauf, aus der Stadt zu kommen.

Als sie den Capital Beltway endlich hinter sich ließen und zwischen den Baumskeletten der Interstate dahinrauschten, fühlte Lois sich für einen Moment besser. Als wären sie außerhalb von Washington sicher vor ihren Verfolgern. Allerdings fuhr Ondrej dermaßen schnell, dass die nächstbeste Streife ihren Wagen anhalten würde.

Je näher sie Baltimore kamen, desto häufiger griff Lois in ihre Jacke und umfasste das Portemonnaie. Es enthielt ihren gefährlichsten Besitz. Den Zettel, den sie ein Jahr lang in ihrem Nachttisch versteckt hatte und der seit diesem Nachmittag zu einer Zeitbombe geworden war.

Alles hatte sich geändert durch Davids Erklärung. Lois' Plan war in sich zusammengestürzt.

Ondrej verlangsamte die Fahrt und bog in eine unscheinbare Seitenstraße ab. »Wir sind gleich da«, brummte er. Aus seinem Mund kamen Dampfwölkchen. Im Auto war es nicht viel wärmer als draußen, weil Schepp und Cano die Heckscheibe nur notdürftig mit Plastikfolie ersetzt hatten.

Lois schaute aus dem Fenster und versuchte, sich auf die Gegend zu konzentrieren. Die Villen, an denen sie vorbeirollten, strahlten vornehme Langeweile aus – eine Nachbarschaft wie ein einziger Vorgarten. Über die makellose Straße beugten sich Eichen und Trauerweiden, dazwischen glänzten Straßenlaternen aus schwarzem Guss.

Wahrscheinlich hatte es selbst hier, in Homeland, hin und wieder demolierte Lampen und angezündete Mülleimer gegeben. Aber das Register hatte den Vandalismus im Griff.

Lois' Gedanken wanderten wieder zu dem Zettel zurück. Zu der gottverdammten, elendigen Registerwarnung. Ein Jahr lang hatte Lois sie erfolgreich wegargumentiert, bis heute Nachmittag, als David ihre Grundannahme widerlegt hatte: dass es nämlich die NOBA war, die ihr auf den Pelz rückte.

Und wenn es nicht die NOBA war, dann ... Lois wollte nicht daran denken.

Sie spähte zu David nach vorn, der auf dem Beifahrersitz saß. Er suchte durch die feuchten Seitenscheiben die Umgebung ab – vielleicht hatte er Angst, aus einer Seitenstraße könnte der schwarze Mercedes herausschießen. Oder aber er grübelte, genau wie sie.

Davids Erklärung konnte natürlich falsch sein. Die ganze Zeit schon klammerte Lois sich an diese Möglichkeit.

Dummerweise glaubte sie nicht daran. David war wie die Hauptfigur in einem John-Irving-Roman: ungelenk und schwächlich, aber bis oben gefüllt mit unsichtbaren Talenten. David hatte die Fäden so meisterhaft zusammengeführt, dass er einfach recht haben musste.

Sie räusperte sich. »Ondrej, eine Frage: Kannst du mir erklären, wie HEIMDALL funktioniert? Bis jetzt hab ich davon kein Wort kapiert.« Aus dem Augenwinkel sah sie, wie David sich von der Fensterscheibe löste.

»Das ist simpel«, sagte Ondrej. »Wie zu erwarten bei der NOBA. Die offizielle Version kennst du ja. Jeder Nutzer muss beim Abschicken einer Registernachricht ein Passwort eingeben. HEIMDALL chiffriert dieses Passwort, verschlüsselt die Nachricht und hängt das Passwort an die Nachricht. Wie ein kleines Bändchen mit einem Codewort, das niemand entziffern kann. In der Vergangenheit muss der Nutzer dann das gleiche Passwort eingeben, es wird mit dem gleichen Algorithmus verschlüsselt und wenn die beiden Bändchen übereinstimmen, bekommt der Nutzer seine Nachricht.«

»Und wie funktioniert es in Wirklichkeit?«

»Tja.« Ondrej blieb einen Moment lang stumm und Lois rechnete mit einer langen und komplizierten Erklärung. »Genau wie beschrieben leider.«

»Das verstehe ich nicht.«

»Wir auch nicht. Den Verschlüsselungs-Algorithmus hat die NOBA ja schon vor Jahren veröffentlicht. Pat hat uns Tausende von echten Register-Nachrichten und ihre Schlüssel besorgen können. Wir haben das Verfahren überprüft. Hat alles gepasst.«

»Wie habt ihr das getestet?«

»Wir haben Millionen von Wörtern mit dem Algorithmus verschlüsselt und nach Entsprechungen in den Schlüsseln gesucht. Es gab ein paar Treffer. Leute verwenden eben nach wie vor Passwörter wie *mickeymaus*.«

David lächelte müde. »Vergiss nicht, dass man sich sein Passwort schon mit sechs Jahren überlegen muss.«

»Die NOBA verwendet jedenfalls genau den Algorithmus, den sie der Welt präsentiert haben. Wir haben schön doof geguckt.«

»Jeder kennt also den Algorithmus?«, fragte Lois. »Und trotzdem ist es unmöglich, ein Passwort zu entschlüsseln?«

»Sie verwenden eine Einwegfunktion. Das ist wie die Verschlüsselung deines Passworts bei einem Online-Dienst. Wie gesagt, nicht sehr kreativ, aber ausreichend. Irgendwie kommen die Kerle natürlich trotzdem an deine Registernachricht. Zur Not schneiden die Automaten in den Registerbüros dein Passwort mit, wenn du es eingibst. Das Problem ist ein anderes.« Lois sah im Rückspiegel, wie Ondrej sich über die Lippen leckte als sei dieses Problem ein Leckerbissen.

»Spuck's aus«, sagte sie.

»Na ja. Wie zum Teufel *fälschen* sie die Nachrichten? Dafür müssen sie das Passwort des Opfers wissen.«

Lois rutschte auf ihrem Sitz nach vorn. Da kamen sie der Sache ja schnell näher. »Du sagtest doch, sie schreiben das Passwort mit. Das heißt, wenn das Opfer schon mal eine echte Nachricht abgeschickt hat, ist alles ganz einfach.«

»Aber die meisten Opfer kämen nicht auf die Idee, das Register zu nutzen. Das Passwort ist, wenn überhaupt, in ihrem Kopf. Das zweite Problem ist, dass die gefälschte Nachricht von HEIMDALL ignoriert werden muss.« Er schüttelte den Kopf. »Irgendeine Schweinerei haben die sich einfallen lassen. Aber wir kommen nicht drauf.«

»Eine interessante Ironie«, murmelte David. »Der Mörder Feingolds und ihr sitzt im gleichen Boot. Ihr beide wolltet verstehen, wie HEIMDALL funktioniert. Und wie man ihn austrickst.«

»Ja, wirklich lustig«, brummte Ondrej.

»Wenn die Verschwörer nicht zur NOBA gehören«, sagte Lois, »dann können sie HEIMDALL auch nicht umgehen. Richtig?«

»Natürlich nicht. Sonst hätten sie es längst getan und wir säßen nicht hier.«

»Das heißt, sie können auch keine Nachrichten fälschen?«, fragte David.

Verrückt, wie genau er ihre Frage vorwegnahm. Fast so, als ob ihn dieses Problem ebenfalls beschäftigte.

»Nein, können sie natürlich nicht«, sagte Ondrej ungeduldig. »Warum interessiert euch das denn so sehr?«

Weil alles daran hängt, dachte Lois. Ihre Entscheidung, überhaupt bei diesem Unsinn einzusteigen, beruhte darauf, dass die

Registernachricht unecht war. Gefälscht von der NOBA, damit Lois ihr nicht in die Quere kam. Und jetzt behauptete Ondrej, die Verschwörer hätten überhaupt keine Möglichkeit zu so einer Fälschung?

Eigentlich sollte sie jetzt sofort das Weite suchen.

»Da vorn ist es«, sagte Ondrej.

Die Straße führte um einen zugefrorenen Teich, an dessen Ufer große Findlinge lagen. Die Eisfläche glitzerte in der Abendsonne.

Ondrej parkte den Wagen neben einer Villa mit Fachwerkwänden voller Efeu – krampfhafte Beschaulichkeit hoch drei, genau wie das ganze Viertel. Mit einem Mal hatte Lois doch Angst davor, was hinter dem verputzten Mauerwerk lauerte. Mit seinem mehrgeschossigen Dach lag die Villa vor ihr wie ein geduckter, zum Sprung bereiter Riese.

Ondrej schaltete den Motor aus und drehte sich nach hinten. »Wenn jemand aufmacht, der dir nicht gefällt, rennst du sofort zurück. Wir warnen uns dann über das Mantis. Theoretisch kann also nichts passieren.«

»Wie immer«, murmelte David.

Lois zog ihre Jacke zu. Nein, zurückrennen war keine Option. Wichtig war, dass sie dem, der in diesem Haus wohnte, eine gute Geschichte auftischte. Am besten die übliche: dass sie gerade für einen Artikel recherchierte, Weinard hätte ihr den Kontakt dringend empfohlen, und es wären nur zehn Minuten, blablabla. Ondrej hatte recht, da konnte nichts schiefgehen.

Sie öffnete die Autotür. »Schreibt mir sofort, wenn was Unvorhergesehenes passiert. Ich will mich da drin nicht allein fühlen.«

Sie stieg aus und lief über kreisrunde Bodenplatten durch den Vorgarten. Ein Anbau von der Größe der Apotheke schmiegte sich an die Vorderseite der Villa. Die Wände des Anbaus bestanden ganz aus Bleiglas. Wahrscheinlich eine Art Wintergarten.

Lois blickte zurück zum Auto und bemerkte dabei die Kameras

an den Straßenlaternen. Videoüberwachung in Registerzeiten – darüber hatte sie mal einen Bericht geschrieben. Hinter diesen Kameras steckte die Angst vor Einbrüchen, bei denen die Eindringlinge entweder bloß Akten kopierten und Wanzen legten, oder aber Schmuckstücke mitgehen ließen, die ihre Besitzer nur selten hervorholten. Wenn die Opfer dann viel später bemerkten, dass irgendwann in den letzten fünf Jahren Großmutters Brosche verschwunden war, konnten sie nichts mehr machen.

Lois erschienen diese Gefahren, besonders das Spionage-Szenario, arg konstruiert, aber sie gönnte den Sicherheitsdiensten diese letzten Grashalme. Das Register hatte ihre Branche schließlich genug gebeutelt. Und dass Lois soeben gefilmt wurde, war vielleicht gar nicht schlecht.

Die Haustür wirkte wie ein Burgtor – eine finstere Wand aus Eiche und schmiedeeisernen Beschlägen. Nicht gerade einladend.

Reiß dich zusammen, dachte Lois. Sie holte ihr Handy aus der Strickjacke und startete eine Audioaufnahme. Dann schellte sie.

Eine Minute verging. Zwei Minuten. Lois drehte sich um und zuckte mit den Achseln, aber wahrscheinlich konnten Ondrej und David ihre Bewegung nicht erkennen. Lois blickte nach oben. Über ihr gaffte eine weitere Überwachungskamera herab wie ein mechanischer Vogel. Lois winkte in die Linse.

In diesem Moment kam ihr mollige Wärme entgegen. Die Tür war geräuschlos aufgeschwungen, und im Türrahmen stand eine ältere, ziemlich pummlige Frau. Sie war eingepackt in eine Kombination aus Jogginganzug und Jacke, die einen erdigen Geruch mit sich brachte. Unter ihrer Mütze schauten schneeweiße Haare hervor.

»Guten Tag«, sagte Lois heiser. Sie kannte diese Frau. Sehr gut sogar. Aber woher? Woher nur?

»Hallo, Ms Anderson«, sagte die Frau. »Was für eine Überraschung. Wollen Sie hereinkommen?«

Ihre Stimme war rauchig und hatte einen überheblichen, beinahe brutalen Nachhall. Erst als Lois diese Stimme hörte, erkannte sie die Frau.

Vor ihr stand Eliza De Burgh.

17:12 – 17:42

Alles war zurückgekehrt: Der schwarze Bildschirm mit den roten Lettern, die muffige Kabine. Die Frau mit den klimpernden Armreifen. Die Nachricht vom Untergang.

David hatte nur kurz Ruhe vor dieser verfluchten Nachricht gehabt. Bis gerade eben, als ihm klar geworden war, dass die Registernachricht wirklich echt war. Die Verschwörer konnten sie nicht gefälscht haben. Was für eine Katastrophe.

Jemand öffnete Lois die Tür, soweit David das zwischen den Tomatenspritzern auf der Scheibe erkennen konnte. Natürlich sollte er konzentriert dem Geschehen folgen. Vielleicht wurde Lois gleich ins Haus gezerrt. Oder gar Schlimmeres. Doch alles woran er denken konnte, war seine Nachricht vom Untergang.

»Unfassbare Beine«, sagte Ondrej. Er beugte sich über Davids Schoß, damit er besser durch das Beifahrerfenster blicken konnte. »Nicht zu lang, einfach perfekt. Über den Rest will ich gar nicht erst sprechen.«

David stieg aus und setzte sich auf die Rückbank. Damit würde er sich hoffentlich Ondrejs Geschwafel entziehen, außerdem konnte er dann die Straße abwärts beobachten. Er durfte sich jetzt nicht aus der Bahn bringen lassen. Immerhin war es möglich, dass jemand sie verfolgt hatte.

»Jetzt ist sie drin«, sagte Ondrej. »Das war eine alte Frau, wenn ich das richtig gesehen haben.«

»Vielleicht die Haushälterin.«

»Hm. Dann wäre Lois doch wieder abgehauen.«

David schob vorsichtig einen der Risse in der Folie auseinander und sah auf die schnurgerade Straße. Ein hagerer Mann in einer rosafarbenen Steppweste kehrte Laub.

David konzentrierte sich auf den fegenden Mann, doch die roten Buchstaben tanzten weiter durch seinen Kopf: Dein Untergang! Lois wird dein Untergang sein!

Es war alles schlüssig gewesen. Bestechend einfach. Die Nachricht war nicht von ihm, und David hatte sogar eine Erklärung dafür gehabt. Zumindest hatte er geglaubt, dass er sie hatte. Und jetzt? Er konnte nur weiter machen und ignorieren, dass Lois eine Gefahr war. Für Alternativen war es jetzt zu spät.

Außerdem war es ja möglich, dass Ondrej sich irrte. Der Kerl konnte schließlich nicht über jede Kleinigkeit Bescheid wissen. Nur dass es hier ausgerechnet um das Register ging. Zufällig etwas, das Ondrej besser kannte als jeder andere Mensch.

»Ich weiß immer noch nicht alles«, sagte Ondrej. »Ich will, dass wir das jetzt ändern.«

Einen unwirklichen Moment lang glaubte David, Ondrej habe sich in seine Gedanken gehackt. Er löste seinen Blick von dem fegenden Mann. »Was hast du gesagt?«

»Mir war von Anfang an klar, dass du irgendetwas vor uns verbirgst. Fand ich erst putzig, dann lästig. Aber jetzt, wo feststeht, dass du alles über den Ursprung des Registers und obendrein über mich weißt, fühl ich mich verarscht.«

Er sagte es ganz beiläufig, aber darauf fiel David nicht mehr herein. Die Gleichgültigkeit, hinter der sich Ondrej versteckte, war in Wirklichkeit konstante Anspannung – er pirschte sich an, immer und überall.

»Und dann dein Sermon vom gegenseitigen Vertrauen«, sagte Ondrej. »Muss schon sagen, lügen kannst du wie ein Fernsehprediger.«

»Was willst du von mir?«, sagte David. »Ich interessiere mich für das Register, zufällig die größte Errungenschaft der Menschheit. Und damit gezwungenermaßen auch für deine Vergangenheit. Komm mir jetzt nicht damit, dass alle Lorbeeren nur Smith gehören.«

Ondrej spielte an den Knöpfen des Radios herum. Eine Weile blieb er bei der Übertragung eines Baseballspiels hängen, dann wechselte er zu einem Sender mit leiernder Countrymusik.

Er drehte sich nach hinten. »Was denkst du, warum ich das Register erfunden habe? Genauer gesagt, das OmniTemp?«

David zuckte mit den Schultern. »Ich schätze, weil du es konntest.«

»Aha. Das soll witzig sein, richtig?«

»Nein, das ist ein uraltes Muster. Der Wissenschaftler beweist sich und der Welt, dass das Unmögliche eben doch möglich ist. Das Warum und Wozu erklären uns dann Politiker und Priester.«

Ondrej griff hinter seinen Rücken und drehte das Radio aus. »Was für'n Unsinn. Ich hatte eine Vision. Ich wollte mit dem Register erkennen, wo wir stehen. Ich wollte wissen, ob wir in dreihundert Jahren noch existieren. Oder ob uns der Klimawandel und superintelligente Roboter vom Planeten gepustet haben.«

»Und? Sind wir noch da?«

»Tja, niemand hat sich je für die Antwort darauf interessiert. Diese ... diese Saubermänner haben meine Idee genommen wie einen Fund, über den man zufällig stolpert, und ihr einziger Gedanke war: Niedlich, was diese Jungs da gebastelt haben, daraus machen wir jetzt etwas *Richtiges*. Ganz genau das dachten die. Dass sie meine Erfindung veredeln.«

Ondrej machte eine Pause, und als er weitersprach, hörte David Zufriedenheit in seiner Stimme. »Ich habe einen Computerwurm in die erste Version des Registers gespielt. Ein Schadprogramm, das die Datenbank, das OmniTemp und alle relevanten APIs manipuliert hat. Nach zwei Tagen lief nichts mehr. Und weil der

Wurm gut designed war, wusste keiner, durch welches Loch er eingedrungen war und welche Mutationen es gab. Also konnte man meine Aktion auch nicht über das Register rückgängig machen.«

»Und dieser Virus ist immer noch da?«

Ondrej ließ seine buschigen Augenbrauen nach unten sinken. »Ich wurde erwischt. Musste alles reparieren, während sie mit gezogener Waffe hinter mir saßen. Ich wurde von der UT und aus dem Projekt geschmissen. Verräter, Verschwörer, Nestbeschmutzer – wenn die NOBA das Stalin-Regime ist, dann bin ich Trotzki.« Er drehte sich wieder nach vorn.

David starrte auf den lockigen Hinterkopf. Da saß also der Mann, der die Welt zu einem perfekten Ort gemacht hatte. Und er wollte es am liebsten wieder rückgängig machen.

»Die NOBA ist eine Terrororganisation«, sagt Ondrej. »Die größte Bedrohung, der unsere Spezies je ausgeliefert war. Du wirst das eines Tages begreifen.«

»Vielleicht vermischst du die NOBA und das Register.«

»Das kann man nicht trennen. Überleg mal, warum wir hier sitzen.«

David sah wieder durch die Folie nach draußen. Seine Nase war inzwischen eiskalt. »Vielleicht hast du noch nicht das Richtige erlebt.«

Ondrej lachte. »Ich habe genug erlebt.«

Das langsame »Scht, scht« des fegenden Nachbarn war inzwischen zu einer Endlosschleife geworden. Es erinnerte David an den Jazz-Besen einer King-Cole-Schnulze, die früher immer zu Weihnachten lief. Er sah seinen Vater und Meredith eng umschlungen durchs Wohnzimmer tanzen, während Susan mit ihm auf dem Sofa saß und einer neuen Barbie im Haar herumwühlte. Meredith warf ihnen einen rundum glücklichen Blick zu. Ihnen beiden.

»War es was Verbotenes?«, fragte Ondrej. »Das, was du mit dem Register retuschieren wolltest? Ein Verbrechen? Oder ging es am Ende doch um eine Frau?«

»Es ging um meine Schwester.« David hatte die letzte Silbe noch nicht ausgesprochen, da hätte er sich schon ohrfeigen können. Himmel, warum ließ er sich ausgerechnet jetzt darauf ein?

»Du hast eine Schwester?«

»Hatte.«

Ondrej drehte sich langsam wieder nach hinten. David konnte ihn denken hören. Es waren immer die gleichen Überlegungen, die die Leute anstellten, wenn sie von Susan erfuhren. *Tot? Immer noch tot? Das heißt, es war in der Zeit des finsteren Mittelalters, in der Zeit vor …*

»Muss lange her sein«, sagte Ondrej.

Verfluchte zwanzig Jahre. Niemand da, der den Unfall einfach reversierte. Kein Algorithmus, der Susan wieder auferweckte.

»Fast hätte ich sie gerettet«, sagte David. »Dann wäre sie heute eine erwachsene Frau. Aber so …« Er setzte zu einem Achselzucken an. Das unausgesprochene Wort – tot, unabänderlich tot – hing zwischen Ondrej und ihm wie ein Spinnenfaden. »Ich habe Jahre gebraucht«, sagte er, »bis ich akzeptieren konnte, dass das Register sie niemals zurückbringen wird. Weil ich nie jemanden gefunden habe, der zu diesem Zeitpunkt Zugriff auf das Register hatte. Und ich habe lange gesucht. Sehr lange.«

Ondrej sagte nichts. Sah ihn einfach nur an. Vielleicht war er gerührt. Oder betroffen. Weil er eigentlich mit einer Geschichte gerechnet hatte, über die er sich lustig machen konnte.

Scht. Scht. Der Besenmann wollte anscheinend die ganze Straße kehren.

»Lange gesucht", sagte Ondrej. »Soso."

Natürlich, er hatte begriffen, um was es hier in Wahrheit ging. Einen schlechteren Zeitpunkt hätte David sich nicht aussuchen können. Wahrscheinlich verbaute er sich gerade jede Chance auf Hilfe.

»Du musst nichts sagen«, sagte David und versuchte zu lächeln. »Ich kenne deine Antwort.«

Der Jazzbesen hinter ihnen verstummte endlich. Dafür brummte leise ein Motor, wie von einem einparkenden Auto.

»Niemand dürfte das reversieren«, sagte Ondrej langsam. »So etwas Binäres wie die Entscheidung über Leben und Tod, dann noch zwei Jahrzehnte in der Vergangenheit – keiner weiß, was dann passiert.«

David schloss die Augen. Er kannte dieses Argument. Und er wollte nicht darüber diskutieren. Nicht jetzt.

»Zwei Jahrzehnte«, knurrte Ondrej. »Dass du das überhaupt erwogen hast. Damit stellst du dich mit der NOBA auf eine Stufe.«

»Es war klar, dass du das sagst.«

Ondrej versank in seinem Sitz und legte die Füße auf das Armaturenbrett. »Wenigstens begreife ich jetzt, warum du das alles durchstehst. Du willst, dass ich deine Schwester zurückbringe.«

»Ich will Weinard retten.«

»Und im Austausch einen Haufen anderer Menschen umbringen? Gratuliere.«

»Wie bitte?«

»Ach, stell dich nicht dämlich. Wenn Susan wieder lebt, wird sie jemandem den Freund ausspannen. Kinder werden nicht geboren werden. Familien zerrüttet.« Er schüttelte den Kopf. »Weinard retten! Das kannst du sonst wem erzählen.«

»Du wolltest doch meine Geschichte hören«, stieß David hervor. »Tut mir leid, dass es nicht um eine Sexaffäre ging.«

»Ich kann dir nicht helfen, kapiert? Selbst, wenn ich wollte. Die NOBA müsste mir dafür ein Token geben.«

»Das wird sie doch machen, nachdem du ihre Existenz bewahrt hast.«

»Nein. Ich bin gegen jede Art von Unterstützung immun. Seit der Universität.«

»Und keinesfalls liegt das Problem bei dir.«

Ondrej gab ein bissiges Lachen von sich. »David, du hast keine Ahnung, was ich erlebt habe.«

David wandte sich nach hinten und ballte seine Hände so sehr zu Fäusten, dass sie schmerzten. Er hatte es tatsächlich vermasselt, offiziell, und ohne die Möglichkeit einer zweiten Chance.

Als er durch den ausgefransten Schlitz in der Folie wieder nach draußen sah, bemerkte er den Wagen. Er hatte an der Abbiegung geparkt, gerade so, dass man den glänzenden Stern an der Spitze sehen konnte. Der fegende Mann stand genau davor.

»Der Mercedes!«, rief David. »Da vorn, er biegt gleich in unsere Straße ein!«

Ondrej schaltete den Motor ein. »Schreib Lois, schnell!«

David griff zum Mantis, auf das er während der ganzen Unterhaltung nicht geschaut hatte. Es leuchtete gelb. »Hat dein Mantis auch auf gelb gestellt?«

»Jepp.« Ondrej brachte sein Mantis gerade am Rückspiegel an. Es schaukelte dort wie ein klobiger Duftbaum. »Ein Schmetterlingseffekt. Oder jemand manipuliert an uns herum. Was ist mit Lois?«

David öffnete den Chat mit Lois und sah, dass die Nachricht, die er gerade hatte schreiben wollen, schon längst erschienen war. Weil sein zukünftiges Ich sie zwanzig Minuten gebacktimed hatte. Eigentlich dürfte der Zeitstrang, den sie gerade durchlebten, nicht stattfinden. Sie sollten längst auf dem Highway sein und darüber nachdenken, was Davids Warnung wohl bedeutet hatte.

In diesem Moment öffnete sich die Tür der Villa und Lois trat heraus. Es sah so aus, als ob sie sofort zu ihnen herunterkäme. Dann aber unterhielt sie sich wieder mit der alten Frau, die in der offenen Tür stand.

Ondrej trommelte auf dem Lenkrad. »Ich fahr los. Sie wird schon klarkommen.«

»Nein«, sagte David. »Warte.«

»Noch fünf Sekunden. Vier – drei – zwei – «

»Du kannst nicht ohne Lois fahren!«

»Ihr Problem, wenn sie das Wort JETZT nicht versteht.« Er legte den Vorwärtsgang ein.

David kurbelte die Scheibe herunter und steckte den Kopf hinaus. »Lois!«

Endlich trippelte Lois über die runden Steinplatten zur Straße hinab, ganz vorsichtig um nicht auszurutschen. Immer wieder sah sie sich zu der Haustür um. Die Frau stand noch immer im Türrahmen.

»Die haben dich gesehen«, sagte Ondrej und öffnete die Beifahrertür.

Tatsächlich leuchteten gerade die Scheinwerfer des Mercedes auf. Auf dem allerletzten Meter beeilte Lois sich doch. Sie rannte über den Bürgersteig und sprang in den Wagen.

»Das war de Burgh! De Burgh wohnt in dem Haus!«

Sie hatte die Autotür noch nicht geschlossen, als Ondrej Gas gab. Sie würden es nicht schaffen, das wusste David genau. Sie hätten nicht hierherfahren dürfen.

17:12 – 17:42

»Wer hat Ihnen gesagt, dass ich komme?«, fragte Lois. Es musste Weinard gewesen sein. Weinard, dieser verwirrte Ex-Redakteur.

»Niemand«, antwortete de Burgh. »Ich hatte schon immer eine Schwäche dafür, Gesichter abzuspeichern. Ihres kenne ich aus den Nachrichten. Ich wusste, dass Sie irgendwann hier auftauchen würden.«

Lois brachte keine Antwort zustande. Die Unwirklichkeit dieser Begegnung kam erst jetzt bei ihr an, wie ein zeitverzögertes Fernsehbild. Dieses Mütterchen mit dem verbitterten Blick und den roten Wangen war tatsächlich Eliza de Burgh. Die Frau, die einst fast dieses Land regiert hätte.

Am besten Lois machte auf dem Absatz kehrt und rannte davon. Es war zu verdächtig, dass de Burgh ihren Namen kannte. Und Lois konnte sich auch nicht erklären, warum Weinards Zettel ausgerechnet hierher führte.

»Es gibt mit Sicherheit einen Grund, warum Sie mich stören«, sagte de Burgh. Einige Details in ihrem Gesicht hatte sie doch von ihrem jüngeren Ich geerbt, von der de Burgh aus den Archivbildern. Vor allem die zur Mitte absinkenden Augenbrauen.

»Ich schreibe an einem Artikel«, entgegnete Lois. »Über das Register und alle Personen, die an seiner Geschichte beteiligt sind.«

Weinard musste etwas geahnt haben. Das war die einzige Erklärung. Und falls es wirklich Leute gab, die ihn rückwirkend umbringen wollten, dann könnte de Burgh durchaus dazugehören. Möglicherweise war sie sogar die Drahtzieherin. Lois könnte jetzt mit ihr sprechen, ohne dass sie Verdacht schöpfte – die Fahrt hätte sich zehnmal gelohnt. Vorausgesetzt natürlich, dass das hier keine Falle war.

»Klingt ja interessant«, sagte de Burgh spöttisch.

»Wenn ich störe ... äh ... Sie scheinen beschäftigt.«

»Wir können uns draußen unterhalten. Folgen Sie mir.«

Lois sah an ihrer dünnen Strickjacke hinunter. Sie hatte nicht mit einem Interview in de Burghs Kräutergarten gerechnet.

Wortlos folgte sie der alten Frau durch einen düsteren Flur. Die Wände hingen voller gerahmter Fotografien. Lois versuchte, die Motive zu erkennen, aber es war zu dunkel.

Über eine Schiebetür ging es wieder nach draußen in den Garten hinter der Villa. Er wirkte freundlich und einladend im Vergleich zum Inneren des Hauses, fachkundig gestaltet. Offensichtlich steckte de Burgh ihre ganze Energie in diesen Garten und die Eiseskälte war ihr dabei kein Hindernis. Während Lois mit de Burgh über den Rasen stapfte, rieb sie sich die kalten Arme und sah sehnsüchtig zum Haus zurück.

»Der muss unbedingt vor dem Frühling versetzt werden«, sagte de Burgh. Sie nahm einen Spaten, der an einem Rhododendron-Strauch gelehnt hatte. Um den Strauch herum zog sich bereits ein Wall aus schwarzer Erde. »Er wird zu groß. Nimmt mir die Sicht.«

Was auch immer sie hier sehen wollte. Lois warf einen Blick zur Straße. Den Wagen mit David und Ondrej konnte man von hier aus jedenfalls nicht erspähen.

»Sie haben hier ein schönes Fleckchen gefunden«, bemerkte sie.

»Ein schöner Ort zum Altwerden, meinen Sie?« De Burgh begann zu graben. »Dieses unselige Haus hat nur einen einzigen Vorteil: Man hat seine Ruhe. Die Jahre plätschern dahin wie ein alter Wasserhahn. Seit zwei Jahrzehnten nun schon. Bei meinem Pech wird der Hahn noch zwanzig weitere Jahre laufen.«

Lois lächelte nur. Ihr fiel darauf keine Antwort ein.

»Lassen Sie uns zur Sache kommen«, sagte de Burgh. »Was soll das für ein Artikel sein, an dem Sie gerade schreiben?«

Jetzt kam es drauf an. Mit der Geschichte, die Lois sich vorhin zurechtgelegt hatte, konnte sie de Burgh nicht kommen. Sie brauchte einen Ersatz, schnell.

»Es geht um die Gründerväter des Registers«, begann Lois langsam. »Man liest selten etwas über die Menschen, denen wir zu verdanken haben, dass uns das Register heute zur Verfügung steht. NewsHub will das ändern. Die Pioniere von damals sollen die längst verdiente Bühne bekommen.«

Während Lois sprach, folgten ihre Augen dem Spaten, der sich im Takt einer Maschine in die Erde rammte. De Burgh machte ein ganzes Dutzend dieser Spatenstiche, bevor sie sich zu einer Antwort herabließ. »Wovon reden Sie? Ich verstehe kein Wort.«

»Alle tun heutzutage so, als wäre das Register im luftleeren Raum entstanden. Aber es wurde erfunden. Es gab einen Prototypen. Wir glauben, eine Geschichte darüber könnte spannend sein.«

De Burgh stützte sich auf den Spaten und musterte Lois. »Abgesehen davon, dass Ihre Geschichte nicht gerade Pulitzer-verdächtig klingt, frage ich mich, was Sie von mir wollen. Als das Register seinen Anfang nahm, war ich bereits am Ende.«

»Aber Sie standen mit vielen Schlüsselfiguren in Kontakt. Zum Beispiel mit Gregory Smith.«

»Smith. Daher weht also der Wind.« Sie setzte ihre Arbeit fort und durchschnitt die Erde wie einen Butterblock. »Zwischen mir und dem Register hat es niemals Berührungspunkte gegeben. Im offiziellen Rahmen habe ich es nur ein einziges Mal erwähnt. Meine genauen Worte weiß ich nicht mehr, aber …«

»Das Register wird niemals ein echtes Problem lösen.«

De Burgh hielt inne.

»Das haben Sie mal gesagt, in einem Interview.«

»Gut recherchiert.«

»Sie haben also nie mit Smith oder einem der anderen Gründer gesprochen? Pat Sullivan? Ondrej Vorisek?« Vielleicht würde de Burgh zumindest bei diesen Namen eine Reaktion zeigen.

De Burgh ging wortlos in die Hocke und bohrte mit einer kleinen Schaufel im Boden herum. Einen Moment schien sie vergessen zu haben, dass sie nicht allein im Garten war. Als sie endlich zu Lois aufsah, war ihr Gesicht noch eine Spur röter geworden. »Sind Sie wirklich den weiten Weg gefahren, um mir diese lächerlichen Fragen zu stellen? Das war weder professionell noch klug.«

»Wahrscheinlich haben Sie einfach mit anderen Fragen gerechnet.« Lois ging ebenfalls in die Hocke. Die kalte Jeans presste sich an ihre Haut. »Uns wurden Hinweise zugespielt, dass Smith und Sie in engem Kontakt stehen. Deswegen bin ich gekommen.«

De Burgh schnaufte vor Anstrengung. »Hinweise, soso. Jetzt gebe ich Ihnen mal einen wertvollen Hinweis. Feuern Sie alle Ihre Informanten. Ich habe mit Smith in meinem ganzen Leben kein Wort gesprochen. Und wenn Sie mich in irgendeine Geschichte reinziehen wollen, sind Sie das ausgesprochen stümperhaft angegangen.«

Lois stand wieder auf. Noch direkter durfte sie nicht fragen – de Burgh würde sie am Ende mit dem Spaten erschlagen und gleich hier vergraben.

In der Tasche ihrer Strickjacke rumorte es. Das Mantis.

»Retten wir dieses unsägliche Gespräch«, sagte de Burgh. »Ab jetzt stelle ich die Fragen. Aber dafür gehen wir ins Haus. Mit diesem Strauch werde ich vor Thanksgiving ja doch nicht fertig.«

De Burgh zog ihre Arbeitshandschuhe aus und hängte sie an den Strauch. Dann stapfte sie Richtung Terrasse.

Lois drehte sich noch einmal zur Straße um, bevor sie de Burgh folgte. Gerade fuhr hinter den dunklen Zypressen ein Auto vorbei, doch alles was Lois noch erkennen konnte, war die schwarze Farbe der Karosserie. Der Mercedes? Vielleicht. Wenn er es war, dann musste jemand Smith alarmiert haben, worauf der seine Schlägertypen losgeschickt hatte. De Burgh konnte das eigentlich nicht gewesen sein.

Lois holte ihr Mantis heraus. David hatte ihr eine Nachricht geschrieben.

17:11 David – Du musst rauskommen. Jetzt!

Scheiße. Sie schaute auf ihre Uhr. Es gab also wirklich ein Problem. In genau zwanzig Minuten.

Lois begann unwillkürlich zu rennen, sie musste sich abbremsen wie auf einer abschüssigen Straße. Nichts überstürzen. Sie hatte noch Zeit. Für genau solche Situationen war das Mantis gemacht.

De Burgh wartete mit stoischer Miene im Innern der Villa bis Lois bei ihr war und wies dann nach links. »Warten Sie hier. Ich ziehe mir etwas an, das nicht so modrig riecht.«

Sie verschwand in einer von vielen Zimmertüren, zwischen denen mannshohe Pflanzen standen, wahrscheinlich zur Überwinterung.

Lois befand sich in einem Raum, den man wohl früher einen Frühstücksraum genannt hätte. Auf dem Tisch in der Mitte lag eine aufgeschlagene Ausgabe der Washington Post, darauf ein aufgeschlagenes Buch. Lois hätte am liebsten einen Blick auf den Buchrücken geworfen, um zu sehen, womit die Alte ihre Zeit totschlug.

Stattdessen kontrollierte sie schnell ihr Mantis – keine weiteren Warnungen – und setzte sich an den Tisch. Von der gegenüberliegenden Wand aus starrte sie ein gigantischer Flachbildfernseher an. In diesem Zimmer war er die einzige Verbindung zur Gegenwart, ansonsten fühlte Lois sich wie in einem Dürer-Gemälde: grünes Licht träufelte durch die Bleiglasfenster und verlor sich in der Holzvertäfelung und den wuchtigen Möbeln. Eine riesige Standuhr in der Ecke pendelte laut vor sich hin.

Seltsam, dass die Leute auf so einen Altherren-Kitsch standen. Seltsam vor allem, dass de Burgh darauf stand.

Während Lois den Fernseher betrachtete, kam ihr ein alarmierender Gedanke: Vielleicht hatte de Burgh Zugriff auf das Register. Vielleicht hatte sie in ihrem Schlafzimmer so etwas wie das Mantis versteckt und unterhielt sich in diesem Moment mit dem Smith der Vergangenheit. Und deswegen waren seine Halunken gerade eben angekommen und hatten das Haus umstellt.

Ganz ruhig. Lois legte beide Hände auf den Tisch. Wenn sie sich gleich nur etwas Mühe gab, bekam sie de Burgh vielleicht dazu, sich zu verplappern. De Burgh war wütend, auf sich selbst und die eigene Vergangenheit. Eine perfekte Ausgangslage.

De Burgh kam zurück, dieses Mal aus einer anderen Zimmertür. Sie hatte nun deutlich mehr Ähnlichkeit mit der aristokratischen Frau, die Lois aus dem Fernsehen kannte. Ihre kurzen weißen Haare leuchteten wie der Kern einer Flamme.

»Wirklich schönes Haus«, sagte Lois.

»Ich hoffe, das meinen Sie nicht ernst. Ich wohne hier aus Gründen, die Sie nichts angehen, aber einer davon ist, dass ich nicht gefunden werden will. Ich frage mich, wie Sie mein Versteck entdeckt haben.«

»Ab und zu landen meine Quellen wohl doch einen Treffer.«

De Burgh setzte sich ihr gegenüber an den Tisch. »Warum diese Fragen über Smith?«

»Das habe ich doch …«

»Natürlich, aber vielleicht versuchen Sie es mal mit der Wahrheit. Ansonsten werden Sie hier und heute keinen Treffer mehr landen. Warum sind Sie zu mir gekommen?«

Lois entschied sich für etwas, dass der Wahrheit nahe genug kam. »Ich glaube, dass wir den Gründervätern und Pionieren nicht nur Gutes zu verdanken haben. Der Status Quo ist sicherlich ein Wunder, gleichzeitig ist er auch eine Katastrophe. Wir haben die NOBA am Hals.« Sie faltete ihre Hände. »Was natürlich im Grunde Ihre Schuld ist.«

De Burgh rührte sich nicht. »Eine groteske Behauptung.«

»Wieso? Hätten Sie einen Apparat wie die NOBA zugelassen?«

»Nicht in dieser Form, natürlich nicht.«

»Na also. Leider haben Sie Ihre Kandidatur vermasselt und ...«

»Sie denken also, dass es meine Aufgabe ist, die Welt zu retten?«

»Nein. Dafür ist es ja zu spät.«

»Allerdings. Weil ich vor zwanzig Jahren einen Fehler gemacht habe. Einen einzigen.«

Lois gefielen die zuckenden Grübchen von de Burgh. Vielleicht hatte sie zum ersten Mal in diesem Gespräch den richtigen Dreh hinbekommen.

»Was war denn dieser Fehler? Dass Sie die Menschen betrogen haben?«

»Dass ich bestimmte Menschen nicht aus dem Weg geschafft habe.«

»Sie hätten eine ganze Menge aus dem Weg schaffen müssen.«

»Nein, eigentlich nur einen.«

»Carl Weinard.«

Nur das dumpfe Ticken der Standuhr war zu hören. De Burgh richtete sich noch weiter auf. »Ja, das hätte wohl genügt«, sagte sie schließlich.

Lois beugte sich vor. »Ich hatte ein sehr interessantes Gespräch mit Weinard. Wissen Sie, dass er nie vorhatte, Ihrem Weg zur Präsidentin ein jähes Ende zu bereiten?«

»Mir ist herzlich egal, was dieser Mann je wollte und warum er die Welt mit irgendwelchen Geschichten belästigt.«

»Wie haben Sie sich eigentlich gefühlt? Als er sich geoutet hat?«

De Burgh setzte sich noch kerzengerader auf. Inzwischen hätte sie ein Buch auf dem Kopf balancieren können. »Lois Anderson, ich verrate Ihnen etwas. Ich habe mich noch nie von Gefühlen oder meiner Intuition leiten lassen. Jetzt gerade zum Beispiel sagt mir mein Gefühl, dass Sie vielleicht nicht ganz die Wahrheit sagen, aber dass ich Ihre ambitionierte, zielstrebige Art mag. Womöglich weil sie meinem alten Ich so sehr ähnelt. Sie sind mir sympathisch, ich kann nichts dagegen machen.«

Lois warf einen Blick auf die Pendeluhr. Kurz nach fünf. So langsam musste sie wirklich hier raus.

»Mein Kopf allerdings«, sagte de Burgh schneidend, »er weiß, dass Sie selbst, von Kopf bis Fuß, falsch sind. Eine Lüge.«

Lois zuckte mit den Schultern. »Das höre ich täglich.«

»Was würde geschehen, wenn ich jetzt in der Redaktion von NewsHub anrufe? Was, wenn Ihr Chefredakteur nicht nur völlig überrascht über Ihre angebliche Story wäre, sondern auch darüber, dass Sie noch am Leben sind? Wenn er mir sagen würde, dass Sie vorgestern, zur Trauer und Bestürzung Ihrer Familie, Selbstmord begangen haben?«

Jedes Wort vergrößerte den Kloß in Lois' Hals. Es gab nur wenige Möglichkeiten, wie de Burgh das herausbekommen hatte – eine schlimmer als die andere.

»Jetzt schauen Sie mich nicht so fassungslos an.« De Burgh wies zu dem Fernseher an der Wand. »Das mag Sie überraschen, aber ich schalte ihn ab und zu an.«

»Tut mir leid, ich verstehe nicht, was Sie meinen.«

»Fast könnte ich das glauben, so verschreckt wie Sie aussehen. Dabei haben Sie doch sicher vorausgesehen, was passiert. Wenn eine leidlich bekannte Journalistin plötzlich verschwindet und das Register auch noch behauptet, sie hätte Selbstmord begangen, zeigen unsere glorreichen Nachrichtensender das natürlich. Mit Foto. Und richtigem Namen.«

Lois schloss die Augen. Die ganze Welt hatte ihr Bild in den Nachrichten gesehen. Im Grunde genau das, was sie immer gewollt hatte. Ihre Wunschfee hatte einen fiesen Humor.

»Sie werden *mir* nun eine Frage beantworten«, sagte de Burgh. »Was haben Sie bis jetzt herausbekommen?«

Lois räusperte sich. »Was meinen Sie?«

»Sie haben bis jetzt nur mit Namen um sich geschmissen. Vorisek. Sullivan. Weinard. Aber wissen Sie auch, was mit Weinard passieren wird?«

»Nein. Ich bin hier, um das herauszufinden.«

De Burgh erhob sich ächzend. »Wir kommen zu keinem Ergebnis. Kehren wir doch wieder in unseren trostlosen Alltag zurück.«

»Was haben Sie vor?«

»Gar nichts. Es kümmert mich nicht, was mit Ihnen geschieht. Da Sie die Trauer Ihrer Freunde als Marginalie hinnehmen, haben Sie mein Mitgefühl verspielt.«

Lois folgte de Burgh durch den dunklen Flur mit den Fotografien und wurde von ihr zur Haustür geleitet. Zumindest das Timing war perfekt – Lois hatte noch genau eine Minute Zeit.

Sie stand schon draußen als de Burgh sie noch einmal an der Strickjacke festhielt. »Ich hoffe, dass Sie begriffen haben. Ich werde Sie nicht retten können.«

»Wie bitte?«

»Sie haben Leute gegen sich aufgebracht.« De Burgh schüttelte langsam den Kopf und runzelte die Stirn. »Sie wissen zu viel.«

Lois nickte nur, dann ging sie vorsichtig die Treppe zur Straße hinab. Die letzten Worte von de Burgh waren Gold wert. Und Lois hatte sie aufgenommen, sie hatte alles aufgenommen. Das war Indiz genug, damit konnten sie zur Polizei gehen. Sie strahlte, als der Wagen von Tina auf sie zufuhr. Ondrej und David würden staunen.

Der Wagen hatte noch nicht geparkt, als sie das Knattern eines weiteren Motors hörte. Es hallte über den gefrorenen Teich neben der Straße wider, die Enten flatterten durch die Luft.

Der schwarze Mercedes. Er beschleunigte wie auf einem Highway.

17:42 – 18:19

»Gib Gas!«, brüllte David und sah nach hinten. Das konnten sie nie im Leben mehr schaffen.

Ondrej gab Gas. Gleichzeitig tat er etwas, das David und sicher auch die Männer hinter ihnen völlig überraschte – er riss das Steuer scharf nach links, sodass der Wagen quer über die Straße und auf den Rasen polterte. Der zugefrorene Teich in der Mitte des Parks kam ihnen pittoresk und nichtsahnend entgegen.

»Was machst du denn da?«, schrie Lois.

David war klar, was Ondrej vorhatte. Das hier war schließlich nicht sein erster Höllenritt mit ihm. Er packte Ondrej an der Schulter. »Das Eis hält nicht.«

Ondrej zeigte auf das Mantis, das aufgeregt am Spiegel hin und her schaukelte. Es leuchtete gelb.

Logisch, erfrieren im Eiswasser brauchte länger als zwanzig Minuten.

David warf, mehr aus einer Routine heraus, einen Blick auf sein eigenes Mantis. Seit er Lois geschrieben hatte, hielt er das Gerät verkrampft in seiner Hand und hatte nicht bemerkt, dass es die Farbe gewechselt hatte.

Es leuchtete rot. Strahlend rot.

David drückte sich in seinen Sitz. Das musste ein Bug sein. Ein temporärer Defekt. Ondrejs Mantis am Rückspiegel leuchtete schließlich auch nur gelb. Ein paar Sekunden noch, dann würde sich Davids Mantis korrigieren.

Heiseres Entengequake. Das Auto landete mit einem Hopser in der Kuhle des Parks und schlitterte auf den Teich zu. An Davids Fenster flatterte eine braune Ente vorbei.

David rutschte noch weiter nach hinten. Die Folie rieb an seinem Nacken. Dieses dünne Stück Plastik, das ihn vor nichts, aber auch gar nichts beschützen würde.

Ondrej fuhr immer langsamer, hielt beinahe an, dann ließ er den Wagen auf das Eis rutschen. Im Seitenfenster sah David, wie der Mercedes im hohen Tempo davonrauschte. Die Männer fuhren um den Park herum, genau wie erwartet. Dreihundert Meter hin und zurück, lange würden sie dafür nicht brauchen.

Schweigend steuerte Ondrej den Wagen zwischen den Inseln aus gefrorenen Schwimmpflanzen hindurch. Es knirschte und knackte unter dem Autoboden. Lois stöhnte leise. David wagte nicht zu atmen. Er starrte nur auf sein Mantis, das einfach nicht die Farbe wechselte.

Endlich erreichten die Vorderräder das Ende des Teichs – und jetzt brach das Eis. Das Hinterteil des Wagens mit David sackte nach unten, Wasser schlug gluckernd gegen die Karosserie.

Von der Straße her war das Röhren des Mercedes zu hören. Er hatte gerade eben die Hälfte geschafft und kam ihnen wieder entgegen. Ein einziger Schuss von vorn, mehr würde nicht nötig sein. Eine Kleinigkeit für die beiden Männer.

»Nicht bewegen«, sagte Ondrej. Er ließ den Wagen behutsam ans Ufer klettern. Mit einem Ruck kamen die Hinterräder aus dem Wasser.

»Das wird knapp«, sagte Lois.

Sie holperten über das Gras, zurück auf die Straße. Mit der einen Hand lenkte Ondrej, mit der anderen holte er eine Pistole aus dem Handschuhfach und warf sie nach hinten. »Ordentlich zwischen die Beine feuern.«

»Ich?«, fragte David.

Ondrej zog die Handbremse, der Wagen drehte sich und schlingerte in eine Seitenstraße. »Denkst du, ich seh dein Mantis nicht? An deiner Stelle würde ich langsam was tun.«

Lois blickte nach hinten und schrie auf. »Scheiße! Und jetzt?«

David sagte nichts. Alles um ihn herum verschwamm, da waren nur noch Motorengeräusche, flatternde Folienfetzen und das Rot seines Mantis'. Er wusste nicht, was er tun sollte. Er verstand nicht, warum sie keine Tipps aus der Zukunft bekamen.

»Was ist da gerade passiert?«, fragte Ondrej. »Im Haus?«

»Das war de Burgh«, sagte Lois. »Sie hat mich sofort erkannt.«

»Warum?«

»Weil im Fernsehen über unsere Selbstmorde berichtet wurde.«

»Ach. Tja. Wenn die uns gleich umlegen, wird das also niemanden kümmern. Wir sind nicht mehr von dieser Welt.«

Ondrej bog mit so viel Schwung in die nächste Seitenstraße, dass David sich nicht mehr halten konnte. Er kullerte in die linke Ecke des Fußraums, sein Mantis segelte ihm hinterher. Stöhnend rieb er sich das Schienbein und zog sich wieder hoch.

Der Mercedes war nähergekommen, obwohl Ondrej mit hundert Sachen durch die Siedlung raste. Die Motorhaube des Mercedes hatte sich ein Stück weit geöffnet. Vielleicht hatten ihre Verfolger technische Probleme? Wenn ja, wodurch?

»Mist, verdammter«, sagte Ondrej. »Wir müssen Davids Mantis endlich beruhigen.«

Sie waren nun auf dem Highway angekommen. Die wenigen Autos wichen hastig nach rechts aus, damit Ondrej vorbeiziehen konnte. Zwischen bunten Holzhäusern und Industriehallen kündigten Schilder das Zentrum von Baltimore an. In wenigen Minuten würden sie die Universität passieren. Danach kam die Innenstadt.

Der Abstand zum Mercedes war auf ungefähr zweihundert Meter angewachsen. Abschütteln ließ er sich allerdings nicht. Vielleicht war das Taktik. Ihre Schatten jagten sie müde, genau wie ein afrikanischer Antilopenjäger.

»Hängt de Burgh da mit drin?«, fragte Ondrej.

»Sie hat mich gewarnt«, antwortete Lois. »Ich wüsste zu viel und würde das nicht überleben. Hab ich alles auf Band.«

David sah die Rückseite eines Stoppschildes vorbeirauschen. Ondrej hatte es, ohne mit der Wimper zu zucken, ignoriert.

Sie waren nun im Speckgürtel von Baltimore, die Zahl der Spuren war auf drei angewachsen. Und immer noch drängte Ondrej ein Auto nach dem anderen auf die rechten Spuren.

David dämmerte, dass Ondrej schon wieder gegen jede Intuition handelte. »Willst du nicht versuchen, um das Zentrum herum zu fahren?«

»Nein, wir fahren direkt hinein«, sagte Ondrej. »Da haben wir zumindest eine faire Chance.«

»Durch die Stadt? Das ist doch Selbstmord!«

»Darin sind wir ja Profis.«

Am Ende der Straße leuchteten die Lichter einer Ampel, die erste, seit sie Homeland verlassen hatten. Noch stand sie auf Grün. Und obwohl Ondrej die Fahrt nicht verlangsamte, kam der Mercedes näher.

»Die wollten uns genau hier haben«, sagte Ondrej. »Von wegen Hausmeister.«

Die Ampel sprang auf Rot. David sah auf sein Mantis, das im gleichen Rot durch die Lücken seiner Finger strahlte. Ihm war, als reiße der Anblick seinen Kopf von innen auseinander.

Dann hörte er, wie Ondrej das Gaspedal durchdrückte. Viel zu spät. Sie würden mit voller Wucht in den Querverkehr rasen.

David krallte sich an der Rückenlehne fest. »Das schaffen wir nicht!«

»Locker bleiben. Wir haben ein VIP-Ticket.«

Sie fuhren über die rote Ampel. Links und rechts von ihnen

warteten drei Spuren von Autos. Es war, als ob rot und grün soeben ihre Bedeutungen getauscht hätten. Nicht ein einziger Reifen quietschte.

»Was ist das hier?«, rief Lois.

Sie verließen die Kreuzung, nun starteten die Autos wieder und überquerten die Straße, als wäre nichts gewesen. David begriff. Ondrej tat das gleiche wie der Fahrer des Pick-Ups, den David am Montagmorgen beobachtet hatte. Er war ein Geisterfahrer, dem nichts passieren konnte.

»Das Register«, sagte David. »Es korrigiert gerade im Sekundentakt.«

»Öfter«, sagte Ondrej. Er steuerte nach links, über den Grünstreifen, der sie von der anderen Fahrbahn getrennt hatte. Sie fuhren genau gegen die Fahrtrichtung.

Zwischen den Autos bildete sich eine Gasse und Ondrej pflügte hindurch wie ein Taucher durch einen Fischschwarm. David konnte die verwirrten Gesichter der entgegenkommenden Autofahrer sehen. Die meisten brauchten wohl einen Augenblick, bis ihnen aufging, dass sie es mit einem Streetdiver zu tun hatten.

David sah durch die Folie wieder nach hinten hinaus. Der Mercedes folgte ihnen durch die Schneise. Der Abstand war auf unter zehn Meter geschrumpft. David konnte erkennen, dass ein Mann am Steuer saß. Sonst schien das Auto leer zu sein.

»Ist nur einer von beiden«, vermeldete David. »Wahrscheinlich Ziegenbart.«

Die schwarze Motorhaube war immer noch ein Stück geöffnet und David bemerkte, dass jetzt etwas unter der Karosserie hinausschaute. Es sah aus wie ein Gewehr. Ein Maschinengewehr.

»Oh nein.«

Eine Salve von dumpfen Einschlägen prasselte auf sie ein wie plötzlicher Hagel. David rollte so schnell er konnte zurück auf den Boden.

»Hab mich schon gewundert«, sagte Ondrej. Er hatte sich, genau wie Lois, so weit nach unten geduckt, dass er unmöglich noch durch die Scheibe sehen konnte. »Die sind doch sonst nicht so zögerlich.«

Wieder knallten Schüsse auf das Heck. Ondrej bog ab, ohne das Tempo zu drosseln und passierte die nächste rote Ampel. Einen Moment schien es, als hätten sie den Mercedes abhängt, dann kam er doch um die Kurve gerast.

»Die haben ein Gewehr vorn drangeklemmt!«, sagte David. Er sah an sich herunter in der festen Erwartung, sein Hemd wäre blutdurchtränkt. In zehn Minuten würde er den Verletzungen erliegen –

Aber da war nichts. Die Kugeln hatten anscheinend nur den Kofferraum erwischt. Und immer noch stoben die Autos vor ihnen davon, als wäre Tinas Wagen von einem Kraftfeld umgeben. Vom Kleinwagen bis zum Tanklaster, alles hielt so frühzeitig an, dass es nie annähernd brenzlig wurde. David musste erneut an den Pickup-Wagen denken, den er Montag beobachtet hatte – in diesem Fall war die Polizei auf den Plan getreten. War das vielleicht die Rettung?

»Die Polizei!«, rief er nach vorn. »Die müsste uns doch eigentlich anhalten.«

»Hoffentlich bald«, sagte Lois.

Ondrej zwängte den Wagen in einen Fußweg, der zwischen Hauswänden und Gartenzäunen gerade genug Platz für den Wagen ließ. Schon nach wenigen Metern verloren sie beide Seitenspiegel.

David kletterte wieder auf die Rückbank und spähte nach dem Mercedes. Er war nicht zu sehen. Vielleicht hatten sie ihre Verfolger tatsächlich abgeschüttelt.

»Eure Polizei in Ehren«, sagte Ondrej. »Aber das System ist ziemlich tolerant. Die Cops werden sich in den nächsten zehn Minuten nicht aufraffen.«

David wusste, warum Ondrej von zehn Minuten sprach. So lange noch, bis sich die Prophezeiung des Mantis' erfüllt hatte. Bis Davids virtueller Tod real geworden war.

»Da sind sie!«, schrie Lois.

Am Ende der Gasse bretterte der Mercedes direkt auf sie zu, er schob dabei zwei Mülltonnen vor sich her.

Ondrej drückte auf die Bremse. Ausgerechnet hier gab es nicht einmal einen Garten, in dem er wenden konnte. Die Männer mussten das gewusst haben. Sie kannten die Route ihrer Opfer und tricksten sie aus.

Es knallte wieder. Als David die Augen öffnete, zog sich ein Geäst weißer Linien über die Frontscheibe, ein faustgroßes Einschussloch prangte im Zentrum.

Ondrej legte den Rückwärtsgang ein. Sie schauten alle nach hinten. Ein Motorradfahrer stand am anderen Ende der Gasse. Er hatte seine Waffe auf sie gerichtet.

»Und da ist Nummer Zwei«, sagte Ondrej. »Dann wollen wir mal.«

Er duckte sich vor das Lenkrad, Lois verschwand unter dem Sitz. Entweder würden sie jetzt in das Motorrad krachen oder in eine Hauswand fahren. David hatte sich auf den Boden gekauert, aber er hielt die Pistole mit beiden Händen aus dem Fenster gerichtet. Nie hatte er sich gefragt, wie man eine Pistole betätigte. Er wusste nicht, wie man sie lud, sie entsicherte und was davon Ondrej schon getan hatte. Er kniff einfach die Augen zusammen und zog an dem Hebel.

Der Rückstoß fiel so heftig aus, dass David die Waffe in den Kofferraum fallen ließ. Danach hörte er ein langgezogenes Knirschen – ihr Auto schrappte an einer Hauswand entlang, kam schließlich ruckelnd zum Stehen. Ondrej richtete sich auf und sah nach links und rechts. Dann gab er erneut Gas.

»Hab ich ihn getroffen?«, fragte David.

»Nein«, sagte Ondrej. »Aber erschreckt. Er versteckt sich hinter einer Hollywoodschaukel.«

Nach wenigen Sekunden waren sie zurück auf der Hauptstraße. Wieder umkurvten die Autos sie wie ein ganz normales Hindernis.

David hatte das furchtbare Gefühl, gleich den Verstand zu verlieren. Sein Mantis brannte seit einer Viertelstunde feuerrot. Weder er selbst noch irgendwer anders schickte ihnen eine Nachricht. Entweder sie waren dabei, die Sache doch noch zu drehen. Oder sie fuhren seinem Schicksal direkt entgegen.

»Können wir *irgendwen* anrufen?«, fragte Lois. »Einen Notruf absetzen?«

Ondrej schüttelte den Kopf. Er steuerte die Auffahrt zur Interstate an. Immerhin entflohen sie nun endlich dem Zentrum von Baltimore.

Lois hielt ihr Mantis in die Höhe. »Was ist hiermit? Kann man nur von Mantis zu Mantis telefonieren?«

»Klar. Hat auch immer gereicht.«

»Sag mal, kapierst du's eigentlich? Wir haben nur noch ein paar Minuten, um David zu retten!«

David legte das Mantis mit dem Licht nach unten auf den Sitz. Das war es also gewesen. Ausgerechnet so endete alles.

Sie rasten die Autobahnbrücke hinauf. Der Fluss darunter schwitzte einen schlierigen Nebel aus, in dem sich das Brückengeländer und die grünen Straßenschilder verloren. Rechts, neben der Brücke, warteten Kolonnen von Güterzügen auf ihre Fahrt Richtung Washington.

Der Mercedes hatte sich wieder herangepirscht. David wusste genau, was die beiden Männer vorhatten. Sie würden ihren Wagen jeden Moment zum Stehen bringen und David erschießen. Aber warum nicht auch Ondrej und Lois? Ihre Mantisse hatten immer noch nicht die Farbe gewechselt.

Ondrej schlug aufs Lenkrad ein. »Können die Bullen nicht

einmal da sein, wenn man sie braucht? Sind wir wirklich so unsichtbar?«

Er hatte recht, sie waren unsichtbar. Irgendwie mussten sie auf sich aufmerksam machen. Und zwar so, dass die Polizei sie nicht ignorieren konnte.

David richtete sich auf. »Ondrej, halt an.«

»Wie bitte?«

»Ihr müsst aussteigen. Ich fahre allein weiter.«

Lois fuhr herum. »Hast du sie noch alle? Dann sind wir Freiwild!«

»Ondrej, fahr ihnen entgegen. Das wird sie durcheinanderbringen. Danach tauschen wir die Plätze.«

Ondrej starrte David über den Rückspiegel an, seine dicken Augenbrauen waren tief nach unten gezogen. »Also hast du eine Idee.«

»Habe ich.«

Ondrej überlegte nur kurz, dann trat er in die Eisen. Quietschend drehte sich ihr Wagen um die eigene Achse. Durch den Rauch schwarzen Gummis hindurch polterte ein Tiertransporter an ihnen vorbei. Als sie sich wieder in Bewegung setzten, sah David für einen Moment das verblüffte Gesicht Ziegenbarts im Mercedes. Diesmal hatte er es nicht geschafft, sie in einen Kugelhagel zu hüllen.

»Hat der eigenen Zukunftsbrille nicht getraut«, sagte Ondrej und bremste wieder ab.

Ihr Wagen stand mitten auf der Brücke, ein Fels im Feierabendverkehr. Lois und Ondrej stiegen aus und sahen zu, wie David sich auf den Fahrersitz setzte.

»Sie wollen nur mich«, sagte David und ihm war, als spräche ein anderer diese Worte.

Lois beugte sich über die halb geöffnete Scheibe und berührte Davids Schulter. »Ich muss dir noch etwas sagen. Etwas, dass du wissen musst.«

Ihre Augen trafen sich, nur eine Sekunde, dann riss sich David los. »Später vielleicht.«

Er drehte den Zündschlüssel und fuhr los. Vor sich sah er den Mercedes, der nun ebenfalls mitten auf der Straße stand. Neben ihm parkte das Motorrad. Nettes Empfangskomitee.

Im Rückspiegel sah David, wie sich Ondrej und Lois an das Gitter der Brücke lehnten. Zumindest die beiden waren in Sicherheit. Er hingegen würde diese Jagd zum Abschluss bringen. Genau wie es das Mantis vorhergesagt hatte.

Ziegenbart und Sonnenbrille mussten spätestens jetzt erkannt haben, was David vorhatte. Wahrscheinlich trauten sie ihren Gadgets immer noch nicht. Sonst hätten sie längst reagiert.

David drehte nach rechts ab. Hinter der Absperrung der Brücke ging es sicher mehr als dreißig Meter nach unten. Es würde schmerzlos über die Bühne gehen, immerhin. In dem Moment, in dem Tinas Auto die Schienen des Güterbahnhofs erreichte, war David auch schon tot.

David krachte in das Geländer, ein plötzlicher Donnerschlag, Knacksen und Prasseln wie bei einem Lagerfeuer. Das Blech war verbogen, teilweise durchbrochen. Aber das Auto hatte es nicht hindurch geschafft. Es klemmte am Rand der Brücke fest, die Vorderräder schwebten in der Luft.

David schaltete den Rückwärtsgang ein und gab Gas. Es dauerte einige Sekunden, bis sich Tinas Wagen befreit hatte. Die Fahrertür brach jämmerlich knirschend ab und blieb am Geländer hängen. Beißende Kälte peitschte in Davids Gesicht. Von rechts raste der Mercedes heran. Die beiden hatten begriffen, dass David die Sache wirklich durchzog.

Er fuhr erneut zurück, nahm Anlauf, um mit Vollgas in seinen Tod zu brettern.

Der Mercedes hielt direkt neben ihm, aus der Motorhaube heraus knallte es wieder. David spürte einen stechenden Schmerz in der Hüfte. Er ignorierte ihn und gab Gas. Die zerborstene Absperrung kam näher und das Mantis blinkte plötzlich rot. Vielleicht ein finaler Countdown für die letzten Sekunden.

Sirenen heulten. Das Blinken wurde heller – es kam überhaupt nicht vom Mantis, sondern von draußen. Neben den Fensterscheiben tauchten weiße Autos auf, mit blauen Buchstaben und roten Streifen. Polizeiautos, mindestens drei.

Die Autos kamen von beiden Seiten auf ihn zugeschossen, um ihn vor dem Sprung abzufangen. Genau wie David es geplant hatte. Ein Unfall mit Zeugen, einer, der sich nicht automatisch rückgängig machen ließ – das war das Einzige, was die Polizei auf den Plan rief.

Er krachte in das erste Polizeiauto, es schob ihn ein Stück nach links. Dann in das zweite. Rotblaues Blinken überall.

Ich bin zu schnell, dachte David.

Er schleifte die Wagen, die ihn in die Mangel genommen hatten, einige Meter in Richtung Abgrund. Die weiße Karosserie hing wie eine Klette an seinem Wagen, im nächsten Moment löste sie sich. Die Schnauze von Davids Wagen presste sich in das zerstörte Geländer, schaffte es hindurch – und kippte über die Kante, kopfüber in den Abgrund. Rotbraune Schienenstränge waren direkt unter ihm, doch sie kamen nicht näher. Er hing noch mit den Hinterreifen an der Brücke fest. Nicht mehr lange, das war klar. Die Polizei hatte bei ihrem nachlässigen Versuch, seinen Tod zu verhindern, schlichtweg versagt.

Mit einem Ruck löste sich das Heck vom Geländer und der Sitz presste sich in Davids Wirbelsäule. Es folgte ein langer Moment der Schwerelosigkeit, ganz genau wie in Davids Albträumen, nur dass dieser Sturz eine Erleichterung war. Ein Gewicht, das Jahre auf Davids Schultern gelastet hatte, löste sich plötzlich und schwebte davon.

David schloss nicht die Augen, auch nicht in dem Moment, als der Wagen auf den Boden aufkam und das Lenkrad Davids Rippen zertrümmerte.

Seltsamerweise kam das Ende nicht sofort. Rostbraune Splitter und Partikel verharrten in einem Moment kreischender Stille, der David Zeit für einen letzten Gedanken ließ: Früher hätte es zumindest einen Airbag gegeben.

Dann krümmte sich der Innenraum des Autos, alles zog sich zusammen auf einen Punkt hin, wie eine ausgehende Flamme, und dieser Punkt war David. Die Flamme erlosch, es wurde finster und von David war nur noch der Wunsch übrig, es möge endlich Schluss sein. So fühlte sich also der Tod an.

18:19 – 18:25

Der Wagen krachte in das erste Polizeiauto und drehte sich ein Stück nach links. Das zweite Auto trat von der anderen Seite nach.

Ich bin zu schnell, dachte David.

Die Vorderreifen rutschten über die Kante. Wütendes Sirenengeheul näherte sich von hinten und ein drittes Auto rammte sich in den Kofferraum. Alles drehte sich: Davids Wagen, die Brücke, der dunstige Himmel. David war, als hätte er sich gerade übergeben, ganz sicher war er sich nicht.

Das Auto kam zur Ruhe. Die von Staubschlieren durchzogene Luft leuchtete abwechselnd rot und blau, die Sirenen waren verstummt.

David tastete nach dem Türöffner. Er musste hier raus. Nicht, dass der Wagen doch noch in die Tiefe stürzte.

Er ließ sich aus dem Auto gleiten und landete auf den Knien. Der Asphalt war eiskalt. David versuchte durchzuatmen, aber die dreckige Luft verstopfte seinen Rachen. Starke Hände in Handschuhen rissen ihn wieder nach oben.

»Geht's Ihnen gut?«

Das war nicht Ziegenbart. Auch nicht Sonnenbrille.

»Geht es Ihnen gut, Sir?«, fragte die Stimme noch einmal. »Wollen Sie sich hinlegen?«

David schüttelte den Kopf und stand auf, fiel aber sofort in sich zusammen. Er schaffte es gerade noch, sich an dem Mann festzuhalten. Die Tür des Polizeiautos öffnete sich, ein weiterer Mann stieg aus.

»Was war denn da los?«, fragte der Mann mit den Handschuhen. David sah erst jetzt das Polizeiabzeichen auf der blauen Jacke. »Wir haben ganze vier Versuche gebraucht. Bei den ersten drei haben Sie es jedes Mal geschafft, die Brücke runterzufallen.«

David blinzelte. Er war außerstande, einen korrekten Satz zu denken, geschweige denn auszusprechen.

Aus dem Nebel tauchten zwei weitere Gestalten auf. Die eine trug einen Motorradhelm. Sie sahen einander an, dann zogen sich hinter Davids Auto zurück.

»Das sah fast so aus, als ob Sie da unbedingt runter wollten«, sagte der Polizist. Er klang direkt ärgerlich.

David hielt sich japsend die Seite. Langsam wurde ihm klar, dass er es geschafft hatte. Egal, wie viele Knochen er sich gerade gebrochen hatte, die Jagd war vorbei. Er musste nie wieder zurück in die Apotheke. Nie mehr hungern. Heute Abend war er wieder zu Hause. Er würde sogar das blöde Cobain-Konzert besuchen können, notfalls im Gips.

»Haben Sie eine Erklärung?«, fragte der Polizist.

David nickte. Und ob er die hatte: Sie hatten Beweise. Vor allem das Gespräch mit de Burgh. Vielleicht würde man ihn erst mal ins Gefängnis stecken – und wenn schon. Gleichzeitig würde man seiner Geschichte nachgehen. Nur wo begann diese Geschichte? Bei Weinard? Feingold? Dem perfiden Plan, zwanzig Jahre zu reversieren, den er, David Manoah, vereitelt hatte?

Aus dem staubigen Dunst meldete sich rau und trotzdem glockenklar eine neue Stimme. »Ich habe alles beobachtet! Er wurde zur Seite gedrängt.«

Es war Lois. Sie war in wenigen Schritten bei ihnen und packte den Polizisten beim Arm.

Er machte sich ein Stück größer. »Keine Sorge, Miss, wir werden hier gleich alles reversieren. Tut mir leid für das Chaos.«

»Sie verstehen nicht.«

»Dem Mann geht's gleich wieder gut. Wir reversieren die ganze letzte Stunde.«

Lois sah den Polizisten mit versteinerter Miene an. »Officer, Sie müssen mir zuhören. Diese zwei Männer«, sie zeigte auf Ziegenbart und Sonnenbrille, die wie zwei ausgesetzte Haustiere neben dem Wrack standen, »diese Männer haben ihn zur Seite gedrängt. Immer und immer wieder.«

Erst jetzt schienen die beiden zu bemerken, dass sie nicht unsichtbar waren. Sie setzen zur Flucht an, aber vergeblich. Drei Polizisten rannten ihnen ein paar Meter hinterher, dann hatten sie sie fest im Griff.

»Immer mit der Ruhe«, sagte der Polizist neben David und winkte seine Kollegen heran. »Meinetwegen, dann machen wir das heute nach alter Schule. Token-IDs erfassen.«

David stolperte Richtung Lois. Was veranstaltete sie hier? Er wollte doch nur noch, dass alles ein Ende hatte.

»Wir wollen mit unserem Anwalt sprechen«, sagte Sonnenbrille.

»Wie in alten Zeiten«, spottete der Officer.

Ondrej stellte sich neben Lois. David fiel auf, dass er und Lois ernste Gesichter machten. Ondrej formte stumm die Wörter »Weg hier.« In seiner Hand ließ er einen Autoschlüssel kreisen.

»Ich möchte gehen«, murmelte David.

Der Polizist runzelte die Stirn. »Wie bitte?«

»Ich würde jetzt gern gehen. Wenn das möglich ist.«

»Hören Sie, ich kann die Sache doch nicht rückgängig machen. Die Männer da wollen unbedingt verhaftet werden.«

»Mir egal.«

»Aber dann müssen Sie ins Krankenhaus!«

David sah unsicher zu Lois, die mit dem Kopf schüttelte. Irgendetwas stimmte nicht.

»Mir geht's gut.« David wies auf einen Token-Scanner, der

an der blauen Jacke des Polizisten steckte. Inzwischen wusste er, wie die Dinger aussahen. »Wenn Sie noch was brauchen, meine Token-ID haben Sie ja.«

Der Polizist sah mit schiefem Gesicht erst zu seinem Token-Scanner, dann zurück zu David. Wenn er den Scanner jetzt zur Hand nahm, würde er sehen, dass dieser in den letzten Minuten keine neue ID erfasst hatte.

»Na schön«, sagte der Polizist. »Wir werden noch mal auf Sie zukommen.«

»Wie Sie wollen.«

David humpelte zu Ondrej und Lois. Sie nahmen ihn zwischen sich wie einen Betrunkenen. Inzwischen sahen ihre Gesichter merkwürdig eingefallen aus. Als wären sie beide plötzlich krank geworden.

Noch verwirrender war, dass sie geradewegs auf den schwarzen Mercedes zusteuerten.

»Wo wollt ihr denn hin?«, fragte David. »Wir sollten das Ganze jetzt und hier beenden!«

»Nein, wir müssen sofort hier weg«, sagte Lois. »Und dann können wir nur hoffen, dass die Polizei das hier nicht reversiert.«

»Was ist denn los?«

Lois kniff den Mund zusammen. »Es geht um deinen Vater.«

David blieb stehen. Auch das noch. Judd hatte irgendeine Dummheit gemacht. War zur Presse gelaufen, oder zur Polizei.

»Tina hat eine Botschaft per Email bekommen. Hat sie uns gerade über das Mantis gesagt.« Lois zögerte. »Judd hat sich nie über sein Todesdatum informiert, ist das richtig?«

Hinter Davids Augäpfeln begann es zu brennen. »Was?«

»Die haben es irgendwie geschafft, uns als Mörder deines Vaters hinzustellen.« Sie fuhr sich übers Gesicht. »Es sieht übel aus.«

Davids Beine knickten weg. Vor dem Kofferraum des Mercedes brach er zusammen.

19:44 – 20:03

Die Fahrt zur Apotheke verbrachte David in einem unangenehmen Halbschlaf. Er lehnte mit dem Gesicht an der vibrierenden Fensterscheibe, die Nachmittagssonne knallte ihm auf die Schultern und am liebsten wäre er eingeschlafen und nie wieder aufgewacht.

Ab und zu strich Lois ihm vorsichtig über die Schulter, und ihr herber Geruch kitzelte in seiner Nase.

Sie waren allesamt naiv gewesen. Wie Rennmäuse waren sie durch ein Labyrinth gewetzt, auf das der Erbauer hinabschaute und seinen Spaß hatte. David hätte sich diesem Unbekannten gern ergeben, aber selbst dazu fehlten ihm die Ideen. Er wusste ja nicht einmal, was seine Gegner eigentlich von ihm wollten. Und was sie mit seinem Vater angestellt hatten.

Als sie die Apotheke endlich erreichten, war die Sonne untergegangen. Der Hauptraum war unangenehm warm, es roch nach Hot Dogs und trockenem Schweiß.

Tina sah abgekämpft aus und ersparte sich jede Bemerkung über Davids blutiges Ohr. Stattdessen führte sie ihn wortlos zu ihrem Laptop, der am Rand des Tresens stand. Eine E-Mail war geöffnet.

Hallo FTC,

bitte hört endlich auf, mir auf die Nerven zu gehen. Vor allen Dingen aber kommt nicht auf die Idee, die Polizei, die NOBA oder sonst wen einzuschalten. Solltet ihr dies doch tun, wird man euch nicht nur wegen eures Verstoßes gegen den Time Reversal Act, sondern auch wegen Mordes festnehmen. Sollte es dazu kommen, schweigt am besten, in eurem eigenen Interesse. Macht euch trotz allem keine Sorgen. Ich brauche nicht mehr lange. Bald wird dieser ganze Unsinn niemals passiert sein. Auch nicht das, was ihr im Video seht.

Beste Grüße

Homochronos

»Keine Ahnung, wie der Kerl diese E-Mail-Adresse herausbekommen hat«, sagte Tina. »Er hat über ein Dutzend Proxies ...«

»Was ist das für ein Video?«, fragte David.

»Also. Bevor du das siehst ...«

»Anmachen!«

Tina seufzte. Sie führte ihre Hand langsam zum Touchpad, zog sie aber kurz davor zurück.

»Mach's endlich an«, sagte David.

Tina gab sich einen Ruck und öffnete den Anhang der Mail. Für einen Moment war der Bildschirm schwarz, dann war ein alter Mann auf einem schwarzen Ledersessel zu sehen. Er hatte die Arme verschränkt, als schaue er sich gerade ein Football-Spiel an.

Es war Judd. Er trug sein Ausgeh-Outfit: Jeanshemd, ausgebleichte Stoffhose. Von dem Raum, in dem er saß, konnte man nichts erkennen, die Beleuchtung war zu spärlich.

»David«, krächzte Judd mit müder Stimme, »ich weiß nicht, wo du da reingeraten bist. Oder ich. Mir tut's vor allem leid, dass ...« Er brach ab. Offensichtlich war ihm von einer Person, die nicht im Bild war, das Wort abgeschnitten worden.

Er hustete, und als er fortfuhr, klang seine Stimme noch müder. »Hier kommt mein Text. Ich bin in einem Hotelzimmer gefangen, frag mich nicht wo. Sieht teuer aus. Eigentlich wollte ich heute zum Arzt gehen, aber dieser Zug ist abgefahren. Meine Begleitung ist sich sicher, dass der Schlaganfall in wenigen Minuten kommt.«

David versuchte, Judd nicht in die Augen zu schauen. Das Video musste ein Fake sein. Er konnte sich inzwischen einiges vorstellen, deutlich mehr noch als vor ein paar Tagen. Aber niemand starb heute noch an einem Schlaganfall.

Cano, Schepp und Dana bewegten sich langsam in Richtung Fenster, als fühlten sie sich von dem Computer bedroht.

»Neben mir wird man einen Brief finden«, sagte Judd. »Und auf dem steht ... Moment, hier kommt's.« Er kratzte sich an der Wange, dann hielt er sich ein Blatt Papier vors Gesicht. »Ich bin das Opfer meines Sohnes und seiner Komplizen Tina Adams, Ondrej Vorisek und Lois Anderson. David hat die Warnungen bezüglich meines Todes abgefangen und mir verheimlicht. Er hat mich in diesem Hotelzimmer eingesperrt. Alles sollte so aussehen, als ob ich hier in Ruhe sterben wollte. Doch das ist nicht so. Mein Sohn und seine Komplizen haben mich umgebracht.«

Die letzten Worte endeten in Judds altem Raucherhusten. Für David klang das Husten plötzlich wie ein Stück Heimat: Das kesselnde Bellen, das zu einem schnellen Keuchen wurde, zum Schluss ein letzter Schnaufer. Ja, das war Judd.

»Natürlich glaube ich das nicht«, sagte er in der Videoaufnahme. »Nicht so richtig jedenfalls. Ich meine ... du warst so seltsam in letzter Zeit. Immer schon, klar, aber besonders diese Woche. Und Tina wollte mir ja auch nicht sagen, was los ist. Bin ich ... bin ich Teil von irgendeinem Plan? Benutzt du mich?«

Nein, nein, nein, schrie David in Gedanken. *Er glaubt es. Mein eigener Vater glaubt, dass ich seinen Tod geplant habe.*

»Denn eines stimmt ja«, sagte Judd leise. »Du hast mich nach dem roten Brief gefragt. Und dann bist du einfach untergetaucht. Ich hab die ganze Zeit versucht, dich ...« Jemand hinter der Kamera unterbrach ihn. Judd nickte. »Also schön. Mach's gut, mein Sohn. Ich möchte dir nur noch eines sagen. David ...«

Das Wort »David« lag noch auf Judds Lippen, als das Video abbrach. David tippte auf die Leertaste, er glaubte an eine technische Störung. Doch der Bildschirm spuckte nur eine bitterböse Frage aus: *Video noch einmal ansehen?*

Lois hielt sich die Hand vor den Mund. »Mein Gott.«

David starrte auf den Laptop und ihm war, als hätte er soeben die Fähigkeit verloren, zu lächeln – quer durch all die verfluchten Paralleluniversen und Zeitlinien hindurch.

»Er hat mir gesagt, es wäre alles in Ordnung«, sagte Tina mit erstickter Stimme. »Ich habe ihn doch gefragt.«

»Er wollte zum Arzt gehen«, murmelte David. »Verdammt, ich ... wer macht so was? Was für ein Mensch?« Er sah in die weißen Gesichter, niemand antwortete. Ondrej lehnte mit verschränkten Armen an der Regelwand und starrte zur Decke, Tina zuckte nur mit den Schultern.

»Wir dürfen nicht in Panik geraten«, sagte Lois. »Zunächst einmal beweist das, dass wir nicht gegen die Regierung kämpfen.« Mit einem Blick Richtung Ondrej fügte sie hinzu: »Falls das noch mal jemand in Frage stellen möchte.«

»Wann kam die Mail?«, fragte David.

»Vor drei Stunden«, sagte Tina.

Vor drei Stunden. Der Schlaganfall war längst Vergangenheit. Kein Fake. Alles echt.

»Er ist bereits tot«, sagte David leise. »Mein Vater ist tot.«

»Vielleicht ist alles nur Bluff.«

»Das glaubst du doch selbst nicht! Mein Vater ist tot und alles sieht danach aus, dass ich ihn umgebracht habe. Und er selbst denkt sogar ...« Die Worte blieben ihm im Hals stecken.

»Wir gehen zur Polizei«, sagte Dana. Sie stand immer noch mit den anderen am Fenster. »Und erklären denen alles.«

»Und dann?«, fragte Ondrej. »Dieser Irre, der das geschrieben hat, hat völlig recht. Die werden uns in eine Zelle stecken und über Tage verhören. Und wenn wir denen zwischendurch erzählen, dass das Ende der Welt bevorsteht, wird das allenfalls eine Aktennotiz. Bis dahin ist dieser Homochronos fertig.«

»Und was ist die Alternative? Sollen wir einfach hier sitzen und abwarten?«

»Ich würde vorschlagen, wir tun genau das.«

David sah auf. »Wie bitte?«

»Ist doch ganz einfach. Homochronos ist anscheinend überzeugt, dass er jeden Moment durch HEIMDALL hindurchkommt. Er wird sein zwanzig Jahre jüngeres Ich auffordern, Weinard umzubringen und der junge Homochronos wird genau das erledigen. Na ja, wohl eher erledigen lassen. Anschließend wird unsere Welt umgedreht und die Geschichte mit deinem Vater ist nie passiert. Wie so ziemlich alles andere auch nicht. Das gibt Schmetterlingseffekte vom Feinsten, das sag ich euch. Keine Ahnung, ob dieser Spinner die eingeplant hat.«

»Das kann doch alles nicht dein Ernst sein!«, rief Lois. »Wir sollen aufgeben?«

Ondrej zuckte mit den Schultern. »Wir haben alle Karten verspielt. Glaub mir, ich sag so was nie zu früh, aber es ist vorbei.«

»Nein! Es muss noch eine Möglichkeit geben! Wir gehen zur Polizei. Wir spielen ihnen das Band vor, das ich von de Burgh habe.«

»Auf dem sie was genau sagt?«

»Dass wir … dass wir Leute gegen uns aufgebracht hätten. Und tausend Andeutungen.«

»Das ist ja ein lupenreines Geständnis.« Ondrej legte sich auf die Couch. »Ich bin fertig mit diesem Mist. Tina, hast du noch'n Hot Dog?«

»Wir werden ihn aufhalten«, sagte Lois fest. »Noch hat er es nicht geschafft. Immerhin müssen wir nicht befürchten, dass die Polizei unseren Selbstmord rückgängig macht. Schließlich sind wir jetzt Schwerverbrecher, die man bestrafen will.«

»Juhu«, brummte Cano. »Da haben wir ja Glück.«

»Zwei von ihnen haben wir bereits aufgehalten. Das schaffen wir auch noch mit dem Rest.«

»Es ist vorbei«, sagte Tina und rieb sich die Augen. »Finden wir uns damit ab. Vielleicht ist die neue Variante gar nicht so schlecht. Wer weiß das schon.«

David starrte sie an und suchte nach irgendeiner Antwort. Es gab keine. Er packte seine Jacke und lief zur Tür. Neben der alten Tafel stolperte er und riss dabei das ganze Gestell zu Boden. Als er sich aufrichtete, lag der Querbalken, über den er gestolpert war, direkt vor ihm. Das Wort *SCHULDIG* glänzte im trüben Licht.

David rannte nach draußen, ohne sich noch einmal umzusehen.

Es war schneidend kalt geworden. Die fernen Lichter der Hauptstraße tauchten die Gasse in zitterndes Grau, durch das vereinzelte Schneeflocken tanzten. Die Kälte tat David in den Fingern weh, aber sie hielt auch die wieder mal aufkeimende Übelkeit zurück.

In kleinen Schritten bewegte er sich entlang der roten Fabrikwand und versuchte, das Gesicht seines Vaters aus dem Kopf zu bekommen.

Eine Reise ging zu Ende, ausgerechnet so. Bis zum Schluss hatte David versucht, Susan zurückzubringen und seine Familie wieder zusammenzuführen. Und das Ende vom Lied? Irgendwelche Extremisten würden die Welt auf links drehen und ein junger David würde die Suche von neuem beginnen. Ein wenig anders vielleicht, mit anderen Helfern und neuen Tricks. Aber mit dem gleichen Ergebnis. Wieder würde David zwanzig Jahre lang nach Susan suchen und danach vor einem verpfuschten Leben stehen.

Schöner Neustart, dachte David. Das Wort hörte sich jetzt nach dem an, was es in Wahrheit immer gewesen war: ein Witz.

Er war an der Hauptstraße angekommen. Endlose Schlangen aus Autos fuhren vor ihm vorbei, vom Register geordnet und geführt, jeder Überraschung beraubt. Am liebsten wollte er dem Verkehr für Stunden zusehen. Einfach hier stehen und an nichts denken, weder an das was hinter ihm, noch was vor ihm lag.

»Hey, David.«

Er drehte sich um und sah in Lois' Gesicht. Diese Miene hatte sie bei ihrer ersten Begegnung aufgesetzt: ernst, aber unverhohlen neugierig. David hatte plötzlich den Geruch der Crème brûlée in der Nase, die Lois in sich hineingeschaufelt hatte, während sie ihn mit Fragen löcherte.

»Ich brauche etwas Zeit zum Nachdenken«, sagte David.

»Kein Problem. Lass uns zusammen nachdenken.«

David blickte auf die vorbeifahrenden Autos und ihre langgezogenen Schatten. Er sagte nichts.

»Ich wollte ein längst überfälliges Versprechen einfordern«, sagte Lois. »Unser gemeinsames Essen. Beim letzten Mal hast du mich versetzt.«

Richtig, die Einladung zum Abendessen, mit der alles begonnen hatte. Unglaublich, dass die Fahrt durch Benzon wirklich erst vorgestern gewesen war.

»Ich war beschäftigt«, sagte David.

»Entschuldigung akzeptiert. Und vor mexikanischem Essen bist du erst mal sicher. Guerrero's Burger Bar wird kaum zwei Totgeglaubte bedienen.« Sie raschelte mit einer Papiertüte. »Deswegen gibt es nur kalte Hot Dogs. Das richtige für zwei Abenteurer wie uns.«

»Ich bin heute kein guter Tischpartner.«

»Das heißt, du versetzt mich schon wieder?«

Morgen war Freitag. Der letzte Tag, an dem sich seine Registernachricht erfüllen konnte. Der Gedanke daran war fast ein schwacher Trost – zumindest der angebliche Untergang war in diesem Chaos unwichtig geworden. Lois würde nichts mehr mit ihm anstellen können, das die Lage noch verschlimmerte.

»Komm schon, du Sturkopf.« Lois wertete sein Schweigen als Zwischensieg.

David fischte einen der Hot Dogs aus der Tüte. Kaltes Wurstwasser tropfte aus dem Brötchen auf seine Hand.

»Und jetzt gehen wir ein Stück«, sagte Lois.

Sie schlenderten über den Gehsteig, den David als Teenager täglich entlanggehastet war, vorbei an einer kitschigen Kolonne von Stadthäusern: keine Fassade wie die andere, jedes Treppengeländer ein Statement. Als ob die Reihenhäuser ein jahrhundertealtes Spiel spielten, bei dem es nichts zweimal geben durfte.

David wies mit dem Kopf zu einem der Fenster. »So viele gut sortierte Pläne, die die Menschen hinter ihren Wänden schmieden. Wünsche. Hoffnungen. Das kommt nun alles in den Mixer.«

»Ein Freund sagte mal, das sind bloß alternative Wahrheiten.«

David fragte sich, ob sie ihm damit wehtun wollte. Wenn ja, dann hatte sie ihr Ziel verfehlt. Dazu waren ihm die Dinge viel zu egal geworden.

»Was war dein Traum?«, fragte Lois. »In dieser alten, bald vergangenen Welt?«

Sie stellte die Frage leichthin, aber als David in ihr Gesicht blickte, wusste er, dass sie die Wahrheit kannte.

»Dir kann ich nichts Neues erzählen«, sagte er.

Sie antwortete nicht. Vielleicht hatte David ihr Wissen doch überschätzt. Nach einer Weile aber blieb sie stehen und hatte eine tiefe Falte zwischen den Augen.

»Ich bin ehrlich, okay? Ich hab das nicht begriffen. Wenn doch klar war, dass du deine Schwester nicht zurückbringen kannst – wieso hast du es trotzdem versucht?«

Verflixt, sie wusste wirklich genau Bescheid. Journalistin hin oder her, das konnte sie nicht in wenigen Tagen herausbekommen haben. Vielleicht beobachtete sie ihn ja schon viel länger als angenommen.

»Wieder in eine Idee verliebt?«, fragte Lois leise. Es klang beinahe mitleidig.

David gab sich Mühe, gelassen zu wirken. »Nennen wir es die Verbohrtheit eines Wissenschaftlers, der sich immer wieder sagt: Es muss gehen. Irgendwie muss es einfach gehen. Also habe ich

Nachforschungen angestellt, viele Nachforschungen. Bis ich herausgefunden hatte, was Ondrej dir heute Mittag erzählt hat, waren etliche Jahre meines Lebens aufgebraucht.«

»Wusste irgendwer davon? Deine Familie?«

»Zwischen mir und Judd galt die unausgesprochene Regel, dass wir niemals über Susan sprechen. Das haben wir zwanzig Jahre lang durchgehalten. Bei meiner Mutter ist es noch einfacher. Wir reden überhaupt nicht miteinander.«

»Ich habe sie vorgestern angerufen«, sagte Lois, so als ob das etwas Selbstverständliches wäre. »Aber sie hat sofort wieder aufgelegt.«

David starrte auf seine Füße. Wie oft hatte er sich in den letzten Jahren vorgenommen, Meredith Manoah anzurufen. Doch jedes Mal, wenn sein Finger das Handy berührte, war das Standbild angesprungen, das ihn seit zwanzig Jahren verfolgte: Seine Mutter in der Küche, sie rollte Nudelteig aus, er kam gerade von der Therapie nach Hause. Dieser Blick. Ein halbherziges Pokerface, das die eine Frage ihres Hirns hinausposaunte: Warum hast du mir meine Tochter genommen?

»Sie hat deinen Vater verlassen«, sagte Lois.

»Vor vielen Jahren. Ganz plötzlich.«

Sie waren bei einem Bistro angekommen, dessen Schild mit »Europäischer Küche« warb. Früher war hier mal ein finsterer Spirituosen-Shop gewesen, daran erinnerte David sich. Jetzt saßen im Innern junge Leute auf Loungesesseln, es roch herrlich nach Paprika und Rotwein. Die Yuppisierung kam mit der Dampfwalze. Vielleicht ja nur in dieser Version der Welt.

»Zwanzig Jahre lang nach deiner Schwester zu suchen«, sagte Lois und wischte sich die Krümel vom Mund. »Warum hast du das denn ganz allein gemacht?«

»Hätte ich mir noch einen Dr. Watson suchen sollen, der die Mission auflockert? Das funktioniert nicht.«

»Du bist jedenfalls nicht der Einzelgänger, für den du dich ausgibst.«

Helles Gelächter kam aus dem Bistro. David blieb vor dem Eingang stehen. »Wenn man vorhat, zwanzig Jahre umzuschreiben, lebt man immer in einer Übergangslösung. Hätte ich Erfolg gehabt, wäre nichts von dem, was ich an dieser Welt liebte, sicher gewesen. Es gab für mich nur eine Lösung: keine Beziehungen, keine Freundschaften. Nichts, was mich an dieses Leben bindet.«

Als er sich zu ihr umdrehte, stürzte etwas in ihrer Miene schrittweise zusammen. Als ob sie mit jeder Sekunde mehr begriff, was David da gesagt hatte – die wahre Pointe dieser Tragödie. Vielleicht hatte er Lois gerade zum ersten Mal aus der Fassung gebracht.

»Am Anfang war es schwer«, fügte er hinzu. »Nur ein Besucher zu sein. Aber irgendwann wird es so einfach, dass man es nicht mehr abtrainiert bekommt.«

Lois sammelte einige Röstzwiebeln aus der Papiertüte und steckte sie sich in den Mund. »Wann hast du aufgegeben? Hast du überhaupt aufgegeben?«

»Als ich wusste, dass es tatsächlich einen Weg gibt und dass Gregory Smith ihn mit mir gehen muss, habe ich mich bei Benzon beworben. Eigentlich hatte meine Stelle wenig Berührungspunkte zu Smith, aber über die Jahre habe ich mich immer näher an ihn herangearbeitet. Und dann, als ich endlich soweit war und Smith die Sache erklärt habe – tja.« David fuhr sich über die Haare und blickte auf die Straße. »Da hat Smith mich mit einer Tatsache konfrontiert, der ich endgültig nichts mehr entgegensetzen konnte. Er war zu spät in das Projekt geholt worden."

»Wirklich? Wie spät?«

»Zwei Wochen nach Susans Tod.«

Sie dachte nur kurz darüber nach. »Und wenn schon. Er hätte doch einem von den anderen beiden Bescheid geben können, entweder jetzt oder in der Vergangenheit, und dann ...«

»Der wahre Grund«, sagte David, »der wahre Grund war, dass Smith kein Interesse daran hatte, mir zu helfen. Der war dankbar für die Ausrede, hat mir auf die Schulter geklopft und gesagt: Hat nicht sollen sein. Als ob ich gerade ein Baseball-Spiel vermasselt hätte.«

»Was für'n Arschloch.«

Sie bogen wieder in die Gasse zur Apotheke ein. Der zerfurchte Asphalt war inzwischen weiß getupft, die Schneeflocken in der Luft wurden dicker. Für ein paar Schritte stellte sich das alte Gefühl ein, das David hier früher gehabt hatte. Das Gefühl, nach Hause zu kommen.

Lois blieb stehen und strich mit einem Schuh über die Brennnesseln, die vor den Hauswänden wuchsen. David rechnete damit, dass sie jeden Moment Ondrej als weiteren Kandidaten ins Spiel brächte. Es war nicht schwer, darauf zu kommen.

Stattdessen sagte sie: »Ist ja toll für Smith, dass bei Weinard alles passt.«

»Stimmt. Da greift alles wunderbar ineinander. Bei Susan nicht. Egal, was dieser Homochronos mit uns anstellen wird, Susan wird nicht wieder lebendig. Wenigstens eine Konstante in dieser Welt.«

»Du hast alles getan. Mehr als jeder andere getan hätte. Hör auf, dir Vorwürfe zu machen.«

»Ach ja? Warum sollte ich aufhören? Ich bin verantwortlich, ich allein.«

Lois starrte ihn an. »Was redest du da? Ein Dutzend Leute um sie herum haben nicht aufgepasst. Der Bahnfahrer nicht. Und am Ende ist auch Susan nicht ganz unschuldig!«

»Und wenn schon.« David ging weiter. »Wäre ich dagewesen, wäre sie noch am Leben.«

»Du sagst das, als hätte es dir jemand eingeredet.«

Beängstigend, dachte David. Einfach nur beängstigend, die Intuition dieser Frau. Zuverlässig wie ein Ortungsstrahl, der jedes versteckte U-Boot entdeckt. Pling – Pling – wieder ein Geheimnis gepeilt. Gerade war sie bei dem letzten Geheimnis angekommen, das David noch vor ihr verborgen hatte.

Ihm fiel einer der tiefergehenden Sätze seines Vaters ein: Wenn du dich jemandem anvertraust, dann seid ihr beide wie zwei chemische Stoffe, die man in ein Glas steckt. Sollte es eine Reaktion geben, werden beide umgewandelt.

Umwandlung. Das klang gut. Nach dem einzig Richtigen.

»Ich habe das noch nie irgendwem erzählt«, begann er. »Zumindest nicht freiwillig. Es gibt da ein kleines Problem mit meiner Erinnerung an diesen Tag. Sie ist nämlich nicht vorhanden. Ich erinnere mich an gar nichts.«

Lois' Schritte wurden langsamer. »Du meinst ...«

»Dissoziative Amnesie.«

Lois machte mehrmals den Mund auf und zu, ganz so, als würde sie eine Antwort nach der anderen verwerfen.

»Glaubst du mir nicht?«, fragte David. »Du wärst in guter Gesellschaft.«

»Natürlich glaube ich dir. Hast du versucht, die Erinnerungen zurückzuholen?«

David lachte bitter. »Ein Psychotherapeut nach dem anderen hat sich damals an mir die Zähne ausgebissen. Medikamente, Hypnose, endlose Therapiegespräche. Die Ärzte haben mich mit Schlüsselreizen bombardiert. Ganze Tage habe ich in kahlen Räumen gesessen und mir Bilder von einfahrenden U-Bahnen angeschaut. Auf Susans Rucksack gestarrt und auf meinen Gitarrenrucksack. Daran erinnere ich mich. Aber nicht an diesen einen verfluchten Tag.«

»Manche bekommen ihre Erinnerung nach Jahrzehnten zurück. Die Frage ist, ob du dich wirklich erinnern willst.«

»Du wirst das Ende dieser Geschichte mögen.« David atmete tief durch. Er spürte das schwarze Linoleum unter seinen Füßen, roch den Muff der Hayfield Station. »In letzter Zeit habe ich jede Nacht den gleichen Albtraum. Ich sehe Dinge, die wahrscheinlich wirklich passiert sind. In irgendeiner tiefen Ecke hat mein Kopf sie bis heute konserviert. Ich habe keine Ahnung, warum er sie gerade jetzt hervorholt. Und wie ich die Träume wieder abstellen kann.«

Lois blies die Luft durch spitze Lippen aus. »Bist du mir böse, wenn ich das irre faszinierend finde?«

»Kommt drauf an. Heißt das, ich bin endlich interessant geworden?«

Sie deutete ein Lächeln an, aber sagte nichts. Vielleicht weil sie selbst nicht mehr wusste, was sie von David halten sollte.

Sie standen vor der Apotheke. David zog den Schlüssel aus seiner Jackentasche und wog ihn in seiner kalten Hand hin und her. »Meinem jüngeren Ich kann ich davon nichts erzählen. Das ist der eigentliche Witz. Ich weiß jetzt, dass diese Suche in einer Katastrophe endet, aber ich kann sie mir nicht ersparen. Nicht einmal das erlaubt mir das Register.«

»In der neuen Variante der Welt ist das vielleicht anders.«

David schob den Schlüssel in das marode Schloss. »Das Ergebnis wird das gleiche sein. Am Ende habe ich nicht nur meine Schwester verloren, sondern auch meinen Vater.«

Lois ergriff Davids Hand. Ihre Finger waren ganz warm. »Das ist nicht für immer. Homochronos hat recht. Wenn wirklich alles umgeschrieben wird …«

»Das meine ich nicht. Vielleicht ist Judds Tod wirklich nur temporär, kann schon sein. Das ändert nichts daran, dass ich ihn allein gelassen habe. Nicht nur heute. Ein ganzes Leben lang.« Er starrte auf die vom Regen glänzende Eingangstür. Er hätte sie niemals öffnen sollen. Jede Tür, die er aufstieß, von der Kabinentür des Registerbüros bis hin zu dieser faulenden Tür, immer ging es dahinter nur weiter abwärts.

»Ich wünschte, ich könnte meinem Ich schreiben«, murmelte

er. »Renne nie wieder der Vergangenheit hinterher.« Er drehte sich zu Lois um, die noch immer seine Hand hielt.

»Und dann?«, fragte sie. »Dann würdest du stattdessen der Zukunft hinterherrennen."

David runzelte die Stirn. »Das ist es doch, was Menschen machen. Ziele und Pläne verfolgen."

»Menschen *leben*. Und zwar in der Gegenwart."

»Die Gegenwart ist sehr schnell vorbei."

»Mag sein, aber sie ist das Einzige, das du wirklich verändern kannst. Und sie ist das Einzige, das dich verändert. Fang an zu leben, David – das solltest du deinem Ich schreiben."

David sah Lois in die Augen, die dunkelgrün schimmerten wie das feuchte Holz der Apothekentür. Er wollte Lois gern für den Rest seines Lebens kennenlernen. Umgewandelt werden wie ein chemischer Stoff, der auf einen anderen trifft.

Der Abstand zwischen ihnen war so gering, dass er ihren Geruch wahrnahm, nicht mehr den herben, kalkulierten Duft ihres Parfums, sondern den wahren Geruch von Lois Anderson. Sie roch nach lauwarmem Brombeertee.

»Vielleicht stehen wir am Ende wieder hier«, sagte David. »Wieder liegen zwanzig verschwendete Jahre hinter mir, aber du bist der Mensch, dem ich davon erzähle.«

Lois lächelte – ein Lächeln, das auf halber Strecke wehmütig wurde. »Wir wissen nicht, warum wir hier stehen. Wir sind ein Spielball von Parametern, und die Wahrscheinlichkeit ist unser Gegner.«

»Was bedeutet das?«

Sie löste sich von ihm. »Unsere Begegnung war höchst unwahrscheinlich. Genau deswegen wird sie die nächste Version nicht überleben. Das Register glättet unsere Welt – das ist die Aufgabe, die wir ihm gegeben haben. Viele gewinnen dabei. Einige verlieren.«

Sie drehte den Schlüssel herum, öffnete die Tür und huschte in die Apotheke. Jemand begann sofort mit ihr zu sprechen, es klang nach Schepp.

David folgte ihr langsam. Als er in die staubige Wärme der Apotheke trat, hatte er auch diese letzte Erkenntnis des Abends verdaut. Sobald Homochronos sein Werk vollendet hatte, würden David und Lois sich nie kennengelernt haben.

Immerhin noch etwas, das sicher war.

Freitag, 23. November

Du bist allein. All deine Frauen, Freunde, Diener,
Minister, Heere und Schätze wurden längst von der
Strömung der Zeit hinfort geschwemmt.

MAHABHARATA

Das Verhalten des Mannes, der uns den Blick in die
Zukunft schenkte, war vor allem eines: unvorhersehbar.

SCOTT LORRAINE, THE FIRST YEARS

06:13 – 07:20

Bei der Hayfield Station und ihren grauen Details war alles beim Alten. Die einfahrende U-Bahn, gleichgültige Fahrgäste, die wartende Jugendlichengang vor der Glasscheibe. Gerade eben hatte der junge Steve Heidegger gegen die Scheibe getreten und sich danach mit den anderen gerauft, jetzt starrten sie mit hängenden Schultern Richtung Bahnsteig.

Sie warteten auf ihren Anführer, der morgens für ein paar Minuten seine Ruhe haben wollte und an der Straße eine Zigarette rauchte. Steve und die anderen hatten kein Problem damit, wegen David zu spät zur Schule zu kommen. Aber ihnen wurde langweilig. Gleich würden sie auf die Idee mit dem Maulwurfspiel kommen.

Susan wartete ebenfalls, aber sie vertrieb sich die Zeit wie immer mit fröhlichen Sprüngen. Auf und ab, auf und ab, die Brote in ihrem Rucksack mussten längst völlig auseinandergefallen sein.

Alles wie gehabt. Und doch war irgendetwas anders.

David sah den Rücklichtern der U-Bahn hinterher, zwei funkelnde Augen, die im Tunnel verschwanden. Pünktlich nach Drehbuch tauchte vor der Scheibe ein weiterer Teenager auf. Er versteckte seine kindlichen Pausbacken hinter schulterlangen Haaren und suchte in der Menge nach Susan.

Wieder zu spät, dachte David.

Er erwog, sich auf die Pritsche zu setzen und einfach auf das Ende zu warten. Da aber fiel ihm der grinsende Kerl mit Ohrring und Kamera ins Auge. Ihre Blicke trafen sich. Und etwas Eigenartiges passierte. Für einen Moment hatte David das untrügliche Gefühl, dass *der Mann ihn sehen konnte.* Davids Knie sackten ihm weg, so sehr erschrak er darüber.

Er ging zu Boden und spürte das Vibrieren der einfahrenden U-Bahn. Sofort sprang er wieder auf, die soeben noch starre Menschenmenge bewegte sich schon leicht. Die Rowdies zogen ihr Spiel ab. Und der junge David versuchte mit aller Macht, zu seiner Schwester zu gelangen.

Die Luke klappte auf, kalte Luft saugte an Davids Füßen. Er rührte sich nicht. Dieses Mal würde er nicht einfach fliehen. Er würde bleiben, bis zum bitteren Ende, und den Traum mit Antworten verlassen.

Susan wurde immer näher an die Bahnsteigkante gedrängt. Gleich würde es passieren. David machte sich schwer und stellte sich breitbeinig hin. Der Sog am Boden wurde immer stärker.

Sein junges Ich hatte sich jetzt bis fast an das Gleis vorgeboxt, der Mann mit dem Ohrring lief ihm hinterher. Vor ihm strauchelten zwei Männer, verursacht durch die Welle, die die Jugendlichen losgetreten hatten. Die stürzenden Menschen begruben Susan beinahe unter sich, sie wich geschickt aus.

Dann fiel sie doch. Rückwärts auf die U-Bahn-Gleise.

Beide Davids zuckten zusammen. Wie tief ging es da hinunter? Einen halben Meter? Einen ganzen?

Susan sprang blitzschnell wieder auf die Beine, als wäre sie nur auf eine Matratze gefallen. Der junge David warf sich nach vorn an den Bahnsteig.

Hol sie hoch. Rette sie wenigstens dieses eine Mal! Der Luftsog zerrte an Davids Bein. Er suchte nach etwas, um sich daran festzuhalten, doch da war nur die glatte Scheibe. Er lehnte sich nach vorn und drückte seine Hände gegen das kalte Glas.

Alles hätte er getan, um jetzt mit seinem jüngeren Ich zu tauschen. Einmal nur noch wollte er Susans Hand ergreifen. Ein einziges Mal ihren Tod verhindern. Und sie dann für immer begraben.

Der Wunsch wurde so stark, so intensiv, dass er aus Davids Körper nach draußen drang. Die Glasscheibe knackte leise und ein dünner, weißer Riss ging von dem Punkt aus, an dem David sie berührte. Der Riss wuchs nach oben wie ein Rinnsal, dazu kam ein zweiter Riss, ein dritter.

Ich will zu ihr, dachte David. Endlich zu ihr.

Die Scheibe ächzte. Ein kurzer Moment der Stille, dann zerfielen die Wände des Kastens mit einem ohrenbetäubenden Klirren. Millionen weißer Scherben hingen starr in der Luft, ein Vorhang aus zerbrochenem Glas. David spürte den Boden nicht mehr, irgendetwas hielt ihn in der Luft und zog ihn nach vorn – er schwebte durch die Scherbenwand auf die Bahnschienen zu, flog durch unzählige Mäntel, Regenschirme und Körper hindurch und stand plötzlich an der Bahnsteigkante. Kreischender Lärm umgab ihn, er schnappte nach Luft und atmete den muffigen Geruch von feuchter Wolle und Regen ein.

Hinter ihm war ein Schrei zu hören. »Da ist ein Mädchen runtergefallen!«

David sah in Susans Gesicht, dann zu dem roten Rucksack, der auf den Schienen lag. Die Pausenbrote lagen verstreut auf dem Schotterbett. Von einigen hatte sich das Butterbrotpapier gelöst, ein hellblaues Schulbuch lag aufgeschlagen zwischen Gurkenscheiben.

»Schnell!«, schrie ein Mann hinter ihm. »Hol sie hoch!«

Das Geräusch quietschender Räder. Seine Fingerkuppen berührten die von Susan. Sie fühlten sich kalt an.

Für einen kurzen Moment, nur ein Blitzlicht, erhob sich das Butterbrotpapier vom Schotter und schwebte davon. Dann war da nur noch die silberne Seitenfront des ersten Waggons.

Die Leute, die gerade eben noch regungslos bei ihm gestanden hatten, wichen nach hinten. Eine Sicherheitszone bildete sich um ihn.

David merkte, dass er aus vollem Hals schrie. Leute sprangen zum Bahnsteigrand, kletterten zum Gleis hinunter wie eine Horde Affen. Das Fenster der U-Bahn schnellte auf und der Lokführer schaute mit weit geöffnetem Mund hinaus. Die ganze Plattform schien sich zu drehen, sie wurde auseinandergezogen und die Schienen bogen sich wie Lakritzstangen.

David spürte eine Hand auf seiner Schulter.

Dad, dachte er. Du bist wieder da.

Er wusste nicht, woher dieser Gedanke kam. Judd konnte nicht hier sein. Er war auf der Arbeit und reparierte irgendein Bühnenbild. Pass gut auf sie auf, hatte er beim Frühstück gesagt.

Weil David nicht reagierte, packte ihn die Hand nun fester. So fest, wie es sein Vater nie getan hätte. David drehte sich um und erschrak. Er sah in ein Gesicht, das er sehr gut kannte.

Der geheimnisvolle Mann mit dem Ohrring stand direkt hinter ihm. Nur dass er überhaupt nicht mehr geheimnisvoll war. Einfach nur die junge Variante eines Mannes, der erst vor wenigen Tagen in Davids Leben getreten war.

»David«, sagte der Mann. »Du musst mir jetzt gut zuhören. Du kannst es wieder ungeschehen machen.« Er sprach die Worte deutlich und langsam aus. »Du hast den Schlüssel. Gib mir den Schlüssel und alles wird gut. Das verspreche ich dir.«

David taumelte, er stürzte zu Boden. Die anderen Leute hier kümmerte es nicht. David und der Mann mit dem Ohrring waren die Einzigen, die wirklich *hier* waren.

»Hilf mir«, sagte der Mann. Er beugte sich zu ihm hinab, die Kamera schwang hin und her. David starrte in das Objektiv, um das sich der Modellname zog: DIANA F+.

»Susan wird für immer tot sein«, sagte der Mann. »Und wir beide wissen, dass du, nur du allein, schuld daran bist.«

Aufhören, *aufhören!*

Die Erde begann zu beben, endlich. Die Worte des Mannes

wurden dumpf. »Hilf mir. Sie wird leben. Das verspreche ich. Sie wird leben und …«

David wachte auf. Sein Atem ging schwer und die vertraute Stimme klebte ihm wie ein Pfropf im Ohr.

Er musste die Bedeutung dieses Traums herausfinden. Nicht morgen, nicht erst heute Mittag, sondern jetzt. Vielleicht hatte ihm der Traum den letzten, entscheidenden Hinweis gegeben.

David erhob sich von der Matratze, zog seine Jacke aus dem Regal und huschte durch die halb geöffnete Zimmertür. Es war nicht ganz dunkel im Hauptraum. Aus der Küche strömte das kühle Licht eines Bildschirms. Lois arbeitete also auch schon wieder. Oder immer noch.

Kurz erwog David, zu ihr zu gehen, aber er verwarf die Idee. Direkt vor seinen Füßen lag Ondrej. Er war ganz still, man hörte nicht einmal seinen Atem.

David rührte sich ebenfalls nicht. Vielleicht sollte er genau an diesem Punkt Halt machen. Wenn Ondrej davon Wind bekam, jetzt oder später, würde er ihm den Kopf abreißen.

Langsam beugte sich David zu Ondrej hinunter. Direkt neben dem wuscheligen Haarschopf lag Ondrejs Laptop wie ein Kuscheltier.

Als David den Laptop vorsichtig hochhob, gab Ondrej ein unwilliges Schnaufen von sich. David erstarrte. Jeden Moment würde Ondrej die Augen aufschlagen.

Ein paar Sekunden vergingen, dann begann Ondrej wieder gleichmäßig zu atmen. Glück gehabt. David wartete kurz, dann schlich er zurück in sein Zimmer. Cano und Schepp hatten einen so festen Schlaf, dass zumindest von ihnen keine Gefahr drohte.

David setzte sich auf den Rand der Matratze und klappte den Laptop auf. Jetzt würde sich zeigen, ob Tina wirklich das korrekte Passwort erspäht hatte. Und ob Ondrej zu faul gewesen war, es anschließend zu ändern.

Zunächst gab es jedoch eine andere Überraschung. Statt eines normalen Eingabefeldes sah David eine Tabelle voller Buchstaben. Wahrscheinlich eine zusätzliche Sicherheitsvorkehrung – und zwar von einer Art, wie sie David noch nie gesehen hatte.

Angespannt betrachtete er den Monitor, aber konnte der Ansammlung von Buchstaben einfach keinen Sinn entlocken. Dann fiel ihm auf, dass nur die Buchstaben in der obersten Zeile sowie der ersten Spalte unsortiert waren. Diese bildeten eine Art Rahmen und dazwischen lag ein Alphabet. Vielleicht war diese Tabelle nichts anderes als ein Koordinatensystem – und David musste jeden Buchstaben des Passworts über zwei zugehörige Buchstaben benennen. Sicher hatte Ondrej die Passworteingabe so kompliziert gemacht, damit Tina es in Zukunft beim Ausspähen schwerer hatte.

Mühsam tippte David die verschlüsselte Version von *arrogantbutright* ein und war sich am Ende nicht sicher, ob er mehrmals in der Spalte verrutscht war. Aber er hatte keine Zeit für einen zweiten Versuch.

David drückte die Eingabetaste. Ein kurzes Flackern, dann erschien der schwarze Home-Screen, den David schon so oft gesehen hatte. Ondrejs dunkles Königreich. Das Passwort war tatsächlich richtig gewesen!

David klickte sich durch den Verlauf der Kommandozeile. Um Ondrejs Befehle zu modifizieren, reichten seine spärlichen Kenntnisse. Er ersetzte die ID in der Volltextsuche durch den passenden Namen und drückte auf Enter.

No results for this query.

Tatsächlich. Da war sie, die erste Bestätigung. Die Mitarbeiterdatei, die sie bekommen hatten, war nicht vollständig. Ganz genau wie David erwartet hatte. Ein Name, der auf jeden Fall enthalten sein sollte, fehlte. Jemand hatte die Datei manipuliert.

David wäre es lieber gewesen, er hätte unrecht gehabt. Nun

hatte er keine Wahl mehr, er musste weiterforschen. Echte Beweise finden.

Und dazu musste er Melinda Grant aufsuchen und seinen Computer zurückverlangen. David klappte den Laptop langsam zu. Der Lüfter verstummte. Schwärze und Stille umgaben ihn, ganz als wolle die Umgebung ihn wieder in das warme Nachtlager drücken.

»Du machst mir Angst«, hatte Melinda bei ihrer letzten Begegnung gesagt, kurz bevor sie widerwillig Davids Laptop entgegengenommen hatte. Nun war David derjenige, der Angst haben musste. Vielleicht lieferte er sich geradewegs seinen Verfolgern aus, wenn er Melinda zu Hause aufsuchte.

Aber er hatte keine Wahl. Es gab nur einen Weg, um Weinard zu retten. Und damit auch die Welt, in der sie alle lebten.

06:54 – 07:28

Da war sie, die Lösung des Rätsels: Somerton.

Die ganze Nacht hindurch hatte Lois versucht, das Problem zu lösen. Hatte sich durch alle Daten gekämpft, die ihr zur Verfügung standen – Fehlanzeige.

Mehr aus Ratlosigkeit und um etwas auszuruhen, war sie wieder zu einer normalen Internetsuchmaschine gewechselt und hatte Textabschnitte und Bilder an ihren Augen vorbeiziehen lassen. Fast hätte sie ihn dabei übersehen.

Den Somerton-Mann.

Lois klickte auf die schwarzweiße Fotographie und vergrößerte sie. Der Mann war zwischen vierzig und fünfzig Jahre alt. Das Bild zeigte nur seinen Oberkörper, er trug ein weißes Hemd und Krawatte. Die Haare waren strubbelig, offenbar auch feucht, sie ruhten auf einem weißen Laken. Man konnte meinen, er habe sich in Schlips und Kragen ins Bett gelegt, vielleicht um einen Mittagsschlaf zu halten. Er hatte die Augen leicht geöffnet, als wäre er gerade erst vom Fotografen aufgeweckt worden.

Der Mann auf diesem Foto war allerdings tot.

Laut dem Artikel hatte man seinen Körper am 1. Dezember 1948 in der Nähe von Adelaide gefunden, an einem Strand namens Somerton. Der Somerton-Mann hatte bis heute nicht identifiziert werden können, weil er keinerlei Papiere bei sich getragen hatte und niemand ihn kannte. Monate später allerdings, bei einer zweiten Untersuchung, fand man etwas in einer versteckten Anzugstasche, das aus dem ungelösten Leichenfund ein Mysterium machte: einen Zettel, beschrieben mit einem Salat aus Buchstaben und Zahlen.

Lois klickte eine Fotokopie des geheimnisvollen Zettels an. Augenblicklich wurde ihr klar, was Feingold gemeint hatte: Somerton war kein Mensch, keine Organisation, auch kein Programm.

Er war tatsächlich ein Schlüssel.

Lois' Handy brummte. Hastig suchte sie nach dem Knopf, um den Anruf abzulehnen. Die anderen schliefen im Nebenraum, aber die Gefahr, dass sie ihr geheimes Telefon hörten, war groß. Garantiert wollte Gary ihr nur vorjammern, wieviel Sorgen er sich machte.

Lois steckte das Handy in die Hosentasche, schlich ins Badezimmer und schloss die Tür hinter sich. Sie setzte sich auf den Klodeckel und rief zurück. Gary nahm sofort ab.

»Lois! Endlich! Warum haben Sie denn die ganze Zeit …« Seine Stimme kippte.

»Gary«, zischte Lois. »Was ist los?«

Gary versuchte, etwas zu sagen, aber brachte nur ein tonloses Hecheln heraus. Lois begriff erst nach ein paar Sekunden, dass er weinte.

»Gary?«, wiederholte sie. »Was ist passiert?«

»Die … die haben mich entführt.«

Ach du Scheiße. Für einen Moment spürte Lois den Reflex, einfach wieder aufzulegen.

»Lois?«

»Wer? Wer hat Sie entführt?«

»Ein … ich weiß nicht … ein Mann, denke ich. Seine Stimme …«

»Okay, Gary. Sie müssen ruhig bleiben. Können Sie mir sagen, wo Sie sind?«

Er zögerte einen Moment. »Ich liege auf dem Boden. In einem Raum mit vielen Fenstern.«

»Sind Sie noch in der Stadt?«

»Ich glaube nicht. Ich bin mit dem Auto … wir sind bestimmt zwei Stunden gefahren.«

»Können Sie was gegen die Fenster schmeißen? Irgendwie auf sich aufmerksam machen?«

»Ich liege gefesselt unter einem Tisch. Eine Hand konnte ich befreien, aber mehr geht nicht. Zum Glück hatte ich noch mein Telefon in der Hosentasche.«

Lois lief im Badezimmer auf und ab. Ein Raum mit vielen Fenstern. Wie ein Wintergarten. Nein, das konnte nicht sein.

»Die … die haben vorhin gemeint«, sagte Gary und schluchzte wieder, »sie schneiden mir die Zunge raus, wenn ich nicht sage, wo Sie sind. Aber ich *weiß* ja gar nicht, wo Sie sind. Nur, dass Sie sich in irgendeiner alten Apotheke verstecken.«

»Das haben Sie ihnen aber nicht gesagt.«

»Nein, nein. Habe ich nicht.«

Noch nicht. Gary war kein Mensch, der besonders lange schweigen würde. Nicht, wenn man ihm dermaßen Angst machte. Sie schwebten in höchster Gefahr und das war ihre Schuld. Weil sie den Kontakt zu Gary nicht abgebrochen hatte.

»Es sind zwei Leute, die Sie gefangen haben?«

»Ja, der Mann und eine Frau. Die übernimmt das Reden. Aber ich weiß doch gar nichts. Das habe ich der auch schon tausendmal gesagt.«

»Beschreiben Sie den Raum, in dem Sie sind.«

»Ich sehe überhaupt nichts, es ist ja noch dunkel.«

»Hören Sie etwas?«

Er schniefte. »Ab und zu ein Auto. Und hier muss eine alte Standuhr sein. Das Ticken macht mich ganz verrückt.«

»Und die Frau, das war eine ältere Frau, richtig?«

»Ja. Älter. Mit einer rauen Stimme.«

Scheiße. Es bestand kein Zweifel mehr, wo Gary sich befand. Im dunklen Tudorhaus von Eliza de Burgh.

Lois stellte sich vor den verstaubten Spiegel. »Ich weiß, wo Sie sind. Ich komme und hole Sie.«

»Wirklich? Sie dürfen auf keinen Fall die Polizei benachrichtigen. Die haben gesagt, dann bringen sie mich um. Wie auch immer die das machen wollen.«

Lois sagte Gary lieber nicht, dass seine Entführer kreativ darin waren, Leute unter die Erde zu bringen. Sie betrachtete ihre Augenringe im Spiegel. Ihr Gesicht war fahl, die Haare irgendwie auch. Sie fühlte sich nicht gerade bereit für eine Rettungsaktion.

»Keine Sorge«, sagte sie trotzdem. »Ich komme allein. Versprochen.«

»Ganz allein? Wollen Sie nicht David oder so mitbringen?«

Natürlich, das würde sie gern. Aber seit heute Nachmittag bestand die Möglichkeit, dass David in Wirklichkeit ihr Feind war. »Ich mach das allein. Vertrauen Sie mir.«

»Aber ...«

»Wir beide schaffen das. Ich hab eine Idee, wie ich Sie da raushole.«

Sie legte auf. Das Selbstbewusstsein, das sie in ihre Stimme gelegt hatte, war nur eine Beruhigungsspritze für Gary gewesen. Natürlich hatte er recht – es wäre besser, die anderen um Hilfe zu bitten. Aber dazu müsste sie auch ihren Betrug mit dem Handy beichten. Und selbst ohne den würden Ondrej und Tina sie niemals gehen lassen.

Lois schlich in den Hauptraum. Vorhin hatte sie kurz das Gefühl gehabt, jemand würde im Raum umherwandern, aber jetzt war alles ruhig.

Sie zog sich die Jacke über und sah auf ihr Mantis, das im schwachen Licht den Tag anzeigte.

Freitag, der 23. November. Hoffentlich erlebte sie den Samstag noch.

08:05 – 08:58

David saß auf dem Boden des Nebenraums, als er ein leises Quietschen und danach ein Pochen vernahm. Als hätte soeben jemand die Eingangstür hinter sich geschlossen.

Im Hauptraum quittierten die Schlafenden das Geräusch ebenfalls mit Räuspern, jemand wälzte sich auf seiner Matratze. Dann wurde es wieder still.

David schaltete das Display seines Mantis ein. Schon acht Uhr durch. Melinda war meistens erst gegen zehn im Büro. Wenn er sie noch erreichen wollte, musste er sich trotzdem beeilen.

Er rutschte in die klamme Jeans und zog sich Socken über die Füße. Dann schlich er in den dunklen Hauptraum zurück und schob sich durch die Tür nach draußen. Erst als er die Tür zugezogen hatte, tastete er nach dem Schlüsselbund in seiner Hosentasche. Er suchte in der linken Tasche, ohne Erfolg, dann in der rechten. Der Schlüssel war nicht mehr da.

Wahrscheinlich hatte Tina sich die Autoschlüssel herausgeholt. Verflucht, damit hätte er rechnen sollen.

Ratlos sah David zu beiden Seiten. Das Wetter hatte sich nach dem Hin und Her der letzten Tage endgültig für den Winter entschieden. Eine zarte Schneedecke überzog den Asphalt und die Brennnesseln an den Hauswänden. Inmitten dieser weißen Decke verlief eine Fußspur. Wie eine gestrichelte Naht teilte sie den Gehsteig in zwei Hälften und begann direkt vor Davids Füßen. Die Spur des Schlüsseldiebs ...

Mit einem bösen Verdacht rannte David die Gasse entlang. Seine Füße warfen kleine weiße Pulverwolken auf.

Japsend erreichte er die Stelle, an der Ondrej gestern den Mercedes geparkt hatte. Jetzt war da nur noch eine rechteckige Lücke im Schnee. Irgendwer musste vor kurzer Zeit mit dem Wagen abgehauen sein.

Lois. Sie hatte sich also wirklich aus der Apotheke gestohlen – deswegen war aus der Küche auch kein Licht mehr gekommen. Sie war auf und davon, und zwar mit dem Mercedes.

David mahnte sich zur Ruhe. Vielleicht hatte Lois einen spontanen Einfall gehabt, genau wie er. Er rannte weiter die Gasse entlang bis zum Platz vor der alten Backfabrik. Auf der anderen Straßenseite lag eine Bushaltestelle. Noch während David die Hauptstraße überquerte, kam der nächste Bus herangerollt und blieb schnaufend stehen.

David stieg ein und nahm in der letzten Reihe Platz. Die Angst davor, dass sein fehlendes Token einen Alarm auslösen könnte, hatte er inzwischen überwunden. Allerdings erwischte er sich schon nach der ersten Abbiegung dabei, wie er durch die Heckscheibe irrigerweise Ausschau nach dem Mercedes hielt. Er atmete tief durch und presste sich in den verschlissenen Sitz. Zumindest von Sonnenbrille und Ziegenbart hatten sie nichts mehr zu befürchten.

Gefährlich war dieser Ausflug trotzdem. Wer Davids Leben genau recherchierte, landete irgendwann auch bei Melinda Grant. Vielleicht war jemand mit Geduld und Hartnäckigkeit längst bei ihr gewesen, jemand wie Gregory Smith zum Beispiel. Vielleicht hatte Smith herausgefunden, dass sein einstiger Feuerwehrmann einen Computer bei Melinda lagerte und irgendwann auftauchen würde, um ihn zurückzuholen.

David versuchte, nicht darüber nachzudenken. Nach vier Haltestellen stieg er aus und musste eine Viertelstunde auf den richtigen Bus warten. Dann aber ging es gut voran. Nach einer halben Stunde näherte er sich den zusammengepressten Häuserfronten der Constitution Street. Hinter vielen der hohen Fenster brannte schon Licht. Die Familien waren beim Frühstück, spülten Biohafer mit Orangensaft hinunter, bevor der Tag sie zu Regierungsjobs oder in die Privatschulen der Stadt führte.

Der Bus hielt ganz in der Nähe von Haus Nummer 201. David stieg aus, aber nach zwei Schritten versagten seine Knie ihm beinahe den Dienst. Dabei war das hier doch eine Kleinigkeit im Vergleich zu dem, was sie die letzten Tage ausgestanden hatten.

Er sah die rote Klinkerfassade hinauf, hinter der Melinda wohnte, und erklomm die kleine Treppe zur Haustür. Er hatte den Finger schon am Klingelknopf, dann holte er doch erst noch einmal das Mantis aus der Jacke. Viertel vor neun war es, und es gab keine Nachrichten aus der Vergangenheit oder der Zukunft.

David schellte, und sofort riefen im Innern des Hauses Kinder durcheinander.

Er wich einen Schritt zurück. Vielleicht war das doch die falsche Tür. Melinda hatte nie von einer Familie erzählt. Ihre Datingversuche hatten ihn eher das Gegenteil vermuten lassen.

David ging noch eine Stufe nach unten, im nächsten Moment fand er sich im Lichtkegel der geöffneten Tür wieder. Ein Mann in weißem Hemd und Kaffeetasse in der Hand sah auf ihn herab.

»Ja bitte?«

»Guten Morgen«, sagte David und kam wieder die Treppenstufen herauf. »Tut mir leid, dass ich so früh störe. Ist Melinda da?«

Der Mann schaute David an, als wäre er ein lästiges Nachbarskind. »Worum geht's denn?«

»Das kann ich leider nur mit ihr persönlich besprechen. Wenn Sie verstehen.«

»Nein. Versteh ich nicht.«

»Können Sie Melinda vielleicht holen? Es ist sehr dringend.«

»Und wer sind Sie?«

»David.«

»Ein Kollege?«

»Äh ... ja.« Es brachte nichts, wenn er sich geheimnistuerisch gab. Sollte Smith Melinda inzwischen gekauft haben, war David ohnehin verloren. »David Manoah ist mein Name. Sie weiß, weshalb ich da bin.«

Der Mann lehnte die Tür an, und David hörte Schritte auf einer Holztreppe. Auf halber Strecke brüllte der Mann: »Ihr bleibt schön in der Küche. Alle beide!«

David fuhr sich übers Kinn. Wahrscheinlich hatte er sich in den letzten Monaten nur eingebildet, dass Melinda mit ihm flirtete. Sein schlechtes Gewissen, weil er Melinda so oft versetzt hatte – völlig unnötig. Er hatte ihr Verhalten einfach falsch gedeutet.

Genau wie bei Lois. Die hatte sich auch mit ihm zum Essen verabredet, aber bis heute verstand David nicht, was sie dazu bewogen hatte. Er verstand auch nicht mehr, warum er sich darauf eingelassen hatte.

Die Tür öffnete sich. Melinda hingen die Haare spröde im Gesicht und ihre sonst so makellose Haut ließ vertrocknete Pickel erkennen. Das war nicht die elegante Melinda Grant aus dem Büro. Trotzdem sah sie dreimal ausgehfertiger aus als David.

Melinda starrte ihn einen langen Moment an, dann zuckte sie zusammen, als hätte sie ihn soeben erst erkannt. »Mein Gott. Was machst du denn hier?«

Sie wusste Bescheid, das war offensichtlich. Die Frage war nur, wieviel sie erzählt hatte. Und wem sie es erzählt hatte.

Melinda kam einen Schritt nach draußen und hielt ihren nackten Fuß vor die Tür. »Ist alles okay?«

David lächelte. »Tut mir leid, dass ich dich aus dem Bett geklingelt habe.«

»Willst du ... willst du reinkommen?« Selbstverständlich wollte sie nicht, dass er ja sagte.

David schüttelte den Kopf. »Keine Sorge. Ich bin gleich wieder weg. Hast du meinen Computer?«

»Deinen … David, was ist denn los?«

»Ich will dich nicht in Gefahr bringen. Gib mir bitte einfach den Laptop und du siehst mich nie wieder.«

Sie sah ihn schweigend an. Warum das Zögern? David konnte nicht anders, er musste an ihr vorbei in den Flur schauen. Nur sichergehen, dass nicht Gregory Smith, Eliza de Burgh, wer auch immer, bereits mit gezückter Waffe an der Treppe stand.

Melinda verschwand hinter der Tür. Nach einem Augenblick hörte David auch sie die Treppe hinaufgehen, dieses Mal allerdings mit hastigen Schritten. Vielleicht wollte sie sich zunächst mit ihrem Mann beraten. Oder sie rief direkt die Polizei.

»Ekelhaft!«, rief ein Mädchen aus dem Raum neben der Haustür. »Wenn du noch einmal die Cornflakes in deine Nase … boooahr, Linus!«

Ein kleiner Junge lachte fröhlich.

»Papa! Papa, er hat es schon wieder getan!«

Wieder Schritte auf der Treppe. Melinda schob ihren Kopf hinter der Tür hervor. »Der morgendliche Wahnsinn. Sei froh, dass du mit so was nichts zu tun hast.«

»Na ja«, sagte David. »Ich habe andere Sorgen.«

Die Tür ging noch ein Stück weiter zu. »David, die ganze Welt sucht nach dir.«

»Hat man dich ausgefragt?«

»Ein bisschen. Wie jeden anderen auch.«

»Aber du hast ihnen nichts von dem Computer gesagt?«

»Nein, natürlich nicht. Sie haben auch gar nicht danach gefragt.«

Sie übergab ihm den Laptop. Er schien David wie ein altes Spielzeug, über das man auf dem Dachboden stolpert. Er war schwer, viel schwerer als die Rechner von Ondrej und den anderen.

»Vielen Dank.«

»Warte kurz.« Melinda verschwand und schrie Richtung Küche: »In fünf Minuten sitzt ihr im Auto. Ist mir egal, ob ihr bis dahin was gegessen habt oder nicht!«

Sie kam mit einem verkniffenen Lächeln zurück. »Okay, David, ich werd' da gebraucht.«

David murmelte eine Verabschiedung, er machte auf dem Absatz kehrt. Er hörte noch, wie sie etwas sagte, aber der Lärm des Verkehrs verschluckte die Worte. Die Tür fiel ins Schloss.

Noch an der Haltestelle öffnete David die Datei. Die Datenbank auf Ondrejs Rechner war theoretisch die gleiche, aber es gab dort eine entscheidende Lücke. Zumindest nahm David das an. Weil jemand die Datei manipuliert hatte.

Er öffnete die Suchmaske. Seine Version der Datenbank hatte zumindest eine Benutzeroberfläche, auch wenn sie aussah wie aus den frühen Achtzigern.

Er tippte hinter das Wort »Token-ID« die vierte Agenten-ID, die seine Schließanlage vermerkt hatte. Die ID, zu der sie keinen Eintrag in der Datenbank gefunden hatten.

1 Treffer.

David starrte auf den Monitor. Homochronos war enttarnt. Und er war die ganze Zeit unter ihnen gewesen.

09:28 – 09:40

Tina war stocksauer. Nicht nur, dass Lois und David einfach abgehauen waren – die beiden hatten sich vorher auch die Zeit für ein paar freche Streiche genommen.

Im Fall von David war ihr noch nicht ganz klar, *was* er wirklich gemacht hatte. Ondrej behauptete zwar, David wäre an seinem Laptop gewesen, aber warum sollte er bitte so lebensmüde sein?

Lois hingegen hatte ganz offen ihr wahres Gesicht gezeigt. Auf dem Tresen stand ihr geöffneter Laptop. Der Bildschirm zeigte einen Abschnitt von Südaustralien. Neben dem Stadtnamen *Adelaide* hatte Lois einen Zettel an den Bildschirm gelegt und drei Worte darauf gekritzelt.

HIER Somerton suchen!

Ms Edelfeder war verschwunden und alles was sie hinterlassen hatte, war eine Hausaufgabe.

»Keine Ahnung, was das heißen soll«, sagte Dana zum vierten Mal.

»Jetzt mal ein neuer Spruch«, sagte Tina.

»Ich meine, sollen wir alle nach Australien fahren, um einen Mann namens Somerton zu besuchen?«

»Dana, ich versuche mich zu konzentrieren!«

»Dann mach's doch.«

Tina wandte sich wieder ihrem Computer zu. Sie hatte gerade das Wort Somerton und Adelaide in eine Suchmaschine getippt und bekam Bilder eines hübschen Strandes angezeigt. Ganz toll.

Tina selbst hätte den Hinweis von Lois komplett ignoriert, aber Ondrej glaubte, dass etwas Wichtiges dahinterstand.

Kopfschüttelnd überflog Tina die Suchtreffer. Der dritte Eintrag war ein ewiglanger Wikipedia-Artikel zum sogenannten »Somerton-Mann«. Es würde sie mindestens zwanzig Minuten kosten, den gesamten Artikel zu lesen.

»Jemand schon mal vom Somerton-Mann gehört?«, fragte sie in die Runde.

Cano verschluckte sich an einer Brühwurst, die er noch gefunden hatte. »Ach du Scheiße. Natürlich. Krasse Verschwörungsgeschichte aus den Dreißigern oder so. Meinst du, das hat was mit unserem Somerton zu tun?«

»Zumindest wurde dieser Somerton-Mann genau an der Stelle gefunden, die Lois markiert hat. Ich weiß nur nicht, was ...« Tina stockte. Sie blickte auf das Gekritzel eines zerknitterten Notizzettels. Die Fotokopie hatte die Polizei erstellt, nachdem man den Zettel beim Somerton-Mann gefunden hatte.

Sie las die Bildunterschrift. Man hatte den Text nie entschlüsseln können. Die meisten glaubten, er habe überhaupt keine Bedeutung. Tina kniff die Augen zusammen und starrte die Buchstabenkombination an. In Gedanken entfernte sie die Zeilenumbrüche und fügte die Buchstaben zu einer Kette zusammen. Was hatte Feingold zu David gesagt? *Somerton ist der Schlüssel.*

»Das gibt's doch nicht«, murmelte Tina.

»Was ist los?« Ondrej näherte sich von hinten.

Tina wies auf das Bild. »Kann es sein, dass Feingold diese Buchstabenfolge als Passwort genutzt hat?«

Dana kam auch dazu und schaute mit ihnen auf die Schwarzweiß-Fotokopie. Es waren fünf Zeilen zu sehen. Eine davon war durchgestrichen.

WRGOABABD
MLIAOI
WTBIMPANETP
MLIABOAIAQC

ITTMTSAMSTGAB

»Klar«, sagte Dana. »Wäre sogar ein ziemlich sicheres Passwort. Aber wofür?«

Ondrejs und Tinas Augen trafen sich. Tina wusste, dass sie das gleiche dachten und beide zu feige waren, es auszusprechen. Inzwischen standen alle um den Monitor herum wie Chirurgen am OP-Tisch.

»Die haben ein Loch in HEIMDALL gebohrt«, sagte Tina schließlich. »Und wir haben's gefunden.«

Schepp zog die Stirn kraus. »Bitte was?«

»Es gab immer mal wieder das Gerücht, dass es ein Codewort gibt, um an HEIMDALL vorbeizukommen. Und dass nur ein Richter des FISA-Courts das Passwort kennt. Pat war auch der Meinung.«

»Ja, aber diesen Quatsch haben doch nicht mal wir geglaubt.«

Tina musste ihm recht geben. Normalerweise wäre sie die erste gewesen, die sich über die Idee eines HEIMDALL-Masterpassworts lustig gemacht hätte.

»Und selbst wenn«, sagte Cano. »Wenn das wirklich ein Sesam-öffne-dich ist, wüsste ich immer noch nicht, wo ich es einsetzen sollte.«

»Ich schreibe Pat, dass wir den Schlüssel haben.« Ondrej tippte auf seinem Mantis herum. »Vielleicht kann er uns ausnahmsweise weiterhelfen.«

»Mal vorausgesetzt, wir knacken das Rätsel«, sagte Tina. »Was machen wir dann? Wie halten wir damit Homochronos auf?«

»Da habe ich schon eine Idee«, sagte Ondrej.

Die Rechner im Raum stimmten in diesem Augenblick ein gellendes Klingen an, gleichzeitig wurde die Tür zur Apotheke aufgestoßen. Ein bleicher David stand auf der verschneiten Stufe. In seinen kurzen Haaren glitzerte der Schnee.

»Ein … Videoanruf.« Schepp sah unsicher zwischen David

und einem der Monitore hin und her. »Es ist Pat. Ich geh dran, oder?«

Ondrej ging auf den Monitor zu. »Klar. Ich hab ihm ja gerade geschrieben, dass er uns anrufen soll.«

»Nein!«, sagte David laut. »Ondrej, du lässt die Finger vom Monitor!«

Ondrej drehte sich zu David um, übertrieben langsam und abgehackt, als zerteile er seine Bewegung in mehrere Phasen. Tina kannte Ondrejs Körpersprache. Das hier bedeutete: Lunte erfolgreich gezündet.

David wusste das wohl ebenfalls. Er hielt sich mit beiden Händen am Türrahmen fest. »Ihr müsst mir jetzt zuhören. Alle.«

»So, so«, sagte Ondrej. »Machst jetzt also auf Truppenanführer. Gehst und kommst, wie du willst. Verbietest mir sogar, meinen Computer zu benutzen. Nachdem du ihn dir heute Morgen kurz mal *ausgeliehen* hast!«

David stand weiter in der Tür, als hätte ihn jemand dort festgeklebt. Die Computer klingelten immer noch.

»Wo ist Lois?«, fragte Tina. »Wo habt ihr gesteckt?«

David warf ihr nur einen kurzen Blick zu. »Ich war allein unterwegs. Und ich habe etwas Wichtiges herausgefunden.«

Das Klingeln verstummte. Pat hatte aufgegeben.

»Ich habe herausgefunden«, sagte David und holte tief Luft, »wer hinter Homochronos steckt.«

Ondrej lachte laut auf. »Während deiner Wanderung? Oder auf meinem Computer?«

»Homochronos?«, wiederholte Tina. David durfte man nicht unterschätzen, das wusste sie inzwischen. Vor allen Dingen nicht, wenn er so fertig aussah wie jetzt. »Und wer ist es?«

»Ja, spuck's aus«, sagte Ondrej. »Wohnt der Typ auch in Australien?«

David schüttelte leicht den Kopf. Verflucht, so sehr, wie er mit sich kämpfte, wollte Tina die Antwort gar nicht hören. Er würde gleich alles auf den Kopf stellen. Die letzten Tage, ihr ganzes Leben vielleicht.

»Nicht Australien«, sagte David. »Er war die ganze Zeit so nah an uns dran, dass ich mich frage, wie wir ihm überhaupt entwischen konnten.«

»Also? Wer ist es?«, fragte Cano.

»Es ist Pat. Pat Sullivan.«

09:41 – 10:22

Mit dieser Reaktion hatte David nicht gerechnet: Die Wutfalte in Ondrejs Stirn glättete sich und er grinste spöttisch. »Na, da hätten wir ja früher drauf kommen können. Große Klasse, David.«

Tina kam hinter dem Tresen hervor. Ihr Gesicht zeigte keinerlei Regung. »Wie kommst du auf Pat?«

»Schluss jetzt«, sagte Ondrej. »So eine Spinnerei müssen wir uns gar nicht erst …«

»Wie kommst du darauf?«, wiederholte Tina.

David schloss die Tür hinter sich. »Es gibt einen ganzen Haufen von Beweisen. Ich habe sie zunächst genauso wenig gesehen wie ihr. Dafür brauchte es erst eine Art Geistesblitz.«

Dass ihn ein nächtlicher Traum auf die Wahrheit gestoßen hatte, weil Pat darin aufgetaucht war, behielt er besser für sich.

»Kommt noch was?«, fragte Ondrej.

»Ja. Ich fange mit dem eindeutigsten Beweis an. Pat war in meinem Haus. Ihm gehört die Token-ID, die wir nicht identifizieren konnten.«

»Das kann nicht sein«, sagte Ondrej sofort. »Dann hätten wir ihn über die Mitarbeiter-Datei gefunden. Pat arbeitet bei der NOBA.«

»Genau. Hätten wir finden sollen. Wenn die Datei nicht zensiert worden wäre. Ich habe mir heute Morgen meinen Benzon-Computer besorgt, weil ich auf ihm die gleiche Datei gespeichert habe. Ich habe beide Dateien verglichen – die von Ondrejs Computer und die von meinem.«

Tina schnappte nach Luft. »Du hast ... bitte was?«

»In unserer Datei fehlt genau ein Eintrag. Der von Pat.« Er sah zu Ondrej. »Tut mir leid, ich hätte fragen sollen. Aber du hättest es mir ja niemals erlaubt.«

»In der Datei fehlen bestimmt noch mehr Einträge«, sagte Ondrej ungerührt und lehnte sich an die Küchentür. »Wer weiß, wo Pat sich das File besorgt hat. Das ist einfach ein alter Stand.«

»Ich bin mir sicher, die Differenz besteht ausschließlich aus Pats Datensatz. Aber vergleich die Dateien gern.«

Tina setzte sich zu Dana auf die Couch. »Du hast noch mehr herausgefunden, richtig?«

David nickte. »Ich glaube, dass Pat euch von Anfang an benutzt hat. Ondrej sagte mir, dass Pat euch auf die Idee mit HEIMDALL gebracht hat – dass es einen Weg gäbe, HEIMDALL zu umgehen. Wie war das genau? Ist Pat womöglich vor Jahren aus dem Nichts aufgetaucht, um euch zu unterstützen und hat euch mit dieser unwahrscheinlichen Idee überzeugt?«

»Bullshit!«, sagte Ondrej. »Pat und ich kennen uns schon seit Jahrzehnten.«

»David hat aber recht«, widersprach Tina. »Pat hat uns auf die Idee mit der Backdoor gebracht.«

»Und das macht ihn verdächtig?« Ondrej lachte. »Ihr habt sie ja nicht mehr alle.«

Dana nickte ihm zu. »Wir alle wollten eben beweisen, dass es einen Weg gibt, Register-Nachrichten zu fälschen. Das wollen wir heute noch.«

»Genau«, sagte David. »Pat will das gleiche wie ihr. Als mir gestern klar wurde, dass die Mörder und wir das gleiche Ziel verfolgen, hat mir das keine Ruhe mehr gelassen. Das konnte doch kein Zufall sein.«

»Und warum hat er Feingold mit ins Boot geholt?«, fragte Tina.

»Ganz einfach. Ihr seid bis jetzt nicht durch HEIMDALL hindurchgekommen. Und Pat hat wohl die Hoffnung aufgegeben, dass ihr es noch schafft. Also hat er sich neue Verbündete gesucht. Oder besser gesagt, neue Dienstleister.«

Alle starrten David an. Wahrscheinlich hatte er gerade ihren Stolz gekränkt. Dabei war es doch ein Glück, dass sie dem Mörder nicht unwissentlich geholfen hatten.

»Pat will also nur diese verdammte Nachricht abschicken?«, fragte Cano. »Genau wie Smith?«

»Mit einem feinen Unterschied«, sagte David. Bis jetzt war es noch zu keinem Aufstand gekommen, aber das würde sich nun ändern. Mit seinem letzten Hauptbeweis. »Gregory Smith kann die Nachricht nicht abschicken. Selbst wenn er wollte.«

»Hör auf mit dieser Rhetorik-Scheiße«, sagte Tina. »Sag uns einfach, was du weißt.«

»Ich habe mir die Veröffentlichungsgeschichte von Weinards Artikel noch einmal angeschaut. Der Artikel erschien am 12. Oktober. Ondrej, du hast gesagt, Smith wäre vier Wochen vor dem offiziellen Registerstart dazugestoßen. Ich habe mir nie einen Kalender genommen und das einfach mal nachgerechnet, weil alles so stimmig schien. Aber die Wahrheit ist, dass Smith die Mordnachricht überhaupt nicht abschicken kann, weil er noch keinen Registerzugriff hatte. Den hat er erst im Dezember bekommen.« Genau einen Monat nach Susans Tod, fügte er in Gedanken hinzu.

»Aber Pat hatte diesen Zugang«, sagte Cano.

»Ja, und zwar schon im Juni. Ich weiß nicht, warum Gregory Smith mit an Bord ist – wahrscheinlich, weil er viel Geld und gute Beziehungen hat. Die Nachricht jedenfalls kann nur eine einzige Person früh genug in die Vergangenheit bringen. Und diese Person ist Pat Sullivan.«

»Verdammt!«, sagte Tina. »Warum muss David uns das sagen? Warum nicht du, Ondrej?«

Ondrej blinzelte. »Ich hab nicht darüber nachgedacht, okay? Hat ja wohl sonst auch keiner hier. Ist mir auch egal, das sind doch alles keine Beweise.«

»Was willst du denn noch?«, brüllte Tina und sprang von der Couch auf. »Pats ID steht in Davids Protokoll. Nur er kann die Nachricht abschicken. Eindeutiger geht's ja wohl nicht.«

Ondrej baute sich vor Tina auf, den Unterkiefer nach vorn geschoben, und er atmete so schwer, dass sich sein T-Shirt wölbte. Einmal mehr staunte David darüber, wie groß Ondrej war, wenn er sich zu seiner vollen Größe aufrichtete.

Tina sah unbeeindruckt zu ihm hoch. »Ich find's auch nicht toll, dass er uns alle übers Ohr gehauen hat.«

»Dann glaubst du das also wirklich.« Ondrejs Worte waren nicht mehr als ein leises Knurren. »Pat Sullivan will uns umbringen. Nach allem, was wir zusammen mit ihm durchgestanden haben. Hast du deinen verdammten Verstand verloren?«

»Wir haben uns in einem Menschen getäuscht. Das passiert uns öfter.«

»Pat hat mich gerettet!«, brüllte Ondrej. »Wir wären nicht hier ohne ihn.«

»Der große Sullivan-Bonus. Den hat er jetzt aufgebraucht, kapierst du das?«

In diesem Moment klingelten erneut die Laptops.

»Pat«, sagte Cano. »Er versucht es schon wieder.«

»Wir gehen jetzt dran«, sagte Ondrej und wandte sich zu seinem Computer auf dem Couchtisch.

Tina hielt ihn fest. »Du hast ihm gerade gesagt, dass wir den HEIMDALL-Schlüssel gefunden haben. Das ist das Letzte, was er wissen darf.«

David glaubte, sich verhört zu haben. »Was sagst du? Ihr habt den Weg durch HEIMDALL gefunden?«

»Ja«, sagte Tina. »Vielleicht.«

»Dann dürfen wir erst recht nicht mit Pat telefonieren! Er wird …«

»Schluss jetzt.« Ondrej stieß Tina zur Seite. »Ich will mit Pat sprechen, und das mach ich jetzt auch.« Er legte seine Hände auf die Tastatur.

Tina zerrte an seinen Schultern und einige Sekunden rangen die beiden miteinander. Natürlich war Ondrej stärker. Er schaffte es zurück zur Tastatur, drückte eine Taste und der Anruf startete.

»Also, also«, sagte Pat. »Ihr seid ja schlechter zu erreichen als mein Steuerberater.«

David schob sich zwischen den anderen hindurch und blickte in Pats grinsendes Gesicht. Der Video-Chat funktionierte wieder. Bestimmt war dieser angebliche Ausfall auch nur ein Winkelzug in Pats Plan gewesen.

»Na, ihr seht vielleicht aus«, sagte Pat. »Wusstet ihr, dass ihr berühmt seid? Ich habe euch vorhin im Fernsehen gesehen. Die NOBA hat vor aller Welt zugegeben, dass sie nach euch sucht. Allein dafür haben sich die Strapazen gelohnt.«

David war zu keiner Antwort fähig. Am liebsten hätte er in das Display geschlagen. Dieser Mann hatte Judd umgebracht, nur um sie in Schach zu halten, und jetzt spielte er wieder den netten Buchhalter von nebenan. Wo saß er da überhaupt? Hinter seinem Stuhl erkannte David gerahmte Fotos auf einer sandfarbenen Tapete. Das war nicht das gleiche Büro wie beim letzten Mal. Vielleicht war er zu Hause in seinem Arbeitszimmer. Ein Killer in Heimarbeit.

Ich kriege dich, dachte David.

»Wir hatten eine lange Nacht«, sagte Tina. »Hör also auf zu grinsen.«

»Hallo Tina«, sagte Pat. »Was ist denn los bei euch?«

»Wir wurden aufgehalten. Von jemandem mit dem Decknamen *Homochronos* – schon mal von ihm gehört?«

Pat machte ein dämliches Gesicht. »Homo-was? Ist das eine Affenart?«

»Das ist der Scheißdrahtzieher, kapiert? Der Typ hat Davids Vater umgebracht und uns den Mord angehängt, nur damit wir die Füße stillhalten.«

»Ich verstehe kein Wort.«

Tina ballte die Fäuste und schwieg. Anscheinend wusste sie nicht, wie sie dieses Gespräch weiterführen sollte.

»Warum sehen wir dich überhaupt?«, fragte David. »Wieso funktioniert der Videochat wieder?«

»Weil Ondrej mir geholfen hat, das Programm wieder zum Laufen zu bringen. Gestern schon. Redet ihr eigentlich miteinander?«

Tina warf Ondrej einen bösen Blick zu, aber für David kam diese Information nicht überraschend. Ihnen hätte klar sein müssen, dass Pat und Ondrej nicht nur während der offiziellen Telefonate kommunizierten.

Ondrej erwachte aus seiner Lethargie. »Pat, was sagst du zu dem HEIMDALL-Schlüssel?«

»Danke, dass wir endlich dazu kommen. Ihr habt also den Schlüssel. Und er ist einsatzbereit.«

»Nicht ganz«, sagte Tina schnell. »Es fehlen noch einige Tests.«

Pat hob die Augenbrauen. »Verstehe. Und dafür wollt ihr ausgerechnet jetzt Zeit investieren?«

»Was denn sonst?«, fragte Ondrej. »Gibt ja auch nicht viel mehr, was wir machen können – wir hocken hier in unserer vergammelten Apotheke, während Homochronos und de Burgh die Stadt nach uns durchkämmen.«

»Ihr habt also Langeweile.«

»Jetzt tu nicht so. Du willst den verfluchten Schlüssel doch genauso sehr wie wir.«

Zu offensichtlich, dachte David. Pat musste merken, dass Ondrej ihn nur aus der Reserve locken wollte.

»Unter anderen Umständen vielleicht«, sagte Pat. »Aber gerade jetzt gibt es echt Wichtigeres.«

Entweder war er ein ausgezeichneter Schauspieler – oder Pat hatte den HEIMDALL-Schlüssel ohnehin so gut wie sicher. Ondrej presste die Lippen fest zusammen. Irgendetwas arbeitete in seiner Hauptplatine.

»Ich geb euch einen Rat«, sagte Pat. »Wenn ihr den Schlüssel sehr schnell einsatztauglich bekommt, sagen wir mal bis heute Abend, dann kann ich was draus machen. Die richtigen Leute anpieksen. Den großen Leak einleiten, den wir seit Jahren planen. Aber ansonsten solltet ihr euch wirklich auf was anderes konzentrieren. Findet meinetwegen diesen merkwürdigen Homochronos.«

»Bis heute Abend?«, fragte Ondrej. »Das schaffen wir. Die Tests haben wir in Nullkommanichts durch.«

Tinas Gesicht sah sehr nach Magenschmerzen aus. Wahrscheinlich überlegte sie genau wie David, ob sie diese Lüge berichtigen sollte.

Pat schien davon nichts zu bemerken. »Na gut, dann schickt mir doch einfach den Schlüssel. Ich sehe mal, was sich machen lässt.«

»Nix da«, sagte Ondrej. »Wir schicken den Schlüssel nicht übers Netz. Viel zu unsicher.«

»Ach so. Hm.« Pat klang immer noch desinteressiert, aber auf irgendeine Art wirkte er jetzt angespannt. »Dann müssen wir uns treffen. Falls euch das nicht zu gefährlich ist.«

»Und wo?«

»Auf der Ecke 7th Street und C Street. Da gibt's ein Lokal, so ähnlich wie das von Ricky.«

»Abgemacht«, sagte Ondrej, ohne zu zögern. »Um Mitternacht.«

Tina sah zu Ondrej. »Ich weiß wirklich nicht ob …«

»Einer von uns kommt. Wir klären noch wer.«

»Wie ihr wollt.« Pat versank sichtlich zufrieden in seinem Schreibtischstuhl. »Ich bring Popcorn mit. Ich bin vorher noch mit meiner Frau im Kino.«

»Bestell ihr mein Beileid«, sagte Tina. Sie drückte auf den Auflegen-Button, wartete, bis die Verbindung gekappt war und fuhr dann zu Ondrej herum. »Verflucht noch mal! Du bist echt nicht mehr ganz dicht, weißt du das?«

Ondrej antwortete nicht. Er sah mit verschränkten Armen ins Leere. Schließlich murmelte er: »Pat hat den Schlüssel nicht.« Er warf ihnen diese Feststellung wie einen Brocken hin, an dem sie eine Weile kauen sollten.

»Noch nicht«, sagte David. Er kapierte nicht, was Ondrej ihnen eigentlich sagen wollte. »Aber er steht kurz vorm Ziel. Denk an den Drohbrief.«

»Warst du gerade dabei oder nicht? Der Versuchung, den Schlüssel auf dem Silbertablett zu bekommen, konnte er nicht widerstehen. Wenn's wirklich noch einen anderen Lieferanten gibt, dann kommt auch der nicht aus dem Quark.«

David fragte sich, was da eben passiert war. Pat musste etwas gesagt haben, das Ondrej mit einem Mal überzeugt hatte. Etwas, das ihnen allen entgangen war.

»Schön, und weiter?«, fragte Tina. »Was geben wir ihm heute Abend?«

»Nichts natürlich. Irgendein gefälschtes Passwort.« Ondrej holte seinen Laptop vom Tresen. »Während ihn jemand ablenkt, backtimen wir eine Warnung an uns. Bis zu ein Jahr in die Vergangenheit.«

»Moment mal«, sagte David. »Ein Jahr? Das geht?«

»Wenn wir *wirklich* den Schlüssel haben, ja. Dann krieg ich unsere Nachricht am Prüfprozess vorbei.« Er sah Richtung Cano und Schepp. »Wir brauchen eine HEIMDALL-Instanz.«

Tina schüttelte den Kopf. »Ondrej, das war eine Scheißidee. Mitternacht? Hast du einfach gezockt?«

»Hab ich. Und Pat hat sich drauf eingelassen.«

»Aber das schaffen wir nie im Leben. Wir haben noch vierzehn Stunden. Für so eine Aktion braucht man Wochen!«

»Wenn wir noch weiter diskutieren, wird das ganz sicher nichts.«

David zwang sich zur Konzentration. »Ondrej, bist du sicher, dass Pat auf uns wartet? Vielleicht wird hier jeden Moment alles reversiert.«

»Nein, er wartet. Das weiß ich. Aber sobald er den Knopf unterm Finger hat, drückt er ihn. Der zieht das durch.« Er sah zu Cano und Schepp. »Los Jungs, machen wir HEIMDALL startklar und verhindern diesen Mist.«

Die anderen hatten bereits drei Laptops nebeneinander auf dem Tisch platziert. Ihre Displays waren wieder so konfiguriert, dass sie einen gemeinsamen Bildschirm bildeten – die größtmögliche Fläche für die Operation, die Ondrej im Sinn hatte. Er selbst setzte sich in die Mitte des Cockpits, während Schepp und Cano neben ihm Platz nahmen wie zwei Adjutanten. Sie waren offensichtlich froh, wieder etwas zu tun zu haben.

David ging in die Küche und suchte nach Zutaten für ein verspätetes Frühstück. Auf dem Tisch lag eine Tüte mit Hotdog-Brötchen, daneben stand ein Glas mit Würstchen.

Während David die Tüte öffnete, dachte er über die einzige Frage nach, die sie bis jetzt nicht beantwortet hatten: *Warum* unternahmen Pat und seine Komplizen solche Anstrengungen? Was wollten sie erreichen? Ihre Motivation musste mehr sein als ein persönlicher Vorteil – dafür reversierte nicht mal Pat zwanzig Jahre.

Ondrej kam in die Küche. David musste nicht einmal aufblicken, um das zu wissen. Ondrejs Gang konnte er inzwischen genauso erspüren wie einen kalten Lufthauch.

Ondrej blieb am Kühlschrank stehen und sah interessiert zu, wie David eine Wurst aus dem Glas angelte.

»Tja«, sagte er und vergrub seine Hände in den Hosentaschen. »Jetzt kompiliert der Kram und dann geht's los.«

David nickte. Obwohl er sich mit aller Macht dagegen wehrte, begann seine Hand zu zittern. Inzwischen machte er sich nichts mehr vor: Er hatte Angst vor Ondrej, ganz einfach. Der Kerl konnte ihm noch so oft das Leben retten, David fühlte sich bedroht von ihm.

»Mann, dieser Pat.« Ondrej schnalzte mit der Zunge. »Dem wären wir noch blind in die Hölle gefolgt.«

David legte die Hände auf den Tisch. »Ondrej, woher der Sinneswandel? Vor zehn Minuten wolltest du mich noch vierteilen dafür, dass ich Pat enttarnt habe.«

»Stimmt«, sagte Ondrej.

»Und nun hast du's dir also anders überlegt. Schön. Wer garantiert mir aber, dass du in fünf Minuten nicht wieder an Pats Unschuld glaubst?«

»Mach dir keine Sorgen. Ich habe mich selbst überzeugt.«

»Das muss mir entgangen sein.«

»Wirklich?« Ondrej lächelte und fischte sich ebenfalls eine Wurst aus dem Glas. »Ich habe gerade ein Dutzend Sachen erwähnt, die Pat nicht wissen konnte. Dass wir in einer alten Apotheke sitzen zum Beispiel. Oder dass uns de Burgh auf den Fersen ist. Das alles hat ihm nie einer gesagt, aber Pat war überhaupt nicht überrascht. Der war so heiß auf den Schlüssel, dass er für einen Moment sein Drehbuch vergessen hat.«

David musste sich eingestehen, dass er nichts davon bemerkt hatte – weder von Ondrejs List, noch dass Pat darauf hereingefallen war. »Also haben wir noch mehr Beweise bekommen.«

»Beweise, ja, dummerweise aber auch ein kleines Problem.« Ondrej trat noch ein Stück näher an David. »Von der Apotheke kann ihm weder Smith noch sonst wer erzählt haben. Das muss ihm jemand anders gesagt haben.«

David umklammerte die Tischkante. Ondrej hatte recht, dummerweise. »Und wer war's?«

Ondrej drehte den Kopf und nickte in Richtung Lois' Laptop, der immer noch in der Mitte des Hauptraums stand. Tina saß daneben und sah zur Decke.

»Unsinn!«, rief David. »Das glaubst du doch selbst nicht.«

Ondrej hob die Schultern. »Ich sage nur, dass jemand geplaudert hat. Jemand von uns. Und ich war's nicht.«

»Fertig!«, krähte Cano von drüben. »Ondrej, komm rüber.«

Ondrej ging zur Tür. »Wir behalten das erst mal für uns. Sonst bricht das Chaos aus.«

»Deine Entscheidung. Ich vertraue Lois, egal was ihr sagt.«

»Du kennst sie erst seit Montag.«

»Also länger als dich.«

Ondrej kratzte sich am Nacken und lachte leise. »Da hast du natürlich recht.«

Er wandte sich zum Gehen um, dann aber hielt er inne und kam zurück. »Soll ich dir noch ein Geheimnis verraten?«

»Wenn es sein muss.«

»Ich hab Bammel. So richtig. Mit Pat als Feind wird's ungemütlich, das kann ich dir versprechen. Ich bin froh, dass wir dich dabei haben.« Er zwinkerte David zu und verschwand.

David atmete tief durch und starrte auf seinen Hotdog. Was auch immer Ondrej mit diesen Worten meinte, er verheimlichte etwas. Da war etwas zwischen Pat und Ondrej gewesen, das bis jetzt niemand wirklich verstanden hatte, nicht einmal Tina.

David würde auch dieses Rätsel lösen müssen. Es war mit den anderen Fragen verwoben, weil eben alles in diesem verfluchten Chaos miteinander verwoben war. Hoffentlich tauchte Lois schnell wieder auf und half ihm bei dieser Aufgabe.

07:57 – 09:30

Garys Rettung war nicht der wahre Grund, warum Lois in diesem Wagen saß. Hauptsächlich rettete sie sich selbst. Sie floh.

Der Mercedes hatte wie ein Wachhund am Anfang der Gasse gestanden, die verschneiten Seitenspiegel ohrenartig ausgestreckt. Lois war reingesprungen und losgefahren, um nie wieder zurückzukommen. Und sie hatte ein mieses Gefühl dabei.

Nicht nur die Tatsache, dass dieses Auto ihr gestern noch hinterhergejagt war, machte Lois zu schaffen, sondern auch die manuelle Gangschaltung. Es brauchte ein paar Meilen und einige Misshandlungen des Getriebes, bis sie den Wagen einigermaßen im Griff hatte.

Auf der Höhe von Maryland City parkte sie im Grünstreifen, starrte mit brennenden Augen auf das Lenkrad und erwog, zu ihrer Wohnung zu fahren. Warum sollte sie von der einen Gefahr direkt in die nächste brettern? Das war dämlich.

Aber einfach darauf warten, was Garys Entführung für Folgen hätte? Das konnte sie auch nicht.

Lois griff nach ihrem Handy. Vielleicht sollte sie de Burghs Nummer wählen – um herauszubekommen, was in der alten Frau vorging. Aber de Burgh würde natürlich Verdacht schöpfen, diese durchtriebene Hexe.

Seufzend startete Lois den Wagen und reihte sich wieder in den Verkehr ein. Dass diese Leute Gary überhaupt aufgestöbert hatten! Der Mann war eine Ansammlung von doppelten Böden und Notfallplänen, misstrauisch wie ein Eichhörnchen. Und nun war er ausgerechnet in der Gewalt der Menschen, die ihn sein Leben lang am meisten geängstigt hatten.

Das Handy leuchtete auf. Lois zuckte zusammen. Nur Gary und ihr Chefredakteur kannten diese Nummer. Oder war jetzt Lady de Burgh persönlich an der Strippe?

Lois hob das Handy vom Beifahrersitz auf, aber es rutschte ihr aus der Hand und landete zwischen Gaspedal und Bremse. Toll.

Sie ertastete den Fußraum, bekam das Telefon zu packen und hielt es sich vor die Augen. Neben dem Symbol für einen verpassten Anruf war eine neue Textnachricht: *[Gary] Wo bleiben Sie?*

»Wichser!«, brüllte Lois. Da wurde er schon gerettet, zumindest hatte das Lois vor, und dann ging es ihm nicht schnell genug.

Mit eiserner Willenskraft schluckte Lois ihre Wut hinunter. Der Mann war entführt worden und hatte sich garantiert schon dreimal in die Hosen gepinkelt. Seltsam, dass er nicht schon längst eingeknickt war und seinen Kidnappern alles erzählt hatte, was er wusste. Vielleicht hatte de Burgh ihn erst mal eingesperrt und wartete ab. Bis jemand so doof war und ihm zu Hilfe kam. Jemand wie Lois.

Ich fahr einfach zurück, dachte Lois. Zurück in die Apotheke und erzähle ihnen alles. Die sind böse Überraschungen gewöhnt.

Aber in der Apotheke lauerte die größere Gefahr. Die Erfüllung der Registernachricht, die Lois so lange nicht hatte wahrhaben wollen.

Noch hier im Wagen spürte Lois die Anwesenheit Davids wie einen Nachhall: Seine warme Stimme, die er gern in ein scheues Lächeln packte, sein grüblerisches Gesicht, hinter dem es rund um die Uhr arbeitete. Ein Mann, der keiner Fliege was zuleide tun konnte. Zumindest dachten das alle.

Lois trat gegen das Gaspedal und schwor sich, bis Baltimore nicht mehr stehenzubleiben. Der Parkway schien sich unter den Rädern auseinanderzuziehen, es gab immer weniger Kurven und kaum noch Autos. Lois raste bald genauso schnell wie Ondrej gestern.

Die Frage, was David wohl eigentlich mit ihr vorhatte, konnte sie trotzdem nicht abschütteln. Diese eine unselige Frage, die ihr schon seit Ewigkeiten das Leben schwer machte.

Gegen neun Uhr erreichte sie Homeland. In den Gusslaternen brannten noch die Glühdrähte. Zementgraue Schneewolken hingen am Himmel.

Der Teich, den sie gestern überquert hatten, lag still da, als wäre nie etwas gewesen. Lois erwischte sich, wie sie die Eisfläche nach toten Enten absuchte. Aber da waren keine.

Sie parkte den Wagen ungefähr an der gleichen Stelle, an der Tinas Wagen gestanden hatte. Dann öffnete sie das Handschuhfach und wühlte darin herum.

Sie fand Fahrzeugpapiere, lose Notizzettel, zwei Papierservietten und eine halb gefüllte Zigarettenschachtel – aber nicht das, was sie gesucht hatte.

Lois lehnte sich zurück und schloss die Augen. Fast war sie erleichtert. De Burgh und ihr Helfer hätten schnell bemerkt, dass Lois mit einer Waffe genauso wenig umgehen konnte wie mit der Gangschaltung des Mercedes. Trotzdem hätte sie gern gewusst, warum Ondrej die Pistole an einem anderen Ort zwischengelagert hatte. Vielleicht hatte er etwas geahnt.

Lois griff in ihr Portemonnaie und holte ein verknittertes Papier heraus. Draußen begann es zu schneien, wie auf das Kommando eines drittklassigen Regisseurs. *Moment der Entscheidung – und Schnee!*

Sie musste an den Somerton-Mann denken. Vielleicht würde man morgen auch ihren Körper finden. Die Leiche einer Frau, die offiziell schon vor einigen Tagen gestorben war – an einer tödlichen Krankheit oder einem Schlaganfall oder was immer Ondrej in die Datenbank eingegeben hatte. Eine Frau, die an einem völlig falschen Ort auf eine völlig falsche Art gestorben war und ein rätselhaftes Papier in der Tasche trug.

Lois presste den Zettel an die beschlagene Scheibe. Das Gefühl, das sie beim Anblick dieser fünf Worte überkam, war jedes Mal das gleiche. Als ob sie in das Fotoalbum eines Freundes schaute und plötzlich eine Fotografie von sich entdeckte – einen zehn Jahre alten Schnappschuss, auf dem sie unwissentlich gelandet war. Lois hatte sich immer in dieser Nachricht erkannt. Es waren ihre Worte, ihre Stimme. Trotzdem hatte sie sich eingeredet, die Nachricht wäre gefälscht. Und dann hatte sie gestern erfahren, dass ihre Verfolger gar keine Nachrichten fälschen konnten.

Das Wasser der Scheibe begann am Papier zu fressen, so als ob die Schneeflocken von außen daran nagten.

Ein unangenehmer Gedanke keimte in Lois auf: Diese Registernachricht kam nur noch wenige Stunden aus der Zukunft. Irgendwann im Laufe des heutigen Tages musste Lois diese Worte abgeschickt haben. Sehr bald, vielleicht sogar in den nächsten Minuten, würde sie diese fünf Worte tippen und in die Vergangenheit schicken. Die fünf Kanonenschläge ihrer Registernachricht: *David wird dein Untergang sein.*

Sie faltete den Zettel zusammen und steckte ihn zurück in das Portemonnaie. Erneut öffnete sie das Handschuhfach und versteckte die Geldbörse unter den Papieren. Wenn man ihren Körper tatsächlich in wenigen Stunden finden würde, wollte sie Wikipedia nicht einen weiteren Verschwörungsartikel liefern.

Sie sah zu de Burghs Haus hinüber. Das Licht im Erdgeschoss war gerade angegangen. Oder hatte es schon die ganze Zeit gebrannt?

Lois zog den Schlüssel ab. So oder so, es war jemand zu Hause. Ihr Plan war einfach. Er hing an den Überwachungskameras, die sie gestern bemerkt hatte.

Irgendwelche Security-Typen beobachteten diese Siedlung Tag

und Nacht. Daraus folgte für Lois: Solange sie vor dem Haus blieb, konnte ihr nichts passieren. Sie musste nur dafür sorgen, dass de Burgh oder Smith hinauskamen und sich ihr Angebot anhörten.

Und dann würden sie entweder einen Weg finden, Lois umzubringen. Oder sie würden auf das Angebot eingehen.

11:43 – 12:52

David sah auf sein Mantis, dessen Uhrzeitanzeige zu seiner Hauptfunktion geworden war. Zwölf Stunden hatten sie noch, um den Somerton-Schlüssel einzusetzen und eine Warnung durch HEIMDALL zu schleusen. In den letzten zwei Stunden waren sie entweder keinen Schritt vorwärtsgekommen, oder David hatte nichts von diesen Fortschritten bemerkt.

Immerhin erwachte Ondrej gerade aus der Starre, in der er seit Stunden vor dem Bildschirm gesessen hatte. Mit einem knackenden Geräusch streckte er seine Finger durch und lehnte sich mit verschränkten Armen zurück. »Na schön. Die HEIMDALL-API haben wir angezapft, das OmniTemp steht. Mantis-Nachrichten über Port 67 sind nun verschlüsselt.«

»Kannst du das übersetzen?«, fragte David.

»Wir simulieren das Zusammenspiel von HEIMDALL und Register. Nichts Neues, das haben wir früher ständig gemacht. Aber dieses Mal haben wir die Backdoor. Angeblich.« Er öffnete ein Terminal und tippte eine Nachricht hinein.

```
heimdall addmessage –message »pat ist eine arschgeige«
–tokenid 248102918 –receiptdate 2003-11-04T00:00:00+00:00
–keyphrase »das_soll_ein_hash_sein«
```

»Witzig wie immer«, sagte Tina.

Ondrej feuerte den Befehl ab und das Programm reagierte sofort.

```
=> Message encrypted
=> Waiting for review
=> ...
```

»So weit so gut«, sagte Ondrej. »HEIMDALL schickt die Nachricht in einen Prüfprozess. Die Zeitgrenze wird überprüft und im Zweifel druckt sich ein NOBA-Mitarbeiter das Ding aus. Aber es gibt einen Weg daran vorbei.«

Tina setzte sich auf den Tresen. »Feingolds Schlüssel.«

»Ich geb einfach mal das Somerton-Passwort ein.« Er tippte.

```
heimdall addmessage –message »pat ist eine arschgeige«
–tokenid 248102918 –receiptdate 2003-11-04T00:00:00+00:00
–keyphrase WRGOABABDMLIAOIWTBIMPAETPMLIABOIAO-
IWTBIPAEAIAQCITTMTSAMSTGAB
```

Alle hielten die Luft an.

```
=> Message encrypted
=> Waiting for review
=> ...
```

»Wär' auch verdammt einfach gewesen«, sagte Tina.

Ondrej rieb sich das Kinn. »Vielleicht hat Feingold in der offiziellen Doku irgendwelche Hinweise versteckt?«

»Wir haben keine Zeit für irgendeine Scheißdoku! Das ist doch alles wahnsinnig.«

Stumm betrachtete David die minzgrünen Terminal-Zeilen, auf denen jetzt so viel geballte Hoffnung ruhte. Die Hoffnung, dass sie kurzerhand das Rätsel lösten, an dem Ondrej und die anderen bereits seit Jahren saßen. Einfach wahnsinnig, da hatte Tina schon recht.

»Was ist mit der zweiten Reihe?«, fragte Schepp. »Auf dem Zettel ist sie durchgestrichen. Aber vielleicht gehört sie trotzdem dazu.«

Ondrej zuckte mit den Schultern, änderte den Key und feuerte ab.

=> Message encrypted
=> WWWWWRONG

»Hm«, machte Ondrej. »Wir sind falsch abgebogen. Und unser verrückter Professor steht auf seltsame Fehlermeldungen.«

In der Tat, sehr aussagekräftig war diese Fehlermeldung wirklich nicht. Sie bedeutete zumindest, dass Feingold wirklich eine Spur gelegt hatte, und er schien zu wollen, dass man sie fand.

David wandte sich der Fotokopie des Zettels zu. Eigentlich ließ sie wenig Interpretationsspielraum.

WRGOABABD
MLIAOI
WTBIMPANETP
MLIABOAIAQC
ITTMTSAMSTGAB

»Probier' es mal mit einem M«, sagte er. »Statt einem W.«

Ondrej runzelte die Stirn. »Du meinst den ersten Buchstaben? Zieh deine Brille auf. Das ist ein W.«

»Für mich sieht es auch eher nach einem W aus. Aber diese Fehlermeldung will uns einen eindeutigen Hinweis auf ein M geben.«

»Er hat recht«, sagte Schepp. »Mach ein M draus, Ondrej! Auch in der dritten Zeile.«

Ondrej schüttelte den Kopf. »Ich komm mir vor wie in einem Rätselclub.« Er änderte die zwei Buchstaben und tippte mit ausgestrecktem Zeigefinger auf die Eingabetaste.

Das Ergebnis war so unerwartet, dass David zurückwich. Selbst Ondrej zuckte kurz zusammen.

```
=> Message encrypted
=> Review skipped
=> Result: aeee40f57e9a562b4e32b3ac9f8aa69d
```

»Ups«, sagte Ondrej. »Ich will ja nichts sagen, aber ... Tina, wurde der offizielle HEIMDALL-Algorithmus angewandt?«

Tina tippte auf ihrem Laptop. »Moment. Ich hab deine Nachricht gerade damit verschlüsselt und ...« Sie zögerte. »Es kommt das Gleiche raus.«

»Das heißt?«, fragte David. »Wir haben das Rätsel geknackt?«

»Nur zu fünfzig Prozent«, sagte Tina. »Die andere Seite muss die Nachricht irgendwie entgegennehmen. Bei den gefälschten Nachrichten kennt die NOBA das Passwort ihres Opfers ja nicht.«

»Und wir haben das gleiche Problem«, fügte Ondrej hinzu. »Unsere vergangenen Ichs wissen nichts von Somerton. Also können sie auch mit unserer Nachricht nichts anfangen.«

Noch während er sprach, tippte er einen neuen Befehl ein.

```
heimdall getmessage –message aeee40f57e9a562b4e32b3-
ac9f8aa69d –tokenid 248102918 –keyphrase mickeymaus
=> Result: pat ist eine arschgeige
```

Niemand sagte ein Wort. David überlegte sicherheitshalber zweimal, ob er nicht gerade einen Denkfehler machte.

»Na schön, noch ein Versuch«, sagte Ondrej schließlich. »Sicher ist sicher.«

heimdall getmessage –message aeee40f57e9a562b4e32b3-ac9f8aa69d –tokenid 248102918 –keyphrase ondrejsuperstar

=> Result: pat ist eine arschgeige

Er pfiff durch die Zähne. »Diese Saubande.«

David sah sich verwirrt um. »Was heißt das?«

»Wir hatten die ganze Zeit recht«, murmelte Tina. »HEIMDALL wurde entworfen, um Nachrichten zu fälschen. Und Somerton ist der Schlüssel. Sobald eine Nachricht mit dem Somerton-Hash verschlüsselt wird, geht sie nicht nur am Prüfprozess vorbei – sie kann später auch mit jedem beliebigen Passwort entschlüsselt werden. Egal, was du eingibst, HEIMDALL spuckt dir die Nachricht aus. Die NOBA kann ihren Opfern falsche Nachrichten zuspielen und muss dafür nicht mal ihr Passwort wissen.«

»Das ist genial«, sagte Ondrej. »Der Verschlüsselungsalgorithmus ist öffentlich und er wird auch eingesetzt. Trotzdem verarscht die NOBA die ganze Welt nach Strich und Faden.«

»Aber wie bekommen wir unsere Warnung ins Register?«, fragte Cano. »Wir kommen an HEIMDALL vorbei, aber das hilft uns erst einmal nicht viel.«

Daran hatte David noch gar nicht gedacht. Sie konnten nicht einfach in das nächste Registerbüro gehen – ihre Tokens waren abgeschaltet und sie selbst wurden im ganzen Land gesucht.

»Es gibt nur eine Möglichkeit«, sagte Ondrej achselzuckend. »Wir benutzen eines der Backup-Center. Da schieben wir die Registernachricht hinein und das war's. Sozusagen auf dem kurzen Dienstweg.« Er verschränkte die Arme und lehnte sich zurück.

David hatte nicht die Spur einer Ahnung, von was Ondrej da eigentlich redete.

»Ihr macht echt dämliche Gesichter«, maulte Ondrej, als niemand antwortete.

»Du willst in ein Backup-Center einbrechen?«, fragte David.

Er hoffte, Ondrej hätte sich nur unverständlich ausgedrückt. »In ein Register-Rechenzentrum?«

»Woanders macht's ja wenig Sinn.«

»Aber was hast du vor? Die Backup-Center haben doch nur Lesezugriff auf das Register.«

»Unsinn. Wir kommen von dort ans OmniTemp. Also können wir auch Registereinträge hinzufügen.«

»Okay. Aber ... da kannst du dich nicht einfach reinschmuggeln. Allein das kleine Center unter Benzon ist ein Hochsicherheitstrakt!«

»Aber direkt um die Ecke.«

»Du meinst das nicht ernst«, sagte Tina. »Du kannst es einfach nicht ernst meinen.«

»Es ist die einfachste Möglichkeit.«

»Ach ja? Also brechen wir mal eben bei Benzon ein, durchbrechen eine Million physischer Sicherheitsschleusen, suchen uns einen Computer im Serverkeller und setzen einen *addmessage* Befehl ab? Das ist die Idee?«

Ondrej kratzte sich am Ohr. »Das ist ... ja, das ist die Idee.«

»Dir hat doch einer ins Gehirn geschissen.« Tina stand auf und lief kopfschüttelnd davon.

»Wenn wir einmal drin sind«, sagte David, »kommen wir dann ins System?«

»Ziemlich sicher«, sagte Ondrej. »Ich habe damals ein paar Geheimtüren in den Code eingebaut. Die dürfte nie jemand gefunden haben.«

»Das Problem ist also der Einbruch ins Rechenzentrum.«

»Man *kann* nicht einbrechen«, sagte Tina. »Ich war schon mal dort unten. Das Ding ist Ford Knox. Token-Scanner, Passwortabfragen, am Ende sogar ein Fingerabdruckscanner.«

»Immerhin kennst du die Räumlichkeiten«, sagte David. »Wir müssen nur irgendwen von Benzon dazu bewegen, runter ins

Rechenzentrum zu gehen. Wer auch immer das ist, er muss uns freiwillig mitnehmen. Und dann müssen wir ihn überwältigen.«

»Überwältigen?«, fragte Schepp. »Wie denn das? Und warum sollte uns irgendjemand helfen?«

»Wir könnten uns als jemand anders ausgeben. Als NOBA-Mitarbeiter vielleicht.«

»Vergiss es«, sagte Tina. »Ich sagte doch, da sind überall Token-Scanner. Ohne Identifikation fliegen wir direkt wieder raus.«

»Können wir unsere Tokens umprogrammieren?«

»Nein. Das haben wir in zehn Jahren nicht hinbekommen.«

»Dann brauchen wir einen schlauen Einfall.«

»Da hätte ich einen«, sagte Tina. »Wir lassen es!«

»Ach, kommt schon.« David sah zu Ondrej. »Wir haben Pat enttarnt und kennen endlich den Schlüssel. Sollen wir da wirklich aufgeben?«

»Natürlich nicht.« Ondrej kaute auf seiner Unterlippe herum. »Wir brauchen nur eben ganz schnell eine Idee.«

Nur eine Idee, natürlich. David waren die Ideen leider endgültig ausgegangen.

Er trat zum Fenster, während die anderen weiter diskutierten. Neue Schneewolken hingen am Himmel und gaukelten einen vorzeitigen Abend vor – wie um ihre Frist noch weiter nach vorn zu ziehen.

David konnte sich einfach nicht mehr konzentrieren. Unzählige Bilder tanzten durch seinen Kopf: Das eingefallene Gesicht seines Vaters während seiner letzten Worte, Pats Grinsen, mit dem er sich in Davids Traum geschmuggelt hatte, und Susans erstaunte Miene kurz vor dem Fall. Das war tatsächlich ihr letzter Gesichtsausdruck gewesen. Erstaunen.

David hatte das Bedürfnis, mit Lois zu sprechen. Doch ausgerechnet heute, an dem Tag, vor dem er sich ein Jahr lang gefürchtet hatte, war sie kommentarlos fortgegangen. Sie hatte ihn und die anderen im Stich gelassen. Eigentlich wollte er gar nicht wissen, warum.

13:28 – 13:58

Lois bohrte ihren Finger in den Klingelknopf. Ein Glockenton, so laut wie der einer kleinen Dorfkirche, dröhnte aus dem Innern. Lois zuckte nicht mit der Wimper, es war schließlich schon ihr dritter Versuch. Und wieder tat sich überhaupt nichts.

Sie sah auf ihr Handy. Gary hatte sich nicht mehr gemeldet. Sie hatte schon erwogen ihn anzurufen, wusste aber nicht, was sie ihm sagen sollte. *Befrei dich von den Fesseln und komm schnell raus?*

Lois drückte mit zwei Fingern gegen die schwarze Eichentür, weil ihr nichts Besseres mehr einfiel. Umso überraschter war sie, als die Tür mit einem Knarzen zurückwich. Durch den entstandenen Spalt schien fahles Licht auf die Steinplatten vor der Tür.

Das konnte nur eine Falle sein.

Die Entführer wollten, dass Lois hereinkam. Warum sonst sollte das Haus nicht abgeschlossen sein? Oder war vielleicht irgendetwas Unvorhergesehenes passiert und die zwei hatten in ihrer Eile vergessen, die Tür abzuschließen?

Lois warf einen Blick auf ihr Mantis. Alles war in Ordnung. Doch es wäre das erste Mal, dass sie ihrem neuen Talisman wirklich vertraute.

Sie öffnete die Tür etwas weiter und schob sich ins Innere des Hauses. Die Wärme fühlte sich gut an, obwohl sie eine Bedrohung war – Lois hatte gerade eben das letzte Stückchen Sicherheit vor der Tür gelassen.

Abgesehen von den eingeschalteten Lampen deutete nichts darauf hin, dass jemand im Haus war. Es war vollkommen still, nicht einmal das Ticken einer Uhr drang an Lois' Ohren. Sie ließ ihren Blick durch den Raum schweifen und war drauf gefasst, jeden Moment ein Gesicht im Türrahmen zu erblicken. Irgendwo, in einem von den vielen Räumen, die vom Flur abgingen, wartete jemand auf sie.

Lois schloss leise die Tür hinter sich. Die einzigen Gesichter, die sie sehen konnte, waren blass und hingen an den Wänden. Auf mehreren Bildern war de Burgh zu sehen, umgeben von kleinen Kindern. Sie lächelte milde in die Kamera. Neben der Tür hing eine Aufnahme von ihr und einem alten Mann, vielleicht ihrem Vater. Sie gingen Arm im Arm spazieren.

Lois schlich Meter um Meter nach vorn. Am Ende des Flurs war die Tür zum Wohnzimmer – dort wo Gary gefangen gehalten wurde. Lois wollte sich auf das, was vor ihr lag, konzentrieren, aber sie konnte die Fotos nicht aus den Augen lassen. Ihr war, als ob sie durch die Ahnengalerie eines verlassenen Landguts schritt.

Endlich war sie bei der Tür. Ausgerechnet im Wohnzimmer war keine einzige Lampe eingeschaltet. Lois würde sich mit dem bisschen Licht begnügen müssen, das die Bleiglasfenster hereinließen. Sie blieb in der Tür stehen und brauchte einige Augenblicke, um zumindest die grauen Umrisse der Möbel zu erkennen. Als sie eintrat, hörte sie ein nervöses Rascheln und spürte etwas Kaltes, Glattes an ihrer Hand.

Lois hielt die Luft an und rührte sich nicht. Erst nach einiger Überwindung drehte sie den Kopf zur Seite. Neben ihr stand eine der Pflanzen, die de Burgh hier überwintern ließ. Lois rieb ihre Finger aneinander. Sie wollte nicht hier sein, wollte nichts berühren, wollte nicht, dass irgendwer sie bemerkte. Sie wollte nur Gary hier herausholen.

Lois bog nach links ab, in den Frühstücksraum. Der kräftige Wind, der seit heute Morgen den Schnee durch die Gegend fegte, rüttelte an den Scheiben. Die Standuhr tickte leise. Lois näherte sich in Zeitlupe dem Tisch, unter dem sie Gary vermutete.

Sie sah noch einmal auf ihr Mantis, das vollkommen dunkel in ihrer Hand lag. Ihre einzige Waffe: das Wissen um die nächsten zwanzig Minuten.

Als sie noch einen Schritt näher an den Tisch herantrat, bemerkte sie zwei glänzende schwarze Sohlen. Da lag tatsächlich Gary unter dem Tisch, unbeweglich und dick eingepackt in eine schwarze Cordhose und eine gepolsterte Jacke.

»Gary«, flüsterte Lois, so leise, dass es eher ein zweisilbiges Ausatmen war. »Gary!«

Er reagierte mit einem Gurgeln, das überhaupt nicht nach ihm klang. Aber er bewegte sich nicht.

»Gary, steh auf.«

Wieder keine Reaktion. Lois sah sich um, dann ging sie auf die Knie und tippte Gary an seinem Unterschenkel an. Wieder das Gurgeln. Gary versuchte etwas zu sagen.

Lois robbte sich nach vorn. Erst das linke Knie, dann das rechte. Es war nicht die Jacke, die das Problem war. Etwas ganz anderes stimmte nicht mit Gary.

Dann sah Lois das Gesicht. Und dieses Gesicht gehörte nicht Gary. Sondern de Burgh.

Lois hielt die Luft an. Für einen Moment war sie überzeugt, dass de Burgh tot war, die Augen weit geöffnet und über den Tod hinaus fähig, jeden in Grund und Boden zu starren.

Aber dann gurgelte de Burgh wieder. Nein, sie flüsterte ein Wort.

Lois verstand es nicht. Wahrscheinlich war de Burgh in einer Art Delirium. Gary musste sie überlistet haben, es war zu einem Kampf gekommen. Und nun hockte Gary in irgendeiner Ecke und wusste nicht weiter.

Wieder flüsterte de Burgh und dieses Mal verstand Lois sie. *»Raus.«*

Lois schluckte. Sie rutschte ein Stück zurück.

»Raus«, wiederholte de Burgh. »Sie müssen raus … schnell.«

Hinter Lois durchschnitt ein leises Klicken die Stille. Es war nicht lauter als das Ticken der Standuhr, aber Lois erschien es wie ein Donnerschlag.

Langsam stand sie auf und schaute aus den Fenstern. Sie konnte die Gestalt nur als undeutliches Spiegelbild in der Scheibe sehen. Als sie sich umdrehte, schimmerte eine Pistolenmündung im Dämmerlicht.

»Lange nicht gesehen«, sagte sie leise.

»Hallo, Lois«, kam Pats Antwort aus dem Dunkeln. »Ich habe dich auch vermisst.«

17:13 – 18:51

Die Apotheke hatte sich in einen Raum verwandelt, der auch als Büro eines Astronomie-Professors durchgegangen wäre.

Am Anfang hatten sie noch versucht, ihre Ideen auf dem wenigen Papier festzuhalten, das David gefunden hatte. Dann waren sie auf Kreide und die Tafel ausgewichen und schließlich dazu übergegangen, alle freien Flächen vollzukritzeln. Auf dem Tresen, den Wänden, den Türen, überall waren Schaubilder, Ablaufdiagramme und Lagezeichnungen vom Benzon-Gebäude.

Gerade telefonierten sie über einen der Computer mit Cano. Ondrej sah zur Decke, als nähme er dort eine Fährte auf. »Cano, wir haben nach wie vor kein Signal.«

»Natürlich nicht«, ächzte Cano über die Lautsprecher. »Ich hab mich selbst noch nicht verbinden können.«

Ondrej warf Tina einen Blick zu. »Vielleicht haben sie den manipulierten Router inzwischen gefunden. Dann wäre es schön dumm, sich zu connecten.«

»Quatsch«, sagte Tina. »Sie haben das Ding zwei Jahre lang nicht bemerkt, warum ausgerechnet jetzt?«

David gefiel die Sache überhaupt nicht. Bis vor einer halben Stunde hatte mitten im Raum noch ein seltsames Gerät gestanden, das Cano und Ondrej kurzerhand aus einer alten *Pringles*-Dose und Draht gebaut hatten. David hatte nicht ganz begriffen, wie es funktionierte, aber Cano war damit losgezogen, um das geschützte WLAN von Benzon zu hacken. Und zwar in der direkten Nähe des Hauptgebäudes.

»Ha!«, machte Cano plötzlich. »Bin drin.«

Der Bildschirm schimmerte in einem blassen Türkis. Oben prangte der Schriftzug von Benzon und direkt darunter gab es eine kleine Login-Maske.

»Willkommen im sicheren Benzon-WLAN«, sagte Ondrej. Mit den Händen sprang er fahrig von der Tastatur zu seinen fettigen Locken und wieder zurück. »Cano, lass die Cantenna schön wo sie ist, hörst du?«

Cantenna, das war der Name des Chipsdosen-Geräts – offensichtlich ein feststehender Fachbegriff in der Hackerwelt. Einen Augenblick hörte man nichts, nur das Atmen von Cano. Dann sagte er: »Ja. Ich bin auf dem Dach von einem Reisebus. Hoffentlich fährt der vor heute Nacht nicht wieder ab.«

»Alles klar. Wir melden uns.«

Cano brummte irgendetwas und legte auf.

»Nur, dass ich das richtig verstanden habe«, sagte David. »Wenn jemand Cano findet und ihm das Mantis wegnimmt, hat derjenige Zugriff auf unser eigenes Register. Und dann kann er …«

»Dann sind wir im Arsch«, sagte Ondrej.

Tina kritzelte auf einer vergilbten Packungsbeilage herum und reichte sie Ondrej. »Das sind die einzigen Zugangsdaten, die wir haben. Die hab ich Mike vor drei Tagen geklaut.«

Ondrej gab die Daten ein. David musste vor Anspannung die Augen schließen. Als er sie wieder öffnete, lachte ihm der Hausmeister der Simpsons entgegen.

»Danke, Mike« sagte Tina. »Wir sind drin. Die Klimaanlagen geben wahrscheinlich einen Status zurück. Den müssen wir manipulieren.«

Die Klimaanlage war ihre Eintrittskarte ins Rechenzentrum – sobald sie ausfiel, würde ein Benzon-Mitarbeiter angerannt kommen und sie konnten sich an seine Ferse heften. Stundenlang hatten sie sich den Kopf darüber zerbrochen, wie sie die Klimaanlage von außen manipulieren konnten. Am Ende war Tina auf eine geniale Idee gekommen: Sie mussten nur in das *Überwachungsprogramm* der Klimaanlage eindringen. Dann konnten sie Benzon einen Ausfall vorgaukeln und hatten ihr Ziel erreicht.

»Wir leiten die Anfrage um«, sagte Dana. »Das ist das einzige, was mir einfällt.«

»Könnte klappen«, sagte Tina. »Wenn man ignoriert, dass wir nur noch ein paar Stunden Zeit haben.«

»Testen können wir es ohnehin nicht«, sagte Ondrej. »Sonst schlagen alle Systeme Alarm.«

David warf einen Blick auf die Zeichnung hinter ihm. Darauf war das ovale Empfangsgebäude von Benzon eingezeichnet, in der Mitte stand sein Name. Sein Name prangte überhaupt sehr oft auf den Wänden, so wichtig war seine Rolle im Laufe ihrer Diskussionen geworden.

»Ach du Scheiße«, sagte Dana plötzlich. »Schaut mal auf euer Mantis.«

David hatte das Vibrieren ebenfalls gespürt. Er sah auf das Display und wusste nicht, ob er wirklich überrascht sein sollte. Eigentlich hatte er schon viel eher mit dieser Katastrophe gerechnet.

17:32 Lois – @alle: Tut mir leid. Ich musste aussteigen. Es gibt da etwas, um das ich mich kümmern muss. Ich komme nicht mehr zurück.

17:32 Lois – DISCONNECTED –

»Ich wusste es!«, brüllte Tina. »Ich wusste, das mit ihr was nicht stimmt.«

»Was heißt die zweite Nachricht?«, fragte David. »Hat sie ihr Mantis ausgeschaltet?«

»Genau das«, sagte Ondrej. »Hast du eine Ahnung, was sie jetzt vorhat?«

David hob nur die Schultern. Seit Stunden dachte er darüber nach, aber Lois hatte keinen einzigen Hinweis fallenlassen. Dafür war sie viel zu schlau.

Die Zornesfalte auf Tinas Stirn war so tief, dass sie ihr ganzes Gesicht entstellte. »Diese falsche Schlampe! Die verpfeift uns, ich sag's euch. Für ihre verfluchte Story!«

»Das ergibt keinen Sinn«, widersprach David. »Warum sollte sie das tun? Es muss andere Gründe geben, warum sie jetzt aussteigt.«

»Dass sie dich um den Finger gewickelt hat, ist ja kein Geheimnis. Dich und unser Mastermind.«

»Oh-oh«, machte Schepp, »apropos Probleme. Wir haben da noch eines. Ein großes.«

David wollte gar nicht, dass er weitersprach. Bitte keine weiteren Überraschungen, erst recht keine von Lois Anderson.

Schepp zog mit der einen Hand seine Brille vom Gesicht, mit der anderen deutete er auf den Bildschirm. »Ich habe mich gerade in das Ticketsystem von Benzon eingeloggt. Ich dachte mir, dass wir dort ganz gut beobachten können, wer für die Reparatur der Klimaanlage ausrückt. Schaut euch mal die Warnung an, die da oben steht.«

David trat heran. Er kannte diese Oberfläche sehr gut. Viele Stunden seines Lebens hatte er in diesem Dashboard dabei zugesehen, wie Bugs und Probleme von Abteilung zu Abteilung weitergereicht wurden. Und natürlich kannte er das virtuelle Bekanntmachungsbrett oben auf der Seite.

Schon als er die ersten Worte las, wurde ihm klar, was sie alle übersehen hatten. Warum er ein dummes Gefühl dabei gehabt hatte, heute Abend bei Benzon einzubrechen. Dabei war es doch so offensichtlich gewesen.

An alle Kollegen, zur Erinnerung: Heute von 21 bis 23 Uhr findet eine Begehung der Serverräume durch die NOBA statt. In dieser Zeit werden keine Deployments zugelassen. Die Kollegen, die an diesem Abend Bereitschaftsdienst haben, sollten während des o.g. Zeitfensters im Gebäude sein, um bei Zwischenfällen oder Rückfragen schnell reagieren zu können.

David las die Nachricht zweimal, er versuchte, die Uhrzeiten auf einen gedanklichen Zeitstrahl zu setzen. Als ob sie nicht eindeutig genug wären.

»Das war's«, sagte Tina. »Wenigstens brauchen wir es gar nicht erst versuchen.«

Nicht mal Ondrej widersprach. Er hatte die Hände unter die Achseln gepresst und schien zum ersten Mal an ihren Erfolgschancen zu zweifeln.

»Wir sind so dämlich«, platzte David heraus. »Smith hat in dem Telefonat erwähnt, dass die Aufsichtsbehörde am Freitag kommt. Wir hätten das wissen müssen.« Er war stocksauer, hauptsächlich auf sich selbst. Er hatte die Aufnahme doch erst gestern ein Dutzend Mal gehört.

»Wen wundert's«, sagte Tina. »Wir können hier seit Tagen keinen klaren Gedanken fassen. Wegen einer Hals-über-Kopf-Aktion nach der anderen.«

Etwas in Davids Hinterkopf begann zu poltern, das sich viel zu lange zurückgehalten hatte: die Blechdosen. Wie immer, wenn er sie gar nicht gebrauchen konnte.

»Pat darf nicht gewinnen«, presste er hervor. »Daran hat sich nichts geändert. Wir machen weiter wie geplant. Gut, dass wir uns beeilt haben.«

Tina bekam ihren Mund für einige Sekunden nicht mehr zu. »Sag mal, bist du jetzt genauso durchgeknallt wie Ondrej?«

»Wir müssen einfach vor neun Uhr fertig sein.«

»David, selbst bei einem Einbruch in der Nacht standen unsere Chancen eins zu einer Million! Aber jetzt? Die ganze Hütte wird voll sein. Wahrscheinlich gondelt Smith höchstpersönlich im Gebäude herum. Und sobald irgendetwas Ungewöhnliches passiert, fahren die schwere Geschütze auf.«

»Das macht es schwieriger. Das gebe ich zu.« David setzte sich auf die Couch und rieb sich die Augen.

»Wir müssten sofort losfahren«, gab Dana zu bedenken. »Und wir haben noch nicht mal einen Plan.«

»Na ja«, sagte Schepp. »Einen groben Plan haben wir schon.«

»Nicht für die letzte Meile. Wenn man die verrückte Idee von David außen vor lässt.«

Über die »letzte Meile« hatten sie verbittert diskutiert. Nach all den Token-Scannern und Passwörtern, die sie nur in Begleitung eines Benzon-Mitarbeiters überwinden konnten, wartete kurz vor dem Rechenzentrum das größte Hindernis: eine Überwachungskamera, die von der NOBA persönlich bedient wurde. Sobald ein Token innerhalb dieser Schleuse erkannt wurde, sprang die Überwachungskamera an, und erst die finale Freigabe durch einen NOBA-Mitarbeiter öffnete die Tür.

Davids Idee, um dieses Problem zu lösen, war tatsächlich mehr als gewagt. Gelinde gesagt.

»Und jetzt?«, fragte David. »Wir wollen also einfach darauf warten, wie diese Version der Welt abgeschaltet wird? Ohne alles getan zu haben, was in unserer Macht steht?«

Niemand sagte etwas. Ondrej stand mit gerunzelter Stirn in der Ecke und schien angestrengt über etwas nachzudenken.

David erhob sich von der Couch. »Der Zugriff auf das WLAN ist stabil. Wie weit seid ihr mit der Klimaanlage?«

»Das Script steht«, brummte Ondrej. »Sobald wir es starten, werden ein bis zwei Mitarbeiter ins Rechenzentrum marschieren. Das wird funktionieren.«

»Und dann?«, fragte Tina. »Damit sie David mit ins Rechenzentrum mitnehmen, müssen wir noch jede Menge vorbereiten.«

»Richtig. Und es gibt eigentlich nur eine Möglichkeit. Du musst dich darum kümmern, während wir schon zu Benzon fahren.«

»Wie bitte? Von unterwegs?«

»Nein. Du bleibst hier.«

Er sagte es so leichthin, dass David nicht gleich begriff. Tina sollte hierbleiben? Meinte Ondrej das ernst?

Tina tippte sich an die Stirn. »Du bist ja echt nicht mehr ganz da.«

»Bin ich schon. Einer muss hier bleiben und notfalls Pat hinhalten. Kann ja gut sein, dass wir vor Mitternacht noch nicht zurück sind.«

»Moment mal ...« Tina sah zwischen Ondrej und David hin und her. David wich ihrem Blick aus. »Das soll ausgerechnet ich sein? Ich soll hier bleiben?«

Ondrej zuckte mit den Schultern. »Du bist doch ohnehin nicht überzeugt von der Aktion.«

»Aber deswegen lass ich euch doch nicht hängen, du Idiot!«

»Tust du ja auch nicht. Deine Aufgabe hier ist genauso wichtig wie unsere. Also hör auf rumzuzicken und mach einmal das, was man dir sagt.«

Tina blickte sich im Raum nach jemandem um, der Ondrej widersprach. Ihre Wangen zuckten.

Als niemand etwas sagte, trat sie mit Schwung gegen den Hocker direkt vor ihr. Er polterte quer durch das Zimmer, bis zur Tafel des Frommen Apothekers, und kreiselte dort noch einige Sekunden herum.

Ondrej schaute sich ihren Ausbruch ungerührt an. »Das mit dem Stühle umschmeißen wird immer besser.«

»Fühlst du dich männlich?«, schrie Tina. »Willst du mich beschützen? Ist es das? Du glaubst doch nicht, dass ich heil aus dieser Geschichte herauskomme, wenn ihr alle draufgeht.«

Ondrej klappte seinen Laptop zusammen. »David spielt die Hauptrolle, auf den können wir nicht verzichten. Cano hängt an der Cantenna, Dana und Schepp wissen, wie man den Projektor aus dem Park bedient und ich ... Na ja, dass ich unverzichtbar bin, muss ich hoffentlich nicht erklären.«

Tina presste die Lippen zusammen und versuchte offensichtlich mit aller Kraft, sich zusammenzureißen. »Können wir bitte ernsthaft über eine andere Möglichkeit nachdenken?«

»Jede Minute zählt«, sagte David. »Ondrejs Vorschlag ist der beste, den wir gerade haben.«

Die Wahrheit war, dass David ebenfalls große Bauchschmerzen bei dieser Planänderung hatte. Es fühlte sich nicht gut an, ohne Tinas Wissen über Benzon und das Backup-Center aufzubrechen. Allerdings, was konnte sich an diesem Unterfangen schon *gut* anfühlen? Da waren tausend Dinge, die sie im richtigen Moment tun mussten, tausend Zahnräder, die ineinandergriffen. Selbst ihre Zwanzig-Minuten-Vorausschau würde ihnen nicht bei allem helfen.

Tina ließ sich auf die Couch fallen. »Wenn das hier vorbei ist, steige ich aus. Das schwör ich.«

»Dann steht der Plan?«, fragte David. »Wir fahren jetzt los, und du bereitest von hier aus das Gespräch mit Smith vor?«

»Ich gebe mein Bestes. Und ihr Arschlöcher macht das hoffentlich auch.«

»Na also«, sagte Ondrej. »Ihr habt's gehört. Packt eure Sachen.«

Im nächsten Moment rannten alle im Raum herum. Die Rucksäcke und Taschen füllten sich mit Kabeln, Kopfhörern und den Stabtaschenlampen, die sie hier in der Apotheke gefunden hatten – und natürlich ihre Laptops. Die Emsigkeit konnte nicht darüber hinwegtäuschen, wie übermüdet und unkonzentriert sie alle waren. Ondrej ließ seinen geliebten Laptop auf den Boden fallen, Schepp und Dana bemerkten erst im Hinausgehen, dass sie ihre Jacken vertauscht hatten. Das konnte ja noch heiter werden.

David selbst hatte nichts einzupacken außer sein Mantis, aber er bildete trotzdem das Schlusslicht. Jede Bewegung fiel ihm schwer, als hätte sich die klamme Luft der Apotheke inzwischen in seinen Knochen festgesetzt.

Er schlüpfte in eine der übriggebliebenen Jacken und wollte den anderen nach draußen folgen. In diesem Moment rief Tina nach ihm. Er blieb im Türrahmen stehen und wandte sich um.

Sie hatte ihre Brille aufgesetzt und saß hinter der Wand aus Monitoren. Ohne David anzusehen, sagte sie: »Planänderung. Du bist kein NOBA-Agent, sondern Mitarbeiter der Aufsichtsbehörde. Sozusagen die Vorhut. Das kann ich Smith besser in den Mund legen.«

»Wie du meinst«, sagte David. Es klang verrückt, aber auch nicht weniger riskant als der Originalplan. »Da machen wir zumindest aus der Not eine Tugend.«

»Hoffentlich.« Sie beugte sich noch tiefer über die Tastatur und schien keinen weiteren Redebedarf zu haben.

»Hey Tina«, begann David. »Ich wollte dir nur sagen ...«

»Wenn du jetzt anfängst, dich zu verabschieden, hau ich dir eine runter. Und dann bleibst *du* hier.«

»Ich wollte dir nur Glück wünschen«, murmelte David.

Sie schaute nur kurz zu ihm hoch. »Okay. Wünsch ich dir auch.«

Erst als David die Tür zuzog, erkannte er die Weisheit hinter Tinas Worten: Sie durften nicht einmal denken, dass dies hier das Ende war. Keine Verabschiedungen. Kein Resignieren.

Trotzdem war er sich sicher, dass er nie mehr in die Apotheke zurückkehren würde – und wenn, dann nicht als derselbe.

19:29 – 19:58

Da der Mercedes weg war, fuhren sie mit Bus und Metro. David fragte sich, ob das ein gutes Omen war – Einbrecher, die wie Berufspendler zum Haus ihres Opfers fuhren. Neben der Gefahr, dass ihre fehlenden Tokens bemerkt wurden, gab es nun eine viel größere Bedrohung: Nach ihnen wurde gesucht, und jederzeit könnte sie einer der vielen Fahrgäste erkennen. Wenn de Burgh nicht gelogen hatte, war Davids Gesicht gestern über die Fernsehbildschirme des ganzen Landes gerauscht.

Und natürlich gab es neugierige Blicke – sie saßen in der letzten Reihe des Waggons wie eine Bande von gealterten Teenagern und im Leuchtstofflicht musste Davids blutiges Ohr so aussehen, als würde es gleich abfallen.

Ein älterer Herr mit Veteranengesicht und einem Cocker-Spaniel auf dem Schoß drehte sich immer wieder um und beäugte sie ungeniert. David war sich sicher, dass er so gut wie enttarnt war. Er klammerte sich an die Rückenlehne des Vordersitzes und sah zu Boden.

Bei der nächsten Haltestelle stand der Mann ruckartig auf und schritt mit dem schweren Hund auf dem Arm zur Tür. Er verschwand im Feierabendgedränge, ohne noch einmal zurückzublicken. David atmete auf und Ondrej sah ihn fragend an. Er hatte anscheinend überhaupt nichts bemerkt.

Nach einer halben Stunde kletterte die Bahn eine erhöhte Kurve hinauf und präsentierte ihnen die endlosen Lichtwaben von Tysons Corner. Obwohl David seit Jahren hier arbeitete, hatte er die

Bürokolosse noch nie aus dieser Perspektive gesehen. Überall flimmerte und leuchtete es – selbst die Bahnsteigkante in der Station besaß eingelassene Lampen, die bei ihrer Ankunft blinkten wie auf einer Flugpiste. David wünschte sich in die düstere Apotheke zurück.

»Endstation«, sagte Ondrej. »Wenn's klappt, brauchen wir nicht mal ein Rückfahrticket.«

Sie stiegen aus und bahnten sich einen Weg durch die Massen des Feierabendverkehrs – erst an der Station, dann durch sieben Spuren voller Autos. Unter normalen Umständen hätte David hier ebenfalls im Stau gestanden. Um diese Zeit war er immer nach Hause gefahren.

Sie liefen wortlos durch die Kälte. Niemand hatte etwas zu sagen, was nicht schon besprochen war. David ging im Kopf immer wieder die vielen Schritte durch, die er gleich ausführen musste. Zuerst der Pförtner am Empfang. Dann der Security Check. Die Feuerschutztür. Die Pistole lag kalt und schwer in seiner Jackentasche.

Endlich tauchten die zwanzig Stockwerke der Benzon-Haupteingangsfront vor ihnen auf. Die Birken standen noch immer an Ort und Stelle. Seltsam, dass Smith sie nicht durch Plastikbäume oder Hinkelsteine ersetzt hatte – aber wahrscheinlich hatte die Jagd auf David ihn vollauf beschäftigt.

Vielleicht war das Davids wahre Heldentat. Vielleicht hatten sich zwei Allergiker dank der Birken gefunden und planten gerade die Hochzeit – und David hatte ihre junge Liebe bewahrt.

Ihm fielen Lois' Worte wieder ein. *Das Register glättet unsere Welt. Viele gewinnen, einige verlieren.*

Lois fehlte ihm. Nicht nur, weil er einfach ihre Gegenwart vermisste, sondern auch, weil sie in diesem Vorhaben unentbehrlich war. Sie hinterließ eine Lücke wie ein leerer Stammplatz im Bus.

Vielleicht fühlte es sich auch nur für ihn so an. Weil er immer noch daran glaubte, dass sie beide das, was vor ihnen lag, schon einmal geschafft hatten. David und Lois, die Zweimal-Sieger.

Ondrej führte sie in Richtung Tiefgarage und blieb im Kiesbett neben der Einfahrt stehen. Er sah zu Dana und Schepp. »David und ich bleiben hier. Ihr karrt den Projektor ran und danach geht's los.«

»Nur, wenn Tina soweit ist«, sagte Dana. »Wenn wir das Script nicht bald starten …«

»Konzentrier dich auf euren Job. Nicht erwischen lassen, okay?«

Dana nickte und machte sich mit Schepp auf den Weg. David sah den beiden nach, wie sie wie zwei übergroße Vögel im Dunkel des Benzon-Parks verschwanden. Dann folgte er Ondrej, der an der Außenwand der Einfahrt eine dunkle Stelle gefunden hatte und dort im nassen Gras hockte. David setzte sich neben ihn und sah nach oben. Die Unterseite des Firmenschriftzuges schwebte über ihren Köpfen wie eine Reihe gigantischer Lampions. Unzählige Male hatte David dort hinaufgeschaut – seine Schwelle zum täglichen Wahnsinn.

»Was ist?«, fragte Ondrej. »Hast du den Laden vermisst?«

»Nein. Nur das gute Essen.«

»Wer weiß, vielleicht kannst du ja irgendwann wieder hier arbeiten. Als neuer CEO. Könnte ich mir glatt vorstellen.«

In diesem Moment brummten ihre Mantisse. Ondrej hatte eine Nachricht abgeschickt, zwanzig Minuten in der Zukunft.

»Na so was«, murmelte Ondrej und las seine eigenen Worte ungläubig vor: *»20:10 Ondrej – hat alles geklappt. matthew havildar übernimmt. ist wahrscheinlich schon unterwegs.«*

Havildar, den Namen hatte David noch nie gehört. Kein Wunder, es gab Hunderte von Admins bei Benzon. Einer von ihnen, Matthew Havildar, würde gleich den Auftrag bekommen, die Klimaanlage zu untersuchen.

Ondrej griff zum Mantis und sprach hinein. »Tina, bist du etwa schon fertig?«

»Bist du bescheuert? Natürlich nicht!«

David hörte Tinas Stimme über einen Ohrhörer, den er im linken Ohr stecken hatte. Ein Kabel, das Kopfhörer und Mantis verband, war in seinem Sweatshirt verstaut.

»Guck auf dein Mantis«, sagte Ondrej. »Wir starten in zwanzig Minuten, anscheinend erfolgreich. Bis dahin solltest du soweit sein.«

»Ich bin fertig, wenn ich fertig bin. Und jetzt geh mir nicht auf die Nerven.«

David sah auf sein Mantis. So gut sich die Nachricht vom erfolgreichen Hack anhörte – warum kam sie so viel früher als geplant? Vorhin hatte Tina gesagt, sie wäre keinesfalls vor halb neun fertig. Vielleicht hatte sie da mit Absicht tiefgestapelt.

Ondrej packte seinen Laptop aus. »Ich entschuldige mich übrigens schon mal im Voraus. Mein altes Ich wird nicht glauben, dass Pat unser gesuchter Strippenzieher ist. Du wirst die gleiche Mühe mit mir haben wie heute Mittag.«

»Aber dir selbst glaubst du doch wohl, oder nicht?«

»Weiß nicht. Wir werden sehen.«

Immer das gleiche, dachte David. Sich selbst glaubt der Mensch am allerwenigsten. Vielleicht war das der Konstruktionsfehler des Registers.

»Ich höre dich schon wieder grübeln«, sagte Ondrej.

David lehnte sich an die Wand und streifte seine nassen Hände am Pullover ab. »Er muss ja wirklich einiges für dich getan haben.«

»Du meinst Pat? Ja, hat er. Ich hab dir doch gestern diese Geschichte erzählt. Wie ich versucht habe, das Projekt zu sabotieren.«

»Bis du erwischt wurdest.«

»Genau. Kam dir da nicht was komisch vor?«

David nickte langsam. »Du lässt dich nicht erwischen.«

Ondrejs Zähne blinkten im Licht des Benzon-Schriftzugs – er

grinste zufrieden. »Richtig. Das Problem war nur, dass meine Kollegen wussten, was ich vorhatte. Ich hatte es ihnen erzählt.«

»Jemand hat dich verraten?«

»Jemand?« Ondrej lachte so laut, dass David sich erschrocken nach allen Richtungen umsah.

»Alle«, sagte Ondrej. »Alle haben mich verraten. Mehr als zwanzig Leute. Mit einigen war ich schon an der UT befreundet gewesen. Und alle haben sie hinter meinem Rücken das aufgebaut, was wir heute sehen.«

»Und was hat das mit Pat zu tun?«

»Rate mal, wer als Einziger zu mir gestanden hat.«

»Ach so. Verstehe.« Davids Fantasie machte aus dieser Geschichte eine dramatische Filmszene: Pat, der sich schützend vor Ondrej stellte und ihn gegen einen Mob von jungen Leuten verteidigte. Das Bild war in jeder Hinsicht unglaubwürdig.

»Sei mir nicht böse«, sagte David. »Aber vielleicht hat Pat das nur behauptet. Im Nachhinein.«

»Nee, das ist ausgeschlossen. Er hat mich lange vor dem großen Knall gewarnt. Wenn ich auf ihn gehört hätte, säße ich jetzt nicht hier.«

»Moment. Du *wusstest*, dass du aufgeflogen warst? Und hast weitergemacht?«

Ondrej hob die Schultern, als hätte es gar keine andere Wahl gegeben. Und vielleicht gab es die für jemanden wie ihn wirklich nur selten.

»Mir hat nie jemand etwas nachweisen können«, sagte Ondrej. »Aber als dann plötzlich ein Auftragskiller hinter mir stand und mich darum gebeten hat, alles wieder heil zu machen, da bin ich eingeknickt.«

Er starrte vor sich hin und beulte seine Backen mit der Zunge aus. »Ich hoffe für dich, dass du nie in diese Lage kommst. Dass jemand dein Vertrauen nimmt und sich den Hintern damit abwischt.«

Und dann, als hätte David nicht längst begriffen, fügte er düster hinzu: »Hoffentlich macht Lois keinen Mist.«

Erneut leuchteten ihre Mantisse auf. Diesmal war es Schepp, der eine Nachricht aus der Zukunft abgeschickt hatte: *20:13 Schepp – Unsere WLAN-Verbindung ist abgebrochen! Cano, was ist los???*

»Da haben wir's«, sagte Ondrej und hielt sein Mantis vor den Mund. »Tina, jetzt kennen wir das Problem. In zwanzig Minuten sind wir blind.«

»Hab's gesehen. Bin fast fertig.«

»Du musst *jetzt* fertig sein! Hier ist gleich Sendeschluss. Und laut Mantis steht unsere Entscheidung längst fest. Wir starten jetzt.«

Wieder gab es eine Nachricht im Gruppenchat, dieses Mal vom Cano der Gegenwart: *19:54 Cano – Keine Ahnung, was da gleich kaputt geht. Ich kann hier nicht runter. Da stehen jede Menge Leute um den Bus herum.*

David stöhnte. »Das läuft ja großartig.«

Ondrej tippte auf seinem Laptop. »Der Angriff auf die Klimaanlage sollte funktionieren. Hat zumindest mein zukünftiges Ich behauptet.«

Er lehnte sich zurück, als könnte sein Computer einen Rückstoß erzeugen und drückte auf die Entertaste. Sofort rasten Logzeilen über das schwarze Terminal. David presste seine Fingerknöchel gegen das Kinn. Hatte es funktioniert? Das hatte es, oder?

Ondrej nickte zufrieden. Dann klappte er seinen Laptop zu und blickte auf Davids Fuß. »Dein Token habe ich aktiviert. Jetzt gibt's kein Zurück mehr.«

Sie erhoben sich vom Rasen, überquerten die Rampe zur Tiefgarage und standen nach ein paar Schritten vor dem Haupteingang von Benzon. Hinter den meterhohen Fensterfronten lag das Atrium, weitläufig und mit unzähligen Lichtspots in Szene gesetzt wie ein Konzertsaal.

Der Empfang war mit einer Frau und einem Mann besetzt, die in einem absurd weiten Abstand nebeneinander saßen und gleichmütig geradeaus schauten. Sie sahen aus wie eine Nummer aus der Muppet-Show.

»Kennst du einen von denen?«, fragte Ondrej.

»Nicht näher. Aber sie werden mich erkennen.« Der Mann hatte am Montagvormittag Schicht gehabt. Er war der Typ, der so unbeholfen mit Lois herumgealbert hatte.

»Okay. Egal, was passiert, häng dich irgendwie an Havildar. Danach ist der Rest ein Kinderspiel.«

Natürlich. Ein Kinderspiel. Die Pistole in Davids Manteltasche schien inzwischen ihr Gewicht verdoppelt zu haben.

»Also dann«, sagte Ondrej. »Reingehen. Durchziehen.« Er klopfte David auf die Schulter und stapfte davon. Bald war er nur noch ein Schatten, der durch die Grünanlagen schlich – geschmeidig wie immer, mit nach oben gezogenen Schultern. David war allein.

Er nahm einen tiefen Zug von der feuchten Nachtluft und schob sich durch die Drehtür. Als sie zur Seite schwang, sah er als Erstes die tickende Uhrzeit auf der verchromten Wand: *24.11.2003 – 19:57:32*

In dem gläsernen Geländer neben der Wand klafften noch immer große Lücken, dazwischen war es von hässlichen Rissen durchzogen. Die Untersuchungskommission oder wer auch immer hatte wahrscheinlich verboten, irgendetwas zu reversieren. Vorher wollten sie David wieder einfangen.

»Guten Abend!«, rief der Mann von der Rezeption herüber. Ob er erfreut oder verärgert über den späten Besuch war, konnte David nicht sagen. Auf jeden Fall glühte sein Kopf unter den weißen Haaren, genau wie schon am Anfang der Woche. Vielleicht war das einfach seine normale Gesichtsfarbe.

Eine Zwiebel, dachte David. Genau so sah der Mann aus – wie

eine rote Zwiebel mit krautartigen weißen Wurzeln. Die Vorstellung nahm David gefangen, sie lähmte ihn direkt, sodass er sich nicht vom Fleck bewegen konnte. Er stand mitten im Atrium und wartete darauf, dass der Zwiebelmann ihn enttarnte.

Ondrejs Stimme dröhnte in sein linkes Ohr. »Kannst du mal ein bisschen Gas geben?«

David riss sich los und marschierte zum Empfangstresen. Jeder seiner Schritte hallte in die Höhe des Atriums hinauf. Es war heute Abend unüblich leise. Zumindest kam es David so vor.

»Kann ich Ihnen helfen?«, fragte der Zwiebelmann. Es lag eindeutig ein leichtes Misstrauen in seiner Stimme. Die Empfangsdame neben ihm blieb stumm.

»Ich hoffe.« David blieb zwei Schritte vor der Theke stehen. Noch hatte er keine Rückmeldung über die Kopfhörer bekommen. Das war nicht gut. »Ich möchte gern mit Gregory Smith sprechen.«

Der Mann sah ihn in der Erwartung an, dass noch mehr kommen würde.

»Falls er im Haus ist«, fügte David hinzu.

»Sie wollen zu Gregory Smith.«

»Genau.«

»Und ich nehme an, Sie haben einen Termin.«

»Nein. Aber er wird mich sehen wollen.« David zuckte mit den Augenlidern, als stünde er kurz vor einem Nervenzusammenbruch. Dafür waren keine großen Schauspielkünste notwendig.

Es funktionierte wie erhofft – hinter der glühenden Stirn des Zwiebelmanns arbeitete es jetzt. »Also gut«, sagte er nach einer langen Pause. »Ihr Name bitte?«

»Manoah. David Manoah.«

Jetzt war der Zwiebelmann ganz offensichtlich bemüht, nicht aus der Fassung zu geraten. »Äh … ich mache kurz den Identitätscheck. Und dann rufe ich … Mr Smith.«

»Sehr gut.«

David sah auf seinen Fuß. Hoffentlich funktionierte das wiederbelebte Token, das er in der Sohle trug. Die anderen FTC-Mitglieder liefen zwar schon immer so durchs Leben, aber für David war das hier gerade eine Premiere.

Der Mann blickte auf seinen Bildschirm, als könnte er dem, was ihm angezeigt wurde, nicht glauben. Dann sah er zu der Empfangsdame am anderen Ende. »Das hier ist ... Mr Manoah.«

Sie griff zum Hörer und drückte eine Taste auf dem Telefon, Kurzwahl. Jeder Dummkopf konnte erraten, was sie gerade tat: Sie rief den Sicherheitsdienst.

20:01 – 20:30

David drückte den Ohrhörer noch etwas tiefer in seine Ohrmuschel. Gleich würde sich herausstellen, ob ihr abenteuerlicher Plan funktionierte.

»Security«, kam es vom anderen Ende der Leitung.

»Ja ... ähm ... hier steht David Manoah. Und möchte gern mit Mr. Smith sprechen.«

Tina schwieg einen Moment, um Fassungslosigkeit vorzuspielen. »Im Eingangsbereich? David Manoah?«

»Korrekt.«

»Ist er bewaffnet?«

Der Blick der Empfangsdame wanderte zu Davids Gürtellinie. »Möglicherweise.«

»Okay, wir schicken jemand. Oder nein, Moment. Wir besprechen das mit Mr Smith. Zuallererst müssen wir Manoah aus dem Gebäude bekommen.« Tina raunte die letzten Worte. »Wir überlegen uns was.«

»Verstehe. Soviel ich weiß ...« Die Frau sprach nun ebenfalls so leise, dass David sie nur noch über den Kopfhörer hörte. »Mr Smith ist nach meinem Kenntnisstand überhaupt nicht mehr im Haus.«

»In Ordnung. Wir klären das.«

Die Empfangsdame legte auf und hielt es offensichtlich für das Beste, komplett einzufrieren. Sie starrte auf den Empfangstisch als läse sie in einem unsichtbaren Buch.

David rührte sich ebenfalls nicht. Was die Frau zuletzt gesagt hatte, bereitete ihm Sorgen. Smith war nicht da? An so einem Abend?

Ihr Plan hing zwar nicht von Smith ab, zum Glück nicht. Aber es überraschte David. Und sie konnten keine Überraschungen gebrauchen.

Der Zwiebelmann sah zu seiner eingefrorenen Kollegin, dann sagte er zu David: »Sie müssen leider ein paar Minuten warten.«

David lächelte. »Ich habe alle Zeit der Welt.« Er drehte sich um und ging langsam auf eine der hölzernen Sitzschalen zu.

Schon die kurze Strecke, während der die beiden Muppets auf seinen Nacken starrten, ließ ihn noch angespannter werden. Bis jetzt tat jeder genau das, was er sollte, aber das konnte sich jeden Moment ändern.

»Da tut sich was«, sagte Ondrej über den Kopfhörer. »Havildar hat sich das Ticket zugewiesen. Die Mail an ihn muss jetzt raus, damit er sie noch liest.«

»Okay«, sagte Tina. »Mail ist raus.« Und nach nur wenigen Sekunden: »Er hat sie geöffnet.«

»Wart einen Moment, bevor du ihn anrufst.«

David ließ sich in die Sitzschale fallen und versuchte ruhig zu atmen. Dabei beobachtete er den gläsernen Aufzug des Atriums. Aus einer der oberen Etagen fuhr gerade ein Mann nach unten, allein in der gläsernen Kabine wie eine Laborratte. Genau wie David am Anfang der Woche. Wenn er sich damals anders entschieden hätte, wenn er doch noch nach Hause gerannt wäre, weg vor einer Frau namens Lois, die er nicht kannte – dann säße er jetzt nicht hier. Ein Spielball von Parametern. Die Wahrscheinlichkeit als Gegner.

Es tutete in seinem Ohr. Tina hatte das Telefongespräch eingeleitet.

»Havildar.«

»Gregory Smith. Ist die Nachricht angekommen?«

»Äh … hallo, Mr Smith. Ja. Mr Blanket hat mir gerade geschrieben. Ich weiß nur nicht …«

»Ich werde langsam nervös. Haben wir ein Problem oder nicht?«

Havildar sagte nichts. Endlose Sekunden vergingen. Vielleicht hatte er den Schwindel schon bemerkt, gleich zu Anfang.

Jetzt räusperte sich Havildar. *»Ich versteh das ehrlich gesagt nicht. Die Aufsichtsbehörde sollte doch erst in einer Stunde kommen.«*

Eine Pause. Etwas zu lang. *»Unten sitzt schon die erste Vorhut.«*

Gar nicht schlecht. Tina hatte eine gute Idee gehabt. Es könnte funktionieren.

Der Aufzug hielt an, die Türen surrten zur Seite. Der Mann trat hinaus und suchte das Atrium ab. Als er David entdeckte, blieb er stehen.

Er war jung, trug Kapuzenpulli und leuchtende Sneakers. Die Art von Typ, die glaubten, eine piefige Bude wie Benzon könnte genauso cool wie ein Startup sein, wenn man nur daran glaubte.

»Was soll ich denn machen?«, fragte Havildar. Die Lippen des Mannes bewegten sich synchron zu den Worten in Davids Ohr. *»Mr Blanket hat geschrieben, ich soll ihn einfach mit ins Rechenzentrum nehmen.«*

David zog das Mantis aus der Tasche. Die beiden am Empfang zuckten zusammen, doch er führte das Mantis weiter zum Gesicht wie einen Taschenspiegel und sprach leise hinein: »Havildar ist jetzt unten.«

Havildar stand immer noch vor dem Aufzug und sah hilfesuchend zur Decke. *»Das Dumme ist, dass es da gerade ein Problem mit der Klimaanlage gibt. Für eine Begehung ist das nicht gerade optimal.«*

»Haben wir ein Problem oder nicht?«

Den Satz hatten wir schon, dachte David.

»Äh … nein, nichts Ernsthaftes. Wahrscheinlich ist nur ein Sensor kaputt.«

Smith seufzte langgezogen. *»Ihr habt euch echt den perfekten Zeitpunkt ausgesucht. Kümmern Sie sich darum, dieses Chaos zu beseitigen.«*

»Also nehm' ich den Kerl mit ins Rechenzentrum.«

»Was ist das Problem mit ihm? Soll ich das ganze Treffen absagen?«

»Nein, nein, schon gut.« Havildar setzte sich endlich langsam in Bewegung. Er ging auf David zu.

»Der Mann ist nichts anderes als ein treuer grauer Aktenkoffer.«

Lange durfte dieses Gespräch nicht mehr weitergehen, sonst würde Havildar begreifen, dass er mit einem Sprachcomputer redete, der über ein Arsenal von höchstens zwanzig Sätzen verfügte.

»Kümmern Sie sich darum, dieses Chaos zu beseitigen«, sagte Smith, mit exakt der gleichen Modulation wie zuvor. Dann legte Tina auf.

David und Havildar hörten beide das Tuten, und ihre Blicke trafen sich.

Havildar beschleunigte auf dem letzten Meter und gab David mit einem unsicheren Lächeln die Hand. »Guten Abend, Mr Manoah. John Havildar.«

»Guten Abend.«

Havildar blickte zu den Kollegen am Empfang. »Ich ... äh ... übernehme ab hier. Der Security Check ist durch?«

Die beiden Rezeptionisten wechselten einen unsicheren Blick. Die Frau sagte: »Ist alles durch. Wie am Telefon besprochen.«

David schluckte. Das konnte nicht gutgehen. Den dreien musste jeden Moment klar werden, dass sie hier über zwei völlig verschiedene Personen sprachen.

Er tippte Havildar an seinem Kapuzenpulli an. »Sie haben gerade mit Mr Smith gesprochen?«

»Genau. Er hat mich informiert. Wenn Sie mir dann folgen würden ...«

Die Rezeptionisten entspannte sich etwas. »Viel Erfolg«, sagte der Zwiebelmann noch.

Sie stiegen in den Aufzug und fuhren eine Etage tiefer. David sah auf seinen Fuß hinab. Das Token sollte jetzt wieder von Ondrej abgeschaltet worden sein. Wenn nicht, würde diese Reise hier sehr schnell zu Ende gehen.

Havildar sagte nichts. Er schien mindestens genauso nervös wie David zu sein. Dass David für einen Regierungsmitarbeiter ziemlich unrasiert und wild aussah, schien er bis jetzt nicht bemerkt zu haben. Wahrscheinlich ging er stattdessen im Kopf die möglichen Ursachen des Ausfalls bei der Klimaanlage durch. Und fragte sich, warum ausgerechnet er in diese Geschichte hineingeraten war.

Das Untergeschoss lag auf einer Ebene mit der Tiefgarage. Es bestand aus einem Labyrinth kahler Gänge mit durchnummerierten Türen. David war hier nur selten gewesen. Die meisten Räume waren Materiallager und Archive, dazwischen lagen schlichte Konferenzräume für den Fall, dass oben alles belegt war.

David folgte Havildar in einen quadratischen Empfangsraum, an dessen gegenüberliegender Seite zwei metallene Türen lagen. Das war der Aufzug, der in die noch tiefer liegenden Eingeweide des Gebäudes führte. Havildar wollte gerade den Knopf neben den Türen betätigen. Aber dann hielt er inne. »Seltsam, Ihr Token wird mir überhaupt nicht angezeigt.«

Noch bevor der Mann sich umdrehen konnte, rammte David ihm seine Pistole in den Rücken.

Havildar erstarrte. »Ach du …«

»Ihnen passiert nichts. Wir werden niemandem ein Leid zufügen, auch Ihnen nicht, wenn Sie einfach tun, was ich sage. In Ordnung?«

»Ist das ein Test? Oder sind Sie gar nicht von der …«

»Natürlich nicht. Ich möchte, dass Sie jetzt diese Tür dort drüben öffnen.« David zeigte mit seiner freien Hand zu einer Tür, hinter deren Glas ein paar Autos zu erkennen waren. Es war der Tiefgaragenzugang, den die Sysadmins bei nächtlichen Noteinsätzen nutzten.

»Öffnen Sie die Tür«, wiederholte David.

»Sie können mir nicht drohen. In dem Moment, wo Sie abdrücken, wird das Register …«

»Sie wollen also sterben? Aus Erfahrung kann ich sagen: Es fühlt sich beschissen an. Ich würde es vermeiden.« David bemühte sich, selbstsicher zu klingen, dabei hatte Havildar gerade die große Schwachstelle ihres Plans erkannt.

Immerhin schob er sich jetzt steif wie eine Stockpuppe zur Tür. Das Piepsen des Tokenscanners ertönte.

Im nächsten Moment huschten drei Gestalten mit einem Kasten von der Größe einer Schreibmaschine durch die Tür. Das Gesicht von Schepp war gerötet, Dana standen Schweißperlen auf der Stirn.

Ondrej nickte David zu. Bis jetzt lief alles nach Plan.

»Keine Sorge«, sagte David zu Havildar. »Sie werden jetzt einfach mit uns nach unten fahren. Und uns durch alle Türen hindurchgeleiten.«

»Und dann?«, fragte Havildar heiser.

»Dann werden wir Sie fesseln und in einer Ecke ablegen. Mehr nicht.«

»Vergessen Sie's. Dann bringen Sie mich eben um. Umso schneller ist das hier wieder vorbei.«

Ondrej machte einen Schritt auf David zu und riss ihm die Pistole aus der Hand. »Ich hab ja gesagt, dass das so nicht funktioniert.«

Ehe David etwas sagen konnte, schlug Ondrej mit dem Kolben der Waffe auf Havildars Hinterkopf. Mit einem leisen Ächzen verdrehte Havildar die Augen und sackte zusammen.

»Oh.« Dana biss in ihre Faust. »Das war zu feste.«

»Sonst noch Beschwerden?«, fuhr Ondrej sie an. »Los, fesseln. Bevor der wieder zu sich kommt.«

David fand es geradezu beruhigend, dass dieser Einbruch selbst Ondrej nervös machte. Der Stimmungswechsel kam allerdings etwas plötzlich.

Schepp kam mit Kabelbindern heran. Zusammen mit David fesselte er Havildars Hände. Havildar stöhnte leise, er war anscheinend nur in einem Dämmerzustand.

Ondrej drückte auf den Aufzugknopf, aber nichts tat sich. »Fingerabdrucküberprüfung. Wie Tina schon geahnt hat. Los, hoch mit ihm.«

David und Schepp hievten Havildars Oberkörper ein Stück nach oben und drückten die Kuppe seines Zeigefingers auf den Aufzugknopf. Sofort glitten die Türen zur Seite. Im Vergleich zu den Fahrstühlen im Atrium war die Kabine winzig, und nur mit Metallpaneelen und einer Spiegelwand verkleidet. Von der Decke her blinkte es grün auf und das vertraute Geräusch des Tokenscanners ertönte. Zwei Hürden auf einmal passiert.

Sie schoben Havildar an die hintere Wand. Der Anblick zerrte an Davids Nerven: oben sein fremd gewordenes Spiegelbild, darunter der zusammengeklappte Havildar. Die Sache wäre deutlich einfacher gewesen, wenn Havildar kooperiert hätte. Aber immerhin gab es bis jetzt keine größeren Probleme.

»Ihr wartet hier«, sagte Ondrej zu Schepp und Dana. »Und wir beeilen uns. David, pack mit an.«

David und Ondrej schoben den Projektor in den Aufzug. Er war leichter als erwartet, immerhin.

Ondrej drückte auf den einzigen Knopf, den der Aufzug hatte. Er trug die Beschriftung »Backup-Center«. Dieser Knopf hatte keine Fingerabdruckerkennung – die Türen schlossen sich sofort und der Aufzug sank in die Tiefe. Selbst wenn eine Atombombe die Stadt auslöschen würde, das Backup-Center würde überleben und weiterlaufen. David hatte einmal gehört, dass das Notstromaggregat den Betrieb hier unten für Jahre aufrechterhalten könnte.

Als die Aufzugstüren zur Seite glitten, lag ein schlauchartiger Gang vor ihnen, der genauso breit wie die Fahrstuhlkabine war.

Türen gab es nur wenige, und die Wände waren aus rohem Beton. Parallel zu den Deckenlampen zog sich ein endloses Gitter durch die Gänge, darin waren Kabel aufgefädelt wie bunte Spaghetti.

»Da vorn ist die letzte Schleuse«, sagte Ondrej und wies an das Ende des Ganges. Seine Stimme klang jetzt beinahe zittrig. Die ewige Abgeklärtheit war verschwunden.

Völlig verständlich, sagte sich David. Ondrej war eben auch nur ein Mensch. Trotzdem, Ondrejs Unruhe machte ihn nervöser, als er ohnehin schon war.

Ondrej packte Havildar unter den Achseln und zog ihn rückwärts den Gang entlang. Havildars Augenlider flackerten, nicht mehr lange und er würde aufwachen.

David tat es Ondrej nach und zog den Projektor in gebückter Haltung hinter sich her. Der Kasten rutschte mit einem ohrenbetäubenden Schaben über den Boden. David versuchte, ihn weiter anzuheben, aber das schaffte er nur ein paar Meter weit.

Das Ende des Ganges bildete eine zweiflüglige Tür mit Sichtfenstern, ähnlich wie bei einem alten Fahrstuhl. Als Havildar in ihre Nähe kam, piepte es und die Tür schwang langsam auf. Ondrej und David robbten mit ihren beiden Gepäckstücken hastig wieder ein Stück zurück.

Hinter der Flügeltür befand sich ein kleiner Raum mit Holzbank, leeren Garderobenhaken und einer Reihe von Spinden. Dahinter lag eine zweite, identische Tür: der Zugang zum Rechenzentrum.

»Alles genau wie im Reiseführer«, sagte Ondrej. »Tina sagte, die Kamera wäre oben links angebracht. Jetzt wird's spannend.« Er nahm ein Tuch aus der Tasche und knebelte Havildar damit. Der war inzwischen wach, schien aber noch nicht begriffen zu haben, wo er gerade war. Immerhin machte er keine Anstalten, sich zu wehren.

Ondrej griff unter den Projektor. David hörte ein leises Klicken, dann begann der Apparat zu surren. Schon nach wenigen Sekunden erschien Havildars Abbild mitten im Gang, erst noch ziemlich blass, dann immer klarer. Nach einer halben Minute schien ein zweiter, lebensechter Havildar in der Luft zu sitzen.

Ondrej pfiff durch die Zähne. »Hätte nicht gedacht, dass es so gut funktioniert.«

David konnte Ondrejs Begeisterung nur halb teilen. Das Bild, das Tina aus der Galerie im Intranet extrahiert hatte, zeigte einen fröhlich lächelnden Havildar. Auf dem Bild war ursprünglich noch jemand anders gewesen. Die linke Hand von Havildar hatte Tina wie mit einem Seziermesser durchtrennt. Hoffentlich schaute niemand zu genau hin.

Ondrej richtete sich auf, und das Mantis fiel aus seiner Hosentasche. David griff nach unten, um es aufzuheben und erstarrte mitten in der Bewegung. Vor Schreck schrie er laut auf.

»Tja«, murmelte Ondrej. Er hob das Mantis auf, ruhig und geschmeidig wie immer. »Es geht einfach nicht weg.«

Er umschloss das Mantis mit beiden Händen, doch durch seine Finger hindurch leuchtete es wie eine winzige rote Abendsonne.

»Hat mich schon vor fünf Minuten angekräht«, sagte Ondrej. »Ich bekomm's nicht weg.«

»Du bekommst es nicht … Was redest du da?« Davids Hände bebten, als er sein eigenes Mantis hervorholte. Kein rotes Licht.

Er packte Ondrej bei der Schulter. »Wir müssen abbrechen! Jetzt sofort!«

Ondrej sagte nichts. Bis gerade hatte er das Problem wohl einfach ignorieren wollen. Reingehen, durchziehen, ganz der trotzige Kindskopf wie immer.

David blickte zurück zum anderen Ende des Ganges, ihrem einzigen Ausgang. Sie hatten in der Apotheke vieles durchgekaut, aber nicht das hier. Ein Abbruch, nachdem sie bereits die letzte Etappe erreicht hatten – das hatte sich keiner vorstellen können.

»Wir beeilen uns einfach.« Ondrej steckte sein Mantis wieder in die Hosentasche. Im Innern der Schleuse sprang der Lüfter des Projektors an.

»Gibt es Nachrichten aus der Zukunft?«, fragte David.

»Hätte ich dir ja wohl gesagt.«

Er drückte David die Pistole in die Hand. David starrte weiter auf Ondrejs Hosentasche, das Mantis schimmerte rot durch den Stoff. Himmel, man konnte es doch nicht umstimmen, indem man sich einfach beeilte. Das war Wahnsinn!

»Ein Rückzug macht's auch nicht besser«, sagte Ondrej. »Mein Schicksal können wir dadurch nicht ändern. Nicht unbedingt.« Seine Stimme klang kraftlos. Als ob er David eigentlich darum anflehte, ihm zu widersprechen.

Bevor David etwas sagen konnte, zischte die Schleusentür und begann sich zu schließen. Hastig schob Ondrej den echten Havildar nach vorn. Erneut kam ein Piepsen von der Decke, dann schwang die Tür zurück. Ewig würden sie dieses Spiel nicht treiben können.

David sah vorbei an Ondrej in das Innere der Kammer. Direkt dahinter begannen die düsteren Weiten des Rechenzentrums – endlose Regale und Gänge, von denen David nur ein paar nachtblaue Konturen erkennen konnte. Eine Weltraumstation tief unter der Erde. Irgendetwas lauerte dort. Etwas, das Ondrej umbringen würde.

Smith vielleicht oder Pat.

Oder Lois.

»Wenn wir zurückgehen, haben wir verloren.« Ondrej legte sich auf den Boden. »Wenn ich reingehe, haben wir eine Chance.«

David fragte sich, was Ondrej von ihm erwartete. Sollte er den Vernünftigen spielen? Den kühlen Analytiker? Diese Rolle hatte er vorhin in der Apotheke zurückgelassen.

Ondrej lag jetzt direkt neben Havildar. »Ich brauch nur fünf Minuten. Dann habe ich die Nachricht abgeschickt und mein

Mantis kann sich seine Todesankündigungen sonstwo hinstecken.«

Mit einer plötzlichen Bewegung stieß er den Projektor in die Schleuse hinein. Havildars 3D-Bild rutschte seitwärts über die Holzbank, ungefähr so, als ob er auf einem Fließband säße. Es sah grotesk aus. Hoffentlich hatte der NOBA-Mann am Überwachungsmonitor gerade in seinen Kaffee geguckt.

Immerhin, jetzt wo der Projektor an der richtigen Stelle stand, war die Täuschung beinahe perfekt. Havildar schien auf der Bank zu sitzen, als wolle er dort kurz verschnaufen.

Ein Moment verging, dann piepte es erneut, aber dieses Mal so laut, dass David zusammenzuckte. Sie waren aufgeflogen, natürlich. Der Mann an der Kamera hatte ihren billigen Trick durchschaut. Hatte bemerkt, dass Havildar einen unpassenden Mantel trug, blöd lächelte und keinerlei Fußspuren auf der weißen Schmutzfangmatte hinterlassen hatte.

Allerdings hatte das überhaupt nicht wie ein Alarm geklungen. Über der hinteren Glastür leuchtete jetzt ein gelbes Schild auf: *Außentür schließen.*

Ondrej robbte sich in den Raum hinein, dicht an die Wand gepresst. Havildars virtuelle Füße warfen einen bunten Schatten auf sein Gesicht. Wenn jemand da draußen jetzt genauer auf das Videobild schaute, war diese Reise zu Ende.

Wieder erwachte die Außentür mit einem leisen Zischen. Ondrej hörte es zum Glück, er zog seine Füße ein, und eine Sekunde später fiel die Tür ins Schloss. Ondrej hatte es geschafft. Es gab kein aktives Token mehr in der Schleuse, aber die Freigabe war schon erteilt worden. Genau wie geplant.

Langsam öffnete sich nun die innere Tür. Einen Moment verharrte sie so, dann fiel auch sie ins Schloss.

David führte sein Mantis zum Mund. »Ich glaube, Ondrej ist drin.«

»Du glaubst?«, fragte Tina. »Was zur Hölle soll das heißen?«

Ondrejs Gesicht hinter der Tür leuchtete auf wie ein Fisch in einem Aquarium. David war, als ob Ondrej ihm zuzwinkerte.

»Er ist drin. Ondrej ist im Rechenzentrum.«

Eine Sekunde später verblasste das projizierte Bild von Havildar.

Ondrej wandte sich um, ging ein paar Schritte und bog links ab. Es gab kein Zurück mehr. Ihr Plan endete damit, dass Ondrej ins Rechenzentrum hineingelangte und innerhalb von wenigen Minuten die Nachricht abschickte. Eine Flucht war nicht mehr notwendig.

David starrte auf sein Mantis. Immer noch keine Warnung aus der Zukunft. Es gab nur zwei Möglichkeiten: Entweder Ondrejs Mörder wartete bereits im kalten Labyrinth des Rechenzentrums. Oder er kam jeden Moment an David vorbei.

David überlegte, ob er die anderen über Ondrejs rot leuchtendes Mantis informieren sollte, aber entschied sich dagegen. Sie konnten ohnehin nichts tun. Der Einzige, der Ondrej retten konnte, stand in diesem Gang.

David umklammerte die Beretta und stellte sich mit dem Rücken zur Schleuse. Es war ein einfacher Auftrag. Er musste nur dafür sorgen, dass niemand an ihm vorbeikam.

20:14 – 20:32

Einer der beiden Heizlüfter war kaputt gegangen. Offensichtlich waren die billigen Dinger einfach nicht dafür ausgelegt, mehrere Stunden am Stück zu laufen.

Tina hockte neben dem Lüfter, der noch röchelte, und wartete darauf, dass er ebenfalls den Geist aufgab. Wäre auch nicht schlimm. Nur noch ein paar Minuten, dann wurde der heutige Tag neu geschrieben. Ondrej, dieser durchgeknallte Typ, hatte es wirklich geschafft.

Tina stand auf und löschte jedes Licht, bis es in der Apotheke stockfinster war. Dann legte sie sich auf die Couch und schloss die Augen. Diese Ruhe von Kopf bis Fuß, herrlich. Sie fühlte sich gelöst, fast wie bei einem beginnenden Rausch.

Seit Tina sich Ondrej angeschlossen hatte, war sie jeden Tag unter Strom gewesen. Ständig eine kribbelnde Unruhe, als ob man ein paar Minuten zu früh wach wird und weiß, dass gleich der Wecker klingelt. Ondrej hatte es ihnen ja täglich eingebläut: Jeden Moment kommt er, der letzte Hinweis, der große Durchbruch. Seid immer bereit.

Und jetzt? Vielleicht fiel sie ja ab morgen in ein schwarzes Loch. In eine Art Wochenbettdepression.

Nein, ausgeschlossen, es gab ja noch Sam. Tina konnte es kaum erwarten, ihn wiederzusehen. Natürlich würde sie auch schnell wieder genervt sein. Von seinem Nonstopp-Geplapper, von seinem unfertigen Charakter, mal Rotzlöffel, mal Teenager, und zwischendurch ein perfektes Double von Ondrej, dem großen Vorbild von

Sam. Aber das war alles egal. Sam dachte seit Tagen, dass Tina tot wäre, und allein dafür würde sie ihm in Zukunft alles verzeihen.

Es war vorbei. Jeden Moment war es tatsächlich vorbei.

Fast war Tina eingeschlafen, als es an der Tür klopfte. Sie erhob sich unwillig. Das waren wahrscheinlich Dana, Schepp und Cano, die nach getaner Arbeit nicht wussten, was sie tun sollten. Sie sah auf ihr Mantis und war überrascht, dass niemand sich gemeldet hatte. Typisch.

Tina hatte die Tür erst ein paar Zentimeter geöffnet, als sie ihren Fehler bemerkte. Der kalte Revolver drückte sich sofort in ihren Hals, so fest, dass Tina nicht mehr schlucken konnte.

Scheiße! Wie hatte Pat sie gefunden?

»Sind Sie allein?«, fragte eine Stimme aus dem Dunkeln. Aber das war nicht Pat. Es war – nein, das durfte doch nicht wahr sein.

Als Gregory Smith sich durch die Tür drängte, glänzte sein Bart silbrig. »Antworten!«

»Ich bin allein«, krächzte Tina. Sie ließ ihr Mantis hinter dem Rücken verschwinden.

»Okay, dann wollen wir uns mal unterhalten. Sobald mir noch jemand anders begegnet, drücke ich ab.«

»Ich bin allein, ich schwör's.«

Smith schob sie mit der Waffe zurück ins Dunkel der Apotheke. »Hinsetzen.«

Tina setzte sich auf den kalten Boden, während Smith mit dem Fuß die Tür zustieß. Ihre einzige Fluchtmöglichkeit war damit verschlossen. Aber an Flucht war sowieso nicht zu denken.

»Lang bleibe ich nicht«, sagte Smith. »Sagen Sie mir einfach, wo Pat ist.«

Tina wandte den Kopf nach oben. »Äh, wie bitte?«

Die Revolvermündung kam sofort näher.

»Wo ist Pat Sullivan?«, brüllte Smith. »Wo ist der Kerl?«

Tina versuchte mit aller Macht, diese Frage zu kapieren, aber umsonst. War Smith vielleicht alles zuviel geworden, und jetzt drehte er durch?

Er starrte sie einen Moment an, dann hockte er sich auf den kaputten Heizlüfter. »Tina, Sie spielen mit Ihrem Leben.«

»Ich verstehe kein Wort, echt nicht. Sie und Pat sind ein Team. Das dachten wir zumindest.«

»Dachte ich auch! Bis Pat vor ein paar Tagen den Verstand verloren hat. Er sabotiert seitdem mit allen Mitteln meine Suche nach David Manoah. David hat immer mehr erfahren, ist immer tiefer eingestiegen, aber Pat meinte bloß, ich sollte ihn in Ruhe lassen.«

Tina presste ihre Hände auf den Holzboden. »Moment mal«, sagte sie. »Das klingt jetzt vielleicht lächerlich, aber ... warum genau sind Sie hier? Hier in der Apotheke?«

»Was soll das heißen?«

»Sie glaubten, dass Pat hier ist. Warum?«

»Warum? Weil ihr schamlos dumm seid, deswegen. So dumm, dass ihr euch über eine simple Email verabredet habt. Ausgerechnet über das NOBA-Konto von Pat, das ich seit Ewigkeiten überwache.«

Tina schluckte. »Und in der Mail stand, dass wir uns hier treffen. Inklusive Adresse.«

»Was wird das hier? Wollen Sie mich jetzt immer noch verarschen oder ...« Smith stockte und innerhalb von Sekunden veränderte sich der Ausdruck seines Gesichts. Er sah richtig verdattert aus. »Verdammt. Verdammt noch mal, dieser Dreckskerl!«

Er stand auf. Etliche Sekunden lang schien er angestrengt nachzudenken. Dann richtete er mit einem Mal wieder die Waffe auf Tina. »Raus mit der Sprache. Was hattet ihr heute Abend vor?«

»Nichts. Wir sind am Ende. Sieht man ja wohl.«

»So. Das ist ja nett. Nun habe ich aber gerade gelernt, dass Pat mich heute Abend nicht im Benzon-Gebäude haben wollte.

Und ich frage mich natürlich warum.« Er kam näher und ließ den Revolver über Tinas Haut, vom Hals hinauf zum Kiefer und schließlich zu den Schläfen gleiten.

»Es ist zu spät«, sagte Tina. »Ondrej wird jeden Moment eine Nachricht im Register speichern. Und dann werden wir alles öffentlich machen, was Sie hinter verschlossenen Türen ausgeheckt haben.«

Smith schwieg einen Moment. Dann hellte sich sein Gesicht auf. Er brach in ein dröhnendes Gelächter aus. »Mann, dieser Pat. Er hat das alles eingefädelt, von Anfang an. Ihr wollt ins Backup-Center und dort eine Registernachricht absetzen. Richtig?«

Tina antwortete nicht.

Smith fuhr sich über den Bart und lachte wieder. »Und Vorisek denkt natürlich, seine Hintertüren wären immer noch da. Aber das ist nicht so. Vom Quellcode der Achtziger ist doch keine Zeile mehr übrig, ihr Schwachköpfe.«

»Er schafft es trotzdem«, sagte Tina.

»So ein Unsinn. Ondrej und David sind jetzt genau da, wo Pat sie die ganze Zeit haben wollte.«

Nein, dachte Tina. Das ist nicht wahr.

»Pat ist wirklich ein Schlitzohr«, brummte Smith. Seine Waffe steckte jetzt in Tinas Locken. »Ich bin immer noch sauer auf ihn. Ich kann es nämlich nicht leiden, wenn man mich außen vor lässt wie einen Hund vorm Supermarkt. Das hat mir echt die ganze Woche vermiest.«

Tina hatte immer noch das Mantis in der Hand. Sie strich mit dem Zeigefinger über das Keyboard, spürte die winzigen Tasten. Ein kurzes Wort bekam sie getippt, ohne dass Smith es bemerkte.

»Sullivan und Vorisek", sagte Smith. »Zwei Irre, die seit Jahren nicht wissen, ob sie nun miteinander spielen oder gegeneinander."

»Wie wäre es, wenn wir einfach abwarten«, sagte Tina. »Auf dem Herd steht noch Suppe. Wir setzen uns hin und schauen, was der Abend so bringt.« Sie tippte mit dem Daumen und versuchte, sich sonst nicht zu rühren. A – B – B – R –

»Ich bringe heute Abend ein paar Leute um«, sagte Smith. »Einfach, weil mir danach ist.«

Tinas Finger suchte die Eingabetaste. Das Wort »Abbruch« würde genügen.

Sie hatte die Taste fast erwischt, da trat Smith ihr mit dem Fuß in den Magen. Tina flog nach hinten, sie rutschte einen Meter über das Parkett. Höllische Schmerzen in ihrem Bauch, sie schnappte nach Luft. Verdammt!

»Einfach süß«, sagte Smith. Sein Gesicht blieb im Dunkeln, aber sie konnte sein Grinsen hören. »Ihr und eure kleinen Spielzeuge.«

Tina keuchte und versuchte irgendwie Luft in ihre Lungen zu bekommen. Das Mantis lag direkt vor Smiths Füßen. Mit einem kleinen Sprung könnte sie es sich zurückholen. Sie musste es nur gleich richtig in die Hand bekommen und den Scheißknopf drücken.

Tina richtete sich auf, machte sich zum Sprung bereit ...

Ein lauter Knall, das Mantis machte einen Hüpfer. Tina fiel vor Schreck nach hinten und knallte mit dem Kopf gegen den Couchtisch. Ein scharfer Geruch stieg ihr in die Nase. Verflucht, die Waffe war wirklich geladen.

Das Mantis lag immer noch vor Smith, aber das Display zeigte jetzt nach unten. Aus der Rückwand ragten mehrere Zacken heraus wie große graue Zähne.

Tina starrte auf das durchschossene Plastik, das einmal ihr Mantis gewesen war. Sie hätte schreien können vor Wut, aber dazu fehlte ihr noch immer die Luft.

Smith trat auf das Mantis, und das Plastik knirschte unter seinen Lackschuhen. »Kennst du eigentlich das Geheimnis meines Erfolges?«

Tina schob sich am Tisch vorbei, in den Schatten der Couch. Sie dachte an Sam. An sein breites Grinsen, wenn er bei ihr zuhause Bananenpfannkuchen verdrückte und sein Mund von Schokosirup verschmiert war. Sam ging es gut. Das hatte sie geschafft, zumindest in dieser Version der Gegenwart. Und sie würde diese Gegenwart nicht kampflos aufgeben.

»Ich verrat es dir, als letzte Gefälligkeit«, sagte Smith. Er sprach nicht genau in ihre Richtung. In der Dunkelheit der Apotheke ahnte er wahrscheinlich nur noch, wo sie war.

Für Sam. Tina sprang auf und rannte in Richtung Tresen. Sie hörte Smiths Lachen, seine Schritte auf dem Holzboden. Wider besseres Wissen drehte sie sich um und sah Smith genau in ihre Richtung zielen, entweder blind oder weil er sie entdeckt hatte. Sie rannte weiter.

Ein pfeifender Knall, etwas schoss an ihrem Gesicht vorbei. Gepolter, Smith fiel zu Boden. Er war über den Hocker gestolpert, den Tina vorhin auf den Boden gepfeffert hatte.

Tina sprang über den Tresen wie über einen Turnbock und landete in feuchten Kartons.

Wieder ein Schuss, noch einer und noch einer. Tina drückte sich an die Rückwand des Tresens, das Holz bebte mit jedem Einschlag. Bierdosen fielen von der Kante wie auf einem Schießstand. Die Laptops auf dem Tresen waren sicher schon völlig durchlöchert.

Abrupt verstummte das Gewitter. Nur das Knistern des Heizlüfters war zu hören. Tina glaubte schon, Smith würde jetzt zu ihr über den Tresen klettern, doch dann legte er wieder los, dieses Mal weiter oben: in dem Regal hinter ihr klirrte und schepperte es, zersplitterte Flaschen fielen auf Tina wie Wurfgeschosse. Sie kauerte sich auf den Boden und schirmte ihren Kopf mit den Armen ab. Irgendetwas stach sie in die rechte Hand.

Ein letzter Schuss, dann war es völlig still in der Apotheke. Tina lag mit dem Gesicht auf dem Boden und rührte sich nicht. Aus den zerbrochenen Flaschen um sie herum stieg ein süßlicher Gestank auf.

Wahrscheinlich hatte Smith seine ganze Munition verballert. Tina konnte sich trotzdem nicht erklären, warum er genauso regungslos wie sie auf der anderen Seite saß und wartete. Vielleicht schreckte er vor einer körperlichen Auseinandersetzung mit Tina zurück. Große Lust auf eine Prügelei hatte Tina ebenfalls nicht. Smith war ein brutaler Gegner, selbst ohne geladene Waffe.

Langsam richtete sie sich auf und horchte. Eine Minute, zwei Minuten. War Smith überhaupt noch in der Apotheke? Vielleicht hatte er seinen Spaß gehabt und war dann unbemerkt abgehauen. In diesem Fall hatte Tina eine faire Chance, Ondrej doch noch zu warnen.

Sie erhob sich einige weitere Zentimeter, völlig lautlos, sodass sie gerade eben über den Tresen schauen konnte. Direkt vor ihr, im schwachen Gegenlicht der Fenster, blickte ihr die zweibauchige Mündung des Revolvers entgegen. Smiths Augen funkelten direkt über dem Korn.

»Das Geheimnis meines Erfolgs«, sagte er und fuhr sich über die Lippen. »Am Ende kommt jeder zu mir.«

20:32 – 20:44

Davids Mantis vibrierte. Jetzt ist es auch rot, dachte er und zögerte, es aus der Tasche zu holen. Dann tat er es doch. Es leuchtete nicht, weder rot noch gelb, sondern zeigte eine Nachricht an.

20:29 Tina – DISCONNECTED

Kein gutes Zeichen. Tina kam doch nicht freiwillig auf die Idee, ausgerechnet jetzt ihr Mantis auszuschalten.

Eines der Dreiecke über den Aufzugtüren blinkte. Da kamen sie also.

Er legte das Mantis auf den Boden und stellte sich breitbeinig vor die Schleuse. Einige Meter vor ihm zog sich eine Fuge über den rohen Betonboden, mit jedem Atemzug schien sie ein paar Zentimeter näherzukommen. Als ob der Gang kontinuierlich schrumpfte. David hielt die Waffe mit beiden Händen umklammert.

Sie würden ihn über den Haufen schießen, das war klar. Aber er musste sie wenigstens ein paar Sekunden lang aufhalten. Vielleicht reichte das.

Die Türen des Aufzugs schwangen zur Seite. Eine Frau mit einer Waffe in der Hand stand in der Kabine.

Lois.

David ballte die Fäuste um den Griff der Pistole, sein Nacken steif wie ein Stock.

Natürlich. Er hätte überhaupt keine andere Möglichkeit in Betracht ziehen sollen. Das hier war ein Fall für seinen persönlichen Todesengel.

Lois rührte sich nicht, sie stand im Aufzug wie in einem großen Bilderrahmen. Aber gleich würde sie aus dem Bild treten und ihren Auftrag erfüllen.

»Bleib stehen«, sagte David. Und dann lauter: »Bleib dort stehen!«

Lois hob ihre Waffe und führte sie zu ihrem Kopf. David blinzelte. Die Sortiermaschine hämmerte von innen gegen seine Schläfen, ihm wurde schwindelig.

Lois stolperte zur Seite und Pat tauchte hinter ihr auf. Er hatte die ganze Zeit hinter ihr gestanden. Die Pistole war in seinen Händen gewesen, nicht in denen von Lois.

Und jetzt kamen sie näher, Arm in Arm, wie Vater und Tochter bei der Hochzeitszeremonie.

»Hallo David!«, rief Pat. »Lange nicht gesehen.«

David konnte sich nicht aus seiner Starre lösen. »Ich ... ich versteh nicht ...«

»Ja, das sieht man dir an«, bemerkte Pat und tippte mit der Pistolenmündung auf Lois' Kopf. »Deine Freundin hat vorhin aber genauso doof geschaut.« Sie hatten die Fuge auf dem Boden fast erreicht. Pat wurde langsamer, als ob auch er darin eine symbolische Grenze sah.

»Ihr gehört zusammen«, sagte David. Die Worte klangen vollkommen falsch, als er sie laut aussprach.

»Natürlich. Und Lois hat ihren Kompagnon sehnlichst vermisst. Nach nur drei Tagen.«

»Glaub ihm kein Wort«, sagte Lois. David fiel auf, dass ihre linke Wange geschwollen war. Sie blickte zu Boden. »Pat ist Gary. Er hat mir die ganze Zeit was vorgespielt.«

Davids Kopf machte langsam dicht. Pat und Gary – die gleiche Person, das konnte doch nicht stimmen. Schon beim ersten Gespräch mit Pat hätte Lois das auffallen müssen.

»Meine Güte«, sagte Pat. »Man sieht es ja förmlich rauchen

bei dir. Du hast noch genügend Zeit, darüber zu brüten, aber jetzt sag mir bitte erst mal, wo Ondrej ist.«

David schwieg. Eine Sache zumindest war klar: Pat war der Mörder Ondrejs. Nur wusste das Pat noch nicht.

»Wo ist er?«, schrie Pat. »Ist er noch im Serverraum?«

»Geh ihn doch suchen«, sagte David. »Was willst du überhaupt hier?«

»Immer der Reihe nach. Du legst jetzt deine Pistole vor dich auf den Boden. Dann wirst du sie mit deinem Fuß wegstoßen. Wenn das nicht innerhalb der nächsten fünf Sekunden passiert, schieße ich Lois in den Kopf. Ich habe überhaupt kein Problem damit.«

David bewegte sich nicht. Pat bluffte. Er war immer noch Pat. Der nette Angestellte, der den ganzen Tag hinter seinem Schreibtisch saß und schlechte Witze riss.

»Er macht es«, sagte Lois mit zitternder Stimme. »Er hat die anderen schon umgebracht. Dana und Schepp und …« Ihr Satz erstarb in einem Schluchzer.

Pat seufzte. »David, leg die blöde Waffe auf den Boden. Dann erklär ich dir alles.« Er überschritt die Fuge auf dem Boden und ging auf David zu.

David suchte den Boden ab. Direkt neben ihm lag Havildar, dessen Augen immer noch geschlossen waren. Daneben stand Davids Rucksack. Und sein Mantis mit dem Kopfhörer.

Es war zu gut gelaufen. Ihr Plan war perfekt aufgegangen, nun aber offenbarte sich sein marodes Fundament. Ihr Plan beruhte auf völlig falschen Annahmen.

Pat zog Lois noch näher an sich heran. »Letzte Chance.«

Vielleicht war trotzdem noch nicht alles verloren. Immerhin war Ondrej ein Spezialist darin, die Realität auszutricksen.

David sah Pat in die Augen. »Es ist vorbei. Ob du mich oder Lois umbringst, spielt keine Rolle. Gleich wird sich hier alles in Luft auflösen.«

»Ach wirklich? Weil Ondrej da drin einen seiner virtuellen Geheimgänge benutzt? Tut mir leid, David, aber die wurden alle abgerissen.« Er sah zur Schleuse und schüttelte den Kopf. »Oh Mann, der wird gleich richtig schlechte Laune haben.«

Er log. Diesmal log er wirklich.

Pat packte Lois und ging mit ihr einen Schritt Richtung Schleuse. Es piepste und die Glastür öffnete sich zischend. Pats Token war also für den gesamten Komplex freigeschaltet.

»Siehst du?«, fragte Pat und trat wieder zurück. »Ich bin hier Stammgast. Sobald du mich erschießt, wird mich die NOBA retten, ohne Fragen zu stellen. Also weg mit der Knarre, das hat doch alles keinen Sinn.«

Keinen Sinn, ja. Nichts mehr ergab Sinn. Die Strapazen der letzten Tage, ihre kleinen Erfolge, dieser Einbruch – alles nur ein Witz.

David ließ die Pistole sinken, legte sie auf den Boden und gab ihr einen kräftigen Tritt. Sie rutschte an Pat vorbei und kam erst kurz vor dem Fahrstuhl zum Stehen.

»Sehr schön«, sagte Pat. »Und nun möchte ich, dass du dich umdrehst und zur Tür schaust. Wenn Ondrej gleich herauskommt, will ich, dass wir ihn alle gemeinsam anlächeln. Wie auf einem Familienfoto. Wir sind doch so was wie seine Familie.«

David drehte sich zur Tür.

»Ich erklär dir nun ein paar Dinge, und das meiste davon wird dich freuen. Aber die schlechten Nachrichten zuerst.« Pat räusperte sich. »Fangen wir mit Tina an. Gregory Smith hat sie eben in der Apotheke gefunden. Sie hat ganz allein in eurem Versteck gehockt. Ich kenn den Mann, wenn er wütend ist. Das hat sie nicht überlebt.«

Davids Knie wurden weich, er sank auf den Boden. Nein, nicht auch noch Tina. Bitte nicht.

Pat klopfte ihm auf die Schulter. »Die zweite schlechte Nachricht ist, dass dein Vater mausetot ist. Ich weiß nicht, ob du dir

Hoffnungen gemacht hast, aber es muss ihn nur noch jemand finden.« Er richtete die Pistole auf David. »Jetzt kommt die gute Nachricht. Wir machen diese vielen toten Menschen und all die Jahre, die ihr umsonst investiert habt, einfach ungeschehen.« Er schnipste mit der freien Hand. »Alles weg. Nie passiert. Und ihr müsst mir nur ein klein wenig helfen.«

David sah auf und suchte den Blickkontakt zu Lois. Sie starrte jedoch auf die gegenüberliegende Wand und wirkte, als ob sie Pat überhaupt nicht zuhörte.

»Eine für alle Beteiligten wünschenswerte Gegenwart wird geschrieben«, sagte Pat. »Eine, in der wir uns nie über den Weg gelaufen sind. Wir wissen nichts mehr voneinander.«

»Weil du Weinard umgebracht hast.«

»Völlig richtig.« Pat schlich um David herum und gestikulierte mit der Pistole. »Ich möchte Weinard umbringen. Dafür habe ich Gründe, aber die versteht hier ohnehin keiner. Nicht einmal de Burgh hat sie verstanden. Für dich ist nur eines wichtig: Wir werden mit Weinards Leben eine ganze Reihe von anderen Menschenleben retten. Eine ganz einfache Rechnung.«

David schüttelte den Kopf. »Ich werde keinen Mord zulassen, um andere Morde zu verhindern. Und Ondrej erst recht nicht.«

Pat kniete sich vor ihm nieder. »Ich werde dir jetzt etwas erzählen. Es wird deine Meinung ändern, das verspreche ich dir.«

David versuchte, sich aus seiner Lage wegzudenken, genauso wie er es immer in seinen Albträumen tat. In Gedanken war er bei Ondrej, lief mit ihm zusammen durch das Rechenzentrum und fand doch noch einen Weg, so wie Ondrej immer einen Weg fand.

»Ein Menschenleben gegen ein anderes«, sagte Pat. »Pfui, so was würde David Manoah natürlich niemals tun. Aber was, wenn ich dir ein Leben schenke, dem du seit zwei Jahrzehnten hinterherjagst?«

»Deine Lügen sind widerwärtig. Genau wie deine Auffassung von Gerechtigkeit.« David spuckte die Worte aus, ohne darüber nachzudenken.

Pat sah überrascht aus. »Warum sollte ich dich anlügen? Ich bin der Einzige, der dir helfen kann, das habe ich dir doch schon vor zwanzig Jahren gesagt.«

»Was redet er da?«, fragte Lois.

David wollte es gar nicht wissen. Jeder Satz, den Pat von sich gab, verschlimmerte das Desaster nur.

Pat legte seinen Mund an Davids Ohr. »Ich weiß alles, David. Auch, wer die Schuld trägt an Susans Tod. Aber wir können das reparieren, wir zusammen.«

David sah an Pat vorbei und bemerkte Ondrej. Er hatte die hintere Glastür geöffnet und stand im Türrahmen, das rote Mantis wie ein Amulett vor sich gerichtet. Offensichtlich kapierte er nicht, was hier los war. Und verstand nicht, dass er in großer Gefahr war.

Pat folgte Davids Blick, richtete sich auf und stürzte zur Glastür. Zwei Meter vor der Scheibe bremste er ab und sah zur Decke. Die Überwachungskamera.

Er winkte. »Komm schon raus. Hier draußen ist es viel interessanter!«

David wandte sich hastig um. Seine Pistole lag fünf Meter entfernt, noch hinter Lois, die nach wie vor ins Leere schaute. Er sprang auf, aber schon hatte Pat ihn hart im Nacken gepackt.

»Mach doch nicht so einen Mist. Sag mir lieber, warum ich Ondrej am Leben lassen sollte.«

David japste. »Was? Er hat dir nichts getan!«

»Und ob. Er hat mich betrogen. Früher waren wir ein Team, aber dann bist du gekommen. Ich bin wirklich nachtragend bei so was.«

Ondrej schloss die Glastür, blieb aber stehen. Verflucht, er musste doch sehen, dass er durch diesen Ausgang nicht mehr nach draußen kam. Doch statt wegzurennen, sah er auf sein Mantis und tippte wie wild darauf herum.

»Du kennst das HEIMDALL-Passwort«, sagte Pat. »Damit hast du alles, was mir noch fehlt. Und du bist bei mir. Ich schätze, damit ist der Fall klar.« Er drehte sich um.

Der Schuss war so laut, dass David ihn als dumpfen Schlag in den Rippen spürte. Glassplitter stoben in den Gang, in Davids Ohren dröhnte es.

Lois hatte den Mund geöffnet, als würde sie schreien. Vielleicht tat sie es auch, aber das Fiepen in Davids Ohren überdeckte jedes Geräusch. Durch das weiße Netz in der Scheibe konnte er sehen, wie Ondrej in die Knie ging. Und er tippte immer noch auf seinem Mantis. Warnte er ihre vergangenen Ichs? Wenn ja, warum änderte sich dann nichts?

Pat brach in ein Gelächter aus, das seinen ganzen Körper schüttelte. »Ondrej, willst du zum Abschied nicht wenigstens *einmal* von deinem Computer aufschauen?«

Ondrej tippte weiter und weiter.

»So ein lahmes Theater«, murmelte Pat. Er feuerte einen weiteren Schuss ab. David war, als ob der Schuss direkt in sein eigenes Herz ging. Er wünschte es sich sogar. Nichts hielt ihn mehr in dieser Gegenwart.

Die Scherben verstreuten sich wie Schnee auf dem Boden und mitten im Glas lag Ondrej wie ein stolzes, erlegtes Tier.

David konnte seinen Blick nicht abwenden. Das alles hier geschah wirklich. Es war kein Spiel mit der Zeit, kein vorübergehender Software-Bug. Es war echt.

Pat fuhr sich durch das gegelte Haar. »So eine Sauerei. Und das nur, weil ihr solche Sturköpfe seid.«

Er fuhr herum und richtete seine Pistole direkt zwischen Davids Augen. »Los jetzt. Ich hab noch genug Munition, um euch alle abzuknallen. Lois ist die nächste.«

»Lass sie gehen, Pat. Sie kann dir ohnehin nicht helfen.«

»Von mir aus. Aber vorher sagst du mir das Passwort.«

Das kam zu schnell. Zu einfach. David richtete sich langsam auf. »Du hast geblufft. Ohne uns kommst du nicht ans Ziel. Und das wusstest du von Anfang an.«

Pats Mundwinkel zuckten. »Tja, und ihr seid wie dressierte Affen genau dorthin gelaufen, wo ich euch haben wollte. Lass es uns also zum Abschluss bringen. Hier und jetzt.«

David stand keuchend mitten im Gang, und rührte sich nicht.

»Das Passwort bitte«, sagte Pat.

David schüttelte den Kopf. »Nein. Du liegst falsch.« Die Worte kamen langsam aus ihm heraus, jedes einzelne kostete ihn Anstrengung. »Das Register hat dich verblendet. Du bist – kein – verdammter – Hellseher.«

Pat hob die Augenbrauen.

»Ich helfe dir nicht«, sagte David. »Für nichts auf der Welt helfe ich einem Massenmörder.

Pat lächelte. Es war ein brutales, ein wissendes Lächeln. »Na schön. Ich hab da was vorbereitet, das dich überzeugen wird. Du wirst überrascht sein, versprochen.«

20:46 – 20:51

Lois kauerte an der Hinterwand eines stockdunklen Raums. Ein beißender Geruch nach Ammoniak und Putzmitteln umgab sie. Sie weinte.

Am Nachmittag hatte Lois sich noch über jede Träne geärgert, jetzt aber heulte sie Rotz und Wasser. Und es war ihr scheißegal.

Pat hatte David, Havildar und Lois schweigend durch die Flure gehetzt und dabei Lois immer wieder die Pistole in den Rücken gerammt. Nach drei Abbiegungen, durch die Lois völlig die Orientierung verloren hatte, waren sie hier gelandet.

Pats letzte Worte, bevor er sich entfernt hatte, machten ihr jetzt noch Angst. »Betet, dass David zur Vernunft kommt.« Pats und Davids Schritte hatten sich schnell entfernt, wer weiß wohin.

Neben Lois kauerte Havildar und stöhnte. »Das ist ein Albtraum. Ein gottverdammter Albtraum. Ich wache jeden Moment auf, oder nicht?«

Lois wollte Havildar nichts erklären, schließlich würde in wenigen Minuten alles reversiert werden. David würde einknicken. Das hatte sie in seinen Augen gesehen. In dem Moment, als Pat plötzlich Susan ins Spiel gebracht hatte, war es um David geschehen gewesen.

»Ich will jetzt wissen, was hier los ist«, sagte Havildar. »Wer ist dieser Mann?«

Lois fuhr sich über ihr verquollenes Gesicht. »Ich dachte, ich wüsste es. Aber ich habe keine Ahnung.«

Sie war blind gewesen. Seit heute Nachmittag hatte sie viel Zeit zum Nachdenken gehabt und erkannt, dass Pats Doppelidentität keineswegs perfekt gewesen war. Es hatte Hinweise gegeben, spätestens, als Lois während des Videochats ins Zimmer gekommen war. Pat hatte sofort aufgelegt und sich ab dann nur noch mit verzerrter Stimme und ohne Kamera gemeldet. Natürlich, er wollte nicht von ihr erkannt werden.

Sie hätte es bemerken müssen. Aber nun war es zu spät. Sie konnte nur noch hier sitzen und abwarten.

»Und wer sind Sie?«, fragte Havildar. »Wissen Sie das wenigstens?«

Lois starrte ins Dunkel. *Ich bin Rachel Anderson, Redakteurin bei newshub.com.* Ihre alte Antwort auf diese Frage fühlte sich falsch an, wie eine überholte Wahrheit. Rachel wäre niemals so unvorsichtig gewesen.

»Nein«, murmelte sie schließlich. »Das weiß ich nicht.«

In diesem Moment hustete jemand, direkt neben Lois. Sie zuckte zusammen. Es war noch jemand mit ihnen im Raum.

Lois richtete sich auf. »Wer ist da?«

»Feingold«, ächzte eine Männerstimme. »Jerry Feingold.«

Von wegen, dachte Lois. Das war doch nur noch ein weiterer perfider Gag von Pat. Neben ihr saß ein Schauspieler, der sie noch weiter verwirren sollte. Jerry Feingold war längst tot.

Allerdings – nein, Pat konnte Feingold nicht umgebracht haben. Diesen Mord hätte er nur mit Operation Nautilus oder etwas Ähnlichem verdecken können, und das war zu riskant. Er musste ihn also irgendwo geparkt haben, ohne dass es jemandem auffiel. Offensichtlich hier.

»Sind Sie es wirklich?«, fragte Lois.

»Ich fürchte schon.«

»Wie lange hat Sie dieses Schwein hier schon eingesperrt?«

»Seit Dienstag. Welcher Tag ist heute?«

»Freitag.«

»Freitag! Wirklich? Ich hätte schwören können, dass ich hier erst seit ein paar Stunden festsitze.«

»Hat Sie da draußen keiner vermisst?«

Feingold hustete erneut. »Meine Frau ist vor einer Woche ausgezogen. Schlechtes Timing.«

In der Tat. Es war nicht unmöglich, dass Pat selbst hinter solchen Kleinigkeiten steckte.

»Was haben Sie mit Sullivan zu tun?«, fragte Feingold. »Wie sind Sie hier reingeraten?«

»Wir haben versucht, ihn aufzuhalten. Gerade eben hat er …« Lois stockte, sie konnte ein Schluchzen nicht unterdrücken. »Er hat einige von uns umgebracht. Vor ein paar Minuten Ondrej Vorisek.«

»Vorisek«, sagte Feingold und schwieg einen Moment. »Sullivan hatte immer Angst, dass Ondrej Vorisek eines Tages hier auftaucht.«

Der Gedanke an Ondrej, die Erinnerung an seinen leblosen Körper in den weißen Scherben, schnürte Lois die Kehle zu. »Wahrscheinlich hat er ihn deswegen auch umgebracht.«

»Erzählen Sie mir, was passiert ist.«

Lois berichtete, was in den letzten Tagen und Stunden geschehen war. Feingold stellte keine Fragen – nur als sie Operation Nautilus erwähnte, pfiff er leise durch die Zähne. Sie schloss ihren Bericht mit Pats Andeutung, er könne Susan Manoah zurückbringen.

»Wenn er das wirklich kann«, sagte Feingold, »dann wird diese Gegenwart nicht mehr lange bestehen.«

»Nicht mehr lange ist gut. Höchstens noch ein paar Minuten.«

»Und Sie und Patrick haben zusammengearbeitet?«

»Ohne, dass ich es wusste.«

»Was sind Sie? So eine Art Enthüllungsjournalistin?«

Lois sagte nichts. Die Frage war eher: Was würde sie im nächsten

Leben sein? Vielleicht würde sie ja dieses Mal ihr Psychologiestudium beenden. Auf ihren Vater hören und einen Beruf ergreifen, der die Miete bezahlte.

Sie drehte sich zu Feingold. »Und Sie? Sie haben Pat ganz bewusst unterstützt, das stimmt doch? Bevor Sie es sich anders überlegt haben, meine ich.«

»Natürlich«, sagte Feingold. »Ich teile seine Meinung, dass die NOBA das größte Problem unserer Zivilisation ist. Nur unsere Lösungsansätze unterscheiden sich. Als ihm das klar wurde, hat er mich zu einem Werkzeug gemacht, das er nur aus dem Keller hervorholt, wenn er mit seinen geringen technischen Fähigkeiten am Ende ist. Letzte Woche war ich noch sein Partner, nun bin ich ein Computerprogramm.«

»Aber Sie haben ihm niemals das Passwort für HEIMDALL verraten.«

»Nach was sieht's denn aus?«, fragte Feingold, der nun ziemlich frostig klang. »Ich habe ihm nur ein paar kleine Gefallen getan. Unter anderem habe ich Smith und seinen Schergen den Zugang zum Register gesperrt. Ich weiß zwar nicht, warum ihm das wichtig war, aber es schien mir kein Verbrechen zu sein.«

Lois brauchte einen Moment, um zu begreifen, dass Feingold gerade die letzte, offene Frage beantwortet hatte. Deswegen also war es so einfach gewesen, Smith zu entkommen. Aber warum hatte Pat überhaupt verlangt, dass Smith keinen Zugang mehr zum Register hatte? Er hatte doch mit Smith zusammengearbeitet.

»Sie haben gerade diesen Nautilus-Hack erwähnt«, sagte Feingold. »Ihre Tokens sind also vom Körper getrennt, aber sie sind trotzdem noch funktional?«

»Ich denke schon. Warum?«

»Ich dachte nur ... aber es wird nicht gehen ... Ich bräuchte einen Computer. Ich nehme an, niemand von Ihnen hat einen dabei.«

Havildar bewegte sich neben Lois. Es klang, als würde er sein

Hemd abtasten. »Ich habe mein Handy noch«, sagte er. »Aber es wurde gehackt und befindet sich in einer Art Flugmodus. Sonst hätte ich schon längst Hilfe geholt.«

»Haben Sie einen Terminal Emulator auf dem Gerät?«, fragte Feingold.

»Selbstverständlich.«

»An die Adresse meines Register-Servers sollten wir kommen. Wir versuchen eine Nachricht im Register zu speichern und warnen uns. Aber wir müssen uns beeilen.«

Einen Augenblick später beleuchtete der weiße Bildschirm von Havildars Telefon ihre Gesichter. Feingolds linkes Auge war bis zur Unkenntlichkeit geschwollen, darunter zog sich eine schwarze Schürfwunde über die ganze Gesichtshälfte.

Er bemerkte Lois' Blick. »Ja, die haben wirklich einiges getan, um mich doch noch zu überzeugen. Ihrem Freund wird es nicht besser gehen.«

Havildar gab ihm das Handy. »Der SSH-Client ist offen.«

»Erst muss ich an die Tokens kommen.« Feingold tippte auf dem Display herum. Sein unversehrtes Augenlid flatterte. Zwischendurch musste er einen Hustenanfall unterdrücken.

»Wie spät ist es?«, fragte Lois.

»Kurz nach neun.«

Lois schloss die Augen. Es gab da eine Sache, die sie den beiden nicht erzählt hatte. Um zehn vor neun hatte sie auf ihr Mantis geschaut, und es hatte rot geleuchtet.

So fühlte sich das also an. Wenn feststand, dass das eigene Leben jeden Moment ausgeknipst wurde. Das Bild eines großen Raums in Pastellfarben tauchte vor ihr auf – das Seniorenheim, das sie als Kind besucht hatte. Als sie frech danach gefragt hatte, wer von diesen alten Menschen als Nächstes sterben würde.

Sie drehte sich um und holte das Mantis ein kleines Stück hinter dem Rücken hervor. Es leuchtete immer noch rot.

»Pat kann jeden Moment zurückkommen«, sagte sie. »Dann ist es zu spät.«

»Beten Sie lieber, dass Ihr Freund nicht das Passwort verrät, bevor wir fertig sind.«

Lois presste ihre Finger zusammen, als könne sie damit eine Art telepathische Verbindung zu David aufbauen. Sie wiederholte in Gedanken die immer gleichen Worte: *Verrat es ihm nicht. Bitte verrat es ihm nicht. Warte nur noch fünf Minuten.*

20:51 – 20:57

Der Raum, in den Pat David schubste, war überraschend groß und hell. Ein Besprechungsraum mit der üblichen Benzon-Einrichtung: ovaler Konferenztisch, Flipchart, ein halbes Dutzend Stühle.

An der Hinterseite des Zimmers standen mehrere Whiteboards, die von oben bis unten mit großformatigen Fotos beklebt waren. Pat führte David zu einem Stuhl, von dem aus er die Fotos betrachten konnte und fesselte ihn mit Kabelbinder an die Rückenlehne.

»Das wird sehr einfach«, sagte Pat. Er stellte sich an die andere Wand und verschränkte die Arme. »Du schaust dir die Fotos an, danach triffst du deine Entscheidung.«

Der Kabelbinder schnitt in Davids Haut, aber er spürte es kaum. Zu sehr hingen seine Augen an den Aufnahmen. Pat hatte sie mit Magneten an den Whiteboards befestigt – ein akkurates Gitter, das an einen Friedhof von oben erinnerte. Die Fotos glänzten wie frisch entwickelt. Doch die Motive waren weit durch die Zeit gereist.

Auf beinahe allen war dasselbe Kind zu sehen.

Susan. Susan vor zwanzig Jahren. Susan an jenem Tag in der Hayfield Station.

Es waren Davids nächtliche Albträume, die an der Wand hingen. Ausgedruckt auf Fotopapier, in dutzendfacher Ausführung.

David hatte diese Träume gründlich missverstanden. Er hatte immer angenommen, in ihnen würden sich alte Erinnerungen mit der Gegenwart und all seinen Ängsten vermischen. Aber die Träume hatten die ungeschminkte Wahrheit gezeigt. Der junge Mann mit dem Ohrring, der ausgesehen hatte wie Pat, war tatsächlich ...

»Du«, flüsterte David. »Du bist das gewesen.«

Pat legte ihm von hinten die Hände auf die Schultern, genauso wie er es in dem Traum gemacht hatte. »Gib mir den Schlüssel und alles wird gut werden. Du erinnerst dich doch, oder?«

»Aber … aber wie …«

»Einfach, sehr einfach sogar. Nachdem mir mein zukünftiges Alter Ego gesagt hat, dass ich an diesem Tag, zu dieser Uhrzeit, in der Station auftauchen und dir diese Worte ins Ohr hauchen soll – da hab ich einfach mal auf mich gehört. Die Kamera mitzunehmen, war eine spontane Idee. Schwierig wurde es, weil deine Erinnerung an diesen Tag futsch war. Das ist mir bei der Lektüre deines Tagebuchs klar geworden. Also habe ich Ohrring und Frisur wieder angelegt und dir sogar eine kleine Erinnerungshilfe ins Notizbuch geschrieben.«

Die Gesichter auf den Fotos schienen bei jedem von Pats Worten zu nicken. Die Kamera. Der Ohrring. Pat war da gewesen. In der Hayfield Station. An diesem Tag. Er hatte diese verdammten Fotos gemacht.

Pat trat zwischen ihn und die Whiteboards. Er lächelte. »Dass du mich nicht sofort erkannt hast, das war schon witzig.«

Die Albträume hatten erst begonnen, weil David diesen letzten Satz in seinem Tagebuch gesehen hatte: *Diana hat sich alles gemerkt.* Diana war der Name der Kamera.

Pat tippte auf Davids Kopf. »Na also. Ich wusste doch, dass irgendeine meiner Therapien anschlagen würde. So zermatscht ist dein Hirn dann doch wieder nicht.«

»Du warst da. Du hast gesehen, dass meine Schwester gestorben ist. Du hast *gewusst*, dass es passieren wird.« David spürte, wie ihm Tränen in die Augen traten. »Du warst da. Und trotzdem hast du nichts getan.«

Pat verdrehte die Augen. »Das stellst du jetzt aber hässlich da. Ich habe dir gerade meine Hilfe angeboten.«

»Du bist ein Mörder«, sagte David, ohne den Blick von den Fotos zu wenden. »Du hast jetzt schon viele Menschen auf dem Gewissen. Tina, Ondrej, meinen Vater. Und meine Schwester.«

»Für eine kleine Information werden sie alle vor dem Tod gerettet. Auch deine Schwester. Liebst du sie etwa nicht?« Pat zeigte auf die Fotografien. »Willst du nicht, dass sie jetzt auf der Welt ist? Erwachsen wird? Kinder hat? Eine Familie?«

»Ich warne dich, wenn du nicht sofort aufhörst …«

»Dass ihr euch so oft sehen könnt, wie ihr wollt? Willst du das nicht?« Pats Stimme wurde schneidend.

David wollte sich die Ohren zuhalten, aber dazu hätte er seine Hände benötigt. Pat hatte das Mantis an sich genommen und ließ es von einer Hand in die andere wandern. David hoffte inständig, dass es gleich rot aufleuchtete.

»Armseliger Heuchler«, sagte Pat. »Du wolltest doch selbst Susans Tod rückgängig machen. Nach zwanzig Jahren! Und natürlich hast du gewusst, was das bedeutet. Was ist mit deiner Stiefschwester? Das Mädchen, das deine Mutter nach der Scheidung bekommen hat? Die hättest *du* auf dem Gewissen.«

David schwieg. Unzählige Nächte hatte er über dieser Entscheidung gebrütet. Und mit jedem Jahr, das verstrich, waren die Auswirkungen seines Vorhabens fataler geworden.

»Meine Entscheidung steht«, sagte er. »Ich helfe dir nicht. Du kannst mich also umbringen.«

Pat schaute auf David hinunter wie auf ein widerliches Insekt. »Enttäuschend. Meinst du nicht, ich hätte genau gesehen, was damals passiert ist?«

»Ich weiß nicht, was du meinst.«

Pat seufzte, wandte sich um und ging langsam zur Tür. »Ich verstehe nicht, worum du hier kämpfst. Geht es darum, Weinard zu retten? Er hat sein Leben gelebt. Er hatte seine Chance, die Welt zu verändern. Aber in einer Woche wird er beerdigt. Wir setzen das

Spiel gemeinsam auf Anfang. Nur, dass dieses Mal nicht Weinard mit von der Partie ist, sondern Susan.«

Er klang immer noch zuversichtlich, so als wäre es nur noch eine Sache von Minuten, bis David sich anders entschied. Pat verheimlichte ihm etwas. Ein Detail, an das David sich immer noch nicht erinnern konnte.

Ich weiß, wer die Schuld trägt an Susans Tod. Ich habe gesehen, was passiert ist.

Die Gesichter an der Wand starrten David vorwurfsvoll an.

»Ich gebe dir zehn Minuten«, sagte Pat. Er legte Davids Mantis auf die Mitte des Konferenztisches, wo David es niemals erreichen konnte. Von dort aus lief er zur Tür und öffnete sie.

»Warte«, sagte David. »Wo sind die anderen? Wo ist Lois?«

»Zehn Minuten. Dann trifft hier die NOBA ein und deine einzige Chance ist für immer vertan.«

Er deutete zu den Fotos. »Die habe ich vor zwanzig Jahren schon mal jemandem zugesteckt. Du wirst ziemlich schnell rauskriegen, wer das war.«

Als er die Tür zuknallte, hoben sich die glänzenden Fotos von Susan im Wind.

20:54 – 20:59

Eine Tür fiel knallend ins Schloss. Lois hörte gedämpfte Schritte, ein entferntes Tocken wie ein Uhrzeiger.

»Er kommt zurück«, sagte Havildar.

»Ich bin soweit.« Feingold wandte sich an Lois. »Es gibt zwei intakte Tokens in der Nähe. Das eine ist von Ihnen, das andere von Manoah. Ich kann beiden eine Nachricht schicken.«

Die Schritte wurden lauter. Feingold starrte Lois mit dem unversehrten Auge an. »Also?«

Lois kam es so vor, als rede er in einer fremden Sprache. »Also was?«

»Was soll ich schreiben? Die Nachricht wird ein Jahr gebacktimed, eine ganz normale Privatnachricht. Haben Sie die ganze Zeit nicht zugehört?«

»Okay. Also, wir müssen …« Sie brachte den Satz nicht zu Ende. Pat musste jeden Moment hier sein. Sie sah ihn schon die Tür aufstoßen, sah das rote Licht, das sie die ganze Zeit in ihrer Jackentasche versteckte. Der Geruch des Ammoniaks brannte ihr in der Nase.

»Pat Sullivan ist ein Mörder«, sagte sie. »Das schreiben wir.«

»Das bringt nichts«, sagte Feingold. »Niemand wird das beweisen können, und ich werde trotzdem mit David zusammenstoßen. Am besten verhindern wir genau das.«

»Okay. Dann darf er nicht durch das alte Bürogebäude gehen.«

»Das ist die Nachricht?«

»Nein, Moment. Er darf sich nicht mit mir treffen. Dadurch ist alles erst ins Rollen gekommen. Er muss …« Lois stockte wieder.

Die Schritte waren verstummt. Pat stand vor der Tür.

Und Lois begriff. Das hier war schon einmal passiert. Sie hatte zwei Nachrichten abgeschickt, eine für Lois und eine für David.

»Was soll ich schreiben?«, drängte Feingold laut.

David wird dein Untergang sein.

Sie war nie in ein Registerbüro gegangen. Sie hatte nie eine Nachricht in einen Automaten getippt. Sie war nie nach Hause gegangen, um auf ein reversiertes, besseres Leben zu warten. Lois hatte hier, in diesem Raum, die beiden Nachrichten abgeschickt.

Eine andere Nachricht. Sie brauchten eine andere Warnung, eine bessere. Eine, auf die sie und David auf jeden Fall hören würden.

»Zum Teufel«, sagte Feingold, »ich mach es selbst.«

Die Türklinke knallte nach unten. Kaltes Licht strömte in den Raum. Es war vorbei.

Vielleicht gab es doch so etwas wie Schicksal. Egal, was sie unternahmen, sie sollten den nächsten Tag nicht mehr erleben.

»Es ist schon seltsam«, sagte Pat und sah sich um. »Dass die Leute nicht früher zu Tausenden gestorben sind, an Bahnsteigen und Brücken. Im falschen Moment gestolpert, schon war man hinüber. Und heute? Da muss man schon so engstirnig sein wie ihr, um das mit dem vorzeitigen Sterben hinzukriegen.«

In den Tiefen des Ganges polterte es, als wäre ein Möbelstück umhergestoßen worden. Pat runzelte nur kurz die Stirn, dann richtete er seine Waffe auf Lois. »Irgendwelche letzten Worte?«

»Ich kann sehen, dass du Angst hast«, sagte Lois. »Das hast du noch nie vor mir verstecken können.«

Sie sah ihm fest in die Augen, als er abdrückte.

20:55 – 20:58

Lange Rinnsale zogen sich wie Fäden über die Seitenfront der U-Bahn. Direkt davor stand Susan in ihrer Regenjacke und schaute nach oben. Alles wie immer, mit einem Unterschied: Diesmal konnte David sie retten.

Je länger er vor dieser Wand aus glänzenden Fotos saß, desto mehr beindruckten ihn Pats Fähigkeiten. Wie aufwändig er diesen Moment doch vorbereitet hatte, wie minutiös. Monate, vielleicht sogar Jahre an Planung steckten dahinter. Die Maßnahmen, von denen David wusste – seine Beschattung durch Ziegenbart, die Abhörung seiner Emails und Telefongespräche – waren nur die Spitze des Eisbergs.

Und das alles nur, weil David etwas in die Hände gefallen war, das für Pat mehr wert war als viele Menschenleben. Und Pat würde es bekommen.

David stand auf. Der Metallstuhl hob sich mit ihm, die Kabelbinder pressten sich in Davids Handgelenke.

Auf dem Foto direkt vor ihm war Susan perfekt eingefangen. Ihr rundes Kindergesicht war der Kamera zugewandt, der Mund geöffnet. Der linke Schneidezahn fehlte. Am Abend zuvor war er ausgefallen, daran erinnerte David sich jetzt.

Susan suchte in der Menge nach ihm. Sie ahnte nicht, dass das Gesicht ihres Bruders das letzte war, was sie jemals sehen würde.

Davids Augen füllten sich mit Tränen. Dieses Besprechungszimmer war eine Folterkammer, noch entsetzlicher als die gläserne Kammer in seinen Träumen. Aber er würde es aushalten. In wenigen

Minuten würde hier die NOBA eintreffen und alles beenden. Er würde es aushalten.

Gerade wollte David sich wieder setzen, als er die Fotografie in der Mitte der Wand bemerkte. Er hatte sie bis jetzt ausgeblendet wie einen blinden Fleck, wahrscheinlich weil Susan darauf fehlte. Als er nähertreten wollte, zog ihn etwas zurück. Als hätte der Stuhl, der an ihm hing, plötzlich an Gewicht zugenommen.

Oh Gott, dachte David. Die Albträume hatten ihm nicht alles gezeigt. Ein wichtiges Detail war verborgen geblieben, ein blinder Fleck, vor dem David sein Leben lang davongelaufen war.

David näherte sich der Fotografie, ihm war plötzlich schwindelig, der Stuhl zitterte in seinen Händen. Mit jedem Schritt wurden die Gesichter auf dem Foto deutlicher, schließlich unverkennbar. Es war David selbst, zusammen mit Ralph, Steven und Philipp. Seit Beginn der Highschool waren sie unzertrennlich gewesen, ein verschworenes Rudel. Und David war der Rudelführer. Der Ideengeber. Auf dem Foto grinste er, als wäre ihm gerade eben wieder eine neue Idee gekommen ...

David stürzte rückwärts und stieß mit den Stuhlbeinen gegen das Flipchart. Es verwandelte sich vor seinen Augen in die alte Tafel der Apotheke, Alice Coopers grünes Gesicht blitzte auf dem Papier auf.

Just tried to have fun –

Der Song dröhnte in Davids Ohren, sein eigener Herzschlag trommelte dazu im Takt. Er versuchte sich aufzurichten, aber die Stuhlbeine hatten sich mit dem Flipchart verhakt. Das Gestell fiel nach vorn, gegen seine Stirn. Bilder flackerten auf, von der düsteren Apotheke, David schlich durch die Zimmer wie ein Gespenst und versuchte, etwas in Brand zu stecken. Vergeblich, nur sein eigenes Notizbuch musste dran glauben. Direkt danach waren die Verstärkerboxen dran, er drosch auf sie ein, mit dem Hammer des Frommen Apothekers, noch ein Schlag, noch ein Schlag ...

I'm guilty – guilty – guilty …

David holte tief Luft und richtete sich auf. Er musste noch einmal zurück, zurück zu der Wand mit den glänzenden Fotos. Sein Kopf schmerzte von dem Zusammenstoß mit dem Flipchart, aber nicht nur deswegen. Etwas in seinem Hirn drehte durch. Seine innere Sortiermaschine.

Schwankend näherte David sich der Fotowand. Sein junges Ich sah lächelnd zu Ralph und Philipp hinüber, die beiden rauften sich am rechten Bildrand. Hinter Davids rechtem Ohr steckte eine Zigarette, die Jeansjacke trug er locker über die Schulter gelegt.

Sie mochten halberwachsen gewesen sein, mit Führerschein und beachtlichen Talenten auf der Gitarre, aber zwischendurch waren sie einfach tobende Kinder gewesen. Auch an diesem Tag.

Wie immer war es David gewesen, der die anderen anstachelte: das Maulwurfspiel, warum nicht, damit kamen sie schnell in die erste Reihe. Falls Susan petzte, gab es garantiert Ärger zu Hause, aber den gab es auch, wenn David sie nicht rechtzeitig zur Schule brachte.

Auf dem benachbarten Foto kämpfte er sich durch die U-Bahn-Station, mit einem Lächeln unter dem Bartflaum und den drei Halbstarken direkt hinter sich. Wie ein Raubtier steuerte er sein Opfer an, ohne zu wissen, dass er das Raubtier war und seine Schwester das Opfer.

Davids innere Sortiermaschine klappte zusammen, nach zwei Jahrzehnten Betriebsdauer, und sie spuckte David ein letztes Wort vor die Füße: SCHULDIG.

Er ging langsam in die Knie, die Konturen der Fotos wurden unscharf. Vielleicht hatte er es die ganze Zeit gewusst. Seine Amnesie, sie war eine Überlebensstrategie gewesen, um sich selbst und andere zu täuschen. Aber er hatte nicht jeden täuschen können.

Ich habe die Fotos schon einmal jemandem zugesteckt.

Meredith Manoah, ihr hatte Pat die Fotos bereits vor Jahren

gezeigt. Sie hatte die Wahrheit gewusst, aber niemals darüber gesprochen.

David beugte sich über die umgefallene Flipchart. Ein glattes, weißes Blatt Papier lag vor ihm. Er konnte seine Geschichte neu schreiben, hier und heute. Das Spiel auf Anfang setzen, genau wie Pat gesagt hatte.

»Somerton«, flüsterte David. »Das Passwort ist Somerton. Und nun gib mir meine Schwester zurück, du dreckiger Bastard.«

Er hörte ein Geräusch. Es war nicht die Tür, die sich geöffnet hatte. Das Geräusch kam vom Tisch her, und es konnte absolut keinen Grund dafür geben: das Mantis brummte.

David erhob sich. Das Mantis lag in der Mitte des Tisches und blinkte. Jemand schrieb David an. Aber wer? Alle Mantis-Besitzer, die er kannte, waren tot oder außer Gefecht gesetzt. Oder hatte Tina es geschafft, Smith zu entkommen?

David legte sich bäuchlings auf den Tisch, sodass der Stuhl auf seinem Rücken lag, und robbte Richtung Mantis. Schon wieder brummte das Gerät aufgeregt. Wer immer ihn da gerade anschrieb, hatte es eilig.

David erreichte das Mantis und tippte mit der Nase auf den Aktivierungsknopf. Der Gruppenchat öffnete sich.

20:39 Ondrej – hallo?! antwortet hier mal einer!!!

David konnte nicht glauben, was er dort sah. Er starrte die Nachricht so lange an, dass sich das Mantis wieder abschaltete. Erneut berührte er das Display. Die Nachricht war noch da.

Es konnte nur ein Bug sein. Vielleicht war das ein uralter Chat, der jetzt erst zugestellt worden war.

20:39 Ondrej – antworten, bitte antworten

20:39 Ondrej – hab ein script injected, aber das braucht authentifizierung via token. am besten von pat.

David zerrte an dem Kabelbinder. Das war kein Bug. Es war der Ondrej der Vergangenheit. Der Ondrej, der noch lebte und die letzten Minuten seines Lebens damit verbrachte, mit David zu chatten. David musste ihn warnen, und er hatte nur noch wenige Sekunden Zeit dafür.

20:39 Ondrej – kommt schon!

David zerrte mit aller Kraft an der Stuhllehne. Der Kabelbinder drückte sich tief in sein Fleisch, David brüllte vor Verzweiflung und Schmerz. Wieder schrieb Ondrej eine Nachricht und bat um Antwort.

David stand auf und stieß beinahe an die Decke. Das Ding an seinem Rücken war ein Bürostuhl billigster Sorte, die Rückenlehne bestand aus dünnem Holz. David duckte sich, sprang in die Höhe und ließ sich dann auf den Rücken fallen. Es krachte so laut, dass David mehr über den Lärm erschrak als über den Schmerz. Aber in dem Gepolter hörte er Holz knirschen. Gut. David richtete sich auf und wiederholte die Prozedur: hochspringen, fallenlassen.

Beim dritten Aufprall löste sich die Rückenlehne aus ihrer Verankerung. Noch im Liegen zerrte David an ihr und war im nächsten Moment frei. Zumindest fast – seine Hände waren noch zusammengebunden, aber er konnte seine Finger benutzen.

Er stürzte sich auf das Mantis und hieb auf die kleinen Tasten ein.

20:59 David – hau ab er schießt gleich!!!

20:59 David – geh weg!!!!!!!

20:39 Ondrej – lässt der mich hier liegen??

Ondrej spielte mit ihm. Oder er hatte den Verstand verloren. Sah Ondrej denn nicht, dass Pat eine Waffe in der Hand hatte? Offensichtlich nicht. Aber es gab noch eine Möglichkeit, ihn zu retten. Eine allerletzte Hoffnung.

21:00 David – schick eine Warnung an alle, in die Vergangenheit!

Ondrej hörte auf zu tippen. David atmete tief durch.

Die Warnung würde Ondrej und sie alle erreichen, bevor sie

ins Rechenzentrum gingen. Genug Zeit, um noch abzuhauen. Sie würden es schaffen, sie würden überleben!

Doch dann kam die Antwort von Ondrej.

20:40 Ondrej – lässt der mich hier liegen??

Ondrej war verrückt. Oder er hörte David einfach wie immer nicht zu.

20:40 Ondrej – SCHNELL!!

21:00 David – ja

20:40 Ondrej – nimm mein mantis, geh in die nähe von pat. Das ist wichtig (pats token!) drück den knopf. und alles wird gut.

David schüttelte den Kopf. Ondrej ahnte also doch, dass Pat ihn erschießen würde. Mehr noch, es war sogar Teil seines Plans.

21:00 David – welchen Knopf? Was passiert dann?

21:00 David – was meinst du mit alles wird gut?

21:00 David – ondrej??!

Das Mantis schwieg. Es vibrierte nicht, blinkte nicht, es war wie eingefroren.

David starrte es trotzdem mehr als eine Minute lang an. Dann legte er sich auf die Seite. Seine letzte Unterhaltung mit Ondrej hatte soeben geendet. Es war die letzte Nachricht, die Ondrej hatte übermitteln können. Die letzte seines Lebens. Und die Tatsache, dass David immer noch in diesem Raum war, bedeutete, dass Ondrej seine Warnung ignoriert hatte.

Die Tür sprang auf. David drehte den Kopf. Pat kam herein. Er hob die Augenbrauen und zog seine Waffe.

»Was soll das?«, fragte er.

David richtete sich auf – mit den gefesselten Händen war das gar nicht so einfach. »Na was schon? Ich habe versucht, mich zu befreien.«

»Das ist irgendwie – süß.« Pat lehnte sich an den Türrahmen und ließ die Waffe ein Stück sinken.

David kletterte vom Tisch und ging langsam auf Pat zu. »Du

hattest natürlich recht. Ich möchte meinen Fehler wieder gutmachen.«

Pat lächelte. »Gut. Ich freue mich für dich. Wirklich.«

David stellte sich vor Pat auf. In seinen Schultern pochten ungekannte Schmerzen. »Ich übernehme endlich Verantwortung.«

»Gute Entscheidung«, sagte Pat.

»Ja. Die beste meines Lebens«, antwortete David leise.

Und damit schmetterte er seine gefalteten, zu Fäusten geballten Hände in Pats Magen. Pat gab ein pfeifendes Keuchen von sich. Mit der rechten Hand packte er David an der Schulter, mit der anderen hob er seine Waffe. Der Schuss hallte bis in den Flur hinein.

Pat krümmte sich noch mehr vor Schmerzen, seine Jeans verfärbte sich am Knie rot. Er schrie auf, fuhr herum, aber zu spät: Eine dunkle Faust flog in sein Gesicht und drückte ihm die Brille mit Wucht gegen das Nasenbein.

David brauchte einen Moment, um zu begreifen, dass Tina neben ihm stand. Pat taumelte, fing sich an der Wand und atmete schwer. Er riss sich die zerbrochene Brille vom Gesicht. »Mensch, Tina. Das wird ja ein richtiges Klassentreffen.«

»Schnauze«, sagte Tina. Sie hatte Pats Waffe in der Hand und warf sie an David vorbei in den Besprechungsraum. In der rechten Hand hielt sie eine weitere Waffe, klein und silbern.

»Tina«, brachte David endlich hervor. »Wie hast du … ?«

»Smith. Diesmal hat er nicht gewonnen. Ich hab ihn fertig gemacht und mir sein Token geliehen. Pat, wenn du dich noch einmal bewegst …«

»Was dann?«, fragte Pat und hustete. »Du kannst mich nicht umbringen.«

»Ich kann dich zum Krüppel schießen. Frag Smith.«

»Ich muss zum Rechenzentrum«, sagte David schnell. »Da muss ich … Ondrej hat mir einen Auftrag gegeben.«

»Dann beeil dich. Die NOBA taucht jeden Moment hier auf.«

»Pat muss mitkommen, Ondrej braucht sein Token. Und ich brauche es, um durch die Schleuse zu kommen.« David sah zu Pat. »Aber der wird sich sträuben.«

Statt einer Antwort drückte ihm Tina etwas in die Hand, das die Dicke einer Käsescheibe hatte. Es war feucht. Und blutig. Als David hinsah, konnte er Hautfetzen erkennen.

»Sag mir nicht, dass …« Er musste würgen.

»Er hat's überlebt.« Mit dem alten, missmutigen Tina-Gesicht schaute sie David an. Er steckte Smiths Token in die Hosentasche und hätte Tina am liebsten in den Arm genommen. Weil sie am Leben war, weil sie jetzt bei ihm war. Es waren Millisekunden der Unachtsamkeit, aber Pat nutzte sie.

Er sprang aus der Hocke nach oben und stieß Tina nach vorn, sie fiel mit dem Gesicht zu Boden.

»Ich bring dich um!«, schrie Pat. Er hatte den silbernen Revolver in der Hand und zielte damit auf Tina. »Nicht zu fassen, dass Smith nicht mal das hinbekommen hat.«

»Er hat genauso wenig drauf wie du«, brummte Tina in den Boden. Sie schien gänzlich unbeeindruckt.

»Was für eine Arroganz«, sagte Pat. Mit der freien Hand klappte er seine zerbrochene Brille zusammen und steckte sie sich in die Hemdtasche. »Die hatte dein Liebhaber auch bis zum Schluss.«

Tina drehte langsam den Kopf zu David. »Wovon redet er da?«

»Der arme Ondrej.« Pat stellte einen Fuß auf Tinas Rücken. »Na ja, du kannst mir nicht erzählen, dass du ihn wirklich gemocht hast. Dich jedenfalls fand er nur interessant, wenn du ihn endlich mal rangelassen hast.« Pat lachte und schwankte auf dem einen Bein wie ein Betrunkener. Tinas Faustschlag hatte ihm mehr zugesetzt, als er zeigen wollte. Aber er hatte die Waffe, konnte noch stehen und wusste genau, welche Knöpfe er bei Tina drücken musste.

Tinas Lippen bebten. Sie sah zu David hoch, schien aber durch ihn hindurchzusehen. Als ob sie angestrengt nachdachte.

»Schluss mit dem Firlefanz«, sagte Pat. »David, rück das Passwort raus. Sofort.«

David rührte sich nicht. Tinas Lippen formten jetzt ein Wort, immer wieder das gleiche. *Lauf. Lauf. Lauf weg.*

Wegrennen? Was brachte das? Der Gang war schnurgerade und bestimmt fünfzig Meter lang. David würde nur ein paar Schritte weit kommen, bis ihm Pat in die Beine schoss. Aber vielleicht hatte Tina das einkalkuliert. Was auch immer sie vorhatte.

»Mein Gott, das zieht sich hier«, sagte Pat. Er packte den Revolver mit beiden Händen und zielte auf Tinas Nacken. Die Waffe zitterte in seiner Hand. »Soll ich Sam was ausrichten?«

»Lauf!«, schrie Tina. »Sofort!«

David sah noch Pats verblüfftes Gesicht, dann rannte er los. Genau wie vor drei Tagen, auf der gläsernen Benzon-Brücke, lief er vor Pat davon, dieses Mal ohne jede Chance ihm zu entkommen.

»Bleib stehen, du Mörder!«, schrie Pat. »Schwesternmörder!«

Gleich würde er abdrücken. Aber David rannte weiter.

21:14 – 21:17

David hörte nur das Geräusch seiner Schritte auf den Fliesen, sonst nichts. Keine weitere Warnung von Pat, kein Schuss. Irgendetwas hielt Pat zurück.

Mit jedem Schritt legte David an Tempo zu, genau wie bei seinen Sprints um den Bungalow, nur fühlte er sich hier wie auf einem Laufband: zwischen den kahlen grauen Wänden schien er sich nicht von der Stelle zu bewegen, das Ende des Flurs blieb weit entfernt.

Und immer noch hörte er nichts von Pat. Ohne abzubremsen warf David einen Blick über die Schulter. Pat und Tina waren nicht zu sehen. David rannte einige Meter weiter, dann sah er sich noch einmal um. Diesmal entdeckte er die beiden – sie hingen in der Türöffnung zum Besprechungsraum, ihre Körper waren eng umschlungen als würden sie dort feststecken. Die silberne Waffe lag mitten im Gang.

Keine Patronen mehr.

David drehte sich herum und raste weiter den Gang entlang. Tina hatte gewusst, dass der Revolver leer war. Jetzt rang sie mit Pat darum, wer zuerst an die Waffe im Besprechungsraum gelangte.

Das Ende des Flurs kam endlich näher, eine weiße Wand, vor der es nach links und rechts abging. Zwei Pfeile waren auf die Wand gemalt, ein roter Pfeil zeigte nach links, ein gelber nach rechts. Es gab keine Beschriftung, aber David war mit Pat von der linken Seite gekommen.

Hinter ihm polterte es, dann hallte Tinas Wutschrei durch den Gang.

Nur noch wenige Schritte bis zu der Wand, David rannte ungebremst auf sie zu. Er hatte sie fast erreicht, da knallte ein Schuss. Pat schrie etwas, David konnte es nicht verstehen.

Er rannte weiter, noch ein Schuss, endlich schaffte David es um die Kurve. Er spürte einen warmen Schmerz in seinem Bein und kam ins Wanken. Unbeirrt lief er weiter und zog das angeschossene Bein hinter sich her. Wenn er den Weg zum Rechenzentrum noch richtig im Kopf hatte, waren es ab hier nur noch wenige Meter.

»Ich bring Tina um!«, brüllte Pat. Seine Stimme sprang zwischen den Betonwänden hin und her.

Da vorn waren die Aufzugtüren. David stolperte an ihnen vorbei, bog links ab und stand in dem Gang, der zum Rechenzentrum führte. Er warf einen schnellen Blick auf seine Knie. Durch die Falten der Stoffhose drang Blut. Nichts, was ihn umbringen würde, nicht sofort.

David nahm die letzten Kräfte zusammen und rannte wieder los. Als er sich der Schleuse näherte, schwang der Rest der zerstörten Glastür zur Seite – Smiths Token funktionierte noch. David konnte nur hoffen, dass das Token auch für Ondrejs Plan funktionierte. Ondrej hatte zwar von Pats Token gesprochen, aber er hatte ja auch nicht wissen können, dass David das Token des CEOs persönlich mit sich führte.

Um die Scherben hatte sich eine dunkelrote Glasur gebildet. Mitten drin lag Ondrejs eingerollter Körper wie ein Embryo. David wurde speiübel, aber er betrat die Schleuse. Metallischer Geruch. David kniete sich nieder und hob Ondrejs linke Hand. Das angetrocknete Blut machte ein schmatzendes Geräusch.

Da war es, das Mantis. David zog es aus der Mulde in Ondrejs Pullover. Das Display des Mantis zeigte nicht die gewohnte Menüstruktur an, sondern nur einen einzelnen, grünen Button.

GO!

Das ist einfach, dachte David. Es brachte nichts, über die Bedeutung dieses Buttons zu grübeln. Niemand würde David eine Antwort darauf geben können.

Wahrscheinlich steckte eine virtuelle Bombe dahinter. Oder eine buchstäbliche. Das ganze Gebäude flog in die Luft, sobald David das Display nur berührte.

Er hatte seinen Finger schon über dem Knopf, als die Blechdosen herangepoltert kamen. Der Anblick des vielen Bluts, Ondrejs starres Gesicht, die Folter der letzten Stunde, alles forderte seinen überfälligen Tribut.

David stürzte nach hinten, seine Hände landeten in der kalten Lache. Er spürte die alte, bekannte Todesangst, nur dass sie dieses Mal keine Einbildung war. Heute würde David wirklich draufgehen. Weil er diesen Knopf drückte.

Mit Mühe richtete er sich wieder auf. Das Herz wollte ihm gleich in der Brust zerspringen, dieses Scheißherz, das immer dann Ärger machte, wenn es drauf ankam. Er griff wieder zum Mantis. Er musste Ondrej vertrauen, aus Mangel an Alternativen. Einfach nur den Button drücken. Jetzt sofort.

»Ondrej ist nie euer Freund gewesen.«

Schwer atmend sah David auf. Pat stand zwei Meter vor der Schleuse, mit Tina neben sich. Er drückte die Pistole in ihre Locken.

»Hast du das immer noch nicht begriffen?«, fragte Pat. »Ondrej hat euch was vorgespielt. Euch allen. Und am Ende sogar mir.«

»Mach schon!«, brüllte Tina.

Davids sah nach unten und blickte, zum ersten Mal seit er hier saß, in Ondrejs Gesicht. Ondrej hatte die Augen geschlossen, sein Gesicht war friedlich und entspannt. Um seinen Mund deutete sich sogar das alte wölfische Grinsen an. Als wäre er über einem schönen Gedanken eingenickt, mitten in diesem rosa schimmernden Scherbenhaufen.

»Der heldenhafte Ondrej«, keuchte Pat. Sein Mittelscheitel hing ihm zu beiden Seiten klebrig auf der Stirn. »Was glaubst du, warum er unbedingt durch HEIMDALL hindurch wollte? Um zu beweisen, dass sein schönes Register missbraucht wurde? Unsinn. Ondrej muss seine Meinung niemals beweisen.«

David rührte sich nicht. Die NOBA musste sie längst bemerkt haben. Jeden Moment würden die ersten Uniformierten aus dem Fahrstuhl stürmen.

Pat humpelte näher. »Ondrej wollte sich selbst eine Nachricht schicken. Einen simplen Befehl. Arbeite nicht am OmniTemp. Zerstöre, was du geschaffen hast.«

Unmöglich. *Alles wird gut,* hatte Ondrej gesagt. Das war die Funktion des Buttons, der Sinn des Programms dahinter. Was auch immer dieses Programm tat.

Pat betrat die Schleuse. »Ondrej Vorisek wollte das Register zerstören. Begreifst du das? Zerstören!«

David hatte seinen Daumen genau über der richtigen Stelle. Er musste nur auf das Display tippen. Einen Moment noch, nur einen winzigen Moment.

Pat lehnte sich an die Wand der Kabine wie ein erschöpfter Marathonläufer. Er und Tina waren nun im Sichtfeld der Überwachungskamera, aber das war ihm anscheinend egal. Er grinste. »Kein Register mehr. Es gibt wieder Unfälle. Morde. Herzinfarkte. All das, was wir uns in zwanzig Jahren so schön abgewöhnt haben.«

Alles wird gut. Ondrej hatte mehrmals betont, dass Gregory Smith ihre Welt erschaffen hatte, eine Welt aus Zuckerwatte, so hatte er sie bezeichnet. Ondrej selbst hätte das Register niemals gebaut. Aber war ihm deswegen zuzutrauen, dass er es zerstörte? Solche Pläne hatte er niemals angedeutet.

»In einem Punkt sind wir uns einig.« Pat hob schwerfällig seinen Arm und zeigte zu der Überwachungskamera. »Die NOBA muss weg. HEIMDALL auch. Es gibt viele Menschen, die das genauso sehen. Auch der Mann, der gerade hinter der Kamera sitzt.« Er löste sich von der Wand und stolperte näher.

David drückte sich an die Sitzbank. Also würde niemand von der NOBA kommen. Pat hatte diese Abschlussszene gewissenhaft vorbereitet, wie alles andere auch. Nur durchs Pats Hilfe waren sie überhaupt durch die Schleuse gekommen.

»Ich bin einer von den Guten«, sagte Pat. »Ich will ein sauberes Register, ein freies Register, keines, das von machthungrigen Behörden reguliert wird. Und es gibt einen ganz einfachen Weg dorthin. De Burgh muss Präsidentin werden. De Burgh, sie …« Pats Mund zuckte. »Sie ist eine dämliche Idealistin geworden. Aber wenn sie erst mal an der Macht ist, wird sie wieder ganz die Alte sein.«

Alles wird gut. David hielt das Mantis fest umklammert. Das also hatte Ondrej gemeint. Er hatte ein Programm geschrieben, das die Welt aus den Fugen bringen würde. Oder wieder einrenken. Es kam auf die Sichtweise an.

Pat kniete sich vor David auf den Boden, er zog Tina mit nach unten.

»Ich bin einer von den Guten«, wiederholte er. »Nicht wie du, der bloß irgendwen zurückholen will. Mir geht's auch nicht um Geld. Ich will, dass die NOBA niemals existiert hat. Du kennst nicht ihre dunkelsten Geheimnisse, sonst würdest du genauso denken. Ondrej sind vor Angst leider die Sicherungen durchgebrannt.«

»Bullshit«, sagte Tina.

David blinzelte nicht. Wahrscheinlich hatte Ondrej seit Jahren auf diesen Moment hingearbeitet. Das Register sollte Vergangenheit werden. Eine Vergangenheit, die nie existiert hatte. Davids Daumen begann zu zittern.

»Lass mich Weinard töten«, flüsterte Pat. »Es wird so sein, als ob er nie gelebt hätte. Als ob Susan nie gestorben wäre.«

David sah zu Tina herüber. *Los,* formte sie mit den Lippen. *Tu's doch endlich.*

»Du bekommst das Passwort nicht, wenn du mich umbringst«, sagte David heiser.

»Offensichtlich auch nicht, wenn ich dich leben lasse.«

David sah auf das Mantis, auf den grünen Knopf, der so unscheinbar und harmlos aussah. Eine hässliche Schaltfläche auf einem altmodischen Display.

»Moment ... was ... was ist das?«, stotterte Pat. Er schien erst jetzt das Mantis bemerkt zu haben. »Das ist von Ondrej, oder?«

Er beugte sich näher zu David, und dann, von einer Sekunde auf die andere, hatte David die Pistolenmündung an seiner Schläfe. Sie war kalt und spitz.

»Lass sofort das Mantis fallen«, sagte Pat.

»Lass die Pistole fallen«, sagte David mit fast geschlossenen Lippen. »Sonst drücke ich den Knopf.«

Pat schnappte nach Luft. »Du weißt doch nicht ... nein! Nein! David, tu das nicht! Ich drück jetzt ab!«

»Drück auf den Knopf!«, schrie Tina.

»Lass mich nachdenken!«, schrie David zurück.

Pat blickte von links nach rechts, hin und her, so wie die Katze mit den rollenden Augen, die früher in Susans Kinderzimmer hing. »David. David, gib mir das Mantis. Ich muss dich sonst umbringen.«

»Sag das noch einmal, und ich starte das Programm.«

Die Sekunden verrannen. Es konnten auch Stunden sein. Sie waren in einer Zeitschleife gefangen, in einem Computerprogramm, das sie immer wieder von einer unerfüllbaren Bedingung zur nächsten schubste.

»Er will das Register zerstören, glaub mir«, sagte Pat schließlich. Es klang flehentlich.

»Nein!«, sagte Tina. »Früher mal. Aber das ist vorbei. Er hat mir versprochen, dass er es nicht tun wird, hörst du? Er hat es versprochen!«

Eine Entscheidung, jetzt. David kam nicht länger um sie herum. Alle Sicherungen, die er eingebaut hatte, waren außer Kraft gesetzt. Es gab nur noch ihn und Pat, schwarz und weiß, eins und null.

Und dann hörte Pat auf, von links nach rechts zu schauen. Er starrte David direkt in die Augen. Gleich würde er abdrücken. Obwohl er sich nach wie vor keinen Millimeter bewegte, konnte David es deutlich sehen, eine Prophezeiung, die nur Millisekunden in die Zukunft schaute, aber diese Millisekunden genügten.

Im selben Moment drückten sie beide ab.

Freitag, 23. November

Die Retuscheure, sie säubern, planieren und stopfen,
mit Sinn und Verstand.
Sie schließen die Lücken, sie glätten die Zacken
und auch dein Gesicht.
Sie plätten den Umweg, die Schleife, den Zufall
und auch jeden Witz.
Sie deuten den Morgen, das irrige Gestern,
am Ende auch mich.
So bleibt mir nur eines, das wahr ist.
Das lebt und das echt ist.
Das Jetzt.

DOUGLAS MURPHY, FARBENSPIELE

06:13 – 07:20

David erhob sich von der Matratze, zog seine Jacke aus dem Regal und huschte durch die halb geöffnete Zimmertür.

Im ersten Moment war er geblendet. Die Halogenlampe war eingeschaltet, zum ersten Mal, seit sie hier waren. Als David sich an das Licht gewöhnt hatte, war er sich unsicher darüber, ob er wirklich schon wach war.

Sie saßen alle im Kreis zusammen. Ondrej, Tina, Schepp, Cano, Dana. Das Seltsame war, dass jeder ein Lächeln auf den Lippen hatte.

»Keine Sorge«, sagte Ondrej und stand auf. »Alles ist gut.«

David wich einen Schritt zurück. *Alles ist gut.* Diesen Satz hatte er schon einmal gehört. Er verhieß niemals etwas Gutes.

»Wir haben es geschafft«, sagte Tina. »Ondrej hat uns eine Nachricht über das Mantis geschickt. Und die hat all unsere Probleme gelöst.«

»Aber ... wie haben wir ...« David stockte, ihm war als ob er über seine eigenen Gedanken stolperte. Er war doch erst vor einer Minute aus dem Bett gesprungen, um Ondrejs Laptop zu stehlen. Das konnten die anderen unmöglich herausbekommen haben.

Tina musterte David. »Es ist vorbei. Okay?«

»Nichts ist okay«, stieß David hervor. »Ich glaube, ich weiß, wer sich hinter Homochronos verbirgt. Pat Sullivan.«

Sie sahen ihn erstaunt an, aber ganz anders, als David erwartet hatte. Eher beeindruckt als wütend.

Ondrej schnalzte mit der Zunge. »Damit wissen wir jetzt auch, wer den Mistkerl enttarnt hat. Glückwunsch, David.«

»Moment. Ihr wisst das schon?«

»Die Registernachricht«, sagte Tina. »Ondrej hat die Nachricht heute Abend abgeschickt. Wir scheinen bis dahin ganz schön was erlebt zu haben.«

David holte tief Luft. Eine Registernachricht. Von heute Abend. Wenigstens begriff er langsam, was passiert war – zumindest angeblich.

»Wie hat das funktioniert?«, fragte er. »Wie haben wir die 20-Minuten-Grenze überwunden?«

»Wir haben sie über das echte OmniTemp geschickt«, sagte Ondrej. »Frag mich nicht wie. Aber HEIMDALL haben wir geknackt, das steht schon mal fest.«

»Und was stand noch in der Nachricht?«

»Dass Weinard getötet werden sollte, um am Ende – tja.« Ondrej knetete sein Kinn. »Weinards Tod sollte die Geburt der NOBA verhindern.«

David starrte ihn an. Jetzt war er sicher, dass er gerade zum Narren gehalten wurde.

Ondrej hob die Schultern. »Ich hab genauso dumm aus der Wäsche geschaut wie du gerade. Ist schon ein Ding.«

David blickte zu der Tafel, die er und Lois tagelang vollgekritzelt hatten. All die Namen, Verflechtungen und Intrigen – und das war das Ziel? Die NOBA sollte rückwirkend abgeschafft werden?

»Ich hoffe mal, dass wir einen Beweis dafür haben«, sagte er schließlich.

Ondrej schien nur auf diese Frage gewartet zu haben. Er ging zu seinem Laptop und drückte ein paar Tasten. Die Lautsprecher begannen zu summen.

»Eine für alle Beteiligten wünschenswerte Gegenwart wird geschrieben.« Das war Pats Stimme. Er sprach leise, wahrscheinlich, weil die Aufnahme extrem komprimiert war, aber man konnte seine Stimme zweifelsfrei erkennen. *»Eine, in der wir uns nie über den Weg gelaufen sind. Wir wissen nichts mehr voneinander.«*

»Weil du Weinard umgebracht hast.«

David zuckte zusammen, als er seine eigene Stimme hörte. Sie klang dünn und kraftlos.

»Völlig richtig. Ich möchte Weinard umbringen. Dafür habe ich Gründe, aber die wirst du ja doch nicht verstehen. Nicht einmal de Burgh hat sie verstanden. Für dich ist nur eines wichtig. Wir werden mit Weinards Leben eine ganze Reihe von anderen Menschenleben retten. Eine ganz einfache Rechnung.«

»Nein. Diese Rechnung funktioniert nicht. Ich werde keinen Mord zulassen, um andere Morde zu verhindern. Und Ondrej erst recht nicht.«

»Ich werde dir jetzt etwas erzählen. Es wird deine Meinung ändern, versprochen.«

Es knackte kurz, dann verstummte das Summen der Aufnahme. Ondrej nickte David zu. »Das dürfte genügen.«

»Eine Aufnahme aus der Zukunft«, murmelte David. »Wie hast du das nur angestellt?«

Ondrejs Augen leuchteten. »Wenn man am Prüfprozess vorbeikommt, wird die Dateigröße nicht validiert. Einen ganzen Film kann man wahrscheinlich nicht durchs Register schieben, aber für eine MP3-Datei hat es gereicht. Ich habe schon ganz großartige Ideen für unser Mantis.«

Tina seufzte. »Kindskopf.«

David wusste nicht, was er von all dem halten sollte. »Und was machen wir jetzt mit der Aufnahme?

»Wir gehen zur Polizei. Ich weiß nicht, ob man mit dem Beweis ein Gericht überzeugen kann, aber die Polizei wird sich damit beschäftigen. Und bei Pat sicher noch handfestere Sachen finden.«

David sah in die strahlenden Gesichter. Also hatten sie es wirklich geschafft. Das glaubte zumindest jeder in diesem Raum. Erst jetzt fiel ihm auf, dass jemand fehlte.

»Wo ist Lois?«, fragte er leise.

»Ach ja«, sagte Ondrej. »Das Wichtigste haben wir noch nicht erzählt. Pat hat bei der Aufnahme de Burgh erwähnt. Und es klang nicht so, als ob sie verbündet wären. Heute Morgen wurde Lois dann von ihrem Kontaktmann angerufen. Er gab vor, de Burgh und Smith hätten ihn entführt.«

»Gab vor?«, fragte David. »Ihr glaubt ihm nicht?«

Ondrej verschränkte die Hände hinter dem Kopf. »Uns ist da ein ziemlicher Patzer passiert. Lois hat Pat nie gesehen. Als wir ihr gerade ein Foto zeigten, ist sie fast vom Stuhl gefallen. Lois' Kontaktmann und Pat sind die gleiche Person.«

David setzte sich auf eine der Verstärkerboxen. Die gleiche Person. Natürlich. Sie alle hatten Gary nie zu Gesicht bekommen, Lois wiederum hatte Pat nie gesehen. Der seltsame Ausfall des Videos, die verzerrte Stimme. Nun ergab alles Sinn.

»Lois hat bei de Burgh angerufen«, sagte Ondrej. »Und es stellte sich heraus, dass wir auch bei ihr falsch lagen.«

Tina schnaufte. »Unterm Strich lagen wir Flachpfeifen eher selten richtig.«

»Sie hat niemals mit Pat zusammengearbeitet. Aber durch Lois' Fragerei ist sie neugierig geworden, hat ein bisschen rumgeforscht und ist schnell bei Pat gelandet. Wahrscheinlich ist de Burgh nun selbst in Gefahr. Lois ist auf dem Weg zu ihr und versucht, Pat eine Falle zu stellen.«

David schüttelte den Kopf. »Entschuldigt, aber ich komme nicht mehr mit.«

»Musst du nicht«, sagte Ondrej. »Das Wichtigste ist, dass wir jetzt unseren Krempel zusammenpacken und abfahren. Ich habe es satt, vogelfrei zu sein.«

»Was, wenn wir damit nicht durchkommen? Niemand wird für etwas bestraft, das er nicht getan hat. Und diese MP3-Datei kommt aus der Zukunft.«

Ondrej zuckte mit den Schultern. »Wird halt ein Präzedenzfall.«

David blieb auf seiner Box sitzen und sah zu, wie alle ihre Sachen in Rucksäcke packten: Kabel und Kopfhörer, Laptops und externe Festplatten. Ihm war, als hätte er diese Szene vor kurzem schon einmal beobachtet. Eine Erinnerung an ein Gestern, das Jahrzehnte zurücklag.

»Die lassen wir hier«, sagte Ondrej mit einem Blick zu Dana. Sie hatte eine der vielen Campbell-Dosen in der Hand, die Tina angeschleppt hatte.

Dana zog die Augenbrauen hoch. »Lass mich wenigstens versuchen, die Dinger einer Suppenküche zu spenden.«

»Wir kommen bald wieder zurück«, sagte Ondrej und verstaute seinen Laptop. »Und dann will sich keiner ums Essen kümmern.«

Dana legte die Dose kopfschüttelnd zurück auf den Stapel und brummte: »Erst mal sind wir hier fertig.«

Falsch, dachte David. Das konnte nicht das Ende sein. Es war, als hätte man einen Film zu früh ausgeschaltet: überall lose Enden, die David für immer beschäftigen würden. Und am meisten ärgerte ihn, dass er niemals erfahren würde, wie die Unterhaltung mit Pat weitergegangen war. Wer waren die Menschen, die Pat erwähnt hatte? Was für ein Angebot hatte Pat David gemacht? So viele Fragen, die ihm keiner beantworten konnte.

Er saß noch auf seiner Lautsprecher-Box, als die anderen schon vor der Apotheke standen und über den Weg zur nächsten Polizeiwache stritten. Der leere Raum wirkte wie eine verlassene Theaterkulisse. Verstreute Gitarrenkoffer, durchschwitzte Wolldecken, Fingerabdrücke auf den vielen Staubschichten. Vergangenheit und Gegenwart hatten sich durchmischt.

David stand auf und trat an den Tresen. Lois' Nachricht war noch da und wirkte wie frisch gepinselt.

DAVID, ICH KANN DIR HELFEN. MELDE DICH SO SCHNELL WIE MÖGLICH BEI MIR. –RACHEL.

Sie hatte ihr Versprechen gehalten – und Davids zukünftiges Ich hatte sich geirrt. Die Registerwarnung lief in wenigen Stunden ab, ohne Aussicht auf Erfüllung. Noch ein Rätsel, das David niemals würde lösen können.

Er hörte, wie jemand an den Rahmen der Eingangstür klopfte. Ondrej stand an der Tür und betrachtete ihn mit eingezogenem Kopf wie ein Uhu.

»Alles in Ordnung?«, fragte er.

David zuckte mit den Schultern. »Wahrscheinlich schon. Ich bin müde. In jeder Hinsicht.«

»Sind wir alle.«

David nahm eine der übrig gebliebenen Jacken und schlüpfte hinein. »Eine Sache musst du mir erklären. Warum hast du die Nachricht nicht weiter zurück in die Vergangenheit geschickt? Eine Woche? Einen Monat?«

»Kann ich dir nicht sagen. Ich bin nicht mein zukünftiges Ich.«

»Aber du hast doch sicher eine Vermutung. Gibt es eine technische Begrenzung?«

Ondrej schüttelte den Kopf. »Wenn wir wirklich an das OmniTemp herangekommen sind, dann hätten wir die Nachricht sonst wo hinschicken können. Zwanzig Jahre zurück, wenn wir gewollt hätten.«

»Verstehe.«

David bahnte sich einen Weg zur Tür. Dort warf er einen letzten Blick auf die Apotheke. Im grellen Licht glitzerten die Staubpartikel wie kleine Sterne.

»Wir hätten uns viel Ärger sparen können«, murmelte er, mehr zu sich selbst.

»Sicher«, sagte Ondrej. »Aber wir hätten uns auch nicht kennen gelernt. Wir hätten so vieles nicht herausgefunden.« Er schwieg einen Moment und sagte dann: »Du wüsstest nicht, dass es uns gibt. Und dass es Lois gibt.«

»Und das war deine Motivation dafür, diese Woche zu konservieren?«

»Wie gesagt. Du sprichst mit dem falschen Ondrej. Aber wenn ich ein Fazit zu dieser Woche ziehen sollte …« Ondrej grinste breit. »Dann war's die beste Woche meines Lebens.«

09:11 – 09:29

Tief in ihrem Innern hatte Lois bis gerade eben gezweifelt. Zu undenkbar schien es, dass sie jahrelang auf einen Betrüger reingefallen war, ausgerechnet sie, die große Durchschauerin.

Doch jetzt spürte sie, dass es wahr war.

Die Gestalt war nur ein graues Spiegelbild in den getäfelten Fenstern. Als Lois sich zu ihr umdrehte, lag das Gesicht im Dunkeln, nur die Pistole darunter glänzte.

»Hallo, Lois«, sagte Pat. »Ich habe dich richtig vermisst.«

Lois betrachtete die Umrisse der Gestalt, als könne es doch noch eine andere Erklärung geben. Aber die gab es nicht.

»Du bist Gary«, murmelte sie und es klang wie der Abschluss einer Runde *Twenty Questions.*

»Der bin ich. Frag mich nicht, wie ich auf den Namen gekommen bin. Und warum du nicht wenigstens eine Basisrecherche gemacht hast. Zum Beispiel, ob ich überhaupt existiere.«

Das war eine verdammt gute Frage. Gary war so eine Lachfigur gewesen, dass Lois ihn nie hinterfragt hatte. Gott, sie hatte so viele handwerkliche Fehler gemacht, dass sie nur noch schwer als professionelle Journalistin durchging.

»Ich kenne die Antwort«, sagte Pat. »Weil du dich jedem überlegen fühlst. Kein Wunder. Wer so eine Karriere hinlegt und die meiste Zeit davon mit Dummköpfen zusammenarbeitet, der neigt zwangsläufig zu Selbstüberschätzung. Na ja, setz dich doch. Wir haben noch ein paar Stunden Zeit. Die richtige Party steigt erst heute Abend.«

Lois rührte sich nicht. »Was hast du mit de Burgh gemacht?«

»Ihr geht es gut. Sie sagt nur nichts, weil sie ziemlich angepisst ist.«

»Also arbeitest du gar nicht mit ihr zusammen.«

Pat seufzte. »Nein, natürlich nicht. Ihr verfrühter Auftritt ist allein deine Schuld. Du musstest sie ja so ungeschickt und offensichtlich ausfragen, dass sie neugierig geworden ist. Ich hatte kein Wahl. Ich musste sie außer Gefecht setzen.«

Lois runzelte die Stirn, gab sich begriffsstutzig. Pat sollte ihr schließlich die ganze Geschichte erzählen.

»Sie hat unangenehme Telefonate geführt«, erklärte Pat. »Mit Smith, mit alten Freunden bei der NOBA. Wenn ich sie nicht seit Jahren überwachen würde, hätte das hier böse enden können.«

»Warum? Sag mir, warum du das hier tust.«

»Ich bitte dich. Das weißt du doch.«

»Ich möchte es von dir hören. Vorher kann ich es nicht glauben.«

Pat seufzte erneut. »Es gibt nur einen Weg, um dieses Land vor der NOBA zu bewahren. Und du kennst diesen Weg. Die NOBA darf niemals existiert haben. Dazu brauche ich de Burgh. Ich brauche die de Burgh von vor zwanzig Jahren.«

»Und dafür gehst du über Leichen.«

»Über maximal eine Handvoll. Das ist zumindest der Plan.«

Eine bessere Überleitung für ihr Stichwort hätte Lois sich nicht wünschen können. »Also gut«, sagte sie. »Dein Plan ist hiermit *gestoppt.*«

Pats Gesicht war immer noch schwer zu erkennen – nicht mehr als ein paar Konturen im Schlaglicht. Trotzdem sah Lois, wie das süffisante Grinsen in sich zusammenfiel. Er musste den ersten FBI-Agenten hinter den schweren Möbeln gesehen haben.

»Waffe fallen lassen, Hände über den Kopf«, sagte eine Männerstimme.

Lois hatte den verabredeten Satz gesagt, um diesem Spuk ein

Ende zu bereiten. Niemand, der die letzten Minuten zugehört hatte, konnte noch irgendwelche Zweifel haben.

Pat hob die Hände. Lois hatte mit Gebrüll, Handgreiflichkeiten, trampelnden Stiefeln gerechnet – wie das eben in den guten, alten Actionfilmen am Ende so lief. Doch die Männer stellten sich bloß im Halbkreis um Pat und Lois. Einer von ihnen trat zu Pat und begann ihn abzutasten.

Pat sah nicht frustriert oder wütend aus, auch nicht mehr schockiert. Sondern traurig. Hatte er vielleicht gar nicht begriffen, was hier passierte? Lois konnte ja selbst kaum glauben, dass de Burgh eine ganze Polizeimannschaft so schnell in ihr Haus geholt hatte – noch bevor Pat eingetroffen war. Ihre vielseitigen Beziehungen hatten die Jahrzehnte anscheinend gut überstanden.

»Ach, Eliza«, sagte Pat. »Sie haben gerade zum zweiten Mal Ihre Kandidatur vermasselt. Immerhin ist Ihnen ein Platz im Guinness-Buch sicher.«

»Und Ihnen ein Platz in der Einzelzelle«, kam es vom Tisch her. Ein Polizist kniete sich nieder und löste de Burghs Fesseln.

Lois schaute dem routinierten Treiben zu und wusste nicht, was sie tun sollte. Als Pat abgeführt wurde, war ihr danach, sich zu verabschieden. Sie hatte fünf Jahre lang mit Pat zusammengearbeitet, auch wenn er da noch Gary geheißen hatte. Die Hälfte ihres Berufslebens.

Pat drehte sich noch einmal um und schaute sie mit traurigen Augen an. »Glückwunsch, Lois. Sie haben David die Chance genommen, je wieder glücklich zu sein.«

Dann verschwand er hinter einer Wand aus Polizeijacken.

10:42 – 11:04

David hielt es für eine ausnehmend schlechte Idee, ausgerechnet zu *dieser* Polizeidienststelle zu gehen.

Ondrej hingegen fand ihren Plan witzig. »Da kennt man sich schon. Keine Vorstellungsrunde nötig.«

Als sie eintraten, gab es tatsächlich ein Wiedersehen. Murmelkopf saß hinter dem Tresen und rümpfte die Nase. »Sie schon wieder? Mit unserem Scanner ist alles in Ordnung. Das habe ich Ihnen schon gestern gesagt, als Sie nach ein paar Sekunden einfach wieder hinausgestürmt sind.«

»Da gab es einen Notfall«, sagte Ondrej. »Sind Sie denn sicher, dass Ihr Scanner funktioniert?«

Murmelkopfs Blick wanderte zu seinem Bildschirm, er zuckte zusammen. David war, als würde er zu seinem Gürtel greifen. Falls das so war, dann war die Bewegung mehr als eingerostet.

Instinktiv drückten sich David und die anderen an die Wand und standen dort wie erwischte Schulschwänzer. Nur Ondrej spazierte ungerührt zum Schalter. »Wir sind freiwillig hier. Also müssen Sie uns auch nicht gewaltsam festhalten oder so. Aber Zeit brauchen Sie. Unsere Geschichte ist ein bisschen länger.«

Murmelkopfs Blick glitt wieder zum Bildschirm. »Das ganze Land sucht Sie.«

»Wissen wir. Und wir werden uns den Anschuldigungen auch stellen.«

Die Falten auf Murmelkopfs Stirn wurden immer tiefer. »Sie

wissen das wohl noch nicht. Sie werden nicht länger als Angeklagte gesucht, sondern als Zeugen. Pat Sullivan wurde gestellt und verhaftet.«

»Oh«, machte Ondrej. »Gestellt von wem?«

»Vom FBI. Im Haus von ...« Der Mann zögerte. »Ich darf Ihnen das sicher nicht sagen, aber es kam ja sowieso schon in den Nachrichten. Pat Sullivan hat Eliza de Burgh in ihrem Haus festgehalten. Aber Ms de Burgh wusste, dass er kommt. Eine komplette Geiselrettungstruppe stand Gewehr bei Fuß. Laut de Burgh ist Ihre Zeugenaussage wichtig, um Sullivan eines Verbrechens zu überführen. Die NOBA wollte Ihren Selbstmord und das alles ja schon rückgängig machen, aber auch das hat Eliza de Burgh verhindert.«

»Tja«, sagte Ondrej und rieb sich das Kinn. »Und wie geht es jetzt weiter?«

»Ich muss mal kurz telefonieren.«

»Nur zu.«

Hastig griff Murmelkopf zum Telefon.

Ondrej ging zu David und den anderen. »Hört sich ja gut an. De Burgh scheint noch immer ziemlich durchsetzungsstark zu sein.«

Tina schniefte neben David. Als er sich zu ihr umwandte, wischte sie sich über die Augen. Seltsam, ausgerechnet diese Situation hier nahm sie so mit?

Murmelkopf legte schon wieder auf. »Sie werden in wenigen Minuten abgeholt und zur nächsten NOBA-Dienststelle gebracht.« Das schien eine gute Nachricht zu sein – er strahlte über sein rundes Gesicht. »Meine Güte, das glaubt mir zu Hause keiner.«

»Ein Autogramm vielleicht?«, fragte Ondrej.

Die Augen des Mannes leuchteten auf. Er nahm dieses Angebot tatsächlich ernst.

»Sind wir dafür alle notwendig?«, fragte Tina. Ihre Stimme

klang ganz dünn, irgendwie verkehrt. David drehte sich erneut zu ihr um, nur um sicher zu gehen, dass da nicht jemand anders gesprochen hatte.

»Wo willst du denn hin?«, fragte Ondrej.

»Zu Sam«, sagte Tina. »Ich möchte endlich zu Sam und ihm sagen, dass ich noch am Leben bin.«

»Kannst du ja auch bald«, sagte Ondrej. »Auf die paar Stunden kommt's jetzt auch nicht mehr an.«

»Komm schon«, sagte David zu ihm. »Tina ist die Einzige von uns, auf die jemand wartet. Können wir sie nicht einfach gehen lassen?«

Murmelkopf blickte auf seinen Bildschirm und schien sehr vertieft. Vielleicht tat er auch nur so.

Tina wartete noch einen Moment, dann verschwand sie durch die Tür der Wache, schnell und galant wie ein Ladendieb. Durch die Scheibe fing David ihren Blick auf. Es war ein gänzlich fremder Blick, wie aufgeklebt. Sie lächelte so glücklich, als könnte nichts auf der Welt, nicht einmal David, sie heute noch ärgern. Wahrscheinlich würde er diesen Blick so bald nicht mehr zu sehen bekommen.

14:20 – 15:08

Lois hockte an ihrem Küchentisch und schaufelte Cornflakes mit Milch in sich hinein. Auf dem Fernseher krakeelte Fox News, es lief schon der dritte bestürzte Beitrag über die »Anti-NOBA-Verschwörung«. Kein Sender brachte gerade ein anderes Thema.

Es tat gut, sich das Spektakel anzuschauen und einfach nichts zu tun. Nichts zu denken. De Burgh war jetzt die Frontfrau. Ihr Name war es, den sich die Menschen merken würden. Lois fand das in Ordnung.

Das Thema würde noch für Wochen die Nachrichten beherrschen und irgendwann würden die Reporter auch auf Lois stoßen. Schließlich war sie hautnah dabei gewesen, ihre Erlebnisse boten alles, was die Journalisten für ihre Geschichten brauchten. Exklusivberichte, Interviews, Dokumentationen. Vielleicht würde Lois sogar ein Buch schreiben.

Vor zehn Minuten hatte sie mit Skalding telefoniert. Er hatte so getan, als habe er nie Zweifel an ihrer Arbeit gehabt und mit öligen Komplimenten um sich geworfen. »Es war klar, dass du das schaffst« und »Der Neid unter deinen Kollegen ist groß, aber darauf stehst du ja.«

Penner.

Lois schlürfte die Milch aus der Müslischüssel. Die Worte von Pat liefen ihr schon den ganzen Tag hinterher: Dass sie immer mit Dummköpfen zusammengearbeitet habe und dadurch überheblich geworden sei. *Dummköpfe* war natürlich das falsche Wort. Eher prinzipienlose Alpha-Männchen, die an nichts glaubten als an ihre eigene Karriereleiter.

Lois fehlte jemand, der so war wie sie, nur besser.

Über diesen seltsamen Gedanken döste sie vor sich hin und bemerkte erst spät, was gerade im Fernsehen gezeigt wurde: Gregory Smith in Großaufnahme. Sein Seebärengesicht strahlte in die Kamera und stand ganz im Widerspruch zum Laufband am unteren Rand. *Die Register-Verschwörung! CEO von NOBA-Dienstleister heute Morgen verhaftet.*

Lois rutschte von der Couch und ging näher an den Fernseher heran. Gerade wurden Ausschnitte aus dem Unternehmensfilm von Benzon eingeblendet, hauptsächlich Bilder des neuen Bürokomplexes. Eine Stimme aus dem Off sagte: »Benzon Consulting, eine Technologieberatung mit Sitz in McLean, gehört zu einer langen Reihe privater Unternehmen, die der NOBA zuarbeiten. Von der Wartung der Server bis hin zur Entwicklung komplexer Software – es gibt inzwischen nur noch wenige Bereiche des Registers, die die Regierung im Alleingang betreut. Dieses Outsourcing ist umstritten. Schon 2001 forderte eine viel beachtete Petition, dass die Instanz, die unsere Zukunft kennt und beeinflusst, noch stärker reguliert werden sollte.«

Über den Film legte sich ein unscharfes Foto von Feingold.

»Jerry Feingold, der von den Verschwörern bis heute Morgen in einem Keller des Benzon-Gebäudes gefangen gehalten wurde, wird in diesen Minuten zu den Vorfällen befragt. Feingold ist leitender Software-Entwickler bei Benzon. Er war technischer Projektleiter bei der Entwicklung von HEIMDALL, der Firewall des Registers. Wahrscheinlich war es seine Aussage, die zu Gregory Smiths schneller Verhaftung geführt hat.«

Die nächsten Bilder waren verwackelt, offensichtlich von einem Mobiltelefon aufgenommen. Sie zeigten, wie Gregory Smith von der Polizei abgeführt wurde. Im Hintergrund erkannte Lois das gläserne Geländer des Benzon-Atriums. Es war mit rot-weißem Flatterband abgesperrt.

»Noch immer wurde von offiziellen Quellen nicht bestätigt, wie diese ungewöhnliche Untersuchung überhaupt ins Rollen kam. Als gesichert gilt, dass die Personen, die noch vor wenigen Tagen als mögliche Verbrecher gesucht wurden, maßgeblich an der Aufdeckung der Verschwörung gegen die NOBA beteiligt waren.«

Die Kamera folgte Smith. Er lächelte breit und sah nicht aus wie jemand, der gerade in den Knast kam.

»Gregory Smith, Gründer und CEO von Benzon, ließ über einen Sprecher verlauten, er sei sich keiner Schuld bewusst und vermute eine Schmutzkampagne.«

Lois setzte sich auf den Teppich. War das eine Trotzreaktion von Smith? Wahrscheinlich glaubte er wirklich, unbeschadet aus der Sache rauszukommen, weil ihm niemand etwas nachweisen konnte.

Der Beitrag wechselte zurück zum Studio. Das Moderatorenpärchen blickte ein paar Sekunden unschlüssig in die Kamera – als wüssten sie noch nicht, ob sie Katastrophengesichter aufsetzen oder auf ein positives Ende der Geschichte hoffen sollten.

Der Mann entschied sich, während er sprach, für die Noch-mal-Glück-gehabt-Variante.

»Einmal mehr wurde jedem von uns vor Augen geführt, dass das Register ein mächtiges, aber auch gefährliches Werkzeug ist. Die Regierung wird jetzt nach vorn schauen und sich mit den vielen offenen Fragen beschäftigen. Was hatten Patrick Sullivan und seine Helfer in den Kellern von Benzon geplant? Und wer sind die geheimnisvollen Helden, die ihn zu Fall gebracht haben?«

Seine Partnerin, eine Blondine mit perfekt gemeißelter Haarwelle, nickte bei jedem Wort. »Die NOBA«, sagte sie, »kündigte bereits heute Mittag an, hart gegen jeden Missbrauch des Registers vorzugehen und ihn im Notfall zu reversieren.«

Der Mann blickte grinsend zu ihr herüber. »Möglicherweise wird auch diese Sendung reversiert.«

»Wer weiß? Lass uns den Moment genießen.«

Es schellte an der Tür, und Lois erhob sich unwillig. Das war höchstwahrscheinlich Mrs Garnaczia, die wissen wollte, wo Lois so lange gesteckt hatte. Lois konnte ihr auf jeden Fall einiges erzählen.

Doch es war nicht Garnaczia. Vor Lois' Wohnungstür stand Ondrej, die nassen Locken perfekt verstrubbelt wie ein Fotomodell und mit einem Pizzakarton in der Hand.

»Die anderen kommen gleich«, sagte er und trat ein. »Wollten alle noch eine Katzenwäsche machen.«

»Wie lief es denn?«

»Ganz hervorragend. Unsere Tokens werden alle wiederhergestellt. So als ob nie etwas gewesen wäre.« Er drückte Lois die Pizza in die Hand und zog die Schuhe aus. »Es gibt nur eine Bedingung.« Er tippte mit dem freigelegten Zeh auf die Ferse des anderen Fußes. »Der große Bruder kommt wieder unter die Haut.«

»Das heißt, auch du bekommst ein Token?«

»Ja. Was für'n Scheiß.« Er griff sich ein Pizzastück und ließ sich damit auf die Couch fallen. »Was Neues in den Nachrichten?«

»Smith ist festgenommen worden.«

»Tja, die geben Gas. Für die NOBA ist die Sache natürlich ein Glücksfall. Alle, die das Register zu Open Source machen wollten, kommen jetzt ins Grübeln. Und die NOBA kann mit Notstandsgesetzen in den Kongress stürmen. Ich sag dir, das wird noch lustig.«

Lois legte den Pizzakarton auf den Küchentisch. »Jetzt, wo wir mal unter uns sind, habe ich noch eine Frage.«

Ondrej kaute mit geschlossenen Augen. »Ich bin gespannt.«

»In der Register-Nachricht hast du geschrieben, dass Pat die Geburt der NOBA verhindern wollte. Deswegen der Mord an Weinard.«

»Stimmt.«

»Und wie findest du das?«

»Recht kreativ. Auf so eine Idee wäre ich nicht gekommen.«

»Das ist witzig. Ich finde nämlich, die Idee klingt exakt nach dir.«

Ondrejs sagte zunächst nichts. Dann legte er den Kopf auf die Rückenlehne und starrte Lois verkehrtherum an. »Was wird das hier?«

»Das Ziel des Free Time Clubs ist es, die NOBA zu zerstören. Du und dein Kumpel Pat, ihr habt euch jahrelang den Kopf darüber zerbrochen, wie ihr das anstellen könnt. Bis einer von euch beiden auf die Idee kam, die ganze Existenz der NOBA zu reversieren.«

»Genau. Und das war Pat.« Ondrej stand auf und trat auf Lois zu. Er kam ihr mit einem Mal größer vor als sonst – als ob in seiner schwarzen Jeans zwei Teleskopstangen steckten. Die Arme, die aus dem hochgekrempelten Pullover hervorragten, waren durchtrainiert.

Er tippte sich an die Stirn. »Was geht da in deinem Kopf vor sich?«

Sie stemmte sich gegen den Küchentisch. »Und bei dir? Du scheinst Probleme damit zu haben, mir einfach die Wahrheit zu sagen.«

»Ich bin gegen derart tiefgreifende Änderungen der Vergangenheit. Das habe ich immer gesagt.«

»Stimmt. Hast du.«

»Also?«

»Meinst du's auch?«

Er verzog den Mund. »Tut mir leid, aber in dem Fall habe ich allen erzählt, was ich vorhabe. Ich möchte die NOBA in die Knie zwingen.« Er zeigte zum Fernseher. »Und die Zeichen dafür stehen besser denn je.«

»Weil es gerade ein bisschen schlechte Presse gibt? Unsinn.«

»Nein, weil wir nun einen entscheidenden Vorteil haben. Wir haben nicht nur die Welt gerettet, sondern auch die NOBA. Das können sie nicht ignorieren. Die NOBA und wir sind jetzt Freunde. Zumindest glauben sie das.«

»Und in Wirklichkeit?«

»In Wirklichkeit kriegen wir sie jetzt endlich an den Eiern.« Er schnappte sich das nächste Pizzastück und ging zum Kühlschrank.

Lois wusste, dass sie keine Antwort erhalten hatte. Aber vielleicht brauchte sie die auch nicht. Zumindest wenn es um seine Zukunftspläne ging, war Ondrej überzeugend.

»Vielleicht machen wir erst einmal ein paar Wochen Urlaub«, sagte sie.

Ondrej öffnete den Kühlschrank und ging vor ihm in die Hocke. Als er die übliche Leere sah, die dort herrschte, grunzte er. »In Saus und Braus lebst du ja nicht gerade.«

»Noch nicht.«

Er sah zu ihr herüber, und seine Augen glänzten im Kühlschranklicht. »Wirst du jetzt Reporterin bei so einem Mainstream-Blatt?«

Lois sagte nichts. Seit Tagen redete sie sich ein, dass es hier nur um ihre Karriere ging. Dass sie kein Weltverbesserer war wie Weinard. Journalistin ja – Aktivistin nein. Aber wenn das wirklich so wäre, hätte sie viel früher aussteigen müssen.

Ondrej grinste. »Deine große Überraschung, als David mich enttarnt hat – das war ziemlich dick aufgetragen.«

Lois versteinerte. »Es hat aber niemand gemerkt.«

»Du wusstest die ganze Zeit, wer ich bin. Bist überhaupt erst eingestiegen, weil du eine Exklusivstory aus mir stricken wolltest.«

»Du glaubst anscheinend alles, was Tina sagt.«

»Fast alles. Die ist nämlich mindestens so clever wie du.«

»Vielleicht begreift ihr dann ja irgendwann, dass die NOBA-Geschichte viel interessanter ist als du. Die Leute interessiert das Hier und Jetzt. Verschollene Programmierer sind langweilig.«

Die Lüge konnte man förmlich greifen, aber überraschenderweise schluckte Ondrej sie. Er zeigte mit einem fettigen Finger auf sie. »Wenn du einsteigst, ist genau das dein Job. Verstehen, was die Leute da draußen interessiert. Wenn uns nämlich am Ende niemand zuhört, war alles umsonst.«

»Ich überleg's mir.«

»Damit brennst du deinen Namen in die Geschichtsbücher.«

»Den Namen, den ich mit Absicht geändert habe.«

»Stimmt. Warum eigentlich?« Er sah sie spöttisch an, schien aber keine Antwort zu erwarten. Lois wusste auch keine. Außer, dass sie wie David war und sich immer die Möglichkeit eines Rückzugs offenhielt. Neuer Beruf, neuer Name.

Ondrej setzte sich wieder vor den Fernseher, zappte sich durchs Programm und stoppte bei einem Beitrag, bei dem gerade Davids Passbild gezeigt wurde.

»Er ist süß«, sagte er. »Ich kann verstehen, dass du dich in ihn verschossen hast.«

Lois war sich zu schade für einen Kommentar. Sie lief zum Fenster und sah auf die Straße hinab. Gerade hielt ein Taxi, exakt an der Stelle, an der vor ein paar Tagen der schwarze Mercedes geparkt hatte. Dana, Schepp und Cano stiegen aus und zogen sich ihre Kapuzen über.

Sie spürte Ondrejs Atem in ihrem Nacken. »Damit das klar ist: Solltest du je wieder versuchen, aus mir eine große Story zu machen, werde ich alle deine kleinen Geheimnisse ans Licht bringen. Zum Beispiel, dass du bei Gary geplaudert und uns alle verraten hast. Und dass Smith dadurch auf unser Versteck in der Apotheke gekommen ist.«

Lois schluckte. »Ich habe nur erwähnt, dass wir uns in einer Apotheke verstecken. Das war keine Absicht, sondern einfach Pech, okay?«

»Ein einziger Reporter vor meiner Tür, und du bist geliefert.«

Lois fuhr herum. Ihre Nasenspitzen berührten sich beinahe, aber weder sie noch Ondrej wich zurück.

»Wir haben beide unsere Geheimnisse«, sagte Lois. »Also spiel hier nicht den Don Corleone. Ich habe vor zehn Minuten mit meinem Chefredakteur telefoniert und die komplette Ondrej-Vorisek-Geschichte zurückgerufen.«

Ondrej trat zurück und wischte sich ausgiebig die Hände an seinem Shirt ab. Schließlich sagte er: »Das passt gar nicht zu dir.«

Lois lachte auf. »Du kennst mich nicht.« Sie sah wieder aus dem Fenster. »Niemand tut das.«

Sie konnte sein kampfeslustiges Grinsen förmlich hören. »Da haben wir ja was gemeinsam.«

17:10 – 17:57

»Willkommen zurück, David.«

Als David über die Schwelle trat, fühlte es sich an, als würde er nach Jahren im Ausland in die Heimat zurückkehren. Leahs Stimme klang fremd. Viel blecherner als noch vor einigen Tagen.

Er legte die Kurt-Cobain-Tickets, die er im Briefkasten vorgefunden hatte, auf die Anrichte und duschte erst einmal eine halbe Stunde lang. Danach wartete er auf der Couch darauf, dass das seltsame Gefühl verschwinden würde. Zwischendurch sah er immer wieder auf sein altes Handy, das er übergangsweise in Betrieb genommen hatte. Der NOBA-Agent hatte versprochen, dass er sich noch heute bei ihm melden würde – sobald die NOBA wusste, wie sie Judd zurückholen konnte, ohne dass dabei wichtige Geschehnisse verlorengingen.

Sein Vater würde bald wieder am Leben sein.

David starrte zur Decke und formte die Worte mit den Lippen.

Wieder am Leben. Je mehr er über diese Worte nachdachte, desto bizarrer wurden sie. Sein Vater würde zurückkehren, Susan jedoch nicht. Auf der Fahrt zur Polizeiwache hatte David sich noch einmal Ondrejs Aufnahme angehört. Nach Pats Geständnis, dass er Weinard umbringen wollte, lief sie noch einige Sekunden weiter, ein kleiner Wortwechsel, den die anderen überhört hatten.

Pat hatte David angeboten, dass er Susan zurückbringen könnte.

Und offensichtlich hatte David abgelehnt. Sonst säße er nicht hier.

David hob den Daumen, eine stumme Gratulation an sein anderes Ich. Er beschloss, noch heute seine Mutter anzurufen.

Es klingelte an der Haustür. David fuhr hoch. War das vielleicht schon Judd? David lief zur Tür, wollte sie aufreißen, traute sich dann aber doch nicht und verharrte für lange Sekunden.

»Diese Person hat dich noch nie besucht«, sagte Leah. *»Soll ich sie identifizieren?«*

»Das krieg ich selbst hin«, murmelte David und öffnete die Tür. Er schaute in strahlend grüne Augen.

»Hi«, sagte Lois. »Stör ich?«

David erwischte sich dabei, wie er von ihrer Schönheit beeindruckt war. Die letzten Tage hatte Lois immer in staubigen, übergroßen Klamotten gesteckt. Jetzt trug sie einen gelben Wintermantel, der David an irgendeinen Film erinnerte. Ein gestricktes Stirnband umsäumte ihr Gesicht wie ein perfekt gewählter Bilderrahmen.

Sie lachte, ihr herbes Whiskey-Lachen. »Schon klar, dass du nicht mit mir gerechnet hast.«

»Sorry. Komm rein.«

Mit einem Mal war da das gleiche Gefühl wie bei ihrem ersten Treffen im Büro. Als hätte jemand eine Lampe eingeschaltet und David sähe seine Umgebung zum ersten Mal genau so, wie sie war: weiße Wände ohne ein einziges Bild, davor die graue Anrichte, auf der zum ersten Mal etwas herumlag. Warum zum Teufel sah es hier aus wie in einem Krankenhaus? Nur noch kahler?

»Du weißt wahrscheinlich schon das meiste aus dem Fernsehen«, sagte Lois und zog ihren Hollywoodmantel aus.

»Ich glaube schon. Schönes Finale bei de Burgh.«

Sie nickte. »Dummerweise werden wir nie ganz begreifen, was wirklich alles passiert ist. Bevor wir an unserer Geschichte herumgedoktert haben, meine ich. Aber ich bin mir sicher, dass du und ich das Rätsel allein gelöst haben.«

Das klang verrückt. Aber David war genau zum gleichen Schluss gekommen. »Und was haben dann mit der Lösung des Rätsels gemacht?«

»Wir sind zur Polizei gegangen. Pat wollte sich genau das zunutze machen. Deswegen hat er dein Zusammentreffen mit Feingold nicht verhindert, im Gegenteil. Pat wusste, dass er nicht eingreifen durfte, weil schon kleinste Änderungen den Verlauf der Ereignisse ändern konnten. Aber uns beide zu überwachen, das wollte er sich nicht nehmen lassen. An dich hat er sich über Smith gehängt, an mich, indem er mir bei meinen Recherchen geholfen hat. Als dann alles seinen Gang ging, hat er nur noch versucht, Smith und seine Schergen in Schach zu halten. Wir sollten ja einfach nur das machen, was wir sowieso machen würden.«

»Und durch Ondrej ist alles außer Kontrolle geraten.«

»Zumindest aus Pats Sicht, genau. Er hat Smith gegenüber ja nur angedeutet, was es mit dir wirklich auf sich hat. Und Smith wurde es irgendwann zu bunt. Er hat versucht, dich unschädlich zu machen, und ab da haben die beiden angefangen, gegeneinander zu arbeiten. Pat ist zu unserem Beschützer geworden.«

David nickte. Das hatte die Sache für sie natürlich nur noch undurchsichtiger gemacht.

»Mir hat er in der Rolle von Gary Tipps gegeben«, sagte Lois. »Zum Beispiel, wie ich Smith entkomme. Später hat er uns Informationen zugespielt, damit wir weiterarbeiten können. Und er musste irgendwie dafür sorgen, dass Smith und die beiden anderen nicht mehr ins Register kommen. Also hat er den Registerzugang für sie kurzerhand über Feingold sperren lassen.«

»Aber gab es für sie keine anderen Möglichkeiten, das Register zu nutzen?«

»Keine, ohne aufzufallen. Eine wäre der Schwarzmarkt gewesen. Rickys Restaurant. Das hat Pat mal eben auffliegen lassen.«

»Das war auch Pat? Ich glaub's nicht.« David musste das ganze

Geflecht der letzten Tage unbedingt einmal aufmalen. Er würde dafür ein sehr großes Whiteboard benötigen.

»Wie geht es denn Feingold?«, fragte er.

»Den Umständen entsprechend. Ich musste ihm versprechen, dass wir niemandem etwas von Somerton erzählen, geschweige denn den Schlüssel benutzen.«

»Warum sollten wir?«

»Na ja, Ondrej hat große Pläne. Jetzt wo wir durch HEIMDALL kommen.«

»Wir?«

»Ich konnte nicht widerstehen.« Sie zupfte an ihrer Bluse. »Wie sieht's mit dir aus?«

Gute Frage, dachte David. »Ich muss darüber nachdenken. Jetzt wo ich weiß, dass die Gefahren der letzten Tage nur ein schwacher Abklatsch waren von dem, was wirklich passieren könnte. Wir hatten es ja nicht mal mit echten NOBA-Agenten zu tun. Wer jetzt bei Ondrej einsteigt, bekommt irgendwann das Gesamtpaket zu spüren.«

»Klar. Aber wir sind ein großartiges Team. Ondrej, Tina, die anderen Verrückten.« Sie lächelte. »Und wir zwei.«

»Stimmt«, murmelte David.

Lois fuhr sich durchs Haar und zog eine ihrer Strähnen in die Länge. »Ich muss dir noch etwas sagen. Möglicherweise haben wir schon darüber gesprochen, bevor Ondrej alles rückgängig gemacht hat.«

Sie sprach nicht weiter und schien mit einem Mal vergessen zu haben, was sie sagen wollte.

Es kribbelte in Davids Nacken. Er wusste, was jetzt kam. Im Grunde wusste er es seit ihrer ersten Begegnung.

»Ich habe eine Registernachricht erhalten«, sagte Lois. »Vor einem Jahr. Und darin ging es um dich.«

David wartete darauf, dass noch mehr kam. Aber Lois schien

nun endgültig festzustecken. Sie presste die Lippen zusammen und sagte nichts.

»Lass mich raten«, sagte David. »Die Nachricht lautete: *David wird dein Untergang sein.*«

Sie starrte ihn an, aber David wusste nicht, ob sie wirklich überrascht war.

»Hast *du* mir das geschrieben?«, fragte sie.

»Das glaube ich nicht. Aber ich habe die gleiche Nachricht bekommen – nur stand bei mir, dass jemand namens Lois mein Untergang sein würde. Ich wurde vor dir gewarnt und zwar ebenfalls vor genau einem Jahr.«

»Aber … wer hat die Nachricht geschrieben?«

»Das weiß ich nicht.«

»Und hast du eine Erklärung dafür?«

»Tausende. Aber nichts davon werden wir beweisen können. Deswegen bin ich einfach froh, dass dieses Jahr herum ist und ich die Nachricht endlich ignorieren kann.«

»Ehrlich gesagt, haben wir beide unsere Nachrichten schon ignoriert.«

David räusperte sich. »Allerdings. Warum nur?«

»Wie ich neulich schon sagte. Ich habe einen Hang dazu, Warnungen zu ignorieren.«

»Verstehe.«

War das der Grund, warum sie ihn zu einem Date eingeladen hatte? Aus purem Trotz?

»Das Bad ist die zweite Tür links«, sagte Leah plötzlich.

Lois zog die Stirn kraus. »Woher wusste die, dass ich pinkeln muss?«

»Das … ähm … na ja, Registerfunktionalität.« David ließ seinen Blick durch das Wohnzimmer schweifen. »Ich habe inzwischen das Gefühl, dass ich diese Geschenke von Benzon nicht mehr haben will.«

Lois stand auf. »Das hätte ich dir schon am Montag sagen können. Diese seltsame Kaffeemaschine finde ich immer noch gruselig.«

Sie verschwand gerade im Badezimmer, als Davids Mantis brummte. Es war eine Nachricht im Gruppenchat.

14:42 Ondrej – heute nachmittag hauptquartier? müssen besprechen was heute eigentlich alles passiert ist. hab den überblick verloren.

14:42 Tina – was heißt denn bitte »hauptquartier«? meinst du diesen abgefuckten ort, den ich nie wieder betreten werde??!

David lachte laut los und erschrak über sein eigenes Lachen. Sein Blick fiel auf das Notizbuch. Vor sechs Tagen war sein größter Traum ein Rockkonzert gewesen. Und eine Reise zum Lake Pukaki. Doch seine Welt war eine andere geworden. Der echte Neustart, er hatte angefangen.

Lois kam zurück und hielt ihr Mantis in die Höhe. »Ich hatte Ondrej ein paar Wochen Urlaub vorgeschlagen. Er hält das anscheinend für eine bescheuerte Idee.«

»Anscheinend.«

»Also? Wollen wir wirklich schon zurück?«

David hörte, wie sich draußen das Garagentor öffnete. »Es sieht so aus.«

Als sie das Haus verließen, sah David, dass die Bilewskis zurückgekehrt waren. Ihr wie immer blank poliertes Auto stand in der Einfahrt, als wäre es nie weg gewesen.

Auf Davids Straßenseite stand der Mercedes. David selbst hatte ihn dort abgestellt. Wie er jetzt wusste, war der Wagen ein altes Regierungsauto, das die beiden Ex-Bodyguards als Bestandteil ihrer Abfindung erhalten hatten, schon vor vielen Jahren. David spielte mit dem Gedanken, den Mercedes zu behalten.

»Ich brauch jetzt echt was zu futtern«, sagte Lois und stieg in den Toyota. »Leah, wir fahren zu Guerrero's Burger Bar.«

»Ich weiß«, sagte Leah.

David blieb vor dem Auto stehen. Er hätte Lois sagen sollen, warum er die Nachricht ignoriert hatte. Weil er es gewollt hatte. Weil er es niemals akzeptiert hätte, dass er Lois nicht mehr wiedersehen sollte.

Er sog die Luft in tiefen Zügen ein, dann stieg er ins Auto. Er hatte noch Zeit. Genügend Zeit, die Zukunft zu ändern.

Direkt weiterlesen?

Liebe Leserin, lieber Leser,

dieses Buch war nur die oberste Schicht einer vollen Schublade. Um die Welt des Registers zu erschaffen, habe ich viel Material produziert, das auf den vergangenen Seiten gar nicht vorkam.

Einen Teil davon habe ich jetzt in ein exklusives Bonus-Paket gepackt – unter anderem einen detaillierten Zeitstrahl mit den wichtigsten Ereignissen der Registerwelt seit 1980.

Du erhältst das kostenlose Bonus-Paket auf www.register-das-buch.de/bonus oder über diesen QR-Code:

Ich freue mich außerdem über jede Rückmeldung zu diesem Buch – schreibe mir gerne auf Twitter, Facebook oder per Email (mail@marcelmellor.com).

Bis demnächst!

Mein Dank gilt …

… den Lesern früherer Fassungen, die mich vom ersten Testkapitel an beraten und ermutigt haben: Philipp Jardas, Martin Fuhrmann, Vassilios Katsogridakis, Thomas Rhode, Stefanie Kaufmann, Thomas Rosin und vielen mehr.

… meiner Lektorin Lisa Kuppler, die mit ihren Ideen und einem schonungslosen Blick für Details dafür gesorgt hat, dass *Das Register* so geworden ist, wie ich es mir gewünscht habe.

… meiner Frau, die mich fünf Jahre lang immer wieder in eine fremde Welt ziehen ließ und mich ermutigt hat, dieses Buch zu vollenden.

Mein Dank gilt auch dir, liebe Leserin, lieber Leser, dass du dich auf den Debütroman eines unbekannten Autors eingelassen hast. Wenn du eine Meinung zu diesem Buch hast: ich freue mich über jede Rezension, egal ob kurz oder lang!